여러분의 삶이
아름다워지시기를..

시녀의 유혹

배희진 장편소설

I

D&C
BOOKS

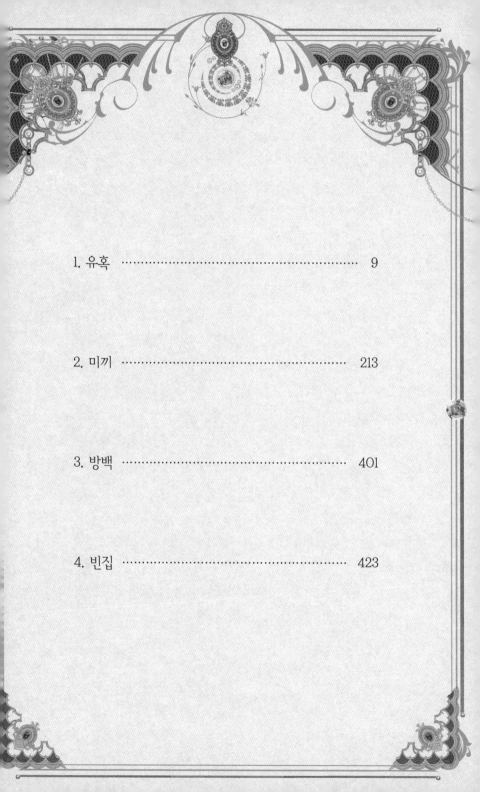

이포 벨. 제 이름을 기억해 주세요

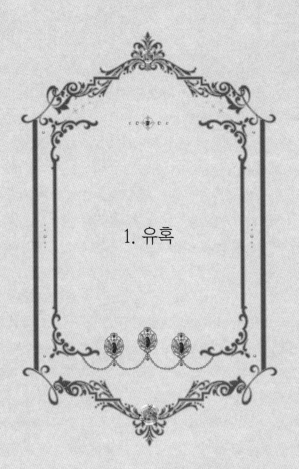

1. 유혹

1. 유혹

문득 그런 생각이 들었다.

나, 왜 이렇게 살고 있는 거지?

창을 열었다. 그러자 차가워진 바람이 쉴 새 없이 내 뺨을 두드렸다. 어제까지만 해도 덥다며, 가을은 도대체 언제 오는 걸까, 라고 생각했던 게 무색해질 정도의 차가움이었다.

그러다 돌연히 눈물이 났다.

"베, 벨. 왜 울어?"

내 곁에서 창틀을 열심히 닦던 케이티가 놀란 듯이 물었다. 나는 뺨에 서린 눈물의 기운을 소매로 닦으며 그녀에게 대답했다.

"날이 차가워져서."

"……응? 그게 무슨 말이야?"

나는 대답 대신 창가로 스며드는 바람을 온전히 맞았다.

날이 차가워지는 건, 시간이 흐른다는 것. 시간의 흐름은 내가 곧 죽는다는 것을 의미했다.

그렇다. 나는 삼 개월 뒤에 죽을 예정이었다.

글쎄. 사실 죽음에 대해서 깊게 생각해 본 적이 없었다.

죽고 싶었던 순간은 많았으나 구태여 죽고 싶지는 않았던 것 같다. 스스로 죽을 용기도 없을뿐더러 죽으면 행복해지는지도 확신할 수 없었기 때문이다.

그런 내가 삼 개월 후에 죽는단다.

죽는다.

"……."

불길한 그 단어를 떠올리던 순간, 나도 모르게 쥐고 있던 빗자루를 놓쳤다.

탁.

마룻바닥과 빗자루가 만나는 소리가 방 안 가득히 울렸다. 그러자 이 방의 주인 아니, 저택의 주인이자 내 주인이기도 한 그의 시선이 내게 닿았다.

"……울어?"

그는 놀란 듯이 말했다. 그가 내게 말을 건 것은 처음이었다.

'죽는다.'라는 생각에 빗자루를 떨어뜨린 것도 모자라 눈물마저도 흘렸나 보다. 어째서 눈물은 통제할 수 없이 제멋대로인 걸까.

나는 울음기가 물든 시선으로 그를 보았다. 그는 여전히 의아한 얼굴이었다.

"……."

그렇게 우리 사이엔 고요한 침묵이 맴돌았다. 침묵을 깬 사람은 나였다.

"아윈 아스타."

나는 그의 이름을 나지막이 불렀다. 주인의 풀 네임을 부르는 시녀는 내가 처음일 거라는 생각이 들었다.

"……."

아윈은 놀란 듯이 두 눈을 조금 크게 뜨고 나를 보았다.

그의 이름을 불러, 그가 나를 괘씸하다고 생각해도 상관없었다. 괘씸하다고 생각해서, 나를 죽여도 상관없었다.

나는 어차피 죽을 텐데.

또다시 눈물이 흐를 것만 같았다. 깨달았을 땐, 이미 눈물이 주르륵 흘러내리고 있었다. 나는 의미 없이 흘러내리는 눈물을 그대로 둔 채로 그에게 말했다.

"나랑 잘래요?"

어차피 죽는 마당에 나는 하룻밤만이라도 그를 가지고 싶었다.

아윈 아스타. 나는 대답 없는 그의 이름을 되뇌었다.

그는 약관에 지나지 않은 나이를 가진 아스타 후작가의 가주로서 명성이 자자한 남자였다.

일단 그는 엄청 아름다운 외모를 가지고 있었다. 하얗고 투명한 피부에 검은 머리카락, 그리고 제 머리칼보다도 더 새카만 검정 눈동자. 한번 보면 절대로 잊지 못할 얼굴이었다.

그건 나만이 그렇게 생각하는 것이 아니라, 모든 사람이 공감할 일반적인 감상이었다.

나는 그런 그를 몇 년째 짝사랑하고 있었다.

그것은 내 첫사랑이었고, 이젠 마지막 사랑이 될 수도 있었다. 왜냐면, 나는 삼 개월 뒤에 죽을 예정이기 때문이다.

또한 아원은 정적인 남자였다. 비단 그의 정적인 외모만을 말하는 것이 아니다.

나는 후작저에서 그의 시녀로 이 년 동안 일했지만, 그가 제대로 웃는 것은 단 한 번도 보지 못했다.

희미한 미소를 짓는 것은 두어 번 본 것도 같았지만, 그것은 언제나 미소로 그칠 뿐 웃음이 되어 소리를 내지는 못했다.

아원은 마치 웃는 것을 잊어버린 사람처럼 보였다. 잊어버린 것일까. 잃어버린 것일까.

그는 제가 가진 외모와 성품에 걸맞게 여자도 가까이하지 않았다. 잘생긴 외모와 두둑한 권력에도 불구하고, 그가 여자 귀족을 저택에 들이는 경우는 없었다.

어느 공작은 제 시녀들을 포도알 따 먹듯이 골라서 덮친다고 하던데, 아원은 제 시녀들에게조차도 손을 대지 않았다.

그래서 그가 동성애자나 무성욕자가 아니냐는 소문이 웃돌았지만, 나는 그 소문을 믿지 않았다.

나는 아원이 여자를 좋아한다고 확신했다. 그의 서슬 퍼런 검은 눈동자가 간혹 짐승같이 반짝이며 시녀들의 가슴께에 맴돈다는 것을 알고 있었기 때문이다.

그것은 남자로서의 본능적인 시선의 흐름이었을지도 몰랐다. 하나 중요한 것은 그에게도 여자를 좋아한다는 본능이 존재한다는 것이었다. 그가 동성애자나 무성욕자가 아님에 감사할 따름이다.

그런 아윈은 나의 황당한 제안에 한동안 침묵했다. 나는 바닥에 떨어진 빗자루를 다시금 손에 쥐며 그를 빤히 보았다.

사실 그에게 무슨 대답이 떨어질지는 전혀 예상할 수 없었다. 어쩌면 나를 정말로 죽일지도 모를 일이었다. 그것도 아니라면, 나를 당장 해고할지도.

하지만 나는 어떤 대답이 돌아오든 겸허하게 받아들일 준비가 되어 있었다. 삼 개월 후에 죽는다는 말보다도 더 충격적인 말이 나올 리가 없을 테니까.

한참을 기다린 후에야 그의 예쁜 입술이 작게 일그러지며 언어를 그려 냈다.

어쩜, 입술마저도 저토록 예쁜 걸까.

"……오늘 밤. 내 방으로 와."

그는 무심하게 말했다. 마치 오늘 밤, 자신의 방으로 오라는 말에 그 어떤 의미도 부여하지 않겠다는 듯이.

내게 짧게 닿았던 그의 시선이 서류로 옮겨 갔다. 그의 얼굴엔 표정은 전혀 없었다.

"……."

뭐야, 이거 생각보다 수완이 좋잖아.

나는 그에게 더는 말을 걸지 않았다. 대신 평소처럼 빗자루로 마룻바닥을 쓸기 시작했다.

덤덤하게 빗자루질을 했지만, 사실 내 심장 박동은 평소와 같지 않았다. 곧 점멸할 심장은 세차게 뛰고 있었다. 아직까진 살아 있다는 사실을 증명하려는 것 같았다.

나는 짧게 숨을 고르며 생각했다. 아윈과 오늘 밤을 함께 보낸다, 라.

아윈은 예상도 못하겠지만, 사실 나는 그와 사랑을 나누는 상상을 수없이 많이 했었다.

그의 기다랗고 흰 손이 내 옷을 풀어 젖히고, 그의 예쁜 입술이 내 몸을 깨물고, 핥고, 내 가슴께엔 그의 숨결이 고스란히 맴돌고, 한 번도 본 적이 없는 나른한 그의 눈빛이 나를 내려다보고.

이내 참을 수 없는 절정에 이르러, 몸을 부르르 떠는 그의 모습까지도.

상상을 너무 많이 해서, 내가 실제로 그와 그런 행위를 나누었던 게 아닐까 싶을 정도였다. 그러자 나는 또다시 빗자루를 놓쳐 버렸다.

탁.

상상으로만 그쳤던 그 일이 이내 현실이 될지도 몰라. 자못 믿을 수가 없어서 손아귀에 힘이 빠졌다.

조용한 사위 사이로 메마른 소리가 울렸고, 서류를 보던 아윈이 다시금 나를 보았다.

"또 울어?"

아, 나도 모르는 사이에 또 눈물이 났나 보다.

그러나 지금의 것은, 곧 죽는다는 사실 때문에 흘린 의미 없는 눈물이 아니었다. 이번만큼은 의미 있는 눈물이었다.

나는 희미한 미소를 지으며 그에게 답했다.

"좋아서요."

나는 그를 빤히 보았다. 아윈도 나를 빤히 응시하고 있었다. 우리의 눈동자가 이토록 오랜 시간 마주쳐 있는 것은 처음인 것 같았다.

그의 시선은 내게 고정된 채로 다른 곳으로 돌아가지 않았다. 아윈은 무슨 생각을 하고 있을까.

이내 그는 제 예쁜 입술을 달싹거렸다. 어쩐지 그의 말 속엔 작은 한숨기가 섞여 있는 것도 같았다.

"……나에게 무언가를 바라는 거라면……."

나는 그의 말을 자르고, 먼저 말했다.

"아뇨. 저는 아무것도 바라지 않아요. 원하신다면 피임도 확실히 할게요. 저는 그저 당신과의 하룻밤을 원할 뿐이에요."

"……."

"단 하룻밤."

하룻밤의 정사로 혹여나 그의 아이를 가져, 서로에게 불편할 일을 만들고 싶지 않았다. 나는 삼 개월 후에 죽을 몸이었고, 그 사실은 아이에게도 불행할 사실이었으니까.

녀석은 내게 잉태되는 즉시 세상의 빛을 보지 못하고 사멸할 것이다.

나는 잠시나마 내 배 속에 그의 아이가 꿈틀거리는 상상을 해 보았다.

아윈을 닮은 남자아이였으면 좋겠다고 생각했다. 얼굴은 세상 누구보다 귀엽게 생겼지만, 눈빛만은 아윈을 꼭 닮아 무심해 보이는 그런 아이. 얼마나 사랑스러울까.

사랑하는 남자의 아이를 상상하는 건 태어나서 처음 하는 것이었다. 그것은 꽤나 색다르고 황홀한 상상이었다. 죽기 전에 몇 번이고 또다시 상상하고 싶을 정도로.

내가 황홀한 상상을 하는 사이에도, 아원에게서 돌아오는 대답은 없었다.

어쩌면 지금이야말로 그가 진짜로 화났을지도 모른다. 멋대로 주인의 말을 잘랐으니 말이다. 진짜로 화가 난 그가, 나를 정말 죽일지도 모르겠다.

하지만 나는 아무래도 상관없었다. 죽기 전에 아원과 대화를 나누어 보았으니 그것만으로도 나름의 수완이 있었던 게 아니었을까.

한참이나 나를 보던 아원은 서류에 눈을 돌리는 것으로 대답을 대신했다.

아무래도 내 말이 마음에 들었나 보다.

나는 오랜만에 값비싼 향유로 몸을 씻었다.

큰 행사가 있을 때가 아니고선 쓰지 않은 것이었다. 그 방증으로 유리병 어귀엔 옅은 먼지가 내려앉아 있었다.

이걸 언제 썼더라.

금방 떠오르는 기억이 없었다. 아마 기억조차도 하지 못하는 아주 먼 과거에 썼던 게 분명했다.

그것은 내가 가진 물건 중에 값비싼 축에 속했지만, 나와는 제일 먼 물건이라는 사실이 애달팠다. 그리고 이 향유를 쓸 시간이 삼 개월밖에 남지 않았다는 사실이 더욱 애석하게 느껴졌다.

아껴 봤자 부질없다는 말이 머릿속에 맴돌았다. 죽고 나면 모든 게 끝일 텐데. 이제는 아무것도 아끼지 않을 것이다. 그것이 물건이건, 육체건 간에.

어차피 삼 개월 뒤에 흙으로 돌아갈 몸뚱이였다. 십팔 년 동안 다른 이의 온기를 제대로 느끼지 못했다는 사실이 안타까울 뿐이었다.

머지않아 자정이 되었다. 모든 이가 부드러운 밤의 정적에 안길 시간이었다.

하지만 오늘 밤의 나는, 밤에 안기는 대신 남자에게 안길 것을 택했다. 그것도 이 년 동안 좋아했던 그에게로.

나는 간소한 차림으로 작은 등불을 하나 들고선 그의 방까지 걸어갔다. 복도를 지나치는 내내 마주치는 이는 없었다.

똑똑.

두어 번의 노크를 했지만, 안쪽에서는 반응이 없었다. 하나 나는 개의치 않고 안으로 들어섰다. 어차피 우리의 만남은 약속된 만남이었다.

방 안은 지독하게 캄캄했다. 창문에 스민 달빛을 제외하고선 빛의 입자는 전혀 보이지 않았다.

나는 시선을 돌리며 그를 찾아보았다. 그의 모습은 금세 발견됐다. 침대 위에 앉아 있던 그에게서 빛이 났기 때문이다.

어쩜, 이 남자는 어둠 속에서도 홀로 빛이 나는 걸까.

어쩌면 그는 빛이 나는 향유를 썼을지도 모를 일이었다. 그렇지 않고서야 도무지 설명되지 않는 후광이었다.

나는 가져왔던 등불을 테이블 위에 올려놓았다. 그라는 존재가 빛나고 있으므로 등불 따위는 필요가 없었다.

나는 마른 입술을 짓이기며, 그에게 가까이 걸어갔다. 발걸음을 떼면 뗄수록 심장이 점점 더 빨리 뛰었다. 항상 꿈꾸던 일이 현실로 실현됨에 떨리는 심장인 걸까.

불현듯이 그를 처음 만났던, 그에게 첫눈에 반했던 그날이 잠깐 떠올랐다.

무슨 까닭에 그 기억이 수면 위로 올라왔는지는 알 수 없었지만, 그날은 내게 있어 특별한 날이었다. 내 기억 속에서 영원히 지워지지 않을 그런 추억.

아윈은 그날을 어떻게 기억하고 있을까. 아니, 기억이나 하고 있을까.

내가 침대 어귀까지 다가가자 아윈이 나를 물끄러미 올려다보았다. 그는 침대에 앉으라는 듯이 내게 고갯짓을 했다. 나는 그의 옆에 앉아, 아윈의 반듯한 옆얼굴을 바라보았다.

그의 얼굴은 곧 내 쪽으로 돌아가며, 그의 시선이 내게 닿았다.

"이름은?"

고저 없는 아윈의 목소리가 조용히 울렸다.

그는, 보는 이의 시선을 사로잡는 매혹적인 외모를 가지고 있기도 했지만 목소리도 참 훌륭했다. 한 번 들으면 절대로 잊히지 않을 목소리였다.

그 누구에게도 들어 본 적이 없는, 적당한 울림을 가진 오묘한 목소리. 그 목소리가 내게 닿아 있다는 사실이 비현실적으로 느껴졌다.

"……이포 벨."

나는 뒤늦게 대답했다.

"나이는?"

"열여덟이에요."

"어째서 나와 하룻밤을 보내자고 한 거지?"

그는 취조하듯이 물었다. 나를 불편해하는 기색은 느껴지지 않았다. 그래서 나도 불편해하는 기색 없이 대꾸했다.

"그럼 당신은 어째서 저를 허락하신 거죠?"

나는 물음으로 그에게 답했다. 그러자 그는 잠깐 동안 입술을 꾹 다물며, 제 눈을 느릿하게 몇 번 깜빡였다.

"……울었잖아."

"네?"

"눈물에 섞인 말은 진심이라고 들었어."

"……."

"나와 정말로 밤을 보내기를 바라는가? 같이 밤을 보낸다고 해서 내가 너를 다르게 대한다든지, 네 신변이 달라지는 건 전혀 없어."

그는 꽤나 매정하게 말했다. 하지만 나는 그의 매정함이 아무렇지 않았다.

내게 있어 오늘 밤이 가지는 의미를, 그는 전혀 알지 못했다. 당신을 사랑하지만 곧 죽을 수밖에 없는 내게, 이 밤이 얼마나 뜻깊은 것인지 전혀 알지 못했다.

"상관없어요. 아까도 얘기했듯이 오늘 하루면 충분하니까."

오늘 당신과 하루를 보내고 난다면, 오늘 또한 특별한 날이 되지 않을까.

죽기 직전에 마지막으로 떠올릴 추억이 있냐고 누군가가 묻는다면, 나는 오늘이라고 얘기할 거야.

그는 더 이상의 물음을 건네지 않았다. 대신 내 어깨를 잡고, 천천히 내게 입을 맞추었을 뿐이었다.

아원의 입술은 부드럽고 온기가 있었다. 그것은 현실의 입술이자 내가 사랑하는 남자의 입술이었다.

그의 입술이 내게 닿아 있을수록, 나는 현실과 꿈 사이의 경계가 불명확해지는 기분이 들었다. 늘 아원을 상대로 꿈꾸던 일이 현실이 되어 감에 느껴진 몽롱한 기분이었다.

아원은 내 상상대로 행동하기 시작했다. 그의 섬세한 손이 내 드레스를 끌렀고, 그의 뜨거운 입술은 내 목덜미에 닿았다.

아원은 절대로 동성애자나 무성욕자가 아니었다. 관계의 수순을 밟아가는 그의 동작엔 일말의 부자연스러움도 없었기 때문이다.

그는 시녀인 내게 난폭하게 굴 법도 했지만, 신사적으로 굴기만 했다. 타인의 체온에 익숙지 않은 내게, 제 체온이 스밀 시간을 충분히 주었다.

저는 이미 단단해져 있었지만, 내 몸이 충분히 달아오를 때까지 내 안으로 들어오지 않았다. 그러다 서로의 몸이 충분히 달아오른 순간, 우리는 하나가 되었다.

서로에게 연결된 기분은 내 상상보다도 훨씬 더 황홀했다. 오늘 밤이 내 삶의 마지막 날이라고 해도, 여한 없이 죽을 수 있을 정도로.

나는 걷잡을 수 없는 고통과 쾌락에 그의 등을 할퀴고, 그의 손은 잃어버린 무언가를 찾듯이 내 등을 쓸었다.

조용한 사위 속에서 우리의 빠른 호흡만이 하나의 소음이 되어 울리고 있었다. 그렇게 우리는 완벽한 하나가 되어 갔다.

우리의 속궁합은 놀랍도록 잘 맞았다. 이 밤을 다신 잊지 못할 정도였다. 아원도 나와 같은 생각이라면 얼마나 좋을까.

내가 죽고 나서도, 그가 오늘의 정사를 기억해 줬으면 좋겠다고 생각했다. 그렇게라도 아윈의 뇌리에 내가 남게 된다면. 그것은 그에게 가지는 마지막 욕심이었다.

그가 두 번째로 내게 들어왔을 때, 나는 가쁜 숨을 몰아쉬며 그에게 물었다.

"아무것도 바라지 않는다고 했지만…… 하나만 바라도 될까요?"

내가 그리 묻자 그에게서 돌아오는 대답은 없었다. 그는 그저 뜨거운 열 손가락으로 내 살갗을 매만졌을 뿐이었다. 나는 그에게 내가 바라는 하나를 읊조렸다.

"이포 벨. 제 이름을 기억해 주세요."

내 위에 올라탄 그는 나를 물끄러미 내려다보았다. 격한 움직임 때문인지 그의 얼굴이 조금 상기되어 있었다.

아윈은 더웠던 것인지, 이마께에 내려온 제 머리칼을 거칠게 쓸어 넘겼다. 그러자 땀에 젖은 앞머리가 말끔히 뒤로 넘어갔다. 그 사이로 그의 동그란 이마와 반듯한 눈썹, 그리고 아름답게 빛나는 검은 눈동자가 확연히 보였다.

상기된 얼굴, 은은하게 느껴지는 그의 땀 냄새, 자연스럽게 넘어간 머리칼, 그리고 그의 붉은 입술까지도. 그 모든 것들이 자극적이었다.

그는 제가 야한 얼굴을 하고 있다는 걸 알고나 있을까.

나는 조용히 손을 뻗어, 그의 상기된 뺨을 쓰다듬었다. 동시에 나른하게 풀린 아윈의 눈동자가 가늘어졌다. 그는 나를 오래도록 내려다보더니, 이내 입술을 맞대었다.

끝끝내 대답은 없었다.

모든 것이 끝난 다음, 그는 내 뺨을 부드럽게 쓰다듬어 주었다.

그의 눈동자는 내 상상에서와 다름없이 나른하게 풀려 있었다.

하지만 그것은 상상 이상으로 아름다운 것이었다.

관계는 끝났지만 여전히 내 위로 올라타 있던 그는, 처음으로 내게 말을 건네었다.

"……또."

"…….."

"울어?"

내가 눈물을 흘리고 있었던가.

나는 그제야 손을 들어 눈가로 가져갔다. 아윈의 말대로 눈물을 흘렸던 것인지, 눈가가 촉촉하게 젖어 있었다.

나도 모르게 흘려 버린 뜨거운 눈물이 의미하는 바는 무엇일까.

"눈물샘이 고장 났나 봐요."

그는 내 눈가를 제 손으로 꾹 눌렀다. 마치 진짜 눈물샘이 있는지를 확인하려는 듯이.

"신경 쓰지 않으셔도 돼요."

당신이 나를 신경 쓰고 있다는 착각 아닌 착각을 하고 싶진 않으니까.

나는 아윈을 좋아하기는 했지만, 그에게 사랑까지 바랐던 것은 아니었다.

애초에 이어지지 않을 관계라는 확신이 있어서 그런 것인지도 모르겠다. 그저 바라봄에 가슴을 설레며 좋아하는 것만으로도 충분하다 여겼다.

후작과 시녀의 진정한 사랑이라는 건, 삼류 소설 속에 나올 법한 이야기일 뿐이다. 그런 건 현실에 존재하지 않았다. 그렇기에 다른 욕심을 갖고 싶지 않았다. 더군다나 나는 곧 죽게 되는걸.

별안간 아윈은 내 얼굴에 머물렀던 손을 물리고는 내게서 떨어져 나갔다.

그는 침대를 벗어나, 어딘가에 있었을지 모를 회색 가운을 걸쳤다. 그러고선 살짝 열어 놓은 창문 앞까지 걸어갔다. 반쯤 걸친 회색 가운 사이로 내비친 그의 살결이 달빛을 받아 빛나고 있었다.

"내겐 두 개의 심장이 있어."

그는 의미 모를 말을 꺼냈다.

"오늘 너와 밤을 보낸 건, 내 두 번째 심장이야. 기억해 둬."

이해할 수 없는 말을 남긴 그는, 창가에서 눈을 떼지 못하고 있었다. 무엇을 바라보고 있을지 전혀 짐작할 수 없었다.

두 번째 심장. 그것이 의미하는 바는 무엇일까.

푸른 잎이 붉게 물들고 있었다.

언제고 영원할 것 같았던 푸른빛이었는데, 시간이 흐르는 건 누구도 막을 수 없나 보다.

"베, 벨? 또 울어?"

내 옆에서 정원을 쓸던 케이티가 깜짝 놀란 듯이 물었다. '울어?' 그 질문은 요 근래에 귀에 딱지가 앉도록 들은 물음이었다.

나는 대수롭지 않게 케이티에게 대답했다.

"응. 낙엽이 물드는 거 같아서."

"……너 생각보다 감수성이 예민했구나."

"그런가. 저 푸른 잎들도 이제 며칠 뒤엔 완전한 낙엽이 되고, 겨울이 되면 떨어지겠지."

떨어지는 건 낙엽뿐만이 아닐 것이다. 그때쯤엔 아마 나도 떨어지지 않을까. 현실로 영원히 돌아올 수 없는 세계로.

"케이티, 잠깐 나 좀 혼자 있게 놔둘래?"

나는 소매로 눈물을 닦아 내며 그녀에게 말했다. 그러자 적잖이 당황한 케이티가 알겠다며, 빗자루를 들고 저 멀리 걸어갔다.

울고 있던 허망한 내 얼굴을 보고선, 부정의 말은 도무지 꺼내지 못한 것이리라.

나는 문득 눈물을 흘리고 있는 내 얼굴을 직면하고 싶었다. 하지만 내게는 손거울이 없었다. 아주 오래된 갈색빛의 빗자루 하나만 있었을 뿐. 좀 아쉬웠다.

나는 케이티가 사라지기 무섭게 잘 정리된 잔디에 몸을 뉘었다. 내가 쥐고 있던 빗자루는 이미 어딘가에 내팽개친 채였다.

잘 다듬어 놓은 잔디 위에 시녀인 내가 누우면 안 된다는 걸 알았지만, 나는 왠지 그런 것들이 전혀 신경 쓰이지 않았다. 어떻게든 되겠지, 뭐.

"사는 게 부질없다."

위를 올려다보자, 기둥이 튼튼한 나무의 잎사귀 사이로 새어든 빛이 내 시야를 어지럽혔다.

그것은 흔해 빠진 여느 날의 햇살이지만, 나는 이제 그런 흔해 빠진 것들이 애달프게 느껴졌다.

평범한 것들이 각별해지는 순간이었다.

내일에는 느끼지 못할 오늘의 바람 냄새, 오늘의 태양, 그리고 오늘의 아원. 내겐 그런 것들을 느낄 수 있는 유예 기간이 정해져 있었다.

그렇기에 그런 것들을 조금 더 각별하게 느낄 필요성이 있었다. 각별하게 느끼지 못한 것을 후회하기 전에.

차가운 바람과 별개로 아직까지는 따스한 햇볕을 쬐고 있자, 불현듯이 아원과 함께 나누었던 그 밤이 떠올랐다. 벌써 일주일 전의 일이었다.

하지만 뜨거웠던 그의 체온은 낙인이 되어 아직까지도 내 몸을 달구고 있었다. 그날 밤만 생각하면 심장께가 미칠 듯이 간지럽고, 오그라드는 기분이었다.

심장을 꺼낼 수만 있다면, 그것을 꺼내어 피가 날 때까지 긁고 싶었다. 그러나 그럴 수는 없었다. 애석한 일이다.

그날 밤은 분명 현실이었지만, 시간이 흐를수록 점점 더 비현실적으로 느껴졌다.

내가 그와 진짜로 관계를 가졌던가? 내 상상의 연장이었던 것은 아닐까?

어쩌면 너무도 태연한 아원의 태도 때문에 그렇게 느꼈을지도 몰랐다. 아원은 제가 했던 말대로 그날 밤 이후, 나를 평소와 다름없이 대했다.

그는 여전히 나를 스쳐 지나가는 시녀 중 하나쯤으로 취급했고, 내게 먼저 말을 건네는 법도 없었다. 가끔 초점이 흐릿한 시선으로 나를 쳐다보기는 했으나, 그것은 찰나의 순간일 뿐이었다.

변함없는 그의 태도에 실망한 것은 아니었다. 나는 그를 하룻밤이라도 가졌기 때문이다.

그 밤, 아원을 차지했던 게 나였다는 사실은 가슴이 벅차오를 정도로 감동적인 일이었다. 하지만 사람의 욕심은 끝도 없는 것인지, 나는 그의 밤을 또다시 가지고 싶었다.

바라보는 것만으로 모자라 그와의 두 번째 밤을 바랐지만, 역시나 그에게 사랑까지 바라는 것은 아니었다. 나는 그저 그의 온기를 다시금 내 손에 쥐고 싶을 뿐이었다.

내 시신이 부드러운 흙 속에 묻히기 전에.

"한 번 더 하자고 할까."

한 번이 어렵지, 두 번은 어렵지 않았다. 어차피 나는 모든 것을 아끼지 않겠노라고 다짐한 터였다.

내 몸이었고, 내가 하고 싶은 사람과 관계를 가지는 것인데, 나를 비난할 이는 그 누구도 없었다.

생각해 보니 나는 모든 것에 너무나도 남의 눈치를 보며 살았던 것 같았다.

내가 이런 행동을 하면 누군가가 나를 비난하는 건 아닐까, 비도덕적이지는 않을까. 그런 걱정들로 인해 나는 내 의지대로 행동한 적이 거의 없었다.

생의 끝에 다다른 지금에서야 나는 멋대로 살고 싶은 욕망에 휩싸였다. 누군가가 욕할까 봐 하지 못했던 일들을 하고 싶었다. 설령 그게 비도덕적이고, 범법적인 행위라 할지라도.

하지 못했던 일들은 손으로 셀 수 없을 만큼 많았다. 그중에 제일 갈망하는 일을 고르라면, 그것은 방탕한 삶이었다.

나는 성적인 것에 부끄러운 척을 하며 은밀한 욕망을 숨기고 살

앗지만, 사실 그 누구보다도 성적인 것을 좋아했다. 자극적이고 농밀한 욕망들이 내 마음속 깊은 곳에 그득그득했다.

실현할 수 없는 욕망은 텍스트나 누군가의 경험담을 듣는 것으로 조금씩 채워 갔다. 하나 그것은 때때로 내 욕망을 더욱 키우기도 했다.

그럴 때마다 나는 한 번씩 방탕하게 아무나 만나는 상상을 했다. 마치 오래된 고전 속, 절세 미녀들이 하루아침에 남자들을 갈아 치우는 것처럼.

거기까지 생각했을 때, 내 머리 위에 짙은 그늘이 지기 시작했다. 누군가의 그림자였다.

"……빗자루를 내팽개치고, 잔디 위에 누워 있는 시녀라."

타박하는 말은 아니었고, 되레 웃음기가 밴 말이었다. 적어도 아원의 오묘한 목소리는 아니었다.

나는 누워 있던 몸을 반쯤 일으켜 목소리의 주인을 쳐다봤다. 그러자 눈이 아릴 정도로 밝게 빛나는 금발이 보였다.

"아, 눈부셔."

실제로 눈이 부셨던 터라, 나는 눈가를 잔뜩 찡그렸다. 그러자 금발의 주인이 작게 키득거렸다.

"내 외모가 빛이 나긴 하지."

나는 찌푸린 눈으로 그의 얼굴을 응시했다. 그는 놀랍게도 아원보다도 잘생긴 남자였다.

피부는 지나치게 색소가 옅었고, 얼굴은 어쩜 나보다도 작았다. 그에게서 제일 시선이 가는 부분은 눈동자였다. 두 눈동자의 색이 달랐기 때문이다.

"오드아이?"

"맞아. 빨려 들어갈 것 같지?"

나는 부정할 도리 없이 고개를 끄덕였다. 오른쪽이 금빛이고, 왼쪽이 은빛이다. 정말로 오묘한 눈동자였다.

손을 뻗어 묘한 그 눈동자를 만지고 싶다는 생각이 불쑥 들었다. 사실 손을 조금 뻗기도 했다. 금세 물렸지만 말이다.

그나저나 오드아이를 가진 이 미남자. 어째 낯설지가 않다.

나는 대개 바깥 사정, 그러니까 내 주인인 아윈 아스타를 제외한 다른 귀족들에겐 그다지 관심이 없는데, 그런 나도 알고 있는 제국 내의 유명한 오드아이가 있었다.

달튼 레이서스. 그의 이름까지 정확하게 알 정도였다.

그는 제국에서 제일 잘나가는 유능한 마법사였다. 그가 기분 좋게 손을 휘저으면 마른 가지에 꽃이 피어나고, 화가 나서 손을 휘저으면 거센 폭풍우가 내리친다는 말을 들은 적이 있었다.

지극히 일반인인 내게는 전혀 상상되지 않는 이야기였다. 그런 그가 내 눈앞에 있다는 건, 더 상상되지 않는 이야기이기도 했다.

하지만 묘하게도, 그가 달튼일 것 같다는 이상한 확신이 들었다.

"달튼……?"

나는 이제 신분의 고하를 뛰어넘어 멋대로 이름을 부르는 데 도가 튼 것 같았다. 거리낌 없이 그 이름을 불렀으니 말이다.

어쩌면 그가 화가 나서 손을 휘저을지도 모를 일이었다. 그럼 거센 폭풍우가 내리치는 걸까. 나는 내 머리 위로 폭풍우가 내리치는 것을 상상했다.

멋질 것 같은 기분이 드는 건 왜일까.

하나 그는 손을 휘젓는 대신, 나지막이 미소를 지었다. 심장이 아릴 정도로 아름다운 미소였다. 그 미소는 긍정을 뜻하는 미소이기도 했다.

이 사람. 역시나 달튼이었어.

달튼은 오드아이를 가진 마법사라는 사실 외에 한 가지 더 유명한 사실이 있었다.

그것은 바로,

"방탕자, 달튼 레이서스."

그가 방탕자라는 사실이었다.

방랑자도 아닌, 방탕자. 그는 잘생긴 얼굴과 잘난 재능으로 현인처럼 굴 요량이 없다는 듯이 행동했다.

그는 제국의 공주를 만나기도 했으며, 돈 많은 미망인을 만나기도 했으며, 심지어 이종족을 만나기도 했다.

비밀스럽게 만났던 것이 아니었으므로 그의 여자관계에 대한 것은 제국 내에서 정말 유명했다. 심지어 음유시인의 노래에도 그의 여자관계에 대한 노래가 있을 정도였으니.

그런데 나, 달튼을 대놓고 방탕자라고 불렀는데 괜찮은 걸까. 이번에는 진짜로 폭풍우가 내리칠지도 모르겠다. 아름다운 마법사인 달튼을 방탕자라 부른 내게, 그가 화를 낼지도.

다행스럽게도 그는 정원이 떠나갈 정도의 호쾌한 웃음을 터뜨렸다. 적어도 화가 난 것처럼 보이지는 않았다.

나는 그의 웃음을 보며 혼잣말하듯이 읊조렸다. 은연중에 흘러나온 진심이었다.

"……저도 방탕해지고 싶어요."

귀는 또 얼마나 좋았던 것인지, 그는 단번에 내 말을 알아듣고선 웃음을 조금 거뒀다. 그의 얼굴에 잔잔한 미소가 맴돌고 있었다.

"이렇게나 골 때리는 시녀는 또 처음이네."

그의 오드아이가 밝은 이채를 띠며 반짝였다. 어찌나 밝게 빛나던지 나는 또다시,

"아, 눈부셔."

라는 말을 되풀이할 수밖에 없었다.

"아윈을 찾아왔어."

그는 약속한 일을 내뱉듯이 말했다. 그가 실제로도 아윈과 만날 약속을 했을 수도 있었다.

"일단 아윈이 있는 곳으로 나를 안내해 줄래?"

"……."

"네가 누워 있는 시간이 끝난 거라면 말이야. 계속해서 누워 있고 싶다면 다른 사람을 찾아볼게."

나는 그럴 필요는 없다는 말과 함께 자리에서 완전히 일어섰다. 머리카락과 옷엔 잔디가 잔뜩 붙어 있었다. 할 수 없이 옷을 털다가, 무심코 달튼을 바라보았다.

나를 보고 있던 달튼의 눈동자가 가늘어져 있었다. 영문 모를 서늘한 빛을 띤 채였다. 나는 갑작스럽게 차가워진 그의 눈빛의 이유를 알 수 없었다.

내가 조금 주춤거리자, 달튼이 아무 일도 아니라는 듯이 빙그레 웃었다. 그러자 그에게서 일순 느꼈던 서늘함이 완전히 사라져 버렸다.

내 착각이었을까.

"따라오세요."

나는 내팽개친 빗자루를 주워 들고선 앞장을 섰다. 나보다도 키가 한참이나 큰 달튼은 강아지처럼 내 뒤를 졸졸 따랐다.

그는 처음 만났을 때와 다름없는 밝은 목소리로 내게 말을 건넸다.

"이봐, 시녀. 이름이 뭐야?"

그는 호구 조사라도 하고 싶다는 듯이 물었다.

"이포 벨이요."

"역시나 시녀?"

"보시다시피."

"그럼 왜 방탕해지고 싶었어?"

"더 이상 아닌 척하고 살기 싫어서요."

죽기 전에 내 멋대로 살아 보고 싶어서. 나는 거기까지는 말하지 못하고 현관문을 열었다. 달튼은 "그럼 실례."라는 말과 함께 저택의 안으로 들어왔다.

우리는 복도를 함께 거닐었다. 복도를 걸으면서도 달튼은 내게 여러 질문을 했다.

"이포는 방탕한 나를 존경해?"

"몹시."

흔쾌한 내 대답에 달튼이 소리 죽여 킥킥거렸다. 아무래도 내 대답이 우스웠나 보다.

"좋아, 전수해 줄게. 그렇지만 아윈을 만나는 게 먼저야."

나는 고개를 끄덕이다 문득 대마법사인 달튼이 아윈을 왜 찾아왔는지 궁금해졌다.

내가 알기로는 아윈의 저택에 마법사가 찾아온 것은 이번이 처음이었다. 그리고 아원은 마법과 거리가 있는 사람이었다.

그가 마법과 관련된 일을 처리하는 것을 본 적이 없었다. 아, 물론 아원의 얼굴은 마법을 쓴 것처럼 오묘하게 아름답기는 하다.

아원과 마법사라. 두 사람 사이에는 어떤 교점이 있는 걸까?

나는 어느 방 앞에서 걸음을 멈추었다. 그곳은 아원의 집무실이었다. 아원에게 달튼이 왔음을 고하기 전, 마지막으로 그를 빤히 응시했다. 달튼의 오드아이는 의문스러운 빛을 띠었다.

"저, 궁금한 게 있어요. 당신이 손을 휘저으면 진짜로 꽃이 피어나고, 폭풍우가 치나요?"

그것은 달튼을 처음 본 순간부터 매우 궁금했던 것들이었다. 곧 죽는 마당에 궁금한 것을 유야무야 넘기고 싶지는 않았다.

달튼은 잠깐 생각하는 낯빛을 띠더니, 이내 제 손을 조금 들었다. 그의 하얗고 가느다란 손은 딱 한 번 허공을 수평선으로 가로질렀다. 그러자 봄이 찾아왔다.

"와."

벚꽃이었다.

출처를 알 수 없는 벚꽃이 우리 주위에 흐드러지게 흩날렸다. 그 속엔 오랫동안 잊고 있었던 봄 냄새가 났다. 따뜻한 냄새.

"잠깐 잊고 있던 봄을 다시 상기시켜 줄 수는 있지."

다신 보지 못할 봄이었다. 삼 개월 후, 한겨울쯤에 나는 죽을 예정이었으니까. 그러자 왠지 구슬퍼지는 것은 어쩔 수 없었다.

손을 뻗자 내 손바닥 위로 벚꽃이 떨어졌다. 나는 마지막일지도 모를 벚꽃의 윤곽을 손바닥에 새겼다. 그것은 잊고 싶지 않은 감촉이었다.

"……울어?"

달튼의 당황한 목소리가 들렸다.

반대쪽 손을 급히 들어 눈가를 매만지자, 여느 때처럼 눈물이 나와 있었다. 두어 방울 정도의 눈물이었다.

"너무 예뻐서요."

생각나는 대로 궁금한 것을 입 밖으로 내뱉었을 뿐인데, 이번에도 수완이 꽤 좋았다. 어째서 나는 진즉 이렇게 살지 못했던 걸까.

달튼은 꽃비를 선사했던 그 예쁜 손으로 내 머리 위를 두어 번 톡톡 두드리며 말했다.

"네가 더 예뻐."

과연, 방탕자스러운 대사다.

"시녀 이포 벨. 여기서 날 기다려 줄래? 아윈을 만나고 빨리 나올게."

나는 무언가에 홀린 듯이 고개를 끄덕였다. 눈물을 흘려 흐물흐물해진 내 마음은, 거절의 의사를 내뱉을 여지가 전혀 없었다.

아주 조금도.

나는 아윈을 만나러 들어간 달튼을 꼼짝없이 기다렸다.

그가 선사한 봄은 멎어 있었지만, 벚꽃 하나는 내 손바닥 위에 여전히 남아 있었다.

나는 그것을 코끝에 가져갔다. 그러자 정말로 꽃향기가 났다. 향까지 재현하는 마법사라. 새삼스레 그가 대단한 마법사라는 걸 느낀다.

정말 만약에 봄이 올 때까지 살아 있게 된다면, 미래의 내 모습은 어떤 모습일까?

다른 것은 전부 필요 없으니, 나는 그저 아원의 방을 여느 때와 다름없이 쓸고 싶었다.

그러니까, 그건 지극히 살고 싶다는 생각이었다. 살아서 아원을 계속해서 사랑하고 싶다는 그런 생각.

내 사랑이 끝내 짝사랑으로 그친다 할지라도. 훗날 내가 다른 남자와 결혼하게 될지라도. 나는 아원에 대한 마음을 오랫동안 소중히 간직하고 싶었다.

하룻밤을 같이 보냈음에 그가 조금 더 각별해진 것일까.

한참이 지나서야 달튼이 방문을 열고 나왔다. 그는 내게 손을 작게 흔들며, 미안한 표정을 지었다. 마치 오래된 연인과의 약속 시간에 늦은 사람처럼.

"많이 기다렸어? 얘기가 꽤 길어졌지 뭐야."

나는 고개를 내저었다. 적어도 삼십 분은 지난 것 같았지만, 그다지 긴 시간은 아니었다. 그보다도 아원과 달튼이 무슨 이야기를 나누었을지 궁금했다.

달튼의 긍정적인 목소리와 아원의 무심한 목소리가 대화를 나누는 모양새가 잘 상상되지 않았다. 그래서인지, 죽기 전에 그들이 대화하는 모습을 한 번이라도 보았으면 하는 객쩍은 바람이 들었다.

아원을 떠올리기 무섭게 그가 보고 싶다는 생각마저도 들었다. 하지만 내게는 그의 방에 멋대로 들어갈 명분이 없었다. 해서, 나는 달튼과 복도를 거닐기 시작했다.

목적지는 알 수 없었다. 아윈의 집무실 앞에 있을 수 없어서 나는 걷기 시작했고, 달튼은 또다시 강아지처럼 내 뒤를 조용히 따랐으니까.

나는 그에게 우리의 행선지를 묻기 위해 말을 걸었다.

"대마법사님."

"뭐? 그 이상한 호칭은 뭐지?"

"그럼 뭐라고 부를까요?"

"아까처럼 부르는 게 좋아."

달튼은 작게 미소 지었다.

아까처럼이라면…….

"방탕자 달튼 레이서스……?"

내 부름에 달튼은 헛웃음을 흘렸다. 그는 제 머리칼을 부드럽게 쓸어 넘기며 대답했다.

"방탕자는 빼 줄래?"

"네, 달튼."

나는 그의 이름을 서슴없이 불렀다. 신분이 높은 이를 이름으로 부르는 건 꽤나 흥분되는 일이었다. 나 또한 그와 같은 위치에 있는 듯한 기분이 든다랄까.

"방탕자라는 말이 나와서 그런데…… 너, 방탕해지고 싶다고 했었지?"

그렇다는 듯이 고개를 끄덕이자, 달튼의 얼굴이 내 쪽으로 천천히 기울었다. 이윽고 그는 내 귀에 대고 작게 속삭였다.

"그럼 나와 잘 수도 있는 거야?"

그는 정말 대수롭지 않게 말했다. 마치 '오늘 숨 쉬었어?'라고 묻는 것 같았다.

달콤하게 속삭이던 그의 입술이 내 귀 끝에 슬그머니 닿았다. 의도적으로 그랬는지, 아닌지는 알 수 없었다.

다만, 그의 의도와는 별개로 나는 그의 입술을 온전히 느껴 버렸다. 온몸에 소름이 돋을 정도였으니. 그것은 제법 야릇한 소름이었다.

달튼은 이런 식으로 방탕한 생활을 유지했던 걸까. 은연중에 여자의 마음을 흐트러뜨리는 그의 스킬에 약간 감탄했다.

우리는 자연스럽게 걸음을 멈추었다. 달튼은 숙였던 고개를 들어 올려 내 대답을 기다렸다. 나는 무슨 대답을 해야 할지 막막해했고, 기다리다 지친 그가 먼저 말을 꺼내었다.

"이런 말, 굉장히 구식 같지만. 넌 다른 여자들과 달라서 흥미가 가거든."

"정말 구식이네요."

"하하. 그렇지? 하지만 어느 땐 구식이 제대로 통할 때가 있어. 새로운 작업 멘트가 언제나 흥하는 건 아니니까."

나는 생각에 잠겼다. 내가 처음 보는 남자와, 그것도 방탕자인 달튼 레이서스와 관계를 가질 수 있을까?

달튼은 내가 단 한 번도 꿈꿔 본 적이 없는 남자였다. 나와 엮이리라 전혀 생각지 못한 남자이기도 했고.

예전의 나였다면, 그의 제안을 단번에 거절했을 것이다. 하지만 나는 삼 개월 후에 죽는다.

아끼고, 또 아끼던 나의 육체는 타인의 부드러운 손길을 충분히 느껴 보지 못한 채로 흙 속에 파묻히게 될 것이다. 그런 생각이 들자, 나는 도무지 달튼의 제안을 거절할 수 없었다.

인생 뭐 있나. 어차피 가는 인생, 지금까지 해 보지 못했던 삶을 살아 보고 싶었다.

내일이 마지막인, 오늘만 사는 인생을 살고 싶었다.

"그럼 달튼은 흥미가 가는 여자와 모두 잔 거예요?"

나는 일단은 그에게 다른 말을 늘어놓았다. 달튼은 순순히 대답해 주었다.

"아니, 내가 원하는 상대방도 나를 원할 때만."

그는 가벼운 턱짓을 했다. 내가 대답할 차례라는 것처럼.

나는 아윈에게 했던 대로 그에게 대수롭지 않게 '나랑 잘래요?'라는 말을 꺼내고 싶었다. 하나 이상하게도 입술이 잘 떼어지지 않았다.

머리로는 인생 막살아 보겠다는 생각을 하고 있었지만, 내 마음은 그 사실을 잘 받아들이지 못하나 보다.

태어나 지금까지 얌전하게 살았는데, 단번에 방탕한 여자로 변모하는 건 아무래도 무리인가 보다.

내가 머뭇거리자 달튼은 손을 뻗어, 내 머리칼을 마구 헝클어뜨리기 시작했다.

"강요하는 건 아니야, 이포."

그는 묘하게도 내 이름을 아주 다정스럽게 불렀다. 마치 몇 번이고 부르고, 또 불러, 제 입에 닳아 버린 이름을 부르듯이 말이다.

실제로 그런 이름을 가졌던 여자를 알고 있었던 게 아닌가 하는 생각이 잠깐 들었다. 정말 소모적인 생각이었다.

"……."

"방탕해지고 싶다 했던 주제에 이제 와 네 말을 무르고 싶은 거야?"

"아직 마음의 준비가 안 됐나 봐요."

"뭘 그렇게 심각하게 굴어. 큰일도 아닌데. 방탕이라는 거, 한 번 맛보면 빠지는 건 금방이라고. 요컨대 시간문제라고 해야 할까."

내겐 시간이 그다지 없는걸요. 삼 개월 안에 제대로 방탕해질 수 있는 건가요? 나는 그저 작게 미소 지었다.

입가에는 미소를 띠고 있었지만, 그를 바라보는 내 시선은 구슬펐을지도 모르겠다. 눈물이 흐르지 않아서 다행이었다.

달튼은 구슬퍼진 내 시선을 눈치채지 못한 것인지, 자연스럽게 말했다.

"오늘 밤에 내 방으로 찾아올래? 방탕함에 대해서 얘기해 줄게."

"후작저에 계속 계시는 거예요?"

"당분간은. 이 층 복도 끝 방이야."

그의 눈동자가 부드러운 호선을 그렸다. 그 미소는 여자들의 마음을 설레게 하는 데에 일가견이 있는 미소였다.

마음이 조금 떨렸던 것 같다.

오늘 아원을 만날 수 있는 시간은 오후에 딱 한 번 있었다. 나는 분신 같은 오래된 빗자루를 들고 그의 집무실을 찾았다.

똑똑. 노크와 함께 방으로 들어서니, 아원은 내게 눈길 한번 주지 않으며 책상에 머리를 파묻고 있었다.

설핏 본 아원의 피부가 다른 때보다도 훨씬 더 창백해 보였다. 며칠 동안 제대로 잠을 자지 못한 사람 같았다. 밥은 먹고 일을 하는 걸까.

그러고 보니, 가을에 접어드는 이맘때쯤에 아윈은 언제나 바빴다. 정확히 무슨 일을 하는지 알 수 없었다. 어쩌면 시녀인 내가 그 일을 안다는 게 더 이상한 일일지도 몰랐다.

나는 아윈에게 최대한 방해가 되지 않게 빗자루를 소리 없이 쓸었다. 그것은 매일 하던 일이었으나, 좀처럼 집중할 수 없었다. 왜냐면, 아윈을 쳐다보고 싶었기 때문이다.

나는 기어코 그의 얼굴을 몰래 훔쳐보았다. 얼굴을 훔쳐보자, 그에게 물음을 건네고 싶은 마음마저도 들었다.

내 이름을 기억하고 있는지. 오늘도 함께 밤을 보내면 안 되는지.

아윈의 얼굴을 보는 일에 너무도 집중한 것인지, 나는 들고 있던 빗자루를 손에서 놓쳐 버렸다.

탁.

정적 사이로 빗자루가 떨어진 소리가 메아리치듯이 울렸다. 전혀 신경 쓰지 않을 것 같았던 아윈의 얼굴이 들린 것은 그 순간이었다.

그는 책상에 코를 박을 듯이 숙이고 있었던 고개를 들어 나를 응시했다. 아니, 정확하게 얘기하자면 나와 바닥에 떨어진 빗자루를 한 번씩 번갈아서 보았다.

그러다 아무런 말도 없이 몸을 일으켰다. 일어서는 그의 동작은 벽에 걸린 명화처럼 멋스러웠다. 아윈의 긴 다리는 유연한 곡선을 그리며 내게 다가오기 시작했다.

한 걸음, 두 걸음, 세 걸음.

그가 가까워질수록 내 심장은 침착하지 못한 소리를 내었다. 나는 호흡을 길게 들이켰다.

아윈은 금세 내 앞까지 다가와 걸음을 멈추었다. 그는 언제나처

럼 무심한 시선으로 나를 내려다보았다. 그의 그림자 속에 내가 온
전히 담겨 있는 것 같았다.

"오늘은 안 우네."

아윈은 뜨거웠던 지난 밤처럼 내게 손을 뻗었다. 그의 따뜻한 손
끝이 내 눈가에 닿았다.

그는 내 눈가를 살며시 눌렀다. 내 눈물샘이 눈물을 참고 있는
지, 아닌지를 확인하려는 것처럼.

"죄송해요. 제가 방해가 됐나요?"

침묵으로 대답한 아윈은 내 눈가를 한 번 더 쓸었다. 눈물을 참
고 있는 거라면 쏟아 내도 좋다는, 무언의 격려 같았다.

"울지 않아요."

"응."

그는 짧게 대답하며 내 얼굴에 닿았던 손을 물렸다.

아무것도 기대하지 말라고 했던 주제에, 그의 목소리가 꽤나 다
정하게 들렸다. 물론 그것은 내 착각일 수도 있었다.

아윈은 조금 전까지 내게 닿아 있었던 손으로 재킷 안을 뒤적거
리기 시작했다. 무엇을 찾는 걸까 싶던 그때, 무언가가 쥐어진 그
의 손이 내게 내밀어졌다.

"손수건?"

그것은 무늬 없는 손수건이었다. 내가 선뜻 손수건을 잡지 못하
고 고개만 갸웃거리자, 아윈은 답답하다는 듯이 말했다.

"두 번이나 울었잖아. 그래서 세 번 울 수도 있겠다고 생각해서."

"……."

"빗자루를 떨어뜨리면, 눈물을 흘렸잖아."

아윈은 나를 빗자루를 떨어뜨리면 눈물을 흘리는 여자로 생각하고 있는 것 같았다.

빗자루와 눈물 사이의 상관관계에 대한 의문이 들었다. 더 말할 것도 없이 연결고리는 전혀 없었다.

나는 의아하다는 듯이 물었다.

"원래 이렇게 친절하셨어요?"

"아니. 다만, 눈물에 약할 뿐."

그는 왜 손수건을 가져가지 않느냐는 듯이 고개를 까딱였다. 나는 그제야 손수건을 집어 들어, 눈물의 기운이 없는 건조한 눈가를 쓸었다. 손수건에선 좋은 냄새가 났다.

"내가 닦아 주기를 기대하는 건 하지 말라고."

그는 심드렁하게 말하고선 뒤돌아섰다.

아윈이 내 눈물을 닦아 주기를 기대한 적은 한 차례도 없었으나, 어쩌면 오늘부터 조금은 하게 될지도 모르겠다.

나는 멀어지는 그의 등을 물끄러미 바라보았다. 물론 그가 나를 돌아보는 일은 없었다.

나는 또다시 값비싼 향유로 몸을 씻었다.

살갗에선 정신이 혼미해질 정도의 아찔한 향이 풍겼다. 한번 맡으면, 도무지 잊지 못할 향이었다.

역시. 비싼 것은 언제나 옳았다.

아윈은 그날 밤, 내 살갗의 냄새를 기억하고 있을까?

나는 문득 그동안 시녀 생활을 하며 번 돈들을 떠올렸다. 많은 돈은 아니었지만 꽤 벌긴 벌었던 것 같았다. 하지만 내 수중에 있는 돈은 그다지 없었다.

대부분을 지방에 계신 부모님께 부쳤고, 나는 입에 거미줄이 쳐지지 않을 정도로만 돈을 썼다.

이제부터라도, 내가 번 돈은 모두 다 내게 쓰고 죽고 싶었다. 쓸 날이 그리 많지 않았다.

운 좋게도 조만간 월급날이었다. 무엇을 사야 좋을까. 죽을 때도 기억이 될 만한 기념비적인 것을 사고 싶은데.

죽는다는 생각이 들기 무섭게 나는 버릇처럼 눈가를 쓸었다. 설마 눈물이 또 나는 건 아니겠지.

다행히도 눈물의 흔적은 없었다.

그렇게 또다시 자정이 되었다.

나는 간소한 옷차림과 작은 등불을 들고선 복도를 거닐었다. 저택 내의 다른 이들을 이미 밤의 정적 속에 파묻혀 버린 것인지, 복도에서 마주친 이는 없었다.

이윽고 이 층 복도 끝 방에 다다른 나는, 가벼운 노크를 했다. 똑똑.

"들어와."

아윈과는 다르게 그는 제대로 된 대답을 해 주었다. 문고리를 잡고 돌리자, 문은 자연스럽게 열렸다.

문이 열리자마자 보인 것은 눈이 부신 미남자였다. 구태여 이름을 말하자면, 달튼 레이서스.

그는 촛불 몇 개를 켜 두고선, 소파에 앉아 있었다. 내가 들어서

기 무섭게 낮에 보았던 그의 오드아이가 내게로 향했다. 그것은 어
두운 사위 사이에서 빛나는 고양이의 눈처럼 보였다.

"강제로 덮치지 않으니까 그렇게 서 있지 말고, 내 앞에 앉아 줄래?"

그는 사려 깊은 목소리로 권했다.

잡아먹힐까 봐 무서워서 서 있었던 것은 아니었고, 나는 그의 신
비로운 오드아이에 대한 감상 아닌 감상을 하고 있었을 뿐이었다.

나는 느릿한 걸음으로 걸어가, 그의 맞은편에 앉았다. 달튼은 내
게서 눈을 떼지 않으며 말을 걸었다.

"생각해 봤는데, 정정이 필요한 것 같아."

"무슨 정정이요?"

달튼은 제법 진지한 표정을 지으며 대답했다. 대단한 말이라도
꺼낼 모양새였다.

"나는 호색한이지, 방탕한은 아니야."

그토록 진지한 얼굴로 내뱉은 말이 호색한이라는 말이라니. 나는
웃음이 나려는 것을 간신히 참으며, 그에게 반문했다.

"그게 그거 아닌가요?"

"달라. 방탕은 주색을 즐기는 거라고. 나는 술은 즐기지 않으니
까. 나를 취하게 하는 건 여자일 뿐."

"멋진 말이네요."

"……너무 영혼 없이 말하는 거 아니야?"

그랬던가.

나는 속마음이 들킨 것 같아서 괜히 목덜미를 주물럭거렸다. 그
러자 달튼은 키득거리기 시작했다.

뭐가 그렇게 웃긴 것인지 모르겠다. 대마법사쯤 되면 세상만사가

웃기게 느껴지는 건지.

"그런데 말이야. 호색에 대해 얘기하기 전에 먼저 묻고 싶은 게 있어."

"뭔데요?"

그는 대답 대신 소파에서 일어나 내 옆에 소리 없이 앉았다. 고개를 돌려 그를 쳐다보니, 그의 몸이 너무도 가깝게 밀착되어 있었다. 위험한 빛을 띤 그의 오드아이가 내 얼굴에서 떨어지지 않고 있었다.

달튼은 손을 조금 들어 올려, 어깨에 걸쳐진 내 갈색 머리칼을 조용히 매만졌다.

"처음 봤을 때부터 의아했던 건데…… 네게서 내가 찾던 것의 냄새가 나는 것 같아."

그는 내 목덜미를 곧 물듯이 고개를 오른쪽으로 기울였다. 나는 어깨를 움츠렸지만, 그를 피하지는 않았다.

그는 내게 호색한 짓을 하려고 했던 것은 아니었던지, 단지 코를 몇 번 킁킁거렸을 뿐이었다.

"뭘 찾는데요?"

"혹시 최근에 누군가와 밤을 보낸 적이 있어?"

나는 아윈을 떠올렸다. 최근에 누군가와 함께 지새운 밤이라면, 아윈과 보냈던 그 밤밖에 없었다. 그러자 아윈이 했던 의미 모를 말까지도 떠오르더라.

'내겐 두 개의 심장이 있어.'

기묘한 울림을 가졌던 그 말이 떠오른 이유는 무엇일까. 달튼은 내게서 아윈의 체취를 맡았던 걸까?

달튼은 기울이고 있었던 고개를 들어 올렸다. 그는 고개를 똑바로 한 채로 나를 보았다. 우리의 눈동자가 꼼짝없이 마주쳤다.

한 번 보면 절대로 잊히지 않을 만큼 아름다운 달튼의 오드아이엔 희미한 열기가 반짝이고 있었다. 누가 보아도 위험해 보이는 열기다.

달튼의 물음에 대한 답은 아윈이었지만, 아윈의 이야기를 꺼내면 안 될 것 같다는 예감이 들었다.

아니, 그것은 예감이 아니라 확신이었다.

나는 마른침을 삼키며, 다른 말을 꺼내려고 했다. 다른 이의 방문을 뜻하는 문소리가 들린 것은 그 순간이었다.

끼이익. 문이 천천히 열리고 있었다. 달튼과 나의 시선은 절로 그리로 향했다.

"……!"

거기엔 놀랍게도 아윈이 서 있었다. 자정인 지금, 그가 무슨 연유로 달튼을 찾아온 걸까.

문고리를 잡은 채로 문턱에 발을 디딘 아윈의 눈동자가 이윽고 내게 닿았다.

뜻밖의 내 모습에 놀랄 법도 했지만, 아윈의 얼굴에는 그 어떤 동요도 없었다. 대신 그는 제 입술을 작게 일그러뜨리며, 한 마디를 내뱉었을 뿐이다.

"이포 벨?"

그것은 작은 목소리였으나 기막힌 정적 사이에서는 큰 소리가 되어 울렸다. 나는 똑똑히 들었고, 달튼도 똑똑히 들었으리라 생각되었다.

고저 없는 아름다운 목소리에 담긴 내 이름을 듣자 나는 눈물이 날 것 같았다.

'이포 벨. 제 이름을 기억해 주세요.'

뜨거웠던 그날 밤, 그에게 했던 부탁. 그는 내 부탁대로 내 이름을 명백히 기억하고 있었던 것이다. 의심할 여지없이. 아주 뚜렷하게.

내 이름을 부른 그의 입술은 굳게 닫혔지만, 그의 목소리는 메아리로 남아 이명처럼 내 귓가에 맴돌았다.

'이포 벨.'

그는 달튼과는 다르게 나를 아주 낯선 이를 부르듯이 불렀다. 사실 그렇게 부르는 게 당연한 일이었다. 우리는 낯선 관계였기에.

한동안 나를 물끄러미 바라보던 아윈이 발걸음을 옮기기 시작했다. 그는 문고리를 잡고 있던 손을 놓고, 문턱에 디디고 있던 발을 앞으로 뻗었다.

방을 가로질러, 우리에게 반쯤 다가온 아윈이 말했다.

"……잠이 안 와서 복도를 걷고 있는데."

그의 시선은 내게만 닿아 있었다.

"네 냄새가 났어."

냄새. 달튼도 그렇고 아윈도 그렇고 내게서 도대체 무슨 냄새가 난다는 걸까. 내게 나는 냄새라고는 값비싼 향유의 향밖에 없을 텐데.

그렇게 말한 아윈은 끝내 우리의 지척까지 걸어와 걸음을 멈추었다. 그는 또다시 침묵으로 일관하며 우리를, 아니, 나를 내려다보았다.

그 고요한 시선이 달튼에게 닿는 법은 없었다. 아윈은 꼭 달튼이 이 공간에 존재한다는 사실을 인정하지 않는 것 같았다.

아원의 시선을 마주하며, 나는 잠깐 그런 상상을 했다. 그가 내 손목을 잡고서 이 방을 나가는 게 아닐까, 하는.

그것은 삼류 연애 소설에 나오는 흔한 장면이었다.

남자주인공은 여자주인공이 다른 남자와 함께 있는 것을 보게 된다. 남자주인공은 걷잡을 수 없는 질투에 휩싸여, 여자주인공의 손목을 힘 있게 낚아챈다. 대강 그런 장면이라고 할까.

살며시 기대를 했지만, 그런 일은 실제로 일어나지 않았다. 아원은 고개를 삐딱하게 기울인 채로 팔짱을 꼈을 따름이었다. 팔짱을 낀 그의 얼굴에선 내 손목을 낚아채고 싶어 하는 기미는 전혀 보이지 않았다.

나는 차분하게 결론을 지었다. 소설은 소설일 뿐이고, 현실은 현실일 뿐이다.

소설 속에서 일어나는 일이 현실이 될 가능성은 없었다.

"향유 냄새."

아원은 아름다운 목소리로 작게 속삭였다. 아무래도 복도에서 아원이 맡았다던 그 냄새는 내 향유 냄새였나 보다.

그날 밤의 그 냄새를 아원이 지금까지 기억하고 있었다니. 역시나 비싼 것은 언제나 옳았다.

"아는 사이?"

아원은 그제야 달튼의 존재를 인지했다는 듯이 물었다.

"아니요."

나는 번개보다도 빠르게 대답했다. 나는 방탕한 삶을 살고자 마음을 먹었지만, 아직까지는 아원이 내 방탕함에 대해서 몰랐으면 했다.

이기적인 생각인 거 안다.

하지만 좋아하는 사람에게는 그런 것이다. 내 치부를 당장 드러내고 싶지는 않았다. 설령 언젠가는 꼭 들킬 일이라도 말이다.

그리고 엄연히 따지자면 달튼과 나는 오늘 처음 본 사이지, 아는 사이가 아니니까. 나는 그런 식으로 자기 합리화를 했다.

"허, 그러면 모르는 사이인가?"

내 말에 어이가 없다는 듯이 달튼은 허탈한 소리를 내었다. 애석하게도 그의 말은 아원에게 완전히 묵살당했다.

"모르는 사람과 밤새 함께 있는 건 아니라고 했는데."

거기까지 말한 아원은 제 할 말이 끝났다는 듯이 뒤돌아섰다. 나 가자는 말은 없었다. 하지만 나는 까닭 없이 아원의 뒤를 따르고 싶다는 생각이 들었다.

"달튼, 오늘은 이만 가 볼게요."

그러자 달튼이 또다시 어이가 없다는 듯이 헛웃음을 흘렸다.

"허."

그래도 어쩔 수 없었다. 당신과 나눌 방탕함과 관련된 대화도 중요했지만, 나는 내 마음이 원하는 것을 부정할 도리가 없었으니까.

내 심장은 아원의 뒤를 따르길 명백히 원하고 있었다.

아원은 잰걸음으로 방을 나섰다. 나는 뛰듯이 걸으며 그를 뒤따라 방을 나섰다.

복도를 거니는 그는, 내가 따라 나왔다는 걸 아는지 모르는지 전방만을 바라보며 걸었다. 그가 뒤를 돌아보길 기대했지만, 역시 현실은 냉혹한 법이었다.

"후작님!"

나는 처음으로 그를 제대로 된 호칭으로 불렀다. 그제야 아윈의 고개가 비스듬히 돌아갔다. 그렇다고 해서 걷던 걸음까지 멈춘 것은 아니었다.

나는 얼른 그를 따라잡아, 그의 걸음에 맞추어 걸었다.

"제 이름을 정말로 기억하셨어요?"

"기억해 달라며. 작은 부탁은 들어줄 수 있어."

그는 언제나처럼 무심하게 대꾸했다. 거기엔 어떤 로맨틱함도 담겨 있지 않았다. 그래서 나는 조금 로맨틱하게 그에게 말했다.

"나랑 잘래요?"

"……."

어째서 이런 상황에 그런 말이 튀어나왔는지 알 수 없었다. 달튼에겐 그토록 꺼내기 힘들었던 그 말이, 아윈에겐 너무도 쉬이 흘러나왔다.

아윈은 걸음을 멈추고 나를 빤히 내려다보았다. 그의 눈동자엔 이따금씩 보았던 짐승의 기류가 감돌고 있었다. 본능에 잠식된 눈빛.

그는 남자였고, 여자를 좋아했고, 쾌락에 약한 동물이었다.

머릿속이 하얗게 질려 갔다. 아윈의 키스가 거칠었기 때문이다.

나를 어르고, 달래던 첫날밤의 키스는 온데간데없이 사라진 후였다. 그의 입술은 내가 감당할 수 없을 정도로 깊게 파고들었다.

파고드는 그의 숨결이 내 기도를 잡아 틀었다. 나는 숨을 쉴 수 없을 것만 같았다.

호흡이 가빠 옴에 나도 모르게 그의 등을 세게 할퀴었지만, 아원은 아랑곳하지 않았다. 제가 만족스러울 때까지 입을 맞추고 나서야, 내게 숨 쉴 틈을 주었을 뿐이었다.

이런 황홀한 순간에서조차도 나는 죽음의 그림자에 대해서 생각했다. 숨이 막힐 듯한 기분. 그것은 곧 내가 느끼게 될 느낌이었다. 나는 조만간 숨이 막혀서 죽어 버릴 것이다. 심장이 제 기능을 끝낼 날이 머지않았다.

바라는 게 있다면, 종래에 숨을 쉴 수 없어 죽을 때, 아원의 키스로 숨이 막혀 죽고 싶다는 것이었다.

정말 말도 안 되는 일임을 안다. 하지만 바라는 건 순전히 내 의지였다. 설령 결단코 일어나지 않을 일이라도, 나는 바라고 싶었다.

부질없는 생각들은 더 이어지지 않았다. 그가 내 안에 깊숙이 들어왔기 때문이었다. 아원이 들어오던 순간, 나는 어쩐지 눈물이 났다. 고장 난 내 눈물샘을 그가 조종하는 기분이었다.

나는 흐르는 눈물을 그대로 놓아두며, 그의 이름을 나지막이 불렀다.

"……아원, ……하."

나는 달아오른 숨을 토해 냈고, 아원은 격정적인 몸짓으로 나를 압도했다.

나는 땀에 젖은 그의 몸을 있는 힘껏 끌어안으며 눈을 감았다. 눈을 감고선 우리의 몸에 흐르는 뜨거운 피를 생각했다.

무심한 아원에게는 차가운 피가 흐를 것 같다고 종종 생각했었다. 사람이 정적이어도 너무 정적이었기 때문이다. 하나 그것은 내 착각이었다.

나를 안는 아윈은 뜨거운 피가 흐르는 남자였다. 그렇지 않고서야 그의 몸이 이토록 뜨거울 수 없을 테니까.

그렇다면 아윈은, 내 피가 차갑게 식는 순간 어떤 감상을 남길까.

나는 차가워진 내 몸을 내려다보는 그의 얼굴을 상상했다. 이상하게도 그가 무슨 얼굴을 할지 도무지 가늠할 수 없었다.

아윈 아스타, 당신은 차가운 시신이 된 나를 보며 어떤 얼굴을 할까요.

내가 그런 생각을 하는 사이에도, 그의 움직임은 멈추지 않으며 나를 옥죄었다.

아윈은 그 누구도 본 적이 없는 내 몸의 구석구석까지 입을 맞추고, 부드럽게 핥았다. 그의 손길이 지나치지 않은 곳이 없었다.

"……왜 울어?"

그의 입술이 내 얼굴에도 낙인을 남길 무렵, 그는 그제야 내가 흘린 눈물의 흔적을 발견한 듯했다.

왜 울어.

'또 울어?'라고 물었던 과거와 비교했을 때, 그의 물음은 '왜 울어?'로 바뀌어 있었다. 그는 내 눈물의 이유를 이제야 궁금해했다.

"역시나 눈물샘이 고장 나서요."

나는 애꿎은 눈물샘 핑계를 대고선, 감고 있었던 눈을 떴다. 그러자 아윈의 눈과 제대로 마주쳤다.

"의미 없는 눈물인 건가?"

"……."

나는 대답 대신 눈을 깜빡였다.

그는 자연스럽게 손을 뻗어 내 눈가를 어루만졌다. 역시나 눈물샘의 존재를 확인하는 것만 같았다.

"그런 것치곤 심장이 아파."

"……."

"왜 너는 나를 슬프게 하는 눈물을 흘리는 걸까."

"슬퍼요?"

"아니."

그는 방금 전에 슬프다고 말한 것을 잊은 사람처럼 부정의 대답을 꺼내 놓았다. 그의 검은 눈동자가 평소와는 다르게 조금 씁쓸해 보였다면.

"두 번째 심장이라고 했잖아. 그가 슬퍼하고 있어."

아원은 또다시 의미 모를 말을 꺼냈다. 실제로 그가 두 개의 심장을 가지고 있는 건지 물어보고 싶었다.

하지만 묻는다고 해서, 아원이 순순히 제 사정을 털어놓으리라고는 여겨지지 않았다. 그래서 나는 내가 하고 싶은 말을 그에게 꺼냈다.

"제 이름을 내일도 기억해 줄 거예요?"

입술을 타고 흘러나온 내 목소리는, 내가 듣기에도 구슬펐다.

"내가 네 이름을 기억해서, 네 눈물이 진짜로 의미가 없어진다면."

"……."

"그가 더 이상 슬퍼하지 않는다면, 기꺼이."

아원이 말하는 '그'는 도대체 누구일까.

"그가 누구예요?"

아원은 침묵으로 답했다. 나는 대답을 듣는 것을 포기한 채로 그의 하얀 뺨을 쓸었다. 그는 내 손길을 저지하지 않았다. 손끝에 스머드는 그의 온기가 아직도 비현실처럼 느껴졌다.

하지만 이것은 현실이었다. 뜨거운 숨을 내뱉는 우리는, 뜨거운 피가 흐르는 현실 속 존재였다.

◈

내가 요즘 연습하는 것은 유서를 쓰는 일이다.

그것은 정말 어려운 일이었다. 원래부터 글재주가 없을뿐더러, 심지어 유서라는 것이 너무도 난해했다.

더군다나 나는 자살 따위가 아니었다. 자의에 의한 죽음이 아니었으므로 도무지 무엇을 적어야 할지 알 수 없었다. 그저, '부모님, 몸 건강히 잘 지내세요.'라는 말만 몇 번이고 끄적거렸을 뿐이었다.

나는 맥 빠진 한숨과 함께 잡고 있던 펜을 놓았다.

일단은 후퇴다. 다음에 더 적기로 하자.

나는 기진맥진한 얼굴로 고개를 뒤로 젖혔다. 그러자 벽에 걸린 달력이 보였다. 생각보다 시간이 많이 흘러 있었다.

살날이 삼 개월이라고 여겼던 게 어제 일 같은데, 내 유예 기간은 벌써 이 개월하고도 이 주밖에 남지 않았다. 근 칠십 일 정도가 될까.

누군가에겐 짧게 느껴질 수도, 또 누군가에겐 길게 느껴질 수도 있는 시간이었다.

나는 문득 어린 시절의 나를 떠올렸다.

얼른 어른이 되기를 꿈꾸던 어린 시절에는 시간이 그토록 느리게 흘러가더니, 막상 어른이 된 지금은 시간이 너무도 빨리 흘러갔다.

나이에 따라 시간의 흐름이 다른 것인지.

할 수만 있다면 어린 시절의 느리다 못해 멈춘 것처럼 흘렀던 시간을 끌어와, 지금 이 순간에 쓰고 싶었다.

달력의 날짜를 계속해서 보고 있다가, 오늘 숫자의 색깔이 다른 것을 발견했다. 붉은색. 제국의 행사가 있는 날이었다.

제국의 행사, 아마 건국제쯤이 되려나.

수도에 있는 대개의 사람들은 건국제를 즐기겠지만, 시녀인 내게는 그다지 특별할 게 없는 날이었다.

건국제 또한 여느 다른 날과 다름없다. 나는 낡아 빠진 빗자루로 바닥을 쓸고, 책상 위를 마른걸레로 닦고, 오랜 시간 굽혔던 허리를 간간이 펼 뿐이었다.

그렇지만 나는 오늘을 조금 다르게 지내보고 싶었다.

마지막 건국제다. '마지막'이라는, 내 마음을 사무치게 만드는 말이 나를 가만히 있지 못하게 만들었다.

나는 특별한 행동을 하고 싶다는 열망에 휩싸였다. 그것은 아윈에게 느꼈던 강한 마음의 동요와 비등한 것이었다.

열망이 들기가 무섭게 오랫동안 앉아 있던 몸을 일으켰다. 결심이 섰다면 그것을 물리지 않을 것이다. 내게는 살날이 칠십 일밖에 없었으므로.

수중에 있는 돈을 부랴부랴 챙겨 방을 나섰을 때, 누군가와 꼼짝없이 마주쳤다.

"엄마야!"

나는 대부분의 사람들이 놀랐을 때 하는 말을 뱉어 냈다. 그러자 딱딱한 음성이 돌아왔다.

"나는 네 엄마가 아닌데. 이렇게 잘생긴 남자가 네 엄마일 리는 없잖아."

달튼이었다.

내 방을 어떻게 알아낸 것인지는 모르겠지만, 그는 노크를 하려던 것처럼 주먹 쥔 손을 허공에 들고 있었다.

"노크하려고 했어요?"

"보시다시피."

"저를 찾아왔나요?"

"보시다시피."

우리는 의미 없는 대화를 몇 번 나누었다. 정말 영양가 없는 대화였다.

나는 열었던 방문을 닫은 다음, 그를 빤히 바라보았다. 그러고 보니 달튼과는, 이틀 전날의 밤에 아윈과 함께 사라지고 나서 처음 만난 것이었다.

사실 어제 달튼을 먼저 찾아가려고 했지만, 끝내 그를 찾아가지 못했었다. 허리가 얼마나 쑤시고, 다리는 또 얼마나 후들거리던지. 지난밤, 아윈과 나누었던 뜨거웠던 밤의 여파였다.

달튼은…… 화가 났을까? 이번엔 그가 정말로 화나서 허공에 손을 휘젓는 것이 아닌가 싶었다.

그러면 내 머리 위로 회색빛 먹구름이 드리우며, 귀가 따가울 정도의 폭풍우가 내리칠 테지. 방수가 되는 옷을 입었어야 했는데.

나는 달튼에게 조심스럽게 물었다.

"달튼. 그날 밤에 제멋대로 가서 화났어요?"

달튼은 한쪽 눈썹을 들썩이며, 내 쪽으로 고개를 바투 기울였다.

그는 아무래도 가까이서 얘기하는 것을 좋아하나 보다.

"그 말은 방탕한 나를 아주 무시하는 말이야."

"어째서요?"

"방탕자는 방탕한 삶을 나무라지 않지."

거기까지 말한 그는 음흉한 미소를 지었다. 그 미소가 의미하는 바가 무엇인지는 묻지 않아도 예상이 되었다.

그의 입에서 "아원과……."라는 말이 나오던 순간, 나는 그의 말을 잘랐다.

"언제는 호색한이라고 안 했어요?"

"흐음. 방탕이라는 말이 왠지 더 아름다운 말처럼 들려."

방탕과 호색의 어감이 어떻게 다른지 나는 잘 모르겠다. 그러나 고개를 똑바로 세워 고뇌에 빠진 듯 긴 신음을 흘리는 그의 얼굴이 새삼 아름다운 건 알겠다.

"지금 나를 아름답다고 생각했지?"

달튼은 오묘한 미소를 지었다. 나를 향한 그의 오드아이는 밝게 빛나고 있었다. 그것은 언제고 점멸하지 않을 빛처럼 보였다.

아름답다고 표현하기조차 미안할 정도로 예뻤기에, 나는 부정할 도리 없이 고개를 끄덕였다.

달튼은 만족스러운 얼굴을 했다. 내가 저를 칭송해서, 그의 기분이 좋아진 것 같았다. 그는 한층 누그러진 목소리로 내게 물었다.

"이포. 지금 어디에 가는 거야?"

"드레스 숍이요."

"드레스? 오늘은 일 안 해?"

"땡땡이."

나는 지난날 한 번도 쉬지 않고 일했다. 연차도 쓰지 않았고, 심지어 반차도 쓰지 않았다. 아, 내 삶이 삼 개월 정도 남았다는 진단을 받던 날에 잠깐 무단 외출을 하기는 했다.

그렇지만 결론적으로 나는 아주 성실한 시녀였고, 하루쯤 땡땡이를 친다고 해서 나를 다그칠 사람도 없었다. 만약 혼이 난다면 어쩔 수 없겠지만, 나는 오늘 특별한 행동을 하기로 마음먹은 사람이었다.

나를 막을 사람은 없었다. 설령 그것이 달튼이 만든 무시무시한 폭풍우일지라도.

"저는 먼저 가 볼게요."

내가 복도를 앞서 걷자 달튼이 내 뒤를 쫓았다. 손을 휘저으면 계절의 흐름을 다스릴 수 있는 그가, 내 뒤를 세 번씩이나 졸래졸래 따라 다닌다는 사실이 정말 이상했다.

"그럼 방탕함에 대해서는 언제 얘기를 나눌 거야?"

"언제가 좋을까요? 오늘은 제가 좀 바쁠 것 같은데……."

세상에서 가장 예쁜 드레스를 사서, 꼭 가 보고 싶은 곳이 있었다. 오늘이 아니면 가지 못할 곳이었다.

"오늘 뭘 하는데?"

달튼이 궁금하다는 듯이 물었을 때, 나는 걸음을 멈추고 그를 다시금 응시했다.

내 계획을 말해야 하나 고민하던 찰나, 주위의 공기가 희박해지는 기분이 들었다. 물론 실제로 공기가 희박해진 것은 아니었다.

문제는 나에게 있었다. 심장이 제 기능을 하기를 거부했기 때문이었다.

기도로 들어오는 공기의 양이 확연히 줄어들었다. 숨쉬기 위해 필요한 산소를 충분히 공급받지 못하게 되었다. 제대로 기능하기를 거부한 내 심장은, 미약한 공기만을 전달하고 있었다.

가까스로 숨을 내쉴 때마다 폐부가 찢기는 것처럼 아파 왔다. 시야마저도 흐려지기 시작했다. 그러자 달튼의 아름다운 얼굴이 흐릿하게 보였다. 나는 나도 모르게 몸을 휘청거렸다.

"……이포?"

달튼은 거리낌 없이 내 허리춤을 잡아 제 쪽으로 당겼다. 나는 하릴없이 그의 품에 안겼다. 가쁜 숨을 연신 몰아쉬었지만, 시간이 지나면 지날수록 체내로 들어오는 산소의 양은 더 줄어들었다.

그 순간 내가 느낀 것은 죽음이었다.

숨을 쉴 수 없어서 죽게 된다면, 아윈의 키스로 죽고 싶다고 생각했는데. 내겐 아직 칠십 일이란 시간이 남아 있는데…….

나는 어깨를 잔뜩 움츠렸다. 내 허리를 쥐고 있던 달튼의 손에 힘이 들어가는 게 느껴졌다.

나는 두 눈을 질끈 감고 호흡을 다잡았다.

마음을 평온하게 하고 심호흡을 하는 거다. 아직까지 심장이 멈출 날은 다가오지 않았으니, 호흡은 이내 평정을 찾아갈 것이다. 나는 그런 식으로 내 마음을 다독였다.

평온해지자고 마음먹자 떠오른 것은 오래전에 돌봐 주었던 황금빛 새였다. 작은 날개를 펴고 창공을 날던 그 새는 아직까지 살아 있을까.

나는 오랫동안 잊고 있던 것에 대한 그리움이 일었다. 곧 죽을 사람처럼 숨을 헐떡이는 상황과는 어울리지 않는 감상이었다.

그 새를 떠올리기 무섭게 호흡이 서서히 제 자리를 찾아갔다. 가슴을 죄어 왔던 고통도 사그라지기 시작했다. 묘한 일이었다.

나는 조금은 평온해진 숨을 내뱉으며, 달튼을 올려다보았다. 바라본 달튼의 얼굴이 자못 심각해져 있었다. 줄곧 장난스러웠던 그가, 이리도 굳은 얼굴을 할 수 있었던가. 믿을 수 없었다.

나를 내려다보는 금빛과 은빛의 오드아이가 어쩐지 슬퍼 보였다. 보는 이마저도 슬프게 만드는 눈동자였다.

"슬퍼요?"

나는 쇳소리가 섞인 목소리로 물음을 건네었다. 호흡은 평상시의 것처럼 돌아와 있었다. 조금 전, 죽을 듯이 굴었던 게 무색할 정도였다.

달튼은 내 허리를 감싸지 않은 나머지 손을 들어, 내 뺨 위에 올렸다. 뺨을 쓰는 그의 손길이 무섭도록 부드러웠다. 그는 꼭, 손을 대면 쉽게 깨지는 유리처럼 나를 대했다.

한동안 말이 없던 달튼은 뒤늦게 입술을 떼어 냈다. 그의 목소리에서도 이상하게 쇳소리가 났다.

"너…… 죽어?"

그의 물음은 모든 것을 직감한 말이었다. 물음표는 있었지만, 의문스러움이 조금도 느껴지지 않았다. 되레 확고하게만 들렸을 뿐이었다.

그는 내게서 짙게 풍기는 죽음의 그림자를 보았던 걸까?

달튼이 내게서 무엇을 보았든, 그는 나를 정확하게 꿰뚫어 본 것이었다. 나는 고개를 끄덕였다.

그에게 솔직히 털어놓아도 달라질 것은 없었다. 나는 여전히 곧 죽을 사람이었고, 달튼은 여전히 방탕자인 대마법사일 뿐이었다.

"붙잡아 줘서 고마워요."

나는 그의 가슴팍에 기댔던 몸을 일으켜 세웠다. 놓아주지 않을 듯 강한 악력으로 내 허리를 잡고 있던 달튼은 나를 쉬이 놓아주었다.

나는 심호흡을 하며 앞으로 한 발자국 내디뎠다. 몸이 약간 비틀거렸지만, 몇 걸음을 더 걸으면 괜찮아질 거라고 생각했다.

내가 세 걸음쯤 걸었을 때, 달튼이 내 뒤를 조용히 따르는 소리가 들렸다.

"드레스를 사서 어디에 갈 예정이야?"

달튼은 이야기의 흐름을 다시 잡으려는 듯이 물었다. 조금 전에 들었던 쇳소리는 지운, 명랑한 목소리였다.

그는 내게 '왜 죽어?'라는 물음을 건네지는 않았다.

달튼이 내 사정을 묻지 않은 이유는, 우리의 사이가 그러한 물음도 필요하지 않은 가벼운 사이이기에 그런 것이 아닐까 싶었다.

"가면무도회요."

"뭐? 간다는 곳이 거기였어?"

나는 스스럼없이 고개를 끄덕였다.

제국의 건국제에만 열리는 가면무도회는 귀족들 사이에서 꽤나 큰 행사였다. 다들 색색의 다양한 가면을 쓰고 서로의 존재를 숨긴 채로 춤을 추는 것이다.

어디 춤뿐일까. 춤은 몸의 대화로 이어지기도 하고, 새로운 인연을 맺어 주기도 했다.

가면무도회는 변방의 몰락한 남작가의 딸인 내가 항상 선망하던 행사였다. 나는 평민과 다를 게 없는 몰락한 귀족이기 때문에, 그

무도회에 갈 일이 아예 없을 줄 알았다.

하지만 나는 역시나 조만간 죽을 몸이었고, 특별한 행동을 하고자 결심한 여자였다.

"못 갈 곳은 아니잖아요."

"하긴."

내 뒤를 따르던 달튼은 내 어깨 위에 슬그머니 제 손을 올려놓으며 이어 말했다.

"같이 가자."

"……네?"

"가면무도회에 들어갈 때, 내 일행이라고 한다면 손쉽게 들어갈 수 있을 거야. 어때? 구미가 확 당기지?"

나는 그를 물끄러미 올려다보았다.

그는 언제나처럼 사람의 마음을 끌어당기는 미소를 짓고 있었다. 그 미소를 계속해서 보고 있자니, 나는 그의 말에 구미가 당겼다.

정말로.

"어색하지 않아요?"

"전혀. 유명한 귀족가의 재원 같아."

"그렇다면 다행이고요."

나는 드레스 자락을 어색하게 매만졌다. 손에 닿는 촉감이 무척이나 좋았다. 이것은, 내가 가진 드레스들 중에서 제일 부드러운 촉감을 가진 드레스가 될 것이다.

무려 한 달 월급을 죄다 쏟아부어서 산 드레스였다. 이 정도의 촉감은 당연히 느껴져야 된다고 생각했다.

드레스를 산 나는, 달튼과 함께 삯 마차에 올라탔다.

그는 드레스 숍까지 따라와, 내가 드레스를 사는 것을 기다렸다. 물론 온전히 나만을 기다린 것은 아니었고, 그는 제가 쓸 가면을 고르며 시간을 죽였다.

어째서 가면무도회에 동행하자고 한 것인지는 아직까지 묻지 못했다. 조금 이따가 슬쩍 물어볼까도 싶다. 그렇지만 딱히 묻지 않아도 상관없었다. 달튼의 사정이 크게 궁금하지 않았으니까.

마차 속, 달튼은 당연하다는 듯이 내 옆에 앉았다.

마차가 달리는 내내, 내 얼굴에 닿은 달튼의 시선이 진득하게 느껴졌다. 그 눈빛이 얼마나 뜨거웠던지 조만간 내 뺨이 뚫릴 것 같았다.

결국 나는 한 소리를 하고야 말았다.

"달튼. 제 얼굴이 닳겠어요."

"네가 내 쪽은 한 번도 쳐다보지 않으니까. 나라도 계속 쳐다보는 수밖에 없잖아."

나는 그제야 고개를 옆으로 비틀어 그의 얼굴을 쳐다보았다. 내게 향한 달튼의 오드아이는 어두운 마차 속, 유일한 빛처럼 보였다.

그의 빛나는 눈빛은 뭐랄까. 우수에 젖어 보였다. 마치 그리웠던 연인을 오랜만에 만난 것처럼. 나라는 사람을 간절히 바라 왔던 것처럼. 이상한 일이었다.

"나, 당신을 바라보고 있어요. 이제 됐어요?"

"응."

달튼은 희미한 미소를 지었다. 그 미소는 장난스러워 보인다기보다는 슬퍼 보였다. 그는 내가 죽는다는 단면적인 사실을 안 이후부터 줄곧 기운 없이 굴고 있었다.

아무런 사이가 아니어도, 누군가가 죽는다는 사실은 역시나 슬픈 사실인 걸까. 방탕자인 달튼 레이서스에게도.

그 누구보다도 죽음에 초연할 것 같은 대마법사 달튼. 그가 죽음을 어떻게 생각할지 궁금했다.

서로의 시선을 교차한 시간이 늘어 갔다. 달튼의 끈덕진 눈빛은 내게서 떨어지지 않고 있었다.

"달튼. 제게 할 말 있어요?"

그는 기다렸다는 듯이 대답했다.

"이런 말. 굉장히 뜬금없겠지만."

"……."

"키스해도 될까?"

키스해도 될까. 그의 말대로 정말 뜬금없는 제안이었다.

뜬금없기도 했지만, 너무 대수롭지 않게 묻는 것도 같았다. 나는 눈을 두어 번 느릿하게 깜빡인 후, 그에게 대답했다.

"고수는 보통 그런 걸 묻지 않고 하지 않나요?"

그는 작게 코웃음을 치며 내 쪽으로 고개를 기울였다. 내 말에 승낙의 의미가 담겨 있음을 그도 알아차렸으리라.

나는 자연스럽게 눈을 감으며, 그의 입술이 닿기를 기다렸다. 내가 그의 키스를 거절할 이유는 없었다. 나는 이미 방탕해지고자 마음을 먹은 바였다. 곧 죽는 마당에 다가오는 남자를 막을 생각은 없었다.

내가 바라는 건, 얼마 남지 않은 삶의 날들을 특별하게 보내는 것. 혹 내일 죽는다면, 오늘을 특별하게 기억할 만한 기념비적인 것을 남기는 것.

달튼과의 키스는 오늘을 특별하게 기억할 기념비적인 것이었다.

물론 아윈이 잠깐 생각나기도 했다. 하지만 아윈은 내가 달튼과 키스했다는 사실을 괘념치 않아 할 것이다.

짝사랑이란 게 그런 거다. 상대방은 나에 대한 그 어떤 것에도 관심을 가지지 않는다. 상대방에 대해 관심을 가지는 건 나 혼자뿐이었다.

생각은 더 이상 이어지지 않았다. 달튼의 입술이 완전히 맞닿았기 때문이다. 부드럽게 닿은 그의 입술은 아윈의 입술보다도 뜨거웠다. 그는 뜨거운 숨결을 끊임없이 내게 불어넣었다.

부드러울 것 같았던 그의 키스는 생각보다도 거칠었다. 달튼은 그 이상의 무언가를 갈구하듯이 내 입술을 파고들었다. 그것은 그 다음 단계에 대한 갈구인 걸까?

그도 다른 남자들처럼 내 드레스를 벗기고, 내 가슴에 제 얼굴을 묻고 싶은 걸까?

하지만 그렇다고 하기엔 그의 키스가 어딘지 모르게 애달프게 느껴졌다. 왜 그런 느낌이 들었는지는 알 수 없었다.

키스가 진해질수록, 우리의 몸은 점점 더 밀착되었다. 그는 제 입술보다도 더 뜨거운 열 손가락으로 내 등을 감싸 안았다. 내게 닿은 그의 열기가 버거웠다.

그때, 입술 부근에서 축축한 무언가가 느껴졌다. 나는 슬며시 입술을 떼어 내어 그의 얼굴을 보았다. 그의 눈가가 반짝이는 게 보였다.

그것은 눈물의 흔적이었다.

"……울어요?"

그 말은 최근에 내가 가장 많이 들었던 말이었다. 그 질문을 다른 이에게 건네고 있다니. 왠지 묘한 기분이었다.

달튼은 제 눈가를 비비적거렸다.

"남자의 눈물은 꼴사납지?"

"전혀요."

"……."

"왜 울었어요?"

"……곧 죽을 것 같았던 네 얼굴을 본 뒤부터, 다른 사람을 떠올렸어."

달튼은 고백하듯이 말했다. 그제야 나의 사소한 궁금증이 해소되었다. 내가 곧 사멸한다는 사실을 안 이래로, 그가 왜 기운 없이 군 것인지.

"그 사람이 누군데요?"

대답해 주지 않을 것 같았지만, 달튼은 순순히 대답을 해 주었다.

"예전에 사랑했던 사람. 그녀도 곧 죽을 것 같은 얼굴을 했었거든. 그러다 결국엔 진짜로 죽어 버린 거야. 나는 대마법사이고, 잊힌 계절을 다시 불러올 수 있지만, 죽은 그녀를 살릴 수는 없었어. 마법사에게 인간의 생사는 불가역이거든."

조금 전까지 내게 부드럽게 닿아 있었던 달튼의 입술이 미세하게 떨리고 있었다.

"알고 보면 나는 세상에서 제일 무능한 마법사일지도 몰라. 정작 내가 원하는 마법은 한 번도 성공한 적이 없으니까."

달튼은 기다란 한숨을 내쉬었다. 그는 창백하게 질린 손으로 내 손을 조심스럽게 잡았다.

"미안해. 다른 사람을 생각하면서 너와 키스해서. 그 사람이 자꾸만 생각나서⋯⋯. 너와 키스하고자 했어."

"괜찮아요."

나는 달튼처럼 쿨하게 대답했다. 나도 당신과 키스하면서 아윈을 떠올렸으니까.

우리 사이는 그런 사실을 미안해하고 사과할 만큼 깊지 않았다. 내일 갑작스럽게 모른 척해도 이상할 것이 없을 정도였다. 우리에겐 이렇다 할 유대가 없었다.

"달튼."

"응?"

"제게도 그런 사람이 생길까요?"

"그게 무슨 말이야?"

"제가 죽고 나서도, 누군가가 저를 생각하며 눈물을 흘려 줄까요?"

나는 잠자코 아윈을 떠올렸다.

내가 사라진 세상에서 그가 이따금 나를 기억해 주면 얼마나 좋을까. 그것은 너무도 꿈같은 일이었기에 바라는 것조차도 쉽지 않았다.

달튼은 제 얼굴에 떠오른 슬픈 기색을 숨기지 못한 채로, 내 손등을 부드럽게 쓸었다.

"마음이 아프다. 종종 내가 널 생각하며 눈물을 흘려 줄게."

"고마워요."

그의 말이 진심인지는 잘 가늠되지 않았다. 하지만 진위 여부를 떠나서, 나는 그가 그런 말을 해 주었다는 사실에 만족했다.

눈물까지는 흘리지 않더라도, 달튼은 종종 나를 떠올려 주겠지. 나와 나누었던 키스를 기억해 주겠지.

내가 사라진 세상에서 누군가가 나를 떠올리는 건 어떤 기분일까. 나는 그 기분을 쉽사리 짐작할 수 없었다.

달튼은 다른 말을 더 하기 위해 입술을 달싹거렸으나, 때마침 마차가 멈추었다. 마차가 멈추자 그는 조금 벌렸던 입술을 다시 오므리고선 예쁜 미소를 지었다.

"다 왔네."

달튼은 마차에서 먼저 내려, 내가 내리는 것을 도와주었다. 그러자 정말로 귀족가의 영애가 된 기분이 들었다.

오늘 하루쯤은 권세가의 여식처럼 굴어도 괜찮지 않을까. 어차피 가면을 쓸 터였고, 그러면 내 정체를 아무도 눈치채지 못할 것이다. 물론 달튼을 제외하고 말이다.

"달튼은 가면무도회에 온 적이 있어요?"

나는 마차에서 완전히 내리며 그에게 물었다. 그는 에스코트를 위해 잡은 손을 놓지 않고 있었다.

그의 얼굴에 눈물의 흔적은 사라져 있었지만, 그의 손은 여전히 뜨거웠다. 뜨거웠던 제 감정을 아직까지는 모두 삼켜 내지 못했음을 증명하듯이.

"아니. 무도회는 내 취향이 아니라서."

"무도회 엄청 즐길 줄 알았는데."

달튼은 화려한 얼굴과 방탕함을 가진 남자였다. 그런 그가, 화려한 무도회를 주름잡는 일은 이상한 일이 아니었다. 내가 의아함에 고개를 갸웃거리자 달튼이 그 이유에 대해 늘어놓았다.

"의외성이라는 거야."

"네?"

"이성과 대화할 때, 상대방의 의외성을 발견하면 호감을 느끼게 되거든."

"흠. 가령 누가 보아도 무도회와 어울릴 것처럼 생긴 달튼이 무도회를 즐기지 않는다고 했을 때, 제가 느낀 의외성 같은 건가요?"

"맞아. 이포, 너도 분명 느끼지 않았어? '이렇게 잘난 남자가 무도회를 즐기지 않는다니!' 이런 식으로 말이야. 이건 방탕…… 아니, 호색한이 여심을 끌어당기는 스킬이지."

"……."

"물론 나는 그런 스킬이 없어도 되지만."

얼굴과 능력이 되잖아. 그는 혼잣말을 하듯이 덧대었다.

무도회를 즐기지 않는 이유 또한 방탕함과 관련된 이유라는 게 좀 우습기도 했다.

나는 어색하게 미소 지으며, 고개를 끄덕였다.

사실 달튼의 말대로 '이렇게 잘난 남자가 무도회를 즐기지 않는다니!'까지를 느낀 것은 아니었다. 그러나 그가 평소처럼 농담을 해서 다행이라는 생각으로 띤 미소였다.

달튼과 슬픈 얼굴은 어쩐지 어울리지 않는 감이 있다. 그가 어울리지 않는 얼굴을 하는 것은 보기 힘들다. 내 마음도 아리다.

그가 무슨 기분으로 사랑하는 사람을 떠올릴지 알 것 같아서 슬펐다. 나는 오늘만큼은 눈물을 흘리고 싶지 않았다.

"좋아, 그럼 이제 들어가 볼까?"

달튼은 어깨를 작게 으쓱이며 말했다.

"네, 그래요."

"이포는 무도회장에서 제일 하고 싶은 게 뭐야?"

"큰 걸 바라지는 않아요. 그냥 오늘 하루만큼은 마음 편한 귀족 영애가 되고 싶을 뿐이에요. 후작저에 두고 온 빗자루가 생각나지 않게."

"그 빗자루 나도 알아."

달튼은 킥킥거렸다. 우스운 말은 하지 않았는데.

그는 빈손으로 내 머리를 두어 번 두드리기도 했다.

"생각나지 않을 거야."

묘하게도, 그의 말대로 될 것 같은 예감이 들었다.

달튼이 내게 마법이라도 건 걸까?

달튼은 호랑이 기운이 물씬 풍기는 화려한 가면을 썼다.

그는 제 가면보다도 더 화려한 눈동자를 무도회장을 지키는 이들에게 보여 주었다. 그러자 우리는 누구보다도 수월하게 무도회장에 들어설 수 있었다.

그의 오드아이는 너무도 유명한 것이어서, 누구도 그의 신분을 의심하지 않는 것이었다. 그의 동행인인 나조차도 말이다. 그의 눈동자 하나에 내 신분까지 완벽하게 보장된 셈이었다.

나는 새삼스럽게 그가 유명한 마법사라는 걸 깨닫는다. 엄지라도 들어 줘야 하는 건지.

무도회장에 들어서자마자 달튼은 방탕함을 즐기고 오겠다며 일찌감치 어디론가 사라져 버렸다. 나는 그를 붙잡지 않았다. 그가 방탕함을 즐기는 건, 그의 자유였다.

홀로 남게 된 나는 핑크빛 깃털로 도배된 가면을 꼼꼼히 고쳐 쓰며 주위를 둘러보았다.

귀족들이 셀 수 없을 정도로 정말 많았다. 장내엔 듣기 좋은 음악이 흘렀고, 주위엔 출처를 알 수 없는 향수 냄새들이 섞이고 섞여서 코끝을 괴롭게 만들었다.

가면무도회를 즐기고자 호기롭게 왔건만, 막상 실제로 오니 어떤 식으로 즐겨야 할지 잘 가늠할 수 없었다. 나는 큰 연회가 처음이었기 때문이다.

뻘쭘하게 선 채로 어느 시녀가 가져온 와인을 마시고 있자, 남자들이 뜨문뜨문 다가와 말을 걸었다. 나는 어디선가 보았던 귀족 영애들의 기품 있는 손짓과 몸짓, 웃음소리를 어설프게 따라 하며 대화를 나누었다.

솔직히 그다지 재미는 없었다.

남자 귀족들은 대개 은밀한 요구를 가지고 접근하기 일쑤였고, 여자 귀족들은 같은 성별인 내게 말도 걸지 않았다. 되레 경계의 눈빛을 몇 번 보냈을 뿐이었다.

내가 생각했던 무도회의 분위기는 이런 것이 아니었는데 말이다.

하나 그렇다고 해서 이곳에 온 것을 후회하는 건 아니었다. 재미가 없다 하더라도, 일생에 한 번도 오지 못했던 곳에 온 것이었으니까. 특별한 경험을 했다는 사실에 족했다.

지루함을 견디지 못해 달튼이라도 찾아볼까, 하며 주위를 둘러보던 찰나였다. 갑작스럽게 온몸의 신경이 곤두서는 기분이 들었다. 그것은 과도한 호르몬의 분비가 가져다 준 결과였다.

나는 또다시 공기가 희박해짐을 느꼈다. 이번엔 죽음의 그림자 때문에 드리운 느낌이 아니었다.

그가 보였기 때문이다. 아무 무늬 없는 검은빛의 가면을 쓴 남자를 보았기 때문이다.

그는 제 얼굴을 거의 다 가리는 가면을 쓰고 있었지만, 나는 그가 누군지 단번에 알아볼 수 있었다.

"아윈."

나는 그에게 닿지 않을 작은 목소리로 그의 이름을 불렀다. 이런 곳과는 전혀 어울리지 않는 그가, 어째서 이곳까지 온 걸까.

그러면 안 되는 줄 알지만, 나는 아윈에게 가까이 걸어갔다. 나는 오늘 화려한 드레스를 입었고, 가면도 썼으니, 그가 나를 알아볼 리가 없다고 생각했다.

목소리가 닿을 거리만큼 가까이 다가가자, 아윈이 더욱 자세하게 보였다.

구태여 멋들어지게 꾸민 것은 아니었지만, 그의 주변만이 빛나는 것 같았다. 내 콩깍지의 일환이 빚어낸 환상인 걸까.

그를 조심스럽게 훔쳐보고 있을 때, 아윈의 고개가 내 쪽으로 돌아갔다. 그는 내가 서 있던 곳까지 고개를 돌리고선, 입술을 달싹였다.

고저 없는 아윈의 목소리가 울렸다.

"이포 벨?"

아윈은 나를 한 번에 알아보았다. 나를 절대로 알아볼 리가 없다고 자부한 게 무색할 정도였다.

어떻게 해야 하나 싶었다.

나는 괜스레 초조해져서 아랫입술을 꾹 깨물었다. 시녀 일을 땡땡이치고 가면무도회로 온 나를, 아윈은 어떻게 생각할까.

그사이 아윈은 내 앞까지 완전히 다가와 있었다. 결론, 이제 와 도망가는 건 무리다.

"의외군."

아윈은 늘 그렇듯 무심한 목소리로 말했다. 나는 불쑥 달튼이 했던 말을 떠올렸다.

의외성.

그것은 상대방의 호감을 이끌어 낸다는 오묘한 단어였다. 아윈은 내게서 어떤 호감을 느꼈을까?

그가 내게 호감을 느꼈으면 좋겠지만, 왠지 그것은 내 바람으로만 끝날 것 같은 예감이 들었다. 아주 슬픈 예감이었다.

나는 어색한 미소를 갈무리하지 못한 채로 그에게 대답했다.

"저도 후작님과 이곳에서 만날 줄은 예상도 못 했어요."

"달튼이 그랬어. 이곳에 오면 재미있는 게 있을 거라고."

달튼. 나와 온종일 같이 있었던 그 작자가 아윈에게 어떻게 연락한 걸까.

"그를 만났어요?"

"마법사는 직접 만나지 않고도 연락을 취하는 자들이야."

달튼이 무르게만 굴었던 탓에, 나는 잠깐 동안 그 사실을 간과하고 있었다. 맞아, 그는 대마법사였지.

대화는 더 이어지지 않았다. 아윈은 가면으로 가려진 얼굴 속,

유일하게 드러난 두 눈으로 나를 꼼꼼히 훑어보기 시작했다.

시녀 주제에 어느 귀족가의 영애인 양 차려입은 내 모습을, 그가 어떻게 받아들일지 궁금했다.

같잖다고 생각하려나. 달튼이 말했던 의외성은 아윈에게 있어선 반감으로 느껴질지도 몰랐다.

한참을 침묵하던 아윈은 이윽고 한 마디를 꺼내었다.

"그게 너였군."

아마도 달튼이 말한 '재미있는 것'이 나였다는 말인 듯했다.

"무도회에 온 저를 꾸짖으실 건가요?"

"글쎄. 딱히 그러고 싶은 마음은 들지 않아."

그의 말에선 거짓의 기운이 느껴지지 않았다.

내가 아는 아윈이라면, 그가 나를 꾸짖지 않을 가능성이 다분했다. 왜냐면, 그는 능동적인 남자가 아니었기 때문이다.

아윈이 소리를 내어 누군가를 야단치는 걸 한 번도 본 적이 없었다. 아니, 평생 보지 못할지도 모르겠다. 그는 어쩌면 꾸짖는다는 개념을 아예 모르고 있을지도.

그렇게 대화는 또다시 끊겼다. 아윈은 붉은 입술을 꾹 다물었고, 나는 메말라 버린 입술을 짓이겼다.

무슨 말이라도 해야 할 것 같은 사명감이 든다. 내가 먼저 말을 꺼내지 않는다면 아윈이 내 곁을 떠날 것 같았다. 나는 지고지순한 짝사랑 중이라서 그가 다른 곳으로 가기를 원하지 않았다.

무슨 대화를 하면 좋으려나. 그러다 나는, 마차 속에서 달튼과 나누었던 대화를 떠올렸다.

'제가 죽고 나서도, 누군가가 저를 생각하며 눈물을 흘려 줄까요?'

아윈이 누군가를 떠올리며 눈물을 흘린 적이 있을지 궁금해졌다.

"후작님은 누군가를 떠올리며 눈물을 흘린 적이 있나요?"

아윈은 담담하게 대답했다.

"아니."

"앞으로는 있을까요?"

없을 거라고 생각했다.

아윈과 눈물. 두 단어는 참으로 어울리지 않았다. 두 단어는 마치 자석의 상극처럼 절대로 만날 수 없는 것들 같았다.

"없지 않을까."

"……."

역시나 내 예상은 틀리지 않았다. 그의 대답엔 일말의 망설임도 없었다.

그가 나를 떠올리며 눈물을 흘려 주길 바랐던 내 바람이 무참히 꺾이는 순간이다. 마음이 괜스레 휑해지는 기분이 들었다.

"너는?"

"……없어요."

하지만 앞으론 종종 당신을 떠올리며 눈물을 흘리지 않을까요. 나는 거기까지 말하지 못하고, 그를 보았다.

죽음이 가까워질수록 당신에게 닿아 있을 내 사랑은 각별해질 것이고, 각별함의 깊이가 깊어질수록 나는 슬퍼질 것이다.

이뤄질 수 없는 사랑이 슬퍼서 하염없이 눈물을 흘릴지도 모를 일이었다.

대마법사인 달튼조차도 인간의 생사에 관여하지 못했다. 평범한 인간인 내가 생사를 다룰 수 있는 방법은 전혀 없었다.

내가 할 수 있는 일이라고는 눈물을 흘리는 일밖에 없었다.

"또 울 생각이야?"

내가 또 눈물을 흘리고 있었던가.

나는 고장 난 눈물샘을 확인하는 듯이 눈가를 쓸었다. 다행히도 눈물의 기운은 없었다.

"아니요."

"……응."

나는 대화를 이어가려고 했지만, 아무런 말도 떠오르지 않았다. 심지어 작은 화두조차도 생각나지 않았다. 마치 사고를 죄다 잃어버린 기분이었다.

이대로라면 아윈이 사라질 성싶었던 그때였다.

"……오래전에 심장을 다쳤었어."

놀랍게도 아윈이 먼저 말을 꺼내었다. 맙소사.

그의 목소리는 작았고, 장내에 흐르는 음악 소리는 컸다. 하나 이상하게도 그의 목소리가 내 귓가에 선명히 스며드는 기분이 들었다.

나는 늦지 않게 대답했다.

"심장이요?"

그러곤 귀를 기울였다. 그의 목소리가 내게 조금 더 확실히 닿길 바랐다.

"어. 생명에 지장이 있었던 것은 아니었지만, 그때 나는 심장을 조였다 풀 수 있는 나사를 하나 잃어버렸지."

"그래서요?"

나는 그의 말을 전혀 이해할 수 없었지만, 대충 알아들은 것처럼 되물었다. 그래야 그가 다음 말을 해 줄 것 같았기 때문이다.

"태어났을 때의 내 심장은 아귀가 맞게 잘 조립되어 있었어. 하지만 그 사고 후 나사를 하나 잃어버리자, 나사가 빠져 버린 심장의 한쪽 어귀만 제대로 작동하지 않게 된 거야."

"……."

"그래서 나는 잃어버린 나사를 찾아야겠다고 생각했어. 다시 완벽하게 조립되고 싶었으니까."

아원은 잃어버린 나사를 찾아서 완벽하게 조립되고 싶다고 했지만, 내가 본 그는 이미 그 자체로도 완벽했다. 도대체 어디가 작동하지 않는지 상상이 잘 되지 않았다.

그렇지만 나는 이해했다는 듯이 고개를 끄덕였다. 아원과 오랫동안 대화를 나누고 싶었다. 설령 그의 말을 조금도 이해하지 못한다 할지라도.

"그 나사. 찾았어요?"

"응."

"그래서 다시 완벽하게 조립이 되었어요?"

"아니. 이상하게도 아무런 효과가 없었어. 너무 늦어 버린 건지, 아니면 맞지 않는 나사를 억지로 끼운 건지."

"그래서 어떻게 됐어요?"

"일단은 가슴속에 품어 뒀어. 표면상으론 완벽하게 조립된 채로 남고 싶어서."

"……."

"그런데 요즘 좀 묘해. 그 나사의 아귀가 조금씩 맞아 가기 시작했거든."

거기까지 말한 그는, 나를 조용히 내려다보았다. 믿을 수 없게도 무심하게만 보였던 그의 눈빛엔 작은 이채가 드리워져 있었다.

무언가에 대한 열망이 깃든 눈동자. 그것은 무심한 그에게서 처음으로 본 의지다운 의지였다.

어떤 것이 그에게 의지를 불어넣어 준 걸까.

"이포 벨. 너는 내 나사에 무슨 짓을 한 걸까."

아윈은 내 이름을 불렀다. 그에게 의지를 불어넣어 준 이가 꼭 나라는 듯이.

착각일지도 모르겠다. 하지만 나는 기분이 좋았다. 입가엔 슬그머니 미소가 스몄다.

조금 더 자세히 말씀해 주세요. 나는 그렇게 말하려 했지만, 아윈의 말이 한발 더 앞섰다.

"달튼은 내가 가진 걸 갖고 싶어 해. 하지만 그는 무언가에 대한 확신이 없어 보여."

나는 며칠 전 밤에 보았던 달튼의 눈동자를 떠올렸다. 그날 달튼의 눈동자에 맺힌 희미한 열기는 역시나 아윈에 대한 것임이 분명했다.

아윈이 가지고 있던 것에 대한 달튼의 열망. 그것은 무엇일까.

"만약에…… 달튼에게 확신이 생기면, 그땐 어떻게 되는 거예요?"

내가 묻자 아윈은 고개를 비스듬히 기울였다. 그는 언제 다시 돌아왔을지 모를 무감각한 시선으로 주위를 둘러보았다. 달튼이 주위에 있는지를 살피는 듯했다.

이내 달튼이 주위에 없다는 걸 인지한 아윈은, 희미한 목소리로 대답했다.

"내 것을 앗아가겠지. 그는 제가 원하는 것에 대해선 냉정한 마법사니까."

할 말이 끝난 듯, 아윈은 다른 말을 덧대지 않았다. 입술을 일자로 다문 채로 나를 내려다보았을 따름이었다.

내 귓가엔 그의 말이 이명처럼 맴돌았다.

'앗아간다.'

그 말이 가진 불길한 울림이 쉬이 사라지지 않았다.

머리 위로 커다란 그늘이 지기 시작한 것은 그 순간이었다. 그것은 내 귓가에 맴돌던 불길한 울림과 비슷한 기운을 가진 그늘이었다.

웬 그늘일까 싶어 고개를 들자, 먹구름이 보였다. 천장엔 비를 가득 머금은 잿빛 먹구름이 가득 드리워져 있었다.

샹들리에가 반짝이는 무도회장에 먹구름이라니. 참으로 괴리감이 가득한 광경이다.

나만 그렇게 생각한 것은 아니었던지, 주위의 귀족들이 웅성거리는 소리가 들렸다.

얼마 지나지 않아, 먹구름에서 빗방울이 떨어지기 시작했다. 한 방울씩 떨어지던 비는 삽시간에 굵은 빗발로 변했다.

거센 빗발이 내리치자, 어디선가 매서운 바람도 몰아쳤다. 매서운 바람은 샹들리에를 떨어뜨리고, 유리잔을 깨뜨리고, 사람들의 가면을 어디론가 날려 버렸다. 무도회장이 아수라장이 된 것은 순식간의 일이었다.

모든 것을 송두리째 망가뜨린 그것의 정체는 폭풍우였다.

나는 자연스럽게 달튼의 모습을 찾았다. 멀쩡한 무도회장에서 이런 폭풍우를 내리칠 사람은 그밖에 없었으므로.

달튼에게 무슨 일이 생기기라도 한 걸까. 화가 난 그가, 허공에 손을 휘젓기라도 한 걸까?

그의 모습은 생각보다 빨리 찾을 수 있었다. 모두들 당황하여 경황없이 무도회장을 빠져나가는 와중에 가만히 서 있는 자가 하나 있었기 때문이다.

"……달튼."

달튼은 비에 쫄딱 젖은 채로 고개를 떨구고 있었다.

그의 곁에도 화가 난 빗발과 분노한 바람이 불었지만, 그에게선 그 어떤 미동도 없었다. 마치 굳은 것처럼 보였다.

"후작님. 무슨 일일까요?"

나는 거센 바람에 어디론가 날아가 버린 가면의 빈자리를 느끼며 아윈에게 물었다. 그러다 다시 바라본 아윈의 얼굴이 너무도 놀라웠다.

"……."

왜냐면 너무 잘생겨서.

매서운 바람에 아윈의 가면 또한 날아가 버린 것인지, 그의 얼굴이 제대로 보였다.

젖은 앞머리에 맺힌 빗방울이 그의 뺨을 타고 눈물처럼 흘러내렸고, 그가 눈을 느릿하게 깜빡일 때마다 비에 젖은 속눈썹이 잘게 떨렸다.

비에 젖었어도 참 잘생긴 얼굴이다. 젖은 남자의 모습이 관능적이라는 사실에 새삼 동의한다. 적어도 다른 남자에게선 느끼지 못했던 감상이리라.

"내가 다녀올게."

아원은 얼굴에 흘러내리는 빗물을 닦을 생각도 하지 않으며, 앞장서서 걸어갔다. 나는 홀린 것처럼 그에게서 눈을 떼지 못했다.

달튼에게 다가간 아원은 그에게 몇 마디의 말을 건네었다. 하나 그것은 되레 달튼에게 악영향을 준 것인지, 달튼은 화가 난 걸음걸이로 무도회장을 빠져나가기에 이르렀다.

아원은 작은 한숨과 함께 그의 뒤를 따랐다. 나 또한 그들의 뒤를 따랐다. 비바람이 치는 이곳에 홀로 있을 이유가 없었다.

무도회장의 밖은 그 안과 다름없이 아수라장이었다. 홀딱 젖은 채로 바닥에 주저앉은 귀족들이 허다했다. 그들은 저들이 겪은 폭력적인 마법에 아연실색한 듯했다.

그만큼 달튼이 일으킨 폭풍우는 공격적이었다. 그가 내게 선사했던 봄을 떠올릴 수 없을 정도로.

달튼과 아원은 그리 멀리 나가지 않았다. 나는 얼른 그들에게 가까이 다가갔다. 가까이서 본 달튼의 얼굴이 매섭게 굳어 있었다.

도대체 무슨 일이 있었던 걸까.

나는 달튼의 이름을 불렀다.

"달튼, 진정해요."

나는 어린아이를 어르듯이 말했다. 세상에서 제일 부드러운 목소리는 아니었지만, 내 선에선 최대한 사려 깊은 목소리였다.

그러나 그것 또한 역효과였나 보다. 달튼이 매서운 음성으로 대답했으니 말이다.

"네가 뭔데 이래라 저래라야. 나와 키스 한 번 했다고, 우리가 각별한 사이가 된 것 같아?"

말도 안 되는 달튼의 말에 나는 침착하게 내 의사를 표했다.

"그건 지극히 당신의 착각이에요."

너무도 단칼 같은 내 대답에 달튼은 잠깐 어리둥절한 표정을 짓더니, 이내 얼굴을 와락 구겼다.

"됐어, 다 필요 없어. 나, 갈 거야."

달튼은 잡지 말라는 말과 함께 뒤돌아서 걸어갔다.

애석하게도 나와 아원은 그를 잡을 생각이 없었다. 아주 조금도 없었다. 우리는 그를 잡아서 사정을 묻고, 그를 더 달래 줄 만한 사이가 아니었기 때문이다.

"……왜 저럴까요."

나는 정말로 궁금해서 아원에게 물었다. 물에 젖은 머리카락이 무겁게만 느껴졌다.

"마법사들은 예민한 자들이야."

아원은 물에 젖은 머리칼을 손으로 쓸어 넘기며 말했다. 나는 슬그머니 그를 쳐다보았다.

물에 젖은 머리칼을 말끔히 넘긴 그의 얼굴은 역시나 훌륭했다. 부정할 도리 없이 관능적이다. 침이 절로 꼴깍 넘어가는 건 어쩔 수 없는 일이었다.

"그런데 너."

"네?"

아원은 미간을 작게 찡그렸다.

설마 내가 저를 관능적이라고 생각한 사실을 눈치챈 걸까 싶었지만, 아원이 꺼낸 말은 내 예상과는 전혀 다른 말이었다.

"모르는 사이라며."

"네?"

"저자와 키스를 했어?"

"……."

나는 꿀 먹은 벙어리처럼 아무 말도 하지 못했다. 좋아하는 사람에게 들키고 싶지 않았던 치부를 들켜 버린 것 같았다.

이상하게도 옅은 기대도 되더라. 아윈이 질투 아닌 질투를 하는 게 아닐까, 하는.

하지만 그것은 내 기대였을 뿐인지, 아윈은 무심하게 뒤돌아섰다. 돌아선 그는 마지막으로 한마디를 덧대었다.

"꾸짖지는 않을 테니까, 조금 더 즐기고 와."

나는 무도회장의 입구를 쳐다봤다. 이제는 낙뢰까지 내리치는 것인지, 안쪽이 끊임없이 번쩍거리고 있었다.

아윈은……. 폭풍우로 엉망이 된 무도회장의 모습을 잊은 것일까.

이따금씩 비염이 없다는 걸 다행이라고 생각할 때가 있었다. 냄새를 제대로 맡을 수 있다는 사실 하나만으로, 삶이 훨씬 더 만족스러워질 때가 있기 때문이다.

출처를 알 수 없는 향기로운 냄새가 날아와 코끝에 조용히 스미고 있었다. 그것은 어제보다도 차가워진 바람 속의 유일한 부드러움이었다.

향기롭다. 아윈의 정원에 이토록 향긋한 냄새를 가진 꽃이 있었던가.

냄새의 근원지를 찾으려 고개를 들다, 실수로 빗자루를 떨어뜨렸다. 고개를 드는 일에 너무 집중해서였을까. 나는 왜 이렇게 빗자루를 자주 떨어뜨리는 걸까.

탁.

빗자루가 떨어지는 소리가 들리기 무섭게 나는 반사적으로 눈가를 비볐다.

'빗자루 떨어뜨리면, 눈물을 흘렸잖아.'

아윈의 그 말이 떠올랐기 때문이다. 하지만 역시나 빗자루와 눈물 사이에 상관관계는 없었던 것인지, 눈물의 기운은 전혀 없었다.

눈을 비비던 것을 멈추고 하늘을 올려다보자, 냄새의 출처가 보였다.

하늘에선 보랏빛 눈이 내리고 있었다.

"라벤더."

아주 오랜만에 맡는 냄새였지만, 나는 라벤더의 향을 기억하고 있었다.

옅은 바람에 흩날리는 라벤더는 지면을 보랏빛으로 수놓았다. 가을의 기운이 물씬 풍겼던 정취는 어느새 늦은 봄으로 변해 버렸다.

나는 물 흐르듯이 얼굴에 흘러내리는 라벤더 잎을 잡아채고선 주위를 둘러봤다. 이런 짓을 할 만한 사람을 찾기 위해서였다.

적막한 정원 속에서 사람의 기척은 금세 찾을 수 있었다. 그는 구태여 제 정체를 숨길 요량이 없었다는 듯이 어느 나무에 등을 기대고 서 있었다.

"달튼, 놀랐잖아요."

그는 싱긋 웃으며 내게 가까이 걸어오기 시작했다. 어느새 내 앞까지 다가온 달튼은 내 어깨에 얹힌 라벤더를 매만지며 말했다.

"안녕."

달튼의 얼굴은 어제보다 많이 누그러져 있었다. 어젯밤, 그를 분노케 했던 감정은 하룻밤 사이에 죄다 희석된 것 같았다.

무엇이 그를 그토록 화가 나게 했던 것인지는 아직까지 알지 못했다. 그리고 그다지 알고 싶지도 않았다. 그저 그럴 만한 사정이 있겠다고 생각할 뿐이었다.

군이 까닭을 물어, 그가 그날의 분노했던 감정을 상기하기를 원하지 않았다. 그러면 또다시 폭풍우가 칠지도 모를 일이었고, 나는 오늘도 방수가 되지 않는 옷을 입고 있었다.

쫄딱 젖는 일을 또 겪고 싶지 않았다.

"이포. 오늘은 안 울어?"

달튼은 꽃과 내 눈물에 어떤 상관관계가 있다고 생각하는 것 같았다. 마치 아윈이 빗자루와 내 눈물 사이에 상관관계가 있다고 생각하듯이.

"글쎄요. 눈물이 나지 않네요."

"아쉽다. 기대했는데."

나는 버릇처럼 눈가를 쓸었다.

"달튼, 그런데 웬 라벤더예요?"

"……사과. 무도회장을 엉망으로 만들었잖아."

"한 달 치 월급으로 산 제 드레스도 엉망으로 만들었죠."

"미안."

나는 흠뻑 젖었던 내 드레스를 떠올렸다. 정성 들여 빨고, 잘 말린 드레스는 다행히도 훼손되어 있지 않았다.

"어제, 왜 화났었어요?"

그다지 궁금하지는 않았지만, 나는 기어코 그에게 까닭을 물었다. 대화의 흐름상 왜냐고 묻는 게 당연한 흐름으로 느껴졌다.

"들어 볼래?"

"좋아요."

달튼은 귀찮은 듯이 허공에 손을 한 번 휘저었다. 그러자 눈처럼 내리던 라벤더가 멎었다.

조금 아쉬웠지만, 달튼에겐 내색하지 않았다. 다행히도 그것이 남기고 간 향긋한 냄새는 여전히 코끝에 머물고 있었다.

나는 숨을 길게 들이마셨다 내쉬며, 그 향을 빠짐없이 기억하고자 했다. 어쩌면 마지막으로 맡는 라벤더 향기일 수도 있었다.

달튼은 제 입술을 달싹거리며, 자신의 사정을 털어놓기 시작했다.

"글쎄, 어제 마음에 드는 여자를 찾았는데. 그 여자가 나를 단번에 알아보고선 너처럼 부르는 거야."

"방탕자, 달튼 레이서스?"

내가 그렇게 말하자, 달튼은 게슴츠레하게 눈을 뜨고선 나를 노려봤다. 하나 그렇다고 해서 볼멘소리를 낸 건 아니다. 그는 그저 제 말을 이어갔을 뿐이었다.

"맞아. 그러곤 나를 아주 머저리 취급하더라고."

"어떻게요?"

"나를 사랑 한 번 제대로 해 보지 못한 사랑 불구자로 취급했어. 제대로 된 사랑을 하지 못하고, 그저 가벼운 사랑만 즐기는 놈으로 취급했다고."

나도 모르게 '그렇지 않나요?'라고 대답하려던 것을 가까스로 참았다.

떠올려 봤을 때, 달튼에게는 떠올리는 것만으로도 눈물을 흘릴 정도로 사랑했던 사람이 있었다.

"그래서 화가 났어. 나도 온전히 사랑할 줄 아는데⋯⋯. 다만 사랑하는 사람이 일찍 죽었을 뿐인데."

그는 미간을 매섭게 구기며 마른세수를 몇 번 했다. 괴로운 걸까.

"화난 거 이해해요. 내 사랑이 누군가에게 낮잡아질 때 얼마나 화가 나는지 저도 알거든요."

"그건 네 사랑 얘기야?"

"네. 저는 누구보다도 그를 사랑하지만, 사람들은 제 사랑이 이뤄지지 않을 거라고. 그건 허튼 사랑이라고. 제게 손가락질했어요."

나는 시녀 중에서 유일하게 친구라고 부를 수 있는 케이티를 떠올렸다.

케이티에게 아윈을 좋아한다는 사실을 털어놓았을 때, 그녀는 이상한 표정을 지었었다. '그런 소모적인 사랑은 왜 하는 거야?' 그런 말도 했던 것 같다.

신분의 고하로 주제넘은 사랑인 줄 알았지만, 그렇다고 해서 내가 그를 사랑하게 된 일을 물릴 수는 없었다.

사랑이란 건, 한번 스며들기 시작하면 그 전으로는 돌아갈 수 없게 된다. 되레 더더욱 깊게 스며들 뿐. 마치 불가항력과도 같았다.

"그래서 마음이 상했어?"

"네."

"너는 이뤄지지 않는 사랑에 슬퍼했겠지만, 나는 사랑이 이뤄졌어도 슬퍼."

달튼은 훨씬 더 괴로워진 얼굴을 했다. 쓰디쓴 약이라도 먹은 얼굴이었다. 나는 죽어 버린 자신의 연인을 떠올리며 눈물을 흘리던 달튼의 모습을 떠올렸다.

"달튼. 오늘은 안 울어요?"

"글쎄. 눈물이 나진 않네."

"아쉽다. 기대했는데."

나는 그의 눈가를 면밀히 살폈다. 정말로 눈물의 기미 따위는 전혀 없었다.

"대화의 흐름이 익숙하게 느껴지는 건, 내 착각이겠지?"

"네."

달튼은 이상하다는 말을 홀로 읊조리며 고개를 갸웃거렸다. 찡그렸던 그의 얼굴이 다시금 원래대로 펴져 있었다.

그는 보랏빛이 만연한 잔디 위에 아무렇게나 앉으며, 나를 올려다보았다. 나는 그의 오드아이 속에 비친 내 모습이 어떤 모습일지 궁금했다.

"이포, 너는 죽은 그녀와 조금 닮은 것 같아."

"어디가요?"

"인생 허망한 표정을 짓는 게."

"제가 그래요?"

"넌 네가 무슨 표정을 짓고 있는지 모르는구나."

"그런 거에 신경 쓸 만큼 마음에 여유가 없어요."

달튼과의 대화 탓이었는지, 나는 그가 사랑했던 여자가 조금은 궁금해졌다. 그것은 방탕함 이래로 처음 생긴 달튼에 대한 제대로 된 궁금증이었다.

그 여자는 예뻤을까? 나이는 몇 살이었을까?

왜 죽은 걸까.

나는 달튼이 기분 좋게 허공에 손을 휘저으며, 제가 사랑했던 연인에게 꽃비를 선사하는 모습을 상상했다. 아름다운 광경이었다.

"자꾸 다른 사람을 생각해서 미안해. 오늘따라 미안한 일이 많네."

나는 그와 시선의 높이를 맞추기 위해 잔디 위에 앉으며 대답했다.

"상관없어요. 그런 거에 서운해할 만큼, 우리는 각별한 사이가 아니니까."

"그거참, 슬픈데."

그는 전혀 슬퍼 보이지 않는 얼굴을 하고선 슬프다는 말을 읊조리고 있었다. 거짓말을 해도 어쩜 저렇게 못 하는 걸까.

"이포, 나는 다시 사랑할 수 있을까?"

나는 고민 없이 대답했다.

"네."

"뭐야. 어째서 그렇게 확신해?"

"당신은 잊힌 계절을 불러오는 마법사잖아요. 그런데 잊힌 사랑을 다시 불러오지 못할까요? 당신은 충분히 그럴 수 있다고 생각해요."

"……그렇게 말해 줘서 고마워."

고맙다는 달튼의 말에선 진정성이 느껴졌다. 앞서 말했던 슬프다는 말과는 확연히 다른 진정성이었다.

나는 별것 아니라는 듯이 어깨를 한번 들썩였다. 그를 위로해 주고 싶어서 한 말이었지만, 그 말은 내 진심이기도 했다.

여자의 마음을 설레게 하는 데에 일가견이 있는 달튼이었다. 그런 그가 다시 사랑에 빠지지 않는 일은 정말 이상한 일이라고 생각했다.

달튼은 제 얼굴에 희미한 미소를 띠며, 내게 작게 속삭였다.

"네가 살았으면 좋겠다."

"저도 그랬으면 좋겠어요."

그는 내가 왜 죽는지 여전히 궁금해하지 않았다. 본인의 사정은 내게 자세히 털어놓았지만, 나에 대해선 전혀 궁금해하지 않는 것이다.

우리의 관계는 한결같았다. 제자리걸음.

물론 달튼과의 관계가 진전되기를 바란 것은 아니었다.

나는 내가 죽은 후에도, 나를 기억해 줄 달튼이 행복해졌으면 좋겠다고 생각했다. 누군가와 사랑에 빠진다면 더 좋을 테고.

그래야 그가 떠올릴 내 모습도 행복할 테니까. 본인이 행복해야, 나와 관련된 기억들도 아름답게 미화되지 않을까 싶었다.

내가 누군가의 기억 속에 남는다면, 그것은 행복한 모습이었으면 좋겠다. 그뿐이었다.

달튼은 오랫동안 나를 바라보기만 했다. 나도 그의 오드아이를 빤히 응시했다.

그의 눈동자 속에 비친 것은 나였지만, 그가 다른 이를 떠올린다는 느낌을 지울 수가 없었다.

초점이 흐려진 채로 느릿하게 깜빡이는 그의 눈동자가 희미하게 떨렸다. 그는 연거푸 미안하다고 사과했으면서도, 또다시 내게 사과할 짓을 하고 있는 것이 틀림없었다.

달튼은 죽은 연인을 떠올리고 있을 것이다. 나와 닮은 허망한 표정을 짓던 그 연인. 그렇지 않고서야 그의 눈동자가 불쑥 구슬퍼질 이유가 없었다.

"달튼, 울고 싶어요?"

나는 물음의 형태를 조금 바꾸어서 그에게 물었다.

"……아니."

그는 티가 나게 거짓말을 했다. 그렇지만 왜 거짓말을 하느냐고 따지고 싶지는 않았다. 나는 이번에도 말을 돌려서 내 의사를 표했다.

"방탕자가 아니라 해바라기였네요. 당신에게 방탕함을 배우는 건 무리인 것 같아."

"나 원 참."

저를 못 미더워하는 내 말에 달튼은 헛웃음을 흘렸다. 헛웃음도 웃음이기는 한 건지, 그의 눈동자에 서렸던 슬픔이 옅어지고 있었다.

머쓱하게 제 뺨을 긁적이는 달튼을 보며, 나는 불현듯이 가면무도회장에서 아윈이 했던 말을 떠올렸다.

'달튼은 내가 가진 걸 갖고 싶어 해. 하지만 그는 무언가에 대한 확신이 없어 보여.'

달튼이 가지고 싶어 하는 것.

나는 지난 밤, 달튼이 했던 말마저도 상기했다.

'네게서 내가 찾던 것의 냄새가 나는 것 같아.'

그 두 가지 말 사이에 왠지 모를 연관성이 있을 것만 같았다. 물론 나의 과한 추측일지도 몰랐다.

"달튼, 예전에 무언가를 찾고 있다고 했잖아요. 그거 찾았어요?"

"아, 그거?"

"네."

달튼은 눈을 가늘게 뜨고선 나를 쳐다봤다. 그러곤 검지를 들어 올려, 제 입술 위에 가져다 대었다.

"비밀."

그는 내게 알려 주기 싫다는 듯이 말했지만, 그의 눈동자에는 언어로 표현될 수 없는 것이 내비치고 있었다.

나른하게 굽은 달튼의 눈동자가 삽시간에 날카로워졌다. 그것은 결코 답답함에 물든 눈빛이 아니었다. 외려 만족스러움이 가득 스며 있는 눈빛으로 보였다.

만족스러운 것을 뛰어넘어, 그 이상의 것을 알아낸 듯한 눈빛. 달튼은 참으로 거짓말을 못 하는 자임이 분명했다.

아윈이 감기에 걸렸다.

질병과는 거리가 멀어 보였던 아윈에게 감기라니. 무심한 남자가 걸리는 감기는 어떤 종류의 감기일지 상상해 보았다.

코감기? 기침감기? 무표정한 아윈이 콧물을 훌쩍거리는 모습은 좀처럼 상상되지 않았다.

그가 감기에 걸린 원인은 달튼이 내리친 폭풍우 때문일 거라고 확신했다. 다른 이유는 전혀 떠오르지 않았다.

나는 달튼을 원망하고 싶었다. 아니, 사실 벌써 원망하고 있었다. 비싼 내 드레스가 젖었을 때보다도 훨씬 더 그가 원망스럽다.

나는 걸음의 속도를 가하며 아윈의 방으로 향했다. 주치의가 다녀간 다음, 그의 간호를 맡게 된 사람이 놀랍게도 나였기 때문이다.

신의 안배였을까. 그저 우연의 일치였을까.

어찌 되었든 나는 아원의 새로운 모습을 볼 수 있다는 사실에 조금은 들떴다. 그가 감기에 걸려 누워 있다는 사실과는 어울리지 않는 들뜸이었다.

똑똑.

노크를 두어 번 했지만 안쪽에서는 응답이 없었다. 본래 아원은 대답이 없는 자였으므로 나는 거침없이 방으로 들어섰다.

방에 들어서기 무섭게 특유의 감기 냄새가 맡아졌다. 그 냄새는 내 코끝까지도 간질이는 습한 냄새였다.

열었던 방문을 조용히 닫고선 앞으로 몇 걸음 걷자 그가 보였다. 아원. 나는 그의 이름을 마음속으로 되뇌며, 그가 누워 있던 침대까지 다가갔다.

아원은 몸을 옆으로 돌린 채로 쥐 죽은 듯이 누워 있었다. 그런 그의 모습은 평소와는 다른 감상을 주었다.

어디에 있든 늘 압도적인 존재감을 자랑했던 그였지만, 오늘의 그는 뭐랄까. 작은 동물을 연상케 했다. 부모의 보살핌이 필요한 아주 작은 동물.

그는 깊은 잠에 빠져들기라도 한 것인지, 눈을 감고 있었다. 애처로울 정도로 하얗게 질린 뺨과 미동 없는 그의 얼굴은 어쩐지 죽은 자의 모습을 떠올리게 했다.

간간이 뱉어 내는 뜨거운 숨이 아니었다면, 정말로 죽은 것이라 착각할 정도였다.

나는 그의 이마 위에 손바닥을 조심스럽게 올렸다. 코감기, 기침 감기라고 생각했던 게 무색할 정도로 그의 이마는 뜨거웠다.

여러 선택지가 있었지만, 정답은 열감기였던 것이다.

나는 이마에 올렸던 손을 조금 내려 그의 뺨을 부드럽게 쓸었다. 반나절 사이에 그의 뺨이 꽤나 야윈 것만 같았다.

내가 라벤더의 향연 속에 파묻혀 있었을 때에도 그는 이토록 아팠던 걸까.

나는 조금 더 일찍 그가 아팠음을 알지 못한 사실을 아쉬워했다. 더불어 홀로 라벤더를 보며 좋아했던 사실이 미안했다. 정작 아원은 내 미안함과 아쉬움을 전혀 모르겠지만.

그 순간, 잠들어 있다고 생각했던 아원의 입술이 작게 열렸다.

"머리가 너무 아파."

그의 목소리는 곧 심해에 잠길 것처럼 무겁게 가라앉아 있었다. 나는 그의 뺨을 매만지던 손을 갈무리하며 그에게 대답했다.

"열이 나서 그래요. 많이 아파요?"

"응."

그는 그제야 감고 있던 눈을 슬그머니 뜨고서 나를 올려다보았다. 그의 눈동자가 평소보다도 훨씬 더 나른해져 있었다.

"설마…… 감기에 처음 걸린 건 아니죠?"

그것은 은연중에 나온 질문이었다. 왠지 그럴 것 같다고 해야 할까.

아원에게서 돌아오는 대답은 없었다. 돌아오지 않는 대답의 의미는 긍정의 것이라고 생각했다.

맙소사. 일생에 처음 걸린 감기라니. 아원은 그 낯선 질병의 느낌을 뭐라고 정의하고 있을까.

나는 그의 생각을 읽을 요량으로 자세를 굽혀, 아원의 얼굴을 빤히 들여다보았다. 그는 눈도 거의 깜빡이지 않고 나를 응시했다.

옆으로 돌아누운 덕에 이마 위로 자연스럽게 흘러내린 그의 검은 머리칼 끝이 미세하게 젖어 있었다. 열로 인한 땀이 만들어 낸 결과물이었다.

땀에 젖은 그의 모습은 늘 그렇듯이 내게 자극적으로 다가왔다. 지난날, 그 뜨거운 밤에 보았던 그의 젖은 모습을 떠올리게 했기 때문이다.

"키스해도 돼요?"

불현듯이 튀어나온 그 말은 내 진심이었다.

물론 오로지 그에게 현혹되었기 때문에 한 말은 아니었다. 그에게 서린 감기의 기운을 내가 앗아갈 요량으로 한 말이기도 했다. 물론 전자 쪽이 훨씬 더 큰 이유였지만.

"……."

아원은 내 진심을 가늠하듯이 몇 초간 나를 빤히 바라보더니, 이내 손을 뻗었다.

그의 뜨거운 손은 내 손목을 잡고, 나를 자신의 쪽으로 끌어당겼다. 나는 하릴없이 그에게 안겼다. 그의 품은 엄청나게 뜨거웠다.

나는 아원의 품속으로 깊숙이 파고들었다. 그러자 몇 번이고 내게 닿았던 그의 입술이 내 입술 위로 드리웠다. 맞닿은 그의 입술이 평소보다 뜨거웠다.

아원의 이마에 머물던 열기가 입술까지 내려온 것 같았다. 그의 열기는 내 입술로 넘어와 내 속으로 흘러들어 왔다.

그의 열기는 내 몸을 달구기에 이르렀다. 내 몸은 심각한 열병을 앓는 것처럼 금세 뜨거워졌다.

아원은 내가 호흡을 재정비할 수 없을 정도로 나를 몰아세웠다. 아픈 사람이라고는 믿지 않는 여유 없는 키스였다.

우리의 몸은 돌이킬 수 없을 정도로 가까워졌다.

닿아 있는 아윈의 몸은 여전히 뜨거웠지만, 내 몸 또한 아윈 못지않게 뜨거워져 있었다. 본래 누구의 몸이 뜨거웠던 것인지 전혀 구분할 수 없게 되었다.

그와의 키스가 더해 갈수록, 우리의 몸이 더욱 가깝게 밀착될수록, 나는 살고 싶다는 욕심이 들었다.

일찍 죽을 것이란 사실을 어려서부터 알고 있던 게 무색한 정도의 욕심이었다.

따스한 그의 체온을 곧 느끼지 못할 거라는 사실이 나를 자못 슬프게 만들었다. 나는 그의 몸을 꽉 껴안으며, 눈물만은 흐르지 않길 바랐다.

아윈은 내게 닿아 있던 입술을 조금 떼어 내며, 나를 내려다보았다. 아파서인지, 키스의 여파 때문이었는지는 잘 모르겠지만, 그의 검은 눈동자가 묘하게 풀려 있었다.

그는 색이 옅어진 입술을 작게 움직였다.

"네 몸이 너무 뜨거워."

"후작님 몸이 뜨거워서 그래요."

내 대답에 아윈은 미간을 옅게 찡그리고선 말했다.

"······후회해?"

무엇에 대한 후회를 말하는 걸까.

당신과 키스한 것? 내가 당신을 사랑하게 된 것?

무엇이 되었든 간에, 나는 전혀 후회되지 않았다. 그것은 물음의 가치가 없는 물음이었다.

다만 구태여 후회하는 사실을 딱 하나만 꼽으라면, 꼽을 수도 있었다. 그것은 하루라도 더 일찍 그를 갖지 못했다는 사실이었다.

시간을 되돌릴 수만 있다면, 나는 일찌감치 그에게 고백했을 것이다. 당신의 밤을 가지고 싶다고.

나는 천천히 대답했다.

"아니요."

아윈은 내 대답이 끝나기 무섭게 제 고개를 기울여 짧게 입을 맞추었다. 좀 전에 나눈, 나를 몰아세웠던 진한 키스와는 상반된 가벼운 입맞춤이었다.

"머릿속이 이상해져서 더는 못 하겠어."

"……."

"너무 뜨거워."

무슨 영문으로 아윈의 머리가 이상해지고, 뜨거워진 것인지 모르겠으나, 나는 지금 이 순간 살고 싶다는 갈망보다 더 커진 욕망을 그에게 토로했다.

"제가 이 이상을 원한다면, 당신의 머리가 더 뜨거워질까요?"

그것은 아픈 아윈에게 전혀 어울리지 않은 물음이었다.

하지만 나는 그를 더 느끼고 싶었다. 슬픔으로 또다시 눈물이 흐르기 전에.

조용한 적막이 흐르는 가운데 아윈의 심장 소리가 어렴풋이 들렸다. 나는 아윈의 가슴에 귀를 더욱 가까이 가져다 대었다.

두 개의 심장을 가지고 있다던 아윈의 심장 소리는 특별할 것이

라고 생각했다. 두 개의 심장이 펌프질을 하며, 그 소리들이 엇박
자처럼 얽히고설키지는 않을까 했다.

기대했던 것이 무색하게 아원의 심장 소리는 평범하기만 했다.
일정한 박자를 유지한, 침착한 소리였다.

하나 그의 심장의 박동은 그 누구의 것보다도 강인했다. 조만간
밖으로 튀어나올 정도로 거셌다.

그 강인한 박동만이 두 개의 심장을 증명하는 유일한 증거가 아
닐까 싶었다.

아원은, 지난밤 나와 나눈 교감에 무척이나 지쳤던 것인지 숨소
리조차 내지 않고 잠들어 있었다. 나는 잠든 그의 심장 소리에 오
랫동안 귀를 기울였다.

누군가의 심장 소리를 듣는 것은 매우 멋진 일이었다. 살아 있음
을 증명하는 강인한 소리를 듣고 있자면, 내 심장 또한 영원히 뛸
것 같은 기분이 들었기 때문이다.

그런 기분이 들 때면, 나는 잠깐 동안 내 죽음을 잊을 수 있었다.
나는 괴로운 사실을 잊을 수 있는 이 시간이 영원하기를 바랐다.

아원과 같은 공간에서, 같은 공기를 마시는 이 시간이 끝나지 않
기를 바랐다.

그러나 영원한 것은 없었다. 제동 장치를 잃은 시간은 제 흐름을
이어 갔고, 이내 아원이 몸을 조금 뒤척였다.

그가 잠에서 깨어난 듯싶었다.

"뭐 해?"

아원은 꽤나 맑아진 목소리로 내게 물었다. 어제 하루 동안 그를
힘들게 했던 감기의 기운이 느껴지지 않는 목소리였다.

"당신의 심장 소리를 들어요."

나는 그의 가슴팍에 대고 있던 얼굴을 떼어 냈다. 하지만 내 귓가엔 아윈의 강인한 심장 소리가 계속해서 맴돌았다. 나는 그 소리를 기억했다.

"내 심장?"

아윈은 완전히 잠에서 깬 것이 아니었는지, 눈을 반만 뜨고 있었다. 눈꺼풀을 다시 드는 게 힘겹게만 보였다.

나는 그의 길고 곧은 속눈썹이 느릿하게 깜빡이는 걸 빠짐없이 지켜보았다. 그러곤 말한다.

"당신은 정말로 심장이 두 개예요?"

"응."

아윈은 나른한 얼굴로 당연하다는 듯이 대답했다. 제가 두 개의 심장을 가지고 있다는 사실을 시인한 것이다.

"인간 맞죠?"

"응."

아윈은 이상한 내 질문에도 막힘없이 대답했다. 나는 짧은 한숨을 내쉬었다. 도대체 무슨 질문을 한 건지.

나는 그의 이마에 손바닥을 얹었다. 지난날, 그를 괴롭혔던 열기는 다행히도 하룻밤 사이에 모두 사라져 있었다.

그토록 강렬했던 열기는 모두 어디로 사라졌을까.

지난밤 그가 내 안으로 들어왔을 때, 그때에 그의 열기가 내 몸으로 흡수된 것은 아닐까.

그렇게 생각하기 무섭게 몸 안의 심지가 뜨거워지는 기분이 들었다. 아윈의 열기가 내 심장 부근을 느릿하게 돌고 도는 것만 같았다.

"이제 머리 안 아파요?"

아윈은 대답 대신 눈을 깜빡거렸다. 그것은 그만의 대답 방식이었다.

"다행이다."

역시나 아윈에게서 돌아오는 말은 없었다. 애당초 대답을 바라고 한 말이 아니었으므로 그의 침묵이 대수롭지 않았다.

나는 누워 있던 몸을 일으켜 어젯밤에 벗어 놓은 옷을 입었다. 아윈은 내가 옷을 입는 모습을 가만히 지켜보았다.

옷을 다 입고선, 아윈에게 돌아가겠다고 말했다. 그는 내가 나가는 모습 또한 바라만 보았을 뿐이다.

이젠 위까지도 뜨거워진 기분이었다. 심장 근처에 머물던 아윈의 열기가 거기까지 닿았음이 틀림없었다.

나는 뜨거워진 숨을 내뱉었다. 메마른 입술 사이로 새어 나온 내 숨결에 식기가 뿌옇게 물들었다.

"벨? 괜찮아?"

케이티는 새로 들어온 식기를 정리하던 것을 멈추고 나를 보았다.

"나, 아파 보여?"

내가 그리 묻자 케이티가 고개를 위아래로 세차게 흔들었다. 그러자 어쩐지 머리가 핑 도는 기분이 들었다.

나는 이마를 짚으며 추측했다. 감기에 걸렸음이 분명하다고. 아윈의 감기를 앗아 가야겠다는 생각으로 그에게 입을 맞추었더니,

내가 그의 감기를 정말로 가져와 버린 것이다.

그 순간, 아윈이 내게 했던 말이 떠올랐다.

'후회해?'

나는 그에게 감기가 옮았지만, 내 대답은 여전히 같았다.

'아니요.'

나는 이마를 소매로 훔쳐 내며 케이티에게 말했다.

"잠깐 바람 좀 쐬고 올게."

아무래도 아윈의 열기를 식혀야 할 필요성이 있어 보인다. 그러지 않으면 조만간 나도 열병에 걸릴지도 몰랐다.

그런데 말이다. 아윈의 뜨거운 열기를 식힐 만한 서늘함이란 게 존재할까 싶다.

없을 거라는 이상한 확신이 들었다. 설령 한겨울의 빙산이라 할지라도, 폭력적으로 내 몸을 데우는 이 열기를 거스를 수는 없을 것 같았다.

내게 피어오르는 열기가 심상치 않았다.

나는 완연한 가을날에 빙산을 찾는 것은 포기하며, 복도를 천천히 거닐었다. 잠깐이라도 누워 있어야겠다는 생각으로 내 방 쪽으로 가고 있을 때였다. 나는 우연처럼 달튼의 방과 마주했다.

나도 모르게 그의 방문 앞까지 다가가자, 방문이 미세하게 열려 있는 게 보였다. 나는 본능적으로 열린 문틈 사이로 얼굴을 가져다 대었다. 심장이 조금씩 빨리 뛰기 시작했다.

문틈 사이로 비친 좁은 시야 속, 달튼의 금발은 금세 눈에 띄었다. 활짝 열어 놓은 창문에서 스며들어 온 햇볕에 그의 금발이 눈부시게 반짝이고 있었다.

나는 눈가를 조금 찌푸리며 그를 관찰했다. 달튼은 무언가를 아주 정성스럽게 닦고 있었다. 그것은 갈색빛을 띤 사람 크기의 궤짝 같은 것이었다.

구태여 내가 아는 단어를 붙이자면, 그것은 '관'에 가까워 보였다. 관. 조만간 나와 조우할 아주 친숙한 물건이기도 했다.

갈색 궤짝은 달튼의 머리카락과 다름없이 눈이 아리도록 빛이 났다. 얼마나 닦았기에 저토록 빛나는 것일까.

그 순간, 느닷없이 달튼의 고개가 내 쪽으로 돌아가기 시작했다. 내가 너무 과하게 쳐다봤나 보다.

그의 고개는 내가 서 있던 곳까지 정확하게 돌아갔다. 곧 그와 눈이 마주쳤다.

"이포 벨?"

그는 오늘따라 내 이름을 더더욱 친숙하게 불렀다. 아무래도 그가 아는 이 중에 내 이름과 비슷한 이름을 가진 자가 있을 게 확실했다.

나는 도망가기는커녕 조금 열린 방문을 되레 활짝 열어젖혔다. 당당한 내 태도에 달튼이 어이없어 할지도 모르겠다.

"설마…… 관이에요?"

나는 관으로 추정되는 것을 검지로 가리켰다. 달튼은 흔쾌히 대답해 주었다.

"그럼 이게 관이지 침대겠어?"

달튼은 대뜸 등장한 나를 불쾌해하지 않았다.

"가까이서 볼래?"

그는 자랑하듯이 말했다. 관을 마주한 그의 얼굴이 지나치게 즐거워 보였다. 좀 아이러니했다.

"네. 가까이서 볼래요."

나는 방 안으로 완전히 들어가 달튼에게까지 걸어갔다. 그러곤 쪼그리고 앉은 채로 갈색 목관을 자세히 들여다보았다.

달튼의 말대로였다. 그것은 부정할 도리가 없는 진짜 관이었다.

"웬 관이에요? 설마 이제 시체와……."

나는 말끝을 흐리며, 달튼을 게슴츠레하게 쳐다봤다.

방탕자 생활을 일삼으며 다양한 인종의 여러 여자를 만났던 달튼이었다. 설마하니 그가 이제는 시체인 여자와 만나는 게 아닌가…… 하는 말도 안 되는 의심이 잠깐 들었다.

달튼은 질겁하며 대답했다.

"난 변태가 아니라고!"

"누가 변태라고 했나요?"

"이포 네 눈빛이 나를 그렇게 보고 있었잖아!"

"그랬던가."

나는 심드렁하게 대꾸하며, 갈색 관으로 시선을 옮겼다.

"그럼 도대체 뭐예요?"

"관 안도 보여 줄까?"

달튼은 제가 언제 언성을 높였냐는 듯이 달콤한 목소리로 물었다. 그 달콤한 말은 어쩐지 양날의 검처럼 위험한 느낌을 가져다주었다.

보지 말아야 할 것이 그 속에 존재할지도 모른다. 알지 못하는 게 더 나은 것일지도 모른다.

그렇지만 나는 고개를 끄덕였다. 갈색 관의 존재를 몰랐다면 상관없겠지만, 그것을 본 이상 나는 그 안에 무엇이 있는지 꼭 보고 싶었다.

달튼은 내 고갯짓이 끝나기 무섭게 관 뚜껑을 열기 시작했다. 관 뚜껑이 매끄럽게 열리며, 곧 그 속에 존재하는 것이 드러났다.

관의 주인은 여자였다. 잠든 듯이 누워 있는 여자.

여자는 오랜 시간 동안 잠들어 있었던 것처럼 눈을 감고 있었다. 그녀의 얼굴은 핏기 하나 없이 하얬으며, 잘 정돈된 금발은 허리까지 내려와 있었다.

제 피부색을 닮은 하얀 드레스를 입고 있는 여자의 모습은 꽤나 아름답기도 했다.

하나 그녀는 죽은 자였다. 그녀가 가지고 있던 것은 죽은 자의 온기 없는 아름다움이었다.

달튼은 아무 말도 하지 않았지만, 나는 그녀가 누구인지 알 수 있었다. 그가 오래전에 사랑했었다던 그녀.

"인사해, 아라벨이야."

달튼은 살아 있는 그녀를 소개하듯이 말했다.

'아라벨.'

그 이름은 내 이름과 비슷한 어감을 가지고 있었다. 달튼이 내 이름을 제 입에 닳아빠진 것처럼 부르는 이유가 여기에 있었던 것이다.

"이분이 당신이 사랑했던 그 여자예요?"

"응. 예쁘지?"

나는 고개를 끄덕였다. 죽은 자이기는 했지만, 어쨌든 예쁜 건 예쁜 것이었으므로.

"요즘 들어 자꾸 생각이 나서, 관을 이곳으로 직접 가지고 왔어."

"썩지는 않아요?"

"나는 대마법사라고. 부패를 막는 건, 나도 할 수 있어."

"……."

"그녀가 썩기를 바라지 않아."

달튼은 아라벨의 손등 위를 몇 차례 가볍게 눌렀다. 부패가 됐는지, 아닌지를 확인하는 것처럼 보였다.

"내가 죽을 때까지 그녀는 썩지 않을 거야. 하지만 그런 나조차도 부패를 막지 못하는 곳이 하나 있어."

"그건 어디인데요?"

아라벨의 손등에 머물던 달튼의 손이 슬그머니 자리를 옮겨 가기 시작했다.

그의 손가락은 그녀의 어깨를 지나쳐 턱 근처로 올라갔다. 이내 그녀의 얼굴까지 다다른 그의 손은, 희게 질린 사자의 얼굴을 조용히 쓰다듬었다.

"심장."

심장. 달튼이 부패를 막지 못하는 유일한 곳.

"전에 얘기했었지? 인간의 생사는 불가역이라고."

달튼은 고개를 들어 나를 똑바로 쳐다봤다. 그의 붉은 입술이 나를 향해 작은 미소를 짓고 있었다.

그 미소는 흠잡을 곳이 없는 아름다운 미소였지만, 나는 까닭 모를 소름을 느꼈다.

그의 죽은 연인인 아라벨에 대해 더 자세히 알고 싶었지만, 머리가 지나치게 아파 왔다. 나는 결국 다음에 다시 얘기를 나누자는 말과 함께 달튼의 방을 빠져나왔다.

힘없는 걸음으로 겨우 내 방까지 온 나는, 침대에 몸을 누였다. 몸이 물에 젖은 솜처럼 무거웠다. 이제는 시야가 흐려질 정도로 머리가 지끈거렸다.

이윽고 무거워진 눈꺼풀이 눈 위로 내리덮였다. 눈을 감자 졸음이 몰려오기 시작했다. 나는 목 끝까지 이불을 덮었다. 잠은 금세 들었다.

나는 조금 기묘한 꿈을 꾸게 된다.

내 꿈속에선 달튼과 아원이 나왔다. 그들은 서로를 마주 보고 서 있었는데, 어쩐지 명암 차가 너무나도 극명했다.

금발에 오드아이를 가진 달튼의 주위는 밝았고, 검은 머리칼에 검은 눈동자를 가진 아원의 주위는 어두웠다.

어째서 두 사람이 내 꿈에 나왔을까, 하고 생각하던 차였다. 달튼이 제 손을 가슴 부근까지 들어 올리기 시작했다.

놀라운 일은 곧바로 벌어졌다. 들려진 달튼의 손이 한 치의 망설임도 없이 아원의 가슴 부근으로 뻗어진 것이다.

달튼의 손은 아원의 가슴을 수평선으로 정확히 꿰뚫었다. 오차 없는, 완벽한 손짓이었다.

얼마 지나지 않아, 달튼의 손이 아원의 가슴 속에서 빠져나왔다. 달튼의 손은 빈손이 아니었다. 그의 하얀 손 위에는 붉은 심장이 들려 있었다.

그것은 아원의 심장이었다.

아원의 심장에서 새어 나온 뜨겁고 붉은 피가 달튼의 하얀 손을 적셨다. 달튼은 흘러내리는 붉은 피를 가만히 놔둔 채로 미소 지었다.

그 미소는 그의 방에서 보았던 그의 미소와 닮아 있었다. 까닭 모를 소름을 돋웠던 그 미소.

심장을 하나 빼앗긴 아윈의 얼굴은 이상하리만큼 평온했다. 그에게선 고통스러운 기미는 전혀 보이지 않았다. 다만, 아윈의 검은 눈동자만이 조금 공허해졌을 뿐이었다.

중요한 무언가를 잃은 눈빛이었다. 구태여 따지자면 그가 말했던 심장의 나사 하나쯤이랄까.

끔찍한 장면과는 별개로 그들의 머리 위에는 벚꽃이 흩날리고 있었다. 달튼이 내게 선사했던 봄을 떠올리게 하는 벚꽃이었다.

아윈의 심장에서 새어 나온 피 냄새와 벚꽃의 봄 냄새가 위화감 없이 섞여 있었다.

나는 그 냄새를 본능적으로 기억했다.

"······하."

다시 눈을 떴을 때, 주위는 잠들기 전처럼 밝았다. 잠깐 동안 잠든 것이었다.

나는 까닭 없이 가빠진 숨을 몰아쉬며, 꿈의 잔상에서 벗어나려고 했다. 하나 꿈속에서 보았던 붉은 색의 궤적이 눈앞에서 쉬이 사라지지 않았다.

상체를 일으키자, 이마 부근에서 무언가가 툭 떨어졌다.

"손수건?"

무지의 손수건이었다. 이런 게 언제 내 이마 위에 올려져 있었던 걸까.

자세히 살펴보니, 그것은 일전에 아윈이 주었던 손수건과 똑 닮은 것이었다. 나는 그것을 코끝까지 들어 올려 냄새를 맡았다. 일전에 맡았던 향기로운 냄새는 맡아지지 않았다.

그 순간 내 코끝에 스민 냄새는 비릿한 피 냄새였다. 오랜 시간 고인 피가 썩고, 또 썩어 문드러진 그런 냄새.

실제로 손수건에서 나는 냄새는 아닐 것이다. 그 냄새의 정체는 내가 꿈속에서 본능적으로 기억했던 그 냄새였다.

아윈을 봐야겠다고 생각했다. 달튼이 당신을 노리고 있다는 얘기를 해야겠다는 생각이 앞섰다.

물론 달튼이 원하는 것이 아윈의 심장일지, 그보다 더한 것일지는 확신할 수 없었다. 그렇지만 나는 아윈에게 경계의 막을 씌워주고 싶을 따름이었다.

모든 것에 무심한 그 남자에게 경각심을 심어 주고 싶었다. 설령 그 꿈이 내 상상이 만들어 낸 비약적인 환상이라고 할지라도.

침대에서 몸을 완전히 일으키자, 뇌가 뭉근하게 지끈거렸다. 잠깐 자고 나면 괜찮아질 거라고 여겼는데……. 그게 아니었나 보다.

나는 아윈의 것으로 추정되는 손수건을 손에 꽉 쥐었다.

아윈이 무슨 생각으로 내 이마에 손수건을 올려다 놓은 것인지 알 수 없었으나, 그것은 아윈을 대뜸 찾아갈 수 있는 명분을 만들어 주었다.

나는 아윈의 집무실로 향했다.

뛰듯이 빨리 걷자 뇌수까지도 흔들리는 기분이 들었다. 내뱉어진 호흡은 점점 더 뜨거워졌고, 이마에는 빙산도 녹일 법한 매서운 열기가 맴돌았다.

그러나 이대로 걸음을 멈출 수는 없었다.

나는 누구보다도 내 죽음을 겸허하게 받아들이면서도, 아원에게는 불길한 일이 일어나지 않기를 바라고 있었다. 진심으로. 간절하게.

나는 집무실의 문을 두어 번 두드린 후에 문을 열어젖혔다. 아원은 원래부터 대답이 없는 자였으니, 아무렴 어떻겠냐 싶었다.

아원은 예상대로 집무실에 존재했다. 그는 평소처럼 책상 앞에 앉아 서류에 거의 파묻혀 있었다.

낯선 인기척에 대한 그의 반응은 엄청 늦었다. 그는 몇 초가 지난 다음에야 느긋하게 고개를 들어 올렸다. 조바심이 든 사람은 나 혼자뿐이었다.

아원은 갑작스러운 내 방문에도 전혀 놀라지 않은 얼굴이었다. 내게 닿은 그의 시선이 무료하기만 했다. 계속해서 바라보고 있자니, 나조차도 무기력해지는 눈빛이었다.

나는 그에게 다가가 손수건을 내밀었다.

"이거, 후작님이 두고 가신 거예요?"

"……."

아원은 손수건을 가만히 내려다보았다.

그의 눈빛은 뭐랄까. 그것이 현실의 손수건인지 아닌지를 가늠해 보는 듯한 눈빛에 가까워 보였다.

"그렇다면."

이윽고 제 손수건임을 인식한 아원이 뒤늦게 대답했다. 그의 목소리에선 그 어떤 감정도 느껴지지 않았다.

나는 그가 내 이마 위에 손수건을 올리고 가는 모습을 잠깐 상상했다. 그는 무슨 이유로 나를 찾아와, 내 이마에 손수건을 올려놓았던 걸까.

"걱정했어요?"

절대로 그럴 일은 없을 거라고 생각했지만, 그래도 물어보았다. 나는 이미 하고 싶은 말을 바로 털어놓는 데에 이골이 난 여자였다.

"……."

아윈은 일순간 무언가를 생각하는 낯빛을 띠더니, 앉아 있던 몸을 일으켜 내 앞까지 걸어왔다.

나보다도 월등히 키가 큰 아윈이 나를 조용히 내려다보았다. 그의 흰 손이 내 이마 위에 드리운 것은 순식간에 벌어진 일이었다.

"아침에 내게 닿았던 네 이마가 뜨거웠어."

그는 듣는 이의 기분을 황홀해지게 만드는 좋은 목소리로 말했다. 고열에 시달리는 도중에도 그의 아름다운 목소리는 내 귓가에 선명히 와 닿고 있었다. 그에게 절로 현혹되는 건 어쩔 수 없는 일이다.

"그건 아마도 네게 옮겨 간 내 열기였겠지."

그는 내 이마에 올려두었던 손을 물렸다. 그러고선 제 손을 쥐었다 펴기를 반복했다. 내 이마의 열기가 어느 정도인지 가늠하듯이.

"불덩이군."

아윈은 마음에 들지 않는다는 듯이 말했다.

손수건을 이마에 얹어 주었음에도, 왜 아직까지 불덩이인지 이해할 수 없다는 모습이었다. 그것은 걱정이라기보다는 분석에 가까워 보였다.

그래, 아윈이 나를 걱정했을 리가 없지.

도리어 그의 입에서 걱정이라는 말이 나온다면, 나는 너무 놀라서 예정된 날보다도 훨씬 더 일찍 죽을지도 몰랐다. 사인은 심장

마비일 테다.

"괜찮아요."

나는 괜찮지 않았지만, 괜찮다고 답했다. 열에 대한 것보다도, 나는 얼른 달튼에 대한 것을 얘기하고 싶었다.

"그런데 후작님. 달튼 말이에요."

"그자가 왜?"

"저택에 언제까지 머무는 거예요?"

"그건 그자의 마음이겠지."

아윈은 심드렁하게 대꾸했다. 그는 달튼에게 일말의 관심도 없는 듯했다.

"그를 내보내 달라고 말씀드리는 건, 지나친 월권인 거겠죠?"

"글쎄. 하지만 그는 오래전부터 후작가와 인연이 있었던 자야. 내가 가라 한다고 해서, 쉬이 갈 인물은 아니지."

오래전부터 후작가와 인연이 있었다, 라.

달튼과 아윈의 긴 인연에 대해서 궁금했지만, 나는 그것까진 묻지 않았다. 거기까지 묻는다면, 이번에야말로 진짜 월권이 될지도 모를 일이었다.

"달튼을 조심했으면 좋겠다는 말을 전하고 싶었어요."

"······."

아윈은 나를 똑바로 쳐다보았다.

그는 이유를 묻지 않았다. 그저 나를 직시했을 뿐이었다. 햇볕에 잘 그을린 그의 붉은 입술은 굳게 닫힌 채로 그 어떤 언어도 내뱉지 않았다.

예상했던 대로의 반응이기도 했다. 내가 조심하라는 말을 꺼낸다고 해서, 아윈이 단번에 수긍하는 시나리오는 예상하지 않았으니까.

아윈에게 애당초 경각심이라는 감정이 존재하는 걸까, 하는 의문이 든다.

그는 진정 아무도 경계하지 않는 걸까? 살기를 풍기는 자가 가까이 다가와도, 심드렁한 얼굴을 하는 게 아닐까?

나는 가벼운 한숨을 내쉬었다. 아쉽기는 했지만, 이 정도도 충분하다고 여겨졌다.

조심했으면 좋겠다는 말을 꺼냈다는 사실 하나도 만족스러운 성과가 아니던가. 예전 같았으면, 그에게 운도 떼지 못했을 것이다. 아니, 우리가 대화를 나누기나 했을까?

"이만 가 볼게요."

하고픈 말을 다한 나는, 그의 집무실을 나가려고 했다.

고개를 숙여 인사를 하려던 순간 몸이 조금 휘청거렸다. 동시에 뇌수가 또다시 꿀렁거렸다. 내 몸을 돌고 도는 열기에 뇌수가 녹고 있는 듯한 기분이었다.

아윈은 흔들리는 내 몸을 잡아 줄 요량이었던지, 내 손목을 가볍게 부여잡았다. 맞닿은 그의 손이 뜨거웠다.

"……입, 맞춰도 될까?"

뜬금없는 제안이었다. 열기에 허덕이는 나를 보며, 그의 동물적인 감각이 불시에 눈뜬 것은 아닐까, 하고 생각했다. 그렇지만 그것은 나의 착각인 듯했다.

"내 열기를 다시 가져갈게."

그는 순수하게 입술만을 맞추고 싶다고 말하는 것 같았다. 육체적인 관계로 이어지는 스킨십이 아닌, 내 열기를 가져가기 위한 일종의 행위로써.

"그러면 당신의 이마가 또다시 뜨거워질지도 몰라요."

"괜찮아. 두 번째는 더 익숙할 테니까."

입을 맞추어도 될까, 라는 말은 허락을 바란 말이 아니었다. 아원은 내 대답이 떨어지기도 전에, 내 손목을 잡지 않은 나머지 손으로 내 턱 끝을 움켜쥐었다.

내 입술 위로 그의 입술이 금세 내려앉았다.

익숙할 대로 익숙해진 그와의 키스에선, 사랑이라는 따스한 감정은 느껴지지 않았다.

그것은 자연스러운 흐름이 빚어낸 일상적인 키스에 불과할 뿐이었다.

하루 동안 내 몸을 돌고 돌았던 열기는 말끔히 사라졌다.

본래의 주인에게 스며들었을까 싶었지만, 다행히도 아원은 열감기에 시달리지 않았다. 그는 여느 때와 마찬가지로 고요함 속에서 제 일을 처리했을 뿐이었다.

열어 놓은 창문을 통해 마차 바퀴 소리와 말굽 소리가 들려왔다. 제 주인을 닮아 정적만이 도사리는 이 저택과는 어울리지 않는 소음이었다.

나는 하던 일을 잠시 내팽개치며, 창문 근처로 다가가 후작저를 찾은 인물을 살폈다. 현관 앞에는 화려한 무늬의 마차가 보란 듯이 정차되어 있었다.

내가 쳐다보자마자, 때마침 마차의 문이 열리며 누군가가 내리기 시작했다. 누군가의 정체는 여자였다.

지면을 내딛는 그녀의 구두에선 빛이 났고, 그녀의 얼굴에는 그 것보다도 더 밝은 빛이 났다. 한 번 보면 꼭 다시 쳐다보고 싶을 정 도의 아름다운 젊은 여자였다.

그녀는 신비로운 색감의 은빛 머리칼을 부드럽게 쓸어 넘기며 저 택의 현관까지 천천히 걸어왔다.

그녀가 지나갈 때마다 주위 풍경에 밝은 빛이 서리는 것 같았다. 작은 체구를 가졌음에도 불구하고, 그녀에게선 무시할 수 없는 어 떤 존재감이 느껴졌다.

누구일까.

고급스러운 차를 준비해 응접실로 걸어가는 도중에도 그 여자에 대한 생각이 끊이질 않았다.

그 여자는 어떤 목적으로 이곳에 찾아온 걸까.

가벼운 노크와 함께 응접실로 들어서자 아윈과 그 여자가 보였 다. 은발이 아름다운 그 여자.

두 사람은 서로를 마주한 채로 앉아 있었다. 나는 여느 시녀처럼 그들의 앞으로 걸어가 인사를 하고, 찻잔을 소리 없이 내려놓았다.

나는 곁눈질로 여자를 슬쩍 쳐다보았다. 여자는 멀리서 보았을 때보다도 훨씬 더 아름다웠다.

작고 하얀 얼굴 속에 뚜렷이 자리한 검은 눈동자와 선명한 이목 구비는 꼭 설탕으로 만든 인형처럼 보였다. 손을 대면 부서질 것 같은 아름다움이었다.

그녀는 적어도 내가 일했던 지난 이 년 동안 후작저에 찾아온 적이 없었다. 찾아왔다면, 당연히 기억했을 테다. 한 번 보면 잊히지 않을 것 같은 얼굴이니까.

이 여자와 아원은 어떤 관계일까.

나는 주전자를 들어 차를 따르며, 그것을 그녀의 머리 위로 붓고 싶은 충동에 휩싸였다. 내 마음속 깊은 곳에 잠들어 있던 소악마가 깨어나, 내게 끊임없이 속삭이고 있었다.

'저 여자에게 차를 엎어 버려.'

지금까지 살아오며, 단 한 번도 내 마음속에서 나온 적이 없었던 소악마였다. 나는 소악마의 달콤한 속삭임을 애써 무시하며 차를 적당량 따랐다.

인내심이 조금이라도 부족했다면, 나는 실제로 여자에게 차를 들이부었을지도 모를 일이었다. 머릿속에선 경종이 쉼 없이 울리고 있었다.

할 일이 끝난 나는, 들어왔을 때와 다름없이 가벼운 인사와 함께 방을 나섰다. 방을 나서는 내내 아원의 시선이 내게 닿는 일은 없었다.

나는 닫힌 방문을 넌지시 보며, 그들이 무슨 대화를 나눌지에 대해 생각했다.

안부? 약속? 설마…… 결혼? 더는 추측하기 싫은 논제들이다. 그사이에도 소악마는 해로운 소리를 끊임없이 속삭이고 있었다.

'다시 들어가서, 그 여자의 머리채를 쥐어 잡아.'

몹시 현혹되는 말이기는 하나, 들을 가치가 없는 속삭임이었다. 그리고 나는 소악마의 정체를 알고 있었다.

그것의 또 다른 이름은 질투였다.

내가 아원과 무슨 관계라고 꼴사나운 질투를 하고 있는 걸까. 고작 몇 번 그의 밤을 가졌다는 이유로, 그가 내 것이 되었다는 소유욕이라도 생긴 걸까? 바보 같아.

나는 은빛 머리칼을 가진 여자의 아름다운 웃음소리를 상상했다. 내가 멋대로 만들어 낸 상상 속의 웃음소리가 내 귓가에 진득하게 울렸다.

그 웃음소리가 아원에게 향할 것까지 상상하는 건 정말 괴로운 일이었다. 하지만 상상은 내 마음대로 되는 것이 아니었다. 그것은 되레 디테일을 더해 가며 나를 괴롭히고, 또 괴롭혔다.

내 몸에 맴도는 아원의 열기는 이미 사라졌지만, 나는 위가 뜨거워지는 기분이 들었다. 복도를 걷는 내내 구토하고 싶은 기분을 지울 수 없었다.

나는 걷던 것을 멈추고, 복도의 한쪽 벽면에 있던 창가로 걸어갔다. 상쾌한 바람을 쐬면 기분이 나아질지도 몰랐다.

닫혀 있던 창문을 열자 가을 냄새가 완연한 바람이 내 얼굴을 스치고 지나갔다. 죽음에 대해 생각하지 않았음에도, 그 바람이 닿기 무섭게 어쩐지 눈물이 날 것 같았다.

사랑은 어째서 사람을 이토록 유치하고 치졸하게 만드는 걸까. 나는 아원에게 아무것도 바라지 않는다고 했지만, 은연중에 그 이상의 것을 바라고 있었던 걸까.

사랑이 더해 갈수록 내 마음이 점점 더 치졸해지겠지.

나는 그렇게 변해갈 내 모습이 싫었다. 그러나 그런 마음 또한 멋대로 통제할 수 없을 것 같은 예감이 들었다.

내 피부에 밴 그의 체취가 사라지지 않는 한, 원래의 아무것도 바라지 않았던 나로 돌아갈 수는 없었다.

누군가가 내 이름을 부른 것은 그때였다.

"이포?"

익숙한 목소리였다.

이윽고 나를 부른 이가 내 어깨 위를 가볍게 두드렸다. 나는 고개를 뒤로 돌리기도 전에, 그의 이름을 나지막이 불렀다.

"달튼."

하루에 꼭 한 번씩은 그를 만나는 듯한 이상한 기분이다. 우연인 건지 의도된 만남인 건지.

내가 고개를 비스듬히 기울여 그의 얼굴을 보자, 달튼은 빙그레 웃었다. 어제의 소름 끼쳤던 그 미소가 전혀 떠오르지 않는 해맑은 미소였다.

"이번엔 창가에 서서 울어?"

"아니요."

나는 눈가를 쓸었지만, 눈물은 아주 조금도 흐르지 않아 있었다. 그렇지만 곧 울 것 같은 얼굴을 하고 있겠지.

"그런데 왜 울 것 같은 얼굴이야?"

달튼은 슬픈 내 얼굴을 보며 미뤄 짐작한 듯했다. 나는 솔직하게 대답했다.

"아윈에게 여자가 찾아와서요."

"이포는 아윈을 좋아해?"

"……네."

나는 숨길 생각 없이 또다시 솔직히 털어놓았다.

내가 아윈을 좋아하고 있다는 사실을 구태여 숨길 이유는 없었다. 달튼은 내가 죽는다는 사실까지 이미 알고 있었으므로.

나에 대한 사실을 그가 한 가지 더 안다고 해서 달라질 것은 아무것도 없었다.

시원한 내 대답에 달튼은 작게 키득거렸다.

"그런데도 내게 방탕해지고 싶다고 한 거야?"

"……."

달튼은 내 어깨에 아무렇게나 흩날려 있던 갈색 머리칼을 한 줌 쥐어 잡았다. 그는 내 머리칼을 제 것인 양 배배 꼬며 야릇한 미소를 지었다.

"사실은 아윈에게만 방탕해지고 싶은 거지?"

선수에게 내 마음을 숨기는 건 무리였던 걸까. 달튼의 말에 반박할 여지가 없었다.

나는 고개를 옅게 끄덕이며 대답했다.

"너무 정확해서 할 말이 없네요."

"아윈은…… 무심한 놈이야. 그에게 감정을 바라지 마."

"그런 건 저도 알아요."

아윈이 감정 없이 구는 건, 나도 잘 알고 있다. 때때로 그에게 사람다운 감정이 있는 건지 의심이 될 정도였다.

하지만 머리로 아는 것과 가슴으로 받아들이는 것에는 이상한 괴리가 존재했다. 알지만, 그렇지만 나는 아윈에게 감정을 바라고 싶었다.

"안다면 다행이고."

달튼은 아윈이 무심한 놈이었다는 사실을 언제부터 알고 있었던 걸까. 나는 아윈이 했던 말을 떠올렸다.

'그는 아주 오래전부터 후작가와 인연이 있었던 자야. 내가 가라 한다고 해서, 쉬이 갈 인물은 아니지.'

아주 오래전부터 후작가와 인연이 있었던 자.

나는 달튼 쪽으로 몸을 완전히 돌려 그와 마주 보았다. 그를 보는 내 눈빛엔 경계의 빛이 스며 있을지도 몰랐다. 그것은 아윈이 갖길 바랐던 경계의 빛이었다.

"달튼. 당신은 예전부터 아윈을 알고 있었어요?"

"그럼. 계속해서 지켜보고 있었는걸."

"언제부터요?"

달튼은 비밀 이야기를 하듯이 작은 목소리로 속삭였다.

"그가 심장을 다쳤을 때부터. 줄곧."

심장. 그 단어는 내게 여러모로 의미가 깊은 단어였다.

아윈이 가지고 있다던 두 개의 심장. 달튼의 연인이었던 아라벨의 죽은 심장.

모든 것을 할 수 있는 대마법사인 달튼이 딱 하나 하지 못하는 것. 즉, 죽은 심장을 다시 뛰게 하는 것.

흩어진 사실들이었지만, 심장이라는 연결점이 존재하고 있었다. 흩어진 사실들이 이어진다면, 어떤 귀결에 닿게 되는 걸까.

"달튼."

나는 달튼의 기묘한 오드아이를 똑바로 바라보며 그의 이름을 불렀다.

"아윈의 심장을 갖고 싶어요?"

"아니."

달튼은 고민 없이 곧바로 대답했다. 최근에 그가 한 대답 중에서 제일 빠른 대답이었다.

"왜요? 죽은 연인을 살리기 위해선 심장이 필요한 거 아니었어요?"

"그렇기는 하지만, 아원의 심장을 원하는 건 아니야."

그는 명백하게 말했다. 너무도 확고한 어투였다.

나는 일전에 꾸었던 끔찍한 꿈을 상기했다. 아원의 심장을 앗아가던 달튼이 나왔던 그 꿈.

꿈속에서 보았던 것은, 역시나 내 비약적인 상상이 만들어 낸 결과였던 걸까?

하나 그렇다고 하기에는 뇌리에 각인된 비릿한 피 냄새가 잊히지 않았다. 조만간 기시감 가득한 일이 벌어질 것 같은 불길한 예감을 떨칠 수가 없었다.

나는 내 어깨에 닿아 있던 달튼의 손등 위로 얼굴을 조금 숙였다. 그의 흰 손등에 닿을 정도로 코끝을 가져다 대며, 그 냄새를 맡았다.

피 냄새가 나지 않을까 기대했던 게 무색할 정도로 손등에선 향기로운 냄새가 났다. 내 향유 냄새와 비등할 정도의 좋은 냄새였다.

일순 떠오른 비릿한 피 냄새를 모두 잊게 해 주는 냄새였다.

"뭐 해?"

제 손등 위를 킁킁거리는 나를 보며 달튼이 의아하게 물었다.

"냄새 맡아요."

나는 당연하다는 듯이 대답했다. 다른 말로는 표현할 수 없는 행위였다.

이상하게 생각할 법도 했지만, 달튼은 크게 괘념치 않으며 손등의 냄새를 맡는 것을 허했다.

"무슨 비누 써요?"

"천연 오가닉 비누."

이토록 지속력이 좋은 비누라면, 비쌀 것임이 틀림없었다. 아윈이 기억하는 내 향유가 그러하듯이 말이다.

"그거 비싸죠?"

"엄청."

역시나 내 예상은 틀리지 않았다. 달튼은 자랑스러운 표정을 지으며 고개를 끄덕였다.

"갖고 싶다."

"너도 살래?"

"애석하게도 돈이 없네요. 저는 이미 한 달 치 월급으로 드레스를 산걸요. 태어나서 제일 비싸게 산 드레스를 입은 기념비적인 날에, 누군가가 폭풍우를 내리쳤죠. 빗발이 얼마나 거세던지, 마스터피스의 손길이 담긴 드레스의 레이스가 누더기가 되는 줄 알았어요."

"……."

"물론 누더기까진 되지 않았어요."

나는 게슴츠레한 눈으로 달튼을 쳐다보았다.

"이포. 너, 말 엄청 잘했구나."

나는 소리 없이 미소 지었다.

딱히 달튼에게 반성을 바라고 한 말은 아니었다. 그저 과거에 일어났던 일을 과장 없이 나열했을 뿐이었다.

그러나 간혹 어떤 일들은 내가 기대하지 않았던 결과를 불러일으키기도 했다. 달튼은 풀이 죽은 강아지 같은 얼굴을 하며 작게 대꾸했다.

"그 비누. 내가 사 줄까?"

그는 제 발이 저렸음이 분명했다. 나는 그의 호의를 거절하고 싶지는 않았다. 제가 먼저 사 준다는데, 내가 왜 사양해.

나는 흔쾌히 대답했다.

"그 말을 기다렸어요."

비누를 사 달라고 강요한 것은 아니었다. 절대로.

"고마워."

달튼은 해사한 미소를 지으며, 내 머리를 쓰다듬었다. 여러 여자의 마음을 설레게 하는 그 미소.

구토하고 싶었던 느낌이 확연히 사그라지기 시작했다. 달튼의 천연 오가닉 비누 냄새와 미소 때문이려나.

꙰

압도적인 석양빛에 거리의 모든 것들이 붉게 물들고 있었다. 그 속에서 제 색을 유지하고 있는 것은 하나도 없었다. 달튼의 금발도, 눈이 아릴 정도로 아름다운 오드아이도 붉게 물들었다.

그의 눈동자 속에 비친 내 모습마저도 붉게 물들어 있는 것 같았다.

"이렇게 나와도 돼?"

"할 일은 다 하고 나온걸요. 잠깐 동안은 괜찮아요."

오늘은 땡땡이가 아니니까, 늦지 않게만 후작저로 돌아가면 되었다. 물론 잠깐의 내 부재를 시녀장에게 들킨다면 혼이 나겠지만…….

그럼에도 나는 달튼의 오가닉 비누가 정말로 갖고 싶었다. 그것의 냄새를 맡는다면, 아원을 향한 내 질투를 희석시킬 수 있지 않을까 싶었다.

질투는 부질없다. 나를 갉아먹기만 할 뿐이다. 나는 내 마음속의 소악마가 다시 깨어나는 걸 원하지 않았다.

그리고 그런 생각도 들더라. 내가 예기치 않게 빨리 죽어 버렸을 때. 그래서 관에 누였을 때. 조문객 중 하나가 내 손에 국화 한 송이를 쥐여 줬을 때. 그때, 그 냄새가 났으면 좋겠다고.

시체의 손에서 나는 향기로운 오가닉 비누 냄새. 생각보다 로맨틱한 일임이 분명했다.

달튼은 제가 비누를 샀던 가게까지 앞서 걸어갔다. 그 비누를 산 곳은 어느 서역 상인의 가게라고 한다.

기다란 대로를 따라 꽤 걷자, 딱 보기에도 비싼 물건을 팔 것 같은 가게가 보였다. 달튼은 그제야 걷던 걸음을 멈추며 내게 말했다.

"여기야."

"비싼 물건만 파는 가게 같아요."

"그걸 말이라고."

달튼이 한껏 우쭐해졌다.

"달튼, 돈 많아요?"

"그걸 말이라고."

"……."

"나는 대마법사야. 돈의 구애를 받지 않지. 비누 말고도 원하는 게 있으면 하나 더 사 줄게."

그는 선심 쓰듯이 말했다. 나는 그의 선심을 거절하지 않았다.

"좋아요."

어쩌면 살아생전에 마지막으로 받는 타인의 선심일지도 몰랐으므로.

서역 상인의 가게에 들어서기 무섭게 처음 맡은 향은 천연 오가 닉 비누 향이 아니었다. 나는 나무 냄새를 맡았다. 오랜 세월을 버 텨 온 듯한 깊이가 있는 냄새.

나는 홀린 듯이 나무 냄새의 흔적을 따라 걸어갔다. 흔적을 따라 걸으면 걸을수록, 나무의 냄새는 짙어졌다.

가게의 후미진 곳까지 걸어가자, 냄새의 주인이 보였다. 아무렇 게나 놓여 있는 갈색의 목관이 그 주인이었다. 관은 빛 하나 제대 로 닿지 않는 음지에 있었지만, 내 눈엔 그 어떤 것보다도 빛나 보 였다.

나는 손을 뻗어 그것의 표면을 조심스럽게 쓸었다. 그러곤 고개 를 기울여 냄새를 맡았다.

목관에서는 햇볕을 받아 올곧게 자란 나무의 냄새가 났다. 맡는 것만으로도 마음을 편안하게 하는 좋은 냄새였다.

"이포? 뭘 보고 있어?"

갑작스럽게 사라진 나를 쫓아온 듯한 달튼의 목소리가 들렸다. 그는 내 쪽으로 한달음에 다가왔다.

"⋯⋯관?"

"네, 조만간 필요할 것 같아서."

관은 내게 있어 비누보다도 더 필요한 물건이었다.

나는 그 속에 가만히 누일 내 모습을 상상했다. 내 관 속에 달튼 이 선사했던 라벤더도 함께 있으면 좋겠다는 생각이 불쑥 들었다.

"달튼. 이것도 사 줄 수 있어요?"

나는 관에서 시선을 떼지 못하며 그에게 물었다. 달튼은 나를 따라 손끝으로 관을 쓸며 대답했다.

"그걸 말이라고."

방금 전에도 들었던 말이었지만, 어쩐지 이번만큼은 그의 목소리가 애달프게 느껴졌다.

"너는 정말로 아라벨을 떠올리게 해."

나는 달튼의 얼굴을 바라보았다. 그의 얼굴이 복잡 미묘했다.

"그녀의 관도 당신이 산 거예요?"

"아니, 그녀가 준비했어."

"그녀는 왜 죽었어요?"

"심장을 갉아먹는 벌레가 있었거든."

그 벌레, 나도 뭔지 알 것 같다고 말하려던 순간, 달튼이 먼저 말했다. 나는 벌렸던 입을 다시 오므리며 그를 보았다.

"한번 안아도 될까?"

그는 내 대답이 떨어지기도 전에 벌써부터 내 어깨를 말아 쥐었다. 어깨에 닿은 그의 손끝이 미세하게 떨리고 있었다.

"……상관없어요."

달튼은 곧 울 것 같은 얼굴로 나를 제 품에 끌어당겼다.

애처롭게 관을 쓸던 그 손끝이 내 허리에 닿았고, 그의 얼굴은 내 어깨 위에 얹어졌다.

"네가 죽으면 정말로 슬퍼질 것 같아."

그의 목소리가 젖어 있었다. 또다시 내게서 옛 연인의 향수를 느꼈음이 틀림없었다. 그것은 아주 짙게 밴, 잊히지 않는 그런 향수인 걸까.

나는 그의 목소리와 상반되는 건조한 목소리로 대답했다.

"서로의 죽음을 슬퍼할 만큼의 사이는 아닌 것 같은데."

"그런 사이가 된다면, 더 슬퍼지겠지. 그땐 감당할 수 없을 정도로 네 죽음을 슬퍼할지도 몰라."

달튼은 잡고 있던 내 허리를 더욱 꽉 부여잡았다. 까닭은 알 수 없었지만, 그를 떨쳐내고 싶은 마음은 조금도 들지 않았다.

그는 구슬픈 목소리로 애절한 부탁을 하듯이 말했다

"내게 네 죽음을 진심으로 슬퍼할 기회를 줘."

그러곤 세상 누구보다도 달콤하게 유혹한다.

"우리의 사이가 조금 더 가까워질 수 있게."

"……."

"네 오늘 밤을 내게 주지 않겠어?"

과연, 방탕자라는 명성에 걸맞은 매혹적인 유혹이다.

정신을 바짝 차리지 않는다면, 절로 현혹될 정도였다. 나도 모르게 '제 오늘 밤을 당신에게 줄게요.'라고 대답할 뻔했으니 말이다.

나는 달튼의 허리춤을 가볍게 부여잡으며 그에게 물었다.

"만약 오늘 밤에 저를 안는다면, 당신은 저를 안으면서 그녀를 떠올릴 거예요?"

당신은 오늘 밤도 내게서 아라벨의 환영을 찾을 거야?

"네가 싫다면, 하지 않도록 노력해 볼게."

"아니요. 그녀를 기억해 줘요."

"왜?"

달튼이 의아하다는 듯이 되물었다.

"죽은 그녀가 당신의 머릿속에서 계속해서 살아 있길 바라니까."

달튼의 기억 속에만 존재하는 그녀, 즉 아라벨을 달튼이 계속해서 기억했으면 했다. 사랑했던 제 연인을 그가 잊지 말았으면 했다.

그러한 달튼을 보며, 나는 허튼 기대를 품을 수 있을 것이다. 내가 사라진 세상에서도 아윈이 나를 기억해 줄 거라고.

나는 아윈의 머릿속에서 오랫동안 살아 있고 싶었다. 그와 함께 밤을 보내지 않더라도, 설령 아윈이 다른 여자와 밤을 보내더라도.

내 등에 닿은 달튼의 손은 작은 곡선을 그리고 있었다. 그는 의미를 알 수 없는 무늬를 내 등에 새기며 툴툴거렸다.

"질투 같은 건 안 해?"

질투라. 오전까지 내 마음을 세차게 들쑤셨던 소악마는 잠잠했다. 달튼이 연거푸 제 연인에 대한 말을 꺼냈어도, 그 녀석이 내 마음속에서 나올 기미는 전혀 없었다.

그가 알게 된다면 꽤나 실망할 일이었다.

"제가 왜요?"

나는 퉁명스럽게 대답했다.

"허, 역시나 그런 걸 기대할 사이는 아니라는 거지?"

"잘 아시네요."

"네겐 아윈밖에 없다는 거지?"

"그걸 말이라고."

나는 달튼의 말을 흉내 냈다. 그러자 달튼이 바람 빠진 소리를 내는 게 들렸다.

내 어깨에 얼굴을 묻고 있던 터라 그의 얼굴이 보이지는 않았지만, 나는 지금 그가 하고 있을 얼굴이 대강 예상되었다. 아마도 허망한 표정을 짓고 있을 게 아닐지.

"아윈의 머릿속에서도 네가 계속 살아 있기를 바라는 거야?"

그는 내 마음을 정확하게 꿰뚫어 보고 있었다. 내가 무슨 생각으로, 무슨 마음으로, 그런 말을 한 것인지 모두 알고 있었던 것이다.

달튼은 대개 물렁하게 굴지만, 꼭 한 번씩 정곡을 파고들 때가 있었다.

"그럼 더할 나위 없겠네요."

아윈의 머릿속에서 영생할 수만 있다면, 죽는 순간에 미련이 없을 테다. 죽더라도 완전히 죽은 기분이 들지 않을 것 같았다.

그의 머릿속에서 뜨거운 피를 가진 채로 살아 숨 쉬며, 두 다리로 어디로든 뛰어다니고 싶었다. 진심이었다. 문제가 있다면, 그렇게 될 가능성이 지극히 낮다는 것이지만.

"그런 일이 가능할까요?"

나는 자신 없는 투로 달튼에게 물었다.

"그렇다고는 확신 못 하겠다."

나는 거짓말에 약해서. 달튼은 거기까지 말하고선, 안고 있던 나를 놓아주었다. 하긴, 나도 확신하지 못하는 일을 달튼이 확신할 수 있을 리가 없었다.

차라리 아윈이 달튼처럼 방탕자였다면 어떨까 싶기도 하다. 그렇게 된다면, 아윈은 나를 스쳐 지나가는 여자 중 하나로 기억해 주지 않을까.

물론 아윈이 이제 와 갑작스럽게 방탕자가 될 가능성은 더더욱 없어 보였다. 그건 내가 아윈의 머릿속에 남아 있는 것보다도 더 희박한 가능성이었다.

후작저를 방문한 은빛 머리카락의 여자는 제집으로 돌아갔을까?

아윈을 떠올리자마자 낯선 여자에 대한 기억이 꼬리처럼 따라붙었다. 거의 동시에 달튼이 원했던 질투라는 이름을 가진 소악마가 마음속에서 비집고 나오기 시작했다.

나는 소악마가 나오기를 원하지 않았다. 기어코 나와 버린다면, 그것은 삽시간에 내 마음을 죄다 집어삼킬 것이기 때문이다.

나는 달튼의 오른손을 조급하게 잡아채 내 코끝까지 가지고 갔다. 달튼의 오가닉 비누 냄새를 맡자, 잠깐 동안 소란스러워졌던 마음이 금세 평온해졌다.

역시나 좋은 냄새는 마음을 절로 좋아지게 만드는 효험이 있었다.

"이포?"

달튼은 두서없는 내 행동에 고개를 갸웃거렸다.

"……비누. 얼른 사 주세요."

내 마음이 언제고 평온한 상태로 유지될 수 있게.

나는 그의 매끄러운 손등을 쓰다듬었다. 닿는 촉감이 어쩜 이렇게나 보드라울까.

"뭐야, 도대체."

그는 제 손을 두 손으로 떠받든 내 모습이 우스웠던 것인지 기분 좋게 키득거렸다.

"비누. 제가 죽을 때까지 쓸 만큼 사도 돼요?"

"……."

"걱정 마요. 그다지 많이 필요하지는 않을 거예요."

"이포."

달튼은 얼굴에 띠어져 있던 미소를 지우고선, 내 이름을 침착하게 불렀다. 거기까지만 말하라는 신호쯤으로 느껴졌다.

그러나 나는 이미 벌어진 입술을 다물 수 없었다. 내 입술에선 소리가 된 메시지가 흘러나오고 있었다.

"저는 얼마 뒤에 죽을 테니까."

나는 나조차도 놀랄 정도로 담담하게 말했다. 피할 여력이 없는 죽음이기에 담담할 수 있는 걸까?

죽음을 담담하게 여기는 건 슬픈 일이었다. 그것은 누군가의 죽음이 아니라, 내 죽음이었기 때문이다.

달튼은 대답 없이 내게서 등을 돌렸다. 비누가 있는 곳까지 걸어가는 그의 뒷모습은 힘없어 보이기만 했다.

비누와 관을 사는 내내 달튼은 아무런 말도 하지 않았다. 침묵.

우리는 비누 몇 개와 관을 저택으로 배달시킨 다음, 후작저로 돌아왔다. 석양빛은 이미 오래전에 자취를 감추어 주위는 어두워져 있었다.

죽음과 관련된 대화 뒤에 침묵으로 일관하던 달튼은, 저택으로 돌아온 다음에야 한마디를 건네었다.

"나중에 내 방으로 와 줘."

그러곤 대답도 없이 돌아서더라. 화난 건지, 삐친 건지, 잘 모르겠다.

나는 복도를 걸어가는 달튼의 뒷모습을 오랫동안 응시했다. 그가 점이 되어 보이지 않을 때까지.

그의 어깨는 가게에서와 다름없이 축 처져 있었다. 그 순간 그에게 느낀 것은 화도 토라짐도 아니었다. 바로 슬픔이었다.

당신이 슬퍼하는 건 내 죽음일까. 내 죽음 속에 투영된 옛 연인에 대한 그리움일까. 달튼의 의중을 여전히 알 수 없었다.

나는 방으로 돌아와 오랫동안 씻고, 향유를 발랐다. 자정에 가까운 시간이 되고 나서 방을 나섰다. 나는 복도를 거닐면서 아윈을 생각했다.

오늘도 그가 내 향유 냄새를 맡고 달튼의 방을 찾아오지는 않을까. 만약에 그런 일이 생긴다면 아윈이 보게 될 우리의 모습은 무엇일까.

'그런 의미에서 네 오늘 밤을 내게 주지 않겠어?'

달튼이 그런 말을 했었고, 나는 그의 방으로 가고 있었지만, 솔직히 그에게 내 밤을 주겠다는 확신은 없었다.

내가 아윈 말고도 다른 남자와 밤을 보낼 수 있을지가 의문스러웠다.

나는 방탕해지기를 바랐지만, 달튼의 말대로 사실상 내가 방탕해지고 싶었던 상대는 아윈 하나뿐이었을지도 몰랐다.

그렇지만 나는 달튼의 방까지 걸어갔다. 나는 내일 죽어도 이상하지 않은 삶을 살고자 노력하는 사람이었다. 마찬가지로, 달튼의 제안을 거절하고 싶지 않았다.

오늘 죽는다면, 달튼과의 밤은 나의 마지막 기념비적인 일이 될 것이다. 돈 많은 대마법사와의 밤. 무릇 다른 시녀는 절대로 겪지 못할 밤이었다.

두어 번의 노크와 함께 방으로 들어서자 달튼이 보였다. 그는 간소한 복장으로 침대에 누워서 나를 기다리고 있었다.

나는 달튼에게 두었던 시선을 조금 옮겨, 창문 밑을 바라보았다. 며칠 전에 보았던 갈색 관은 보이지 않았다.

어디로 옮겨 둔 걸까.

"왔어?"

달튼은 웃음기가 가득 밴 목소리로 말했다. 그러곤 제 곁으로 오라는 듯이 나를 향해 손짓을 했다.

나는 침대맡까지 걸어가면서도 관이 어디로 사라졌을지 생각했다. 의문은 달튼이 해결해 주었다.

"잠깐 드레스 룸에 옮겨 뒀어. 그 관."

"제가 그 관을 생각하고 있다는 걸 어떻게 아셨어요?"

"난 대마법사 달튼 레이서스니까."

그는 의기양양하게 대답하며 침대 근처에 어정쩡하게 서 있던 내 손목을 그러잡았다. 손목 위를 느릿하게 쓰는 그의 손끝에 신경이 자못 예민해진다.

나는 아주 자연스럽게 그의 옆에 누웠다.

누군가가 본다면 이런 일이 자주 있었노라고 착각할 만큼의 자연스러움이었다. 실상 그와 같은 침대에 누워 있는 건 처음인데.

달튼은 다정한 시선으로 나를 내려다보았다. 우리의 만남은 목적성이 있는 만남이었지만, 그는 그 목적을 잊은 것처럼 한참이나 나를 응시했다.

"관 앞에서 키스할 수는 없잖아."

그러다 대뜸 관이 사라진 경위를 친절하게 설명해 준다.

"그러네요."

나는 대충 대답했다. 달튼은 그럴지도 모르겠지만, 내겐 그런 건 아무래도 상관이 없었다.

달튼의 흰 손이 내 뺨에 흘러내린 머리칼을 조용히 쓸었다.

"이포 벨."

그는 내 이름을 나지막이 부르며 시선을 마주했다. 감정이 깊어진 그의 오드아이가 예쁘게 빛났다.

반짝이는 그의 눈동자가 내게 점점 더 가까워졌다. 이내 눈을 감자 그의 입술 감촉이 느껴졌다.

그의 말랑한 입술이 나의 윗입술을 부드럽게 지분거리자, 내 입술은 자연스럽게 열렸다.

그는 옛 연인의 이름을 애달프게 부르던 그 혀로 내 입속을 한참 헤매었다. 애달픈 기색이라곤 없이, 맹렬하게.

체온은 급격하게 달아올랐다. 그는 다음의 수순으로 넘어가려는 듯이 내 어깨에 걸쳐진 드레스를 내렸다. 아무것도 걸치지 않은 살갗이 드러났다.

달튼의 입술은 내 입술에서 내 턱 끝으로, 목으로, 쇄골로 천천히 내려갔다. 느리지도, 그렇다고 해서 빠르지도 않은 속도였다.

마침내 그의 입술이 은밀한 곳에 닿으려고 했을 때, 나는 그의 이름을 불렀다.

"달튼. 잠깐만요."

그러자 그가 고개를 들어 나를 올려다보았다.

"왜?"

"……전. 그러니까."

모르겠다. 왜 갑자기 그를 막아섰는지. 왜 망설임이 들었는지. 달튼의 키스엔 그 어떤 불쾌함도 없었고, 내 몸은 이대로 그와 밤을 보내도 괜찮을 만큼 달아올라 있었다.

하나 이상하게도 망설여진다.

심상치 않은 내 표정을 본 달튼은 위로 다시 올라와 내 뺨을 쓰다듬었다.

"망설여지는 거야?"

"네……."

"내 키스가 만족스럽지 않았어?"

"아니요."

그는 내 위에 올라탄 채로 내 눈을 빤히 들여다보았다. 내가 하고 있는 생각을 모조리 읽으려는 듯이.

"그럼 아원…… 때문이야?"

"모르겠어요."

아원에 대해선 생각하지 않았는데.

나는 한숨을 내쉬었다. 달튼은 옅게 찌푸린 내 미간 위에 가볍게 입을 맞추었다.

'심각해하지 않아도 돼.' 그의 입맞춤엔 그런 뜻이 내포되어 있는 것만 같았다.

"하고 싶지 않다면, 그래도 돼. 말했잖아. 강요하지 않는다고."

도대체 무엇 때문에 내키지 않는 것인지 알 수 없었다.

괜찮다고. 이대로 끝을 보자고. 그렇게 말하기를 머리로는 수어 번 생각했지만, 이미 무언가가 어긋나 버린 마음은 본심을 뱉어 내고 있었다.

"미안해요. 역시나 못 하겠어요."

"뭐가 미안한데?"

"이런 일을 반복해서요."

달아오른 내 몸은 달튼이 내게 들어오길 원했으나, 내 마음은 그렇지 않았다. 나는 나조차도 원인을 알 수 없는 망설임을 달튼에게 설명할 수 없었다.

달튼은 올라타고 있던 내 위에서 내려와, 나를 안았다.

"나, 더 참을게."

그는 성마른 숨을 몰아쉬며 내 정수리 부근에 짧게 입을 맞추었다.

"미안하다면 나를 꽉 안아 줘. 나는 그거면 충분해."

"좋아요."

나는 그를 꽉 껴안았다. 유약이라도 바른 듯 매끄러운 그의 살결이 내 얼굴에 닿았다.

나는 그의 가슴팍에 얼굴을 기대며, 그의 심장 소리에 귀를 기울였다. 그러자 아윈의 것과는 조금 다른 소리가 들렸다.

차분한 심장 소리. 심장을 하나밖에 가지고 있지 않은 달튼의 심장 소리였다.

"역시나 너는 아윈에게만 방탕해지고 싶었던 거야."

달튼은 가벼운 한숨이 섞인 목소리로 말했다.

"그런 걸까요? 설마 지금 속으로 저를 엄청 욕하고 있는 건 아니겠죠?"

"그럴 리가. 하지만 내 몸은 괜찮지 않을지도 몰라."

"……."

"괜찮아. 지금은 조금 화가 나 있겠지만 시간이 지나면 괜찮아져."

나는 단단해진 그의 몸에 대해서도 사과하고 싶었다. 진심이었다.

"미안해요."

달튼은 작게 킥킥거렸다.

"이포, 사과는 그쯤이면 충분해. 나는 네 온기를 맞대고 있는 것만으로도 기분이 좋은걸."

내 등을 감싸고 있는 그의 손은 여전히 뜨거웠다.

"황량하고 긴 밤. 내게 필요한 건 누군가의 온기거든."

"……."

"그녀가 죽고 나서, 밤이 되면 누군가의 온기가 미칠 듯이 그리웠어. 홀로 잠에 들 수 없을 정도였지."

"그래서 지금까지 방탕자처럼 산 거예요?"

"흐음. 꼭 그 이유뿐만은 아니지만, 그 이유 때문이기도 하지."

"가엾은 달튼 레이서스."

어쩐지 쓸쓸한 목소리로 말하는 그가 가엾게 느껴졌다.

"너는 지금 아윈의 온기를 그리워하고 있어?"

글쎄, 나는 지금 아윈의 온기를 떠올리지 않았다. 달튼의 애처로운 사연에 애달픈 마음이 들었을 뿐이다.

"글쎄요."

달튼은 안고 있던 몸을 뒤로 조금 빼며, 내 얼굴을 내려다보았다. 그의 오드아이가 느릿하게 깜빡이고 있었다.

"아윈과 하고 싶은 게 있어? 내가 도와줄게."

"갑자기 왜요?"

이유 없는 선심은 왠지 모르게 의심이 간다. 도와주겠다고 한 사람이 달튼이어서 더 의심이 가는지도 모르겠다.

"너라면……."

"너라면?"

"아니다. 그냥 네 사랑을 응원해 주고 싶어서."

그는 어떤 사실을 말하기를 망설이고 있었다. 그의 오드아이엔 망설이는 빛이 역력했다.

순간 떠오른 것은 심장에 대한 것이었다. 그러나 그 이상은 예상할 수 없었다. 아무것도. 아주 작은 것조차도.

그래서 나는 아윈과 하고 싶었던 일을 읊조렸다.

"소풍을 가고 싶어요. 그런 것도 가능해요?"

뜬금없는 내 말에도 달튼은 긍정의 빛이 담긴 미소를 지었다.

"대마법사에게 불가능한 일은 없지."

그 뒤, 우리는 서로의 몸을 맞댄 채로 일상적인 대화를 나누었다. 내일 무엇을 먹을지. 비는 언제 올지. 그런 것들에 대해서 말이다.

그러다 누가 먼저라고 할 것 없이 잠들었다. 꿈조차 꾸지 않은 아주 깊은 잠이었다.

다시 눈을 떴을 땐, 주위가 밝아져 있었다.

달튼은 잠이 들어서도 몸을 뒤척이지 않았던 것인지, 잠들기 전처럼 나를 껴안고 있었다. 누군가의 온기를 그리워하던 그의 손이 내 등을 꼭 부여잡고 있었다.

나는 눈을 감고 있는 달튼의 얼굴을 빤히 들여다보았다.

침대 위, 열어 놓은 창가로 스며든 햇살에 따라 그의 하얀 얼굴에 맺힌 그림자가 커졌다 작아지기를 반복했다. 그의 금발은 햇볕에 반사되어 눈이 부실 정도로 빛났다.

나는 반쯤 뜬 눈매를 일그러뜨리며 은연중에 말했다.

"아, 눈부셔."

그러자 눈을 감고 있던 달튼이 눈을 뜨지도 않은 채로 내 눈가에 짧게 입을 맞추었다.

언제부터 깨어 있었던 걸까. 달튼은 감겨 있었던 제 눈꺼풀을 슬그머니 들어 올리며 말했다.

"날씨가 좋네."

"그러게요."

"소풍 가기 좋은 날씨다, 그치?"

"동감이에요."

이런 날 아원과 소풍을 간다면 얼마나 좋을까.

절대로 일어나지 않을 것 같은 일이 실제로 일어나는 기분은 좀처럼 정의할 수 없다. 나는 그런 일을 한번 겪었음에도 불구하고, 두 번째로 겪는 것도 적응할 수 없었다.

저 멀리서 걸어오고 있는 번듯한 두 남자가 내 시야에 맺혔다. 명암 차가 극명한 두 남자. 아원과 달튼이었다.

나는 앉아 있던 몸을 일으켜 아원을 향해 고개를 숙였다. 여느 시녀가 주인에게 남기는 일상적인 인사였다.

이내 두 사람은 완전히 내 앞까지 다가와서 걸음을 멈추었다. 달튼의 얼굴엔 만개한 꽃 같은 미소가 걸려 있었고, 아원의 얼굴엔 무심함이 걸려 있었다.

나는 또다시 새삼 두 사람의 대비를 극명히 느꼈다.

"소풍."

아원이 짧게 한마디를 뱉었다. 그는 그 단어의 어감이 낯설다는 듯이 고개를 작게 갸우뚱했다.

"자, 자, 소풍 왔으니까. 다들 일단 앉자고. 응?"

달튼은 호객 행위를 하는 상인처럼 우리를 자리에 앉혔다. 우리는 내가 오래전에 깔아 놓은 천 위에 자리했다.

괜스레 어색한 기분이 드는 건 나 혼자뿐일까.

나는 아무런 감흥 없이 앉아 있는 아윈을 보았다. 그는 어젯밤에 제대로 잠들지 못한 것인지, 어제보다도 퀭한 얼굴이었다.

해쓱해진 그의 메마른 뺨을 쓸어 주고 싶다는 욕심이 들었다. 하지만 대뜸 그럴 순 없었다. 왠지 망설여졌다.

내가 당신의 뺨을 쓰다듬으면, 당신은 어떤 얼굴을 할까.

나는 아윈의 얼굴을 바라보던 시선을 다른 곳으로 힘겹게 옮겼다. 계속해서 보고 있다간 나도 모르게 손을 뻗을지도 몰라.

그러곤 시녀가 해야 할 일을 했다. 나는 유리잔들을 아윈과 달튼 앞에 내려놓으며, 그 안에 붉은 포도주를 따랐다. 소풍의 구색을 갖추기 위해 준비한 포도주였다.

포도주를 내려다보던 아윈의 예쁜 입술이 떼어졌다.

"달튼."

"응?"

"내 정원에서 포도주를 마시는 게 소풍인가?"

아윈은 달튼을 의문스럽게 쳐다보았다. 불쾌하다는 듯이 물은 건 아니었고, 진짜로 궁금해서 묻는 투에 가까워 보였다.

그것은 나도 의아한 점이었다. 아윈과 소풍을 가고 싶다는 내 말에, 달튼은 정해진 시간에 후작저의 뒤편에 있던 정원에서 보자는 소리를 했었다.

나는 할 일을 일찍 끝낸 다음, 후작저의 뒤편에 있던 정원에 미리 와 그들을 기다렸다.

이 정원은 후작저의 정원 중, 아원만이 드나들 수 있는 비원에 가까운 곳이었다. 아원에게 허락된 자들만이 다닐 수 있는 숨겨진 정원. 달튼은 우리의 소풍 장소를 그곳으로 점쳤다.

물론 나는 아원의 허락을 받지 않았지만, 그것은 달튼이 해결해 주리라 여겼다. 결론적으로 말끔히 해결된 분위기가 아니던가.

"장소가 중요해? 소풍이라고 생각하면 그게 소풍인 거지."

달튼은 능청맞게 대답하고선 제 앞에 놓인 포도주를 마셨다. 그의 붉은 입술 위로 포도주의 붉은 빛이 덧대어졌다.

"나는 이만 빠져 줄게. 오늘은 아원과 이포의 소풍이니까."

달튼은 들고 있던 잔을 내려놓으며 내게 윙크를 했다.

"아 참. 그리고……."

그는 자리에서 일어나, 제 손을 허공에 가볍게 튕겼다. 그러자 어디선가 벚꽃이 흩날리기 시작했다. 그의 마법이었다.

언젠가 달튼이 내게 선사했었던 그 봄. 그것은 사라지지도, 잊히지도 않은 채로 봄이 가진 따스함 그대로 내 머리 위에 내려앉고 있었다.

"그럼 이만."

달튼은 빠른 걸음으로 금세 멀리까지 걸어갔다. 그의 모습이 사라진 것은 순식간에 벌어진 일이었다.

홀로 떠들던 달튼이 사라지자 우리 사이엔 깊은 정적이 맴돌았다. 아원은 그답지 않게 손바닥을 펴, 떨어지는 벚꽃을 받았다. 그의 하얀 손바닥 위에 놓인 벚꽃들은 춤을 추고 있었다.

"후작님은 봄이 오면 뭘 할 거예요?"

"글쎄. 딱히."

벚꽃 속에 서린 아윈의 목소리가 아득하게 들렸다. 분명 가까이서 들은 목소리였지만, 그것은 마치 꿈속의 것처럼 희미하게 공명하고 있었다.

설마, 내가 지금 꿈을 꾸고 있는 것은 아니겠지. 아윈과 소풍 나온 긴 꿈을. 현실과 상상의 경계가 묘연해진 기분이었다.

"벚꽃 나무를 심어 볼까, 라고 방금 생각했어."

아윈의 목소리가 조금 전보다 확실한 소리가 되어 들렸다. 꿈일까 의심했던 게 무색할 정도였다.

"저는 겨울이 오기 전에 시녀 일을 그만둘 거예요."

"갑자기?"

"네. 갑작스러운 일이 생겼거든요."

아윈은 곧게 펴고 있던 손을 오므리며 나를 똑바로 바라보았다. 그만둔다는 내 말에 그가 조금은 아쉬워하길 바랐다면, 그것은 내 욕심일 것이다.

역시나 내게 닿은 그의 까만 눈동자엔 그 어떤 아쉬움도 서려 있지 않았다. 그저 무심하고, 또 무심할 뿐이었다.

아윈에게서 감정을 기대하지 말라던 달튼의 말이 맞는 말일지도 몰랐다.

"함께 봄을 볼 수 없을 거라고 생각했었는데, 어쩌다 보니 함께 봄을 맞긴 맞았네요."

"그렇군."

마지막으로 기억될 봄의 풍경 속에 당신이 있어서 기뻐요. 당신의 주위로 벚꽃이 몰아치는 이 순간을 영원히 잊지 못할 거야.

아윈은 앞에 놓인 유리잔에는 손도 대지 않으며, 한참 동안 나를 응시했다. 딱히 할 말은 없는 것인지 내게 말은 건네지 않았다.

그 사이에도 벚꽃 비는 쉬지 않고 내렸다. 달튼이 멈추지 않는 한 영원히 그치지 않을 비일 것이다. 나는 내 손등 위에 놓인 벚꽃을 매만지며, 입술을 떼어 냈다.

"후작님은 누군가가 죽는 걸 본 적이 있어요?"

아, 물음이 이상한가.

나는 누군가의 장례식에 가 본 적이 있느냐는 물음으로 다시 물으려고 했다. 하지만 아윈은 스스럼없이 대답했다.

"응. 아주 오래전에."

내 물음이 이상하다는 사실을 알아차리지 못한 듯한 답변이었다.

"기분이 어땠어요?"

"글쎄."

아윈의 눈동자에 초점이 흐려졌다. 멀지 않은 옛 기억을 떠올리고 있는 것처럼 보였다.

그가 목도한 죽음은 누구의 죽음이었을까. 그 점이 궁금했으나, 나는 그가 본 죽음을 묻지 않을 생각이었다.

왜냐면,

"만약에…… 제가 죽으면 어떨 것 같아요?"

나는 내게 직면한 내 죽음이 더 중요했기 때문이다.

"……."

아윈은 입술을 무겁게 다물었다.

욕심 부리지 말아야지, 하면서도 나는 또다시 욕심을 부렸다. 그의 입에서 내가 원하는 답이 나오길, 나는 기대했다. 가령 '마음이 아플 거야.' 같은 대답에 대한 기대였다.

아윈의 침묵은 길어졌다. 그 침묵은 내 기대를 가중시키는 침묵이었다.

"글쎄."

기대했던 사실이 무안하게, 아윈은 아주 간결하게 대답했다. 나도 모르게 씁쓸한 미소가 지어졌다. 나, 도대체 뭘 바라는 거야.

아윈에게 무엇을 더 바라야 하는지, 무엇을 더 바라지 말아야 하는지 혼란스러웠다.

실은 바라지 않는 법을 이젠 잘 모르겠다. 그를 사랑하고, 바라는 마음에는 출구가 없었다.

그때였다. 허공에서 누군가의 성난 음성이 들려왔다.

"답답해!"

소리의 출처를 따라 고개를 들어 올리자 달튼이 보였다. 먼저 간다던 그는, 내 뒤에 있던 커다란 나무의 가지 위에 앉아서 우리를 내려다보고 있었다.

달튼은 나뭇가지에서 일어나 허공으로 뛰어들었다. 그의 다리가 유연한 곡선을 그리며 허공을 걷고 있었다. 계단이라도 걷는 듯한 모양새였다.

어느새 지면까지 내려온 달튼은 아윈을 무시무시하게 노려봤다. 하나 무섭다기보다는 귀여워 보인다는 게 함정이었다.

"아윈. 사람이 죽는 일에 '글쎄'라니."

"그럼 뭐라고 해야 하지?"

"슬퍼. 눈물이 나. 영원히 너를 기억해 줄게. 이렇게 대답했어야지!"

달튼은 연극 톤으로 슬픈 말을 줄줄이 뱉어 냈다. 아윈은 달튼을 올려다보며 물었다.

"……영원히 기억한다는 건 무슨 의미지?"

"……."

줄줄이 말하던 달튼이 조용해졌다. 그는 뭐라고 대답할지 가늠할 수 없어 하는 애매한 표정을 지었다.

나는 달튼 대신 아윈의 물음에 대한 대답을 늘어놓았다.

"당신을 잊지 않겠습니다."

내 말에 서로를 바라보던 두 남자의 시선이 내게 닿았다. 나는 희미한 미소를 지으며, 그들에게 조금 더 자세히 설명했다.

"그건 후작님이 제 이름을 계속해서 기억해 주시는 것과 같은 거예요."

아윈은 고개를 옅게 끄덕였다.

"그렇군."

"후작님은 저를 기억해 주실 거예요?"

"봄이 오고, 벚꽃이 날리면 기억이 날 것도 같아."

"고마워요."

기억해 준다는 그 무심한 말이 정말로 고마워서 눈물이 날 것 같았다.

"울어?"

아윈과 달튼이 동시에 물었다. 익숙한 물음이었다.

나는 소매를 들어 올려 눈가를 쓸었다. 그러자 이번엔 정말로 소매에 눈물 자국이 서려 있었다. 눈물이 날 것 같다고 생각하기 무섭게 흘러내린 눈물이었다.

"오랜만에 눈물샘이 또 고장 났네요."

나는 아무렇지 않게 눈물을 닦았다. 눈물을 닦는 행위는, 이제는 너무도 일상적인 일이 되어 버린 것 같았다.

눈물은 무슨 까닭인지 자꾸만 흘러내렸다. 닦아도, 닦아도 눈물의 흔적이 얼굴에서 지워지지 않았다. 나를 기억해 주겠다는 아윈의 말 한마디가 뭐라고.

달튼은 작은 한숨 소리와 함께 내게 다가와, 자세를 낮추었다. 그러곤 익숙하게 내 눈가를 쓸어 주었다.

"이포, 너는 손이 참 많이 가는 시녀구나."

틀린 말이 아니었으므로 나는 잠자코 침묵했다.

"나는 손이 많이 가는 여자를 좋아해. 챙겨 주고 싶잖아."

그는 저를 따라 웃으라는 듯이 예쁜 미소를 지었다. 나는 그의 미소를 따라 지으며, 눈물의 기운이 옅어지기를 바랐다.

달튼의 등 뒤에서 아윈의 나지막한 목소리가 들린 것은 그 순간이었다.

"손수건."

아윈의 말은 그답게 매우 짧았다. 하지만 나는 아윈이 무엇을 말하는지 단번에 이해할 수 있었다.

그가 내게 주었던 무지의 손수건을 말하는 게 분명했다. 그것을 쓰라는 의미가 아니었을까.

애석하게도, 지금 내겐 그 손수건들이 하나도 없었다.

아윈에게는 별다른 의미가 없는 손수건이겠지만, 나에게는 엄청 큰 의미가 있었다. 그것은 사랑하는 사람에게 처음 받은 물건이었기 때문이다.

손수건을 주는 행위 속에 아무런 의미가 없다고 해도, 나는 그것이 그 어떤 물건보다도 소중했다. 값비싼 향유보다도 훨씬 더.

그렇기에 쉽사리 들고 다닐 수가 없었다. 신줏단지 모시듯이 아주 극진히 보관만 할 뿐이었다. 손수건이지만 손수건의 용도로는 사용할 수 없는 것이다.

"안 가지고 나왔어요."

내가 울음기 가득한 목소리로 대답하자, 달튼이 옆으로 조금 비켜섰다. 그러자 달튼에게 가려져 있던 아원의 얼굴이 완전히 보였다.

아원은 고개를 오른쪽으로 조금 기울인 채로 나를 보고 있었다.

"두 개나 줬는데."

"……."

그 두 개, 모두 잘 모시고 있습니다만. 나는 그렇게 대답하고 싶은 것을 꾹 참았다.

옆으로 비킨 채로 우리의 대화를 흥미롭게 지켜보던 달튼이 슬그머니 대화에 끼어들었다.

"아원이 이포에게 손수건을 줬어?"

그는 의미심장한 미소를 짓고 있었다.

"네."

"그것도 두 개씩이나?"

"아마도요."

"굉장한걸."

달튼의 오드아이에는 밝은 이채가 돌았다. 어쩐지 위험해 보이는 이채였다. 왠지 그와 처음 만났던 날에 보았던 그의 눈빛을 떠올리게 한다.

순간, 나는 기시감을 느꼈다. 벚꽃, 아원, 달튼. 위험하게 번뜩이는 달튼의 눈동자.

꿈속에서 보았던 것들과 비슷한 기분이었다. 그러자 어디선가 피비린내가 나는 것만 같았다. 벚꽃이 흩날리는 정취와는 전혀 어울리지 않는 냄새였다.

이질감 가득한 그 냄새는 없어질 요량 없이 계속해서 내 코끝에 맴돌았다.

나는 달튼의 흰 손을 바라보았다. 저 손이 아윈의 가슴을 수평선으로 가로지르지 않을까, 생각했다. 뜨거운 아윈의 피로 물들던 달튼의 흰 손을 잊지 못했다.

나는 숨을 길게 들이 삼켰다. 까닭 없이 숨이 가빠 왔다.

결론부터 말하자면, 내가 우려했던 일은 일어나지 않았다. 달튼의 손은 잔혹한 짓을 하지 않았고, 대신 허공을 몇 차례 휘저었을 뿐이다.

흩날리던 꽃비가 결국 멎었다.

"소풍은 여기서 끝."

벚꽃을 닮은 달튼의 따뜻한 목소리를 끝으로 우리의 소풍은 끝이 났다.

며칠째 관과 비누가 오지 않고 있었다. 당장이라도 배달해 줄 것처럼 말했던 상인의 말은 입바른 소리였던 건지 의심이 섰다.

나는 그 연유를 알아내기 위해 달튼을 찾아갔다. 그러면 까닭을 알 것 같았다.

나는 익숙하게 달튼의 방까지 걸어갔다. 이내 도착한 그의 방,

노크하려던 때에 그의 방문이 조금 열려 있는 것을 발견했다.

접때도 열려 있었던 그의 방문이었다. 아무래도 그에겐 문을 제대로 닫지 않는 습관이 있는 듯하다.

나는 방문을 약간 밀었다. 어찌나 기름칠이 잘 되어 있던지, 문은 내가 예상했던 것보다 훨씬 더 많이 열렸다.

"달튼?"

내가 그의 이름을 익숙하게 불렀을 때, 달튼의 모습이 보였다. 그는 침대 위에 있었다. 그리고 혼자가 아니었다. 어느 시녀와 함께였다. 시녀와 달튼은 침대 위에 나란히 앉아 있었던 것이다.

"아, 죄송……."

나는 말을 끝까지 잇지 못하고, 재빠르게 방문을 닫았다.

내가 중요한 순간을 방해한 건가.

물론 그들이 어떤 행위를 하고 있었던 것은 아니었다. 그들은 옷을 모두 갖춰 입고 있었다. 그렇지만 괜히 방탕자 달튼 레이서스일까.

달튼이 마음만 먹는다면 그들 사이에 뜨거운 기류가 흐르는 건 시간문제일 거라는 생각이 들었다. 더군다나 그들이 함께 있던 곳은 침대 위였다. 침대는 방탕자 달튼의 홈그라운드쯤이다.

나는 문고리를 놓으며 뒤돌아섰다. 관과 비누에 대해선, 조금 이따가 다시 물어보는 게 좋을 듯싶다.

그렇게 몇 걸음을 걸어갔을까. 등 뒤에서 내 이름을 부르는 목소리가 들렸다. 언제 방에서 나왔는지 모를 달튼의 목소리였다.

"이포!"

그의 목소리가 급박했다. 무엇이 그를 조급하게 만들었는지 알 수 없었다.

나는 걸음을 멈추고 뒤를 돌아보았다. 다리가 길어서인지, 달튼은 곧 내 앞까지 다가왔다. 뛰듯이 내 뒤를 쫓아온 그가 숨을 연신 몰아쉬었다. 달튼의 기다란 금발이 잔뜩 헝클어져 있었다.

"오, 오해야."

그는 가쁜 숨을 몰아쉬며 내게 말했다.

"변명하지 않으셔도 돼요."

그게 진짜 오해든 아니든, 그가 내게 사실을 알려 줄 이유는 없었다. 우리는 서로의 이성 관계에 깊이 관여할 만큼의 사이는 아니었으니까.

달튼과 내 사이는 뭐랄까. 종종 슬픈 이야기를 나누며, 키스를 몇 번 나눈 사이에 불과했다.

"그러니까, 그 시녀에게 물어볼 게 있어서…… 절대로 네가 상상하는 그런 일을 하려던 건 아니었어."

달튼은 내 말을 무시하고선 변명을 이어 했다.

"달튼. 제게 변명을 하지 않아도 된다니까요."

약간은 냉정한 내 말에 달튼이 내 손목을 가볍게 부여잡았다. 그의 손길이 절박하게 느껴졌다. 이상한 일이었다.

달튼은 키스를 하면 각별한 사이가 된다는 착각 따위는 하지 말라는 엄포를 놓았었다. 그랬던 그의 돌변한 태도가 적응되지 않았다. 그것도 다른 누구도 아닌 내게.

"이포."

그는 내 이름을 익숙하게 불렀다.

아, 나는 그때야 그가 왜 내게 변명을 하고자 했는지 알 수 있었다. 비슷한 이름. 나와 비슷했던 상황. 달튼은 제 연인인 아라벨을 떠올린 것이 아닐까.

"달튼."

"……."

"저는 이포 벨이지 아라벨이 아니에요. 당신이 누구와 잤건, 누구를 사랑하건, 저랑은 상관없는 일이라고요."

"정말?"

"네."

달튼은 나를 바라보던 시선을 떨구었다.

"그렇구나."

"……."

"오늘 밤에 내 방으로 올래?"

"……전, 아무것도."

아무것도 할 수 없다고 말하려고 했으나, 달튼이 내 말을 잘랐다.

"그냥 안고만 잘게."

그는 숙였던 고개를 들어 올려, 나와 시선을 맞추었다. 나약한 시선이었다.

마음이 약해졌다. 나는 원래 이런 쪽에 굉장히 물러 터진 사람이었다. 나약한 시선을 외면할 수 없었다. 주인 잃은 강아지처럼 구슬픈 눈동자를 한 달튼에게 도무지 '안 돼요.'라는 말을 꺼낼 수 없었다.

나는 가벼운 한숨과 함께 고개를 끄덕였다. 내 고갯짓에 달튼은 빙그레 미소를 지었다.

"고마워."

그는 잡고 있던 내 손목을 들어 올려, 제 입가 근처로 가져갔다.

내 손등에 달튼의 입술이 부드럽게 닿았다 곧 떨어졌다.

"그나저나, 아까 그 시녀랑 진짜로 스킨십 하려고 했었죠?"

"아, 아니라니까!"

"솔직하게 말씀하셔도 돼요. 갑자기 내외하니까 적응이 되지 않네요."

"나 원 참. 진짜로 아닌데."

"하지만 제가 방해하지 않았다면, 스킨십이 오고 갔을 수도 있었겠죠."

"……내가 졌다."

달튼은 허탈한 미소를 지었다. 그가 무슨 말을 한다고 해도, 나는 달튼의 말을 온전히 믿을 수 없었다.

그는 나를 설득하는 일을 포기한 것처럼 화두를 옮겼다.

"그런데 이포, 왜 나를 찾아온 거야?"

"아."

나는 뒤늦게 그를 찾아갔던 이유를 상기했다.

"관. 관이 아직 안 왔어요. 당신이라면 왜 그런지 알 것 같아서."

"아, 그 관?"

"네."

달튼은 이미 예전부터 그 관의 행방을 알고 있었다는 듯이 대답했다.

"그거 아윈의 방에 있던데."

"네?"

"내가 주소를 잘못 적었나 봐."

달튼은 제가 언제 허탈한 미소를 지었냐는 듯이 장난스러운 얼굴을 했다. 어쩐지 매우 수상했다.

관은 정말로 아원의 방에 있었다.

가구가 몇 없는 아원의 방 한편에 놓인 갈색 관은 홀로 동떨어진 것처럼 보였다. 아주 이질적이다.

"저걸 말하는 건가?"

아원은 검지로 관을 가리켰다.

"네. 정말로 여기 있었네요."

나는 머쓱하게 뺨을 긁적였다. 반신반의했지만, 달튼의 말은 사실이었다.

대마법사 정도 되는 자가 주소를 왜 잘못 적은 걸까. 그건 정말로 실수였던 걸까? 몹시 의문스러웠다.

내가 잘못한 것은 없었지만, 나는 아원에게 사죄했다.

"죄송해요. 주소를 잘못 적어서, 여기로 왔나 봐요."

"괜찮아."

아원은 대수롭지 않게 대답했다. 이럴 땐, 그가 무심한 남자라는 사실이 다행이었다.

관을 지그시 바라보던 아원은 이내 관 쪽으로 가까이 걸어가 자세를 낮추었다. 그는 품평이라도 할 기세로 관을 무섭게 쏘아보았다.

"이포 벨. 이건 누구의 관이지?"

나도 아원 옆까지 걸어가, 자세를 낮추었다.

"제 관이요. 제 죽음을 준비하는 거예요."

그는 시선을 돌려 나를 쳐다보았다.

"너, 죽어?"

죽느냐고 묻는 사람의 얼굴이 퍽 무심하다. 그렇게까지 무심한 얼굴로 누군가의 죽음을 논할 수 있다는 게 놀랍다.

있죠, 아윈. 저는 그럼에도 당신의 그 무심함이 너무 좋은 거 있죠.

나는 내 죽음을 심드렁하게 묻는 아윈을 보며 작은 미소를 지었다.

"사람은 언젠가 죽기 마련이죠."

사람은 언젠가 죽기 마련이지만, 언제 죽을지는 알 수 없다. 나는 일반론적인 사실로 대답했다. 그에게 내 죽음을 털어놓고 싶지 않았다.

불현듯이 아윈은 언제 죽을까 하는 의문이 들었다. 이상하게도 그와 죽음이라는 단어는 전혀 어울리지 않았다.

그는 죽음에 초연한 사람처럼 느껴졌다.

"이포 벨."

아윈은 내 이름을 불렀다. 늘 그렇듯 느른하게. 조금은 여유 있게.

"네?"

"당신을 잊지 않겠습니다."

그는 약속하듯이 말했다. 그 목소리는 그 어느 때보다도 황홀하게 들렸다.

"관을 보니까, 전에 했던 말이 떠올라서. 네 이름을 기억하는 게, 너를 영원히 기억하는 거라고 했잖아."

"맞아요."

"네 눈물에 의미가 없어지길 바랐지만, 정원에서 본 네 눈물에 마음이 아렸어. 그건 의미가 있는 눈물이라고 생각해."

아윈이 내가 했던 말을 기억해 주고 있다는 사실이 잘 믿기지 않았다. 더해, 그가 내 눈물에 가슴 아파했다는 것도 믿기지 않았다.

또다시 어떤 기대가 파도처럼 밀려와 내 마음을 두드렸다. 심장이 굉장히 떨렸다.

"울지 않았으면 좋겠어."

"……."

"네 이름을 기억해 줄게."

나도 울지 않았으면 좋겠으나, 내 눈물샘은 이미 단단히 고장 나있었다. 모든 것을 고칠 수 있는 사람이 온다 할지라도, 내 눈물샘만은 절대로 고칠 수 없을 정도로.

나는 아윈의 얼굴을 빤히 들여다보며, 걷잡을 수 없이 커진 설렘을 느끼며, 그에게 익숙하게 말했다.

"키스하고 싶어요."

그는 대답 대신 내 뺨을 감싸 쥐었다. 그러곤 입술이 아닌 눈가에 제 입술을 가져다 대었다. 그는 고장 난 내 눈물샘을 봉인하듯이 입을 맞추었다.

아윈은 곧 입술을 물리고선, 손끝으로 내 눈가를 쓸어 주었다. 나는 의식의 흐름대로 그에게 물었다.

"오늘 밤에 찾아가도 돼요?"

"네가 원한다면."

나는 오늘 밤을 함께하자던 달튼을 떠올렸다.

미안해요, 달튼.

나는 그와의 약속을 지킬 수 없을 것 같았다.

내 방까지 관을 끌고 갈 때, 그런 생각이 들었다.

왜 이렇게 무겁지?

나는 다른 시녀의 도움을 받아 그 관을 가까스로 내 방까지 옮겼다. 관 뚜껑을 열자, 그 안에 해답이 존재했다.

"천연 오가닉 비누."

비누가 관을 가득 채우고 있었기 때문에 그토록 무거웠던 것이다. 죽을 때까지 써도 다 쓰지 못할 만큼의 엄청난 양이었다.

달튼은 무슨 생각으로 이렇게 많은 비누를 주문한 걸까.

나는 비누 하나를 집어 들어 그 냄새를 오랫동안 맡았다. 내가 가지고 있는 향유만큼이나 좋은 냄새가 났다.

그리고 아주 긴 시간 손을 씻었다. 내 손끝에 그 냄새가 물들 수 있게.

나는 비누 향이 가득 밴 손으로 달튼을 찾았다. 달튼에게 오늘밤은 당신과 함께하지 못한다는 사실을 알려 주어야 했다.

하지만 그는 보이지 않았다. 그는 방에도 없었고, 정원에도 없었다. 한 마디로 오리무중이었다.

어디로 간 걸까. 낮에 보았던 그 시녀와 자리를 옮긴 걸까? 안고만 잘 나와의 밤이 만족스럽지 않아, 그랬을지도 모르겠다는 생각이 들었다. 그렇다면 더 좋을 테고.

나는 달튼을 찾는 것을 포기한 채로 아윈에게 갔다.

반기는 말 하나 없는 아윈의 품에 안겨, 그와 키스를 했다. 표정

없는 얼굴을 한 아원의 숨결은 뜨겁기만 했다.

우리는 어제보다도 익숙해진 손길로 서로를 매만지고 쓰다듬으며 긴 밤을 보냈다. 긴 밤 동안 나눈 대화는 몸의 대화밖에 없었다.

나는 오랫동안 기억될 오늘의 밤을 내 몸에 새기며, 오늘의 그의 체취를 기억했다. 그도 내 비누 향을 기억해 주었으면 했다.

계절이 바뀌고 또 바뀌더라도, 아물지 않는 상처처럼 그 향이 그의 몸에 영원히 새겨져 있기를 바랐다.

깊은 잠을 깨우는 소리가 있었다. 빗소리였다.

나는 아원에게 안겨 있던 몸을 조금 떼어 내며, 상체를 일으켰다. 창가를 바라보자, 창문의 유리 위로 빗방울이 눈물처럼 흘러내리고 있었다.

그다지 많이 내리는 것은 아니었다. 조만간 그칠 듯이 가볍게 내리는 빗발이었다. 날은 분명 밝아 있었지만, 하늘을 가득 메운 먹구름이 빛의 경로를 빈틈없이 가리고 있었다.

나는 무의식중에 달튼의 폭풍우를 떠올렸다. 설마 저를 기다리게 했다고, 내게 화가 난 것은 아닐까.

그에게 자초지종을 설명하지 못한 것은 분명한 나의 잘못이었다. 하나 나는 그를 찾아갔고, 그때에 없었던 것은 달튼이었다. 적어도 변명할 구실이 하나쯤은 있었다.

달튼이 화가 나 있지 않으면 좋을 텐데. 지금 내리는 가벼운 빗발이 달튼과 상관없으면 하는 바람이었다.

나는 비 내리는 모습을 한동안 바라보았다. 늘 보던 별다를 게 없는 비였지만, 이상하게도 질리지가 않았다.

내 옆에 잠든 아윈이 있기에 그런 것이 아닐까 싶었다. 아윈이라는 존재가 별다를 게 없는 광경을 특별하게 만들어 주었다.

심장이 삐거덕거리는 느낌을 느낀 것은 그때였다.

심장과 연결된 혈맥 하나가 기이하게 비틀리는 기분이었다. 이내 숨을 쉬는 게 조금 힘들어졌다. 이따금씩 겪었던 호흡 장애였다.

나는 눈썹을 구긴 채로 침착하게 심호흡을 했다. 가슴이 눈에 띄게 부풀었다 가라앉고 있었다.

"······아파?"

어느새 잠에서 깬 듯한 아윈의 목소리가 들렸다. 그는 여전히 침대에 누운 채로 나를 올려다보고 있었다. 나는 그에게 천천히 대답했다.

"숨을 못 쉬겠어요."

"왜?"

그는 이해할 수 없다는 듯이 되물었다. 나는 침대에 누워, 그의 품에 파고들었다.

"그냥 안아 주세요. 그러면 곧 괜찮아질 거예요."

아윈은 나를 가만히 안아 주었다. 나는 눈을 꼭 감은 채로, 내 심장을 갉아먹는 벌레를 생각했다.

주의를 기울이자 벌레의 움직임이 느껴졌다. 그것은 소리 없이 내 심장을 갉아먹고 있었다. 아주 조금씩, 조금씩. 그러다 언젠가는 모두 갉아먹게 될 것이다.

그렇게 되는 날, 나는 갈색 관에 누이지 않을까. 그때까지 비누를 몇 개나 쓸 수 있을까. 내 곁에 라벤더를 대신한, 미처 쓰지 못한 비누들이 놓이는 건 아닐지, 하는 생각까지 들었다.

천연 오가닉 비누가 내 곁을 지킨다면…… 썩 나쁘지 않을 것 같다. 무엇이 되었든 좋은 냄새는 언제나 옳았다. 그것이 라벤더가 되었든 천연 오가닉 비누가 되었든.

쓸데없는 생각을 하고 있자, 언제부터인지 모르게 호흡이 원래의 궤도를 찾아가기 시작했다.

벌레의 움직임이 둔해지는 것이 느껴진다. 녀석은 제 배를 채울 만큼 심장을 갉아먹은 것인지, 어디론가 말끔히 사라져 버렸다.

어디로 사라졌을까.

"괜찮아?"

내 호흡이 평소와 같아진 것을 느낀 아윈이 물었다.

"네."

"원래 그래?"

"네, 아주 어렸을 때부터 간혹 숨을 잘 못 쉬곤 했어요."

"그건 손수건으로도 어떻게 할 수 없는 거군."

나는 아윈의 가슴팍에 묻었던 고개를 들어, 그를 올려다보았다.

그는 진즉부터 나를 보고 있었던 것인지, 우리의 눈은 단번에 마주쳤다. 그의 검은 눈동자가 오늘따라 더욱 까맣게 보였다.

"하지만 당신의 손수건이 하나 더 있다면, 제 기분이 더 좋아질 것 같아요."

"그런 건 원하는 만큼 줄 수 있어. 별거 아니잖아."

당신에게 별거 아닌 손수건이 내게 얼마나 큰 의미인지, 당신은 모를 거야.

나는 문득 아원에게도 의미 있는 물건이 있을까, 하는 궁금증이
들었다.

"당신에게 의미가 있는 건 뭐예요?"

"두 번째 심장. 네 눈물을 슬퍼하는 그 심장."

아원은 더 이상 묻지 말라는 듯이 내게 입을 맞추었다. 그는 내
숨을 또다시 가쁘게 했지만, 나는 그에게서 벗어나고 싶지 않았다.
입맞춤이 길어질수록 빗소리는 더욱 짙어지고 있었다.

곧 그칠 것 같았던 비는 오후가 되어서도 그치지 않았다. 오전에
해야 할 일을 모두 끝내자 쉴 시간이 잠깐 생겼다.

비가 내리는 모습을 감상하고 싶어서 창가에 턱을 괴고 있었다.
그러다 빗발로 뿌옇게 물든 아원의 정원에서 눈에 띄는 밝은 빛 하
나를 발견하게 된다.

달튼의 금발이었다.

달튼은 아무것도 쓰지 않은 채로 비를 쫄딱 맞고 서 있었다. 그
모습은 가면무도회장에서의 그의 모습과 겹쳐 보였다.

무슨 일이 있었던 걸까. 누군가가 또 그의 사랑을 낮잡아 보기라
도 한 걸까. 나는 고민 없이 방을 나섰다.

우산을 들고 그가 서 있던 정원의 어귀까지 걸어갔다. 말소리가
닿을 만큼 다가갔지만, 달튼은 내 쪽을 바라보지 않았다. 내 인기
척을 느낀 주제에.

"뭐 해요! 다 젖었잖아요."

나는 들고 있던 우산을 그의 머리 위에 씌워 주었다. 달튼의 시선이 그제야 내게 닿았다.

"됐어, 신경 꺼. 다 필요 없어."

"화났어요?"

"아니."

그는 누구보다도 화난 얼굴을 하고선 화나지 않았다고 말했다.

아무리 생각해도, 신은 그에게 마법이라는 특별한 능력을 준 대신 거짓말을 못 하는 핸디캡을 준 게 분명했다.

"미안해요."

그가 무엇 때문에 화난 것인지는 알 수 없었지만, 왠지 나 때문일 것 같다는 예감이 들었다. 그렇다고 해서 비를 맞고 있을 게 뭐람. 시위라도 하겠다는 건지.

나는 아이 같은 그의 태도에 한숨을 쉬다가도, 괜스레 드는 안쓰러운 마음을 떨칠 수가 없었다.

"네가 왜 미안해해?"

"……."

"어젯밤에 아윈과 함께 있었어?"

달튼은 따지듯이 물었다. 그의 뺨에는 눈물을 닮은 빗물이 흘러내리고 있었다.

"네."

"좋았어?"

"……네."

"나보다?"

"……우린 아무것도 안 했는데요."

"제길, 나는 자신이 있는데."

"……."

그는 농담이 아니라는 것처럼 말했다. 어쩌면 그의 말이 사실일지도 몰랐다. 그는 무려 방탕자 달튼 레이서스가 아니던가.

나는 우산을 들지 않은 나머지 손으로 그의 뺨을 쓸어 주었다. 손끝에 닿은 그의 체온이 차가웠다.

"기다렸어요?"

내가 들어도 다정한 목소리라서, 조금 놀랐다. 달튼에게 이토록 다정하게 말하다니.

달튼은 내가 한 질문과는 상관없는 말을 늘어놓았다.

"……기분이 이상했어."

"슬펐어요?

"아니."

아니, 라고 말하는 달튼의 얼굴이 씁쓸해 보였다. 그는 이번엔 슬픈 얼굴을 한 채로 슬프지 않다고 말하고 있었다.

나는 들고 있던 우산을 바닥에 내려놓았다. 적당히 내리던 비가 내 머리를 적시고, 이내 내 어깨도 모두 적셨다.

젖는 기분이 그다지 나쁘지 않았다.

"저도 같이 비를 맞을게요."

나는 힘없이 미소 지으며 어깨를 으쓱였다. 이까짓 비 정도는 아무것도 아니라는 허세였다.

빗속에 무방비하게 놓인 나를 보는 달튼의 얼굴은 먹구름보다도 어두워졌다. 돌이킬 수 없을 정도로 빗물에 얼룩진 내 모습을 본 달튼의 태도는 그러했다.

그는 화를 냈다.

"이포, 뭐 하는 짓이야! 다 젖잖아."

성난 달튼의 목소리가 빗소리를 타고 와 내 귓가에 박혔다. 귓등이 따끔했다.

그는 우산을 다시 집어 들 생각은 하지 못했는지, 하지 않은 것인지, 나를 제 품에 끌어당겼다.

달튼의 덩치는 제법 컸지만, 그에게 안긴다고 해서 내가 비를 맞지 않게 되는 것은 아니었다. 머리 위로 빗방울의 감촉이 여전히 느껴졌다. 안긴 그에게선 축축한 비 냄새가 났다.

"저 때문에 당신이 비를 맞는 거라면, 저도 함께 맞을게요."

"……너 때문이 아니야. 나는 그저 비를 맞고 싶었던 것뿐이라고."

"달튼, 그거 알아요?"

"뭐?"

"당신은 거짓말을 참 못해요."

달튼은 침묵하며, 나를 더욱 꽉 껴안았다. 축축한 그의 몸은 차갑기는커녕 평소보다도 뜨거웠다.

그는 내 어깨 위에 고개를 완전히 기대었다. 달튼의 젖은 금발이 내 목덜미를 간지럽혔다.

"오늘 밤엔 내게 올 거야?"

"……."

"나 어제 한숨도 못 잤어."

그는 아이처럼 보챘다. 성가시기는커녕 좀 귀여웠다.

"달튼, 저는……."

달튼은 내가 대답하는 것을 막아 세웠다.

"두 번, 아니, 세 번 생각하고 대답해. 네 대답. 여기선 안 들을 거야."

그는 내게서 어떤 부정적인 기류를 감지한 듯했다. 그러나 그것은 그의 오판이었다.

나는 그에게 긍정적인 대답을 하려고 했다. 좀 귀여워서 넘어가 주려고 했다. 하나 달튼이 듣기 싫어한다면, 그건 어쩔 수 없는 일이었다.

달튼은 내 등을 묵묵히 쓸기만 했다. 젖은 시녀복 위로 그의 손길이 여과 없이 느껴졌다.

"달튼, 오늘따라 당신이 정말 나약하게 느껴지네요."

"무슨 소리야. 나는 대마법사 달튼 레이서스라고."

아니, 나는 당신의 능력에 대해서 말한 게 아니었다. 내가 말한 나약함은 당신의 마음에 대한 것이었다.

오늘따라 달튼의 마음이 한없이 나약하게만 보인다.

그것은 뭇 사람들의 감수성을 두드리는 비 때문이었는지, 실제로 그의 마음이 나약해진 것인지는 알 수 없었다.

그 순간 빗소리를 가로지르는 마차 바퀴 소리가 들렸다.

나는 소리의 근원지로 자연스럽게 시선을 돌렸다. 그러자 어딘지 모르게 익숙한 마차가 후작저로 들어오고 있는 것이 보였다.

머지않아 멈춰진 마차. 마차에선 누군가가 내리기 시작했다. 쏟아지는 빗줄기 사이로 은빛 머리칼이 작게 빛났다. 며칠 전, 아원을 찾아왔던 그 여자였다.

"저 여자. 또 찾아왔어요."

달튼은 내 어깨에 기댔던 얼굴을 들어 올려, 내가 보고 있는 전경의 같은 지점을 바라보았다.

"저 여자?"

"달튼. 당신은 그녀가 누군지 알아요?"

"그럼, 알지."

"누군데요?"

내가 그리 묻자, 달튼은 내 귓가에 작게 속삭였다.

"오늘 밤에 알려 줄게."

그는 오늘 밤 내가 저를 찾아갈 수밖에 없는 미끼를 던졌다. 그 것은 너무나도 매혹적인 미끼여서, 물지 않을 수가 없었다.

나는 느릿하게 고개를 끄덕였다. 완전 항복이었다. 제가 원하는 대답을 들은 달튼이 안고 있던 나를 놓아주었다.

"이제 들어가자. 감기 걸리겠어."

나는 얼굴에 잔뜩 들러붙은 젖은 머리카락을 떼어 내며 그에게 대답했다.

"이제 화가 풀린 거예요?"

"화가 난 거 아니라니까!"

그는 억울하다는 듯이 소리쳤지만, 올려다본 그의 얼굴은 확실히 누그러져 있었다. 의심할 여지 없이 화가 풀린 모양새였다.

고작 비를 같이 맞아 주고, 내 밤을 주겠다고 해서, 그의 화가 풀린 것일까?

"알겠어요."

"뭐?"

"화 풀린 거 알겠다고요."

"……."

달튼은 할 말을 잃은 얼굴을 했다. 당신은 조금 더 솔직해질 필요성이 있어.

그는 말씨름하는 것을 포기한 듯 젖은 내 얼굴에 제 손바닥을 올려놓았다. 그의 살갗은 여전히 뜨거웠다.

"나는 세상에서 제일 맛있는 차를 만들 수 있어."

"그래서요?"

"차가운 비를 맞았을 땐, 따뜻한 차를 마시는 게 최고라고 생각해."

달튼은 무언가를 바라는 눈빛으로 나를 쳐다보았다. 그의 눈빛이 무엇을 의미하는지는 금방 알 수 있었다.

그러니까, 맛있고 따뜻한 그 차를 먹고 싶다고 말하라는 거겠지.

나는 흔쾌히 고개를 끄덕였다. 세상에서 제일 맛있는 차를 거절할 이유는 없었다.

달튼은 손에 물 한번 묻히지 않고선 젖은 옷과 몸을 말려 주었다. 그의 손끝이 내 주변을 가볍게 휘젓자, 모든 것이 말라 버린 것이다.

손바닥을 내려다보자, 그 위도 바싹 말라 있는 게 보였다. 조금 전까지 제집처럼 굴러다니던 물방울들이 감쪽같이 사라져 있었다.

"우와."

나는 순수한 감탄사를 내뱉었다. 그의 마법은 보면 볼수록 대단했다. 이토록 대단한 마법사가 인간의 생사에는 관여할 수 없다는 사실이 애석할 따름이었다.

달튼은 어디선가 커다란 담요 하나를 가져와 내 어깨 위에 덮어 주었다. 그 후 나를 의자에 앉히고선, 또다시 허공에 손을 휘저었다.

그의 손은 어떤 주술적인 의미가 담긴 것처럼 움직였다. 나는 그의 손끝에서 눈을 뗄 수 없었다.

달튼의 동작이 끝났을 땐, 테이블 위에 찻잔이 생겨났다. 찻잔에선 김이 모락모락 피어오르고 있었다.

"세상에서 제일 맛있는 차야."

그는 의기양양하게 말하며 찻잔을 내게 건네었다.

태어나서 처음 맡아 보는 차향이 코끝에 맴돌았다. 달튼과 닮은, 어쩐지 상대방의 마음을 느슨하게 만들어 주는 그런 향이었다.

나는 입술을 적실 만큼만 차를 마신 뒤에 순수한 감탄사를 또다시 내뱉었다.

"우와."

"맛있지?"

"네."

가식 없는 내 대답에 달튼이 기분 좋게 키득거렸다. 그는 정말로 기분이 좋아 보였다.

나는 엷은 미소를 지은 채로 찻잔을 바라보았다. 공교롭게도 찻잔이 은빛이었다. 그러자 은빛 머리카락을 가진 여자가 자연스럽게 떠올랐다.

그 여자는 지금쯤 아원을 만나고 있겠지? 오늘은 무슨 이야기를 나누러 온 걸까?

한눈에 보아도 고급스러워 보이는 드레스를 입고 있었던 여자였다. 신분도 높고, 얼굴도 예쁜 그녀를 보며, 아원이 제 본능을 일깨우지는 않을까 염려가 되었다.

생각은 언제나 부정적인 결론에 치닫곤 했다. 생각을 하면 할수록 부정적인 기류는 커져만 간다. 예외 없이. 언제나.

나는 은빛 머리칼을 가진 여자의 손이 아윈의 등을 헤매는 걸 상상했다.

그녀의 붉은 입술에선 아윈의 이름이 신음처럼 흘러나오고, 아윈은 무심한 눈동자로 그녀에게 제 온기를 나누어 준다.

어제까지만 해도 내게 닿았던 그의 손은 그녀의 살갗을 어루만지고, 달래며, 그녀의 속에 제 흔적을 남긴다. 상상은 농밀한 디테일을 더해 가며 나를 괴롭혔다.

나는 눈을 질끈 감으며, 은빛 찻잔에서 시선을 떼어 냈다. 더는 상상하고 싶지 않았다.

"이포?"

달튼은 걱정스럽게 내 이름을 불렀다. 나는 몇 초가 지난 다음, 감았던 눈을 떴다. 그러자 웬걸. 달튼의 얼굴이 너무도 가깝게 보이는 게 아닌가.

"왜 이렇게 가까워졌어요?"

그는 내가 앉아 있던 의자 앞 마룻바닥에 무릎을 꿇고 있었다. 어쩜, 좀 조신해 보이기도 했다.

"가깝게 있으면 안 돼?"

"안 되는 건 아닌데……."

"넌, 방금 아윈을 생각했어?"

달튼은 몰아치듯이 연거푸 물었다. 나는 고개를 끄덕였다.

"너는 그 녀석을 왜 그렇게 좋아하는 거야?"

"좋아하는 데에 이유가 있을까요?"

"뭐야. 그런 대답이 어디 있어."

달튼은 내 대답을 마음에 들지 않아 했다.

"그럼 당신은 아라벨을 왜 좋아했어요?"

그는 쉽사리 대답하지 못했다.

그녀를 사랑했던 순간들은 많았을 테지만, 그 사랑이 언제부터 시작된 것인지 정확히는 모를 거라고 생각했다.

"거봐요. 좋아하는 건 그런 거예요. 좋아한다고 느꼈을 땐, 이미 왜 좋아하게 됐는지 알 수 없게 되는 거라고요."

나는 아원을 처음 봤던 날을 떠올렸다. 지나간 기억은 바스러지기 마련이지만, 그날의 기억만큼은 좀처럼 잊히지 않았다.

그날은 이 년 전, 내가 아원의 후작저에 처음 왔던 날이었다. 후작저의 정원. 갈색의 낡은 가방을 들고 서 있던 나. 그리고 그런 나를 빤히 바라보던 시선 하나.

나는 뺨에 닿은 시선을 온전히 느끼며, 시선의 출처로 고개를 돌렸다. 그곳에 아원이 있었다.

내가 저택에 도착했던 그 시간에 왜 하필 그가 정원에 있었는지는 알 수 없었다.

하지만 우린 눈이 마주쳤다. 그가 나를 보았고, 나도 그를 보았다. 우린 오랫동안 눈이 마주쳤다. 그뿐이었다.

그 짧은 순간은 내 모든 것을 송두리째 흔들어 놓았다. 어떤 전조도 없이 심장은 빨리 뛰기 시작하며, 내 머리와 마음을 어지럽혔다.

그 순간을 표현할 문장은 하나뿐이었다.

첫눈에 반했다.

결단코 다른 말로는 표현할 수 없던 순간이었다.

"……하지만 그래도 가시적인 이유를 하나 뽑자면, 그의 무심함이 좋아요."

"아윈의 무심함?"

나는 느릿하게 고개를 끄덕였다.

"네. 아윈은 뭐랄까. 너무 자신을 숨기고 있어서, 보고 있는 사람을 궁금하게 하잖아요."

달튼은 내 말을 곱씹어 생각하더니, 이내 저도 고개를 옅게 끄덕였다.

"무슨 말인지 알 것 같아. 나도 때때로 아윈이라는 남자를 궁금해했으니까."

"네, 바로 그거예요."

"그래서 넌 아윈을 처음부터 엄청 사랑하게 된 거야?"

"아뇨. 처음부터 열렬하게 타오른 건 아니었어요. 하지만 곧 죽는다는 생각이 드니까, 요즘 들어 더 좋아지더라고요. 간절해지고. 닿고 싶고."

나는 허공에 손을 뻗어, 가볍게 주먹을 쥐었다 폈다. 추억은 충동이 되었고, 충동은 바람을 불러일으켰다.

그를 만지고 싶어, 지금 당장. 욕구를 쉽게 잠재울 수 없었다. 나는 메마른 입술을 짓이겼다.

달튼은 또다시 내 말을 곱씹어 생각하더니, 고개도 다시금 끄덕거렸다.

"그 말도 무슨 말인지 알 것 같아. 아라벨이 죽고 나서, 나도 그녀에 대한 사랑이 깊어졌거든."

달튼은 제 연인의 이름을 내뱉고선 조금은 시무룩해진 표정을 지었다.

"······차. 더 마실래?"

나는 고개를 내저었다. 그러곤 생각했다.

은빛 머리칼의 그 여자. 언제 돌아갈까.

밤은 소리 없이 찾아와 자정이 되었다.

그칠 기미가 보이지 않던 비는 어느새 그쳐 있었다. 달튼의 화가 풀렸기에 그친 것은 아닐까, 하는 생각이 잠깐 들었다.

나는 달튼의 방까지 걸어갔다. 그의 방문은 지난날처럼 잠겨 있지 않은 채로 조금 열려 있었다. 나는 문을 완전히 열어 방 안으로 들어갔다.

"기다렸어."

그는 침대에 누워 있었는데, 팔을 수평으로 벌렸다. 꼭 안기라는 것처럼.

"안녕."

침대에 누워서 나를 기다린 모양새도 저번과 같다. 참 한결같은 밤 인사다.

"어서 내게로 와."

달튼의 얼굴엔 기분 좋은 미소가 걸려 있었다. 나와 함께할 밤이 즐거워서인지, 누군가의 온기와 함께할 밤이 즐거워서인지는 잘 가늠할 수 없었다.

나는 대답 대신 그의 옆에 조용히 몸을 누이었다. 어찌 되었건 오늘 밤, 그에게 내 온기를 전해 주겠다고 마음먹은 터였다. 물론 그에게 들을 말이 있지만.

달튼은 내가 제 곁에 오기 무섭게 벌렸던 팔로 나를 감싸 안았다. 자연스러운 입맞춤은 덤이었다. 진한 키스는 아니었고, 가벼운 입맞춤이었다.

"안는 것만 하기로 했던 거 아니었어요?"

"내가 뭘 했던가."

그는 코끝을 찡긋거리며 능글맞게 대답했다. 그의 입맞춤이 기분 나빴던 것은 아니었으므로 나는 더 따지지 않았다.

"이포. 네가 돌아가고 나서, 나는 그런 생각을 했어."

"무슨 생각이요?"

"너는 왜 아무것도 바라지 않을까, 라는 생각. 사랑을 하게 되면 바라게 되잖아."

그게 큰일이든, 작은 일이든. 달튼은 제 말을 덧대며, 흐트러진 내 머리칼을 쓰다듬었다.

별다른 설명은 없었지만, 그가 누구를 겨냥하고 한 말인지는 단번에 알 수 있었다. 아윈. 나는 모든 일에 감흥 없어 하는 그를 떠올리며 대답했다.

"실망하기 싫어서요."

아윈에게 아무것도 바라지 않는 이유는, 실망하기 싫어서였다. 바라는 것이 많아질수록 바람대로 이뤄지지 않을 때의 실망감이 커질 테니까.

헛된 기대로 인한 실망을 하고 싶지 않았다. 요컨대 방어기제와 같은 것이었다.

"제겐 정해진 끝이 있어요. 정해진 끝 덕에, 제가 뭘 바라든 결국
엔 새드엔딩이 될 거예요. 그래서 애당초 아무것도 바라지 않는 게
옳아요."

이미 그에게 바랐던 것은 모두 이뤘기도 했다.

말 한번 섞어 보지 못했던 그와 대화를 나누었고, 심지어 그와
몇 밤을 함께 보내기도 했으니. 어쩌면 그에게 하나도 바라지 않았
던 것은 아니었을지도 몰랐다.

그런 내 생각을 모를 달튼은 머리칼을 쓰다듬던 손을 내려, 내
볼을 작게 두드렸다.

"이성적이구나."

나는 뺨에 있던 달튼의 손을 잡아채, 솔직히 말했다.

"그런데 요즘 들어 자꾸만 바라게 되는 것 같아요."

"……."

"아윈이 저를 조금 더 생각해 주길. 그가 저를 영원히 기억해 주
길."

달튼은 그윽해진 시선으로 나를 가만히 보았다. 어두운 사위에서
도 빛이 나는 그의 오드아이가 내게서 떨어지지 않았다.

"내겐 그런 걸 바라지 않아?"

글쎄. 내가 사라진 세상에서 누군가가 나를 기억해 주는 일은 좋
은 일이었다. 아주 명백히.

하지만 그에게 강요하고 싶은 것은 아니었다. 우리는 여전히 친
밀한 관계가 아니었기 때문이다. 서로를 기억해 주기를 바라는 사
이가 결단코 아니었다.

"바라지 않아요. 하지만 당신이 저를 오랫동안 기억해 주는 일은 좋은 일이라고 생각해요."

달튼은 내 이마에 입을 맞추었다. 그의 입술이 스치고 지나간 자리가 뜨거웠다.

"당신을 잊지 않겠습니다."

그는 누구라도 유혹할 수 있을 듯한 달콤한 목소리로 말했다. 그냥저냥 한 말이 아니었다. 아원뿐만이 아니라, 달튼도 내가 했던 말을 기억하고 있었던 것이다.

'당신을 잊지 않겠습니다.'

아원도 분명 그리 말했었다. 같은 말, 같은 의미였지만, 그 말이 가져오는 울림은 전혀 달랐다.

두 남자에게서 느껴진 감상이 극명하다. 달튼에게서는 아원에게 느꼈던 황홀한 심상이 느껴지지 않았다. 다만, 작은 의문이 들었을 뿐이다.

당신이 기억하고 싶은 건, 아라벨의 그림자 같은 내 모습일까. 진짜 내 모습일까.

"……."

나는 달튼에게서 눈을 떼지 않았다.

당신은 나를 누구로 보고 있나요?

달튼은 빙그레 웃으며 제 얼굴을 내게 바투 가져다 대었다. 그는 서로의 입술이 닿을 법한 거리에서 나지막이 속삭였다.

"그녀는 오래전부터 아원을 좋아했던 여자야."

뜬금없는 말이었지만, 그가 누구를 겨냥하고 한 말인지 이번에도 알 수 있었다. 내가 궁금해했던 은빛 머리칼을 가진 여자에 대한 것이리라.

아원을 좋아하는 여자라.

그녀의 정체는 의외로 놀랍지 않았다. 아원은 인기가 많은 편이었기 때문이다. 그를 좋아하는 여자가 나 하나뿐이라는 사실이 더 이상했다.

문제는 아원의 마음이라고 생각했다. 그 여자의 마음이 일방향이 아닌, 쌍방향일까 하는 우려가 든다.

"아원의 마음은요?"

"아무것도 바라지 않는다며."

그는 장난스러운 미소를 지었다. 모든 것을 알고 있으나, 얘기해 주지 않겠다는 미소였다.

나는 고개를 뒤로 빼며 말했다. 어쩌면 볼멘소리가 흘러나왔을지도 몰랐다.

"제 방에 다시 가 볼게요."

말뿐만이 아니라, 진심이라는 것을 보여 주기 위해 몸을 일으키려 했다. 그러자 달튼이 잽싸게 내 어깨를 잡아 꾹 눌렀다. 행동이 빨라도 그렇게 빠를 수가 없었다.

"뭐야? 치사해."

치사했지만 어쩔 수 없다. 치사하게 굴어서라도, 아원의 진짜 마음을 알고 싶었으니까.

나는 달튼을 채근했다.

"그래서 아원의 마음은요?"

"흐음. 일단 다시 누워 봐."

나는 다시 누우며, 달튼의 대답을 기다렸다. 그는 내가 다시는 도망가지 못하게 내 어깨를 꾹 누른 채로 음흉한 미소를 지었다.

"네가 내게 하나를 바란다면, 내 바람도 하나 들어줘야지."

"제게 원하는 게 있어요?"

"들어줄 거야?"

"제가 들어줄 수 있는 거라면요."

달튼은 대화를 이어 갈 생각이 없다는 듯이 내게 입을 맞추었다. 곧장 닿은 서로의 입술. 그는 이번엔 가벼운 입맞춤에 그치지 않고 농밀한 키스를 했다.

달튼은 다소 흉포하게 내 입술을 탐했다. 나는, 그가 마음껏 키스하도록 그를 내버려 두었다. 키스로 인해 그의 기분이 좋아진다면, 아윈의 마음을 곧바로 알려 줄지도 몰랐으니까.

얼마 못 가 그의 입술이 떨어졌으나, 서로의 얼굴은 여전히 가까웠다. 키스는 끝이 났으나, 달튼은 여전히 뜨거운 숨을 내뱉고 있었다. 달튼의 달뜬 숨소리가 내 뺨 위를 조용히 두드렸다.

눈이 마주쳤다. 그의 금빛, 은빛 눈동자 속에 내 상이 오롯이 맺혀 있었다.

심장은 이상할 정도로 차분한 소리를 내었다. 아윈과 눈이 마주쳤을 때와는 확연히 다른 느낌이었다.

"달튼."

"응."

"당신이 바라던 게 키스였어요?"

달튼은 내 물음과 상관없는 답을 내어놓았다. 짧고 간결한 답이었다.

"그 녀석의 마음은 네가 짐작하는 바야. 이포 벨."

"……."

"그의 심장은 고장 났거든."

심장이 고장 난 아윈은 그녀를 사랑하지 않아.

심장 속 나사 하나를 잃어버린 그가 사랑할 수 있는 사람은, 어쩌면 아무도 없을지도 모르겠다고. 나는 그렇게 결론지었다. 내 입가에는 미소가 맴돌았다.

아무도 사랑하지 못하는 아윈. 죽어 버린 한 여자만을 사랑하는 달튼. 사랑하는 사람이 있지만 곧 죽어 버릴 나. 우리가 모여 있는 후작저.

기구한 인연이었다.

"만족해?"

"몹시."

"그럼 이제 잘까?"

"네."

듣고 싶었던 것을 들었으니, 마음 편히 잠에 들 수 있을 것 같았다. 달튼은 나를 꼭 껴안았다.

"이포, 네게서 내 냄새가 나."

"당신이 사 준 비누로 오랫동안 씻었어요."

"만족해?"

그는 또다시 같은 물음을 던졌고, 내 대답은 같았다.

"몹시."

달튼은 키득거리며 내 이마에 마지막으로 입을 맞추었다. 그 밤의 대화는 그것이 끝이었다.

“누가 왔어요.”

경쾌한 노크 소리에, 나는 헝클어진 머리를 빗던 것을 멈추었다. 이른 아침부터 달튼을 찾아온 이는 누구일까.

해가 떴음에도 침대에 누워 있던 달튼은 심드렁했다.

“시녀일까?”

“글쎄요.”

그렇게 대답하고선 어디에 숨어 있어야 할까 고민했다. 오해 같지 않은 오해를 사고 싶지 않았기 때문이다.

내가 고민하던 사이, 달튼은 섣부른 말을 했다.

“들어와!”

“달튼!”

나는 놀라서 그의 이름을 소리쳐 불렀지만, 그땐 이미 늦은 뒤였다. 방문이 스르륵 열리며 낯익은 여자가 방으로 들어왔다.

여자의 정체는 언제고 내 눈물에 소스라치게 놀라던 케이티였다. 케이티는 달튼에게 인사한 다음, 나를 뒤늦게 발견했다.

그녀는 눈을 동그랗게 뜬 채로 나를 보았다.

“이포 벨?”

“큭큭.”

달튼은 요망한 웃음소리를 내었다. 좀 얄미웠다.

“……먼저 나가 볼게요.”

나는 케이티를 지나쳐, 그의 방을 나갔다. 얼마 지나지 않아 케이티가 내 뒤를 쫓아왔다. 케이티는 앞서가던 나를 금세 따라잡아, 내게 말을 걸었다.

"벨! 이게 도대체 무슨 일이야. 너…… 설마 대마법사님과……."

나는 단언했다.

"케이티. 네가 생각하는 그런 관계 아니야."

"어쩜. 거짓말도."

케이티에게는 내 말을 믿을 의사가 없어 보였다. 그녀는 모든 것을 직감했다는 눈빛으로 나를 게슴츠레하게 응시했다.

"아니라니까."

나는 케이티에게 아주 긴 시간 동안 우리가 아무 관계도 아님을 설명했지만, 내 설명은 전혀 통하지 않았다.

그녀는 이미 나와 달튼의 관계를 확정 지은 듯싶었다. 대마법사와 시녀의 은밀한 관계라고 해야 할까.

오해의 방향이 매우 옳지 않았다. 나는 시름이 깊은 한숨을 내쉬었다.

"휴."

서역에서 들어온 차를 정리하면서도 케이티는 끊임없이 나와 달튼의 사이를 의심했다. 내 대답은 줄곧 같았다.

"아니라니까."

케이티는 구시렁거리며 화제를 돌렸다.

"얘도 참. 그것보다 그 소문 들었어?"

"무슨 소문?"

나는 차를 정리하던 것을 멈추며 물었다. 그러자 케이티가 흥분한 목소리로 대답했다.

"아윈 후작님이 약혼한다는 소문!"

"뭐?"

"요 근래에 공녀님이 자주 찾아왔었잖아."

"공녀……."

그 공녀가 누구인지 곧장 알 수 있었다. 설탕으로 빚어진 인형처럼 아름다웠던 은빛 머리칼의 그 여자. 그 여자임이 틀림없다.

약혼, 결혼, 그리고 사랑과 거리가 멀어 보였던 아윈이 약혼을 한다니. 나는 그 사실이 좀처럼 믿기지 않았다.

너무 갑작스럽잖아.

나는 아윈과 아무런 사이가 아니었음에도 불구하고, 아윈의 약혼을 표면상으로도 받아들일 수 없었다. 물론 마음은 더더욱 받아들이지 못했다. 결단코.

마음이 고장 났다던 아윈은, 도대체 어떤 마음으로 그녀와의 약혼을 결심한 걸까. 내 눈동자에서 차가운 눈물 한 방울이 떨어졌다.

"베, 벨? 바람이 차가워져서 또 우는 거야? 창문을 닫을까?"

나는 고개를 내저었다. 지금 흐르는 눈물은 바람이 차가워지고, 시간이 흘러가기에 쏟아 낸 것이 아니니까.

아윈에 대한 내 바람이 너무도 희망 없는 것임을 제대로 느꼈기에 흘린 눈물이었다.

"후작님께 내갈 차는 내가 가져갈게."

내뱉은 목소리가 옅게 떨렸다. 내 눈물에 놀란 케이티는 고개를 끄덕였을 뿐이다.

나는 눈물을 가까스로 멈추고선, 아윈의 집무실로 향했다. 울음은 그쳤지만 코끝이 여전히 찡했다.

노크와 함께 아윈의 집무실로 들어섰다. 아윈은 언제나처럼 책상 앞에 앉아, 진지한 얼굴로 무언가를 쓰고 있었다.

인기척이 났지만, 그는 고개를 들지 않았다. 내 방문을 개의치 않는 모습이었다. 나는 그의 책상 위에 갓 내온 차를 올려놓으며 그를 불렀다.

"후작님."

그는 그제야 숙이고 있던 고개를 들어서 나를 올려다보았다.

"약혼해요?"

거침없는 내 물음에도 아윈의 얼굴엔 동요가 없었다. 잔잔한 수면 같을 뿐이다. 아윈은 대답 대신 이마 위로 흘러내린 머리칼을 몇 차례 쓸어 넘겼다.

이런 상황에서조차도 부드럽게 넘어간 아윈의 머리칼에 손을 얹고 싶다는 바람이 들었다. 나는 주먹을 꽉 쥐며 헛된 바람이 사그라지기를 바랐다.

"응."

그는 감정 없이 대꾸했다. 나는 감정을 가득 담아 그에게 물었다.

"그녀를 사랑해요?"

그는 단번에 대답했다.

"글쎄."

애매한 대답이었다. 나는 미간을 옅게 구겼다.

"그런데 약혼을 왜 해요?"

"······넌, 무슨 대답을 원하는 거지?"

"······."

"처음 그날. 내게 아무것도 바라지 않겠다고 했잖아."

아원의 말이 맞았다.

그와 처음 온기를 나누기 전, 나는 그에게 아무것도 바라지 않겠다고 말했었다. 그저 당신과의 하룻밤을 원할 뿐이라고.

거짓말이 아니었다. 그 당시의 나는 그와의 단 하룻밤만을 원했었다. 하지만 고작 몇 주 사이에 그날의 소박했던 마음을 까맣게 잊게 된 것이다.

그것은 내 죽음이 가까워졌기 때문이기도 했지만, 아원의 탓도 존재했다.

아원은 내가 아무것도 바라지 않도록 행동했어야 했다.

당신은 내게 손수건을 주지 말았어야 했으며, 내 눈물의 이유에 대해서 묻지 말았어야 했다. 내 이름 따위는 더더욱 기억하지 말았어야 했다.

내가 당신을 더욱 각별하게 여길 여지를 주지 말았어야 했다. 내가 그 이상의 것을 바라게 만들어 놓고선, 이제 와 내 마음의 번복을 논하는 아원이 원망스러웠다.

"죄송해요."

그럼에도 그를 마음 편히 원망할 수 없다. 그를 원망하는 마음보다 그를 사랑하는 마음이 더 컸으니까.

사랑하는 사람을 어떻게 원망해. 난 못해, 아니, 안 해.

"……"

나는 뒤돌아섰다. 아원은 돌아서는 내게 아무 말도 건네지 않았다. 그가 어떤 얼굴로 나를 쳐다보고 있을지 궁금했으나, 돌아보지는 않았다.

그의 집무실을 나서기 무섭게 눈물이 후드득 떨어졌다.

눈물이 얼룩진 얼굴로 내가 찾아간 곳은 달튼의 방이었다. 나는 위로가 필요했고, 나를 위로해 줄 사람은 달튼밖에 없다고 생각했다.

그것이 부질없는 위로라고 할지라도, 나는 지금 누군가의 온기가 절실했다. 달튼이 누군가의 온기를 늘 그리워하듯이.

"이포 벨?"

달튼은 갑작스럽게 찾아온 나를 보며 놀란 얼굴을 했다.

"달튼."

나는 쇳소리가 가득한 목소리로 그의 이름을 불렀다.

달튼은 소파에 앉아 있던 몸을 일으키며 한달음에 내게 다가왔다. 나는 그의 품에 얼굴을 기대었다. 그에게선 좋은 냄새가 났다.

"이포. 무슨 일이야."

그의 손이 내 등을 조심스럽게 토닥였다. 나는 고해하듯이 토로했다.

"달튼. 제가 당신에게 거짓말을 했어요."

"……."

"저는 바라는 게 많은 사람이었어요. 바라는 게 너무 많아져서, 슬픔을 참을 수가 없어요."

"……."

"아윈이 저를 사랑해 줬으면 좋겠어요. 제가 죽기 전까지라도 그의 밤이 제 것이었으면 좋겠어요."

"……아파?"

"마음이 너무 아파요."

"괜찮아. 아픔을 느끼는 건 나쁜 일이 아니야. 아직 살아 있다는 증거니까."

그는 따뜻한 목소리로 나를 달래어 주었다. 내가 바랐던 위로다운 위로였다.

"이렇게 아플 바엔 그냥 내일 죽어 버렸으면 좋겠어요."

"가엾어라. 내가 어떻게 해 줘야 위로가 될까."

"……모르겠어요."

모르겠다. 어떻게 해야 기분이 좋아질지 전혀 모르겠다. 머릿속이 백지장이 된 기분이다.

나는 그냥 이대로 죽어 버리고 싶었다. 죽어 버린다면, 아픔 따위는 느끼지 않을 테니까.

달튼은 제게 안긴 나를 떼어 내고선 내 얼굴을 내려다보았다. 그는 내 뺨에 새겨진 눈물의 흔적을 손끝으로 지워 주었다.

"내가 할 수 있는 거라곤 이런 것밖에."

달튼의 고개가 비스듬히 기울었다. 그는 슬퍼진 내 마음을 치유하듯이 입을 맞추었다. 사려 깊게 닿은 입술에선 그의 마음이 느껴졌다.

'슬퍼하지 마.'

우리가 닿은 것은 고작 입술뿐이었지만, 그 순간만큼은 마음이 이어진 기분이 들었다.

나를 진정으로 가엾어 하는 그의 진심이 내게 닿았다.

"네 입술에서 소금 맛이 나."

입술을 떼어 낸 달튼이 그렇게 말했다. 그리고 그는 한참이나 나를 안아 주었다.

내 입술에서 소금 맛이 사라질 때까지.

울고 또 울다 보면 더는 눈물이 흐르지 않는 시점이 있다. 나는 하염없이 눈물을 흘렸고, 눈물은 이내 멈추었다. 영원히 멈추지 않을 것처럼 굴었던 주제에.

한 달간 울어야 할 만큼의 눈물을 모두 토해 낸 기분이었다. 어쩐지 개운한 마음도 들었다. 실제로 개운한 일은 전혀 없었음에도 불구하고 말이다.

"이제 괜찮아졌어?"

달튼의 물음에 나는 힘없이 고개를 끄덕였다. 입술을 뗄 힘조차 없었다.

"다행이다."

그는 다정하게 내 머리를 쓰다듬었다. 고작 눈물 따위를 그쳤음이 다행이라는 걸까. 그의 말대로 내 모든 상황이 다행이었으면 좋겠다는 바람이 든다.

달튼은 나를 소파 위에 앉히고선, 손을 허공에 저었다. 그러자 그의 손바닥 위엔 또다시 찻잔 하나가 생겨났다.

세상에서 제일 맛있는 차였다.

"마음을 진정시킬 때도 뜨거운 차가 최고지."

"고마워요."

나는 간신히 대답하며, 차를 한 모금 마셨다. 그의 말대로 눅눅했던 마음이 약간은 건조해지는 것 같았다.

"아윈이……. 그가 약혼을 한 대요. 그 여자랑."

충격적인 사실을 털어놓았음에도 달튼은 놀라워하지 않았다. 그의 약혼에 충격받을 이는 나 하나뿐이었던가. 아니면,

"……알고 계셨어요?"

"어렴풋이."

"……."

배신감이 조금 든다. 달튼이 나를 배신한 일은 없었음에도 불구하고.

"미리 말해 주지 못해서 미안해. 하지만 나도 확실하게 안 건 아니라서, 네게 말할 수 없었어. 확실하지 않은 사실로 구태여 너를 슬프게 할 수는 없잖아."

쓸데없는 데에 눈치가 빠른 달튼이었다.

"네. 당신의 말이 맞아요."

달튼의 변명에, 그에게 들었던 옅은 배신감이 사라지기에 이른다. 우스운 일이었다.

"그럼 이제 이포는 아윈을 완전히 잊을 생각이야?"

"글쎄요."

지금으로선 단언할 수 없었다.

하루 이틀도 아니고, 무려 이 년 동안 짝사랑했던 남자였다. 냉큼 '네.'라고 대답하는 게 더 이상한 일이라고 생각했다.

설령 아윈이 끝내 다른 여자와 약혼을 하고, 심지어 다른 여자를 사랑하게 된다 하더라도. 나는 그를 포기할 수 없을 것만 같았다.

"사랑하는 사람을 잊는 게 쉬운 일일까요?"

나는 언제 다시 창문 밑으로 옮겨졌을지 모를 아라벨의 관을 넌지시 쳐다보았다.

달튼의 시선이 내 시선의 끝을 따라갔다. 그는 의미를 알 수 없는 묘한 시선으로 아라벨의 관을 바라보았다.

"아니."

"……."

"내 물음이 모순적이었네. 나도 내 연인을 못 잊어서 썩지 않게 보관하고 있는걸."

그의 절절한 사랑은 익히 알고 있던 바였다. 이상한 의문이 든 것은 그 순간이었다.

달튼은 제 연인을 잊지 못했다는, 그 단편적인 사실 하나만으로 그녀를 썩지 않게 보관하고 있는 걸까? 혹 다른 이유가 있는 것이 아닐까?

그가 찾는다던 '그것' 때문에 죽은 그녀를 계속해서 보관하고 있는 거라면…….

생각이 거기까지 닿았을 때, 나는 관에 있던 시선을 돌려 달튼을 쳐다보았다. 그는 제 뺨에 닿은 내 시선을 느낀 듯이 내게로 시선을 돌렸다.

"왜 그런 눈으로 쳐다봐? 문제 있어?"

팔뚝엔 원인 모를 소름이 돋았다.

당신이 진정 원하는 것은 뭘까.

나는 차를 한 모금 더 마시며, 아무렇지 않게 대답했다.

"아무것도 아니에요."

맞은편에 앉아 있던 달튼은 고개를 갸우뚱하더니, 내 옆으로 자리를 옮겼다.

소파가 아주 길고 넓었음에도 불구하고, 그는 방탕자답게 내게 가깝게 밀착해 있었다. 그러곤 버릇처럼 내 귓가에 속삭인다.

"나는 가끔씩 그런 생각이 들어."

그의 나른한 목소리가 귓등에 닿았다.

"무슨 생각이요?"

"내가 사랑하는 사람을 잊지 못하는 것은, 그녀를 여전히 사랑하기 때문일까. 아니면 내 미련 때문일까."

"……."

"네가 아윈을 잊기 힘든 것은, 그를 너무나도 사랑해서일까. 아니면 그에게 가지는 미련 때문일까."

그런 식의 접근은 한 번도 못 해 본 터라, 나는 쉽사리 대답하지 못했다. 사랑과 미련이라.

나는 사랑을 많이 해 보지 못했다. 그렇기에 그 질문은 내가 답을 내릴 수 있는 범주의 것이 아니었다.

내가 침묵으로 일관하자 달튼이 먼저 말했다.

"이유가 뭐든 간에, 내가 너를 도와줄게. 네 사랑을 응원해 준다고 했으니까."

"어떻게요?"

"대마법사는 모든 것을 할 수 있지."

물론 딱 한 가진 못하지만. 그는 뒷말을 흐리며 제 어깨를 으쓱거렸다.

슬며시 쳐다본 그의 표정이 새삼 당당해 보여서, 실제로도 그가 대단한 일을 행할 것 같은 기분이 들었다.

나는 정원에 자리하고 있었다.

후작저의 뒤편에 자리한 정원. 저택의 주인, 즉 아윈이 허락한 자만이 나다닐 수 있는 그 정원이었다. 이곳은 일전에 우리가 소풍을 왔던 그곳이기도 했다.

나를 도와주던 달튼은 그때처럼 먼저 정원에 가 있으라는 말만을 남겼을 뿐이다. 아윈을 데려온다는 말은 덤이었다.

달튼은 지난날처럼 아윈과 나의 소풍을 계획한 걸까.

아윈을 만나는 일은 아주 즐겁고 행복한 일이었다. 사랑하는 사람을 만나는데 즐겁지 않을 리가 없었다. 하지만 오늘의 나는 아윈과 다시 마주하는 일이 다소 두려웠다.

그에게 감정적으로 대꾸했던 말들이 내 머릿속에 맴돌았기 때문이다.

'그녀를 사랑해요?'

'글쎄.'

'그런데 약혼을 왜 해요?'

내가 무심한 그 남자의 기분을 상하게 만든 것은 아닐까. 기분이 상해서, 나를 더는 만나지 않는 건 아닐까.

그렇게 된다면 정말 슬플 것 같았다. 시녀 주제에 주인의 약혼에 대해 왈가왈부했던 몇 시간 전의 내가 한심하게 느껴졌다.

하나 시간을 돌려 과거로 돌아간다 하더라도, 나는 아윈에게 같은 질문을 했을 것이다.

'그녀를 사랑해요?'

그것은 그를 사랑하는 내게 있어, 어쩔 수 없는 물음이었다.

"하."

나는 한숨을 쉬며 하늘을 올려다보았다. 하늘은 푸르렀다. 구름 한 점 없는 파란 하늘이다. 머리 아픈 상념을 일순간 까맣게 잊게 해 주는 푸르름.

어제의 비를 떠올릴 수 없는 따스한 볕이 지상 위에 조용히 내려 앉고 있었다. 출처를 알 수 없이 불어오는 바람에 잘 다듬어진 잔디들이 같은 방향으로 흔들렸다.

혼란스러운 내 마음과 상반되는 평화로운 전경이었다.

쓸모없는 생각이 잠깐 들었다. 그 생각은 바로, 볕이 좋은 날에 죽고 싶다는 생각이었다. 내가 죽는 날의 날씨는 어떠할까.

전경을 훑던 내 시선은 곧 '어딘가'에 닿았다.

아윈만이 다니는 이 정원엔 다른 정원에서는 볼 수 없는 것이 하나 보였다. 그것은 후작저를 받치듯 서 있는 두 개의 산등성이었다.

한쪽 부분이 가파른 절벽인 두 산 사이엔 깊은 협곡이 있다고 들었다. 그곳은 너무 깊고, 위험해서 웬만한 사람들은 가지 못하는 곳이기도 했다.

나는 잘 보이지도 않는 협곡을 열심히 찾았다. 애석하게도 제대로 보이는 건 전혀 없었다. 누군가가 내 어깨를 톡톡 두드린 것은 그때였다.

나는 고개를 뒤로 돌려, 내 어깨를 두드린 장본인을 바라보았다.

"아윈?"

언제 왔는지 모를 아윈이 내 뒤에 서 있었다. 나는 앉았던 몸을 일으키려 했지만, 아원은 그러지 않아도 된다는 듯이 고개를 내저었다.

그는 내 옆에 조용히 앉았다. 우린 그렇게 나란히 앉은 모양새가 되었다.

아원은 내가 방금 전까지 보았던 협곡의 어느 지점을 빤히 바라보았다. 언제고 자주 본 듯한 익숙한 눈빛이었다. 그러다 두서없는 물음을 건네었다.

"저 산에 있는 협곡을 알아?"

"네."

"거기엔 아주 늙은 용이 살고 있었어."

늙은 용이라. 익숙하지 않은 말이었다. 마법사라는 말만큼이나, 나와 거리가 먼 단어이기도 했다. 깊은 협곡에 늙은 용이 산다는 사실 또한 처음 듣는 얘기였다.

"나는 노룡을 찾아다녔었어."

"찾았어요?"

"응."

"그래서요?"

"이포 벨. 너는 내게 누군가의 죽음을 본 적이 있냐고 물었었지? 내가 본 죽음은 아주 늙은 용의 죽음이었어."

"슬펐어요?"

나는 그때와 같은 물음을 그에게 건넸다. 그때의 그의 대답은 뭐였더라. 아마도 '글쎄'였던 것 같다.

그러나 이번에 떨어진 그의 대답은 다른 대답이었다. 고작 며칠 사이에 그의 마음이 변하기라도 한 건지.

"모르겠어. 하지만 지금은 조금 슬픈걸."

거기까지 말한 아윈이 협곡을 보던 시선을 비틀어 나를 응시했다. 나는 이전부터 그의 얼굴을 쳐다보고 있었던 터라, 우리는 자연스럽게 눈이 마주쳤다.

아윈의 까만 시선. 그 시선은 우리가 처음 만났던 날에 보았던 시선과 닮아 있었다. 내 마음을 잔뜩 어지럽혔던 그 시선. 그 시선은 여전히 내 마음을 들쑤셨다.

아윈과 마주할 일이 두렵다고 생각했던 게 무색할 만큼, 나는 그에게 마음이 설렜다.

"울었어?"

아윈은 심드렁하게 물었다.

"……네."

나는 사실을 고했다. 그에게 거짓말을 하고 싶진 않다.

눈물의 흔적이 모두 사라졌다고 생각했는데, 눈동자가 아직까지 붉었나 보다. 나는 괜스레 눈가를 몇 번 비비적거렸다. 울었다는 걸 들키고 싶지 않았는데.

"그 마법사와 키스를 했어?"

역시나 두서없는 물음이었다.

"……."

아윈은 내가 달튼과 키스를 했다는 사실을 어떻게 눈치챈 걸까. 나는 괜스레 입가도 비비적거렸다. 그곳에 남겨진 달튼의 흔적을 지우려는 듯이.

내가 입술만을 뭉그적거리자, 아윈이 제 말을 덧대었다.

"이젠 모르는 사이가 아닌가 보군."

"조금 아는 사이예요."

조금 아는 사이. 아윈은 내 말을 되뇌었다.

"마음이…… 이상해."

아윈은 느릿하게 말했다.

"왜요?"

"나사가 삐거덕거리는 것 같아."

그는 하얀 손을 올려, 제 가슴께를 몇 차례 두드렸다. 아귀가 맞지 않는다던 그의 나사에 무슨 일이 일어난 걸까.

문득, 가면무도회장에서 들었던 그의 말이 떠올랐다.

'이포 벨. 너는 내 나사에 무슨 짓을 한 걸까.'

나는 오늘도 당신의 나사에 무슨 짓을 해 버린 걸까?

나는 그것이 긍정적인 방향의 것이기를 바랐다.

"그 공녀님도 후작님의 나사에 영향을 줬나요?"

아윈은 고개를 내저었다.

"아니."

"그럼 다른 사람은요?"

그는 또다시 고개를 내저었다.

"너 말곤, 딱히."

당신의 나사에 영향을 준 건 나 하나뿐인데, 당신은 왜 다른 여자와 약혼을 하려고 하는 거야?

"약혼…… 축하드려요."

진심이라고는 일말도 담겨 있지 않은 어투였다.

"진심인가."

"무척. 당신이 행복했으면 좋겠어요."

"그런데 왜 울 것 같은 표정이지?"

"그건 후작님이 잘못 보신 거예요. 웃고 있잖아요."

나는 입가를 간신히 일그러뜨리며 미소를 지으려 노력했다. 하나 그게 제대로 된 미소였는지는 확신할 수 없었다.

아윈은 가슴팍에 두었던 손을 내게 조금 뻗었다가, 이내 다시 물렸다. 그답지 않게 무언가를 망설이는 모습이었다.

"나는 그녀를 사랑하지 않아."

"네?"

"네가 물었잖아. 네가 그렇게 나가고 나니까, 대답을 꼭 해 주고 싶었어."

그는 또다시 내가 착각할 만한 행동을 하고 있었다. 그는 나를 걱정한 양 말하고 있었다. 내 마음은 허튼 기대에 잠식됐다.

제게 아무것도 바라지 말라던 그는, 왜 계속해서 내가 무언가를 바라게 만드는 걸까.

당신의 그런 소소한 행동들이 내게 얼마나 크게 다가오는지, 당신은 전혀 모를 테지.

내가 죽고 나서도 모르는 게 아닐까?

"약혼…… 안 하면 안 되죠?"

나는 이번엔 꽤나 진심을 담아서 물었다.

"방금 축하한다고 하지 않았나?"

"제가 모순적인 사람이거든요."

아윈은 뭐라고 대답할까. 이번에도 제게 아무것도 기대하지 말라며, 차갑게 말하는 건 아닐까.

다행인 점을 하나 꼽으라면, 그 말은 이미 면역력이 생긴 말이라는 점이었다. 다시 듣는다고 해도, 눈물을 흘리지 않을 자신이 있었다.

아윈은 느릿하게 입술을 떼어 냈다.

"한번……."

"……."

"생각은 해 볼게."

한번 생각은 해 볼게. 그의 말 속엔 차가움은 느껴지지 않았다. 되레 부드러웠다.

생각을 해 본다는 그의 말을 어떻게 받아들이면 좋을까. 긍정적인 의미로 받아들여도 되는 걸까?

"기대해도 돼요?"

아윈은 심드렁하게 대꾸했다.

"기대하는 건 네 자유겠지. 하지만 네 기대를 내가 책임져 줄 수는 없어."

"네."

거기까지는 바라지 않아요. 나는 희미한 미소를 지었다.

아윈은 불쑥 까닭을 알 수 없는 애달픈 얼굴을 했다. 왜 그가 애달픈 얼굴을 하게 된 건지, 나는 궁금했다.

"슬퍼요?"

"잘 모르겠어."

아윈은 그리 말하며, 내게 두었던 시선을 옮겼다. 그의 시선의 종착지는 노룡이 산다던 협곡이었다.

노룡이 죽는 것을 목도했다던 아윈. 그렇다면 그가 노룡을 찾은 이유는 무엇일까?

"아윈."

나는 나도 모르게 그의 이름을 불렀다. 아차 싶었지만 아윈에게
선 아무런 반응이 없었다.

무심해도 그렇게 무심할 수가 없다. 그렇기에 나는 궁금한 것을
대범하게 물어보았다.

"협곡에 사는 노룡을 찾은 이유가 뭐예요?"

아윈의 예쁜 입술이 작게 벙긋거리기 시작했다. 그의 입술은 세
상에 존재하지 않을 법한 언어를 뱉을 듯 기묘한 곡선을 그렸다.

나는 그가 그려 낸 언어가 필시 아름다울 거라고 생각했다. 그
말이 가지는 의미와는 상관없이.

"노룡은……."

아윈의 말은 거기서 끊겼다. 그의 이마 위로 빗방울 하나가 떨어졌
기 때문이다. 빗방울은 아윈의 동그란 이마를 타고 곧게 내려왔다.

"비?"

그 순간 내 이마 위에도 빗방울 하나가 흘러내렸다. 요즘 들어
너무 자주 오는 듯한 비였다. 어쩐지 그냥 내리는 비는 아닐 거라
는 생각이 들었다. 나는 방탕자를 떠올렸다.

"들어가자."

아윈은 협곡 쪽을 마지막으로 흘긋 보고 난 뒤에 앉아 있던 몸을
일으켰다. 일어선 그는 재킷의 왼쪽 주머니에서 손수건 하나를 자
연스럽게 꺼냈다. 그리고 뜻밖의 일이 벌어진다.

아윈이 내 머리 위에 자신의 손수건을 얹어 준 것이다. 마치 비
를 막아 주려는 듯이.

손바닥만 한 손수건이 어떻게 비를 막아 줄 수 있겠냐만은……

나는 웃음이 났다.

"큭큭."

손수건을 주는 일은 별것이 아니라던 아윈의 말이 떠올라서일까.

아윈은 무심하게 내 손을 잡아채, 저택 쪽으로 걸어가기 시작했다. 나는 앞서 걷는 아윈의 넓은 등을 바라보다, 문득 그런 생각을 한다.

아윈은 별것 아닌 손수건을 얼마나 많은 이에게 주었던 걸까.

입가에 옅게 머물던 미소가 걷혔다. 어쩌면 지난날, 누군가에게도 몇 번이고 손수건을 주었던 건 아닐까, 하는 의구심이 들었다.

그의 재킷 속엔 얼마나 많은 손수건이 들어 있는 걸까.

이제부터라도 그의 손수건이 모두 내 것이 되기를 바라는 것은 나의 지나친 욕심인가. 가망 없는 바람인가.

빗발은 점점 더 거세졌다. 방금 전까지만 해도 맑았었다는 게 믿기지 않을 정도였다. 나는 저택으로 걸어가며, 달튼의 방이 있는 쪽을 쳐다보았다.

불이 꺼져 있는 것인지 안쪽이 어두웠다. 더군다나 유리창 위로 흘러내리는 빗방울 덕에 그 안쪽이 거의 보이지 않았다.

눈가를 한껏 찌푸리고 안광에 집중을 하자, 안쪽에서 무언가가 반짝이는 게 보였다. 그것은 달튼의 윤이 나는 금발인 것 같았다.

달튼. 그는 창가에 서서 우리의 모습을 몰래 지켜보고 있었던 걸까. 이 비는 정말로 달튼과 상관이 없는 걸까?

하늘을 올려다보자, 먹구름은 기묘하게도 저택 주변에만 가득했다. 그 먹구름은 꼭 우리의 이야기가 더 진전되는 것을 막으려는 듯이 아윈의 저택만을 빙빙 돌고 있었다.

저택 안으로 들어와 아윈과 헤어졌을 때, 놀랍게도 비가 그쳤다.

복도의 큰 창으로 본 하늘은 금세 푸른빛으로 돌아와 있었다. 산발적인 소나기라고 여기고 싶었지만, 역시나 달튼에게 의심이 갔다.

나는 물기 가득한 손수건을 손으로 꽉 쥐었다. 내 손가락 사이로 뜨거워진 빗방울이 뚝뚝 떨어졌다. 들뜬 남자의 목소리가 들린 것은 그때였다.

"우와, 그건 아윈의 손수건이야?"

나는 의심의 빛이 가득한 눈초리로 소리가 나는 쪽을 응시했다. 그리 멀지 않은 복도에서 그가 걸어오는 게 보였다.

"관계의 진전을 뜻하는 손수건인 건가? 뿌듯한걸."

어느새 가까이 다가온 그는, 내 손에 들린 손수건을 흥미롭게 바라보았다.

그의 눈빛은 먹이를 발견한 포식자의 눈빛 같았다. 상대의 연약한 부위를 발견하고선, 그 부위를 가차 없이 깨물어 버리는 그런 포식자.

"헛바람 넣지 마세요."

나는 젖은 손수건을 품 안에 욱여넣으며 말했다. 가슴께가 축축해졌지만, 달튼이 손수건을 흥미롭게 쳐다보는 것이 마음에 들지 않았다.

"아윈이 누군가에게 손수건을 세 개나 주는 건 처음 봐."

"그건 당신이 아윈과 그다지 친하지 않기 때문이 아닐까요?"

"오호, 이건 이간질?"

달튼은 작게 키득거렸다. 나는 그의 말을 무시하며, 내가 묻고 싶은 것을 물었다.

"소나기. 당신이 내렸죠?"

달튼은 꽤 순순히 대답해 주었다.

"아니라고는 못 하겠다."

역시나 산발적인 빗발의 원인은 그였던 것이다. 그러자 달튼의 진짜 의중이 무엇일지 궁금해졌다.

내 사랑을 응원해 준다며, 보란 듯이 아원과의 시간을 만들어 준 달튼이었다. 그런 그가 갑자기 우리의 만남을 파했다는 건, 아무래도 흐름이 맞지 않았다. 분명히.

나는 가만히 추측해 보았다.

아원과 내가 나누었던 대화의 흐름에 문제가 있었기에, 달튼이 자신의 흐름을 비튼 거라면. 그렇기에 뜬금없이 나와 아원을 방해한 거라면.

문제는 아원과 내가 나눈 대화의 흐름임이 틀림없었다. 나는 확신했다. 근거 없는 이상한 확신이었다.

물론 제 방에 있던 그가 어떻게 우리의 대화를 엿들었는지는 알 수 없었다. 하지만 그는 잊힌 계절을 불러오는 대마법사였다. 누군가의 대화를 엿듣는 것쯤이야 눈을 감고도 할 수 있을 것이다.

그렇다면 그가 마음에 들지 않았던 이야기의 흐름은 무엇이었을까. 내 사랑을 응원하지만, 내가 아원과 나누지 말았으면 하는 논제.

그것은 아마 협곡에 사는 노룡에 대한 이야기일 테다.

왜냐면, 아원에게서 노룡과 관련된 이야기를 자세히 들으려던 순

간에 비가 내렸기 때문이다. 그리고 내가 마지막으로 짐작할 수 있
는 사실이 한 가지 더 있었다.

그것은 바로 달튼은 협곡에 사는 노룡을 일찌감치 알고 있었다는
사실이었다.

"달튼. 비를 왜 내렸어요? 아원과 얘기를 더 나누고 싶었는데."

꼭 노룡에 대한 이야기가 아니더라도, 나는 아원과 많은 이야기
를 나누고 싶었다. 두서없고, 심지어 그의 예비 약혼녀에 대한 이
야기일지라도 말이다.

아원과 얘기를 나누고 나자 슬펐던 감정이 확연히 나아지더라.
기분이 나아진다는 건, 이야기의 논제와는 상관없었던 것이다.

아원과 같은 공간에서 같은 공기를 마시고 같은 지점을 바라본다
는 것만으로도 내 기분이 나아지는 것이기에.

"글쎄. 왤까."

달튼은 보는 이마저도 기분이 좋아지는 미소를 지었다. 제대로
된 대답을 해 주지 않을 것 같은 미소였다.

"저도 궁금하네요."

"나도 내 마음이 궁금하다."

달튼은 싱거운 말장난을 하며, 여전히 젖어 있던 내 머리칼 위를
손끝으로 가볍게 두드렸다. 그러자 젖었던 머리칼이 금세 바짝 말
랐다. 그의 마법이었다.

나는 달튼에게 아원이 했던 말을 털어놓았다.

"아원이 약혼을 하는 걸 다시 한번 더 생각해 본다고 했어요."

"역시나 관계의 진전?"

"글쎄요."

쉽사리 확답할 수 없었다. 관계의 진전이라고 여기기엔 아윈의 태도가 너무 무심했다.

나는 두 번이나 보았던 그 공녀를 떠올렸다. 아윈의 예비 약혼녀인 그녀.

"그 공녀……. 예전부터 아윈을 좋아했다고 했잖아요."

"그랬지."

"아윈은 그녀를 한 번도 좋아한 적이 없을까요? 그러니까 신분도 좋고, 얼굴도 예쁘고, 그리고……."

"그리고?"

내가 뒷말을 흐리자, 달튼이 궁금하다는 듯이 되물었다. 나는 미간을 옅게 찌푸린 채로 대답했다.

"몸매도 좋던데."

얼굴도 그렇게나 예쁘더니, 설핏 본 몸매의 굴곡까지도 아름다웠다. 도대체 못난 구석이라곤 찾을 수 없는 여자였다. 물론 성격이 어떨지는 나도 몰랐다.

하지만 실제 성격이 어떻든 간에, 그 공녀는 아윈을 살갑게 대할 것이다.

그녀는 아윈을 좋아했고, 나는 좋아하는 사람을 대하는 마음을 잘 알고 있었다. 아윈에게 뭐든 다 해 주고 싶은 마음이겠지.

"뭐야. 한껏 진지한 얼굴로 한다는 소리가 몸매 얘기였어?"

달튼은 뭐가 그리 우스운 것인지 연신 킥킥거렸다. 나는 매우 심각한데 말이다.

"저는 뭐 하나 공녀보다 잘난 것이 없어요. 그게 현실인가 봐요."

"아, 너무 귀엽고 우습다. 얼굴? 몸매? 그런 게 뭐가 중요해."

"거짓말. 이성에게 그런 건 꽤나 중요한 게 아닌가요?"

"나는 그렇게 생각해. 그런 것보다는 그 사람 자체가 더 중요하다고. 그리고 이포 벨, 네 몸매도 그다지 나쁘지 않았다고."

"……."

나는 달튼을 노려보았다. 그러자 달튼이 머쓱하게 제 볼을 긁적이며 말했다.

"지금 속으로 나를 저질이라고 생각했지?"

"글쎄요. 그런 생각이 잠깐 들었던 것 같기도 하고."

"아니, 그러니까 내 말은 외적인 것이 중요한 게 아니라는 거지. 중요한 건 마음이야."

"……."

"이포 벨. 네겐 사람의 마음을 움직이게 하는 묘한 재주가 있어."

달튼은 기가 막힌 미소를 지었다. 그러자 그를 흘겨보고 싶은 마음이 더 이상 들지 않았다. 고작 미소 하나를 보았을 뿐인데. 맙소사.

"칭찬이에요?"

나는 누그러진 목소리로 물었다. 달튼은 과할 정도로 고개를 끄덕였다.

"그럼."

사람의 마음을 움직이게 하는 재주라. 썩 나쁘지 않은 재주다. 그렇게 생각하면서도 내가 도대체 누구의 마음을 움직이게 한 건지에 대한 의문이 들었다.

지금까지 살아오며, 누군가의 마음을 송두리째 흔든 적이 없었기 때문이다.

"제가 누구의 마음을 움직였을까요."

나는 물음표 없이 물었다. 달튼은 오묘하게 빛나는 두 눈으로 나를 빤히 바라보기만 했다.

나는 우스갯소리 하듯이 말했다.

"설마 달튼, 당신?"

장난이었는데…….

"너는 내가 비를 여러 번 내리게 만들었잖아."

달튼은 부정할 여지 없이 명백하게 시인했다. 할 말이 사라졌다.

"……."

달튼은 무슨 생각으로 비를 여러 번이나 내렸던 걸까. 나는 그 연유를 물으려 했지만, 그의 말이 더 빨랐다.

"아윈도 그렇지 않을까."

아윈의 마음도 그렇지 않을까. 나는 그 말을 여러 번 되뇌었다. 내가 아윈의 마음도 움직였다는 소리이려나.

"나는 아윈을 오랫동안 지켜봤어. 그가 그런 식으로 여자를 대한 건 처음 봐."

달튼은 이번에도 확고한 투로 얘기했다. 제 말에 오차라고는 없을 것처럼.

"아윈은 지금, 스스로가 그어 놓았던 선을 넘고 있는 거야."

그는 조용히 내 머리칼을 쓰다듬으며, 나지막이 말을 덧대었다.

"이포 벨, 네 영역으로 가기 위해."

"……."

"물론 아윈이 네 영역으로 완전히 발을 디디는 데에는 시간이 더 걸릴 거야. 나는 그 시간이 얼마나 걸릴지 알 수 없고, 그 끝이 어떨지도 알 수 없어."

그는 내 머리칼을 쓰다듬던 손을 내려 내 이마를 두어 번 두드렸다. 달튼의 말을 믿어야 할지 말아야 할지 잘 모르겠다.

달튼의 확신대로 아원이 내 영역으로 넘어오고 있고, 그러다 내 영역에 완전히 발을 디딘다면, 나는 어떻게 해야 할까. 두 팔을 넓게 벌려 그를 안아 주면 되는 걸까?

"하지만."

달튼은 여지를 주는 말을 꺼냈다.

"하지만?"

"내게 그 시간을 줄일 수 있는 묘안이 있기도 해."

시간을 줄일 수 있는 묘안. 그것은 달튼이 또다시 내게 던진 미끼였다.

"일단은 이것 먼저 답해 줘. 이포 벨. 넌 언제 죽는 거야?"

아원과 내가 죽는 날 사이에 어떤 연관이 있는지 모르겠다. 하지만.

"육십 일쯤 뒤에요?"

나는 순순히 대답했다.

달튼은 유혹의 기운이 가득한 미끼를 던졌고, 나는 그 미끼를 문 것뿐이었다. 알려줘도 상관없는 일이기도 했다.

그런데 달튼의 반응이 어째 조금 이상하다. 그는 약간 놀란 듯이 되물었다.

"……뭐?"

너무 대수롭지 않게 대답해서 놀란 걸까. 나는 다시금 내게 남은 유예 기간을 읊어 주었다.

"두 달 정도 남았을까요."

그러자 달튼은 제 입술을 일자로 다물었다. 그는 표정을 지우고선, 딱딱해진 얼굴로 나를 내려다봤다.

그의 주변을 맴돌던 온화한 공기가 급격하게 차가워지기 시작한다. 공기의 흐름이 급변했다.

"그렇게나 빨리 죽는다고?"

달튼은 인상을 고약하게 찌푸리며, 나를 면밀히 살폈다. 내게 들러붙은 죽음의 기운을 제대로 읽으려는 것처럼 보였다.

하지만 지금 그의 투명한 눈동자 속에 비친 내 모습은 혈기가 좋은 모습이었다. 죽을 사람으로는 보이지 않을 테다. 그것이 다행인지 불행인지는 모르겠다.

"이포 벨. 대답해 줘."

그는 절절해진 목소리로 나를 채근했다.

"네. 애석하게도 그럴 예정이에요."

나는 아윈을 닮은 무심한 어조로 답했다.

"하."

달튼은 내 얼굴 근처에 머물던 손을 물려, 제 얼굴을 세수하듯이 몇 번 쓸었다.

그는 무거운 무언가에 뒤통수를 얻어맞은 사람 같은 얼굴을 했다. 당황한 것처럼 보이기도 한다. 차마 나를 보진 못하며, 바닥 쪽으로 시선을 내리깐 그의 속눈썹이 희미하게 떨리고 있었다.

"나는…… 적어도 일 년은 될 줄 알았어……."

그리 말하는 달튼의 목소리마저도 옅게 떨리고 있었다.

그는 몹시도 시름이 깊은 한숨을 내쉰 뒤에 고개를 숙였다. 기운 없이 떨구어진 그의 고개를 따라, 그의 금발이 흩날렸다.

흐트러진 기다란 그의 금발을 쓸어 주고 싶다는 생각이 들었다.

달튼이 늘 내 머리를 쓰다듬었듯이, 나도 그렇게.

나는 고민 없이 그의 머리칼을 쓸어 주었다. 그것은 예상했던 것
보다 훨씬 더 부드러웠다.

"바보. 그럼 관을 왜 샀겠어요. 저는 미래를 철두철미하게 계획
하는 사람이 아니라고요."

"⋯⋯마음이 이상해."

달튼은 아윈과 똑같은 말을 했다.

'마음이 이상해'

두 남자는 때때로 같은 말을 내뱉곤 했지만, 그 울림은 항상 달
랐다.

정원에서 아윈에게 들었던 '마음이 이상해.'라는 말 속엔 아무런
감정이 깃들어 있지 않았다. 하나 달튼이 내뱉은 말 속엔 뜨거운
숨결이 배어 있었다.

달튼에게선 채 갈무리하지 못한 감정의 동요가 느껴졌다. 누군가
의 죽음에 느끼는 애상, 어쩌면 두려움까지도.

후자 쪽은 내게서 제 연인의 죽음을 떠올렸기에 그런 것이 아니
었을까 싶었다.

나는 달튼의 금발을 정리하여 그의 귀 뒤로 넘겨 주었다. 그 모
습이 어쩜 여자보다도 더 자연스러웠다.

"달튼. 마음이 어떻게 이상해요?"

"무서워."

"제가 죽는 게 무서워요?"

"응."

그는 고개를 끄덕이며 숙였던 고개를 들었다. 그의 오드아이가

몹시 혼란스러워 보였다.

"네가…… 너무 일찍 죽어 버려서."

그는 불안한 시선으로 그렇게 말했다. 이상하다는 기분이 든 건 그 순간이었다.

'네가'와 '너무' 사이의 침묵이 너무도 길다.

마치 그 속에 어떤 말이 더 가미되어야 한다는 듯이. 무언가 중요한 사실을 빼놓고 말하고 있는 것처럼.

가령 '네가 무언가를 이뤄내기 전에 일찍 죽어 버려서.'라는 말처럼 느껴졌다.

무언가.

그것이 의미하는 바는 피비린내가 나는 것이 아닐까, 하는 생각마저도 들었다. 꿈속에서 맡았던, 아직까지도 내 코끝에서 지워지지 않은 그 피비린내.

왜 그런 생각이 들었는지는 알 수 없었다.

나는 그의 얼굴에 머물렀던 손을 갈무리했다. 손끝이 왠지 차가워진 것만 같았다.

"슬픈 거죠?"

나는 내가 한 여러 가정들이 착각이었음을 확인받고 싶었다.

"응. 여러 의미로 슬퍼."

다행히도 '응'이라고 대답한 그에게선 옅은 슬픔이 감지되었다. 피비린내 따위는 느껴지지 않았다. 나의 과한 추측이었던 걸까?

"아윈도 그 사실을 알아?"

아윈도 내가 죽는다는 사실을 아느냐는 물음이었다. 나는 고개를 내저었다.

"왜 말 안 했어?"

"글쎄요."

그러고 보니, 내 죽음에 대해 털어놓을 시간과 여건이 충분히 있었음에도 불구하고, 나는 그 사실을 아윈에게 함구했다.

솔직히 입이 잘 떨어지지 않았던 것 같다. 죽어 가는 몸으로 당신에게 안기고 있었던 거라는 사실을 알리고 싶지 않았다.

내가 죽은 뒤에 혹시나 아윈이 나를 기억해 준다면, 그가 나를 혈기왕성한 모습으로 기억해 주었으면 했다.

그의 기억 속에 살아갈 내 모습이 사자의 모습이기를 바라지 않았다. 설령 현실은 사자일 뿐이라도.

"아윈이 그 사실을 알게 된다면 무슨 표정을 지을까?"

"글쎄요."

나는 이번에도 확신할 수 없었다.

아윈이라면 아마…… 그의 상징적인 표정인 무표정을 짓고선, 대수롭지 않게 '그랬어?'라고 하지는 않을까.

아윈이 걱정스러운 얼굴로 나를 볼 모습은 전혀 상상되지 않았다. 더불어 그가 내 죽음을 슬퍼하리라고는 더더욱 생각되지 않았다.

달튼은 어설프게 허공에 놓여 있던 내 손을 꽉 잡았다. 그의 손바닥은 평소와는 다르게 땀으로 축축했다.

"아윈에게 얘기해 보자. 네가 조금 있으면 죽는다고."

"제 죽음을 털어놓는다고 해서, 저를 대하는 아윈의 태도가 달라질까요?"

"해 보지 않고는 아무것도 모를 일이지."

"……."

"육십 일이라며. 아윈이 너를 사랑해 줬으면 좋겠다며. 그럼 너는 조급하게 굴어야 하는 거 아니야?"

거기까지 말한 달튼은 맞잡은 내 두 손에 힘을 주었다. 어서 그러겠다고 대답하라는 무언의 압박 같았다.

달튼은 죽는 날이 얼마 남지 않았기에 내가 조급해져야 한다고 했지만, 정작 진짜로 조급해 보이는 건 달튼 그였다. 내 죽음과는 전혀 상관없는 그일 텐데.

당신은 왜 그토록 조급한 걸까. 당신을 그토록 조급하게 만든 것은 무엇이었을까.

"……."

나는 끝내 대답하지 않았다.

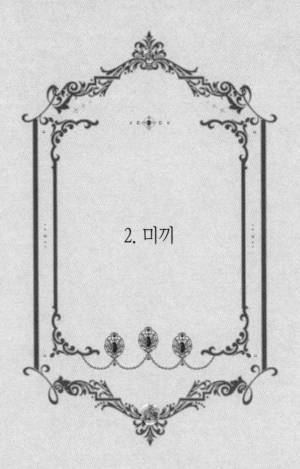

2. 미끼

2. 미끼

저택이 분주했다. 아원의 약혼식 준비 때문이었다.

생각해 본다던 그였지만, 약혼 준비는 정해진 수순을 따라 진행
되고 있었다. 어쩌면 그는, 나를 잠깐 위로할 셈으로 약혼을 다시
생각해 보겠다고 말했을지도 몰랐다.

아원의 진짜 의중이 무엇이든 간에, 나는 그의 시녀였고 그의 약
혼식을 준비하는 데에 이견을 낼 수 없었다.

사랑하는 남자가 다른 여자의 것이 된다는 사실은 슬프고 절망적
이기까지 했지만, 나는 울지 않았다. 나는 이미 토할 만큼 울었다.
고장 난 눈물샘은 한동안 말라 있을 예정이었다.

아원은 약혼 준비와는 상관없이 바빴다.

그는 늘 내가 알 수 없는 서류들 속에 파묻혀 있었다. 어제는 얼
마나 늦게까지 서류를 본 것인지, 그는 오후가 되어서도 제 방에서
나오지 못했다.

시녀장은 따뜻한 차와 함께 주인을 깨울 것을 내게 명했다. 나는 여전히 그의 시녀였고, 시녀장의 말에도 이견을 낼 수 없었다. 아니, 이견을 낼 생각은 조금도 없었다.

나는 김이 피어오르는 따뜻한 차와 함께 그의 방 앞에 도착했다. 문고리를 잡아 부드럽게 돌리자, 문은 소리 없이 열렸다.

방 안으로 들어서며, 나는 아윈이 누워 있을 침대 쪽을 바라보았다. 지난밤 무리했을 아윈은 침대 위에 존재했다. 그리고 아윈의 방엔 놀랍게도 나 말고 다른 손님이 먼저 와 있었다.

뜻밖의 인물이 침대 앞에 우두커니 서서, 아윈을 내려다보고 있었던 것이다.

"……달튼?"

작은 목소리로 불러서인지, 아윈에게 향한 달튼의 고개가 내 쪽으로 돌아가지는 않았다.

달튼은 핏기 없는 하얀 손끝으로 아윈의 심장 부근을 조심스럽게 쓸고 있었다. 무슨 짓을 하고 있는 걸까.

내게 보인 것은 달튼의 뒷모습뿐이었으므로 그가 어떤 얼굴로 아윈의 가슴 부근을 쓰는지 알 수 없었다. 까닭 없이 불길한 마음이 들었다.

나는 들고 왔던 찻잔을 테이블 위에 올려놓고선 침대 쪽으로 걸어갔다. 달튼의 얼굴이 보일 만큼 다가가자, 그제야 그의 고개가 내 쪽으로 천천히 돌아가기 시작했다.

어찌나 천천히 돌아가는지 시간이 느릿하게 흘러가는 기분이 들 정도였다. 이윽고 우리의 눈이 마주쳤다. 늘 아름답게 빛나던 그의 오드아이가 묘하게 풀려 있었다.

"달튼?"

나는 그의 이름을 다시금 불렀다.

달튼은 입술을 일그러뜨리며 희미한 미소를 지었다. 항상 봐 오던 미소였지만, 오늘따라 그 미소가 부자연스럽게만 느껴졌다.

까닭 없이 내게 닥친 불안감이 점점 커졌다. 심장은 메마른 소리를 내며 가쁘게 뛰기 시작한다.

달튼은 아윈의 가슴 부근을 쓸던 검지를 들어 올려, 제 입술 위에 가볍게 올려놓았다.

"쉿."

그는 주술적인 의미가 담긴 언어를 뱉듯이 말했다. 그러자 나는 마법에 걸린 것처럼 잠깐 동안 아무 말도 할 수 없었다.

달튼은 입술에 올린 검지를 내리지 않은 채로 한마디를 더했다.

"조용히. 그가 깰 거야."

나는 조그마한 목소리로 그에게 대답했다.

"저는 아윈을 깨우러 왔는데요?"

아무 말도 할 수 없을 것 같은 느낌이 들었던 게 무색한, 직설적인 말이었다.

달튼은 헛웃음을 흘렸다. 내 대답이 어이가 없었나 보다.

나는 침대에 누워 있던 아윈의 얼굴을 바라보았다. 그는 눈을 감은 채로, 고른 숨소리를 내고 있었다. 작게 벌어진 그의 입술은 색감이 옅었다.

그런 그를 계속해서 보고 있자니, 그를 마냥 깨우고 싶지 않았다. 어제보다도 야윈 그의 얼굴이 안쓰러웠다.

신분이 높은 귀족들은 제 몸을 혹사시킬 정도로 일이 많은 걸까?

나는 해쓱해진 그의 뺨을 쓸어 주고 싶었다. 뜨거웠던 지난 밤, 그의 얼굴을 쓰다듬었듯이.

"아원의 심장 소리가 들려?"

조용히 하라던 달튼은 나보다도 큰 소리로 말을 걸었다. 나는 자연스럽게 귀를 기울였다. 아원의 심장 소리를 듣기 위해서였다.

그렇게 한참이나 귀를 기울였지만, 아원의 심장 소리는 들리지 않았다. 고요한 정적만이 들렸을 뿐이었다.

나는 아원의 심장 소리를 들었던 과거의 기억을 상기했다. 뜨거운 피를 흩뿌리기 위해 뛰던 두 개의 심장 소리. 누구보다도 강인했던 그 심장 소리.

그것은 내 마음속에도 강인하게 각인이 되었지만, 애석하게도 지금은 전혀 들리지 않았다. 나는 아쉬움이 역력한 얼굴로 고개를 좌우로 내저었다.

달튼은 자신의 손끝으로 쓸었던 아원의 가슴 부분을 쳐다보며 말했다.

"아원의 심장에서 지친 소리가 나."

"……."

"어제 늦게까지 무리를 했나 봐."

내게는 들리지 않는 아원의 심장 소리가 어째서 달튼에게는 들리는 걸까.

나는 재차 귓가에 온 신경을 집중시켰지만, 역시나 들리는 것이라곤 아원의 숨소리뿐이었다. 이상한 일이었다.

나는 아원의 심장 소리를 듣는 것을 포기했다. 들리지 않는 것에 목을 맬 필요는 없었다.

"달튼. 당신은 도대체 여기서 뭘 하고 있었던 거예요?"

아윈의 가슴 부분을 쓸며, 그를 유심히 보던 달튼의 모습이 눈앞에 생생했다.

묘하게 풀려 있던 달튼의 눈동자. 까닭 없이 들었던 불안함. 그런 것들이 썩 내키지 않았다.

"안부차 아윈을 찾아왔다가, 그가 너무 곤히 자고 있어서 차마 깨우진 못하고 바라보고만 있었지."

"만지기도 했잖아요."

"심장에서 무슨 소리가 나는지 궁금했거든."

나는 게슴츠레한 눈으로 그를 쳐다보았다.

"난 진짜로 변태가 아니라고!"

"누가 변태라고 했나요?"

"네 눈빛이 나를 그렇게 보고 있었잖아!"

"어떻게요?"

"잠든 잘생긴 남자의 몸을 몰래 만지는 그런 변태 같은 놈으로⋯⋯."

제길, 달튼은 거기까지 말하며 낭패의 기운이 가득 서린 얼굴빛을 내비쳤다.

"어째 대화의 흐름이 익숙한 것 같은데요?"

"네가 나를 두 번이나 변태 취급을 했어."

그는 억울하다는 말을 반복해서 했다. 하나 나는 정말로 그를 변태 취급한 적이 없었으므로, 그를 달래 주지 않았다.

내가 그를 게슴츠레하게 본 이유는 그러했다.

달튼이 단지 '소리' 때문에 아윈의 가슴께를 만졌던 게 맞을까 하는 의문이 들어서. 아윈이 가진 두 개의 심장에 대해서 달튼도 알고 있는 게 아닌가 싶어서.

아윈에게는 두 개의 심장이 있었고, 달튼은 죽은 제 연인을 사랑한다. 달튼은 죽은 연인을 살리고 싶지만, 그는 인간의 생사에 관여할 수 없다.

'그녀가 썩길 바라지 않아. 하지만 그런 나조차도 부패를 막지 못하는 곳이 하나 있어.'

'그건 어디인데요?'

'심장.'

그것은 지난날 달튼과 내가 나누었던 대화였다.

설마하니 달튼은 아윈이 가지고 있는 두 개의 심장 중에 하나를 원하는 게 아닐까?

물론 비약적인 추측일지도 몰랐다. 하나 아주 오래전부터 나는 그런 느낌, 혹은 예감을 수차례 받았었다.

이상한 것은 내가 그에게 아윈의 심장을 원하고 있느냐고 물었을 때, 그가 '아니.'라고 대답한 점이었다.

달튼은 거짓말을 정말로 못 하는 자였고, 그때의 그에게선 거짓의 기운은 전혀 느끼지 못했다.

두 개의 심장을 가진 아윈과 살아 있는 심장이 필요한 달튼. 중요한 연결점 하나가 누락된 기분이었다. 그것이 무엇인지는 지금의 나로선 알 수 없었다.

"그런데 말이야."

내가 심각한 얼굴로 여러 생각들을 하던 사이, 달튼은 또다시 내게 말을 건네었다.

"아윈이라면 한번 만져 보고 싶기도 해. 아니, 만져 보고 싶다 뿐일까. 연약한 살을 헤집고, 그 속에 무엇이 들어 있는지 보고 싶기도 하네."

그 속에 무엇이 들어 있는지 보고 싶기도 하네. 나는 그 말을 되뇌었다.

"아윈의 심장이 보고 싶은 거예요?"

달튼은 빙그레 미소를 지었다.

"그것도 볼 수 있다면 좋을 테지. 비단 심장 하나만을 말한 건 아니었어."

"흠. 그런 마음이 왜 든 거예요?"

"뭐랄까. 그는 매우 섹시하잖아. 그래서 그런 욕구가 드는 것인지도 모르겠어. 물론 내가 아윈을 성적으로 좋아한다는 건 아닌데."

달튼은 장난스러운 표정과 함께 붉은 혀를 삐죽 내밀었다. 장난스럽게 말한 것 같은데, 내겐 그다지 장난처럼 느껴지지 않았다.

"……달튼 레이서스. 당신이 나를 그런 식으로 생각하는 줄은 몰랐군."

그 순간 우리 사이로 다른 목소리가 끼어들었다. 절로 귀를 쫑긋 세우게 만드는 황홀한 목소리였다.

방금 잠에서 깨어났음에도 불구하고, 어쩜 목소리가 이토록 좋은 걸까.

"……! 아, 아윈?"

달튼은 화들짝 놀란 목소리로 아윈의 이름을 불렀다. 그러자 영원히 깨어나지 않을 것처럼 잠들어 있던 아윈의 눈꺼풀이 천천히 올라갔다.

어제보다도 새카매진 아윈의 눈동자가 나와 달튼을 번갈아 바라보았다.

언제부터 깨어 있었던 걸까.

"나는 잘 모르는 자가 내 살을 헤집길 바라지 않아."

"아윈. 그건 오해야."

달튼은 당황한 것인지 두 손을 들어 연신 손사래를 쳤다. 아윈은 게슴츠레한 눈으로 달튼을 응시하며, 누워 있던 몸을 완전히 일으켰다.

"더불어 당신이 내 살갗을 만지는 건 좀 싫을 것 같아."

"아, 아윈! 그런 게 아니라니까."

달튼은 아연실색했지만, 아윈은 그의 변명을 조금도 들어주지 않았다.

달튼에게 향한 아윈의 눈빛은 조금 전에 내가 달튼을 보았던 눈빛과 꼭 닮아 있었다. 달튼을 변태 취급했던 그 눈빛.

그 눈빛을 온전히 느낀 달튼은 이마 위에 손을 올리며, 길게 한숨을 내쉬었다.

"맙소사."

나는 혼잣말처럼 작게 읊조렸다.

"변태 맞네."

"아니야!"

달튼은 크게 발끈했다. 그의 얼굴이 곧 폭발할 화산처럼 붉게 물들어 있었다. 더 놀린다면, 종래에는 정말로 폭발해 버릴지도 모르겠다.

아윈은 그런 달튼을 가볍게 지나쳐, 내가 테이블 위에 올려 두었던 찻잔을 집어 들었다. 그는 고상한 손짓으로 차를 한 모금 마셨다.

핏기가 가신 하얀 얼굴과 조금 헝클어진 머리, 그리고 티가 나게 울렁거리는 목울대가 지나치게 섹시해 보였다.

달튼이 그를 섹시하다고 생각했던 것에 이의를 제기할 수 없을 정도였다.

"맛이 좋군."

"후작님. 혹시 제가 시끄럽게 해서 깨신 거라면 죄송해요."

나는 으레 여느 시녀가 할 법한 말을 늘어놓았다.

아윈은 대답 대신 달튼 쪽을 쳐다봤다. 그 눈빛은 마치 달튼이 시끄럽게 떠들어서 깬 거라고 말하는 것 같았다.

나만 그렇게 느낀 것은 아니었던지 달튼이 새삼 억울한 얼굴로 소리쳤다.

"나 원 참! 됐어, 나 나갈 거야."

달튼은 성난 듯이 쿵쿵거리며 문까지 걸어갔다. 그는 방문을 열기 전, 마지막으로 한마디를 더 보태었다.

"혹여나 뒤늦게 미안해서 나를 붙잡으려고 하지는 마. 나 지금 완전 짜증 났으니까."

쾅.

달튼은 문짝이 흔들릴 만큼 세게 닫고선 나가 버렸다. 아윈과 나는 약속한 것처럼 서로를 마주 보았다.

"붙잡으러 가실 거예요?"

아윈은 고개를 내저었다. 그러곤 친절하게 대답도 해 주었다.

"아니, 전혀."

아윈은 달튼을 붙잡을 생각이 눈곱만치도 없어 보였다. 나는 나도 모르게 키득거렸다. 상황이 우스워도 그렇게 우스울 수가 없었다.

아원은 웃고 있던 내게 물었다.

"기분이 좋아?"

"네. 그냥 우스워서."

"저자가 우스워?"

"아니요."

"그럼 내가 우스운가?"

딱히 아원에게 한정된 우스움이라기보다는 상황 자체가 우스웠던 것이었다.

나는 여전히 웃음기 가득한 얼굴로 고개를 내저었다. 아원은 찻잔을 든 채로 나를 물끄러미 바라보았다.

"보기 좋군."

"네?"

"이포 벨, 네가 웃는 게 보기 좋다고 생각했어."

나는 갑작스러운 그의 말에 웃음기가 되레 가시는 기분이 들었다. 내가 지금 무슨 말을 들은 걸까.

"내가 본 건, 네가 우는 모습뿐이었잖아."

그사이 아원은 손에 쥐고 있던 찻잔을 내려놓고, 내게 가까이 다가왔다. 그는 스스럼없이 내 얼굴로 손을 뻗었다. 그러고선 내 입술의 모양을 손끝으로 부드럽게 따라 그렸다.

입술에 닿은 그의 손끝이 지나치게 뜨거웠다. 뜨거운 찻잔 때문이었는지, 원래 그의 손이 뜨거웠는지는 가늠할 수 없었다.

"웃는 입술에 키스하는 기분은 어떤 기분일까."

그는 다리가 풀릴 법한 나른하고 섹시한 목소리로 물었다. 주저앉는 것은 가까스로 막았으나, 내 머릿속은 엉망진창이 되어 버렸다.

달튼의 의중을 심각하게 고민했던 내 머릿속은 백지장이 되어 버리고, 얼굴엔 열꽃이 피어올랐다.

아윈은 얼른 대답을 하라는 듯이 고개를 까딱였다. 그는 제 말이 가진 파급력을 전혀 모르는 것 같았다.

나는 꿈을 꾸는 듯한 기분이 들었다. 구태여 정의하자면, 영원히 깨고 싶지 않은 그런 꿈이랄까.

나는 꿈에서 깨어나기 전에 그에게 얼른 대답했다.

"저도 궁금해요."

설령 이것이 지극히 현실이고, 대답할 시간이 충분히 있다 할지라도, 괜스레 조급함이 드는 건 어쩔 수 없었다.

나는 미소도 다시 지었다. 전혀 어려운 일이 아니었다.

아윈이 내 양 뺨을 완전히 감싸 쥐었다. 그는 입꼬리가 올라간 내 입술의 모양을 따라 조심스럽게 입을 맞추었다.

그의 입맞춤은 생소한 모양을 새로이 새기려는 듯이 아주 섬세했다.

내 입술을 혀로 핥는 그의 혀끝이 그의 손보다도 뜨거웠다. 내가 입술을 조금 열자, 그 사이로 그의 혀가 들어왔다. 아윈은 뜨거운 숨결을 불어넣으며, 나를 몰아세웠다.

내 뺨을 감쌌던 그의 손은 언제부터인지 모르게 내 허리를 감쌌고, 그는 나를 침대까지 뒷걸음질 치게 만들었다.

흐름에 따라 내가 침대에 누워 버리자, 아윈은 내게 닿았던 입술을 잠깐 떼어 냈다. 서로의 얼굴이 가까웠다.

그는 말없이 내 눈동자를 빤히 들여다보았다. 그 이상을 바라도 되겠냐는 눈빛이었다. 나는 대답 대신 그의 목에 팔을 두르고, 그의 입술에 입을 맞추었다.

그 어떤 대답보다도 긍정적인 대답이리라.

아원은 자연스럽게 내 드레스를 끌러 내렸다. 일련의 동작들이 익숙했다. 그러자 새삼 깨닫는다. 우리가 서로를 탐했던 날들이 꽤 많았다고. 우리의 행위가 익숙하다고 여겨질 만큼.

그를 탐할 수 있는 날이 내게 얼마나 더 남았을까.

아무것도 걸치지 않은 내 살갗과 그의 살결이 닿았다. 얼굴은 해쓱하더니, 그의 몸은 그러하지 않다. 아원의 단단한 몸이 여과 없이 느껴졌다.

나는 그의 몸 구석구석을 손끝으로 더듬었다. 나는 내일 당장 죽을지도 모르는 여자였고, 그렇기에 오늘의 아원을 기억하고 싶었다.

아원의 손은 내 등이 그린 곡선을 따라 유려하게 움직였다. 그의 손이 지나갈 때마다 심장이 달아오르는 기분이 들었다. 달아오른 심장은 뜨거운 피를 연신 뿜어 댔다.

나는 거기서 내가 살아 있음을 느꼈다. 살날이 두 달밖에 남지 않았더라도, 나는 지금 살아 있다고. 뜨거운 숨결을 내뱉는, 내가 사랑하는 남자와 입술을 맞추고 있다고.

나는 느슨해진 몸으로 그의 품에 깊숙이 파고들었다. 아원은 나를 처음 안았던 그날과 다름없이 신사적으로 나를 안았다.

우리는 지난날보다 훨씬 더 오랜 시간 서로의 살갗을 탐했다. 지친 심장 소리를 내던 아원이라고는 믿기지 않을 정도였다.

몇 차례의 연결이 끝나고, 그는 땀에 조금 전 얼굴로 나를 품에 안았다. 관계가 끝났음에도 나를 내팽개치지 않는 그의 태도가 상당히 흡족했다.

"나는 지쳤어."

그는 눅눅해진 음성으로 말했다. 물론 그 목소리마저도 아주 훌륭했다.

"오늘은 일을 못 할 것 같아. 그냥 이대로 잠들고 싶어."

"저는 이만 나갈까요?"

"아니."

"같이 잠들고 싶다는 말씀이세요?"

"응. 네 냄새가 좋아. 뜨거운 네 살결도 좋아."

저는요? 나는 그렇게 묻고 싶었지만 묻지 못했다. 대신 진심을 털어놓았다.

"저도 당신이 좋아요."

"어째서? 나는 네게 해 준 것이 아무것도 없는데."

"그런 건 중요하지 않아요. 그냥 당신이라서 좋은 거니까."

"그건 정말 이상한 말이라고 생각해."

아원은 나를 전혀 이해하지 못하겠다는 듯이 말했다.

나조차도 그를 좋아하는 마음을 제대로 설명하지 못했다. 단지 눈이 마주쳤고, 첫눈에 반했고, 나는 곧 죽을 것이고, 그렇기에 당신이 각별하게 느껴질 뿐.

나조차도 제대로 설명하지 못하는 일을, 아원이 이해할 수 있을 리가 없었다.

아원은 내 이마에 짧게 입을 맞추었다. 그의 입술 또한 아직까지 축축했다.

"후작님, 노룡에 대해서 더 얘기해 주세요."

나는 달튼의 소나기 때문에 끝까지 듣지 못했던 노룡에 대한 것을 물었다. 달튼은 단단히 화가 난 채로 나갔으니, 이번엔 우리의 대화를 막지 못할 것이다.

나는 얼른 대답해 달라는 듯이 아윈을 올려다보았다.

함께 누운 침대 위, 마주 본 그의 얼굴은 지쳐 보였지만 그 모습마저도 내겐 아름다워 보였다. 은은하게 풍기는 그의 땀 냄새조차도 향기롭기만 하다.

아무래도 내게 지독한 콩깍지가 쓰인 것이 틀림없었다.

아윈은 나를 내려다보며 천천히 입술을 떼었다. 언제 다시 붉어졌을지 모를 그의 입술이 벌어지며, 그 사이로 하얗고 고른 치열이 보였다.

"내 나사 이야기를 기억해?"

"네."

나는 생각할 필요 없이 단번에 대답했다. 가면무도회에서 들었던 이야기임을 똑똑히 기억하고 있었기 때문이다.

어렸을 때 다쳤던 심장. 그로 인해 나사 하나가 빠져, 고장이 난 심장 어귀. 그리고 다시 찾은 다른 나사. 대충 그런 이야기였다.

나는 아윈에 대한 것을 하나도 잊지 않고 있었다. 그만큼 아윈의 존재는 내게 있어 압도적이었다.

"나는 그에게서 새로운 나사를 찾았어. 그가 고장 난 내 심장을 고칠 수 있는 유일한 나사를 가지고 있었지."

고장 난 심장에 다시 넣었다던 다른 나사. 그것을 노룡에게서 찾았다고 한다.

나는 가면무도회장에서와 마찬가지로 그의 말을 여전히 이해할 수 없었다. 하지만 아윈이 내가 이해할 수 있을 만큼 설명해 줄지 장담할 수 없었다. 그래서 나는 물음을 건네었다.

"오늘도 제 존재가 당신의 나사에 영향을 줬나요?"

그는 나를 만난 이래로 아귀가 맞지 않았던 나사가 제자리를 조금씩 찾아가기 시작했다고 말해 주었다.

아원은 고민되는 것인지, 미간을 옅게 구겼다. 내게 닿은 그의 검은 눈동자엔 가면무도회장에서 보았던 희미한 이채가 드리워져 있었다.

늘 죽은 자처럼 무심했던 그에게서 보기 힘든 사람다운 눈빛이었다. 이윽고 그는 내 손을 잡아, 제 가슴 위에 올려 두었다.

"느껴져?"

"어떤 게요?"

"심장이 너무 빨리 뛰어. 몸은 지쳤는데 심장만 활기차. 다른 사람과 있을 땐 이렇지 않았는데."

아원은 영문을 알 수 없다는 듯이 말했다. 나는 손바닥 사이로 전해지는 그의 심장 박동에 집중했다.

이번엔 확실히 그의 심장 소리를 느낄 수 있었다. 살아 있음을 증명하는 강인한 심장 소리가 내 손끝을 타고 내 심장까지 전해졌다.

아원의 말대로, 그의 심장 소리는 그다지 차분하지 못했다. 엄청 빨리 뛰었다. 그 소리는 내가 착각하고 싶게 만들었다.

당신의 심장이 내 존재를 특별하게 여기고 있다고. 달튼의 말처럼 당신이 내 영역으로 서서히 들어오고 있다고. 그러다 조만간 내 영역에 완전히 들어올지도 모른다고.

아니, 사실 벌써 착각하고 있을지도 몰랐다. 훗날 아원에게 매정한 말을 듣더라도, 오늘의 나는 그의 마음을 내 멋대로 착각하고 싶었다.

당신도 나를 좋아하게 된 거라고.

"너는 내게 뭘까."

아무것도 바라지 말라던 주제에 또다시 나를 흔드는 당신을 어떻게 하면 좋을까.

나는 아윈의 가슴에 얼굴을 완전히 기대고선 그에게 대답했다.

"전 이포 벨이에요. 당신이 기억해 줄 이포 벨."

당신의 심장도 내 이름을 기억해 주었으면 좋겠어.

나는 오늘의 내 욕심을 충족시키기 위한 말을 꺼내었다.

"후작님. 오늘 하루는 계속 쉬실 거예요?"

"잠깐 정도는 쉬어도 되지 않을까. 요즘은 제대로 쉰 적이 없거든."

"그럼 오늘 저랑 데이트할래요?"

물론 아윈이 싫다고 한다면 어쩔 수 없었다. 이건 그저 욕심에 사로잡혀 얼결에 행한 도박과 다름없었다.

설령 도박에서 진다고 할지라도 나는 오늘의 아윈을 가졌으니, 뭐 아무렴 어떻겠냐는 생각이 들었다.

그리고 아윈은 물었다.

"데이트란 뭐지?"

데이트라는 단어가 생소하다는 것처럼.

나는 그 부분을 간과했다. 이 무심한 남자가 데이트라는 개념을 정확하게 알지 못할 것이라는 부분.

나는 작게 키득거렸다. 데이트를 모르는 아윈은, 제대로 된 데이트를 한 적이 없었을 게 분명했다. 아마 한 번도 없었겠지.

오늘 내가 아윈과 데이트를 하게 된다면, 내가 그의 첫 번째 데이트 상대가 되는 걸까. 온몸에 소름이 돋을 정도로 기분이 좋았다.

나는 들뜬 목소리를 감추지 못하며, 그에게 데이트가 무엇인지 알려 주었다.

"데이트란 말이죠. 당신은 멋진 옷을 입고, 저는 예쁜 드레스를 입고, 즐거운 하루를 보내는 일이에요."

"……."

"죽어서도 잊지 못할 멋진 날을 심장에 새기는 거죠."

"심장에 새긴다."

아윈은 앵무새처럼 내 마지막 말을 따라 했다. 그는 그 말이 가지는 어감을 마음에 들어 하는 것 같았다.

"심장에 새긴다는 건 어떤 것일지 궁금해."

나는 그의 가슴팍에 기대었던 고개를 들어, 아윈의 얼굴을 쳐다보았다.

"저도 궁금해요."

"데이트란 거. 잠깐이라도 괜찮을까?"

그 말은 필시 나와의 데이트를 받아들이겠다는 말이었다.

"당연히 괜찮아요."

아니, 너무 좋은걸요. 나는 거기까지 말하지는 못하며, 미소를 지었다. 입술 사이로 새어 나오는 미소를 참을 요량이 도무지 없었다.

"웃는 입술에 키스하는 기분은 어땠어요?"

"한 번으로는 모든 걸 제대로 알 수 없어."

아윈은 능글거리는 투가 아니라, 정말로 진지하게 대답했다. 마치 웃는 입술과 키스 사이의 상관관계에 대해서 연구하는 사람처럼.

고로 나도 진지하게 되물을 수밖에 없었다.

"그럼 어떡하죠?"

"한 번 더 입을 맞추어 본다면 확실히 알 수 있을지도."

"지금요?"

"때마침 웃고 있잖아."

그는 로맨틱한 말을 책 읽듯이 딱딱하게 읊었다. 로맨틱함이라곤 전혀 느껴지지 않았지만, 그럼에도 내 입가에 띠어진 미소는 짙어졌다.

아윈은 웃는 내 입술 위에 다시금 제 입술을 맞추었다. 이번에야말로 그 상관관계를 완벽하게 파악하겠다는 기세였다.

그의 키스는 딱딱했던 그의 말과는 상반되는 부드러운 키스였다. 죽어서도 잊지 못할 키스였다.

지쳤다고 말했던 아윈은 금세 아이 같은 옅은 숨소리를 냈다. 그의 숨소리를 자장가 삼아, 나도 잠이 들었다.

무지의 꿈속에서 내가 들었던 건, 듣기 좋은 목소리 하나였다.

'내 심장을 네게 줄게.'

그것은 약속을 의미하는 말이었다. 아주 오래전, 잘 기억나지 않는 누군가의 약속.

나는 무언가를 기억해 내려고 노력했지만, 잊힌 기억은 두꺼운 안개 속에 가려진 채 드러날 생각을 하지 않았다.

꿈에서 깨어났을 때, 선명하게 기억하고 있던 것은 '심장'이라는 단어 하나뿐이었다.

데이트다운 데이트를 한 게 언제였더라.

나는 지나간 기억을 곱씹었다. 아무리 씹고 또 씹어 보아도 마지막으로 언제 데이트를 했는지 기억나지 않았다.

꽤 어렸을 때부터 시녀 일을 시작했고, 그 이래로 어느 시종이나 철없는 남자 귀족을 몇 번 만나기도 했지만, 데이트를 해 본 적은 딱히 없는 것 같다.

상대방은 멋진 옷을 입고, 나는 예쁜 드레스를 입고, 즐거운 하루를 보낸 적이 없다는 소리였다.

기분이 또다시 울적해지는 건 어쩔 수 없었다. 나는 왜 그렇게까지 각박하게 살았던 걸까. 삶이 궁해도, 하루쯤은 데이트를 하며 살 수도 있었을 텐데 말이다.

살아갈 날이 이 개월밖에 남지 않은 지금에서야 비로소 제대로 된 데이트를 하다니. 나는 그 사실에 만족하기로 했다.

이건 그냥 데이트가 아니라, 아윈과의 데이트였다. 사랑하는 남자와의 데이트였다. 만족하고, 기쁜 게 당연했다.

나는 일전에 한 번 입고 잘 보관해 두었던 값비싼 드레스를 꺼내 들었다. 그 드레스는 어제 산 것처럼 깨끗하고, 반짝거렸다. 아윈과 함께 있어도 전혀 부족하지 않을 드레스였다.

나는 드레스를 정성 들여 입고, 향유를 적당량 발랐다. 머리카락도 가지런히 빗자, 어느 귀족가의 곱게 자란 영애처럼 보였다. 만족스러운 모습이었다.

시녀장에게는 나와 이탈을 어떻게 설명할까 싶었지만, 그것은 아윈이 손쉽게 해결해 주었다. 그는 저택 내의 최고의 권력자답게 한 마디로 시녀장을 일축시켰다.

'이포 벨은 오늘 나와 함께 있을 거야. 그러니 찾지 말도록.'

그때만큼은 대단한 사람이 된 듯한 기분이 들더라. 실제로 대단한 구석이라고는 전혀 없을 텐데.

나는 저택의 현관 앞에서 아윈을 잠자코 기다렸다. 왠지 설레는 마음이 드는 건 어쩔 수 없었다.

애꿎은 드레스 자락을 구기며 그가 얼른 나오기를 바랐다. 일 초가 몇 시간처럼 느껴졌다. 시간이 원래 이토록 느리게 흘러갔던가.

나는 참을 수 없는 무료함을 느꼈다. 아윈이 없는 시간은 견디기 어려운 것이었다.

무료함에 조금 지친 나는 어쩌다 달튼의 방 쪽을 흘깃 쳐다보았다. 그 안은 오늘도 캄캄했다. 달튼은 지금 어디에 있을까.

괜스레 걱정이 되었다. 오늘도 달튼이 비를 내리는 건 아닐까 싶어서. 나는 불안한 시선으로 하늘을 올려다보았지만, 잿빛 구름은 하나도 보이지 않았다. 지극히 맑을 뿐이었다.

현관문이 열리기 시작한 것은 그 순간이었다. 열린 현관문 사이로 아윈의 모습이 드러났다.

"……."

그는 내가 말했던 데이트의 개념을 제대로 알아들었음이 틀림없었다. 왜냐면 그의 구색이 매우 훌륭했기 때문이다.

중요한 일이 있을 때나 입을 법한 회색빛의 양복을 입은 아윈을,

나는 입술을 벌리고 바라봤다. 멋있다는 말만으론 표현할 수 없을 정도로 근사했다.

피곤하게 보였던 그의 안색도 몇 시간 사이에 다시 좋아진 것 같았다. 창백하게 질렸던 그의 뺨에 희미한 생기가 맴돌고 있었다.

그는 기다란 다리로 계단을 내려와, 자연스럽게 내 옆에 섰다.

"마차를 타고 나가실 거예요?"

"아니, 나는 마차를 즐겨 타지 않아."

그러고 보니 아윈이 마차를 탄 것은 지난 이 년 동안 거의 보지 못한 듯했다.

아윈은 "출발하지."라는 말과 함께 느릿하게 걸음을 떼었다. 나는 그의 발걸음에 맞추어 걸으며, 그에게 물었다.

"마차를 왜 타지 않으세요?"

아윈은 스스럼없이 그 이유를 알려 주었다.

"어렸을 때 심장을 다쳤던 사고가 마차 사고였거든."

나는 그 사고에 대해서 더 이상 묻지 않았다. 마차 사고라는 논하던 그의 얼굴이 딱딱하게 굳어서였다.

떠올리는 것만으로도 고통스러운 사고였던 게 아닐까. 나는 아윈이 그 기억을 상기하기를 바라지 않았다. 고통스러워진 그의 얼굴을 보는 건, 나에게도 괴로운 일이었다.

우리는 그 대화를 끝으로, 낙엽으로 붉어진 길을 조용히 걸었다. 내 손등 위로 아윈의 손등이 이따금 스치듯이 닿았다. 그의 손을 부여잡고 싶었다면, 그것은 진심일 것이다.

바라기 무섭게 그가 내 손을 잡았다. 마치 기적처럼. 이 모든 것이 꿈인 것처럼. 그의 희고 기다란 손이 내 손을 아무렇지 않게 부여잡고 있었다.

내가 깜짝 놀라 아원을 올려다보자, 그는 감정 없이 한마디를 툭 내뱉었다.

"자꾸 닿기만 하니까 답답해서."

자연스러운 흐름이 빚어낸 일상적인 스킨십. 지극히 아원다운 스킨십이었다.

나는 그가 연구하고자 했던 웃는 입술을 드리운 채로 발걸음을 옮겼다. 지금 바라게 된 것이 또 있다면, 이 순간이 영원했으면 하는 것이었다.

붉은 대로를 쭉 걸어 나오자, 곧 광장이 나왔다.

광장으로 나오고 나서야, 다른 사람들이 보이기 시작했다. 사람들은 어제보다도 차가워진 바람에 두꺼워진 옷차림을 하고 있었다.

그들은 종종 우리를 흘긋 쳐다보았다. 아니, 우리라는 표현보다는 아원을 쳐다보았다는 게 더 정확한 표현이리라.

아원이라는 남자는 사람들의 시선을 절로 집중시키고 있었다. 그는 누군가의 시선을 잡아끄는 데에 일가견이 있는 외모와 분위기를 가지고 있었던 것이다.

그토록 대단한 아원이 내 손을 꼭 잡고 있다는 사실이 아직까지도 믿기지 않았다. 영원히 믿지 못할지도 몰랐다.

설마 꿈일까 싶었지만, 내 손엔 그의 뜨거운 온기가 저며 있었다. 그 온기는 꿈이라 하기엔 너무나도 따스했다.

꿈이 아닌 거야.

더할 나위 없이 아주 현실인 그와의 데이트.

나는 광장을 둘러보며 잠깐 고뇌했다. 아윈과 무엇을 하면 좋을까, 하고. 데이트를 하자며 나오긴 했지만 딱히 무언가를 계획하고 나왔던 것은 아니었다.

사실 나는 별스러운 것을 하지 않는 지금도 충분히 행복했다. 하지만 아윈도 나와 같은 생각일지는 잘 모르겠다.

목적성 없이 광장의 중앙에 있던 분수까지 걸어갔을 때, 아윈은 갑작스럽게 걸음을 멈추었다.

그는 우두커니 선 채로 어딘가를 빤히 바라보고 있었다. 그의 시선의 끝엔 활짝 웃고 있는 어린아이가 있었다. 아이는 무엇이 그토록 즐거운 것인지 여기저기를 방방 뛰어다니며, 기분 좋은 웃음소리를 내고 있었다.

"후작님, 아이를 좋아해요?"

내가 묻자 아윈은 내 쪽을 쳐다보지 않으며 대답했다.

"아니, 딱히."

"그런데 왜 저 아이를 빤히 바라보고 계신 거예요?"

"나도 어렸을 때 저렇게 웃었나 싶어서. 웃는 것을 아주 오랫동안 잊고 지낸 것 같아."

나도 그가 환히 웃는 모습을 보고 싶다고 생각했다. 그가 활짝 미소 짓는 얼굴은 어떠할까. 너무 황홀한 모습이어서 정말로 다리가 풀릴지도 모를 일이었다.

경쾌한 연주 소리가 들린 것은 그 순간이었다.

소리의 출처는 바이올린이었다. 이름 모를 거리의 악사의 어깨 위에 올려진 바이올린에서 아름다운 선율이 울려 퍼지고 있었다.

악사의 연주가 시작되고 얼마 지나지 않아, 광장에 있던 사람들이 약속한 것처럼 서로의 손을 잡고 춤을 추기 시작했다.

춤추는 사람들의 얼굴에는 하나같이 미소가 피어올라 있었다. 아원이 오랫동안 잊고 지냈던 그 미소였다. 어쩌면 그들의 웃음이 아원에게 옮을지도 모르겠다는 생각이 들었다.

"우리도 춤출래요?"

아원은 잠깐 고민하는 듯하더니, 이내 춤을 추던 사람들 속에 자연스럽게 섞였다. 승낙이었다.

그는 이질감이라고는 전혀 없이 발을 놀렸다. 아원은 꼭 예전에도 이런 식으로 춤춘 적이 있었다는 듯이 익숙하게 손을 뻗고, 몸을 돌렸다.

과하지 않은 동작으로 춤을 추는 그의 눈동자가 빛나 보였다. 늘 깊게 가라앉아 있던 그의 검은 눈동자에 밝은 빛이 서려 있는 것만 같았다. 즐거운 걸까.

음악이 클라이맥스에 다다랐을 때, 아원의 얼굴엔 희미한 미소가 드리웠다. 그는 제 얼굴에 미소가 피어올랐다는 사실을 인지하지 못한 듯했다.

나는 숨을 죽이며 그의 미소를 감상했다. 그것은 예상했던 대로 다리가 풀릴 만큼의 황홀한 것이었다. 그의 주위만이 밝아 보일 정도로.

나는 홀린 듯이 아원의 미소를 감상하다, 실수로 그의 발을 밟아 버렸다.

"죄, 죄송해요."

적잖이 당황한 것인지 말까지도 더듬었다. 무슨 영문인지 아원의 미소가 걷히는 게 보였다.

망할. 나는 속으로 욕지거리를 내뱉었다. 아원의 발을 왜 밟아서는, 그의 미소를 걷히게 만든 걸까.

"괜……."

괜찮으냐고 물으려고 했다. 하지만 나는 말을 잇지 못했다. 심장 부근에 아릿한 기운이 맴돌기 시작했기 때문이었다.

발을 밟은 것은 나인데, 되레 내가 인상을 잔뜩 구긴 채로 가쁜 숨을 몰아쉬었다. 아원은 그런 나를 물끄러미 응시하다, 내 어깨를 감싼 채로 사람들 틈 속을 빠져나왔다.

분수 근처로 돌아와, 천천히 심호흡을 하자 잠깐 동안 느껴졌던 심장의 고통이 사그라지기 시작했다. 이윽고 그것은 흔적도 없이 사라졌다. 처음부터 존재하지 않았던 고통인 양.

숨이 차는 행동을 행했기에 심장에 무리가 갔던 건지, 심장을 갉아먹는 벌레가 내 혈맥을 갉아 먹었던 건지, 나는 돌연히 나를 덮친 고통의 원인을 알 수 없었다.

"괜찮아?"

아원은 내 등을 부드럽게 쓸어 주었다. 나는 토하듯이 호흡을 뱉어 내며 대답했다.

"네."

"다행이군."

나는 그의 얼굴을 바라보며 생각했다.

아원, 당신은 나를 걱정한 걸까요?

불쑥 아원의 얼굴이 붉게 물들어 가기 시작했다. 실제로 그의 얼굴이 붉어진 것은 아니었고, 그의 머리 위로 석양이 지고 있었다.

압도적인 붉은 빛은 아원의 검은 머리칼을 붉게 물들이고, 그의 검은 눈동자마저도 붉게 물들였다.

붉은빛에 잠식된 아윈의 모습이 지나치게 비현실적으로 느껴졌다. 아름답다.

아윈은 흔들림 없는 견고한 시선으로 나를 바라보고 있었다. 그는 붉게 물들어 가는 나를 보며 무슨 생각을 하고 있을까?

그도 나를 아름답다고 생각해 주기를, 나는 잠깐 바랐다. 그러곤 또다시 생각했다. 우리가 같은 석양빛에 물들 날이 얼마나 남았을까—하고.

아윈은 물었다.

"왜 울 것 같은 얼굴이지?"

우리가 같은 석양빛 속에 젖어 가는 게, 오늘이 마지막일 것 같아서. 내가 죽기 전까지, 이런 날이 다시는 오지 않을 것 같아서.

그런 생각을 했지만, 나는 다른 말을 늘어놓았다.

"당신이 너무 좋아서요."

마지막이란 것을 직감하는 순간은 언제나 슬프다. 내 죽음을 인지한 날도 그러했고, 오늘도 다름이 없었다.

슬픔의 깊이를 따지자면, 오늘이 훨씬 더 슬프게 느껴졌다. 이상한 일이기도 하지.

"오늘은 손수건이 없는데."

그는 내가 눈물을 흘릴 것이라고 예상한 모양이었다.

"이럴 땐 내가 어떻게 해 줘야 하는 거지?"

"그냥 안아 주시면 돼요."

내 말이 떨어지기 무섭게 아윈은 나를 안아 주었다. 거부감은 들지 않는 아주 가벼운 포옹이었다. 나는 그의 귓가에 다음 수순을 알려 주었다.

"그리고 제 이름을 불러 주시는 거예요."

내가 당신의 이름을 부르듯이 따뜻하고 사랑스럽게 내 이름을 불러 주었으면 해. 물론 거기까지는 말하진 못했다.

나는 감정이 섞인 그의 목소리를 기대했지만, 역시나 아윈은 무심하게 내 이름을 뱉었을 뿐이다.

"이포 벨."

하지만 그마저도 좋은걸. 나는 그의 목소리를 타고 흘러나온 내 이름을 귓가에 새겼다.

"기분이 어때요?"

"아주 좋아."

그는 내게 진지하게 물었다.

"이런 게 데이트라는 건가?"

"아마도요."

"저는 오늘을 심장에 새겼어요. 당신은요?"

내 물음에 아윈은 한동안 침묵했다. 그는 나와 보낸 짧은 시간의 가치를 매기고 있는 것만 같았다. 그것이 심장에 새길 가치가 있는지, 없는지.

이윽고 그는 대답했다.

"심장이 어제보다 따뜻해진 것 같아."

어제보다 따뜻해진 아윈의 심장.

나는 그에게 답해 주었다.

"내일은 더 따뜻해질 거예요."

"그러길 바라."

그는 내 머리카락을 가만히 쓰다듬었다. 나는 그의 가슴에 얼굴을 묻은 채로, 내 몸을 완전히 기대었다.

그러다 우리와 그리 멀지 않은 곳에 있던 누군가와 눈이 마주쳤다. 멀리서도 눈에 띄는 은빛 눈동자를 가진 여자였다. 그 아름다운 눈동자는 나를 정확하게 직시하고 있었다.

나는 그녀가 누구인지 알았다. 완벽한 공녀님, 아윈의 예비 약혼자인 공녀님. 그녀가 어째서 이곳에 있는 걸까. 우리의 모습을 우연히 발견한 걸까?

아윈을 오랫동안 좋아했던 은발의 그 여자. 그녀는 아윈과 닮은 눈동자로 한참이나 나를 응시했다.

늘 느끼는 감상은 그랬다. 꼭 마주치고 싶지 않은 상대와는 더 자주 부딪히게 된다. 그게 우연이든 우연이 아니든 간에.

나는 복도의 반대편에서 내 쪽으로 걸어오는 그녀를 바라보았다.

그녀가 기품 있게 발을 뻗을 때마다, 그녀의 은빛 머리칼이 물결처럼 흔들렸다. 그녀의 눈동자는 이미 오래전부터 내게 똑바로 향해 있었다.

나를 빤히 바라보는 그녀의 시선은 정말로 아윈의 눈빛과 닮아 보였다. 모든 일에 별다른 감흥이 없어 보이는 눈빛.

그 눈빛은 그녀의 아름다운 외모와도 참으로 어울린다고 생각했다. 꼭 이 세상의 것이 아닌 듯한 외모이자 눈빛이었다. 사실 그녀도 아윈처럼 심장 어귀가 고장 났을지도 몰랐다.

그녀의 기품 있는 발걸음의 종착지는 바로 나였다. 예상했던 것이어서 그다지 놀랍지 않았다.

걸음을 멈춰 선 그녀는 시녀복을 입은 내 모습을 꼼꼼히 훑었다. 마치 '나'라는 상품을 품평하는 눈빛에 가까워 보였다.

"아, 생각났다."

이윽고 그녀의 붉은 입술에서 작은 탄식이 흘러나왔다. 나를 기억해 냈다는 사실에, 스스로를 대견스러워하는 탄식이었다.

"어제 아원과 포옹을 하고 있었던 그 여자."

나는 그녀의 말에 뭐라고 대답해야 할지 망설여졌다.

'그렇습니다.'라고 하기엔 너무 당돌해 보였고, '아닙니다.'라고 하기엔 나는 거짓말에 재능이 없었다. 그저 고개를 조아린 채로 아무 말도 하지 않자, 그녀의 목소리가 다시금 들렸다.

"시녀?"

"네."

"아원과 무슨 관계일까."

서로의 이름을 기억해 주는 관계라고 대답하고 싶었다. 공녀에게 괜한 오해를 심어 주고 싶었다. 아원과 내가 특별한 관계라는 그런 오해.

하지만 말이다. 나는 공녀를 상대로 비아냥거릴 만큼 배짱이 두둑한 시녀가 아니었다. 실없이 그녀의 심기를 거스르고 싶지는 않았다.

"아무 관계도 아니에요."

아무 관계도 아니라는 말에, 왜 이토록 마음이 아릿한 걸까. 나는 메마른 숨을 작게 토해 냈다.

그녀는 내 말을 몇 번이고 곱씹었다. 그러다 제 고개를 조금 기울여, 내 귓가에 작게 속삭였다.

"그렇다면 주제를 알아야지."

타이르듯이 내뱉은 그녀의 말 속엔 날카로운 가시가 있었다. 그것은 경고에 가까운 속삭임이었다. 그러나 이상하게도 기분이 별로 나쁘지는 않았다.

그녀의 오묘한 화법 때문인가 싶다. 날 선 말을 부드러운 목소리로 말하여 완급을 조절한다고 해야 할까. 좋은 화법이었다.

나는 군말 없이 고개를 끄덕였다. 역시나 공녀에게 바락바락 대들며, 그녀의 심기를 거스르고 싶지는 않았기 때문이다.

"말을 빨리 알아들어서 다행이네."

공녀는 입가에 희미한 미소를 띤 채로 걸음을 다시 옮겼다. 고의인지 실수인지 모르겠지만, 지나가며 내 어깨를 살짝 치고 가기도 했다.

어깨가 뒤로 조금 밀리기는 했지만, 딱히 아프지는 않았다. 나는 밀린 어깨를 의미 없이 두어 번 돌리며, 그녀가 멀어지는 모습을 끝까지 응시했다.

그녀는 이제 아윈에게 가는 것일까?

"우와, 살벌해라."

능청스러운 말은 복도에 있던 튼튼한 기둥 뒤에서 흘러나왔다. 동시에 그 목소리의 주인이 제 모습을 드러냈다.

후작저에서 내게 능청스럽게 말을 걸 사람은 딱 한 사람밖에 없었다.

"달튼, 엿들었어요?"

"물론."

그는 당당하게 대답했다. 엿들은 게 자랑인 건가 싶다.

달튼은 당당하게 여기지 말아야 할 일을 누구보다도 당당히 말하며, 제 행동에 정당성을 부여하고 있었다. 순간 나는 이 남자의 묘한 화법에 대해서도 약간 감탄했다.

달튼은 물었다.

"화나지 않아?"

나는 고개를 내저었다.

"그다지요."

"왜? 그녀는 강력한 너의 연적이잖아."

"애당초 제가 그녀의 상대가 될까요?"

"그럼. 당연히. 너는 아윈에게 손수건을 세 개나 받은 여자잖아."

달튼은 또다시 말이 안 되는 일을 당연시 여기며, 제 말에 합리성을 부여했다.

그의 화법에 꼼짝없이 말려들어 간 것인지, 정말로 내가 그녀의 연적이 될 수도 있겠다는 생각이 들었다. 뭐 하나 빼어난 구석이 없는 시한부 주제에.

기둥에 등을 기대고 있던 달튼은 나를 보며 엷은 미소를 지었다. 내가 저의 말에 흔들렸음을 눈치챈 듯한 미소였다. 하여튼 눈치만 빨라서는.

"그녀를 원망하지 않아?"

그는 내가 그녀를 원망하길 바란다는 듯이 물었다. 나는 또다시 고개를 내저었다.

"아뇨."

얼마 남지 않은 내 삶. 누군가를 원망하기엔 터무니없이 부족한 시간이었다. 짧게 남겨진 시간 동안 불필요한 감정 소모를 하고 싶지 않았다.

내 모든 감정들을 아윈을 사랑하는 데에만 들이붓고 싶었다. 감정이라는 게 완전히 사멸할 때까지. 설령 내게 남은 유예 기간이 아윈을 사랑하기에도 짧은 시간이라 할지라도.

"왜?"

달튼은 내 생각이 궁금한 것처럼 되물었다. 나는 내 생각을 흔쾌히 가르쳐 주었다.

"제게는 그녀를 원망할 시간이 부족해요."

"……."

"두 달. 아윈을 사랑하기에도 부족한 시간인 걸요. 제가 죽은 후에 아윈이 그녀로 인해 행복해진다면, 그것도 나쁘지 않은 일이라고 생각해요."

달튼은 한 템포 늦게 대답했다.

"약은 사랑이군. 사랑은 쟁취해야지!"

"사랑하는 사람의 행복을 빌어 주고 싶어요."

내가 진심을 담아 답하자, 달튼은 입을 꾹 다물었다. 약은 사랑이라고 했던 제 대답이 가벼웠음을 후회하는 얼굴처럼 보였다.

몇 초가 지난 후에야 돌아온 그의 대답은, 그 전의 대답과는 판이한 것이었다.

"대단한 사랑이군."

그는 엄지까지도 들어 보이며 내 사랑을 추앙했다. 나는 손바닥 뒤집듯이 말을 바꾼 달튼의 태도가 우스워 헛웃음을 흘렸다.

"당신은 줏대가 없는 것 같아요."

"이포. 말이 조금 심한 거 아니야?"

나는 달튼이 그러했듯이 손바닥 뒤집듯이 말을 바꾸어 대답했다.

"그렇다면 사과할게요."

"허."

그러자 이번에 헛웃음을 흘린 것은 달튼이었다. 그는 내 쪽으로 다가와, 제가 궁금한 것을 본격적으로 물어보았다.

"어제 아윈과의 데이트는 어땠어? 내가 비도 내리지 않았는데."

"좋았어요."

나는 꿈같았던 어제의 기억을 떠올렸다.

같은 석양 속에 함께 머물렀던 아윈. 붉게 물들었던 아윈의 모습은 잊으려야 잊을 수 없는 것이었다.

나는 천천히 눈을 감았다 뜨며 어제 느꼈던 감상을 달튼에게 자세히 털어놓았다.

"어제 맡았던 여러 향기들이 잊히지 않아요. 붉은 길을 걸을 때 맡았던 가을 냄새. 춤을 출 때 맡았던 시원한 냄새. 석양 속에서 아윈에게 안겼을 때 맡았던 따뜻한 냄새. 모든 게 달라요. 그렇게 다양한 장소에서 다른 모습의 아윈을 봤다는 게 아직도 꿈같아요."

나는 숨을 길게 들이마셨다. 그러자 지금 곁에 없는 아윈의 향기가 내 주위에 맴돌고 있는 듯한 착각이 들었다. 내 귓가에 새겼던 그의 목소리가 메아리처럼 작게 울리기도 했다.

'이포 벨.'

다정한 듯, 무심한 그 목소리. 고저 없는 목소리. 뒷말을 흐리게 내뱉는 버릇이 있는 아윈.

달튼은 늦지 않게 물었다.

"아윈과 포옹했어?"

"네."

"성공적인 데이트였네."

"네, 정말로 꿈같은 데이트였어요."

"……."

나는 달튼의 침묵을 무시하며, 이어서 말했다.

"꿈이라는 말이 나와서 그런데……. 생각해 보니, 제가 삼 개월 후에 죽는다는 걸 안 뒤부터, 저는 꿈을 꾸는 듯한 몽롱한 기분을 자주 느꼈었어요."

"어떤 꿈을 꾸는 기분이었어?"

죽는다는 사실을 안 이래로 느껴야 할 기분은, 지독한 악몽을 꾸는 기분에 가까워야 했다. 하나 정작 내가 느낀 기분은,

"행복한 꿈을 꾸는 기분."

죽는다는 사실이 무색할 정도의 행복한 꿈을 꾸는 기분이었다.

내 죽음을 인지한 이래, 바라보기만 했던 아윈과 함께 밤을 보냈고, 그가 내 이름을 기억해 주었고, 그의 기묘한 이야기도 듣게 되었기 때문이다.

그 일들은 그 전엔 꿈조차 꾸지 못했던 일들이었다. 그렇기에 나는 지금의 이상적인 현실을 꿈처럼 느낄 수밖에 없었다.

"달튼. 당신도 깨어 있지만, 꿈을 꾸는 듯한 느낌을 받은 적이 있나요?"

"응. 나도 꿈을 꾸는 느낌을 자주 받아."

"당신이 꾸는 꿈은 어떤 꿈이에요?"

달튼은 그늘이 서린 얼굴로 대답했다.

"지독하게 슬픈 꿈. 사랑했던 아라벨은 죽었고, 나는 그녀를 살릴 수가 없고, 그리고……."

그 순간 나를 보는 그의 눈동자 속에 스치고 지나간 것은 슬픈 기운이었다. 느릿하게 깜빡이는 그의 속눈썹이 희미하게 떨리고 있었다.

"그리고?"

내가 그를 채근하자, 달튼은 나지막한 목소리로 이어 말했다.

"……너는 아원을 좋아하고."

"그게 무슨 말이에요?"

"방탕자 달튼 레이서스를 좋아하지 않다니. 서운해서."

"저는 당신을 싫어하지 않아요."

"그럼 좋아해?"

"……."

나는 침묵으로 대답했다. 그를 좋아한다는 말이 쉽사리 나오지 않았다.

달튼은 과분할 정도로 내게 잘해 주었고, 그가 좋은 사람이라는 사실도 충분히 알고 있었다. 그렇지만 달튼이 가진 비밀 때문인지, 나는 왠지 그가 꺼려졌다.

언젠가는 아원에게 해가 될 만한 짓을 하는 것은 아닐까, 하는 생각이 머릿속에서 떠나지 않았다. 지금도 마찬가지였다.

내가 달튼의 시선을 피하며 대답까지도 회피하자, 그는 내 손끝을 부여잡았다. 그의 행동이 매우 자연스러워서, 우리가 손을 잡을 것을 약속했던 게 아니었나 싶었다.

"요즘 너만 보면 마음이 너무 복잡해."

달튼은 고백하듯이 말했다.

"왜요?"

"……."

그는 내가 그랬던 대로 침묵으로 답하며, 애꿎은 아랫입술을 짓이겼다. 이내 달튼이 꺼내 놓은 말은, 내 물음과는 상관없는 말이었다.

"마음이란 건 왜 이렇게 복잡한 걸까."

"원래 눈에 보이지 않는 건 복잡한 법이에요."

보이지 않기 때문에, 어떤 것인지 가늠조차 할 수 없기에, 복잡할 수밖에 없다. 나는 그렇게 생각했다.

달튼은 내 말에 정말로 공감한다는 듯이 고개를 세차게 끄덕였다.

"그런 거였구나."

나는 어색하게 웃었다. 달튼은 내 손끝만 잡고 있던 손을 완전히 잡았다. 깨달음을 얻은 그의 눈빛이 밤하늘의 별보다도 밝게 빛나고 있었다.

"같이 아윈을 보러 갈래?"

"공녀가 왔는데요?"

"이번엔 같이 엿보러 가자."

공녀와 아윈의 대화를 엿보러 간다라. 그러면 안 되는 일인 줄 알았지만, 나는 그 말에 무척이나 구미가 당겼다.

달튼은 얼른 그러라고 대답하라는 듯이 빙그레 미소를 지었다. 유혹의 미소였다. 유혹의 미소까지 받아 버리자, 나도 모르게 고개를 끄덕여 버렸다.

달튼이 이번에 내민 미끼 또한, 내가 거부할 수 없는 유혹적인 미끼임이 틀림없었다.

　그를 따라가려던 그때, 무언가가 문득 떠올랐다. 나는 달튼에게 사족을 달았다.

　"하지만 달튼."

　"응?"

　"저, 해야 할 일이 아직 남았는데."

　"……."

　"당신이 잠깐 간과한 사실이 하나 있다면, 저는 후작가의 시녀라는 점이에요. 저는 당신처럼 시간을 자유롭게 쓰지 못해요."

　시녀로서 해야 할 일을 아직 끝내지 못했다. 나는 시녀장의 호통을 듣고 싶지 않았고, 죽기 전에 일찌감치 잘리고 싶지도 않았다.

　달튼은 시름이 깊은 한숨을 내쉬었다.

　"하."

　그러다 자신 있게 말한다.

　"내가 해결해 줄게."

　"달튼, 당신이?"

　"그럼. 내가 누구야?"

　"방탕자?"

　달튼은 미간을 옅게 구겼다. 틀린 대답을 했나 보다.

　"이포 벨. 틀렸어. 나는 거의 모든 것을 할 수 있는 대마법사 달튼 레이서스라고."

　그는 의기양양하게 어깨를 들썩거렸다. 달튼만이 가질 수 있는 지나친 당당함이었다.

　"아, 맞아. 그랬었죠."

나는 성의 없이 대답했다.

달튼의 어깨가 더욱 치솟았다. 그는 얼른 칭찬해 달라는 얼굴로 나를 흘긋흘긋 훔쳐보았다.

"잘…… 하셨어요."

나는 썩 내키지 않는 목소리로 말했다. 달튼은 내가 석연치 않아 한다는 사실을 눈치채지 못했다. 바보 같아.

"거봐, 내가 뭐랬어. 내가 다 알아서 한댔지. 다 할 수 있다고 했지. 나만 믿으라고 했지."

"……네."

결론부터 얘기하자면, 달튼은 나의 오늘을 샀다. 당당한 걸음으로 시녀장을 찾아간 달튼은 그렇게 말하더라.

'이 시녀는 오늘 하루 동안 내 방탕함을 거들기로 했어. 그러니까, 오늘은 내가 이포 벨을 완전히 차지할게.'

시녀장은 짜증이 난 얼굴을 했지만, 끝내 고개를 끄덕여 주었다. 오늘은 유야무야 넘어간다 치더라도, 내일 시녀장이 내게 짜증을 내지 않을지는 미지수였다. 물론 그녀는 꽤 너그러운 편이긴 하지만.

달튼은 거기까진 생각하지 못한 것 같았다. 하지만 아무렴 어떻겠냐 싶다. 이미 일은 벌어졌고, 나는 아윈과 공녀가 나눌 대화가 궁금했다.

내일 일을 미리 걱정하지 말자.

그러자 내키지 않던 마음은 어디론가 사라져 버렸다. 멀리, 아주
멀리.

달튼이 향한 곳은 의외의 곳이었다.

그곳은 아원의 방도, 그의 방도 아닌, 아원만이 다닐 수 있는 정
원이었다. 협곡이 내려다보이는 비밀 정원.

정원은 적막했다. 붉게 물든 잎들은 불어오는 바람에 소리 없이
흔들렸고, 이름 모를 꽃의 은은한 향기만이 맡아졌다.

시간의 흐름을 빗겨 가기라도 한 듯 일전에 보았던 모습 그대로
다. 변한 것은 전혀 없었다. 이전과 변한 것을 굳이 하나 꼽자면,
그것은 이 정원을 찾은 인물의 구성일 테다.

나는 달튼에게 물었다.

"웬 정원이에요?"

그는 또다시 내 물음과는 전혀 다른 답을 내어놓았다.

"내가 누군지 잊었어?"

거 참. 자신이 누군지 아느냐는 말을 몇 번이나 하는 건지. 내 대
답은 한결같았다.

"방탕자?"

"나 참."

달튼은 허탈한 미소와 함께 허공에 제 손을 휘젓기 시작했다. 그
의 손끝이 지나간 자리마다 마치 뒤틀린 것처럼 공간이 일그러졌
다. 작은 일그러짐은 제 크기를 더해 가며, 선을 만들고 더 나아가
윤곽을 그려 냈다.

이윽고 허공에 나타난 것은 아원의 얼굴이었다.

허공에 띄워진 아윈의 얼굴은 무심했다. 그의 얼굴을 계속해서 보자니, 어쩐지 그의 향기가 코끝에 스미는 듯한 기분이 들었다.

"나는 방탕자이기 전에 대마법사라고. 내가 몇 번을 말해."

그는 손을 한 번 더 휘저었다. 그러자 허공의 일그러진 공간 속에서 공녀의 얼굴도 나타났다. 그 순간 든 생각은 내가 그녀의 이름을 아직도 모른다는 사실이었다. 알고 싶지 않았기에 궁금하지 않았던 걸까.

지금도 그녀의 이름이 궁금하지는 않았다. 내겐 기억하고 싶은 이름을 기억하는 것만으로도 충분했으므로.

"어라. 이젠 마법을 써도 놀라지 않네."

달튼은 제 마법에 의연한 내 반응이 섭섭하다는 듯이 말했다.

"사람은 적응하는 동물이라서요."

"매정해."

달튼은 나를 잔디 위에 앉히고선 허공에 띄워진 영상에 손짓했다. 엿들을 준비를 마쳤으니 이제 진지하게 엿들어 보자는 것 같았다.

참으로 편리한 마법이라는 생각이 듦과 동시에, 달튼이 이런 식으로 아윈의 대화를 얼마나 많이 엿들었던 것인지 궁금해졌다.

설마 나와 보냈던 밤까지도 엿본 것은 아니겠지. 거기까지 생각했을 때, 영상 속에선 듣기 좋은 아윈의 목소리가 흘러나왔다.

"이포 벨은 잘 울어."

나는 꽤 놀랐다. 처음 들린 그의 말이 나와 관련된 거라니. 잘 믿기지 않았다.

무슨 영문으로 공녀와 내 얘기를 나누게 된 걸까. 나는 의구심을 가진 채로 그들의 대화에 귀를 기울였다.

"눈물샘이 고장 났대."

"……."

아원은 건조한 목소리로 나에 대한 것을 늘어놓기 시작했다. 역시나 그들의 대화의 방향이 왜 나왔는지는 전혀 짐작할 수 없었다.

아원의 맞은편에 앉은 공녀는 대꾸 없이 그의 말을 듣기만 했다.

"사람은 곧 죽기 때문에 관을 준비하는 거래."

"……."

"너도 관을 준비해?"

"아니요. 저는 먼 미래의 일을 미리 준비하지는 않아요. 미련스러우니까."

공녀의 붉은 입술에선 딱딱한 목소리가 새어 나왔다. 그녀의 말이 맞았다. 먼 미래의 일을 준비하는 것은 나도 꺼려 하는 일이었다.

하나 관을 준비하는 것은 내게 아주 가까운 미래의 일이었고, 그들은 그 사실을 알지 못했다.

아원은 나에 대한 제 감상을 더 늘어놓았다.

"이포 벨의 손에선 좋은 냄새가 나."

그의 입에서 '좋은 냄새'라는 말이 흘러나오는 순간, 달튼이 손가락을 가볍게 튕기며 "천연 오가닉 비누."라고 조그맣게 읊조렸다.

달튼은 그 비누를 내게 소개하고, 선사했음을 자랑스럽게 여기는 것 같았다.

달튼의 반응에 이견은 없었다. 아원에게 한 가지라도 더 기억될 만한 것을 만들어 주어서 내심 그가 고마웠다.

"몸에선 더 좋은 냄새가 나."

"……."

"그리고 심장에 기억될 만한 것을 새겨 줬어."

"그 시녀를 좋아하세요?"

공녀는 미간을 옅게 찡그리고선 아원에게 물었다. 묵묵히 잘 말하던 아원은 조용히 침묵했다.

아원은 그녀의 말이 가진 이면의 의미까지 생각하듯이 초점 없이 어딘가를 응시했다. 그것은 그가 이해가 되지 않는 단어를 들었을 때 내비치던 모습이었다.

아마도 그의 다음 말은 '좋아한다는 건 뭐지?'쯤이 아닐까 싶다. 나는 그 물음의 주인이 아니었음에도 불구하고, 그에 대한 대답을 생각했다.

'좋아한다는 건 간절해지는 거예요. 그 깊이가 깊어질수록.'

당장이라도 그렇게 대답해 주고 싶었지만, 내가 보고 있는 아원은 허공에 반사된 허구의 모습이었다. 실체가 아닌 허상에게 내 진심을 토로할 수 없었다.

공녀는 대답 없는 아원이 답답했던 것인지, 제 앞에 놓인 찻잔을 들었다 내려놓기를 반복했다. 그녀는 그가 무슨 생각을 하고 있을지를 전혀 가늠할 수 없었기 때문에 답답한 것이리라.

나는 거기서 작은 희열을 느꼈다. 아름다운 공녀도 모르는 아원의 모습을, 한낱 시녀인 내가 알고 있다는 사실에 대한 희열이었다.

낯선 질문에 대해 골똘히 생각하는 아원은, 나만 아는 그의 모습이었다. 다른 누구에게도 공유하고 싶지 않은 아원의 모습.

깊고 무거운 침묵 뒤, 아원은 느릿하게 입술을 떼어 냈다.

"좋아한다는 건 뭐지?"

역시나. 내가 예상했던 아원의 대답이다.

조금도 어긋나지 않은 내 예상에 나는 희미한 미소를 지었다. 출처를 알 수 없는 승리감이 든다.

"누군가를 좋아한다는 건, 누군가를 매일 생각하고, 갖고 싶어 하는 거예요. 제가 당신을 항상 생각하고 갖고 싶어 했듯이."

공녀는 감정 없는 목소리로 대답했다.

"잘 모르겠어."

아윈은 이해되지 않는다는 얼굴로 이어 말했다.

"그런데 밤이 되면 그리워."

그는 나를 그리워한다고 했다.

나도 매일 밤 당신을 그리워해.

"눈물을 흘리면 심장이 아파."

그는 내 눈물에 심장이 아프다고 했다.

당신이 운다면, 내 심장은 짙은 슬픔에 사로잡혀 제 기능을 잃어버릴 거야.

나는 마음속으로 아윈의 말 하나하나에 대답을 했다. 내 대답이 그에게 닿길 바랐다면, 그것은 진심일 것이다.

"지금까지 당신에게 들었던 말 중에서 제일 기분 나쁜 말이었어요."

"⋯⋯."

공녀는 퉁명스럽게 말했다.

그녀는 나빠진 제 심기를 숨기려 들지 않았다. 그들을 간접적으로 엿보고 있는 나에게까지 느껴질 정도였으니. 그녀가 얼마나 기분이 나빴을지는 어렵지 않게 짐작할 수 있었다.

심기가 불편해진 공녀는 앉아 있던 몸을 일으켰다.

"가 볼게요."

"응. 우리의 약혼은 조금 더 숙고하는 편이 좋겠어."

"……언제까지요?"

아윈은 소파에서 일어선 공녀를 물끄러미 올려다보았다. 그녀를 보고 있는 그의 눈동자가 무심하게 보이지 않았다. 이상하리만큼 강경해 보인다. 내 착각일까.

"내 심장이 너를 그리워할 때까지."

아윈은 단호하게 대답했다. 그것은 아무도 말릴 수 없는 단호함이었다. 달튼의 무자비한 폭풍우도 막을 수 없는.

공녀도 그 단호함을 피부 깊숙이 느낀 것인지, 그에게 더는 따지지 않았다. 다만 차갑게 굳어 버린 얼굴로 한참이나 아윈을 쏘아봤을 뿐이다.

딱. 달튼은 엄지와 검지를 다시금 튕겼다. 그러자 허공에 있던 영상은 흔적 없이 사라졌다. 냉랭한 기류가 역력했던 아윈과 공녀의 모습이 더 이상 보이지 않았다.

"엿보는 건 여기까지."

더 엿보고 싶었지만, 나는 알겠다는 듯이 고개를 끄덕였다. 그 뒤는 대충 짐작할 수 있을 법도 싶다.

"이포 벨, 감상은?"

달튼은 연극의 감상을 묻듯이 내게 물었다.

"기뻐요. 아윈이 저를 조금이라도 좋아하는 걸까요?"

그는 내 이름을 기억했고, 내 냄새를 기억했고, 심지어 나를 그리워했다. 그가 나를 좋아하는 게 아닐까, 하는 섣부른 생각이 들었다. 마음이 설레었다.

나는 당장 아윈에게 달려가 묻고 싶었다.

'저를 얼마만큼 생각했어요?'

그럼 아윈은 대답하겠지.

'잘 모르겠어.'

나는 나사가 빠진 사람처럼 혼자 킥킥거렸다. 아윈에게 좋아한다는 말의 의미를 확실히 알려 주고 싶었다.

"이포. 정말로 기쁜가 보구나."

달튼은 내 쪽으로 몸을 완전히 비틀어, 마주 보았다.

"네, 기뻐요. 공녀님을 이긴 것 같다고 해야 할까요."

"있지, 내가 그랬잖아. 넌 이미 충분히 매력적이라고."

사람의 마음을 움직이게 하는 묘한 재주. 나는 일전에 달튼이 가르쳐 주었던 내 매력을 떠올렸다.

"이포 벨. 너는 아윈이 너를 좋아하는지 아닌지를 조금 더 확실하게 알고 싶지 않아?"

"확실하게요?"

"응."

내게 향한 달튼의 오드아이는 재미있는 무언가를 발견한 것처럼 밝게 반짝였다. 불쑥 든 느낌은 위험함이었다.

"방법이 있어요?"

"없진 않지."

"그게 뭔데요?"

"이럴 땐 그의 진짜 마음을 유도시킬 신호탄이 필요한 법이야."

"신호탄이요?"

그는 손가락으로 총구의 모양을 만들었다. 그러곤 제 관자놀이에 총구 모양의 손을 대고선, 입으로는 총소리를 흉내 내었다.

"신호탄, 빵."

달튼의 얼굴에 의미심장한 미소가 맴돌았다.

짐작건대, 그가 생각하고 있는 방법은 평화로운 방법이 절대로 아닐 것이다. 되레 폭력적일지도 몰랐다. 내 상상 이상으로.

하지만 나는 그런 위험을 감내할 만큼 아윈의 마음이 궁금했다. 고작 두 달을 살 거면서 그의 마음을 알아서 어쩌려고. 미련스럽게 그의 마음을 죽어서도 가져가고 싶은 걸까.

아무것도 가지고 갈 수 없는 죽음이 허망하게 느껴졌다.

내 방으로 돌아와 창문으로 정원을 내려다보자, 공녀가 타고 왔던 마차가 돌아가는 게 보였다. 돌아가는 마차의 뒷모습이 어쩐지 쓸쓸해 보이는 건 왜일까.

나는 그녀의 마차가 또다시 아윈의 저택으로 오지 않길 바랐다. 아주 오랫동안. 내가 죽은 후에도.

그녀의 마차가 점이 되어 사라지는 것까지 본 나는 욕실로 들어가 손을 씻었다.

'이포 벨의 손에선 좋은 냄새가 나.'

내 냄새를 기억한다던 아윈의 그 말이 자꾸만 생각나, 손을 씻지 않을 수 없었다.

나는 흐르는 물에 손을 대어, 정성껏 손을 씻었다. 일전에 새로 꺼냈던 천연 오가닉 비누의 모서리는 자연스럽게 마모되어 있었다.

모든 것은 순리에 따라 변하고 그 모습도 달라지겠지만, 내겐 변하지 않는 것이 하나 있었다.

그것은 아원을 향한 내 마음이었다. 그 마음은 마모되지도, 모습이 변하지도 않은 채 영원할 것이다.

나는 변하지 않을 내 마음이 아원에게 영원히 기억되기를 바랐다.

만족스러울 때까지 손을 씻은 후에야 욕실을 나왔다.

창가로 들어오는 태양의 빛이 옅다. 가을날의 태양은 어제보다도 눈에 띄게 짧아져, 벌써부터 반쯤이나 기울어져 있었다.

하지만 그것이 오늘의 끝을 의미하는 것은 아니었다. 오늘은 아직 끝나지 않았고, 나는 오늘의 아원을 보고 싶었다.

설령 그것이 단순히 육체적인 관계로써 그를 보는 것일지라도.

◈

내 옆에 누운 아원은 나와 눈을 맞춘 채로 아무 말도 하지 않았다. 마른 숨소리만 내뱉었을 뿐이다.

어쩌면 지난 시간, 연속된 행위 속에서 그는 일찌감치 지쳐 버렸을지도 모르겠다.

우리 사이에는 차분한 정적이 맴돌고 있었으나, 어떤 말을 꺼내야겠다는 의무감은 들지 않았다. 침묵 또한 하나의 언어로 느껴졌기 때문이다.

침묵 속에서 내뱉어진 아원의 호흡은 아름다운 멜로디로 들렸고, 내 몸을 쓰다듬는 그의 손길은 어느 연주자보다도 훌륭한 연주를 그려 내고 있었다.

모든 것이 기가 막힐 정도로 조화롭고 훌륭하여 도리어 소리를 가진 언어를 뱉는 것이 부자연스러울 따름이었으니.

"약혼을 미뤘어."

하지만 아윈이 정적을 깨고 싶다면, 그건 어쩔 수 없는 일이었다. 그는 황홀한 목소리로 언어를 그려 냈고, 그것은 침묵보다도 훨씬 더 훌륭한 언어였다.

"우와."

달튼과 엿보았던 관계로 이미 그 사실을 알고 있었지만, 나는 어쭙잖게 놀란 티를 냈다. 어색하지 않으려나.

"놀랐어?"

아윈은 내 감탄사를 곧이곧대로 받아들인 듯싶었다. 내 감탄사가 어색하지 않았나 보다. 다행이었다.

"네, 그렇게 단번에 약혼을 미루실 줄은 상상도 못 했거든요."

"모든 일은 예상하기 힘든 법이지."

"지금. 이렇게 늦은 밤, 당신과 마주 보고 있을 줄은……. 더 예상하지 못했고요."

"물론 나도 그래."

제가 그리웠어요?

나는 그렇게 묻고 싶었지만, 물음 대신에 그의 눈동자를 빤히 들여다보았다. 아윈의 검은 눈동자에 서린 것은 무심함과 약간의 나른함이었다.

무신경한 눈동자를 가진 그에게 그런 질문을 해 봤자 돌아올 대답은 뻔했다. '글쎄.' 나, '잘 모르겠어.' 정도겠지.

아윈의 빈틈없는 까만 눈동자엔 어떠한 열원도 없었다.

그의 눈동자에 열원이 맺히는 날이 오기는 오는 걸까? 나는 아윈의 눈동자에 열원이 그득하게 맴돌 모습을 상상했다.

묘하게도 그가 무언가를 간절히 바라는 것은 잘 상상되지 않았다. 아무리 노력해 봐도, 내 머릿속에 맴도는 것은 아윈의 무심한 눈동자뿐이었다.

아윈의 무심한 눈은 어떤 세상을 바라보고 있는 걸까. 나는 그가 바라보고 있을 세상이 궁금했다.

"로지가 물었어. 널 좋아하냐고."

로지, 그것은 낯선 이름이었지만 누구를 일컫는 것인지 단번에 알 수 있었다. 설탕 인형처럼 아름다운 공녀의 이름일 게다.

그가 그녀와 나눈 대화 내용 또한 일찍이 알고 있었지만, 나는 애써 모른 척을 했다. 되레 궁금한 빛을 띠며 그에게 물었다.

그래야 아윈과 대화다운 대화를 조금 더 나눌 수 있을 거니까.

"그래서 뭐라고 대답하셨어요?"

그의 대답은 아마 '잘 모르겠어.' 였었지?

"잘 모르겠다고 했어. 어떤 마음이 좋아하는 마음인지 잘 가늠이 되지 않거든."

나는 일찌감치 생각해 두었던, 내가 정의 내린 좋아한다는 말의 의미를 그에게 읊조렸다.

"그건 간절해지는 거예요."

아윈은 되물었다.

"간절해지는 것?"

"네. 누군가를 좋아하면 할수록 그 사람의 눈길이 자신에게 닿기를 바라고, 손길이 닿기를 바라고, 그리고 마음마저도 완전히 닿기를 바라는 거죠. 때때론 간절하게. 때때론 너무나도 절실히."

나는 어쩌면 좋아한다는 개념을 소기에 달성했는지도 몰랐다. 손을 뻗으면 그를 만질 수 있었고, 그가 어떤 세상을 보고 있든 간에 지금 그의 눈동자에 맺힌 상은 나였기에.

아윈을 만지고 싶다는 바람이 들었다. 지난밤 몇 번이고 내 손끝에 닿았던 그였지만, 그렇다고 해서 내 욕구가 모두 충족된 것은 아니었다.

나는 손을 뻗어 아윈의 뺨에 흘러내린 머리칼을 쓸어 넘겨 주었다. 그는 일체의 저항도 없이, 되레 익숙한 듯이 제 얼굴을 내게 완전히 맡겼다.

"너는 나를 좋아한다고 했어."

"맞아요."

"그럼 너는 내 눈길과 손길이 네게 닿기를 원하고, 더해서 내 마음마저도 네게 닿기를 바라는 건가?"

그렇다고 한다면 당신은 내게 당신의 마음을 허락할까?

고장 난 심장을 가진 아윈은 누군가의 고백을 어떤 식으로 받아들일까.

감정이 무디고 또 무뎠기에 좋아한다는 말을 '안녕.'이라는 말처럼 취급할지도 모를 일이었다. 마치 일상적인 언어를 들은 듯이. 좋아한다는 말 속에 담긴 간절함을 전혀 느끼지 못했다는 듯이.

그렇게 생각하자 구슬퍼졌다. 내 진심이 상대방에게 닿지 못하는 것에 대한 슬픔이었다.

"마음이 닿았으면 좋겠어요."

구슬픈 마음이 들었지만, 나는 솔직하게 대답했다.

내 진심이 그에게 닿지 않더라도. 그렇더라도 오늘 솔직하게 대답하지 못한다면, 훗날 후회할 것이 분명했다.

육십 일. 내게 남은 짧은 유예 기간을 생각한다면, 나는 결코 다음 날에 후회할 일을 만들고 싶지 않았다. 아니, 만들지 말아야 했다.

"그것도 잘 모르겠어."

아윈은 마음이 닿는다는 것의 의미를 이해할 수 없어서 답답해하는 것 같았다. 그의 반듯한 눈썹이 일그러지며, 그는 눈가를 조금 찡그렸다.

일그러진 아윈의 얼굴은 보기 드문 희소한 것이었지만, 어색함은 없었다. 그는 찡그린 얼굴조차도 아름다운 남자였으니까. 참으로 올바른 생김새임이 틀림없었다.

"모르셔도 돼요."

그런 건 안다고 해서 마음대로 할 수 있는 게 아니니까.

서로의 마음이 닿는 건, 그러겠노라고 마음먹는다고 해서 쉬이 성사되는 것이 아니었다. 기적처럼 벌어지는 일일 뿐이다.

아윈은 소리 없이 다가와 나를 안았다. 복잡한 대화는 그쯤에서 그만하고 싶다는 의사표시였다.

그는 얼마 못 가 고른 숨소리를 내었다. 잠이 든 걸까.

아윈에게 묻고 싶은 것이 많았고, 그와 하고 싶은 것도 많았지만, 나는 잠든 그를 내버려 두었다.

심장에는 세 개의 혈맥이 존재한다.

그것은 각기 살아 숨 쉬며 뜨거운 피를 뿜어낸다. 혈맥을 통해 뿜어진 피들은 온몸으로 고르게 전달된다.

나는 그중 하나가 없이 태어났다.

드물긴 하지만 몇몇만이 가지고 태어나는 선천성 결함과도 같은 것이었다. 그냥 결함이 아니라, 치명적인 결함.

내 심장이 남들과 다르다는 사실을 안 것은 여섯 살 때쯤이었나. 그때쯤일 것이다.

나는 어려서부터 잘 뛰지 못했고, 가끔 숨도 제대로 쉬지 못했다.

먹고사는 것이 바빠 제 자식에게 관심이 없던 부모님은 내가 거의 죽을 듯이 숨을 헐떡이자 비로소 처음으로 의원을 찾아갔다. 그러니까, 그때가 여섯 살이었다.

그때의 일은 흐릿한 과거의 기억 중에서도 드물게 선명히 기억하는 부분이었다.

오래된 기억은 바스러지기 마련이지만, 나는 그날의 전경과 내 곁을 맴도는 공기, 그리고 코끝에 스미던 냄새를 정확히 기억했다.

코끝이 찡할 정도로 약품 냄새가 나던 의원의 집, 그리고 평소보다도 차갑게 느껴지던 바람, 감정 없이 나를 내려다보던 의원의 눈동자까지도.

나는 그때 그 의원이 했던 말도 똑똑히 기억했다.

'심장과 몸을 이어 주는 혈맥은 세 개인데, 너는 하나가 없이 태어났단다. 두 개의 혈맥을 가진 채로 살아 있다는 건 기적에 가까운 일이나, 그것 또한 온전하지 못해. 네 심장 부근엔 심장을 갉아 먹는 벌레가 있거든. 키스 벌레라는 것인데, 그것은 꽤나 지독한 벌레란다. 자연스럽게 죽지 않고, 임의로 죽일 수도 없으며, 네 혈맥을 먹이로 하는 놈이지. 그놈이 네 혈맥 속에 숨어서, 남은 혈맥들을 갉아먹고 있어. 놈은 두 개의 혈맥을 모두 먹어 치운 뒤에, 네 심장에 제 입술을 맞댈 날을 고대하고 있단다. 오로지 심장에 입술을 맞추기 위해서 살아가는 벌레야. 심장과 키스를 꿈꾸는 벌레라니, 끔찍할 정도로 로맨틱하지 않니.'

'그 벌레가 제 심장과 키스하게 되면, 저는 어떻게 되는 건데요?'

'그땐 너는 죽는단다. 심장에서 뿜어져 나오는 피가 더는 온몸으로 전달되지 않으니까. 혈맥이라는 전달 통로를 모두 잃었잖니.'

의원은 죽는다는 말을 감정 없이 내뱉었다. 마치 그 단어가 가지고 있는 불길한 울림을 전혀 모른다는 듯이.

아마 그는, 여러 사람의 죽음을 목도했기 때문에 죽음이라는 것에 무뎌져 있었던 게 아닐까.

그날, 감정 없이 굴었던 것은 나도 마찬가지였다.

내게 존재하는 심각한 결함을 듣고도 나는 울지 않았다. 왜냐면 여섯 살인 나는 죽는다는 개념을 제대로 인지하지 못했기 때문이다.

그저, 나는 왜 다른 아이들처럼 뛸 수 없는 걸까, 라고만 생각했다. 여섯 살의 내 세상에선 마음껏 뛰지 못하는 일이 가장 슬픈 일이었다.

세상을 보는 눈이 넓어졌을 때 나는 그제야 죽음이라는 것의 기운을 인식할 수 있었다. 하나 그럼에도 대수롭지 않게 생각했다.

언젠가 죽을 거라는 사실이 너무나도 막연했으니까.

사람은 당장 닥친 일이 아니라면 무엇이든 막연하게 생각하게 된다. 설령 그것이 막연하게 생각하지 말아야 할 일임에도 불구하고.

죽는다는 것이 정녕 현실감 있게 다가온 것은 삼 개월 전이었다.

곧 죽어도 이상하지 않을 정도로 숨을 쉴 수 없었던 날이 있었다. 내 의지와는 별개로 기도가 가늘어졌고, 그러자 숨소리도 점점 가늘어졌었다.

뇌는 새로운 산소를 끊임없이 요구했지만, 기도는 그것을 거부했다. 아니, 기도가 거부한 것이 아니었고 심장이 제 기능을 하지 못했다는 게 더 알맞은 표현이었다.

그 순간, 내가 느낀 것은 '죽음'이었다.

과거, 죽음을 막연하게 생각했던 내게, 죽음이란 이런 것이다, 라고 누군가가 알려 준 것만 같았다. 제법 극단적인 방법으로 말이다.

다행히도 그때 죽지는 않았다. 시간이 흐르자 호흡은 평상시의 궤도를 찾아가더라.

호흡이 평정을 찾아가기가 무섭게 나는 오랜만에 의원을 찾아갔다. 나를 진찰했던 의원은 짧고 간단하게 내 증상을 읊어 주었다.

심장에 사는 벌레가 남은 두 개의 혈맥 중 하나를 거의 다 갉아먹었다. 녀석은 남은 내 혈맥을 모두 손상시킬 것이다. 그리고 남은 혈맥이 모두 갉아먹히게 되면 나는 죽게 된다.

녀석이 혈맥을 갉아먹는 속도가 워낙 빨라서, 늦어도 삼 개월 이내에 내 혈맥이 모두 갉아먹힐 것이다. 고로 나는 삼 개월 후에 죽는다.

의원은 내게 사형선고를 내린 셈이었다.

막연했던 기간에 구체성이 더해지자, 그제야 나는 죽음에 대한 두려움을 느꼈다.

죽는다는 건 이 세상에서 영원히 사라진다는 걸 의미했다. 누군가가 기려 줄 업적도 없이, 내가 번 돈조차 제대로 쓴 적이 없이,

심지어 누군가와 열렬히 사랑해 본 적도 없이 죽게 되는 것이다.

허무하고 또 허무했다. 나는 그동안 무엇을 위해 살았던 것이며, 남은 기간 동안 무엇을 위해 살아야 하는 걸까.

그때 내 눈에 띈 이가 아원이었다. 무심한 눈동자로 세상을 살아가며, 누구보다도 죽음에 초연해 보이는 아원.

나는 그를 볼 때마다 빠르게 뛰던 내 심장 박동 소리를 기억했다. 곧 죽을 마당에 열렬히 뛰고 있는 심장 소리를 듣는다는 것은 매우 기분이 좋은 일이었다. 그것은 아직까지 내가 살아 있다는 사실을 느끼게 해 주었으니까.

내가 살아 있는 동안 그를 얼마나 열렬히 사랑할 수 있을까? 내 자신을 모두 버릴 정도로 그를 사랑할 수 있을까?

나는 아원을 사랑했다. 얼마나 더 사랑하게 될지 가늠할 수 없을 정도로 그를 사랑했다.

그를 사랑하게 된 일을 후회하지 않았다. 그건 과거에나 지금이나, 그리고 미래에도 변하지 않을 내 진심이었다.

"당신은 이런 내 마음을 언제 알까 몰라."

온 마음을 다해 사랑하는 아원은 여전히 잠들어 있었다. 나는 잠든 아원을 바라보다, 나도 모르게 잠이 들었다.

잠들기가 무섭게 꿈을 꾸었다. 그 꿈은 내 혈맥을 갉아먹는 벌레가 나오는 꿈이었다. 좀 자주 꾸는 꿈이다.

내 꿈속에 나오는 키스 벌레의 행동은 늘 똑같았다.

녀석은 한번 시동이 걸리면 제동 장치가 고장 난 듯이 혈관의 벽을 파먹었고, 그 속을 넘나들던 피를 마셨다.

내 혈관, 내 피. 나는 온전했던 나의 것이 손상되는 것을 지켜본다.

벌레의 주둥이에 닿지 못한 뜨거운 피는, 구멍이 난 혈맥 사이로 범람하듯이 솟구쳤다. 그 피들은 제게 정해져 있던 활로를 벗어난 채로 내 몸속을 방황했다.

방황하던 내 피는 지금쯤 어디에 있을까.

"이포 벨. 날이 밝았어."

나는 아윈의 아름다운 목소리를 따라 눈을 떴다. 긴 악몽에서 깨어났지만, 눈앞엔 키스 벌레의 잔상이 여전히 아른거렸다.

내 혈맥을 끔찍하게 갉아먹고 있던 녀석의 모습이 좀처럼 사라지지 않았다. 나는 눈을 다시 감았다.

"이포 벨."

아윈은 또다시 내 이름을 불렀으나, 이상하게도 그 소리가 제대로 전달되지 않았다.

내 귓전엔 가벼운 이명이 일며, 께름칙한 소리만이 들렸을 뿐이었다. 마치 무언가를 갉아먹는 듯한 소리였다.

나는 그 소리의 정체를 알고 있었다. 벌레의 소리다. 틀림없다. 그 녀석이 내 혈맥을 파먹고 있는 것이다.

출처를 알 수 없는 그 소리가 내 귓가에 꽤 오랫동안 잔류했다.

빗자루로 정원을 쓸다가 시녀 일을 언제 그만두면 좋을지 문득 생각했다.

사실 죽는 날까지 아윈을 보고 싶었지만, 모순적이게도 그에게 내가 죽는 모습은 보여 주고 싶지 않았다. 가쁜 숨을 헐떡이다 이내 쓰러져 버리는 모습으로 그에게 기억되기 싫었다.

후작저를 떠나는 날을 정하는 것은 힘든 일이었다. 키스 벌레에게 내 혈맥이 언제 모두 갉아먹힐지 확실히 알 수 없었기 때문이다. 그게 꼭 내일이 되지 말란 법도 없었다. 의원이 말한 유예 기간은 삼 개월이었으나, 혈맥을 갉아먹는 것은 벌레의 일이었다.

키스 벌레가 내 혈맥을 언제, 얼마나 갉아먹을지는 스스로가 정했다. 그건 그 벌레만이 아는 것이었다.

나는 벌레의 의중에 대해 생각하는 것을 멈추고, 앙상해진 나뭇가지를 올려다보았다. 언제 붉은 낙엽의 자취마저도 사라진 것인지, 나무의 가지들이 비쩍 말라 있었다.

나는 마른 가지 사이로 비치는 푸른 하늘과 상앗빛의 후작저를 한참 응시했다. 오늘의 아윈의 저택. 언제 떠날지는 모르겠지만 선명히 기억하고 싶었다.

"대마법사 등장."

내 감상을 방해한 것은 달튼이었다. 그는 푸른 하늘 어귀에서 갑작스럽게 나타나 내 앞까지 가볍게 걸어왔다.

허공을 계단 삼아 유연하게 걷는 그의 발걸음은 일전에도 보았던 것이었다. 착지마저도 완벽하게 한 그의 얼굴엔 행복해 보이는 미소가 걸려 있었다.

"이봐, 시녀 아가씨. 일 안 해?"

"정원을 쓸고 있었어요. 지금은 잠깐 허리를 펴는 시간."

솔직히 조금 여유를 부리긴 했다. 후작저의 시녀장이 엄하지 않다는 사실이 여러모로 다행스러울 따름이었다. 새삼 그 덕을 꽤 본 듯했다.

"허리를 펴면서 겸사겸사 하늘 감상?"

"네. 하늘도 보고, 후작저도 보고. 겸사겸사."

"큭큭."

달튼은 내 대답이 우스웠던 것인지 작게 키득거렸다.

그는 웬일로 평소와는 다르게 차려입은 옷차림이었다. 금빛 자수가 눈에 띄는 남색의 재킷, 품이 넉넉해 보이는 하얀 셔츠와 비싸 보이는 귀걸이까지도. 한껏 꾸민 모습이었다. 누군가를 만나고 오기라도 한 걸까.

"달튼, 누굴 만나고 왔어요?"

"글쎄."

"그럼 하늘에서 뭘 하고 있던 거예요?"

"아무것도 안 했는데? 때때론 시각에 변화를 주는 것도 필요해서. 지상에서 올려다보는 보는 풍경과 하늘에서 내려다보는 풍경은 지극히 다르거든."

하늘에서 내려다보는 지상의 풍경은 어떤 풍경일까.

한평생 지상에서 하늘을 올려다본 내게는 다소 어려운 명제였다.

"저도 시각의 변화를 느낄 수 있을까요?"

나는 달튼이 수긍할 거라고 생각했다. 사실 떠올려 보면, 달튼이 내 제안을 거절했던 적은 한 번도 없었다.

"물론이지. 너는 내가 유혹하고 싶은 상대이고, 그런 상대의 부탁을 거절할 수는 없는 거니까."

역시나 그는 거절을 모른다는 듯이 대답했다.

"역시 방탕자."

"그래요. 이포 벨 양."

그는 내 쪽으로 손을 뻗었다.

"그럼 일단은 내 손을 잡아 줘."

나는 달튼의 손을 잡았다. 그의 손은 지난날처럼 따뜻했다. 그는 내 손을 꽉 그러잡으며, 허공에 다리를 뻗었다. 그의 다리는 군더더기 없는 동작으로 허공을 계단 삼아 걷기 시작했다.

"내 발자취를 따라와."

나는 고개를 옅게 끄덕인 뒤, 그의 발자취를 따라 걸었다. 놀랍게도 내 발 또한 허공에 띄워졌다. 언제 내게도 마법을 건 걸까.

"우와."

나는 지극히 순수한 감탄사를 내뱉었다. 달튼은 만족스러운 웃음소리를 내었다.

"더 놀라게 해 볼까나."

그는 잡고 있던 내 손을 제 쪽으로 당겼다. 졸지에 그의 품에 안기자, 그는 얼른 나를 들어 올렸다.

달튼의 두 손은 각각 내 허리와 허벅지를 감쌌다. 나는 그의 목에 팔을 둘렀다. 우리의 몸은 빠른 속도로 하늘 위까지 솟구쳐 올랐다.

"우와."

나는 또다시 순수한 감탄사를 뱉어 냈고, 그러면 그럴수록 달튼은 즐거워했다. 제 마법 실력에 대해 감탄하는 것을 즐기는 것 같았다.

이윽고 아윈의 저택이 한눈에 보일 정도로 올라오고 나서야 솟구치던 우리의 몸이 허공에 멈춰 섰다. 나는 감탄사를 더 뱉지 못하며 내려다보이는 풍경에 혀를 내둘렀다.

손에 잡히지 않는 구름 사이로 내비친 햇볕에 후작저의 상앗빛 벽돌이 반짝였고, 삭막하게만 보였던 나무의 마른 가지들은 위에서 보자 훌륭한 조형물처럼 보였다.

마치 누군가가 미적인 의미를 가지고선 심플하게 다듬어 놓은 것처럼 보였다고나 할까.

나는 그 정경을 세세히 눈동자에 담았다. 죽기 전까지 기억하고픈 훌륭한 풍경이었다.

"저는 당신을 만나서 다행이라고 생각하고 있어요."

달튼은 들고 있던 내가 무겁지도 않은지, 나를 여전히 꼭 든 채로 물었다.

"이제 와서? 왜?"

그 순간 대답해야 한다는 사실을 잠깐 잊고 객쩍은 생각을 했다. 그 생각인즉슨 달튼이 나를 받치고 있는 손을 놓는다면 추락사를 하는 게 아닐까, 하는 것이었다.

나는 하늘 위에서 떨어질 내 몸뚱이를 상상했다.

내 몸은 중력을 그대로 받은 채, 제 속도를 더해 가며 지상으로 떨어질 것이다. 그러다 마른 가지 위에 내 몸이 얹히는 게 아닐까?

위에서 내려다본다면 마른 가지 위에 얹어진 내 모습 또한 어떤 예술적 의미가 서려 보이지는 않을까.

나는 마른 가지를 가만히 내려다보았다. 어쩐지 입안이 바싹 말라가는 기분이 들 게 뭐람. 아무래도 추락사하는 것은 조금 무섭다.

"이포 벨?"

"아, 죄송해요. 잠깐 딴생각을 했어요. 흠. 그러니까 당신을 만나지 않았다면 절대로 겪어 보지 못했을 일들을 당신과 만남으로서 겪어 볼 수 있게 되었으니까. 그래서 다행이라는 생각?"

"오호라. 보답은 없어?"

"원하는 게 있어요?"

"있지."

그는 흔쾌하게 대답했다. 마치 이전부터 내게 원하는 것이 있었다는 듯이 말이다.

"뭔데요?"

"가령 진한 키스라든지. 아님 부드러운 키스라든지. 그것도 아니라면 거친 키스라든지."

"선택지가 하나로 들리는 건 제 착각이겠죠?"

"그럼. 선택지는 무려 세 개씩이나 있는걸."

그는 또다시 흔쾌하게 대답했다. 정말로 선택지가 무려 세 개나 있다는 듯이 말이다.

"그렇다면 저는 거친 키스."

"정말로? 거친 키스를 선택하리라고는 생각 못 했어."

달튼은 의외라는 듯이 말했다. 그가 의외성을 느낀 것은 당연했다. 평소의 나였다면 부드러운 키스를 골랐을 테니까.

하지만 오늘은 어쩐지 거친 키스에 구미가 당겼다.

사람이 매일같이 같은 음식을 먹고살 순 없는 일이었다. 나는 오늘따라 조금 더 자극적인 음식을 먹고 싶었을 따름이다.

"때때론 저를 보는 당신의 시각에 변화가 필요하다고 생각해요."

"어쭈, 너 말장난이 는 것 같다."

"당신에게 배웠어요."

"어, 인정."

달튼은 작게 키득거리다, 약간 볼멘소리를 내었다.

"이포 벨, 나 슬슬 팔이 저려 와."

"그만 내려갈까요?"

"그 말을 기다렸어."

내 말이 떨어지기 무섭게 그의 다리가 허공을 밟기 시작했다. 달튼은 하늘로 올라갔을 때와 다름없이 재빠르게 지면까지 내려왔다.

이윽고 지면에 다다르자, 달튼이 안고 있던 나를 내려 주었다. 내려가자고 말하지 않았다면 큰일이 났을 법한 빠른 움직임이었다.

"휴, 식겁했네."

달튼은 제 어깨를 몇 차례 돌리며 작은 한숨을 내쉬었다. 별다른 말은 하지 않았지만, 내가 좀 무거웠나 보다.

"이포. 그건 그렇고 말이야. 전에 내가 말했던 신호탄 얘기를 기억해?"

"네."

신호탄. 나는 일전에 달튼이 했던 말을 가만히 떠올렸다.

'그의 진짜 마음을 유도시킬 신호탄이 필요한 법이야.'

아윈의 진짜 마음을 유도시킬 신호탄. 달튼은 그것에 대한 해답을 생각해 온 걸까?

달튼은 괜스레 손으로 총구 모양을 만들며 이어 말했다.

"내가 그것에 대해 조금 더 구체적으로 생각해 봤어."

"묘수가 떠올랐어요?"

"당연하지. 내가 누구야? 나, 달튼 레이서스야."

그는 제 가슴팍을 몇 번 두들기며 의기양양하게 굴었다. 대단한 묘수를 떠올렸나 보다.

나는 그 묘수라는 게 폭력적인 일이 아니기만을 바랐다. 하지만 달튼의 예쁜 입술은 불길한 울림을 가진 말을 내뱉었다.

"네가 죽은 척을 하는 거야."

"네?"

"얼마 뒤에 죽는다는 말…… 아직 아윈에게 하지 않았지?"

"……네. 어떻게 말을 꺼내야 할지 모르겠어서."

"그러니까, 아윈 앞에서 네가 죽은 척을 하자고. 때마침 네 관도 있겠다, 너는 그 안에 가만히 누워 있기만 하면 되는걸."

"하지만 죽은 척 누워 있다고 해도, 숨을 멈추는 것까지 연기할 수 없어요."

그랬다가 정말로 죽을지도 모를 일이었다. 안 그래도 죽기까지 얼마 남지 않은 시간. 구태여 단축시키기는 싫었다. 몹시나.

"그런 건 마법으로 해결해 줄 수 있어. 너는 실제로 숨을 쉬고 있지만, 그렇지 않게 보이게 할 수 있다는 거지. 일종의 착시나 환각이라고 해야 할까."

"흐음."

"그 방법이 마음에 들지 않는다면, 다른 방법을 써도 돼. 다만 내가 이용하고 싶은 본질적인 것은 '죽음', '부재' 이런 것들이야."

달튼은 거기까지 말하고선 진한 미소를 지었다. 종종 보았던 꿍꿍이가 있어 보이는 미소였다.

죽음과 부재. 그가 제안한 묘수는 내가 생각했던 것만큼이나 폭력적이었지만, 묘하게도 구미가 당겼다. 왜, 사람들은 때때로 자극적인 것에 끌리지 않던가. 거친 키스에 흥미가 갔듯이 말이다.

하지만 아윈이 죽음이라는 것을 모른다면, 달튼의 묘수는 쓸모없는 것이 되어 버린다. 달튼은 그 사실을 간과하고 있었던 걸까.

"아윈이 죽음이라는 걸 알까요?"

"흐음, 아윈이라면⋯⋯."

달튼은 선뜻 대답하지 못하며, 긴 신음을 흘렸다.

누군가의 죽음이 어땠느냐고 물었을 때의 아윈의 대답을 나는 기억하고 있었다. 일말의 동요도 없이 "글쎄."라고 대답했던 그였다.

그런 그가 내 죽음만 특별하게 반응할 가능성은 제로에 가깝다고 생각했다.

"아윈은 제가 겪었던 다른 죽음에 대해선 의연하게 굴었을지도 몰라. 하지만 이포 벨 네 죽음이라면 특별하게 여길지도."

나는 영 미덥지 않다는 듯이 그를 쳐다봤다. 달튼은 빙그레 미소 지었다.

"신호탄이 된 네 죽음. 그리고 우리는 네 죽음에 직면한 아윈의 반응을 살피는 거야."

"어떻게요?"

"만약에 그가 네 죽음에 대해 특별한 반응을 보인다면, 우리의 계획은 제대로 된 신호탄이 되는 거지."

특별한 반응이라. 아윈이 내 죽음에 눈물이라도 흘리는 걸 말하는 걸까?

나는 아윈의 검은 눈동자에 투명한 눈물이 서리는 모습이 보고 싶었다. 물론 그가 내 죽음 때문에 눈물을 흘릴 가능성 또한 제로에 가깝다고 생각했지만.

"고민해 볼게요."

달튼의 말은 충분한 설득력이 있었다. 하지만 나는 곧장 수긍할 수 없었다. 달튼에게 다른 꿍꿍이가 있는 것처럼 느껴졌기 때문이다.

"언제까지?"

"글쎄요."

"재촉하고 싶진 않아. 다만."

달튼은 눈을 느릿하게 감았다 떴다.

"네게 남아 있는 시간이 얼마 없다는 걸 명심해."

그것은 경고에 가까운 말이었다.

"그런데 이포."

"네?"

할 말이 더 남은 걸까? 달튼은 나른해진 목소리로 말을 건네었다.

"그래서 거친 키스는 언제 해 주는 거야?"

그러게요, 저도 그게 참 궁금한데.

나는 머쓱하게 볼을 긁적였다.

언제가 좋을까.

◈

오늘의 아원은 굉장히 심각해 보였다.

그는 제 책상 위에 그득히 올려진 서류를 보며, 몇 번이고 한숨을 내쉬었다. 서재가 조만간 그의 한숨으로 모두 뒤덮일 지경이었다.

"후작님, 걱정 있으세요?"

나는 아원이 좋아하는 뜨거운 차를 찻잔에 따르며 그에게 물었다. 친절한 대답을 바라고 한 말을 아니었지만…….

"어, 걱정이 있어."

아원은 선뜻 대답해 주었다.

"무슨 걱정인지 물어봐도 괜찮을까요?"

그는 그제야 고개를 들어 나를 쳐다보았다. 마주한 그의 얼굴이 퀭해 보였다.

"협곡. 그곳에 가야 할 일이 생겼어. 그런데 거긴 지형이 가팔라서 횡단하기가 쉽지 않아. 갈 수단이 막막해서."

그는 자신의 걱정거리를 구구절절 늘어놓았다. 나는 그의 친절함에 일순 할 말을 잃었다.

이렇게나 친절한 대답이 돌아오다니. 아원 당신, 친절한 사람이 아니라고 했잖아. 그가 했던 말에는 정정이 필요해 보였다.

"협곡. 협곡이라."

나는 아원의 고민거리를 나지막이 읊조렸다. 아마도 후작저 뒤편에 있는 협곡을 말하는 것일 테다. 노룡이 살았다던 그 협곡.

멀리서 보아도 깎아진 듯한 두 절벽은 험난하게만 보였었다. 그런 곳을 마차로 갈 수 있을 리가 없었다. 지상으로 가는 게 힘들다면 하늘로 날아가는 건 어떨까……까지 생각했을 때, 문득 누군가가 떠올랐다.

지상에서처럼 허공을 자유로이 거닐던 그 사람. 그라면 아원의 고민을 단번에 해결해 줄지도 몰랐다.

나도 따라가고 싶다는 생각마저도 들었다. 생각이 들기 무섭게 내 진심이 입 밖으로 튀어나왔다. 말릴 새도 없었다.

"저도 따라가면 안 될까요?"

아윈은 고개를 갸웃거렸다.

"네가?"

"무리일까요?"

나는 뜨거운 차로 반쯤 채워진 잔을 아윈에게 내밀었다.

아윈은 손가락으로 책상 위를 가볍게 두드리며 나를 빤히 들여다보았다. 내가 제 여정에 따라갈 필요성이 있는 것인지, 아닌지를 재고 있는 것 같았다.

"가는 길이 꽤 멀어."

"……."

"그리고 나는 차를 즐겨 마시지."

"……."

"그래서 차를 내줄 시녀가 필요하기는 해."

그는 나를 설레게 하는 말을 표정 없이 내뱉고 있었다. 나는 상기된 얼굴로 그에게 대답했다.

"차를 내오는 거라면 자신이 있어요."

"……."

자신만만한 내 대답에 아윈은 아무런 대꾸도 하지 않았다. 그는 그저 내가 건네준 차를 기품 있게 마셨을 뿐이다.

하지만 나는 그의 침묵이 긍정을 뜻하는 것임을 알고 있다. 아윈의 침묵을 이미 수어 번 경험한 터였다. 나는 그의 침묵이 의미하는 바를 통탈한 듯했다.

"감사합니다."

아윈은 또다시 침묵했다. 그것은 완벽한 긍정이었다. 내 얼굴엔 숨길 수 없는 미소가 스멀스멀 피어올랐다.

"아, 그리고 그 이동 수단에 대해서도 제게 좋은 묘수가 있어요."

아윈이 손에 든 찻잔을 내려놓으며, 나를 의문스럽게 응시했다.
나는 오늘 오전, 허공에 있었던 내 모습을 상기하며 별안간 꿍꿍이
가 가득한 미소를 지었다.

그 미소는 누군가의 미소와 꼭 닮은 미소였다.

달튼의 마법은 아주 훌륭하고 유익한 것이었다.

그의 마법은 도보로는 도저히 갈 수 없는 길을 갈 수 있게 만들어
주었기 때문이었다. 바로 하늘을 이용해서 말이다.

우리는 지상에서 꽤 떨어진 허공을 걷고 있었다. 자신뿐만 아니
라 타인도 함께 허공을 나다닐 수 있게 만드는 달튼의 마법 덕분이
었다.

내 손엔 아윈을 위한 다기 세트가 들려 있었고, 내 양옆엔 아윈
과 달튼이 차례대로 발맞추어 걷고 있었다. 일자로 허공에 발을 디
디는 모양새가 조금은 우습기도 했다.

"허공 위에 두 사람을 걷게 하려니까, 마력 소모가 너무 커."

잘 걷던 달튼이 괜스레 투덜거렸다. 그는 힘들다는 듯이 입술을
삐죽거렸지만, 슬쩍 본 그의 얼굴에는 힘든 기색이라곤 하나도 없
었다.

한참을 말없이 허공을 걷기만 하던 아윈이 대답한 것은 그때였다.

"하지만 달튼. 당신이기 때문에 이런 게 가능한 거잖아. 당신은

유능한 마법사니까."

아주 후한 말이었다. 아윈의 말에 전적으로 동의했지만, 아윈이 달튼을 그런 식으로 추켜세워 준다는 사실이 잘 믿기지 않았다.

나만 그렇게 생각한 것이 아니었던지, 달튼도 얼떨떨한 시선으로 아윈을 응시하는 게 보였다. 달튼은 누그러진 목소리로 입술을 삐죽였다.

"쳇, 하긴 나는 왕국 최고의 마법사이기는 해."

그의 말이 떨어지기 무섭게 아윈은 내게 고개를 숙여 자그마한 목소리로 속삭였다.

"이게 바로 마법사들을 다루는 방법이야."

그는 할 말을 끝낸 후에 고개를 세웠지만, 내 귓가엔 그의 숨결이 진득하게 남아 있는 듯한 착각이 들었다. 괜히 발끝이 오므라지며, 팔뚝엔 옅은 소름이 돋는다.

허공을 걷고 있는 순간에도 아윈의 숨결을 느껴 버리다니. 한번 드리운 소름은 쉽사리 사라지지 않았다.

나는 뒤늦게 고개를 끄덕였다. 아윈의 말을 수긍하는 바다. 아윈의 한마디로 툴툴거리던 달튼이 조용해졌기 때문이다.

그러니까, 마법사를 다루는 방법이라는 게 일단은 영혼 없이 그를 칭송해 주어라, 이거인가.

"이봐, 두 사람. 방금 뭘 속닥거린 거지?"

달튼은 찰나의 순간에 지나갔던 아윈의 작은 움직임을 놓치지 않은 듯했다. 눈치가 어쩜 그리도 빠른 건지.

나는 아윈에게 눈동냥으로 배운 마법사를 다루는 방법을 행해 보고 싶었다. 그래서 아윈이 했던 것처럼 달튼에게 대답해 주었다.

"달튼. 당신이 훌륭하다는 얘기를 하고 있었어요. 후작님이 당신의 면전에 대놓고 계속 칭찬하시는 걸 조금 부끄러워하셔서."

설마 이런 말에 껌뻑 속아 넘어갈까 싶었지만.

"하하하, 다음부터 그런 칭찬은 내 면전에다 대놓고 해 줘. 그런 건 언제나 환영이니까."

"……."

달튼은 구름이 들썩거릴 정도로 호쾌하게 웃어 젖혔다. 바보인 건지, 순수한 건지.

무려 세 사람을 허공에 걷게 할 만큼의 대단한 마법을 씀에도 불구하고, 이럴 때 보면 그의 영혼은 지나치게 순수해 보였다. 수상한 낌새를 종종 내비쳤던 남자와 동일인이라고는 믿기지 않을 정도였다.

나는 옆에 있던 아윈의 귓가로 고개를 기울이며, 그에게만 들릴 작은 목소리로 말했다.

"이렇게 하는 거 맞죠?"

아윈은 고개를 살짝 끄덕였다. 그의 고갯짓엔 한 치의 오차도 보이지 않았다. 나도 실로 완벽하게 마법사의 마음을 구워삶은 것이다.

나는 키득거렸다. 그 덕에 손에 들고 있던 다기 세트가 곧 지상에 떨어질 듯이 들썩였다. 입가에 맴돌던 웃음을 금방 거두어들였지만, 달튼은 내 웃음소리도 놓치지 않았다는 것처럼 말했다.

"어쩐지 속는 기분인데."

달튼은 묘하게 이상한 쪽으로 눈치가 빨랐다. 다만, 문제가 있었다면, 그 눈치가 반쪽짜리라는 것이었다.

그는 미심쩍다는 듯이 나와 아윈을 번갈아 보았지만, 추궁하지는 않았다. 아윈이 달튼에게 한마디를 더 건네었기 때문이다.

"누가 당신 같은 완벽한 마법사를 속이겠어."

아윈은 진지한 어투로 그리 읊었고, 달튼은 기분이 다시 좋아졌다는 듯이 히죽거렸다. 아무래도 아윈은 달튼을 다루는 방법을 완벽하게 익히고 있음이 틀림없었다.

그렇게 얼마를 더 걷고 나자 협곡의 모습이 보이기 시작했다. 멀리서 보았을 땐 그리 커 보이지 않았는데, 막상 가까이서 바라보자 그 영역이 정말 넓었다.

마주 보고 있는 협곡의 절벽이 매섭게만 느껴진다. 그곳에 닿으면 내 연한 살갗이 잘려 나갈 정도로, 그만큼 날카롭게 깎여 있다고 해야 할까.

우리는 달튼의 손짓에 따라 허공에서 지면으로 조심스럽게 내려왔다. 중력에 얽매이지 않던 허공을 걷다, 지면에 발을 디디자 몸이 기우뚱거렸다.

내가 중심을 잃고 작게 휘청거리자, 아윈이 내 어깨를 잡아 주었다. 그는 늘 그렇듯 무심하게 다가와 흔들리던 나를 잠깐 잡아 주고선 무심하게 떠나갔다.

아아, 역시나 무심한 사람.

"휴, 너희들 덕에 나도 이 협곡에 오랜만에 와 보네."

달튼은 나와는 다르게 몸을 전혀 휘청거리지 않았다. 지상에 고고히 내려온 그는, 흔들림 없이 앞서 몇 걸음을 걸어갔다.

달튼이 걸음을 멈춘 곳은 협곡의 낭떠러지 부근이었다.

그는 근 수직으로 나 있는 협곡의 절벽이 무섭지도 않은 것인지,

고개를 쭉 내뺀 채로 그 밑을 내려다보았다. 밑을 내려다보는 달튼의 얼굴엔 진한 미소가 맴돌았다.

그는 곧 우리 쪽으로 고개를 돌리며 말했다.

"지금은 건기라서 협곡의 절벽 사이로 흐르는 물이 그다지 없네. 밑으로 내려가서 볼 수 있겠다."

마주한 달튼의 미소는 결코 순수한 것이 아니었다.

달튼은 속마음이 쉬이 읽히는 눈을 가지고 있었다. 미소 지음에 부드러운 곡선을 그린 그의 오드아이에는 위험한 낌새가 가득 차 있었다.

지금의 그는, 나와 아윈의 어쭙잖은 농간에 넘어갔던 순수한 그가 아니었다. 적어도 내가 느끼기엔 그랬다.

나는 후회가 되었다.

협곡에 가야 할 일이 있지만 갈 방편이 시답지 않아 고민하던 아윈에게 달튼의 마법을 알려 준 것은 나였다. 나는, 지형이 평탄한 곳까진 말을 타고 간 다음에, 지형이 험난한 곳에선 달튼의 마법을 이용하자고 했었다.

아윈은 내 말에 동의했고, 달튼을 설득하는 건 어렵지 않은 일이었다. 달튼은 우리의 제안에 이유를 묻지도 따지지도 않으며 곧바로 수락했다.

당시에는 잘된 일이라고만 생각했었다. 하지만 이제 와서 보니, 달튼이 누군가의 부탁을 순수하게 들어주는 사람이었나, 하는 의구심이 들었다.

'그는 제가 원하는 것에 대해선 냉정한 마법사니까.'

돌연히 가면무도회장에서 아윈이 했던 말이 떠올랐다. 아무런 의미 없이 그냥 떠오른 말은 아닐 것이다.

달튼은 제가 궁극적으로 원하는 바가 있었기 때문에 우리의 제안을 순순히 받아들였던 걸까?

달튼이 원하는 것은 적어도 내가 알기론 하나밖에 없었다. 심장. 그의 죽은 연인을 살릴 수 있는 살아 있는 심장.

하나 그것이 달튼의 궁극적인 의도라고 확신할 수는 없었다. 다만, 그의 의도가 무엇이든 간에 확실한 사실은 하나 있었다. 그가 없었다면, 우리는 협곡으로 오지 못했을 거라는 점.

협곡으로 오기 위해선 그의 수상한 낌새를 감내해야 했고, 그것은 이미 아윈도 알고 있었던 게 아닐까.

"좋아. 그럼 함께 내려가 보도록 하지."

아윈은 별다른 의심 없이 달튼의 말을 수긍해 주고 있었다. 달튼의 수상한 점을 아윈이 간과했을 리가 없었다.

아윈은 무심하기는 하나 그것은 감정적인 부분에 한해서였다. 그는 달튼의 미심쩍은 행보를 유야무야 넘길 사람이 아니었다.

나는 나를 지나쳐서 걸어가는 아윈의 넓은 등을 지그시 응시했다. 당신은 달튼의 수상한 낌새를 아무렇지 않게 넘긴 건가요?

나는 근본 없이 피어오른 불안함에 아랫입술을 작게 깨물었다. 후작저로 다시 돌아가고픈 마음이 굴뚝같아졌다.

하지만 돌이키기엔 너무 늦어 버린 것일지도 몰랐다. 우리는 이미 낭떠러지의 외곽에 나 있는 좁은 길을 한 줄로 걸어가기 시작한 후였다.

길은 엄청 좁았다. 얼마나 좁았냐면, 한 사람만이 겨우 걸어갈 수 있을 정도였다. 고소공포증이 있었던 것은 아니지만, 곁눈질로 내려다본 협곡의 밑이 꽤나 아찔했다.

가파른 절벽의 밑바닥에 있는 좁은 통로 사이로 드문드문 물줄기가 보였다. 달튼의 말대로 건기였던 것인지, 물줄기가 아주 가느다랬다.

그 밑을 계속해서 보고 있자니, 다리가 절로 후들거렸다. 발을 조금이라도 잘못 디딘다면 추락사를 할 것 같았다.

"이포. 여기서 떨어지면 죽겠다. 그치?"

내 뒤를 잠자코 따라오던 달튼이 내게 속삭였다. 내 앞에서 몇 걸음이나 앞서 가는 아윈에게는 결단코 닿지 않을 작은 목소리였다.

"당연한 소리를 하시네요."

나는 아무렇지 않게 대답했다. 아니, 그렇게 하려고 노력했다. 가파른 절벽을 보며 아찔함을 느낀 것을 달튼에게 들키고 싶지 않았다.

가시적인 이유가 있었던 것은 아니다. 그렇지만 본능적으로 그렇게 해야 한다는 생각이 들었다. 그에게 불안한 내 마음을 들켜서는 안 된다고.

그 순간 나를 따라오던 달튼의 발소리가 뚝 끊겼다. 나는 뒤돌아보지 않았다. 신경 쓰지 말자. 그를 더는 상대하지 말자.

나는 입술을 꾹 다물었다. 닫힌 입술이 까닭 없이 미미하게 떨렸다. 달튼의 말은 이어졌다.

"이포 벨. 여기서 죽어 볼래?"

달튼은 내가 알고 있는 죽음과 같은 의미의 죽음을 논하는 걸까?

그 단어에 서린 의미가 의심될 정도로 달튼의 제안을 믿을 수 없었다. 내가 잘못 들었기를 바라는 마음이었다.

"지금 뭐라고 하셨어요?"

나는 기어코 뒤를 돌아보았다. 바라본 달튼의 얼굴은 평온하기만 했다. 절대로 '죽어 볼래?'라는 말을 꺼낸 얼굴이 아니었다. 반면, 나는 얼굴을 와락 구겼다.

당신은 그런 끔찍한 말을 어떻게 아무렇지 않게 내뱉을 수 있는 거야?

아윈은 우리가 걸음을 멈춘 것을 인지하지 못한 것인지, 저 혼자 앞서 걸어갔다. 걸음을 멈춘 우리와 아윈 사이의 거리는 점점 벌어지고 있었다.

"이포. 내가 얘기했었잖아. 아윈 앞에서 네가 죽는 연기를 해 보자고."

달튼은 뻔뻔하게 말했다. 심지어 미소까지 짓더라.

나는 기가 차서 바람 빠진 소리를 내었다.

"응?"

달튼이 나를 채근하자, 나는 고민 없이 고개를 내저었다.

"싫어요."

물론 내 가짜 죽음에 아윈이 어떤 반응을 보일지 정말 궁금했다. 하지만 그렇다고 해서, 이곳에서 위험한 일을 저지르고 싶지는 않았다.

나는 절벽 밑을 다시금 흘끔 바라보았다. 그 높이가 아찔한 것은 여전했다. 티 나지 않게 보았다고 생각했는데, 달튼의 시선이 내 시선을 따라가는 게 보였다.

달튼은 나를 따라 절벽 밑을 잠깐 쳐다보았다. 그러곤 제 입가에 스며 있던 웃음의 기운을 완전히 지워 냈다.

"나는 대마법사야. 나만 믿고 여기서 한번 떨어져 보자. 여긴 네가 죽은 연기를 할 필요도 없고, 완전 위험해 보이고, 여러모로 좋은 조건이잖아."

달튼은 진지한 얼굴로 말했다. 진중한 빛을 띤 그의 오드아이에는 위험한 기류가 가득했다. 나는 그의 진지함이 마음에 들지 않았다.

"저도 아윈의 반응이 궁금하기는 하지만, 이곳은 너무 위험해요. 차라리 관 속에서 죽는 척하는 게 낫겠어요."

달튼은 주저 없이 물었다.

"그럼 그렇게 할까?"

"달튼!"

나는 그의 이름을 크게 불렀다. 황량한 바람만 불던 절벽 사이로 내 목소리가 메아리치듯이 울렸다.

이제는 아윈도 우리가 대화를 나누고 있다는 사실을 알아차리지 않았을까. 그냥 대화도 아닌 아주 위험한 우리의 대화를.

달튼은 내 외침에도 아랑곳하지 않으며 제 의견을 피력했다.

"하지만 나는 이곳이 엄청 마음에 들어. 네가 여기서 떨어지면, 아윈의 반응은 내가 지켜볼게. 아주 좋은 신호탄이 될 거야."

누구에게 좋은 신호탄이 된다는 걸까.

달튼, 당신에게? 나에게?

나는 몸을 달튼 쪽으로 완전히 비틀었다. 조금 움직였을 뿐인데, 내 발치에 있던 작은 돌들이 절벽 밑으로 굴러떨어졌다. 아찔한 광경이었다.

아무리 생각해도 이곳에서 떨어질 수는 없었다.

나는 달튼을 매섭게 응시했다. 날 선 내 눈빛에 그가 제 바람을 포기해 주었으면 했으나, 그는 되레 맹세하듯이 말했다.

"절벽에서 떨어져도, 너를 절대로 죽게 만들지 않을게. 아니, 다치게 만들지도 않을게. 맹세해."

"말도 안 되는 일이고, 여기선 절대로 안 돼요."

"마지막으로 물을게. 나를 믿어?"

"아니요!"

나는 내가 지을 수 있는 최대한의 화난 표정을 지어 보이며, 재빠르게 대답했다. 지금까지 그에게 한 대답 중 가장 성난 대답이리라.

저를 믿지 않는다는 내 대답에 달튼은 기분 나빠하지 않았다. 그의 표정에는 조금의 변화도 없었다. 마치 내가 그렇게 대답하리란 것을 미리 예감한 사람처럼.

"그렇게 대답할 줄 알았어."

"……달튼!"

도무지 대화가 안 되잖아. 나는 또다시 그의 이름을 힘주어 불렀다.

"그럼 이번 기회에 나를 한번 믿어 봐. 믿음이란 건 극단적인 경우에 생기기도 하니까."

그는 결코 물러서지 않을 것처럼 말했다. 그의 맹렬한 폭풍우와 닮은 기백이었다. 그 순간 내 머릿속엔 아윈의 말이 다시금 떠올랐다.

'그는 제가 원하는 것에 대해선 냉정한 마법사니까.'

냉정한 마법사. 달튼은 정말로 나를 낭떠러지에 떨어뜨릴 생각인 걸까? 내가 뭐라고 하든, 설령 그를 저주하는 말을 한다 할지라도.

생각은 더 이상 이어지지 않았다. 달튼이 내 어깨를 잡아채, 낭떠러지로 밀어 버렸기 때문이다. 내 어깨를 미는 그의 악력이 강인했다. 내가 저항할 수 있는 범주의 것이 아니었다.

나는 소리를 지르는 것도 잊은 채로 마른 숨을 토해 냈고, 내 발은 좁은 길을 벗어나기 시작했다. 몸이 허공에 뜸과 동시에 손에 든 다기 세트를 놓쳐 버렸다.

아아, 저거 비싼 다기 세트인데. 시녀장이 화를 내겠군. 나는 절벽 쪽으로 몸이 기우는 순간에도 그런 어이없는 생각을 잠깐 했다.

이내 내 발은 허공에 붕 떴다.

나는 협곡에 왔을 때처럼 발을 휘저었지만, 이번엔 허공을 자유롭게 나다닐 수 없었다. 몸은 중력을 그대로 받으며 떨어졌다. 밑으로 더 밑으로.

그때 보인 것은 아윈이었다. 소란스러움을 느낀 듯한 아윈의 몸이 우리를 향해 틀어져 있었다. 아윈과 나의 눈은 곧 마주쳤다.

얼마 못 가 그의 입술이 뒤늦게 열렸다.

"······이포 벨?"

아윈은 떨어지는 내게 반사적으로 손을 뻗었다. 나도 그에게 손을 뻗었지만, 우리의 손은 전혀 닿지 못했다.

나는 이미 아윈과 달튼의 모습이 작은 점같이 보일 정도로 떨어지고 있었다. 그렇기에 우리의 손이 닿을 가능성은 조금도 없었다.

우리가 서로에게 손을 뻗은 거리는 그렇게 더더욱 벌어지고 있었다. 그것은 마치 실제로 존재하는 우리 사이의 거리와도 닮아 있었다.

이따금 서로의 몸이 닿았지만, 마음은 닿지 못했던 우리 사이처럼.

나를 부르는 아윈의 목소리가 또다시 들린 것도 같았다. 당신은 절벽 밑으로 떨어지는 나를 보며 무슨 생각을 할까.

어이 없게도, 나는 아윈의 반응이 퍽 궁금했다. 달튼에게 이런 일은 말도 안 된다고 했던 주제에, 아윈의 반응을 기대하고 있었던 것이다.

아원은 어떻게 하고 있을까.

그 또한 우리의 손이 닿지 않음을 애달파하고 있을까? 아니면, 가차 없이 나를 절벽으로 민 달튼에게 화를 내고 있을까.

어쩌면 그는 방관자처럼 가만히 있을지도 몰랐다. 내가 떨어진 절벽 밑을 지켜보기만 하는 거다. 감정 없는 무심한 검은 눈동자로. 굳게 닫힌 붉은 입술로.

아원이 나를 위해 눈물을 쏟는 것까지는 바라지 않았다.

그러나 그가 추락하는 나를 방관자처럼 지켜만 봤다면, 그것은 좀 슬플 것이다. 아니, 몹시도 슬플 테지.

마음이 너무 아파서, 내가 나를 위해서 눈물을 흘렸을지도 몰랐다. 우리의 관계가 한낱 그 정도밖에 되지 않았음을 대단히 현실감 있게 느껴 버릴지도 몰랐다.

달튼이 나를 진짜로 죽일 거라는 생각은 들지 않았다.

달튼은 위험한 빛을 내비쳤지만, 그 빛에서 살의까지는 느끼지 못했다. 그는 단지 아원의 진짜 마음을 알고 싶어 했을 뿐이었다. 제가 아원을 좋아하기라도 하듯이 말이다.

달튼은 어째서 아원의 마음에 그토록 큰 관심을 보이는 걸까. 만약 아원이 내게 마음이 있다는 사실을 확신하게 되었을 때, 달튼이 얻게 될 이익은 무엇일까.

심장, 마음, 그리고 달튼이 얻게 될 이익.

모든 것은 비스듬하게 연결되어 있었지만, 역시나 중간에 내가 모르는 연결점 하나가 누락된 기분이었다.

과연 그 연결점은 무엇인가. 나는 그것을 알아차릴 수 있을 것인가.

생각이 이어지는 도중에도 나는 계속해서 떨어지고 있었다. 언제까지 떨어져야 하는 건지, 달튼이 어떤 식으로 나의 추락을 막는다는 건지, 궁금했다.

화는 났지만, 떨어지는 동안 그다지 불안하지는 않았다. 그가 나를 죽게 만들지 않을 거라는 이상한 확신이 있어서였다.

그의 말처럼 극단적인 상황에 처하자, 그에 대한 믿음이 조금 생긴 것이다. 바보 같은 믿음이었다.

하나 달튼에게 생긴 손톱만큼의 믿음과는 별개로, 그를 다시 만난다면 나는 그의 뺨을 있는 힘껏 내려칠 것이다.

내 손찌검에 그가 화가 나서 폭풍우를 내린다고 해도 어쩔 수 없다. 아니, 심지어 더한 폭력적인 마법을 쓴다고 해도 상관없었다.

그가 이런 짓을 다신 하지 말았으면 했기 때문이었다.

높은 곳에서 떨어지는 일은 생각보다도 훨씬 더 끔찍한 일이었다. 심장이 두 쪽으로 갈라지는 듯한 느낌이 끊임없이 들었다.

나는 눈을 감았다. 눈을 감자, 허공을 가로지르는 날 선 바람 소리를 제외하고선 아무것도 느껴지지 않았다.

기묘하게도 바람 소리는 점점 더 잠잠해졌다. 그러다 드리운 것은 침묵과 정적.

깊은 물속에 가라앉는 기분이 들었다. 실제로 협곡의 밑엔 작은 강줄기가 흐르고 있었으니, 이대로 떨어진다면 물속에 가라앉을지도 모를 일이었다.

물론 그건 달튼이 마법으로 나를 구하지 않는다는 전제하에 생길 일이었다. 가령 우연 같은 실수가 생긴다면.

그는 대마법사이기는 하나, 그 전에 인간이었다. 인간은 실수하기 마련이다. 그 실수가 지금 일어날 수도 있었다.

달튼의 실수로 내가 죽게 된다면, 오늘 본 아윈의 무심한 얼굴이 내가 본 그의 마지막 얼굴이 되는 걸까?

썩 나쁘지 않다는 생각이 들었다. 왜냐면 그가 내게 손을 뻗어 주었으니까.

그것이 무슨 의미를 담고 있든 간에, 심지어 아무 의미 없는 반사적인 행동이라고 할지라도, 중요한 사실은 아윈이 나를 위해서 손을 뻗어 주었다는 사실 하나였다.

실상 그것은 무심한 남자에겐 꽤나 큰 모션이었을지도 몰랐다.

"……."

내 주변을 감돌던 지독한 무음이 오랫동안 지속되고 있었다. 문득 깨달았을 땐, 떨어지는 느낌이 더는 느껴지지 않았다. 딱딱한 곳에 누워 있는 듯한 기분.

설마 죽은 것은 아니겠지.

나는 감았던 눈을 슬그머니 떴다. 그러자 놀랍게도 주위의 전경이 완전히 변해 있었다. 깎아지른 듯 가팔라 보였던 협곡의 절벽이 보이지 않았다. 내 시야에 맺힌 것은 돌들이었다.

"동굴이다."

내가 지금 존재하는 곳은, 옹기종기한 돌들로 이루어진 커다란 동굴이었다. 심호흡을 하자, 습기를 가득 머금은 이끼 냄새와 퀴퀴한 곰팡이 냄새가 맡아졌다.

다행히 죽지는 않았나 보다. 나는 작게 안도했다.

걱정했지만, 달튼의 마법엔 실수가 없었다. 그는 추락하던 나를 어느 동굴로 이동시킨 것 같았다.

언제 어떻게 이동되었는지 모를 안정적인 마법이었다. 그의 마법
이 치사할 정도로 유익하고 훌륭한 것임을 또다시 인정하는 바였다.

나는 곧게 누워 있던 몸을 일으켜, 눈을 몇 차례 깜빡였다. 시야
는 조금 어두웠던 사위에 금세 적응했다.

나는 주위를 더 둘러보았다. 주변은 어두운 편이기는 했지만, 완
전히 어둡지는 않았다. 어디에선가 주위를 인지할 수 있을 정도의
작은 빛이 들어왔기 때문이다.

작은 빛이 있다는 건, 그 빛의 출처인 큰 빛줄기가 있는 게 아닐
까 싶었다. 아마도 그곳이 이 동굴의 출구일 테지. 출구가 그다지
멀지 않은 곳에 있을 것 같았다.

그러다 문득, 달튼이 왜 이 동굴로 나를 이동시킨 것인지 의문이
들었다. 그에 대한 해답을 얻기 위해선 일단은 동굴부터 나가는 게
우선이었다.

그렇게 걸음을 떼려던 찰나, 내 발치에 무언가가 걸렸다. 나는
시선을 내려 무언가를 확인했다.

그것은 믿을 수 없게도 누군가의 뼈였다. 어두운 사위 사이에서
도 제 상앗빛을 온전히 빛내고 있는 뼛조각.

나는 일시적 부동 상태가 되었다. 괜스레 내 곁을 지나치는 동굴
의 공기까지도 서늘하게 느껴졌다.

도대체 웬 뼈일까, 라는 생각으로 뒤를 돌아보는 순간, 다리에
힘이 풀려 버리고 만다.

쿵.

나는 그대로 동굴의 바닥에 엉덩이를 찧었다. 엉덩이가 얼얼했지
만, 고통을 느낄 여유는 없었다.

나는 두 눈을 크게 떴다. 잘못 본 것인가 싶어, 눈을 수어 번 깜빡였음에도 그것이 눈앞에서 사라지지 않았다.

"……!"

내 앞에는 제 형태를 그대로 유지한 커다란 뼈들이 존재하고 있었다.

파충류를 연상하게 하는 커다란 머리 모양의 뼈, 그 밑으로 이어진 가는 목뼈, 갈고리와 닮은 곡선 모양의 몸통 뼈, 그리고 기다란 꼬리뼈까지도.

조만간 제 몸을 일으키는 것이 아닐까 싶을 정도로 뼈의 형태가 완벽했다. 뼈가 비어 있는 곳은 한 곳도 없었다.

빈틈없이 이어진 뼈들은 자연의 섭리조차 빗겨 간 것인지, 풍화된 흔적도 보이지 않았다. 매끄럽게만 보일 뿐이었다.

나는 잊고 있었던 사실 하나를 자연스럽게 떠올렸다.

'저 산에 있는 협곡을 알아?'

'네.'

'거기엔 아주 늙은 용이 살고 있었어.'

아원은 이 협곡에 늙은 용이 살고 있었다고 했다. 제가 처음으로 목도한 죽음 또한 노룡의 죽음이라고 했었다.

그래, 맞아. 이곳은 노룡의 협곡이었어. 그렇다면 지금 내 눈앞에 있는 뼈는,

"죽은 노룡……."

그의 것이리라.

노룡의 뼈는 그가 살아 있었던 마지막 모습을 그대로 유지한 채였다. 꼬리를 만 채로 몸을 동그랗게 웅크린 모양새다. 그 모습은 마

치 제가 오랜 시간 동안 잠들 것임을 예견한 듯한 모습처럼 보였다.

그것을 계속해서 보고 있자니, 놀랐던 마음이 약간은 진정되기에 이르렀다. 나는 미미하게 떨리는 손을 뻗었다. 내 손끝은 노룡의 머리뼈에(더 정확하게 말하자면 턱 부근이라고 해야 할까) 닿았다.

뼈의 감촉은 예상했던 것보다 훨씬 더 부드러웠다. 얼마나 매끄러웠던지 손에 걸리는 부분은 하나도 없었다. 작은 흠집조차도 없었던 것이다.

누군가가 정성 들여 그의 뼈를 보존해 놓은 것이 아닐까 싶었다. 죽은 용의 뼈를 보존하고 있는, 살아 있는 누군가.

불현듯이 달튼이 잠깐 떠올랐다. 더불어 기가 막히도록 놀라운 그의 마법까지도.

나는 일순 떠오른 달튼의 환영을 금세 지웠다. 나를 절벽에서 민 달튼을 생각하고 싶지 않아서였다. 대신, 노룡의 뼈에 다시 집중을 했을 뿐이다.

그것에 손을 얹고 있자, 처음 느꼈던 두려움은 완전히 가셔 버렸다. 출처를 알 수 없는 편안함마저도 든다. 나는 누군가의 살결을 만지듯이 그의 매끄러운 뼈를 거듭 매만졌다.

아원은 고장 난 제 심장의 나사를 노룡에게서 찾았다고 했었다. 그것이 의미하는 바는 무엇일까?

나는 노룡에게 물음을 건네었다.

"당신이 아원에게 준 나사의 의미는 무엇인가요?"

물론 돌아오는 대답은 없었다. 그는 단지 뼈일 뿐이었기 때문이다. 그 속에선 영혼의 기류가 느껴지지 않았다.

죽은 노룡의 영혼은 어디로 가 버렸을까. 노룡은 자신의 죽음을 어떻게 받아들였을까.

나는 죽음을 앞둔 여자로서 노룡이 겪었던 죽음의 과정이 꽤나 궁금해졌다. 할 수만 있다면, 그와 죽음에 대해 이야기를 나누고 싶은 심정이었다.

"노룡 당신은 누군가에게 기억되기를 바랐나요?"

역시나 돌아오는 대답은 없었다.

만에 하나 뼈만 남은 그의 턱이 움직이며 내 물음에 대한 대답을 뱉어 낸다면, 그것은 매우 충격적인 일일 것이다. 너무 놀라서 또 엉덩방아를 찧을지도.

하나 몇 분이 지남에도 굳게 닫힌 노룡의 턱뼈는 움직이지 않았다. 또다시 엉덩방아를 찧지 않게 해 주어서 다행이라 여겨야 하는 건지.

나는 매끄러운 얼굴뼈를 바라보던 시선을 내려, 몸통 주위를 빤히 응시했다.

한때, 아주 오래전에 장기들을 감쌌던 갈비뼈들은 제 장기들을 잃은 채로 앙상하게 남아 있었다. 그 장기들 속엔 심장도 있었겠지.

노룡의 심장.

노룡에게서 찾았다던 아윈의 나사는 노룡의 심장이 아니었을까. 솔직히 심장 외엔 다른 어떤 것도 그 나사에 부합되는 장기라고 생각되지 않았다.

나는 가설을 세웠다.

아윈은 노룡에게서 그의 심장을 얻었고, 그것을 자신의 심장에 덧대었다. 그러자 아윈이 했던 말을 이제야 이해할 수 있었다. 뜨거웠던 첫날밤, 아윈이 남겼던 그 말.

'내겐 두 개의 심장이 있어.'

두 개의 심장이 의미하는 바는 그의 심장과 노룡의 심장.

아윈은 정말로 제 몸속에 두 개의 심장을 가지고 있는 것이고, 그럼에도 그는 고장 난 자신의 심장을 완벽하게 치유하지 못했다. 얼추 아귀가 맞아떨어지는 가설이라고 생각했다.

그렇다면, 더 나아가 달튼의 숨겨진 의중은 무엇이었을까. 솔직히 거기까지는 가설을 더 세울 수가 없었다. 내 머리는 이미 과부하였다.

머리는 생각하는 것을 그만두라고 요구하면서도, 다른 기억을 내게 상기시키고 있었다. 완전 제멋대로였다.

머릿속엔 아주 오래전, 누군가와 나누었던 약속의 말이 메아리치듯이 울리고 있었다.

'내 심장을 네게 줄게.'

아윈의 목소리만큼이나 듣기 좋은 목소리. 그 목소리는 며칠 전 내 꿈속에서도 들었던 목소리였다.

노룡, 당신과 상관이 있는 목소리인 걸까? 그렇기에 나는 당신의 흔적을 보며, 본능적으로 그 목소리를 떠올렸던 걸까?

흘러간 사고는 거침이 없었다.

사고는 오랫동안 잊고 있었던 기억을 들쑤시고 있었다. 수면 밑에 깊게 가라앉아 있던 기억들이 수면 위로 올라왔다.

두서없이 떠오른 또 다른 기억은, 어렸을 때 큰 사고를 당했던 기억이었다.

아마도 내 심장이 고장 났음을 인지하고 난 뒤, 얼마 지나지 않아 일어난 일이었던 것 같다. 나는 사고의 후유증으로 그때의 일을 잘 기억하지 못했다.

사고가 났고, 나는 정신을 잃었고, 정신을 차렸을 땐 내 방이었다. 중간의 기억을 송두리째 잃어버린 것이었다.

혹 그때에 잃어버렸던 기억이 노룡과 관련이 된 기억이었다면.

미간을 옅게 찌푸렸다. 이미 잃어버린 것을 다시 찾아오는 것만큼 답답한 일은 없었기 때문이다. 그래서 나는, 잃어버린 기억을 상기하는 것을 쿨하게 포기했다.

잃어버린 기억은 그 나름대로의 잃어버린 이유가 있을 것이다. 그때의 기억은 잠시 잊어버린 것일 뿐, 사라진 것은 아니었다.

다시 떠올릴 필요가 있을 때엔 스스로가 기억해 내지 않을까. 마치 내가 요즘에 들어서야 '내 심장을 네게 줄게.'라는 말을 떠올렸듯이.

뭐, 언젠가는 떠오르겠지.

그것은 급한 문제가 아니었다. 지금의 내게 있어 가장 급한 문제는 이 동굴을 벗어나는 일이었다. 더해, 나를 절벽으로 밀쳐 버린 달튼의 뺨을 때리는 일도 매우 중요했다.

나는 노룡의 뼈를 쓰다듬던 손을 물렸다. 그러곤 그에게 마지막으로 말을 건네었다.

"좋은 꿈을 꾸고 있길 바라요."

어딘가에 있을 노룡의 영혼에게 전한 말이었다.

과연, 그에게서 돌아오는 대답은 없었다.

나는 빛이 나오는 줄기 쪽으로 걸어가기 시작했다.

내가 예상했던 대로 작은 빛의 줄기는 큰 빛의 줄기의 일환이었던지, 걸으면 걸을수록 빛의 영역이 넓어졌다. 조만간 동굴을 빠져

나갈 수 있을 거라는 확신이 들었다.

그렇게 얼마나 걸었을까. 나는 빛의 영역이 완전히 넓어지는 곳까지 걸어오고야 말았다. 그곳은 동굴의 입구이자 출구였다.

동굴을 나서자마자 보인 것은 가파른 협곡을 배경으로 서 있는 명암 차가 극명한 두 남자였다.

"……."

달튼과 아윈. 그들은 내가 이곳으로 나올 것을 일찌감치 짐작이라도 한 듯이 나를 기다리고 있었다. 심지어 달튼은 나를 발견하고선 반갑게 손을 흔들기도 했다. 참 해맑기도 하지.

웃는 낯짝으로 내게 손을 흔드는 건, 나를 절벽으로 민 사람이 할 만한 행동은 아니었다. 나는 기분 나쁜 표정을 지으며, 달튼에게 가까이 다가갔다.

"이포, 네 눈빛이 무서워."

달튼은 제가 잘못한 사실을 잘 알고 있다는 것처럼 말했다. 알고는 있어서 다행이었다.

나는 대답 대신 손을 들어 올렸다. 그러곤 망설임 없이 그의 오른쪽 뺨을 내려쳤다.

짝.

메마른 소리와 함께 달튼의 고개가 왼쪽으로 가차 없이 돌아갔다. 그에 따라 결 좋은 달튼의 백금발이 나부끼듯이 작게 흔들렸다.

"달튼. 저를 정말로 밀 줄은 몰랐어요. 진짜 최악이야."

물론 그의 마법으로 죽지 않을 것을 알고 있었지만, 그렇다고 해서 그의 행동이 정당화되는 것은 아니었다.

아윈의 마음을 확인하는 것에 대한 소기의 목적을 달성했다 하더라도, 잘못한 일은 잘못한 일이었다. 달튼이 옳은 일을 했다고는 할 수 없었다.

고로 나는 그의 뺨을 내려친 것을 조금도 후회하지 않았다.

달튼은 손으로 제 뺨을 감싸 쥔 채로, 돌아간 고개를 바로 하지 못했다. 돌아간 그의 얼굴이 어째 약간 처량해 보이기도 했다.

"……그래도. 그래도 너는 나를 조금은 믿게 되었지?"

그는 맥이 없는 목소리로 내게 물었다.

한다는 소리가 고작 믿음에 관한 소리라니. 사과를 먼저 해야 할 것 같은데.

나는 실소를 지으며 대답했다.

"인정하긴 싫지만, 극단적인 상황에 처하니까 당신에 대한 믿음이 생기기는 했어요. 벼룩의 간만큼 정도랄까. 그렇다고 해서 그런 끔찍한 짓을 또 하는 걸 용인하겠다는 말은 아니에요. 당신을 용서하겠다는 말도 아니고요."

달튼은 그제야 사죄의 말을 꺼내며, 비스듬히 돌아갔던 고개를 곧게 세웠다.

"미안해. 다시는 그런 짓을 하지 않을게. 이번에도 맹세해."

맹세의 말을 꺼낸 달튼의 시선이 내게 향했다.

달튼의 얼굴은 뭐랄까. 뺨을 맞은 사람의 얼굴처럼 보이지 않았다.

그는 엷은 미소를 짓고 있었는데, 그 미소가 왠지 편안해 보였다. 그를 오랫동안 괴롭혔던 골칫거리가 해결된 것처럼 보였다고 해야 할까.

나로선 당최 이해할 수 없는 반응이었다.

"하지만 이포. 네가 절벽에서 떨어져서 나에 대한 믿음이 생겼

고, 비록 벼룩의 간만큼이지만……. 여하튼, 이 동굴을 나오는 내
내 제일 많이 한 생각이 내 뺨을 때릴 생각이었다면."

"……."

그런 거라면? 나는 달튼이 무슨 말을 하는 것인지 전혀 짐작할
수 없어서, 고개를 갸웃거렸다.

"왠지 모르게 가슴이 막 벅차올라."

"……."

"나는 비록 따귀를 맞았지만, 네게 믿음을 얻었고. 한순간이었어
도 네게 일 순위였으니까."

어떻게 그런 식으로 해석을 할 수 있는 거지?

달튼은 진심으로 행복한 얼굴을 했다. 차라리 그가 화를 내는 편
이 더 나았을 거라는 생각이 들었다.

나는 꿈도 희망도 없는 한숨을 내쉬었다.

"휴, 달튼. 당신 혹시……. 학대나 고통을 받음으로써 만족을 느
끼는…… 그런 거 아니죠?"

"아니야!"

달튼은 절대로 그런 게 아니라는 듯이 소리쳤지만, 나는 그의 뺨
을 때린 일을 후회했다. 그에게 만족감을 주고자 때린 뺨이 아니었
으니까.

나는 혀 차는 소리와 함께 한껏 달튼을 비웃어 준 뒤, 아윈 쪽으로
고개를 돌렸다. 고개를 돌리는 내내 영문 모를 긴장감이 엄습했다.

곧 마주한 아윈의 얼굴. 그의 얼굴은 평소와 다름없이 무심하기
만 했다. 내가 추락하는 것을 보며 나를 걱정하지 않았을까, 라고
생각했던 게 무색할 정도로.

심드렁하기만 한 그의 얼굴에선 걱정의 흔적은 일말도 보이지 않았다.

나는 그의 무심함에 실망했다. 내 사랑이 여전히 일방향이라는 사실을 체감해 버려서, 슬프기까지 했다.

사랑은 왜 이렇게 사람을 나약하게 만드는 걸까. 사랑은 왜 이렇게 사람을 아프게 하는 걸까. 내 심장은 메마른 소리를 내었다.

아윈은 아무 말도 없이 나를 물끄러미 응시하기만 했다. 그의 메마른 입술은 굳게 닫힌 채로 벌어질 기미가 보이지 않았다.

걱정했다는 말까진 바라지 않았지만, '괜찮아?'라는 말 정도는 물어봐 줄 줄 알았는데. 내 과욕이었던 걸까.

"후작님. 협곡에서 해야 할 일은 다 하셨어요?"

나는 아무렇지 않게 그에게 말을 건네었다. 하나 내 얼굴은 아무렇지 않은 얼굴이 아닐 것이다. 아마, 실망감으로 가득 물들어 있을 것이다. 표정을 제대로 감출 여력이 없었다.

실망의 깊이가 깊다. 갈무리하지 못한 진심이 새어 나가도, 미처 틀어막지 못할 정도였다. 나는 아랫입술에 힘을 주었다.

아윈을 불편하게 할 질문은 하지 말자. 그가 나를 걱정해 줄 이유는 없으니까. 아윈에게 든 실망감은…… 내가 그를 사랑하기에 느껴 버린 감정이니까.

"……."

아윈은 내 물음에 곧바로 대답하지 않았다. 그는 어쩐지 망설이는 빛이 역력한 얼굴로 눈을 느릿하게 깜빡였다.

망설이는 아윈의 얼굴. 그것은 처음 본 아윈의 모습이었다. 그는 하고 싶은 말은 꼭 하는 남자였고, 그에게 망설임이란 단어는 결코 어울리지 않는 것이었다.

그런 아윈이 무언가를 말하길 망설이고 있었다. 그는 무엇을 주저하는 걸까.

망설임은 오래가지 않았다. 아윈은 제 얼굴에 떠오른 낯선 기류를 순식간에 지웠다. 그러곤 여느 때와 다름없이 무심하게 제 입술을 달싹였다.

"……응. 협곡 쪽을 개발하고 싶은 투자자가 많아서. 내가 알고 싶었던 것은 이곳에 대한 접근성, 그리고 이 협곡에 잠재된 광물의 가치 그런 것들이었어. 그건 네가 사라진 동안에 모두 다 확인했어."

아윈은 내가 위급한 상황에 처했다는 것을 인지하지 못한 것처럼 말했다. 그는 그저 내가 사라졌다고 일컫고 있었다.

아윈도 달튼의 마법 때문에 내가 죽지 않을 거라는 사실을 알고 있었던 것 같았다. 그러나 그렇다고 해도, 그의 무심함이 모두 이해되는 것은 아니었다.

서운해도 이렇게 서운할 수가.

나는 늘어 가는 한숨과 함께 달튼 쪽을 슬쩍 쳐다보았다. 달튼은 뭐가 그리 우스운 것인지, 우리를 보며 한껏 키득거리고 있었다.

얄미워도 이렇게 얄미울 수가.

지금 이 순간 바라는 것이 하나 있었다면, 그것은 달튼의 **뺨**을 재차 내려치고 싶다는 것이었다.

후작저로 돌아가는 방법은 이곳으로 왔던 방법과 다름이 없었다.

순서만 바뀌었을 뿐이다.

우리는 협곡 사이로 흐르는 강물을 지나쳤고, 좁은 길을 통해 협곡의 위로 올라갔다. 내가 떨어졌었던 좁다란 그 길이었다.

나는 혹여나 싶어 달튼을 잔뜩 경계했지만, 앞서 걷던 그는 내 쪽은 아예 쳐다보지 않았다. 그의 시선은 전방에만 머물러 있었다.

그 순간 작은 의문이 하나 들었다. 달튼은 왜 이곳에선 마법을 쓰지 않은 걸까, 라는 의문. 허공을 걷는 그의 마법을 쓴다면, 좁다란 길을 아슬아슬하게 걷지 않아도 될 텐데.

나는 미심쩍은 눈동자로 앞서 가던 달튼의 등을 노려보았다. 협곡에 함께 올 것을 수락했을 때부터, 그가 위험한 일을 계획했던 것이 아닐까 싶었다.

설마하니 달튼이 그렇게까지 음흉한, 더해 흉악하게도 느껴지는 계획을 세웠을까 싶었지만, 이상하게도 생각은 그쪽으로 기울었다.

그러자 달튼의 뺨을 한 번 더 때리고 싶은 욕구가 커져만 갔다. 나는 주먹을 꽉 쥐었다 펴길 반복했다.

이윽고 절벽 위로 올라온 우리는 허공을 걷기 시작했다. 목적지는 말을 대어 놓은 숲의 어귀까지였다.

올 때와는 다르게, 돌아가는 내내 대화다운 대화가 오가지 않았다. 마법사를 다루는 법에 대해 친절히 알려 주던 아윈은 침묵으로 일관했다. 아윈의 시선이 내게 닿는 일이 없었다.

애당초 그의 시선이 줄곧 내게 닿아 있었던 것은 아니었지만, 오늘의 그의 무심함은 어쩐지 나를 조금 애달프게 만들었다.

코끝이 시큰하다. 꼭 얼굴에 스치는 겨울바람이 차가웠기 때문에 그런 것만은 아니었다.

허공에서 내려오며, 나는 고개를 돌려 협곡의 모습을 마지막으로
바라보았다. 다시는 이곳에 오고 싶지 않았다.

◈◈◈

후작저에 도착했을 땐, 날은 완전히 어두워져 있었다.
우리가 대화를 나눈 것은 후작저로 들어와 복도를 몇 걸음 거닐
었을 때였다. 잘 걷던 아원의 발이 멈추었고, 그러자 달튼과 나도
걸음을 멈추었다.
올려다본 아원의 얼굴엔 지친 기색이 완연했다. 지친 그의 얼굴
을 계속해서 보고 있자니, 까맣게 잊고 있었던 피로함이 파도처럼
밀려 왔다.
여러모로 많은 일이 있었던 하루다. 지치지 않는 것이 더 이상한
일이었을지도 몰랐다.
"후작님. 맛있는 차를 대접한다고 했던 주제에 아무것도 해 드리
지 못해서 죄송해요. 다기 세트도 잃어버리고……."
나는 곁눈질로 달튼을 슬쩍 째려보았다. 그러자 달튼이 어색한
헛기침을 몇 차례 했다.
"상관없어. 그건 네 잘못이 아니니까. 시녀장에겐 내가 잘 말해
줄게."
아원은 그리 말하며 달튼을 슬쩍 바라보았다. 그러자 달튼이 머
쓱하게 제 뺨을 긁적였다.
"감사합니다."
"그럼 이제 해산하지. 나는 조금 피곤해서."

아윈은 대답을 바라고 한 말이 아니라는 듯 앞서 걸어갔다. 그는 해산하자는 말을 꺼내기 위해서 걸음을 멈추었나 보다.

나는 멀어져가는 그의 등을 하염없이 응시했다.

그는 기어이 내게 '괜찮아?', '다치지 않았어?', '걱정했어.'라는 말을 꺼내지 않았다. 그러자 아윈에게 있어 내 존재의 가치가 얼마만큼인지를 확실히 깨달을 수 있었다.

내가 어떻게 되든지, 그에겐 아무런 상관도 없는 게 아닐까. 잔인한 깨달음이었다.

사랑하는 사람에게 내가 아무것도 아닌 사람임을 깨달은 내 마음이 쓰라렸다.

아윈의 나사 이야기를 아는 시녀는 나밖에 없었고, 그의 나사를 이상하게 만든 사람도 나밖에 없었고, 아윈과 어쭙잖게 데이트를 한 시녀 또한 나밖에 없다고 생각했는데.

"그래도 조금은 가까워졌다고 생각했었는데."

오늘따라 그가 멀게만 느껴졌다.

"……."

손을 뻗으면 닿을 수 있을 거라고 생각했는데, 그의 모습은 이미 먼지처럼 작아진 뒤였다.

끝내 닿지 않았던 우리의 손끝. 그리고 좁혀지지 않은 우리의 거리.

"이포 벨. 울어?"

달튼의 목소리가 들린 것은 그때였다.

달튼은 해산하자는 아윈의 말에도 제 갈 길을 가지 않은 것인지, 내 어깨 위에 자연스럽게 손을 올리고 있었다.

나는 손을 들어 눈가를 쓸었다. 슬픈 마음이 들었지만, 눈물은 나지 않았다. 현실이 대단히 잔인해서 눈물조차도 나지 않는가 보다.

"다행히 눈물은 흐르지 않았네요."

"하지만 슬픈 거지?"

나는 고개를 끄덕였다. 숨길 이유는 없었다.

달튼은 내 어깨를 잡은 손에 힘을 주어, 내 몸을 제 쪽으로 돌렸다. 마주한 달튼의 얼굴엔 작은 미소가 드리워 있었다.

"어떻게 알았냐고 묻지 않아도 돼. 그 정도의 눈치는 있으니까. 내 방으로 가자. 세상에서 제일 맛있는 차를 내어 줄게."

"……."

"그리고 우리의 신호탄이 어떻게 되었는지에 대해서도 자세히 알려 줄게."

그는 얼른 수긍하라는 듯이 고개를 까딱거렸다. 나는 기다란 한숨을 내쉬며 고개를 끄덕였다.

세상에서 제일 맛있는 차를 딱히 마시고 싶었던 것은 아니었으나, 나는 우리의 신호탄이 어떻게 되었는지 무지 궁금했다.

설령 아윈이 내게 잔인한 현실을 일깨워 주었다 하더라도. 또다시 잔인한 현실을 깨닫게 될지도 모른다 해도. 그래도 나는 그 신호탄이 아윈에게 끼친 영향을 알고 싶었다.

달튼은 내 손을 잡았다. 그는 콧노래를 작게 흥얼거리기도 했다. 나를 이끄는 그에게선 지친 기색이 전혀 보이지 않았다. 오히려 협곡으로 출발했을 때보다도 기분이 더 좋아 보였을 따름이었다.

그를 즐겁게 만든 궁극적인 일이 무엇인지 궁금했다.

"도착."

우리는 달튼의 방까지 걸어왔다. 달튼은 신사처럼 방문을 열어 주고선, 내가 먼저 들어가기를 기다렸다.

내가 방으로 들어서자 달튼은 방문을 매끄럽게 닫으며, 어두운 사위를 밝혀 줄 촛불을 몇 개 켰다.

우리는 스쳐 지나갔던 과거의 어느 날처럼 소파에 마주 보고 앉았다. 달튼은 세상에서 제일 맛있는 차를 만들어, 내게 건네어 주었다. 그 차는 여전히 제 명성에 견줄 만한 맛이었다.

이윽고 달튼이 제일 먼저 꺼낸 말은 신호탄에 대한 것이 아니었다.

"그 동굴은 어땠어?"

그는 노룡이 잠들어 있던 동굴에 대해 묻고 있었다. 나는 동굴에 떨어졌을 때 처음 느꼈던 감상을 그에게 읊조렸다.

"무서웠어요."

"거기서 뭘 봤어?"

"뼈요."

달튼은 내 말을 곧바로 이해했다는 듯이 말했다.

"노룡의 뼈?"

나는 고개를 위아래로 끄덕였다. 어렴풋이 짐작하고 있었지만, 달튼은 진짜로 그 동굴에 노룡의 뼈가 있음을 알고 있었던 것이다.

그 사실을 미리 알고서 나를 동굴로 보낸 거라면. 거기엔 또 다른 숨겨진 의미가 있는 게 아닐까.

"어땠어?"

"기괴했어요."

"놀랐구나."

"누군가의 뼈를 보고 놀라지 않을 사람은 없어요. 더군다나 그건 죽은 용의 뼈였다고요."

달튼은 내가 노룡의 흔적을 보고 무슨 생각을 하길 바랐을까. 나는 그에게 물음을 건네려 입술을 떼었지만, 달튼의 말이 한 템포 더 빨랐다.

"이포. 아직도 나를 원망해?"

그는 제 입가에 머물던 미소를 지우고선 진지하게 물었다. 그래서 나도 진지하게 대답했다.

"아니라고는 하지 않을게요."

사실 그의 따귀를 때린 후, 마음이 약간 누그러지기도 했으나 그가 괘씸한 것은 여전한 일이었다.

"하지만 네 덕에 나는 재미난 사실을 알아차렸어."

"……그 신호탄이요?"

"응. 궁금해?"

"그걸 말이라고."

달튼은 꽤나 의미심장하게 제 입술을 떼었다. 나는 그의 입술에서 흘러나올 말에 집중했다.

"그럼 일단은 일전에 네가 해 주기로 했던 거친 키스부터 먼저 하는 게 어떨까? 신호탄 얘기는 그다음에."

"……."

집중했던 것이 무색해지는 말이었다.

나는 헛웃음을 지었다. 이런 상황에서조차도 키스를 운운하는 건, 그가 대단한 방탕자이기에 가능한 것일까?

달튼을 좀처럼 이해할 수 없었다. 그런 내 생각과 별개로 달튼은 수줍어하며 제 말을 이어 갔다.

"나 사실…… 아까 협곡에서 네게 뺨을 맞은 이래로, 가슴이 아직까지 두근거리거든.”

이로써 내겐, 달튼이 폭력적인 일을 즐기고 있다는 사실에 대한 확신이 더더욱 생겼다.

“변태.”

달튼은 어깨를 으쓱이며 대수롭지 않게 대답했다.

“아니라곤 하지 않을게.”

“완전 변태.”

달튼은 바보처럼 킥킥거렸다. 나는 그를 따라 키득거릴 수 없었다.

“그 신호탄 얘기. 무척이나 궁금하지만, 저는 지금 당신과 키스를 하고 싶지 않아요. 그럴 마음이 아니라고요.”

물론 다른 날의 나였다면 그와 키스를 했을지도 모르겠다. 하나 오늘의 내겐 그럴 마음이 전혀 없었다.

달튼이 괘씸하기도 했고, 까닭 없이 아원이 생각나기도 했고, 쉬고 싶다는 생각이 제일 절실할 뿐이었다.

“그럼 내가 어떻게 해야 네게 키스할 마음이 생길까?”

“그건 고수가 더 잘 아는 거 아닌가요.”

나는 그를 도발했다. 어쭙잖게 턱도 들어 올려, 그를 내려다보았다. 그를 좀 무시한 태도였다.

그러자 달튼의 얼굴이 제법 진지해졌다. 내가 그를 무시한 논제는 방탕자인 달튼에게 있어 제일 중요한 일이기 때문이다.

그는 늦지 않게 입술을 떼어 냈다.

“내가 당했네.”

느른하게 떼어진 그의 입술이 호선을 그렸다. 그의 주변을 맴돌았던 진지했던 기류가 자취를 감추었다.

달튼은 망설임 없이 오른손을 들어 올려 허공에 휘저었다. 그의 손끝이 지나간 자리엔 보랏빛 꽃잎이 내리기 시작했다.

그는 내가 꽃비를 좋아한다는 사실을 기억하고 있었고, 그 사실을 지금 이 순간 여지없이 이용하고 있었다.

"라벤더?"

이전 날 보았던 라벤더인가 싶었지만, 향이 달랐다. 코끝에 스미는 향과 꽃잎의 모양이 다르다.

이름을 알 수 없는 보랏빛 꽃잎은 부담스럽지 않게 내 머리 위로 떨어졌다. 그것들은 이내 내 무릎 위에도 떨어졌고, 손바닥 위에도 떨어졌다.

나는 손바닥 위에 떨어진 꽃잎 하나를 집어 들었다. 마법으로 만들었다곤 믿을 수 없을 정도로, 실제 꽃잎의 촉감과 똑 닮아 있었다. 더불어 그 냄새까지도.

달튼은 내 이름을 조용히 불렀다.

"이포."

나는 그의 부름에 따라 고개를 들어 올렸다. 곧 그와 시선이 맞았다.

"물망초야."

달튼은 고해하듯 읊조린 후 미소를 지었다. 상대방의 정신을 흐트러뜨리는 멋진 미소였다.

그 미소를 계속해서 보고 있자니, 그가 내게 행한 나쁜 일과 피로함까지도 죄다 잊히는 기분이 들었다. 그러곤 내 머릿속엔 그의 미소만이 남게 되는 것이다.

"⋯⋯졌다."

인정할 수밖에 없는 고수의 완벽한 수작이었다.

나는 여전히 머리 위로 떨어지는 꽃비를 맞으며 희미한 미소를 지었다. 꽃비의 향기로운 냄새와 달콤한 차 냄새가 기가 막히게 어우러지고 있었다.

그것은 아직까지 내가 살아 있음에 영위할 수 있는 아름다운 냄새였다.

내 얼굴에 미소가 스미기 무섭게 달튼은 제 몸을 일으켜, 내 옆에 앉았다. 우리의 몸은 너무도 쉽게 밀착이 되었다. 달튼은 고개를 숙여, 나와 시선의 높이를 맞추었다.

"기분이 더 좋아질 거야."

주어가 빠진 말이었지만, 나는 빠진 주어가 무엇인지 알 수 있었다. 내 입술에만 머물러 있는 그의 시선이 뜨겁고, 또 뜨거웠다. 눈빛 하나로 색정적인 분위기를 자아내는 그의 능력에 새삼 감탄했다.

제가 원했던 거친 키스. 달튼은 서로의 체온과 타액을 나눔으로써 내 기분이 더 좋아질 거라고 단언하고 있었다. 맹목적인 그의 시선이 의미하는 바가 다른 의미일 리 없었다.

'네 입술을 원해.'

나는 정말로 그와 키스할 생각이 없었다. 하지만 분위기라는 건, 사람을 어쩔 수 없게 만드는 무언가가 있음이 분명했다.

나는 자연스럽게 눈을 감고, 고개를 비스듬히 기울였다. 눈을 감는 마지막 순간까지도 보랏빛 비가 내리는 게 보였다.

스치듯 서로의 입술이 닿는다. 조금 벌어진 달튼의 입술에선 나지막한 말이 새어 나왔다.

"무서워."

무서워. 어떤 의미가 담긴 말일까. 그는 무엇이 무섭다는 걸까. 무서운 것이 없는 듯, 늘 제멋대로 행동하는 주제에.

나는 달튼에게 묻지 못했다. 그의 입술이 내 입술 위에 완전히 닿았기 때문이다.

맞닿은 그의 입술에선 좋은 냄새가 났다. 어쩐지 혀로 모조리 핥아 내고 싶은 냄새였다. 나는 거친 키스라는 주제에 걸맞게, 공격적으로 그의 입술을 탐했다. 그의 숨결을 삼키고 또 삼켜 낸다.

하지만 무언가 공허했다. 타인의 숨결을 탐하고, 몸이 가깝게 닿아 있지만 마음이 허하다. 마음속에 생긴 공백은 누군가를 절실히 원하고 있었다.

나는 달튼의 뺨을 감싸고 있었지만, 아원의 메마른 뺨을 떠올렸다. 나는 달튼의 입술을 핥고 있었지만, 아원의 붉은 입술을 떠올렸다.

내게 생긴 공백은 아원만이 채워 줄 수 있는 것이었다.

아원이 생각나면 날수록, 나는 달튼에게 더욱더 매섭게 달려들었다. 달튼은 자신의 몸을 소파 위에 자연스럽게 누였다. 나는 순리를 따르듯 그의 몸 위로 올라타, 나를 버겁다고 생각할 때까지 그를 밀어붙였다.

서로의 입술을 맞대고 있는 시간이 길어지고, 숨이 차오를수록 코끝이 시큰해졌다. 아원과 나누었던 키스가 끝없이 떠올라서였다.

감고 있던 눈꺼풀 사이로 기어코 눈물 한 방울이 흘러내렸다. 흘러내린 눈물은 그대로 달튼의 뺨에 떨어졌다. 감겨진 달튼의 눈꺼풀이 반쯤 들린 것은 그 순간이었다.

반쯤 내비친 그의 오드아이는 초점을 잃은 채로 나른하게 풀려 있었다. 그는 내게서 입술을 떼어 내고선, 내 뺨을 쓰다듬었다.

"드디어 우네."

"······."

"방금 전에도 울 것 같은 얼굴이었는데 울지 않아서 이상하다고 생각했거든."

나는 대답하지 못했다. 아니, 할 수 없었다. 한 마디라도 내뱉었다간 눈물이 후드득 흘러내릴 것만 같았다. 흘러내릴 눈물은 한 방울이면 족하다고 생각했다.

달튼은 왠지 미안해진 얼굴로 내 뺨을 연신 쓸었다. 눈물이 더 이상 흐르지 않았음에도 불구하고.

"이 눈물은 나와의 키스가 달콤해서 흘린 눈물이라고 생각해도 될까?"

나는 또다시 침묵으로 대답을 갈음했다. 당신과의 키스가 달콤하긴 했지만, 아윈 때문에 눈물을 흘렸다는 사실을 차마 말하지 못하겠다.

아윈이 나를 걱정하지 않았다는 그 작은 사실 하나 때문에 눈물을 흘린 내가 비참했다. 그것은 신호탄과는 전혀 상관없는 내 감정이었다.

나는 뒤늦게 고개를 끄덕였다. 당신과의 키스가 달콤해서 흘린 눈물이라고 착각하고 싶어서.

"아아― 나는 역시 대단한 방탕자임이 분명해. 키스 하나로도 여자를 울려 버리잖아."

달튼은 우스갯소리를 하며 미소 지었다. 울던 나를 달래 주기 위해서 한 바보 같은 말이었다. 나를 절벽에서 민 주제에 퍽이나 다정한 배려였다.

나는 뺨에 닿아 있던 그의 손 위로 내 손을 포개어, 그의 손을 물렸다. 달튼의 손은 저항 없이 쉽게 떨어져 나갔다.

"이런 식으로 몇 명의 여자를 울린 거죠?"

그의 말에 얼추 부응해 주자 달튼은 어린아이처럼 신이 나서 대답했다.

"셀 수 없을 만큼!"

아주 자랑이네요. 나는 그렇게 말하고 싶었지만, 대답 대신 그의 위에 올라탔던 몸을 일으켰다.

키스하고 싶은 마음이 죄다 사라졌다. 그리고 달튼이 원했던 거친 키스는 이미 충분히 한 듯싶다.

나는 허리를 꼿꼿이 세워서 앉은 채로, 소파에 누워 있는 달튼에게 물었다.

"이제 얘기해 주세요."

달튼은 엎어져 있던 제 몸을 느릿하게 일으키며 말했다. 그의 목소리엔 아쉽다는 티가 그득했다.

"어디서부터 얘기하면 좋을까?"

"저를 밀고 난 직후부터요."

나는 모가 난 목소리로 그리 읊었다.

"이포, 화났어?"

"당신을 완전히 용서한 것은 아니에요."

"화났다는 말이구나."

"빨리 얘기해 주지 않으면 더 화가 날지도 몰라요."

"좋아."

달튼은 두어 번의 헛기침을 하며 목소리를 가다듬었다. 마치 중대한 발표를 하려는 사람처럼 보였다.

나는 달튼의 입술 사이에서 뱉어질 말을 잠자코 기다렸다. 이윽고 달튼의 붉은 입술이 작게 열리기 시작했다.

"나는 부재가 가지는 무게를 이용했어. 위험하게 사라진 이포 벨의 부재에 아원이 어떻게 반응을 하는가."

"그래서요?"

달튼은 초점이 흐려진 눈으로 어딘가를 응시하며 말을 이어갔다. 그의 눈동자는 그리 멀지 않은 과거의 일을 상기하고 있는 듯했다.

"이포 벨. 아원은 네가 절벽에서 떨어지는 모습을 끝까지 응시했어. 한참 동안이나 절벽에서 눈을 떼지 못하더군. 그러다 몇 분이 지난 후에야 나를 쳐다보는 거야. 물론 아원이 내게 어떤 말을 했던 것은 아니었어. 그는 분명 네가 죽지 않을 걸 알고 있었을 테니까."

"제가 죽지 않을 걸 아원이 어떻게 알고 있었어요?"

"그거야 떨어지던 네가 어느 지점에서 갑자기 사라지는 것까지 봤을 거니까! 내가 그곳에 미리 이동 마법을 걸어 놨었거든."

그는 아마 협곡에 막 도착했을 때 그 마법을 걸었던 게 아닐까 싶었다. 절벽을 물끄러미 내려다보며 진한 미소를 지었던 그때에.

나는 잘 듣고 있다는 듯이 고개를 끄덕였다. 그리고 때마침 그가 나를 위해 만들어 준 차가 보여서, 그것도 한 모금 마셨다.

달튼의 얘기는 이어졌다.

"그렇게 우리는 별다른 대화를 나누지 않은 채로 다시금 좁은 길을 걷기 시작했어. 목적지는 협곡의 지형 중에서도 광물이 제일 풍부한 곳이었지. 아원은 아무렇지 않게 지형을 살피는 것처럼 보였지만⋯⋯."

거기까지 말한 달튼은 제 뒷말을 흐리며 내 쪽을 쳐다보았다. 초점이 없었던 그의 눈동자엔 언제부터인지 모르게 밝은 이채가 반짝이고 있었다.

"그는 초조해 보였어."

"아윈이 초조해 보였다고요?"

나는 믿을 수 없어서 바보처럼 되물었다. 누군가의 죽음에도 별 감흥 없이 굴었던 아윈의 초조함이라니.

아윈이 초조함을 느끼는 건, 한여름에 첫눈이 내리는 것과 같은 일이라고 생각했다. 한마디로 절대로 일어날 수 없는 일. 직접 보지 않고선 믿을 수 없는 일.

그런 말도 안 되는 일이 나 때문에 일어났다, 라.

나는 달튼의 오드아이를 빤히 들여다보았다. 그 속에 거짓의 기운이 있는지를 가늠해 보기 위함이었다.

"그럼. 눈도 평소보다 훨씬 더 많이 깜빡였고, 발걸음도 평소보다 훨씬 더 빨랐어. 애가 타서 미치겠다는 듯이."

"⋯⋯."

달튼은 눈을 더욱 반짝였다.

그의 오드아이 속에 박힌 이채가 보석처럼 아름다워 보였다. 하나 그 아름다움이 내게 선사한 것은 왠지 모를 불안함과 까닭 없는 서늘함이었다.

어쩌면 그의 눈동자 속에 거짓의 기운이 전혀 느껴지지 않아서, 그의 눈동자가 더 섬뜩하게 느껴지는 것인지도 모르겠다.

아윈이 초조함을 느꼈다는 게, 그러니까, 그 감정 없는 남자가 감정을 내비쳤다는 사실을 달튼이 기뻐하는 것 같아서. 제가 원하던 대로 일이 흘러감에 심히 만족스러워하는 것 같아서.

나는 바짝 말라 가는 입안을 느끼며, 마른침을 삼켰다.

"아윈은 내가 너를 죽이지 않았다는 사실을 앎에도 불구하고 조바심과 초조함을 느낀 거야."

"조바심. 초조함."

"네가 위험하게 사라진 뒤에, 네 부재를 견디지 못한 거지."

"……"

"그러다 그는 고조되어 가는 제 마음을 이기지 못하고, 결정적인 한 마디를 뱉어 냈어."

아윈의 결정적인 한마디. 나는 그것이 무엇일지 매우 궁금했다. 기대가 되기도 했다. 설마하니 아윈이 나를 걱정하는 말을 꺼냈던 게 아니었을까, 하는.

내 앞에서는 그토록 냉정하게 대했으면서도, 달튼 앞에서는 나를 염려했던 걸까?

"아윈이 뭐라고 했는데요?"

달튼은 어쭙잖게 아윈의 황홀한 목소리를 흉내 내며 대답했다.

"'이포 벨이 떨어뜨린 다기는 내가 제일 아끼던 거였어―', 라고."

어이가 없을 정도로 아윈의 목소리와 비슷하지 않았거니와, 어이가 없을 정도로 김이 새는 대답이었다.

겪을 만큼 겪어 놓고선, 왜 또 기대한 거야. 나는 가벼운 한숨을 내쉬었다.

"얼레? 웬 한숨?"

"아무래도 제가 다기 세트에 밀린 듯한 기분이 들어서."

"이포. 그게 아니야. 그건 명백히 널 걱정한 말이라고."

"도대체 어느 부분에서요?"

따지려고 한 것은 아니었는데, 말이 좀 모나게 나왔다. 달튼은 크게 괘념치 않아 했다.

"아윈의 말에 담긴 진심은, '이포 벨은 내가 제일 아끼던 거였어. 그런 주제에 네가 이포 벨을 함부로 다루다니. 용서하지 않겠어!'······쯤이 아니었을까."

"······그건 비약이 너무 심한 거 아닌가요?"

나는 눈가를 고약하게 찌푸리며 달튼을 응시했다. 그러자 달튼이 작게 키득거리며 농담이라는 말을 반복해서 내뱉었다.

"그러니까, 어찌 되었건 다기는 핑곗거리라는 거지."

달튼은 앉아 있던 몸을 불쑥 일으켰다. 그는 방 안을 정처 없이 배회하며 잘 빠진 턱 끝을 문질렀다.

"아윈은 아주 오랜 시간 동안 감정을 느끼지도, 표현하지도 못한 남자야. 그래서 갑자기 생겨 버린 제 감정을 표현하는 것이 상당히 서툴 수밖에 없다고 생각해. 심장이 아프거나 두근거리는 건, 도대체 왜 그런 것인지 알지 못한다는 소리지. 제 딴엔 서툴게라도 자신의 마음을 호소했던 것이 아니었을까 싶어. 다기를 매개체 삼아서."

"······."

"나는 예전부터 아윈의 곁을 맴돌았어. 그를 관찰한 세월만 해도 벌써 오 년이 넘는다고. 고로 내 추측이 틀렸을 거라고는 생각하지 않아."

달튼은 방황하던 걸음을 멈추고선 작게 심호흡을 했다.

"그래서 내가 내린 결론은."

"결론은?"

"아원은 이포 벨의 영역에 완전히 발을 디뎌 버렸다."

나는 그의 말을 또다시 믿을 수가 없어, 고개를 작게 갸웃거렸다. 그러자 달튼은 조금 더 쉽게 제 말을 풀어 말했다.

"아원은 이포 벨을 특별하게 여기게 되었다."

"……."

"물론 그 감정이 클 거라고는 생각하지 않지만, 그래도 너를 조금이라도 좋아하게 되었다고 해야 할까. 오늘의 아원을 보고, 나는 그렇게 결론지었어."

"말도 안 돼."

나는 은연중에 그리 내뱉었다.

그것은 내게 내려졌던 사형선고보다 더 믿을 수 없는 선고였다. 아니, 살아오며 들었던 그 어떤 말보다도 믿지 못할 말일지도.

설령 신이 '아원이 너를 좋아하게 만들어 줄게.'라고 약속한다 해도, 그 약속마저도 믿지 못할지도 모르겠다.

머리로는 분명 그렇게 생각했지만, 내 심장은 빠르게 뛰기 시작했다. 곧 펌프질을 멈출 심장이라고는 믿기지 않을 정도의 강인한 박동이었다.

"달튼. 저는 당신의 말을 믿지 못하겠어요."

"왜 못 믿어? 아원이 너를 좋아하게 되었다는데, 좋아서 눈물이라도 흘려야 하는 거 아니야?"

"당신을 의심하는 건 아니지만, 그래도 믿을 수 없어요. 그가 저를 좋아할 만한 이유가 전혀 없잖아요."

"왜 그렇게 생각해?"

달튼은 되레 내 대답을 의아하게 받아들였다.

"모르겠어요."

"이포 벨. 너는 너 자신에 대해서 너무 몰라. 내가 전에도 말했지. 넌, 너 나름대로의 매력이 있다고."

나는 침묵했다. 달튼의 말을 역시나 믿을 수 없었고, 머릿속은 복잡했고, 심장은 미친 듯이 뛰었다. 와중에도 아윈이 계속 생각났다.

나는 아윈이 보고 싶었다. 그 바람은 너무도 명료한 것이라서, 나를 혼란케 하는 그 무엇과도 견줄 수 없었다.

"아윈 아스타. 넌, 지금 그를 생각해?"

달튼은 내 생각을 읽은 것처럼 말했고, 나는 "네."라고 짧게 대답했다.

"……."

막힘없이 말하던 달튼이 침묵했다. 방 안을 배회하던 그의 걸음이 창가에 다다랐다. 달튼은 열린 창문에 제 얼굴을 내밀어 창밖의 전경을 응시했다.

"내 말이 믿기지 않는다면 아윈에게 직접 물어봐. 네가 사라졌던 동안 어떤 감정을 느꼈냐고."

달튼은 작은 목소리로 한마디를 더 덧대었다. 여전히 창밖을 바라본 채로.

"그리고 그때에 나는 어떤 감정을 느꼈더라……."

달튼은 말은 거기까지였다. 침묵은 길어졌다. 그는 내가 절벽에서 떨어지던 순간에 느꼈던 감정을 끝내 토로하지 않았다.

바라본 달튼의 옆얼굴이 이상할 정도로 애달파 보였다. 그가 왜 그런 얼굴을 하고 있는지 잘 모르겠다. 내가 절벽에서 떨어졌을 때, 그는 슬픔을 느꼈던 걸까?

괴리감이 들었다. 절벽에서 떨어진 다음, 다시 만난 달튼은 나를 보며 기뻐했으니까.

"이포 벨."

"네."

"오늘은 달이 참 아름답네."

고백하듯이 말한 그의 목소리가 묘하게 애달다.

"퍽이나 감성적이시네요."

"마법사들은 때때로 감성적이기 마련이지."

그는 더 이상 아무 말도 하지 않았다. 그가 내게 하고 싶었던 말을 모두 건넨 것이라 여겨졌다. 나는 그가 내린 결론을 곱씹어서 생각했다.

'아윈은 이포 벨의 영역에 완전히 발을 디뎌 버렸다.'

달튼의 추측은 사실인 걸까? 미련스럽게 바랐던 그의 마음이 기적처럼 내게 닿아 버린 걸까?

당장이라도 아윈에게 달려가, 그의 메마른 뺨을 쓸고, 그의 부드러운 살결을 헤집고 싶었다. 그리고 묻고 싶었다.

내가 사라졌던 순간, 당신은 어떤 감정을 느꼈나요?

"달튼. 저는 이만 가 봐야겠어요."

"벌써? 아윈에게 갈 거야?"

달튼의 시선이 내게 향했다. 나는 고개를 좌우로 내저었다. 아윈을 찾아가고 싶었지만, 시간이 늦은 터였다. 아윈은 피곤하다고 했다. 나는 그의 휴식을 방해하고 싶지 않았다.

나는 앉아 있었던 몸을 일으켜, 방문까지 걸어갔다.

달튼에게 듣고 싶었던 것도 들었고, 맛있는 차도 마셨으니, 오늘 그와의 만남은 여기서 끝을 내도 될 것 같았다. 피곤한 것은 아윈 뿐만이 아니었다.

나는 달튼에게 작별의 인사에 가까운 말을 건네었다.

"신호탄 얘기. 잘 들었습니다."

내 인사는 신호탄이 되어, 미동 없이 창가에 서 있던 달튼의 발걸음을 움직이게 만들었다.

그는 한달음에 내 쪽으로 다가와, 매너 좋은 신사처럼 문을 열어 주었다. 그는 문을 열어 준 주제에 내가 나가는 걸 막아섰다. 할 말이 더 있다는 얼굴이었다.

달튼은 망설이듯 입술을 떼었다가 이내 다시 닫기를 반복했다. 긴 고민 끝에 완전히 열린 그의 입술 사이로 무거운 목소리가 흘러나왔다.

"……이포, 나를 진심으로 용서해 줬으면 좋겠어."

용서, 라. 사실 아윈에 대한 이야기를 들은 후부턴, 달튼에게 들었던 괘씸함을 까맣게 잊고 있었는데.

"너를 절벽에서……. 아니, 그렇게 하고 나서 내 마음도 결코 편하지 않았어."

그는 '절벽에서 나를 밀었다.'라는 말을 꺼내는 걸 주저하고 있었다. 그 일이 가진 폭력성을 뒤늦게 감지한 듯싶었다. 늦어도 참 늦다.

"그 일은 내가 최근에 한 일 중에서 제일 후회되는 일이야."

달튼은 진심을 담아 고백했다. 그는 거짓말을 못 하는 자였고, 나는 그의 진심을 느껴 버렸다. 그러자 그에게 매정한 말을 할 수 없었다.

대답은 금방 나오지 않았다. 나는 달튼을 용서할 수도, 꾸짖지도 못한 채로 우두커니 서 있을 뿐이었다.

　달튼은 고개를 조금 떨구었다. 그 모습이 꼭 주인을 잃은 새끼 강아지처럼 보였다. 안쓰럽고 안타깝다.

　그의 머리칼을 쓰다듬어 주고 싶다는 충동적인 생각이 들었으나, 나는 고개를 내저었다. 착한 짓을 했으면, 진즉 그의 머리를 쓰다듬어 주었을 텐데.

　"일단은 알겠어요."

　나는 그를 미워할지 용서해 줄지를 끝끝내 결정하지 못했다. 내가 선택한 것은 소강상태.

　"고마워."

　달튼은 미소 지었다. 제가 용서받은 것처럼.

　바보. 나는 달튼을 비웃으며, 앞을 가로막고 있던 그를 지나쳤다. 그는 나를 붙잡지 않았다.

　내 등에 닿은 달튼의 끈덕진 시선이 느껴졌다. 그 시선은 복도를 걸어가는 내내 내게서 떨어지지 않았다.

　방으로 돌아와 침대에 누웠다.

　밤은 돌이킬 수 없을 정도로 깊어져 있었다. 그럼에도 잠은 전혀 오지 않았다. 많은 일을 겪었고, 충분히 피곤했음에도 희한하게 정신이 맑았다.

　나는 아윈을 끊임없이 떠올리고 있었다. 한 번 물꼬를 튼 그에 대한 생각은 사그라질 기미가 보이지 않았다. 그러다 누워 있던 몸을 일으켰다.

물론 몸을 일으켰다고 해서 딱히 할 일은 없었다. 늦은 밤, 누군가를 찾아갈 수도 없었고, 일을 할 수도 없었다. 어쩌면 좋을까.

나는 방 안을 배회하다 우연히 창가 근처에서 걸음을 멈추었다.

'이포 벨. 오늘은 달이 참 아름답네.'

달튼이 보았다던 그 달을 찾아보자. 나는 창문을 열고 얼굴을 내밀어 밤하늘 속 달을 찾아보았다.

달은 보이지 않았다. 밤하늘을 가득 채운 것은 잿빛 먹구름뿐이었다. 심지어 달로 착각을 할 만한 것은 그 어떤 것도 없었다.

달튼은 무엇을 본 걸까.

"바보, 달튼."

나는 달튼을 또다시 비웃으며, 오랫동안 밤하늘을 바라보았다. 먹구름에 가려진 듯한 달은 기어코 제 모습을 드러내지 않았다.

얼마 못 가 잿빛 구름 사이로 어슴푸레한 여명이 번졌다. 그제야 졸음이 조금씩 밀려오기 시작했다. 나는 침대 위로 올라가 눈을 감았다.

눈을 감자, 아원의 얼굴이 아른거렸다. 떠오른 그의 얼굴은 협곡에서 보았던 그의 얼굴이었다. 평소보다도 더 무심해 보였던 그 얼굴.

나는 아원의 얼굴을 조금 더 자세히 떠올려 보았다. 모순되거나 어긋남 없이, 내 머릿속에 깊게 조각된 그의 얼굴을.

언어를 잃은 듯 굳게 닫혀 있던 붉은 입술, 반듯한 콧대, 시원하게 잘 뻗은 눈초리, 그리고 무감각해 보였던 눈동자. 거기까지 떠올렸을 때, 묘한 생각이 들었다.

그의 눈동자가 마냥 무심하지만은 않았던 것 같았기 때문이다. 뭐랄까. 무심함 뒤에 솔직한 제 감정을 감추고 있는 듯한 느낌이라고 해야 할까.

지난 시간, 수백 번이고 지켜봤던 아윈의 얼굴이었다. 지난밤, 수어 번이고 마주했던 아윈의 눈동자였다.

그렇기에 나는, 그의 눈빛의 작은 변화를 알아차릴 수 있었다. 그것은 내가 가지고 있던 확실한 재주였다.

아윈이 숨기고 있던 감정은 무엇이었을까?

나로선 알 수 없는 일이었다. 자신의 생각을 드러내지 않는 남자의 의중을 알아내는 건, 어쩌면 신이 와도 불가능한 일일지도 몰랐다.

그래도 아윈이 보고 싶었다. 심각한 갈증이 날 정도였다.

협곡에서 아윈에게 느꼈던 서운함은 이미 어디론가 저 멀리 사라진 후였다. 서운함이 사라진 곳에 새로이 생긴 것은 작지만 확실한 기대였다.

당신은 나를 정말로 특별하게 여기게 된 걸까?

꿈에서라도 그와 만나기를 바랐다. 만나서, 오늘 내게 드리운 의문들에 대한 답을 내려주기를 바랐다. 내가 좋아하는 그의 황홀한 목소리로.

◈

아윈에게 차를 내가려던 순간이었다. 나를 막아선 이가 있었다.

"벨! 그거 오늘부터 내가 가져가야 해."

케이티였다.

나는 찻잔이 올려진 트레이를 들고선 그녀를 빤히 바라보았다. 얼굴에 띠어진 작은 물음표는 덤이었다.

"후작님께 내갈 차는 오늘부터 내가 가지고 가래. 시녀장이 그랬어."

"뭐? 네가? 이렇게나 갑자기?"

나는 이해가 되지 않아서 연거푸 물었다. 그러자 난감해진 쪽은 케이티였다. 그녀는 안절부절못하며 대답했다.

"으응. 갑자기 그렇게 하라고 해서……. 나도 확실한 이유는 몰라."

케이티가 확실한 이유를 모르는 건 당연했다. 우리는 일개 시녀였으니까. 하지만 내게는 그 사실을 받아들일 수 있는 표면적인 이유가 필요했다. 아무 죄가 없는 케이티를 닦달해서라도.

"아윈 후작님도 그 사실을 알아?"

"응. 아마도 후작님의 지시였던 것 같아."

"후작님이? 확실해?"

나는 케이티를 몰아붙였다. 내 기세에 케이티의 얼굴이 자못 창백해졌다.

"……응. 그건 시녀장에게 들었어."

그 잔혹한 사실을 듣자마자 손에 힘이 빠졌다. 다행히도 트레이를 떨어뜨리지는 않았으나, 무거운 무언가에 얻어맞은 듯이 뒤통수가 얼얼했다.

아윈에게 차를 내가는 일은 줄곧 내가 했던 일이었다. 그와 함께 밤을 보내기 전에도 내가 했던 일이었고, 그와 함께 밤을 보낸 후에도 내가 했던 일이었다.

이런 일은 어젯밤 달튼이 했던 말과는 완전히 정반대인 전개였다.

이봐요, 달튼. 아윈이 나를 특별하게 여기기 시작했다면서요. 그런데 왜 나를 멀리하려고 하는 것 같죠?

설마하니 이것은 나를 특별하게 여기기 시작한 아원의 독특한 표현인 걸까? 서프라이즈 이벤트가 아닐까…… 라고 여기고 싶었으나, 그건 정말 터무니없는 생각임을 잘 알고 있었다.

"케이티. 그래도 이번엔 내가 차를 내갈게."

"벨, 하지만……."

"그렇게 하게 해 줘. 뒷일은 내가 모두 책임질게."

달튼이 새겨 준 기대 덕에, 오늘의 아원을 보기를 얼마나 고대했는지 모른다.

어쭙잖은 기대가 어떤 결과를 가져왔는지 누구보다도 잘 앎에도, 이번엔 제대로 된 기대일지도 모른다는 설렘으로 밤잠을 얼마나 설쳤는지 모른다.

그런데 이제 와 아원을 만나지 말라고 하는 건, 내게 사형선고를 내리는 것과 같은 일이었다. 삶의 유예 기간이 삼 개월뿐이라 일컬었던 선고보다도 더 끔찍한 사형선고.

나는 강경한 눈빛으로 케이티를 계속해서 응시했다.

"……알겠어."

결국 케이티가 한발 물러섰다. 그녀는 가벼운 한숨과 함께 걱정 서린 말들을 건네었다. 나는 괜찮을 거라는 말을 거듭 뱉으며 주방을 나섰다.

복도를 걷는 발걸음이 지나치게 무거웠다. 머릿속에도 무거운 생각들이 가득 찼다. 아원은 무슨 생각으로 담당을 바꾼 걸까.

나는 차를 훌륭하게 내어 오는 시녀였고, 그 사실은 아원도 충분히 인지하고 있던 바였다. 그렇기에 나는 오랜 시간 동안 그의 차를 내갔었다.

아무리 생각해 보아도 차를 가져다주는 일에 내가 잘못한 것은 없었다. 더군다나 아윈은 시녀들의 사소한 잘못을 꼬투리 잡는 사람이 아니었다. 그래서 내가 할 수 있는 추측은 단 하나였다.

아윈은 객관적인 잘못과는 상관없이 나를 거부했다는 것.

거부. 부정적인 기운이 가득 담긴 그 단어는, 내 머릿속을 조금 더 무겁게 만들었다. 지끈한 두통은 관자놀이를 통해 고스란히 전해졌다.

비참한 기분이 들었다. 그것은 어제 느꼈던 비참함보다도 훨씬 더 강도가 센 것이었다.

지난 시간, 그가 나의 방문을 거절한 적은 한 번도 없었다. 물론 아윈이 직접 나를 찾아온 적도 없었다.

그럼에도 그에게 처음 거부당한 현실이 잘 믿기지 않았다. 나는 삼류 연애 소설 속, 사랑하는 이에게 버림받은 여자 주인공의 마음이 어쩐지 이해가 되었다.

무거웠던 걸음은 아윈의 집무실 앞에서 멈춰 섰다. 나는 노크를 하기 전에 심호흡을 했다.

마음을 가라앉히자. 감정적이게 된 나는, 아윈에게 형편없는 소리를 하게 될지도 몰랐다.

똑똑.

아윈에게서 돌아오는 대답은 없었다. 하지만 대답이 없다는 건, 들어와도 좋다는 무언의 신호와도 같은 것이었다. 오랜 시간, 그의 차를 내왔던 나만이 아는 사실이었다.

"들어가겠습니다."

나는 언제부터인지 모르게 커진 내 심장 소리를 들으며, 집무실로 들어갔다.

집무실의 풍경은 그대로였다.

아윈은 책상에 앉은 채로 손에 쥔 만년필을 가볍게 놀리고 있었고, 그의 책상 위에는 수많은 서류가 존재했다. 누가 들어오든 들어오지 않든, 그는 숙이고 있던 고개를 들지 않았다.

내가 책상 앞까지 걸어가 찻잔을 내려다 놓자, 아윈은 그제야 고개를 들어 올렸다. 시선은 곧 마주쳤다.

"⋯⋯이포 벨?"

그는 내 이름을 의아하게 불렀다. 내 등장이 의외라는 듯했다.

"네. 이포 벨이에요."

"⋯⋯."

그는 아무 말도 하지 않았지만, 나는 그가 하고 싶은 말을 짐작할 수 있었다.

'네가 왜?'

그는 눈빛만으로 내게 묻고 있었다.

"죄송해요. 제가 오고 싶다고 했어요. 꾸짖고 싶으시다면, 저를 꾸짖어 주세요. 다른 시녀는 잘못이 없어요. 정말로."

하나 나를 올려다보는 아윈에게선 누군가를 꾸짖을 의사는 전혀 없어 보였다. 그는 그저 어제보다도 피곤해 보였을 뿐이다.

어제의 피로의 여파가 오늘까지 이어진 거려나. 나는 이런 상황에서조차도 아윈의 안위가 걱정되었다. 지고지순한 짝사랑의 여파였다.

"후작님께 묻고 싶은 게 있어서⋯⋯. 그래서 그랬어요."

아윈은 고개를 옅게 끄덕였다. 물어봐도 좋다는 의사표시였다.

"제가 잘못한 일이 있나요?"

나는 빈 트레이를 꽉 쥔 채로 그에게 물었다. 아윈의 대답은 생각보다 빨리 돌아왔다.

"아니."

"그럼 담당을 왜 바꾸셨어요?"

물음엔 여유가 없었다. 구두점을 찍고 나서야, 성급했던 물음이었나 하는 작은 후회가 들었다.

그러나 이미 뱉어진 말이었고, 주워 담을 수는 없었다. 그렇다면 아윈의 대답을 기다리는 수밖에.

"제대로 설명할 수는 없지만, 당분간 널 만나고 싶지 않아서."

퍽 직구다. 구태여 돌려 말하지 않은 아윈의 태도는 명백했다. 당분간 나를 만나고 싶지 않다는 건, 그의 진심이리라. 실로 의심할 여지가 없는 그런 진심.

뒤통수가 훨씬 더 얼얼해졌다. 무언가로 너무 세게 맞은 것 같아서, 그래서 너무 아파서, 눈물이 날 것 같았다.

나는 아랫입술을 꾹 짓이긴 채로 아윈을 똑바로 응시했다. 그의 얼굴은 여전히 피로해 보이기만 했다.

"그래서 더 물을 건?"

나는 패기 있게 물음을 하나 더 건네었다.

"제가 후작님이 아끼던 다기 세트를 잃어버려서 그러신 거예요?"

아윈이 그렇다고 대답해 주길 바랐다. 나를 거부한 이유가 잃어버린 다기 세트 때문이라고 말해 주었으면 좋겠다. 그렇게만 된다면 나는 눈물을 흘리지 않을지도 몰랐다.

아윈은 잠깐 무언가를 생각하는 표정을 짓더니, 이내 대답했다.

"아니. 그것과는 상관없는 일이야."

아윈의 대답은 지나치게 솔직했다. 나는 마지막으로 그에게 물었다.

"그럼 오늘 밤에 찾아가도 돼요?"

아윈은 단번에 대답했다.

"아니."

그는 마치 내가 무슨 질문을 하든 '아니.'라고 대답할 것을 미리 정해 놓은 사람처럼 보였다. 나는 물음을 더는 건넬 수 없었다.

나는 가 보겠다는 말과 함께 뒤돌아섰다. 뒤돌아서자마자 눈가에서 뜨거운 눈물 한 방울이 흘러내렸다. 하루라도 울지 않는 날이 없구나.

눈물샘의 기능만큼은 내 심장보다도 훌륭한 것임이 틀림없었다. 대단히 훌륭해서 박수라도 쳐 주고 싶은 심정이었다.

나는 방문을 열며, 마지막으로 기대를 했다. 아윈이 냉정했던 제 대답을 후회하며 나를 잡아 주길.

하지만 그런 일은 일어나지 않았다. 아윈은 침묵으로 일관했을 뿐이었다.

방문을 닫고선 복도를 거닐었다. 눈물은 이슬비처럼 조금씩 흘러내리며, 내 뺨을 적시고 있었다. 나는 흐르는 눈물을 소매로 닦아 냈다.

사실 아윈이 잘못한 것은 없었다.

그와 자고 싶다고 했던 것은 나였으며, 그에게 키스를 했던 것도 나였으며, 그를 좋아했던 것도 나였으니까.

아윈은 그저 내 짝사랑에 작게 부응해 주었을 뿐이었다. 그는 내

게 미래를 약속하는 말도 하지 않았거니와 나를 좋아한다고 한 적
도 없었다.

요컨대 우리는 아무런 사이도 아니라는 것이다.

구태여 관계성을 운운하자면 주인과 사용인 정도겠지. 그렇기에
아윈이 어느 날 갑자기 '네가 보기 싫어졌어.'라고 해도, 그것은 이
상한 일이 아니었다.

오히려 심각한 착각을 한 쪽은 내가 아니었나 싶다.

근래에 내 손끝에 그가 항상 닿아 있어서, 내가 원할 때마다 그
를 만질 수 있어서, 그래서 당연하다고 생각했나 보다. 언제고 그
를 만질 수 있다고 착각했나 보다.

세상일에 당연한 것은 없는데.

죽기 직전에서야 비로소 깨달은 세상의 순리였다. 아주 지독할
정도로 슬픈 순리.

그러자 내 손에 그가 닿았던 지난날들이 얼마나 소중했던 것인지
절감되었다. 내 뺨은 이미 눈물로 모두 젖어 있었다.

나는 평소처럼 빗자루질을 했고, 식기를 닦았으며, 아윈이 좋아
하는 차를 종류별로 정리를 했다. 하지만 전혀 즐겁지 않았다.

물론 애당초 그런 일들이 매우 즐거웠던 것은 아니었으나, 아윈
을 생각하며 적어도 즐기며 했던 일들이었다.

심장에 커다란 구멍이 뚫린 기분이었다. 눈에 보이지는 않지만,
명료한 윤곽이 느껴지는 구멍이었다. 구멍 난 심장은 내 기분을 한

없이 가라앉게 만들었다.

나는 헤어 나올 수 없는 깊은 무력감을 느꼈다.

생각의 전환이라는 건, 종이 한 끗 차이라고 생각했다.

가령 물이 반 정도 차 있는 유리잔을 보며 '반밖에 남지 않았네.'
라고 생각하는 것과, '반이나 남았네.'라고 생각하는 것처럼 말이다.

고작 조사 하나가 다를 뿐인데 두 말의 분위기는 확연하게 달랐
다. 전자는 부정적인 기운이 가득했고, 후자는 긍정적이기만 했다.

나는 생각을 전환하려고 했다.

무슨 이유에서인지 아원이 갑작스럽게 나를 거부했지만, 그렇다
고 해서 우리가 함께 나누었던 시간들이 사라지는 것은 아니었다.

그 시간들은 여전히 내 심장 속에 강인하게 새겨져 있었다. 심장
에 구멍이 생긴 것 같은 기분이 들긴 했지만, 실제로 구멍이 난 것
도 아니었다.

죽을 때 가지고 갈 아원과의 추억은 이 정도로도 충분했다. 그
사실에 만족해야 함이 옳았다.

삶의 끄트머리에 다다른 나는, 눈물로서 남은 시간들을 보내고
싶지 않았다.

"휴."

생각을 정리하자, 마음이 한층 가벼워진 것 같았다. 하나 마음이
가벼워진 것과는 별개로 매일 밤 아원을 그리워하는 것은 어쩔 수
없는 일일 테다.

아윈은 내가 그립지 않을까?

"아, 손 시려."

정원에 우두커니 선 채로, 생각을 너무 오래 했나 보다. 겨울의 시린 바람 속에 무방비하게 놓인 손끝이 차가웠다.

하늘을 올려다보니, 어젯밤에 보였던 먹구름들은 그대로였다. 그 먹구름은 달이든, 별이든, 심지어 태양마저도 모조리 삼켜 버릴 기세였다.

거대한 먹구름이 지배한 하늘, 아무래도 오늘 밤 역시 아름답다던 그 달이 보이지 않을 성싶다.

그 달은 언제쯤 볼 수 있는 걸까.

나는 잔디 위에 발라당 누운 채로 본격적으로 하늘을 바라보았다. 게으름을 피우면 안 되지만, 시녀장만 모르면 되지 않을까 싶다.

나는 숨을 깊게 들이마셨다. 들이마신 숨에는 한기가 가득했다. 뺨이 차가워지는 건 순식간이었다.

추운 걸 원래 엄청 싫어한다. 손발이 시린 건 질색이다. 하지만 나는 오늘의 추위를 소중히 여기며, 기억했다.

오늘의 추위. 다신 느끼지 못할 계절감. 어느 겨울날의 먹구름이 가득한 하늘. 어쩌면 마지막일지도 모르는 오늘의 광경.

낯선 발소리가 들린 것은 내가 누운 지 얼마 지나지 않아서였다.

나는 딱히 몸을 일으키지도 않았고, 그 발걸음도 딱히 멈추지 않았다. 이윽고 낯선 이의 발걸음은 내 지척에 와서야 멈추었다.

낯선 이는 내 옆에 제 몸을 가지런히 누였다. 바라보지 않아도, 누군지 알 것 같았다.

"빗자루를 내팽개치고, 잔디 위에 누워 있는 시녀라."

타박하는 투는 아니었고, 되레 장난스러운 말이었다. 익숙한 대사, 익숙한 어투였다. 나는 고개를 돌리지 않으며 입술만 달싹거렸다.

"달튼. 당신의 추측은 틀렸어요."

"빗자루를 내팽개치고 누워 있는 게 아니었어?"

"그건 맞는데, 다른 추측이 틀렸다는 말이에요."

달튼은 잠깐 침묵하다 화들짝 놀라며 대꾸했다.

"그럴 리가 없는데?"

달튼은 내가 무엇을 말하는 것인지 그제야 알아들었다.

나는 바람에 따라서 먹구름이 흘러가는 모양새를 눈으로 좇으며 대답했다.

"아윈이 저를 멀리하고 싶대요. 담당도 바꾸었다고요."

"아윈이 그랬어?"

"네. 직접 들었어요. 완전 상처였죠."

"이상하다. 아윈은 분명 너를……."

그는 잘 말하다 말끝을 흐렸다. 그러곤 침묵.

당신이 끝까지 하지 않은 말은 무엇이었을까?

달튼의 눈부신 오드아이가 내 왼쪽 뺨에 닿아 있는 느낌이 계속해서 들었다. 그는 화제를 바꾸었다.

"그래서 울었어?"

"네."

"많이 울었어?"

"네."

"그럼 내게 올래?"

"……네?"

"나는 너를 울리지 않을 자신이 있는데."

나는 그제야 달튼 쪽으로 몸을 돌렸다. 지켜보았던 먹구름은 바람이 미는 방향으로 조금씩 옮겨간 뒤였다.

"달튼. 지금 살아갈 날이 오십 일밖에 남지 않은 여자를 꼬시는 거예요? 나 곧 죽을 텐데."

그는 주름 하나 없던 미간을 가차 없이 일그러뜨렸다.

어쩜. 그의 얼굴은 주름이 지는 모양까지도 아름다워 보였다. 역시 미모라면 빠지지 않는 달튼이라고 해야 할까.

"죽는다는 말, 그렇게 가볍게 하지 마."

하지만 그건 사실이다. 가볍고 무겁고를 떠나서, 죽는다는 것은 이미 내가 감당하고 있는 무게였다.

달튼은 죽음의 무게를 알지 못한다. 그건 곧 죽을 나만이 알 수 있는 무게였기 때문이다.

"너는 뜨거운 눈물을 흘리며, 아직 살아 있잖아."

"뭐, 아직까지는 그렇겠죠."

나는 심드렁하게 대답했다. 살 의지라고는 전혀 보이지 않는 대답이었다.

"아직까지 살아 있는 이포 벨 양. 내 품은 언제고 열려 있어."

"정중하게 거절하겠습니다."

나는 또다시 심드렁하게 대답했다. 대답이 너무 빨랐던 것 같기도 하고.

"거절이 너무 빠른 거 아냐?"

"절벽에 저를 떨어뜨린 사람과는 만나고 싶지 않아서요."

"……무릎이라도 꿇을까?"

"정중하게 받아들일게요."

달튼은 제 미간을 더욱 고약하게 찌푸렸다. 그는 미간을 찌푸리는 데에 그치지 않고, 어쩐지 화가 난 얼굴을 했다.

"이해가 안 되네."

"뭐가요?"

"이렇게 안 넘어오는 여자는 네가 처음이라서."

"저도 이해가 안 돼요. 당신은 왜 화난 얼굴을 하고 있는 거예요?"

"내가 화를 내고 있어?"

달튼은 제가 무슨 얼굴을 하고 있는지 모른다는 듯이 말했다. 나는 대답 대신 눈동자를 몇 번 깜빡였다. 그것이 대답을 뜻하는 바임을 달튼도 알 것이라 짐작되었다.

"……나도 이해가 안 되네."

그는 짧은 한숨을 쉬면서도, 내게서 눈을 떼지 않았다. 우리는 그렇게 말없이 얼마간 눈을 맞추었다.

화가 난 것처럼 보였던 달튼의 얼굴은 이내 누그러지기에 이르렀다.

"이포. 만약에 죽지 않으면 뭘 하고 싶어?"

나는 선뜻 대답하지 못했다. 그런 명제는 한 번도 생각해 본 적이 없어서였다. 왜냐면 내가 죽는 것에는 만약이라는 게 없었으니까.

신이 나선다면 모를까. 불치병에 가까운 치명적인 내 결함은 치유될 수 있는 것이 아니었다.

나는 곰곰이 생각하다, 그동안 꿈꿔 보지 못했던 것들을 작게 읊조리기 시작했다.

"죽지 않으면……. 여행을 가고 싶어요. 한 번도 간 적이 없거든요. 낯선 곳을 돌아다니며 일어나고 싶을 때 일어나고, 자고 싶을

때 잠을 자고, 먹고 싶을 때 먹는 거예요. 물론 먹고 싶지 않을 때
는 아무것도 먹지 않죠. 길을 걷다가 하늘이 보고 싶을 때 하늘을
보고, 걷고 싶지 않을 땐 걷지 않을 거예요. 생각해 보니까 자유롭
게 산 적이 한 번도 없더라고요. 전 늘 누군가가 시키는 일을 했고,
심지어 죽는 것도 제 마음대로 죽지 못해요. 태어나는 일도 타율적
이었는데, 죽는 것도 타율적이네요."

"그러네."

"죽는 걸 제 마음대로 정할 수 있다면 얼마나 좋을까요?"

"그러게."

"제가 바라는 것들이 너무 이상적인 일인 걸까요?"

달튼은 대답했다.

"이상적이지만은 않아. 나는 이미 그렇게 살고 있는걸. 물론 나
도 죽는 일은 어찌할 수 없지만."

"그건 당신이 대마법사이기에 가능한 거겠죠. 현실적인 문
제……. 이를테면 돈 같은 거에도 전혀 구애를 받지 않으니까."

"그럴지도. 그럼 정말 만약에, 네가 더 오래 살 수 있다면…….
네 여행에 내가 동참해도 될까?"

달튼과 함께 여행을 떠난다면 즐거울지도 모르겠다. 그는 지금까
지 내가 만난 사람들 중에서 제일 특이하고, 쾌활했으며, 능력자였
으니까.

하나 딱히 달튼과 여행을 가고 싶진 않았다. '만약에'라는 일이
정말로 내게 생긴다면, 여행을 함께 가고픈 이는 아윈밖에 없었다.
제대로 차인 주제에 말이다.

아아, 안타까울 정도로 지고지순한 내 짝사랑.

"하지만 달튼. '만약에'라는 일은 일어나지 않을 거예요."

나는 단언했다.

"왜?"

"제 심장 속에 사는 심장을 갉아먹는 벌레는 치명적이거든요. 아무도 그 벌레를 죽일 수가 없대요."

"누가 그랬는데?"

"의사가요."

나는 지극히 당연한 사실을 뱉어 냈다. 그러자 달튼의 입꼬리가 사정없이 들썩거리기 시작했다.

"큭큭. 웃으면 안 되는 거 아는데. 내가 너무 뻔한 질문을 한 것 같아서 우습다."

"의사가 아픈 곳을 진료한다는 건, 열 살배기 어린아이도 아는 사실이에요."

"하아. 나는 열 살배기 어린아이보다 못한 존재구나."

"그걸 이제 아셨다니."

"이포 벨. 너무해."

달튼은 투덜거리면서도 제 입가에 띠어진 미소를 지우지 않았다.

미소를 짓고 있는 그의 얼굴을 계속해서 보고 있자니, 나에게도 미소가 전가되는 기분이 들었다. 나는 결국 달튼을 보며 희미한 미소를 지었다.

달튼 레이서스, 그는 정말이지 마냥 미워할 수가 없는 남자임이 분명했다.

열 살배기 아이도 아는 사실을 모르는, 어떨 때 보면 마냥 순수해 보이면서도 또 어떤 때 보면 지극히 악마로 보이는. 그는 어느 모습이 본 모습인지 제대로 가늠이 되지 않는 그런 남자였다.

어쩌면 그의 그런 면들이, 그를 방탕자로서 자리매김하게 만들었을지도 몰랐다.

그런 생각을 하던 사이에 짧은 하품이 나왔다. 눈꺼풀이 지나치리만큼 무겁게 느껴졌다. 지난밤에 제대로 잠들지 못했던 여파였다.

"이포. 잠이 오는 거야?"

"네. 이대로 잠깐 잠들고 싶어요."

나는 연거푸 나오는 하품을 참지 못하며, 하품에 섞인 대답을 했다.

"여기서 자기엔 춥지 않을까?"

"잠깐은 괜찮을 거예요."

"그럼 잠깐 눈 좀 붙일래? 내가 깨워 줄게."

나는 고개를 끄덕였다.

"사람의 체온은 따뜻하대."

나는 반쯤 감긴 눈으로 또다시 고개를 끄덕였다.

"안아 줄게."

네가 감기에 걸리면 안 되잖아. 달튼은 악마처럼 속삭이며 나를 끌어안았다. 노곤함을 이기지 못한 나는, 그를 밀쳐내지 못했다. 대신 눈을 감았을 뿐이다.

따뜻한 그의 체온이 느껴지기가 무섭게 곧바로 잠에 빠져들었다. 그리고 나는 꿈을 꾸었다.

꿈속에선 벚꽃이 비처럼 내렸다.

벚꽃은 내가 기억하는 벚꽃의 색보다 붉은빛이 완연했다. 그것은 붉은 비가 되어, 마주 보고 있던 두 남자의 머리 위에 흩날리고 있었다.

두 남자는 아원과 달튼이었다.

벚꽃, 달튼, 아원.

기시감이 가득한 그 꿈은 내가 일전에 꾸었던 꿈의 전경과 동일했다. 나는 조만간 끔찍한 일이 일어날 것임을 알고 있었다.

달튼이 아원에게 손을 뻗어, 아원의 심장을 뺏어갈 것이다. 그것이 내가 예감한 끔찍한 일이었다.

이런 꿈을 꾸고자 잠을 청했던 것은 아니었는데.

그런 생각을 하면서도, 나는 다음에 일어날 꿈의 장면에서 눈을 뗄 수 없었다.

달튼은 정해진 순리대로 하얀 제 손을 아원의 가슴 쪽으로 뻗었다. 달튼의 손끝이 칼날처럼 반짝이고 있었다.

달튼, 제발 거기서 멈춰 줘요.

나는 간절하게 바랐지만, 일은 정해진 대로 진행되었다. 내가 막을 수 있는 것은 아무것도 없었다.

달튼의 손이 아원의 매끄러운 살갗을 갈라내고, 그 속에 있던 붉은 심장을 빼냈다. 오차라고는 없이 내가 예감한 그대로, 내가 일전에 꾸었던 꿈대로 일이 벌어진 것이다.

하나 그다음에 일어난 일은 내가 알고 있었던 일이 아니었다. 더해, 꿈속에서 보았던 일도 아니었다.

제 손에 쥔 아원의 심장을 보던 달튼의 시선이 내게 닿았다. 달튼은 내 쪽으로 손을 뻗으며 말했다.

'이걸 네게 주면, 그땐 내게 올래?'

그는 얼른 아원의 심장을 받으라는 듯이 제 손을 더욱 가깝게 내밀었다.

달튼은 웃고 있었다. 그 미소는 내가 잠이 들기 전에 보았던 그의 미소와 같은 것이었다.

　"……하."

　나는 꿈속에서 도망치듯이 눈을 떴다. 눈을 뜨기 무섭게 차가운 바람이 느껴졌다. 동시에 온몸에 소름이 돋았다.

　꼭 시린 겨울바람 때문에 생긴 소름은 아니었다.

　"이포. 무서운 꿈이라도 꿨어?"

　나를 꼭 껴안고 있던 달튼이 걱정스럽게 물었다. 나는 침묵으로 답하며, 그에게 안겨 있던 몸을 빼내었다. 올려다본 그의 얼굴이 지나치게 느른했다.

　"이포?"

　입술이 떨리고 있었다. 하얗게 질린 머릿속에는 한 가지 생각만이 맴돌았다.

　그 꿈은 그냥 꾼 꿈이 아닐지도 몰라. 무언가를 암시하고 있는 것일지도 몰라.

　"무슨 꿈을 꿨길래……. 이마에 식은땀 좀 봐."

　달튼은 내 이마를 쓸어 주려는 듯 내게 손을 뻗었다. 나는 본능적으로 상체를 발딱 일으켜, 그와 거리를 두었다.

　"……너."

　목적지에 닿지 못한 달튼의 손은 갈피를 잃었다. 꿈속에서 아윈에게 뻗어졌던 그 손. 예기처럼 빛나던 달튼의 손.

　"아, 죄송해요."

　나는 뒤늦게 겨우겨우 한마디를 뱉어 냈다. 목소리에선 쇳소리가 났다.

달튼은 상체를 일으키며, 무언가를 직감한 듯이 말했다.

"내가 네 꿈에서 나쁜 짓을 했어?"

"아마도요."

"그래서 내가 싫어졌어?"

"글쎄요."

그는 허공에 뻗은 손을 그제야 갈무리했다.

"……미안."

"아뇨. 사과하지 마세요. 그건 단지 꿈속의 일일 뿐이니까."

꿈속에서의 끔찍했던 일이 실제로 일어나지는 않을 거야. 나는 그렇게 믿고 싶었다.

"이포."

잔디 위에 정좌를 하고 앉은 달튼은 고개를 비스듬히 기울였다.

"네."

"어떤 꿈을 꿨는지 물어도 될까?"

나는 식은땀이 흥건한 이마를 소매로 훑어 냈다.

"아니요."

"왜?"

말에는 힘이 있다고 생각했다. 불길한 말이 내 입술 사이로 흘러 나오길 바라지 않았다.

"그 대신, 하고 싶은 말이 있어요."

"그게 뭔데?"

꿈속에서 달튼이 했던 말은 아직까지도 내 귓가에 이명처럼 맴돌고 있었다.

'이걸 네게 주면, 그땐 내게 올래?'

달튼은 분명 그리 말했다. 나는 꿈이 아닌 현실의 그에게 대답을 해 주었다.

"달튼. 당신이 새 심장을 준다고 해도, 저는 당신에게 가지 않아요."

"갑자기 무슨 말이야?"

"아무 짓도 하지 말아 달라는 말이에요."

제발. 나는 진한 한숨을 내쉬었다.

"지금 나를 골칫거리로 취급하는 것처럼 들리는데?"

달튼은 볼멘소리를 내었다.

"달튼. 아무 일도 일으키지 않을 거라고 약속해 줘요."

아윈에게 아무 짓도 하지 않겠다고 약속해 줘. 당신은 아윈의 심장을 바라는 게 아니라고 했잖아. 나는 거기까지 말하지 못한 채로 입술을 다물었다.

달튼은 내 부탁에 대답하는 것을 망설이고 있었다. 내가 무슨 말을 하건 대부분 수긍해 주었던 그였는데.

그의 침묵이 길어질수록 나는 불안해져만 갔다.

"……지킬 수 없는 약속은 하지 않는 거라고 했어."

"무슨 짓을 할 거예요?"

"글쎄. 그건 두고 봐야 알겠지."

그는 웃음기 하나 배지 않은 목소리로 대답했다.

"먼저 갈게."

달튼은 앉아 있던 몸을 완전히 일으키며 어디론가 걸어가기 시작했다. 아무런 기약도 없이 불쑥 다가오더니, 아무런 기약도 없이 사라진 달튼.

나는 멀어지는 달튼의 등에 대고 말했다.

"달튼. 저는 아원을 진심으로 사랑해요."

나를 향한 그의 차가운 태도도 수용할 수 있을 만큼. 그러니까 당신이 무슨 짓을 한다고 해도, 심지어 나를 살릴 수 있는 일을 한다고 해도, 당신의 마수에 넘어가진 않을 거야.

진심 어린 내 고백에 달튼의 걸음이 일순 멈추었지만, 그는 다시금 제 갈 길을 향해 걸어갔다.

화가 나 보이는 발걸음이었다.

그날 밤에는 잠을 자는 것이 무척이나 무서웠다. 아니, 꿈을 꾸는 것이 두려웠다는 게 더 정확한 표현이었다.

그 기괴한 꿈을 또다시 꿀까 봐 무섭다. 아원에게 잔혹한 짓을 하는 달튼을 보는 게 괴로웠다.

무서운 것과는 별개로 쉽사리 잠들 수도 없었다. 아원의 부재가 컸기 때문이었다.

그와 함께 나누었던 밤보다 홀로 지새운 밤이 훨씬 많았음에도 불구하고, 아원이 없는 밤은 허전했다. 견딜 수 없을 정도로 허하다.

누군가의 부재로 인해 깨닫는 타인의 소중함.

음흉한 달튼이 의도했던 것을 비로소 내가 느끼고 있었다. 아이러니한 일이었다.

그렇기에 부재를 주제로 한 달튼의 신호탄 계획에는 어느 정도 고개가 끄덕여지는 바였다. 그러나 아원의 마음에 대한 달튼의 해석은 공감이 되지 않았다.

아윈이 나를 특별하게 여기기 시작했다던 달튼의 해석. 그 터무니없었던 해석 말이다.

아윈은 내 부재를 전혀 느끼지 못한 것만 같았다.

어쩌면 내가 시녀 일을 그만두고, 이윽고 죽게 되더라도, 그는 내 존재의 가치를 인지하지 못할지도 몰랐다. 기억해 준다던 내 이름 또한 종래엔 잊을지도 몰랐다.

그렇게 십 년 정도가 흐른 후, 달튼과 아윈이 우스갯소리를 하던 어느 날, 달튼이 우연처럼 내 이름을 읊조리는 거다. 그럼 아윈은 '그런 이름을 가진 사람이 있었던가?'라고 말할지도.

꽤 신빙성이 있는 상상이었다. 내가 아는 아윈이라면 그럴 가능성이 다분했다.

그런 일이 실제로 일어난다면, 정말 슬플 것 같았다. 누군가에게 잊힌다는 건 가슴이 저린 일이었다.

내 마음속의 그의 이름은, 그 무엇에도 지워지지 않을 만큼 강인하게 새겨져 있는데……. 마음이란 건 왜 이렇게 복잡한 걸까?

나는 일전에 달튼에게 대답했던 대로 작게 혼잣말했다.

"눈에 보이지 않는 것은 원래 복잡한 법."

아윈의 마음을, 그가 보고 있는 세계를, 내 눈으로 보고 싶었다.

나는 새벽에 가까워져서야 겨우 잠들 수 있었다. 꿈은 꾸지 않았다. 다만 깊게 잠들지 못했다.

지난밤, 심장이 아파서 두어 번은 깬 것 같다. 숨을 쉴 수 없는 기분이 들어서 이대로 죽는 것이 아닌가, 하는 생각도 들더라.

하지만 결론적으로 나는 죽지 않았다. 죽지 않은 나는 오늘을 맞았고, 오늘의 태양을 바라보았다.

먹구름이 사라진 하늘 속, 태양 빛이 눈이 시리도록 밝았다. 눈가를 찌푸리다, 문득 그런 생각을 했다.

내 심장에 입을 맞추기를 고대하는 키스 벌레는 내 혈맥을 얼마만큼 갉아먹었을까.

나는 가슴에 손을 얹은 채로 그것의 움직임을 살폈다. 그러자 느껴진 것은 미세하게 뛰는 심장 박동 소리였다.

심장 소리가 어제보다도 옅어진 느낌이다. 소리 없이 다가온 죽음의 기류는 점점 제 크기를 더해 가고 있었다.

아원에게 잊힌 채로 죽는다는 사실이 조금은 무서웠다.

아원은 나를 아주 대놓고 피했다.

담당이 바뀐 것은 둘째 치더라도, 그는 나와 마주칠 상황 자체를 만들지 않았다.

아원과는 꼭 일적인 부분이 아니더라도 복도에서 두어 번 마주쳤었다. 하나 그는 저 멀리서 내 모습이 보이기라도 하면 발걸음을 돌리기 일쑤였다. 우연처럼 혹 행운처럼 닿았던 그의 시선도 이젠 내게 닿는 법이 없었다.

익숙해진다는 건 무서운 거였다.

근래에 함께 있었던 시간이 는 그였다. 내 시간과 공간 속엔 그의 존재가 익숙해져 있었다.

이미 익숙해진 그가, 갑작스럽게 사라져 버린 일은 실로 견디기 힘든 것이었다. 그와 멀어지는 연습이라도 해야 하는 건가 싶었다.

나는 슬펐다. 하지만 우습게도, 슬픈 마음보다 그를 제대로 보고 싶다는 마음이 더 컸다.

"보고 싶다."

"……대마법사님이?"

나도 모르게 흘러나온 진심에 대답해 준 사람은 케이티였다.

"달튼, 아니, 대마법사님과는 그런 관계가 아니라니까."

나는 험상궂은 얼굴을 했다.

"하지만 저택 내에 소문이 자자한걸. 어제도 정원에 함께 누워 있었다며? 그것도 꼭 껴안은 채로! 그 모습을 본 시녀가 한 둘이 아니야."

부정할 도리 없는 사실이다. 어제, 우리는 시답지 않게 정원에 누워 있었으니까. 그것도 꼭 껴안은 채로.

나는 변명하는 것을 포기하며, 새로 들어온 다기 세트를 정리했다. 일전에 내가 잃어버린 다기 세트와 같은 상단에서 사 온 것이었다.

얼굴이 비칠 정도로 잘 닦인 다기를 보며, 나는 혼잣말 하듯이 작게 읊조렸다.

"아, 정말 도움이 안 되는 작자로군."

달튼과 내 소문이 아원의 귀에도 들어가지 않았을까? 아원은 그 소문을 어떻게 생각할까?

"이포. 연인 간의 싸움은 칼로 물 베기야."

케이티는, 내가 달튼과 싸워서 그를 욕한 것으로 착각한 듯했다.

잘못된 착각이었다.

다기에 머물렀던 시선을 들어 올려 케이티를 응시하자, 그녀의 얼굴은 한껏 진지하기만 했다. 그래서 나는 설득하는 일을 쿨하게 포기했다.

진지해진 케이티를 설득하는 건, 달변가가 온다고 해도 불가능한 일임이 분명했다.

사실 따지고 보면 대마법사와의 스캔들이라는 거, 썩 나쁘지 않은 일일지도 몰랐다. 나와 거리를 두고 있는 아윈이 신경을 쓸 리도 없었고.

하물며 곧 죽는 마당에 내 주변을 맴도는 소문 따위가 중요한가 싶다. 그런 건 조금도 중요하지 않았다.

내게 있어 중요하고, 의미가 있는 것은 하나밖에 없었다.

그렇게 일주일이 흘렀다.

평온한 일주일이었다. 아윈뿐만이 아니라, 달튼까지도 나를 찾지 않았던 일주일이었다고 해야 할까.

물론 달튼이 아윈처럼 나를 피한 것은 아니었다. 달튼과는 가끔 마주쳤으나 그는 아주 기운 없이 굴었다.

내가 알던 달튼이 맞나 싶을 정도로, 그는 풀이 죽어 있었다. 무슨 일이 있냐고 물어도, "아니."라는 대답만 도돌이표처럼 돌아왔을 뿐이다.

아윈과 달튼, 두 남자. 내게 "아니."라는 대답만 하기로 약속한 걸까?

오전은 하릴없이 흘러갔다.

해가 지던 오후, 곁을 맴도는 공기가 더욱 차가워졌음을 느꼈을 때, 나는 복도에서 우연히 아윈과 마주쳤다. 정면으로 말이다.

아윈은 도망갈 타이밍을 놓친 것인지 나를 어색하게 바라보고 있었다. 그의 얼굴이 좀 야위어 보였다.

"후작님. 오랜만이네요."

"……응."

오랜만에 듣는 그의 황홀한 목소리였다. 나는 그가 도망갈 틈을 주지 않기 위해, 재빨리 말을 건네었다.

"잘 지내셨어요? ……수척해진 것 같아요."

"내 얼굴이 수척해 보여?"

"네."

"지난 일주일간 잠을 못 잤어."

아윈은 가벼운 한숨을 쉬었다. 그답지 않게 심각한 얼굴이었다.

"왜요?"

"……."

그는 침묵으로 대답하며, 잘빠진 턱을 문질렀다. 눈썹이 가볍게 찌푸려진 그의 얼굴이 제법 낯설다.

그러다 아윈은 뒤돌아섰다. 대답하는 것을 포기한 듯하다. 왔던 길을 되돌아가는 그의 어깨가 처져 보였다. 무슨 일이 있기라도 한 걸까.

걱정이 되었지만, 그를 불러 세울 수 없는 내 처지가 한탄스러웠다. 짧았지만 반가웠던 그와의 만남은 그렇게 지나갔다. 나는 그의 등이 작은 점이 되어 사라질 때까지 그를 응시했다.

늘 그렇듯, 그가 돌아보는 일은 없었다.

익숙해진다는 건, 여전히 무서운 일이었다.

그러나 사람은 적응하는 동물. 기나긴 밤, 아윈의 부재를 나는 어느 정도 견뎌 내고 있었다.

물론 아윈이 보고 싶은 건 당연한 일이었다.

지난 시간들처럼 그의 입술에 내 입술을 맞추고, 그의 살결을 매만지고 싶었다. 그리고 아이처럼 잠이 든 그의 얼굴을 바라보고 싶었다.

하지만,

'제대로 설명할 수는 없지만, 당분간 널 만나고 싶지 않아서.'

아윈이 남긴 말은 비수가 되어 내 마음속에 제대로 꽂혀 있었다.

죽음에 가까워진 이래로 내가 하고 싶은 일을 하고, 하고 싶은 말을 했지만, 어쩐지 이번만큼은 선뜻 그를 찾아가기가 망설여졌다.

왜일까.

나는 켜둔 초를 모두 끈 뒤에, 침대에 누웠다. 잠은 바로 들지 않았다. 아윈과 함께 잠들지 못한 밤은 대체로 깊은 잠을 잘 수 없었다.

아윈에 대한 생각으로 몸을 몇 번 들척거리던 그때에, 방문이 열리는 소리가 들렸다. 귓가에 거슬릴 만큼 커다란 소리였다.

나는 침대에서 내려와 방문을 연 이를 응시했다. 이런 밤에 스스럼없이 나를 찾아올 이라면…… 달튼인 걸까?

그러나 문을 열고 들어온 이는 뜻밖의 인물이었다.

그는 내 방으로 완전히 들어서며, 문고리를 돌려 문을 닫았다.

그의 힘없는 걸음은 내가 서 있는 곳까지 걸어와 멈추었다.

우리는 마주하게 되었다. 나는 그를 불렀다.

"후작님……."

놀랍게도 늦은 밤 나를 찾아온 이는 아윈이었다.

그는 입술을 일자로 다문 채로 나를 내려다보았다. 한껏 흐트러진 모습으로, 왠지 감정이 서린 듯한 눈동자로.

단추가 두어 개 풀린 단정치 못한 흰 셔츠 차림의 아윈은, 조금 전에 씻기라도 한 것인지 검은 머리칼이 잔뜩 젖어 있었다.

젖은 앞머리가 그의 이마에 붙어 있었지만, 그 모습이 이상해 보이기는커녕 관능적으로 보이기만 했다.

젖은 남자의 모습이 이토록 섹시했던가. 나는 마른침을 꼴깍 삼켰다.

아윈은 색소가 옅은 입술을 벙긋거렸다 다물기를 반복했다. 그러다 두서없이 말을 늘어놓기 시작했다.

"……협곡에서 네가 떨어졌을 때 숨이 잘 쉬어지지 않았어. 차라리 죽는 게 낫다고 생각할 만큼 심장이 먹먹했어. 달튼이 너를 죽이지 않을 거란 걸 알았어. 그런데도 네가 없는 동안 내 숨은 계속해서 가빴어. 숨을 깊게 들이마셨다 내쉬면 나아질 거라고 생각했어. 하지만 그러면 그럴수록 네가 자꾸 생각나서 미칠 것만 같았어. 시간이 흐르고 나니까, 그 답답함의 정체가 무엇인지 생각이 나더라."

"……."

"그건 걱정이었어. 아주 오랫동안 잊고 있던 감정이었지."

아윈은 거기까지 말하고선 숨을 길게 들이켰다.

나는 아윈이 이렇게나 말을 많이 할 수 있다는 사실이 신기하고 또 신기했다.

"살아 있는 너를 다시 만나자 숨이 제대로 쉬어졌어. 숨은 정상적인 궤도를 찾아갔고, 답답함은 한순간에 사그라졌지. 그건 안도였어. 그것 또한 긴 시간 잊고 있었던 내 감정."

걱정과 안도. 그것은 내가 아윈에게 바랐던 감정들이었다. 그는 나를 걱정한 사실을 이제 와 고백하고 있었다.

말도 안 돼. 이건 지나치게 리얼한 꿈이 아닐까? 내가 그를 너무 간절하게 떠올려서, 꿈을 꾸고 있는 거라면.

나는 아윈의 말이 단번에 믿기지 않았다.

"그 전에도 너 때문에 내 심장이 이상하다는 것을 이따금씩 느꼈지만, 그날의 네 부재 이후로 내 심장은 완전히 이상해져 버렸어. 내 심장은 너만을 보길 원했고, 그렇게 내 시야는 점점 더 좁아져서 너밖에 보이지 않게 된 거야. ……혼란스러웠어. 어떻게 받아들여야 할지 모르겠어서. 그래서 너를 잠깐 멀리하려고 했어."

아윈은 곧 울 것 같은 목소리로 제 마음을 토로했다. 적어도 그에게선 처음 듣는 목소리였다.

"그런데 씻어도 씻어도 네 냄새가 내 몸에서 사라지지 않아."

"……."

"이건 무슨 감정인 걸까? 분명 잊고 있었던 감정 중 하나일 텐데, 도무지 생각나지 않아. 나는 어떻게 하면 좋은 걸까? 이런 감정은 어떻게 해야 하는 걸까?"

그는 간절하게 답을 구했다. 그러곤 내 어깨와 목덜미 사이에 제 머리를 기대었다. 그 무게가 가볍지 않았다. 우리가 그동안 만나지 못했던 시간의 무게만큼이나 무거웠다.

아원은 뜨거운 숨을 뱉어 냈다. 그의 머리칼 끝에 맺혀 있던 물방울들이 내 목덜미를 따라 눈물처럼 흘러내렸다.

나는 손을 뻗어 그의 얼굴을 들어 올렸다. 그의 고개가 일체의 저항 없이 들렸다. 나는 그와 눈을 맞추었다. 마주한 아원의 시선은 나약한 빛을 띠고 있었다.

'이젠 더는 억누르지 못하겠어.'

지칠 대로 지친 얼굴을 한 아원이 그리 말하는 듯했다. 나는 묻고 싶었다.

'무엇을요?'

당신은 그동안 무엇을 억누르며 나를 피했던 걸까. 그 끝에 내가 바라던 대답이 있으리라 믿고 싶었다.

나는 그의 등을 감싸 안았다. 손끝엔 그의 뜨거운 체온이 느껴졌다. 그것은 눈물이 날 만큼 그리웠던 것이었다.

"아원. 키스해도 돼요?"

"……."

"그럼 그게 무슨 감정이었는지 알게 될 거예요. 조급해할 필요는 없어요."

그는 천천히 고개를 기울였다. 이윽고 물기가 마르지 않은 그의 부드러운 입술이 내 입술 위로 닿았다. 나는 잘 감겨진 그의 눈꺼풀 위, 기다란 속눈썹을 한참이나 바라보다 뒤늦게 눈을 감았다.

아원의 혀는 내 혀를 부드럽게 감싸 안았고, 우리의 몸은 점점 더 가깝게 밀착되었다. 우리는 침대 위로 몸을 누였다. 그 어느 때보다 자연스러운 흐름이었다.

그는 내 위에 올라탄 채로 한참이나 입을 맞추었다. 그러다 제입술을 잠시 떼어 내며 나를 가만히 내려다보았다. 그의 검은 눈동자엔 평소보다 선명한 이채가 반짝이고 있었다.

영원히 열원이 맺히지 않을 거라 생각했던 그 눈동자에, 처음으로 선명하게 새겨진 열원이었다.

감정이 깃든 사람다운 눈동자.

나는 그의 눈가를 손끝으로 쓸었다. 눈앞에 있는 아원의 얼굴을 손끝으로 기억하고 싶었다. 그런 생각이 통한 건지도 모르겠다.

내가 손을 물리기 무섭게, 이번엔 아원의 손이 내 얼굴에 닿았다. 그는 내 얼굴을 가만히 쓰다듬었다. 잠깐 잊고 있었던 내 얼굴의 감촉을 다시 기억하려는 것처럼.

"눈물이 날 것 같아."

나도 눈물이 날 것 같아.

그간 나를 외면했던 당신이 나를 찾아왔다는 사실이, 내게 입을 맞추어 주었다는 사실이 믿기지 않아.

"나는 왜 이런 감정들을 잊고 살았던 걸까?"

당신은 나로 인해 그런 감정들을 깨달은 걸까?

"너는 왜 내게 네 이름을 새겨 줬던 걸까?"

나는 당신에게 기억되고 싶었으니까.

"내 이름을 불러 줘. 이포 벨."

아원은 간절한 목소리로 내게 애원했다.

"아원."

흘러나온 목소리가 미미하게 떨렸다.

나, 눈물을 흘리려는 걸까.

"다른 세계에 발을 디딘 기분이야. 너는 이 세계의 이름을 알아?"

좀 전까지 내게 닿았던 아윈의 붉은 입술이 매혹적인 곡선을 그리고 있었다.

"그 세계에 대해서 자세히 말씀해 주세요."

"이 세계는 너밖에 없는 세계야. 다른 것들은 존재의 가치를 잃어."

그것은 내가 아는 세계였다. 너무나도 잘 알고 있던 세계. 나는 무언가에 홀린 듯이 대답했다.

"……사랑."

"사랑?"

"네. 저는 이미 그 세계에 오랫동안 살고 있었어요. 당신 이외의 모든 것들은 존재의 가치를 잃은 세계."

아윈은 대답 대신 내게 키스했다. 평소의 키스보다도 훨씬 더 정성을 들인 채로.

우리는 그동안 닿지 못했던 것을 보상이라도 하는 듯이 서로의 몸을 성심껏 더듬었다. 언어는 필요하지 않았다. 그저 서로의 세계를 조금 더 알고 싶었을 뿐.

모든 것이 끝난 후, 그의 등을 꽉 껴안았을 때까지도 이것이 현실인지 잘 인지되지 않았다. 몽롱한 꿈속에 잠식된 기분을 떨칠 수가 없다.

끓어오르는 제 감정을 이기지 못한 아윈이 나를 찾아왔고, 내게 자신의 감정을 논했다. 나는 그 감정의 정체를 사랑이라 일컬었다. 솔직히 사랑 말고 어떤 단어로 정의해야 할지 전혀 모르겠다.

사랑. 나는 추상적인 그 단어를 곱씹었다. 서로의 마음이 닿았다는 게 잘 믿기지가 않았다.

아윈의 마음을 바라는 건 사치라고 생각했다. 나는 그저 아윈이 나를 외면하지 않기만을 바랐다. 은연중에 더 깊은 관계를 원했을지는 모르겠지만, 하여튼 나는 아윈에게 그다지 큰 것을 바라지 않았다.

말 한마디. 손길 한 번. 그리고 솔직함. 그런 것들이 아윈의 마음을 움직였고, 종래엔 그의 마음까지도 내게 닿게 만들어 주었다.

너무 기뻐서 행복한 미소를 지어야 함이 옳았다. 하지만 왜 눈가가 시큰해지는 걸까.

"울지 마. 너를 울리고 싶지 않아."

아윈은 제 어깨 위로 흐르는 내 눈물의 감촉을 느낀 듯이 말했다.

그는 제게 안겨 있던 나를 떼어 내며, 내 얼굴을 빤히 들여다보았다. 내가 눈물을 얼마나 흘렸는지 확인하고 싶은 것처럼.

"내가 무언가를 잘못한 건가?"

"아뇨. 당신은 너무 다정해요."

그 다정함이 선뜻 믿기지 않을 정도야. 아윈의 다정함 때문이었을까. 나는 금세 눈물을 그치었다.

"……네가 뭘 원하는지 모르겠어."

아윈은 내 말을 전혀 이해하지 못했다는 듯이 말했다. 나는 희미하게 미소를 지으며 대답했다.

"그냥 이대로 있어 줘요."

이포 벨, 살날은 근 한 달. 나는 이제야 이 년간의 짝사랑의 종지부를 찍었다. 결론은 일단 해피엔딩.

당장 내일 죽을지는 몰라도, 나는 지금만을 생각하고 싶었다. 꽤나 간절히.

침대 위, 창문의 유리 사이로 들어오는 달빛이 아원의 검은 머리칼을 노랗게 물들이고 있었다. 고개를 조금 비틀어 창가 쪽을 바라보자, 지난날 보이지 않았던 달이 보였다. 노란빛이 완연한 보름달이었다.

달튼이 아름답다고 했던 그 달.

"아원. 달이 참 아름답네요."

그는 나를 따라 고개를 돌려, 달을 응시했다.

"저건 네 세계의 달일까."

"……."

"널 닮았어."

그는 다시금 나를 바라보며, 기가 막힌 미소를 지었다.

그 미소를 보고 있자니 나는 또다시 슬퍼졌다. 나는 솟구쳐 오르는 슬픔을 참지 못하고 또다시 소리 내어 울었다.

곧 무너질 내 세계에 이제야 발을 디딘 아원을 어떻게 해야 할지 모르겠어서. 영원할 그의 세계에 오랫동안 남고 싶어서.

아원. 내 세계는 조만간 무너질 거야.

울음으로 물든 내 입술은 아원에게 소리 없는 메시지를 전했다.

아원은 내 눈물의 의미를 묻지 않은 채로 나를 꼭 껴안았다. 그는 소중한 무언가를 다루듯이 내 등을 조심스럽게 쓸었다. 그 손끝엔 위로의 기운만이 가득했다.

우리가 함께 달을 볼 날은 얼마나 남았을까.

잠에서 깼을 때, 처음 보이는 게 그의 얼굴인 것은 참으로 행복한 일이었다.

　다음 날이 되면 내 옆에 누워 있던 아원이 사라지는 것이 아닐까, 모든 것은 꿈이었던 것이 아닐까, 라고 어젯밤에 생각했었다.

　그러나 그는 그대로였다. 태초의 모습으로 곤히 잠든 아원의 모습은 내 눈앞에 존재했다.

　나는 손끝으로 그의 뺨을 조심스럽게 눌렀다. 그러자 확실한 그의 체온이 느껴졌다. 현실 속의 살아 있는 아원이었다.

　꿈이 아닌 거야.

　"조금 더 자자."

　아원은 눈을 감은 채로 속삭이듯이 말했다. 어쩜, 아침부터 귀가 호강하는 기분이 들었다.

　"깼어요? 죄송해요. 깨우려고 한 건 아니었는데."

　그는 낮게 웃었다.

　"괜찮아."

　나는 그의 멋진 웃음에 대한 보답 같은 말을 했다.

　"사랑해요."

　내 말에 아원의 입가에 맺힌 미소가 짙어졌다. 그는 미소를 띤 얼굴로 내게 다시금 속삭였다.

　"네 세계를 더 알고 싶어."

　"당신이 원하는 걸 바라지 않은 적이 없어요."

지극히 평온하고 사랑스러운 아침이었다. 매일 이런 아침을 맞이했으면 했다. 하지만 그 평온은 오래가지 못했다. 갑작스러운 심장 통증이 들이닥쳤기 때문이다.

내 심장은 무언가가 잘못되고 있다는 무언의 신호를 내게 보냈다. 그것은 대단히 고통스러운 신호였다.

나는 얼굴을 고약하게 찌푸렸다. 표정이 일그러지는 것을 막을 도리가 없었다. 아윈이 눈을 감고 있어서 다행이라고 생각했다. 그가 일그러진 못난 내 얼굴을 보지 않아서 다행이라고.

나는 가쁜 숨을 토해 냈다. 평소보다 좁아진 기도 속으로 들어오는 산소의 양이 지독히도 부족했다. 고장 난 심장은 혈액을 돌리지 않았고, 산소를 요하는 뇌는 곧 멈출 듯이 공명했다.

행복함은 일순간 두려움으로 변했다.

나는 이대로 죽을 것만 같았다.

내가 지금 죽어 버린다면, 아윈은 어떤 반응을 내비칠까.

내게 특별한 감정을 가지게 된 아윈. 그는 이번에야말로 내 죽음이 가지고 오는 슬픈 기류를 확실히 인식할 수 있는 걸까.

'이걸 네게 주면, 그땐 내게 올래?'

나는 꿈속에서 달튼이 했던 말을 떠올렸다. 아윈의 심장을 내게 건네던 꿈속의 달튼. 그 모습은 현실의 것처럼 여전히 선명했다.

만약 내가 그 심장을 갖게 된다면, 나는 삶을 더 이어갈 수 있는 걸까?

아윈은 두 개의 심장을 가지고 있었으니, 하나는 필요치 않을지도 몰랐다.

"……이포 벨?"

무언가 이상함을 느낀 듯한 아윈이 감고 있던 눈을 떠, 나를 직시했다. 그의 눈동자는 어제보다도 훨씬 더 선명해져 있었다.

그 순간, 다행히도 심장의 통증이 서서히 사그라지기 시작했다. 지금 당장은 죽지 않아. 나는 그 사실을 곱씹으며, 애써 미소 지으며, 그를 향해 입술을 떼어 냈다.

"아윈. 하고 싶은 얘기가 있어요."

휴, 나는 호흡을 길게 뱉어 냈다. 별안간 나를 덮친 통증은 삽시간에 사라지고 있었다.

"그건 네 세계의 얘기야?"

"네. 들어주실 거예요?"

그는 내 이마에 가볍게 입을 맞추었다.

"나는 이제 네가 원하는 걸 바라고 싶어."

이마에 머물렀던 그의 입술은 내 코끝과 입술 위에 차례대로 내려앉았다. 그것은 잊으려야 잊을 수 없는 모닝키스였다.

달이 또다시 먹구름 뒤에 가려지기 전에, 나는 그에게 내 죽음을 알려 주어야 했다.

저택 내에선 재미난 소문이 돌고 있었다.

어딜 지나가든, 시녀들이며 시종들이며 나를 흘긋거리는 시선이 심상치가 않았다. 그들의 작은 속삭임 속에서 달튼의 이름이 몇 번이고 오고 가는 게 들렸다.

케이티가 했던 말대로 나와 달튼 사이에 대한 얼토당토않은 소문이 돌고 있는 듯했다.

다들 내게 한 마디를 건네고 싶어 했지만, 선뜻 다가오는 이는 없었다. 아니, 딱 한 사람 있었다. 내게 있어 친구라고 할 수 있는 유일한 사람인 케이티였다.

"너, 그분과 크게 싸운 거야?"

케이티는 무언가의 기대가 담긴 시선으로 나를 응시했다. 내 대답이 참으로 궁금한가 보다.

"흐음. 달튼? 글쎄. 그와 싸운 기억은 없는데."

"그럼 도대체 어떻게 된 거야? 대마법사님이 다른 여자…… 와 밤을 보냈다던데."

케이티는 다른 여자라는 말을 내뱉으며 내 눈치를 봤다.

아아, 그 소문이라는 게 달튼이 다른 여자와 밤을 보냈다는 소문이었구나.

나는 나를 흘긋거리던 사람들의 시선의 이유를 알 것 같았다. 달튼이 다른 시녀와 밤을 보냈으니, 그의 연인 격으로 소문난 나를 그토록 쳐다봤던 것이다. 물론 달튼과 나는, 아무 사이가 아니지만 말이다.

나는 쿨하게 대답했다.

"상관없어. 그는 방탕자잖아."

"정말로 괜찮아?"

"응."

케이티는 그래도 너무 마음을 쓰지 말라며, 내 어깨를 토닥였다. 대단한 위로를 받은 기분이었다. 내가 위로받을 일은 없는데.

달튼이 다른 여자와 잤다는 사실을 들었을 때, 솔직히 아무렇지 않았다. 그와 그토록 많은 스킨십을 나누었던 것을 고려하고도.

물론 달튼에게 무신경한 것은 아니었다. 내겐 그와 나눈 정이 있었다. 하지만 그것은 이성 간에 오고 가는 오묘한 감정이 아니어서, 그가 누구와 만나건 상관이 없었다.

되레 좋은 여자를 만나, 이미 죽은 아라벨의 육신을 보내 주었으면 하는 바람도 들었다. 죽은 심장을 가진 시신을 썩지 않게 보관하는 달튼이, 이제 미련을 버려 주었으면 했다.

그리고 여러 여자를 만나는 건 달튼의 본업이었다. 그는 옛 연인에 대한 미련에서 벗어나기 위해, 여러 여자를 만난다고 했었다.

그 이유가 방탕자적인 그의 행동을 정당화시키는 것은 아니었으나, 그가 제 나름대로의 노력을 하고 있다는 사실은 확실했다.

그러니까, 달튼이 여러 여자를 만나고 그들과 잠자리를 갖는 건, 잊히지 않는 누군가를 잊기 위한 노력이라는 거다. 아마도 필사적인 노력.

그를 나무랄 자격이 있는 이는 그 누구도 없었다.

달튼에 대한 소문은 그 정도로 각설하고, 나는 얼른 아윈이 보고 싶었다. 내 죽음에 대해 어디서부터 어떻게 얘기해야 할지 모르겠지만, 그래도 그가 보고 싶었다.

아윈의 빛나는 얼굴을 본다면, 막연했던 해답이 어디선가 튀어나올 것 같은 예감이 들었다. 하지만 나는 아윈보다도 달튼을 먼저 만나고야 말았다.

달튼은 내가 어느 타이밍에 어느 복도를 지나칠지 예상한 것처럼, 내가 걷던 길목을 막아섰다. 왠지 모르게 나를 기다린 듯한 기분이 들게 뭐람.

오랜만에 만난 달튼은 웃는 얼굴이었다. 어젯밤, 다른 시녀와의 밤이 그렇게 좋았던가.

"나, 다른 여자랑 잤어."

달튼은 제가 행한 일을 당당하게 토로했다.

"네. 들었어요."

"아주 예쁜 시녀였어. 나와 닮은 금발에, 자연스럽게 말려진 머리카락의 끝이 매우 훌륭한 여자였지. 눈동자는 또 얼마나 예뻤는지 알아? 바다색이었어. 난 푸른빛의 눈동자를 좋아해. 바라보고 있으면 왠지 나조차도 청량해지는 기분이거든."

"그렇군요. 제 눈동자는 갈색이라서 다행이네요."

"응?"

달튼은 내 대답이 이상하다는 듯이 고개를 갸웃거렸다. 나는 그가 의문을 꺼내 놓기 전에 다른 말을 늘어놓았다.

"그 시녀, 저도 알아요. 그녀의 미모 때문에 한때 후작가가 들썩이기도 했죠. 시종들의 마음을 얼마나 흔들었던지."

"저기……. 뭐 느끼는 거 없어?"

"뭘요?"

그는 머쓱하게 제 눈썹을 긁적였다.

"넌 아무렇지 않은 거야?"

"달튼. 조금 더 정확하게 말해 줄래요? 제가 뭐가 괜찮지 않느냐는 거예요?"

"내가 다른 여자와 밤을 보냈다는 사실이 괜찮으냐고."

달튼은 아까의 당당했던 태도가 무색해질 정도로 머뭇거렸다. 그의 목소리엔 답지 않게 망설이는 기색이 역력했다.

그는 내게서 무슨 대답을 바라고 있는 걸까.

달튼이 무엇을 바라는지 확실하게 알 수 없었으나, 나는 내 마음을 확실하게 털어놓았다. 어쩌면 조금은 매정하게 들릴지도 모를 말이었다.

"이전에도 얘기했듯이 당신이 누구와 자건 저와는 상관없는 일이에요. 그래도 한 가지 간섭을 해 보자면, 당신이 후작저에 머무는 동안, 저보다 생산적일 수 있는 사람을 만났으면 해요. 곧 죽을 저 말고, 당신 곁에 오랫동안 있어 줄 그런 여자."

"……."

그는 내 시선을 피한 채로 한참이나 침묵했다. 그러곤 버릇처럼 아랫입술을 짓이겼다. 그의 붉은 입술이 더욱 붉어져 갔다. 조만간 상처가 나, 피가 흐를 것만 같았다.

"달튼. 제 말을 듣고 있어요?"

"……응."

그는 느릿하게 대답했다. 무언가가 석연치 않은 모습이었다.

"이포. 네 말이 맞네. 곧 죽을 너보단 조금 더 오랫동안 만날 수 있는 여자를 만나는 게 좋긴 하겠지."

"그걸 말이라고."

"그래도 한 번이라도……. 한 번이라도 좋으니까. 괜찮지 않았다고 해 줄 수는 없어?"

그는 여유 없이 말하며, 애절한 눈으로 나를 바라보았다.

"왜요?"

"네가 괜찮지 않기를 바랐으니까."

나는 앵무새처럼 같은 말을 내뱉으려 했으나,

"왜……."

달튼이 내 말을 잘랐다.

"네가 괜찮지 않다면, 내 선택이 조금은 바뀔지도 모르겠어."

달튼의 선택. 어떤 선택을 말하는 걸까.

"당신이 원한다면, 해 드릴 수는 있어요. 하지만 달튼. 그게 제 진심이 되는 건 아니잖아요."

"……."

"그런데 선택이란 건 무슨 말이에요?"

달튼은 아무것도 아니라는 듯이 고개를 가로저었다.

"그냥 헛소리. 이제 와 내 선택을 바꾼다는 건 너무 늦은 일일지도 몰라."

그는 여느 때와 다름없이 미소를 지었다. 하나 그 미소는 평소보다도 씁쓸하게 보였다.

"아윈과는 어떻게 됐어?"

달튼은 불쑥 화제를 옮겼다. 나는 황홀했던 지난밤을 떠올리며 대답했다.

"당신의 말이 진짜였어요. 제가 너무 섣부르게 당신을 타박했나 봐. 아윈이 저를 사……."

나는 그가 쏘아 올린 신호탄의 뒤늦은 효과에 대해 무심코 말하다, 말끝을 흐렸다. 나를 보고 있던 달튼의 표정이 이상하게 변했기 때문이다.

그의 표정이 급변해 있었다.

조금 전까지 씁쓸한 미소를 짓던 그라고는 믿기지 않을 정도로 그는 몹시도 서늘한 표정을 짓고 있었다. 바라보는 나조차도 얼어

붙을 것 같은, 그런.

내가 여기서 '아윈이 저를 사랑하게 되었어요.'라는 말을 꺼낸다면, 달튼이 참혹한 일을 저지를 것만 같았다.

나는 입술을 뭉그러뜨렸다.

"난…… 한 번도 틀린 적이 없어."

달튼은 띄엄띄엄 말했다. 말끝을 흐린 것이 애석할 정도로, 달튼은 내가 무슨 말을 꺼내고자 했는지 알아차린 듯했다.

"이포. 행복해?"

나는 솔직하게 대답했다.

"……네."

너무 솔직하게 대답한 게 아닌지, 뒤늦게 후회했다. 하지만 내 마음을 속이는 대답을 할 수는 없었다.

달튼은 스스로를 자조하듯이 픽 웃었다.

"아라벨이 보고 싶다. 나는 먼저 가 볼게."

달튼은 제가 하고 싶은 말만 남기고선 뒤돌아섰다.

뒤돌아서던 달튼의 옆얼굴을 언뜻 보았을 때, 그의 얼굴엔 미소가 완전히 사라져 있었다. 아주 굳은 얼굴을 한 채였다.

"달튼……."

나는 그를 불렀지만, 그는 뒤돌아선 채로 내게 손만 흔들었을 뿐이었다. 나는 그의 뒷모습을 끝까지 바라보았다.

내가 있던 곳은 이 층이었고, 달튼의 방은 이 층 끝 방이었다. 그리고 아라벨의 관 또한 달튼의 방에 있었다.

하지만 아라벨이 보고 싶다던 달튼은 제 방을 지나쳐, 어느 계단을 내려갔다. 이내 그의 신형이 복도에서 완전히 사라지기에 이른다.

순간 말로는 표현하지 못할 묘한 기분이 들었다. 그의 방으로 직접 가 봐야겠다는 오묘한 기분.

아라벨의 관이 그의 방에 있는지 확인하고 싶었다. 아니, 꼭 확인해야겠다. 그러지 않고서는 배길 수가 없었다. 왜 그런 기분이 들었는지는 나도 잘 모르겠다.

나는 무언가에 홀린 듯이 그의 방까지 걸어가고야 만다.

방문의 문고리를 잡고 돌리자, 그것은 매끄럽게 돌아갔다. 잠기지 않은 것이다. 나는 조금 열린 문틈 사이로 방 안을 훔쳐보았다. 방 안의 전경은 그대로였다. 딱 한 가지만 빼고 말이다.

관. 윤이 나도록 잘 닦인 갈색 관이 보이지 않았다.

나는 달튼의 방으로 몰래 들어가, 아라벨의 관을 찾았다. 그는 일전에 그녀의 관을 드레스 룸에 옮겨 두었던 이력이 있었다. 오늘도 제 방에 딸린 다른 방에 관을 숨겨 두었을지도 모를 일이었다.

하나 그 관은 어디에도 보이지 않았다. 죽은 아라벨이 잠든 관이 완전히 사라진 것이다.

어디로 옮긴 걸까. 그 관은 이제 후작저에서 완전히 사라져 버린 걸까?

관이 사라졌다는 사실에 의미를 부여하는 게 옳은 일인지 알 수 없었다. 아라벨의 관이라는 건 원래부터 후작저에 존재했던 게 아니었기 때문이다.

그것은 달튼이 제멋대로 들고 온 것이고, 그렇기에 제멋대로 어디론가 치워 놓았다고 해도 문제 될 게 전혀 없었다.

달튼은 변덕이 심한 자였고, 이번에도 그가 변덕을 부렸으리라 여길 수도 있었다. 하지만 나는 어쩐지 신경이 쓰였다.

무언가 의미를 부여하고 싶은 생각이 연기처럼 피어올랐다. 문제가 하나 있다면, 부여하고 싶은 의미라는 게 그다지 긍정적이지 못하다는 점이었다.

달튼의 방에서 나와, 조용히 문을 닫았다. 다행히도 복도엔 아무도 없었다. 그야말로 완전범죄였다. 나는 아무 일도 없었던 것처럼 복도를 걸어갔다.

내 머릿속에는 해답 없는 물음들이 끊임없이 맴돌고 있었다.

비품실로 들어갔을 때, 나보다도 먼저 온 이가 있었다. 사실 문을 열 때부터 그의 체취를 조금 느끼기도 했다.

냄새는 그 무엇보다도 강인한 기억이다.

딱히 후각이 훌륭했던 것은 아니었지만, 나는 내가 사랑하는 사람의 냄새를 선명하게 기억하고 있었다.

"아윈."

나는 후작님이라는 호칭은 잊은 듯이 그의 이름을 불렀다. 내 입술 사이로 흘러나오는 그의 이름이 너무나도 익숙하게 느껴졌다. 그와 오래된 연인이 된 듯한 기분이었다.

나의 부름에, 아무렇게나 쌓인 상자 위에 앉아 있던 아윈의 고개가 오른쪽으로 조금 기울었다.

"기다렸어."

"누구를요?"

"너."

아원은 빙그레 미소를 지었다.

나는 잠깐 동안 아원을 관찰해 보았다. 그는 한눈에 보아도 한껏 차려입은 모양새였다. 물론 누더기조차도 훌륭하게 소화할 아원이지만.

그는 머리카락조차도 한쪽으로 모두 넘긴 채였다. 가르마를 곱게 탄 그의 머리 모양이 완벽했다. 매끄럽게 넘겨진 앞머리 밑, 완전히 드러난 아원의 동그란 이마가 오늘따라 더 예쁘게 보였다. 누구 남자인지, 참 잘생겼다.

결론. 그는 꼭 중요한 모임에 참석할 예정이 있는 사람처럼 보였다. 오늘 연회가 있던가.

"여기에는 어쩐 일이세요?"

"말했잖아. 널 기다렸다고."

"무슨 일 있으신 건 아니죠?"

이런 전개는 낯설다. 먼저 다가가는 쪽은 언제나 내 쪽이었고, 기다리는 쪽도 언제나 내 쪽이었으니까. 꿈같았던 그의 고백이 이런 식으로 조금씩 실감되고 있었다.

아원은 앉아 있던 몸을 일으켜, 내 쪽으로 가까이 걸어왔다. 우리 사이의 거리가 좁혀졌다. 마침내 발끝이 닿을 거리. 아원은 어색한 것처럼 헛기침을 두어 번했다.

"멋진 옷을 입고, 즐거운 하루를 보내고 싶어."

"……."

"내게 죽어서도 잊지 못할 멋진 날을 다시 새겨 주지 않겠어?"

그것은 꽤나 익숙한 대사였다. 나는 그 말을 뱉었던 그때를 상기했다.

'데이트란 뭐지?'

'당신은 멋진 옷을 입고, 저는 예쁜 드레스를 입고, 즐거운 하루를 보내는 거예요.'

'…….'

'죽어서도 잊지 못할 멋진 날을 심장에 새기는 거죠.'

데이트의 '데' 자도 모르는 남자에게 데이트의 개념을 설명해 주었던 그날. 아윈은 내가 가르쳐 준 데이트의 개념을 정확하게 기억하고 있었다. 그리고 보란 듯이 응용까지 하고 있었다.

나는 솜방망이 치듯이 두근거리는 심장을 느끼며 그를 빤히 응시했다. 이 남자, 생각보다 선수가 아닐까.

예상치 못한 상황에 내 머릿속은 백지장이 된 듯했다. 별안간 머릿속이 하얗게 질려 버린 내가 한 대답은 약간은 황당한 말이었다.

"……저는 시녀복 차림인데요?"

그러자 아윈이 제 미간을 작게 찌푸렸다. 거기까지는 생각하지 못했다는 얼굴이었다.

아윈은 내가 생각했던 것보다도 훨씬 더 능동적인 남자였다.

그는 일찍이 시녀장을 찾아가, 나의 남은 하루를 제가 갖겠다고 당당히 선포했다고 한다. 달튼에 이어, 아윈까지도 시녀장에게서 나의 하루를 산 셈이었다.

그간 나는 시녀장의 호통을 번번이 잘 피해 갔었지만, 조만간 그녀에게 제대로 된 한 소리를 들을 것 같은 예감이 들었다. 심할 경우엔 잘릴지도 모르겠다. 일을 좀 많이 빠졌어야지.

하지만 뭐 아무렴 어떻겠냐는 생각이 든다. 시녀장에게 혼날 미래가 다가온다고 해도, 지금 내 곁에는 아윈이 있었다. 그것도 엄청 잘 빼입은 아윈이.

지금의 나는 기분이 좋았다. 행복한 현재를 즐기자. 오늘 내 손을 잡은 아윈을 사랑하자.

미래에 벌어질 일을 미리 걱정할 필요는 없었다. 행복한 현재를 즐기기에도 벅찰 테니까.

나는 시녀복을 벗어 던지고, 아끼던 드레스로 갈아입었다. 아윈과의 데이트를 어디에서 즐기면 좋을까, 라는 행복한 고민을 했지만…….

애석한 일은 곧 일어나고야 만다. 아윈과의 야외 데이트는 강제로 무산되었기 때문이다. 바로 타율적인 작용에 의해서였다.

우리는 현관에 우두커니 선 채로, 약속한 것처럼 하늘을 올려다보았다.

"비."

아윈은 무겁게 가라앉은 목소리로 읊조렸다. 빗소리를 말살하는 그의 목소리가 퉁명스럽기만 하다.

나는 아윈이 차마 뱉지 못했을 단어를 덧대었다.

"젠장할 비네요."

그러자 아윈이 나를 따라 하더라.

"젠장할 비."

나는 그에게로 시선을 돌렸다. 그러자 아직까지 하늘을 올려다보고 있는 아윈의 날카로운 턱선이 보였다.

어쩜, 턱선마저도 저토록 아름다운 걸까.

"아윈."

"응."

"젠장할이 무슨 뜻인지 알고 있어요?"

아윈은 먹구름이 가득한 하늘을 보던 시선을 끌어내려, 나를 내려다보았다.

"부정적인 의미겠지."

"맞아요."

"마음이 갑갑하고, 머리가 지끈거려. 이건 아마도 짜증이라는 감정일 거고."

그는 눈썹을 미세하게 일그러뜨린 채로, 허공에 손을 뻗었다. 활짝 펴진 그의 손바닥 위로 빗방울들이 떨어지며 이윽고 흘러내렸다.

"소나기인 걸까."

나는 본능적으로 달튼을 떠올렸다. 비와 연관이 많은 그자.

"오늘 안에 그칠까요?"

"글쎄."

아윈의 손바닥은 계속해서 젖고 있었다.

"자각이라는 건 무서운 거군."

창가 근처를 서성거리던 아윈이 한마디를 툭 내뱉었다.

"왜요?"

나는 아윈의 침대에 앉은 채로 그의 등에 대고 물었다. 소나기는 그만 보고, 나를 봐 주었으면 좋겠는데. 그렇게 생각하기가 무섭게 아윈의 몸이 돌아갔다.

내 얼굴엔 자연스럽게 미소가 스몄다. 아윈은 나를 따라 미소를 지었다.

"내 눈엔 너만 보여."

그는 놀랍도록 진부한 대사를 읊조렸다.

내 눈엔 너만 보여.

사랑에 빠진 남자가 내뱉는 아주 흔한 대사였다. 좀 신파적이다. 하지만 그 흔한 말이 내게 불러온 파란은 지대했다. 왜냐면 아윈이 뱉은 말이었기 때문이다.

잘생기고, 황홀한 목소리를 가졌고, 심지어 내가 사랑하는 그 아윈이 한 말이란 말이다.

혈류가 급속도로 빠르게 돌고 있는 것이 느껴진다. 나는 숨을 간헐적으로 헐떡였다. 심장이 가쁘게 뛰었다. 그는 내 심장에 위해를 가한 게 틀림없었다.

"널 사랑한다고 자각하니까, 그렇게 보여."

"소나기를 보다가, 그런 생각이 들었어요?"

"응. 소나기 속, 정갈한 정원 속, 정원수들을 봤거든."

아윈은 잠깐 무언가를 생각하더니, 늦지 않게 이어서 말했다.

"정원수들의 몸통이 갈색이었어."

무슨 말인 걸까. 해답은 곧 그의 입가에서 새어 나왔다.

"갈색빛만 봐도 마음이 설레."

아윈은 내가 앉아 있던 침대까지 다가와 내 옆에 앉았다.

"그건 널 떠올리게 하는 색이니까."

"아윈."

나는 그의 이름을 두서없이 불렀다. 그에게서 돌아오는 대답은 없었다. 대화는 이어지지 않았다. 우리는 나란히 앉아, 서로의 얼굴을 바라보았을 뿐이다.

창밖에선 여전히 빗소리가 들려왔다. 나는 빗물로 얼룩진 정원수의 모습을 상상해 보았다. 거기서 나를 떠올릴 아윈마저도 생각해 보았다.

괜스레 실소가 새어 나와, 나는 아랫입술을 짓이겼다.

빗물로 얼룩진 갈색빛의 정원수와 나 사이에 연관성이라고는 전혀 없어 보였다. 빗자루를 떨어뜨리는 일과 내 눈물 사이의 연관성보다도 더.

소란스러운 빗소리와 상반되는 아윈의 차분한 얼굴이, 그 시선이, 갈색빛의 내 머리칼 위로 옮겨졌다. 그는 내 머리카락을 한 줌 쥐어 잡고선, 그 위에 입을 맞추었다.

"심지어 갈색빛 책상을 보고도 마음이 설렜어. 아주 중증이었지."

아윈은 심각하게 덧대었다. 그는 꼭 제가 불치병에 걸린 듯이 굴었다.

소나기로 인해 무산된 야외 데이트, 나의 오늘을 산 아윈은 나를 제 방으로 이끌었다. 나는, 그와 야외 데이트를 할 수 없음이 아쉬웠지만, 순수하고도 진지한 그의 진심을 들었을 땐,

"큭큭."

웃음이 났다.

이제는 아쉬움 따위는 전혀 들지 않았다. 나는 아윈이 귀엽고 우스워서, 그에게 고백했다.

"좋아해요."

그는 작은 미소를 지었다.

"아윈. 지금은 무슨 생각을 해요?"

아윈은 내 눈동자를 빤히 들여다보며 답했다.

"네 눈동자가 예쁘다는 생각."

"어떻게 예뻐요?"

"갈색빛이지만 호박빛이기도 해. 그건 너만이 가진 색. 누구도 흉내 낼 수 없는 색이지."

맙소사. 이 남자는 내가 알던 아윈이 맞는 걸까? 말을 잘 해도 너무 잘 하잖아.

"아윈. 당신, 말이 느는 것 같아요."

"나를 어린아이 취급하는군."

그는 한숨을 내쉬었다. 나는 또다시 키득거렸다.

"큭큭."

감정을 인지하지 못했던 아윈은, 어린아이보다도 감정을 표현하지 못했다. 그는 웃지 않았고, 울지 않았다. 그저 무심했을 뿐이다.

그런 그가 책상을 보고도 설렜다고 한다. 장족의 발전이라고 일컬어도 이상하지 않았다. 물론 본인은 인정하지 못하는 것 같지만.

아윈은 자신의 몸을 내게 가깝게 했다. 내 머리칼을 매만지던 그의 손이 내 어깨 위로, 내 팔 어귀로, 마침내 내 손등 위에까지 내려왔다.

아윈은 느릿하게 내 손을 그러잡았다. 그는 내 손가락을 하나씩 들어 올려 깍지까지 꼈다. 나는 얼기설기하게 얽힌 그의 손가락의 무게와 감촉을 세세히 헤아렸다.

"손을 잡고 싶었어."

아원은 내게로 얼굴을 기울였다. 우리의 입술이 스치듯이 닿았다.

"손을 잡고 있으면, 키스하고 싶어."

"그럼 키스할래요?"

"응."

스치듯이 닿았던 서로의 입술이 완전히 닿았다. 치열을 핥는 그의 혀끝에 심지가 끓어올랐다. 지난날, 몇 번이고 나눈 익숙한 입맞춤이지만, 얽힌 혀의 감촉이 새삼 좋았다.

나는 당장이라도 그의 셔츠를 벗기고, 그 안에 잘 감춰 둔 그의 매끄러운 살결에 구석구석 입 맞추고 싶었다. 아원이 알게 된다면 기겁할 생각일지도 몰랐다.

관능적인 소리가 오갔다. 나는 감고 있던 눈꺼풀을 슬그머니 들어 올려, 내 입술을 탐하는 아원의 얼굴을 훔쳐보았다. 기다란 그의 속눈썹이 희미하게 떨리는 걸 지켜본다. 손끝으로 매만지고 싶다는 바람이 들었다.

얼마 못 가 셀 수 없이 많이 부딪혔던 우리의 입술이 떼어졌다. 나는 이제야 눈을 뜬 척 연기하며, 그를 보았다. 열기에 휩싸인 아원의 검은 눈동자엔 달뜬 바람이 피어올라 있었다.

'너를 더 갖고 싶어.'

"키스를 하면……."

아원은 그답지 않게 무언가를 말하길 망설였다. 그래서 나는 그를 도와주기로 했다.

'나도 당신을 더 갖고 싶어.'

"아원. 키스를 하면 제 드레스를 벗기고 싶어요?"

"……."

아원은 침묵으로 답하며, 내 뺨에 쪽 소리가 나게 입을 맞추었다. 그의 흰 뺨이 약간은 붉어진 것도 같았다. 아원과 홍조. 참으로 어울리지 않는 조합이었다.

하지만 내 눈엔 홍조를 띤 아원도 사랑스럽게 보였다. 새삼 대단한 콩깍지다.

"아원. 그런 생각은 부끄럽거나 이상한 생각이 아니에요. 저도 그렇거든요."

"너도 그래? 정말로?"

나는 고개를 작게 끄덕였다.

"저는 당신을 오랫동안 좋아했어요."

"얼마나 오랫동안?"

"이 년."

"……."

그는 해야 할 말을 찾듯이 고뇌하는 얼굴빛을 띠었다. 이 년 동안 끈기 있게 저를 좋아한 내게 해 줄 그런 말을.

이윽고 아원이 내뱉은 말은, 지극히 그다운 말이었다.

"수고했어."

"그게 뭐예요. 수고했다니."

나는 킥킥거렸다. 수고했다는 그의 말에 기분이 나쁘지는 않았다. 오히려 그를 짝사랑한 지난 이 년을 그에게 인정받은 것 같았다.

"무슨 말을 해야 할지 잘 모르겠어서."

아원은 머쓱한 얼굴을 했다. 처음 보는 그의 얼굴이었다. 나는 머쓱해하는 아원의 얼굴을 오랫동안 눈가에 새겼다. 죽어서도 잊고 싶지 않았다.

그러다 나는 뒤늦게 그를 향해 입술을 떼어 낸다.

"그냥 한마디만 해 주시면 돼요."

아원의 시선이 내 입술에 집중했다. 나는 해답에 가까운 말을 소리 없이 입모양으로만 알려 주었다.

'좋아해.'

아원은 미소를 머금은 채로 내 입모양을 따라 했다.

나와 다른 점이 있다면, 그의 입술에선 소리가 된 메시지가 흘러나왔다는 점이었다.

"사랑해."

심지어 응용도 한다. 나는 이마를 짚고 감탄했다. 이 사랑스러운 남자를 어떻게 하면 좋지?

나는 미션 달성 후에 주어지는 달콤한 보상처럼, 그의 입술을 짧게 지분거렸다. 그런 다음 고해하듯이 말했다.

"당신을 좋아하는 내내 바라만 봐도 행복하다고 생각했었어요. 손이 닿지 않아도, 그저 당신의 등을 바라보는 것으로 만족했어요."

"응."

"하지만 사람의 마음이라는 건 참 이상하더라고요."

"왜?"

"우연처럼 당신과 함께 밤을 보내고 난 뒤부터, 저는 점점 욕심쟁이가 되었거든요."

나는 아원의 뺨을 부드럽게 쓰다듬었다.

"당신이 저만 바라봐 주었으면 좋겠고, 당신을 늘 만지고 싶고, 당신이 저만 사랑해 주었으면 좋겠다고 생각했어요. 저 엄청 욕심쟁이죠?"

아윈은 단번에 대답했다.

"아니."

그는 뺨에 머물고 있던 내 손을 잡아채, 손끝 하나하나에 정성 들여 입을 맞추었다.

그의 입술이 지나갈 때마다, 발끝이 오그라드는 기분이 들었다. 아랫배 부근이 어쩐지 뜨거웠다. 내 얼굴에도 홍조가 드리웠을 거라는 생각이 들었다.

빗발이 거세진 소리가 설핏 들렸다. 아윈은 또다시 빗살을 말살시키는 목소리로 말을 걸어왔다.

"이포 벨. 지난 이 년간 내가 널 바라보지 않아서……."

내 손끝에 닿아 있던 그의 시선이 들렸다. 그는 나와 오롯이 눈을 맞춘 채로 물었다.

"……슬펐어?"

"네."

"그래서 울었어?"

"그럼요."

"얼마나 울었는데?"

"소금 맛이 어떤 맛인지 제대로 알 때까지."

"이제 울지 마."

"울지 않을게요."

아윈의 사랑까지 얻은 지금의 나는, 더 바랄 게 없어야 했다. 그리고 더 이상 울지 말아야 함이 옳았다.

하지만 나는 그 이상의 것을 바라게 되어서 눈물이 날 것 같았다. 부귀영화를 바라는 것은 아니었다. 단지, 사랑하는 아윈과 오랫동안 행복하게 살고 싶었다.

나는 살고 싶었다.

뜨거운 피를 내뿜는 심장을 가진 채로, 아윈과 같은 시간을 영위하고 싶었다. 아윈을 닮은 아이 하나를 낳는다면 더 행복할 테지.

아아, 그 순간 나는 정말로 눈물이 흐를 것 같았다. 아윈이 나를 사랑한다는데, 내가 울긴 왜 울어.

나는 눈물을 참기 위해, 그의 목덜미에 팔을 둘렀다. 그러곤 그를 내 쪽으로 끌어당기며, 그의 귓가에 속삭였다.

"이제 다음 단계로 넘어가요."

이대로 있다간, 내가 정말로 눈물을 흘리게 될 테니까. 그럼 우리의 데이트는 눈물로서 기억될 거야. 나는 그렇게 되기를 바라지 않았다.

그의 목덜미에 입을 맞추자, 아윈의 몸이 잘게 떨리는 게 느껴졌다. 그는 따지듯이 물었다.

"원래부터 이랬어?"

"뭐가요?"

"원래부터 이렇게 자극적이었냐고."

"새삼스럽게."

나는 방탕자가 할 법한 대답을 했다. 그러자 아윈은 나를 침대 위에 눕히며, 내 위로 올라탔다.

"아윈. 그거 알아요? 제 눈엔 당신이 훨씬 더 자극적이라는 거."

아윈은 대답 대신 두 손으로 내 뺨을 감싸 쥐고선, 내게 입을 맞추었다.

한 차례의 길고 긴 관계가 끝난 후에, 아윈은 토로했다.

"나는 그간 어떻게 살았던 걸까."

나는 물었다.

"그건 무슨 말이에요?"

"구제할 길 없이 무력하게만 살았어. 너를 안기 전의 나는 빈껍데기였지."

"지금은요?"

아윈은 기분 좋은 미소를 지으며 내 입술 위를 지분거렸다.

"내 마음속에 있던 공백이 말끔하게 채워진 느낌이야."

"아, 그 공백. 저도 알아요. 마음속에 커다란 구멍이 뚫린 듯한 느낌. 맞죠?"

아윈이 나를 피했을 때, 나는 마음속에 커다란 구멍이 뚫린 듯한 느낌을 느꼈었다.

"너도?"

아윈은 의아한 빛을 띠었다.

나는 대답했다.

"그런 게 있어요."

정신이 들었을 때, 주위가 지나치게 조용했다. 빗소리는 어디론가 사멸했고, 내 곁을 맴도는 것은 죽음 같은 침묵이었다.

별안간 놀라서, 옆을 훑어보았다. 내 손끝엔 아윈의 뜨거운 살갗이 닿았다. 다행이었다. 나는 안도하며 기다란 숨을 내뱉었다.

나는 무엇을 염려했던 것이고, 무엇을 안도했던 걸까.

부스스 들어 올린 눈꺼풀이 무거웠다. 지난밤 나를 끝까지 몰아붙이던 아원 때문이었다.

나는 아직까지 곤히 잠든 아원의 얼굴을 빤히 들여다보았다. 그의 얼굴은 여전히 아름다웠다. 매끄러워 보이는 그의 뺨을 작게 건드리자, 아원의 눈꺼풀이 들렸다. 우리의 눈은 단번에 마주쳤다.

"제가 깨웠어요?"

그는 나른한 목소리로 대답했다.

"아니."

아직까지 완전히 잠에서 깨지 않은 목소리였다. 그는 시선을 돌려, 창가를 넌지시 바라보았다.

"젠장할 비가 그쳤어."

"오늘은 함께 나갈 수 있는 걸까요?"

그는 미소 지었다.

우리는 아원 전용 정원에 앉은 채로 서로의 얼굴을 묵묵히 바라보았다.

우리의 앞에는 붉은 와인이 채워진 와인 잔이 있었고, 우리가 입고 있는 복장도 제법 훌륭했다. 완벽한 데이트의 모양새였다.

산발적인 비 때문에 망친 어제의 데이트를 보상하기 위해 계획된 오늘의 데이트. 오늘 날씨는 끝내주게 좋았다.

나는 오늘도 반강제로 일을 쉬게 되었다. 잘릴 날이 머지않은 것 같았다. 시녀 일을 그만둔 뒤, 내게 남은 시간 동안 무엇을 하면 좋을지 고민했다.

고민은 길게 이어지지 않았다. 아윈 덕이었다. 눈앞에 아윈이 있는데, 다른 생각을 길게 할 순 없었다.

와인 잔을 앞에 둔 채로 정원에 함께 앉아 있는 모습은, 일전에 겪었던 소풍의 모습과 유사하다는 생각이 들었다.

하지만 그때와 지금, 우리 사이에 흐르는 공기는 확실하게 달랐다. 말로는 표현하지 못할 이상야릇한 기류가 끊임없이 감돌았다.

풋내기들의 연애도 아니었고, 우린 서로의 마음이 닿기 전부터 수어 번 몸을 섞은 사이였다. 그럼에도 불구하고 왠지 모를 어색한 기운을 떨쳐 낼 수가 없다.

사람의 감정이 서린 아윈의 뜨거운 눈동자가 나를 꼼꼼히 훑어볼 때마다, 체온이 올라가는 기분이 들었다.

몸 안의 심지가 달아오르고, 또 달아올라서 마음속에 불이라도 날 성싶었다. 나는 심호흡을 하며 달아오른 체온을 가라앉히려 노력했다.

아윈은 한참을 침묵했다. 그가 무슨 생각을 하고 있는지는 잘 짐작되지 않았다.

그는 감정이 생기든, 그렇지 않든, 도대체 무슨 생각을 하고 있을지 모를 남자였다. 심지어 창밖에 내리는 비를 보며, 빗물을 흠뻑 머금은 나무의 갈색 몸통을 보며, 나를 생각하는 남자이기도 했다.

그런 남자의 창의적인 생각을 내가 알아내는 게 더 어려운 일일지도.

그래서 나는 새삼스럽지 않게 아원의 구색을 살폈다. 그는 어제처럼 엄지가 들릴 만큼의 훌륭한 옷차림이었다.

데이트라는 개념을 떠올리고선 옷을 골랐을 아원의 모습을 상상하자, 마음이 들떴다. 구름 위를 걷는다는 게 이런 기분일까 싶다.

그것은 내게 닥친 죽음이라는 일과, 내 죽음을 아원에게 털어놓아야 하는 일과는 지극히 거리가 있는 기분이었다.

그런 생각을 하는 사이에도, 어제보다 차가워진 바람이 내 곁을 연신 스쳐 지나갔다. 계절은 완전히 겨울에 들어서 있었다.

차가운 바람은 아원의 뜨거운 시선이 닿지 않은 곳에 교묘히 맴돌며, 내 몸을 차갑게 만들었다. 그러나 싫은 느낌은 아니었고, 그것은 되레 짜릿함을 선사했다. 그 속에 서린 아원의 체취 때문이었다.

맡기만 해도 기분이 좋은 향. 나는 오늘의 바람의 냄새를 기억했다.

내 세상이 아원을 중심으로 돌아간다는 생각을 떨칠 수가 없다. 다른 것들은 부수적인 것이 되어 전혀 괘념치 않았다.

"이포 벨. 네 코에서 눈물이 흘러."

하지만 생리적인 현상은 나도 어쩔 수 없었다. 차가운 바람을 여과 없이 느껴 버린 내 코는 콧물을 줄줄 흘려 댔다.

아원은 콧물이 흐르는 사실을 저렇게나 예쁘게 포장해 주었다. 비아냥거리는 투가 아니라 진심으로. 심지어 아원은 내가 눈물을 흘렸을 때에 지었던 얼굴과 똑같은 얼굴을 하고 있었다.

나는 그의 은유적인 표현에 감동하다 못해 복받쳐서 진짜로 눈물을 흘리고 싶었다.

"아원. 오늘은 손수건 없어요? 제 눈물을 닦아 주셔야죠."

아윈은 곤란하다는 것처럼 미간을 찌푸렸다. 오늘은 손수건을 미처 챙겨오지 못했나 보다. 나는 소매로 콧물을 대충 닦아 냈다.

"그럼 이리로 오셔서 저를 안아 주세요. 그럼 제 코에서 눈물이 더는 흐르지 않을 테니까."

그러자 아윈은 스스럼없이 내게 다가와 나를 제 품에 안았다. 넓은 그의 품은 언제나처럼 따뜻했다. 눈물 따위는 하나도 생각나지 않을 정도로.

그는 내 등을 부드럽게 매만지며 물었다.

"다시 들어갈까?"

아윈의 전매특허쯤인 무신경함이 손톱만큼도 느껴지지 않는 물음이었다. 도리어 걱정스러움만이 느껴져서, 나는 이상한 괴리감을 느꼈다. 아윈의 것이라고는 믿기지 않는 자상함이었다.

"아뇨. 괜찮아요. 그냥 조금 더 이렇게 있고 싶어요."

"그럼 이러고 있자. 나는 네 코에서 눈물이 흐르는 것을 바라지 않으니까."

아윈은 제 표현을 고집했다. 나는 그 진지함이 우스워 작게 키득거렸다. 그러자 돌아온 것은 아윈의 의문이었다.

"네가 웃는 이유를 모르겠어."

"콧물을 그런 식으로 아름답게 표현해 주시니까."

"내 눈엔 눈물과 다름없게 보였는걸."

이토록 로맨틱한 말이라니. 그에게 로맨틱을 바라는 건 사치라고 생각했던 지난날의 내가 떠올랐다.

이제 정정해야 할 듯싶다. 아윈은 로맨틱함을 충분히 가지고 있는 남자라고.

"감정이란 거. 한번 크게 터뜨리고 나니까, 그다음은 자연스럽게 다른 감정도 스며들더라. 슬픔. 기쁨. 우울함. 허탈함…… 과거를 돌이키며 그땐 어떤 감정이 들어야 옳았던 것인지 하나하나 넣어 봤어. 그러니까 내가 얼마나 감정에 무뎠던 건지 깨닫게 되는 거야. 어제 말했지? 나는 빈껍데기였다고."

그는 나를 더더욱 세게 껴안으며 이어 말했다. 등 뒤에 닿은 그의 열 손가락이 뜨거웠다.

"언제 어디서부터 감정이 돌아온 건지 모르겠어. 하지만 그 신호탄이 너였다는 건, 확실히 알아."

그의 입에선 익숙한 단어가 흘러나오고 있었다.

'신호탄'

나는 달튼을 떠올렸다.

나를 이용한 달튼의 미끼는 좋은 신호탄이 되어, 아윈의 감정이 돌아오게 만들었다. 생각의 흐름은 자연스러운 의문을 만들어 냈다.

달튼은 아윈의 감정이 돌아오기를 바랐던 걸까?

달튼이 내 사랑을 응원해 주기 위해서, 그 한 가지 이유만으로 나를 도왔다는 게 자못 믿기지 않았다. 그는 제가 원하는 것에 있어 냉혹한 마법사임이 분명하니까.

"나는 죽은 듯이 잠들어 있던 두 번째 심장을 오랫동안 끌어안고만 있었어."

아윈의 말에, 나는 내가 알고 있던 사실들을 조합하기 시작했다.

달튼이 원하는 건 아라벨의 소생. 그리고 아라벨의 죽은 심장. 심장을 다쳤던 아윈은 노룡에게서 두 번째 심장을 가져왔다. 하지만 그 심장은 지난 시간 동안 감정 없이, 그저 죽은 듯이 잠들어만 있었다.

"이포 벨. 너는 잠들어 있었던 내 심장을 깨어나게 해 줬어. 어긋나 있던 내 나사를 들어맞게 만들어 준 거야."

그리고 아윈의 두 번째 심장은 지금에서야 비로소 긴 잠에서 깨어나게 되었다. 바로 나로 인해서.

그렇다면 여기서 달튼이 진정 원했던 것은 무엇이었을까? 이윽고 나는 어떤 결론에 도달하고야 만다.

"……!"

나는 하얗게 질린 얼굴로 아윈을 밀어냈다.

그의 품에서 벗어나기가 무섭게 체온이 급격하게 떨어지는 기분이 들었다. 아윈의 가슴에 닿아 있던 손끝이 사시나무 떨리듯이 떨리고 있었다.

"이포?"

아윈은 저를 밀친 나를 의아하게 응시했다. 나는 그를 향해 입술을 떼어 내려고 했다. 내가 내린 결론을 아윈에게 말해 주고 싶었다.

하나 언제 굳었을지 모를 입술은 쉽사리 떼어지지 않았다. 그저 메마른 숨만을 몇 번 뱉어 냈을 뿐이다.

눈앞에 벚꽃 하나가 떨어진 것은 그때였다. 하얀 김을 자아내는 차가운 계절과는 이질적인 꽃잎이었다.

고개를 들어 하늘을 올려다보자 붉은 비가 내리고 있었다. 진짜 비는 아니었고, 달튼이 내린 듯한 벚꽃 비였다.

벚꽃은 마침내 아윈의 머리 위에도 떨어지며 그의 얼굴을 군데군데 붉게 물들였다.

벚꽃. 아윈. 그리고 달튼. 이미 경험한 듯한 전경.

그것은 꿈속에서 두 번이나 보았던 전경과 같은 것이었다.

"붉은 눈이 와."

아윈은 손을 뻗어 손바닥을 펼쳤다. 그의 손바닥 위에 애처로울 정도로 붉은빛을 띤 벚꽃이 떨어졌다. 나는 내가 무슨 말을 하는지 인지하지도 못한 채로 읊조렸다.

"아윈. 좋지 않은 예감이 들어요."

아윈은 펼쳤던 손바닥을 천천히 오므리며 나를 응시했다. 나는 불안한 시선으로 주위를 둘러보았다. 겨울 날, 봄을 연상케 하는 붉은 눈을 내린 장본인을 찾기 위해서였다.

그를 찾는 건 그리 어려운 일이 아니었다.

"……달튼."

달튼은 어느 나무의 가지 위에 보란 듯이 앉아 있었다. 저곳에 언제부터 있었던 걸까.

나와 눈이 마주친 달튼은 나를 향해 빙그레 미소를 지었다. 부자연스러워 보이는 미소였다.

그는 앉아 있던 가지 위에서 훌쩍 뛰어내렸다. 그러곤 허공을 부드럽게 밟으며 지면까지 내려왔다.

지면에 발을 디디기 무섭게, 달튼이 우리 쪽으로 걸어오기 시작했다. 그러자 주변을 감돌던 다른 소리들이 일제히 사라졌다.

완전한 정적 사이로 유일하게 울리는 소리는 달튼의 발소리뿐이었다. 그의 발소리가 가까워질 때마다, 입안이 바싹 말라 갔다.

달튼은 우리의 지척까지 다가와, 인사하듯이 오른손을 가볍게 흔들었다.

"데이트 중?"

"달튼. 그걸 안다면, 오늘은 이만 물러나 주었으면 좋겠는데."

앉아 있던 아윈은 제 등 뒤에 선 달튼을 뒤돌아보지 않은 채로 말했다.

묘하게도, 아윈의 목소리가 심드렁하게 바뀌어 있었다. 마치 제가 감정을 일깨운 사실을 달튼에게 숨기려는 것처럼.

"아아, 아윈. 역시나 각박하네. 나도 데이트 좋아하는데."

달튼은 아윈의 어깨 위에 손을 올렸다. 달튼의 손끝이 아윈의 어깨를 가볍게 두드렸다.

그의 작은 손짓을 보며, 나는 커질 대로 커져 버린 불안감을 느꼈다. 꿈속에서 보았던 달튼의 손끝이 떠올랐기 때문이다. 아윈의 심장을 빼내던 그 손끝.

나는 그의 이름을 불렀다.

"달튼."

"이포, 왜? 할 말 있어?"

달튼은 아윈에게 향해 있던 시선을 내게로 돌렸다. 그의 눈동자는 나를 응시하고 있었지만, 어째 다른 곳을 보고 있는 듯한 기분이 들었다.

그는 지금 무슨 생각을 하며 나를 바라보고 있는 걸까. 벚꽃과 함께 제 모습을 드러낸 까닭이 무엇일까.

꿈속 광경이 내 눈앞에 계속해서 아른거렸다. 비처럼 내리는 벚꽃 속에서 달튼이 아윈의 심장을 뺏어 가던 그 잔혹한 꿈.

그 일이 조만간 실제로 일어날 것 같은 끔찍한 예감이 들었다.

"아무 짓도 하지 않겠다고 약속했잖아요."

"어라. 나는 그런 약속을 한 기억이 없는데."

달튼은 고개를 갸웃거렸다. 실제로 그런 약속을 한 적은 없었지만,

나는 무언의 경고를 한 셈이었다. 아무 짓도 하지 말라는 그런 경고.

눈치 하나만큼은 누구보다도 빠른 달튼이었다. 그는 내가 남긴 경고를 단번에 알아들었을 것이다. 물론 그 경고를 수용할지, 하지 않을지는 달튼이 판단할 문제였다.

"아윈. 우린 저택으로 들어가요. 코에서 눈물이 계속해서 흐를 것 같아요."

아윈은 고개를 끄덕였다. 그는 앉았던 몸을 일으켰고, 동시에 달튼을 흘긋 쳐다봤다. 그의 시선이 달튼에게 머문 것은 그때가 처음이었다.

그렇게 우리는 앉아 있던 자리에서 한 발자국을 걸어갔다. 달튼에게선 그 어떤 움직임도, 말도 없었다. 그는 그저 고개를 조금 숙인 채였다.

불쑥 들었던 불안함은 과민한 반응이었던 걸까?

나는 아윈의 손을 잡으려고 했다. 그의 손을 잡고, 불길함이 느껴지는 이곳을 벗어나려고 했다. 그렇게 내 손이 아윈의 손끝에 닿던 순간이었다.

달튼의 손이 훨씬 더 빨리 움직였다. 아윈 뒤에 서 있던 달튼이 제 손을 아윈의 등 뒤로 밀어 넣었다. 거침없이 그리고 빠르게.

달튼의 손은 이렇다 할 막힘없이 아윈의 가슴께로 쓰윽 들어갔다. 눈 깜짝 할 사이에 벌어진 일이었다.

아윈은 작은 신음과 함께 제 몸을 돌리려 했다. 하나 그의 몸은 움직이지 않았다. 마치 어떤 구속에 걸린 것처럼.

"달튼!"

나는 그의 이름을 부르며 아윈에게 다가가려 했다. 하나 내 몸이 전혀 움직이지 않았다. 심지어 손가락도 굳어 버렸다.

내가 움직일 수 있는 부위는 눈동자 하나밖에 없었다. 나도 아윈처럼 몸의 움직임을 구속당하는 마법에 걸린 것 같았다.

그사이, 달튼의 손이 아윈의 몸속에서 빠져나왔다. 그 손은 빈손이 아니었다. 거기엔 붉은 심장이 올려져 있었다.

아윈의 심장이었다.

아윈의 심장에서 새어 나온 뜨겁고 붉은 피가 달튼의 하얀 손을 적시기 시작했다. 달튼은 붉은 심장을 내려다보며 소름 끼치는 미소를 지었다.

"이 심장에 감정이 서리기를 얼마나 기다렸더라."

나는 내가 내렸던 결론을 다시금 떠올렸다.

죽은 제 연인을 살리기 위해, 달튼에게 필요했던 것은 감정이 서려 있는 살아 있는 심장.

아윈에게는 두 개의 심장이 있었으나, 그의 두 번째 심장은 감정이 서리지 않은 불완전한 심장이었다. 하지만 그것은 어찌 된 영문인지 나라는 계기로 인해, 제 감정을 일깨우게 되었다.

결론적으로, 불완전했던 두 번째 심장에 감정이 서리게 된 것이다.

다르게 해석을 해 보자면, 그것은 달튼이 필요로 하는 심장이 되어 버린 것이다.

달튼은 '나'라는 미끼를 통해 아윈의 두 번째 심장에 감정이 서리길 기다렸고, 나는 좋은 신호탄이 되어 그의 목적을 달성시켜 주었다.

달튼은 그 심장을 빼내어, 죽은 제 연인에게 주려 한다.

그것이 내가 내린 결론이었다. 달튼의 의중을 소름 끼치도록 제대로 맞추어 버린 결론.

심장 하나를 빼앗긴 아윈의 얼굴은 꿈속에서 보았던 것처럼 평온했다. 고통스러운 기미도 없었거니와 작은 신음도 내지 않았다. 달튼의 손이 관통했던 그의 등에서 흐르는 피도 없었다.

달튼은 마법으로서 그 어떤 상처도 남기지 않고, 교묘할 정도로 완벽하게 심장만을 빼낸 것이었다.

"아윈!"

나는 그의 이름을 절규하듯이 불렀다. 그러자 반쯤 감긴 아윈의 검은 눈동자가 내게 향했다.

내게 닿은 그의 눈동자 속엔 이지라고는 보이지 않았다. 그 속에 맺힌 것은 공허함뿐이었다. 그것은 감정을 깨닫기 전의 아윈의 눈동자와 닮은 것이었다.

끔찍한 상황 속에서도 우리의 머리 위엔 여전히 벚꽃이 흩날리고 있었다. 아윈의 피 냄새와 벚꽃의 따뜻한 봄 냄새가 위화감 없이 섞여 있었다.

달튼은 손에 쥐고 있던 심장을 코끝으로 가져가 그 냄새를 맡았다.

"아, 향긋한 심장 냄새."

그는 두어 걸음 뒷걸음질 치며, 내게 말했다.

"이포 벨. 그동안 믿음직스러운 미끼가 되어 줘서 고마웠어."

그는 가느다란 미소를 지었다. 이런 상황에서조차도 미소를 짓는 그의 모습에 신물이 날 지경이었다.

할 말을 끝낸 달튼은 제 모습을 없애기 시작했다. 얼마 지나지 않아 그의 몸은 불투명한 연기가 되어 어디론가 날아가 버리고 말았다.

그가 사라짐과 동시에 하늘에서 내리던 벚꽃 비는 그쳐 버렸고, 위태롭게 서 있던 아윈은 그대로 쓰러졌다.

나는 마른 비명을 토해 냈다. 내 비명은 적막한 정원 사이로 메아리치듯이 울렸다.

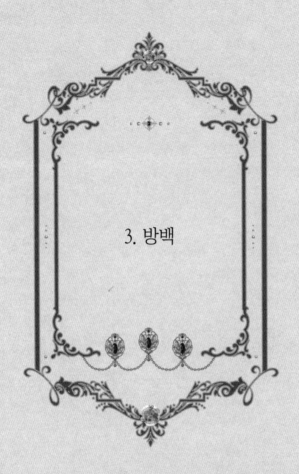

3. 방백

3. 방백

달튼은 후회 없는 삶을 살고 싶었다.

그녀를 처음 본 날은 벚꽃이 흐드러지게 흩날리던 날이었다. 뿌리 깊은 벚꽃 나무 밑에서 기다란 금빛 머리칼을 휘날리던 그녀의 모습을, 달튼은 세세히 기억하고 있었다.

벚꽃 나무의 요정.

달튼은 본능적으로 그녀를 그렇게 기억했다.

그녀에게 한번 닿은 시선을 다른 곳으로 물릴 수 없었다. 시선이 끌리듯 제 마음도 점차 그녀에게 이끌렸다.

달튼은 까닭 없이 호흡이 가빠짐을 느꼈다. 심장은 돌이킬 수 없을 정도로 빨리 뛰고 있었다. 그 순간 그는 생각했다.

아, 첫눈에 반했나 봐. 사랑에 빠진 게 틀림없어.

달튼은 망설임 없이 그녀에게 다가갔다. 그는 마법사라는 능력과 타인의 시선을 끄는 화려한 외모, 그리고 유창한 언변으로 그녀를 유혹했다.

달튼의 매혹적인 유혹에 넘어가지 않았던 여자는 없었다. 그녀 또한 그러했다.

벚꽃 나무의 요정의 이름은 아라벨. 그녀는 어느 귀족가의 재원 이었다. 아라벨은 아름다운 얼굴만큼이나 매력적인 성격을 가진 여자였다.

무표정일 때의 그녀의 얼굴은 냉철하게 보이지만, 실상 그녀가 미소 지을 때면 그 누구보다도 온화한 분위기를 풍겼다. 그녀는 웃음도 꽤 많아서, 달튼의 짓궂은 언사에 늘 미소로 응대해 주었다.

그러다가도 달튼이 잘못된 일을 했을 때엔, 확실하고 분명하게 그를 꾸짖었다. 달튼은 그녀의 꾸지람조차도 사랑의 속삭임으로 느꼈다. 중증이었다.

달튼은 그녀가 좋았다. 지금까지 스치듯이 가볍게 만났던 다른 여자들과는 전혀 다른 느낌이었다.

만나면 만날수록 그녀의 과거가 궁금했고, 그녀의 미래 속에 자신이 존재했으면 좋겠다고 생각했다.

함께 있고 싶다는 생각이 너무나도 커지자, 달튼은 아라벨에게 미래에 대한 얘기를 꺼내 놓기 시작했다.

'결혼은 언제쯤 할까?'

'아라벨은 아이가 몇이나 있었으면 좋겠어?'

늘 웃음으로만 저를 대하던 아라벨이 처음으로 표정을 굳힌 것은 아마 그때였을 것이다. 아라벨은 제 표정을 수습할 요량도 없이 침묵했다. 그러곤 한참이나 지난 후에 대답했다.

'—나중에.'

나중에 다시 얘기하자.

아라벨은 자신과 함께할 미래를 논하길 꺼려 했다. 대답을 피하던 그녀의 얼굴엔 구슬픈 기류가 잠깐 동안 맴돌았던 것도 같았다.

달튼은 그것을 인지했으나, 간과했다. 그 순간만큼은 제 감정이 우선이었기 때문이다. 아라벨은 제 미래 속에 내가 있기를 바라지 않는 걸까?

달튼은 무력함을 느꼈다. 항상 자신이 최고라 생각하던 달튼에게 처음으로 불어 닥친 이상야릇한 감정이었다. 그 감정은 달튼의 마음속에 엉겨 붙어 제 크기를 더해 갔다.

살아오며 누군가에게 거부를 당한 적은 없었다. 그는 어려서부터 마법에 발군의 재능이 있었고, 어렵지 않게 대마법사의 제자가 되었다.

이윽고 약관이 되지 않은 나이에 제 스승을 뛰어넘기에 이르렀다. 왕국의 귀빈이 되는 건 순식간의 일이었다.

대마법사인 달튼은 누구보다도 잘난 얼굴을 가지고 있었고, 말재주도 아주 좋았다. 그렇기에 어디에 있든 주목을 받았으며, 누구든 저를 좋아했다.

물론 그중에 겉과 속이 다른 이면적인 인물이 있었을지도 몰랐다. 하나 적어도 표면상 달튼의 호의를 거부한 이는 단 한 명도 없었던 것이다.

그런 그를 처음으로 거부한 이가 아라벨이었다.

'이제 그만 만났으면 해.'

그 말을 들은 날도 벚꽃이 흩날리던 날이었다.

벚꽃이 지던 늦은 봄날, 아라벨에게 첫눈에 반했던 날과 같은 전경 속에서, 그녀는 이별을 고했다.

달튼은 그녀가 함께할 미래를 논하기를 망설였을 때부터, 이런 순간이 다가오리란 것을 조금은 예상하고 있었다. 연애 경력만 해도 손가락으로 셀 수 없을 정도였다. 달튼은 이별의 전조를 충분히 인지할 수 있었다.

그래서 노력했다. 그녀를 더 사랑했고, 그녀를 더 간절하게 바라보았다. 그녀의 입에서 이별이라는 말이 나오지 않기를 얼마나 바랐는지 모른다.

하나 그녀에겐 그런 노력이 전혀 닿지 않았나 보다. 그것도 아니라면, 자신의 사랑이 부족했던 걸까?

달튼은 애원했다. 이대로 그녀와 헤어질 수 없다고 생각했다. 오는 여자 막지 않고, 가는 여자 잡지 않으며 오만하게 굴었던 그가 송두리째 무너져 내리고 있었다.

'제발, 제발. 한 번만 다시 생각해 줘.'

무릎을 꿇으라면 꿇을게. 시간을 갖고 싶다면 시간을 갖자. 제발, 헤어지자는 말만 하지 마.

달튼은 모든 것을 다 바쳐 애원했다. 그러나 아라벨은 가차 없이 뒤돌아섰다. 뒤돌아서 가는 그녀의 발걸음엔 미련도, 망설임도 없었다.

어느 날 갑자기 봄날의 꿈처럼 다가왔던 그녀가, 이제는 하룻밤의 꿈처럼 사라지려고 했다.

달튼은 그녀를 더 잡지 못했다. 아니, 잡지 않았다. 그녀의 태도가 너무도 완강해, 제가 무슨 짓을 한다고 해도 받아 주지 않을 것 같았으니까.

그는 흐드러지게 내리는 벚꽃비 속에서 눈물을 흘렸다.

그녀가 뒤돌아봐 주길 바랐지만, 그녀의 시선이 다시 제게 닿는 일은 없었다. 아마, 이젠 영원히 없을지도 몰랐다.

그는 흐르는 눈물을 닦으며, 무자비하게 커져 버린 제 마음속의 무력함을 느꼈다. 마음이 칼날로 도려낸 것처럼 아팠다.

그 후, 달튼은 몇 날 며칠을 폐인처럼 지냈다. 그는 더는 울지 않았으나, 웃지도 않았다. 그는 식음을 전폐하며 스스로를 갉아먹었다.

아라벨이 없으면 죽을 것 같다. 마지막으로 한 번만 더 애원해 보자. 온 마음을 다한다면 아라벨이 받아 줄지도 모른다. 초췌해진 자신의 모습을 보며 연민을 느낄지도.

연민이라도 좋으니, 제 손을 다시 잡아 주었으면 좋겠다고— 달튼은 간절히 바랐다.

달튼은 옅은 희망을 품고서 그녀에게 찾아가고자 마음먹었다. 그녀와 헤어진 지 몇 개월이 지난 후였다. 하지만 그와 동시에 그녀의 소식을 전해 듣게 되었다.

그 소식은 그녀의 부고였다. 아라벨은 오랫동안 앓고 있었던 심장병으로 생을 일찍 마감했다고 한다.

비로소 그녀를 찾아간 달튼이 마주한 것은 영원히 깰 수 없는 잠에 빠진 아라벨이었다.

달튼은 그제야 그녀가 왜 그토록 완강하게 제게 이별을 고했는지, 왜 그녀의 얼굴에 이따금 슬픈 기류가 내비쳤는지 이해가 되었다.

곧 죽을 거라서. 자신과 미래를 함께할 수 없기 때문에.

우리가 함께할 수 없다는 사실을 알고 있었기에, 자신을 매정하게 버린 걸까?

떠올려 보니, 그녀는 제 죽음이 곧 다가왔음을 암시하는 행동을 몇 가지 하기도 했었다.

대뜸 관을 준비하지 않나. 제가 죽은 다음에도 평화로이 돌아갈 세상을 논하지 않나. 그것은 먼 미래의 행복을 꿈꾸던 달튼과는 상반된 태도였다.

그때의 달튼은 아라벨이 죽을 거라고는 전혀 예상하지 못했다. 죽음이라는 건, 저와 아주 상관없는 일이라고 생각했기 때문이다.

달튼은 아라벨의 사정을 진즉 알아차리지 못한 과거의 자신이 원망스러웠다.

그녀가 왜 슬픈 얼굴을 했는지, 왜 죽음을 논했던 것인지 물어봤어야 했다. 그렇게 해야 했음이 옳았다. 그랬다면 적어도 저를 내팽개쳐 버린 그녀를 원망하지 않았을 것이다. 그녀를 이해해 주었을 것이다. 뒤늦은 후회였다.

세상에 홀로 남겨진다는 건 지독하게 고독한 일이었다.

그녀가 보고 싶어도 볼 수가 없었고, 만지고 싶어도 만질 수가 없었다. 차라리 헤어진 상태였다면 이따금 몰래 지켜보기라도 할 텐데.

아라벨의 부재는 되레 그녀를 더욱 간절히 원하게 만들었다. 그녀가 죽고 난 뒤에 이상하게도 그녀에 대한 사랑이 더 커져 버렸다.

사랑인지 미련인지는 모르겠지만, 그렇지만…… 죽은 그녀를 살리고 싶었다. 그것은 달튼의 삶을 송두리째 흔들 정도의 강인한 바람이었다.

달튼은 거의 모든 것을 구현해 낼 수 있었던 대마법사였지만 딱 한 가지, 즉 인간의 생사에는 관여하지 못했다. 죽은 아라벨을 썩지 않게 보관할 수 있었으나, 그녀의 죽은 심장은 소생시키지 못했다.

그 심장만 다시 살릴 수 있다면. 아니, 살아 있는 새로운 심장을 구할 수 있다면.

그때 달튼의 눈에 띈 것이 아윈이었다. 제 스승의 도움으로 두 개의 심장을 지니게 된 아윈.

아라벨은 죽은 심장을 끌어안고 있는데, 아윈은 살아 있는 심장을 무려 두 개씩이나 안고 살아가고 있었다. 그 사실은 달튼의 속을 뒤틀리게 만들었다.

살아 있는 사람에게 심장이 왜 두 개씩이나 필요한 걸까. 그 심장은 죽은 사람을 소생시키는 일에 더 적합한 심장일지도 몰라.

그리하여 달튼은 아윈의 주변을 아주 가까운 거리에서 맴돌기 시작했다. 벌써 오 년도 더 된 예전 일이었다.

사실 달튼이 아윈의 주변을 맴돈 것이 그때가 시작점은 아니었다. 달튼은 제 스승의 부탁으로 오래전부터 후작저를 배회하고 있었다. 다만, 아주 성의 없이 그리고 불성실하게 맴돌았을 뿐이다.

달튼에게 남겨진 스승의 부탁은 아윈과 연관이 깊은 일이었다. 설명하자면 그런 거다. 아윈은 어렸을 적, 큰 마차 사고를 당했었다.

출처를 알 수 없는 흉포한 바람이 불어와 아윈이 타고 있던 마차를 덮쳤고, 그 사고는 아윈의 심장에 치명적인 상처를 입혔다. 감정과 관련된 부분이 결여된 것이다.

고장 난 아윈의 심장을 고치기 위해, 후작가에선 이름 있는 의원들을 하나하나 불러들였다. 하나 그 누구도 그의 심장에 난 흠을 메우지 못했다. 심지어 바다를 건너 온 서역의 명의까지도 두 손 두 발을 들었다.

웃음이 많았던 어린 아윈은 심장을 다친 이래로 웃음을 잃었고, 종래엔 마음마저도 잃어 갔다. 후작 부부는 감정이 메말라 가는 아들의 모습을 못 견뎌 했다.

그 무렵 후작저에 나타난 이가 바로 왕국의 또 다른 대마법사였던 달튼의 스승이었다. 그는 홀연히 나타나, 시름이 깊은 후작 부부에게 거래를 제안하였다.

'후작가의 영토인 용이 사는 협곡을 제게 주십시오. 그렇게 해 주신다면, 아드님의 심장을 고쳐 드리겠습니다.'

후작 부부는 그의 제안을 흔쾌히 수용했다. 그들에겐 물러설 곳이 더는 없었다. 다만, 아윈의 심장이 제대로 고쳐졌을 때에만 거래가 이뤄질 것을 조건으로 덧붙였다.

달튼의 스승은 죽은 노룡의 심장을 구해 왔다. 그것은 거부감 없이 아윈의 가슴속에 스며들어, 그의 두 번째 심장이 되었다.

죽은 노룡의 심장이 아윈에게 감정을 일깨워 주리라. 후작 부부도 달튼의 스승도, 모두들 그렇게 믿었다. 그러나 아윈에게는 아무런 변화가 나타나지 않았다.

아윈은 여전히 웃음을 되찾지 못했고, 타인의 마음을 이해하지 못했다. 그는 살아 있으나, 속은 텅 비어 있는 빈껍데기처럼 보였다.

조건을 달성하지 못한 거래는 제대로 이뤄질 수 없었다. 달튼의 스승은 협곡을 차지하지 못한 채로 순순히 저택을 떠났다.

하나 그는 무언가의 미련을 완전히 버리지 못하고, 아주 오랜 시간 동안 후작저 근처를 맴돌았다. 본인이 죽는 순간까지도.

그렇게 후작저를 배회하는 사명은 그의 제자였던 달튼에게까지 이어졌다.

'내 마법은 단 한 번도 실패한 적이 없어. 언젠간 아윈에게 감정이 서릴 거라고 믿고 있어. 그러니 달튼. 네가 나를 대신해서 그 아이를 지켜봐 주렴. 감정이 발현되는 날, 그 협곡은 우리의 것이 된단다.'

그것은 늙은 스승이 죽기 전에 한 마지막 부탁이었다.

솔직히 스승의 마지막 부탁이라는 거, 달튼에겐 귀찮기 짝이 없는 것이었다. 하지만 어쩐지 흥미로운 부탁이기도 했다.

제 스승이 남긴 마지막 전언대로, 그의 마법은 실패한 적이 한 번도 없었고, 그것은 아윈에게도 다름이 없을 거라고 생각되었기 때문이다.

심장을 이식하는 마법은 성공했지만, 아직까지 그 효과가 제대로 발현되지 않았다. 그렇다면 무언가의 기폭제가 필요한 것은 아닐까.

달튼은 그 기폭제가 무엇일지 매우 궁금했다.

제 연인인 아라벨이 죽은 것은, 그런 생각을 하던 어느 나날 중의 하루였다. 그녀의 죽음을 계기로, 달튼은 귀찮기만 했던 그 일에 사활을 걸고 싶은 마음이 들었다.

감정이 깃든 살아 있는 심장이 필요해.

달튼은 본격적으로 아윈의 근처를 맴돌기 시작했다. 아윈에게 눈을 밝히고 있던 중, 뜻밖의 인물이 달튼의 눈에 들어왔다.

우연처럼 만난 그녀의 이름은 이포 벨. 제 연인의 이름과 유사한 이름을 가진 아윈의 시녀였다.

처음에는 특이한 시녀라서 흥미가 갔다. 그녀는 시녀 주제에 꽤 제멋대로 행동했으며, 제 생각을 솔직하게 뱉어 내는 데에 이골이 나 있던 여자였다.

그녀는 이따금 아라벨을 떠올리게 만들기도 했다. 겉모습은 전혀 닮지 않았는데, 묘하게 풍기는 분위기가 엇비슷하다.

뭐랄까. 조만간 어디론가 멀리 사라져 버릴 것 같은 분위기를 풍긴다고 해야 할까.

이포는 시간이 지나면 지날수록 제 존재감을 희미하게 누그러뜨렸지만, 어찌 된 영문인지 달튼의 마음속엔 그녀의 존재감이 되레 선명해져만 갔다.

달튼은 그 이유가 아라벨 때문이라고 단정했다. 왠지 모르게 아라벨과 닮은 그녀에게서, 아라벨의 자취를 찾는 거라고.

그러던 중 이포 벨의 죽음에 대해서도 알게 됐다.

달튼은 대단한 마법사지만, 인간의 생사에는 여전히 관여할 수 없었다. 그런 그가 이포의 얼굴에 뒤덮인 죽음의 기운을 읽을 수 있었던 것은, 역시나 아라벨 덕분이었다.

아라벨도 죽기 전에 이런 얼굴을 했었는데.

'너 죽어?'

제 물음에 이포 벨은 망설임 없이 대답했다. 곧 죽는다고 한다.

달튼은 죽음에 대한 이포의 초연함 또한 어쩐지 아라벨과 닮았다고 생각했다. 어째서 죽음에 이토록 초연할 수 있는 걸까?

사랑. 그녀가 초연할 수 있었던 것은 사랑이라는 감정 때문인 것 같았다.

아윈을 사랑한다던 그녀는 제 마음을 다 바쳐 아윈을 원했고 또

원했다. 죽음의 기운만이 도사리던 이포의 눈동자는 아윈을 바라볼 때엔 한없이 빛났다.

간절하기만 한 그녀의 사랑 갈구는 예전의 제 모습을 떠올리게 만들었다. 아라벨에게 사랑받기 위해 노력했었던 자신의 모습을.

그래서 그녀의 사랑을 응원해 주려고 했다. 정말 순수하게 그러려고 했다. 하지만 그 순간 달튼은 아윈의 심장에 서린 변화를 감지하고야 말았다.

노룡의 심장을 부여받았음에도 모든 일에 심드렁했던 그 남자가, 이포 벨을 감정적으로 대하기 시작한 것이다.

한 번도 실패한 적이 없었던 제 스승의 마법. 노룡의 심장을 이식하는 마법은 성공했지만, 아직까지 발현되지 않은 효과. 그리고 기폭제.

그 기폭제는 이포 벨이다.

달튼은 동물적인 감각으로 확신했다. 죽은 듯이 잠들어 있던 아윈의 두 번째 심장을 깨워 줄 수 있는 건 이포 벨이라고. 그녀의 맹목적인 사랑이 아윈의 감정을 불러일으켜 줄 거라고.

달튼은 조금 더 면밀하게 두 사람을 지켜봤다. 그리고 어떻게 하면 이포의 사랑이 아윈에게 더더욱 자극적으로 닿게 될지 고민했다.

그 와중에도 시간은 느리지만 확실히 흘러갔고, 달튼은 이포에게 남은 생의 시간이 얼마 남지 않았음을 알게 된다.

더는 지체할 수가 없었다. 이포가 아니라면, 아윈에게 기폭제가 되어 줄 사람은 또다시 나타나지 않을 것이다. 이상한 조바심에 시달리던 달튼이 생각해 낸 것은 폭력적인 방법이었다.

죽음과 부재를 이용해 보자. 극단적이고 위험한 방법일수록 제대로 성사되었을 때, 그에 따른 소득이 더 큰 법이 아니던가.

때마침 찾게 된 노룡의 협곡. 달튼은 이포를 절벽에서 밀어 버렸다. 위급한 상황에 처한 이포를 보고선 아원의 감정이 완전히 각성되기를 바란 것이다.

물론 그녀를 죽일 생각은 아니었으므로 지면과 가까운 허공에 이동 마법을 미리 걸어 두었다. 자신의 마법은 한 번도 실패한 적이 없었고, 지금도 마찬가지일 거라고, 달튼은 믿었다.

그래, 그렇게 믿었는데.

이포를 밀었던 달튼의 손이 기묘할 정도로 떨리고 있었다. 떨리는 그의 손에 스민 것은 불쾌할 정도로 끈적거리는 땀이었다. 이윽고 제 심장은 불길한 소리를 내며 뛰고 있었다.

그 순간 달튼이 느낀 것은 두려움, 불안함, 무서움과 같은 감정들이었다.

이봐, 달튼 레이서스. 넌 도대체 무엇을 두려워하고 있는 거야?

아원은 달튼의 예상대로였다. 아원은 크게 티를 내지는 않았지만, 이포의 부재를 견디지 못했다. 고여 있었던 아원의 감정이 조만간 봇물 터지듯이 흘러나올 것임이 분명했다.

이제 아원의 두 번째 심장에 감정이 확실히 스밀 거야. 그럼 나는, 그때 그걸 빼앗으면 돼. 그러려고 아원의 주변을 오랫동안 맴돌았잖아?

기뻐해야 함이 옳았다. 감정이 서린 살아 있는 심장을 얻을 기회가 생겼고, 드디어 아라벨을 살릴 수 있게 되었음을 황홀해해야 함이 옳았다. 하나 이상하게도 기쁜 마음은 전혀 들지 않았다.

달튼은 동굴에서 빠져나온 이포에게서 눈을 뗄 수가 없었다. 아원과 재회의 대화를 나누는 그녀에게서 시선을 돌릴 수가 없었다.

이포의 눈동자 속에 맺힌 상이 자신이었으면 하는 바람이 들었다.

나도 이포에게 사랑받고 싶다. 그녀의 맹목적인 사랑이 내게도 닿았으면 좋겠다. 달튼은 저도 모르게 그런 생각을 한 스스로에게 놀랐다.

순간 깨달은 사실은, 이포 벨이 더는 아라벨로 보이지 않는다는 것이었다. 아라벨의 그림자일 뿐이라고 생각했던 이포 벨이 언제 부터인지 모르게 빛이 되어 있었다.

도대체 언제부터였을까.

정을 너무 많이 주었나 보다. 달튼은 스스로를 책망했다. 이포에게 그런 마음이 들 줄 알았다면, 관계를 진전시키지 않았을 텐데.

그러나 이미 돌이킬 수 없는 일이었다. 이포를 향한 제 마음의 무게는 깊어졌고, 그녀를 떠올리는 시간이 점점 더 길어졌다. 어쩌면 아라벨을 떠올리는 시간보다 길어졌을지도 몰랐다.

협곡을 다녀온 이후, 이포에 대한 마음을 완전히 자각한 이후, 달튼은 그녀를 간절히 원하게 되었다.

몸의 심지가 꺼져 가는 그녀를 보며 '이포에게 아윈의 두 번째 심장을 준다면, 이포가 살 수 있지 않을까?'라는 말도 안 되는 생각을 하기까지에 이르렀다.

그 심장은 오래전부터 아라벨을 위한 것이라 생각하고 있었는데…….

달튼은 혼란스럽고 무서웠다. 너무나도 오랜만에 느낀 사랑이라는 감정을 통제할 수 없었다. 아윈의 감정을 일깨우기 위해 협곡에서 행했던 일들이, 아이러니하게도 제 감정을 들쑤신 것 같았다.

달튼은 관 속에 잠든 듯이 죽어 있는 아라벨에게 말을 걸었다.

'아라벨. 어서 나를 사랑한다고 말해 줘.'

'그 심장으로 네가 깨어난다면, 다시 예전처럼 행복해질 수 있다고 말해 줘.'

'나는……. 너를 아직까지 사랑하고 있어. 그렇지? 그런 거지?'

달튼의 한숨이 연기처럼 피어올랐다. 달튼은 돌아오지 않을 대답을 기다리지 않으며, 그녀의 관을 협곡으로 옮겼다. 이포에게 남다른 감정을 가지게 되었지만, 제가 계획한 일은 차질없이 진행되어야 했다.

그러면서, 달튼은 제가 아라벨을 여전히 사랑하고 있다고 끊임없이 되뇌었다. 하지만 그렇게 되뇌기 무섭게 마음 한편에서 다른 소리가 작게 울렸다.

사랑받고 싶다.

대답이 돌아오지 않는 관 속의 아라벨에게 혼잣말을 하는 것보다, 따뜻한 숨결을 내뱉는 이포와 얘기를 나누고 싶다.

이포의 부드러운 손을 잡고 정원을 거닐고 싶다. 이따금씩 닿았던 그녀의 입술은 여전히 부드러울까.

닿고 싶다.

그것은 달튼의 진심이었고, 진심의 또 다른 이름은 사랑이었다.

'달이 참 아름답네.'

달튼은 협곡에서 돌아온 날, 이포에게 그리 말했었다.

그는 내심 바랐다. 그 말에 서린 제 진심을 이포가 알아주었으면 좋겠다. 그 속에 담긴 애절함도 알아주었으면 좋겠다. 마치 아라벨이 의미 모를 슬픈 표정을 지으며 제 사정을 알아주길 바랐던 것처럼.

애석하게도 그런 일은 일어나지 않았다. 이포에게는 아원밖에 없었기 때문이다. 그녀는 자신의 진심을 전혀 헤아려 주지 못했다.

이포는 아윈만을 찾았다. 아윈을 사랑하는 이포의 절대적인 마음에는 조금의 틈도 없었다. 제가 끼어들 일말의 빈틈도 없었던 것이다.

그러자 달튼은 방탕자의 삶을 살았던 달튼 레이서스로 돌아가고 싶었다. 인연을 가볍게 여기며, 여자를 그저 잠깐의 유흥으로 여겼던 자신의 예전 모습으로.

이내 달튼은 후작가에서 제일 아름다운 시녀와 하룻밤을 보내지만, 이상하게도 아무런 감흥이 서지 않았다. 타인과 감정 없이 밤을 보내는 거, 따분하고 지겨워서 죽을 것만 같다.

그 순간 간절하게 떠오른 것은 이포와 함께 보냈던 밤이었다. 그녀가 보고 싶었다. 절박할 정도로.

무서웠다. 제가 그녀를 얼마나 더 원하게 될지. 그는 자기 자신이 너무 두려웠다.

달튼은 이포를 찾아가 물음을 건네었다.

'내가 다른 여자와 밤을 보냈다는 사실이 괜찮으냐고.'

이포의 대답은 한결같았다.

'이전에도 얘기했듯이 당신이 누구와 자건 저와는 상관없는 일이에요.'

그녀는 우리의 관계가 고작 그것밖에 되지 않음을 명백하게 짚어 주고 있었다. 달튼의 심장은 무언가에 베인 것처럼 아파 왔다.

'한 번이라도 좋으니까. 괜찮지 않았다고 해 줄 수는 없어? 네가 괜찮지 않다면, 내 선택이 조금은 바뀔지도 모르겠어.'

네가 괜찮지 않다고 대답한다면……. 나는 정말로 너를 살릴지도 모르겠어. 아윈의 심장을 뺏어 네게 줄지도 모르겠어. 하루의 반 이상을 너만 생각해.

'당신이 원한다면, 해 드릴 수는 있어요. 하지만 달튼. 그게 제 진심이 되는 건 아니잖아요.'

이포의 대답은 역시나 단호했다. 달튼은 헛웃음을 지으며 생각했다.

그래, 이제 와 내 선택을 바꾼다는 건 너무 늦은 일일지도 몰라. 내 삶의 목적은 아라벨의 삶.

달튼은 가까스로 미소를 지었다. 미소는 짓고 있었으나, 세상에서 제일 쓴 약을 먹은 기분이었다.

달튼은 감정이 만개한 아윈을 관찰했다.

아윈은 협곡에서 돌아온 다음, 며칠 동안은 돌아온 감정을 잘 받아들이지 못했다.

하지만 그는 봇물 터진 제 감정을 주체할 수 없었다. 아윈은 이윽고 자신의 감정을 모두 받아들이기에 이르렀다.

감정이 깃든 아윈이 곧장 찾아간 이는 이포였다. 두 사람은 함께 밤을 보내었고, 그 이래 아윈의 검은 눈동자는 이포에게서 떠나지 않았다. 그 눈빛은 달튼이 이포를 보던 눈빛과 닮아 있었다.

두 사람이 서로의 마음이 같음을 확인하게 된 것이다.

달튼은 사랑에 빠진 두 사람을 보는 게 싫었다. 갈라놓고 싶었다. 서로를 바라보지 않았으면 좋겠다고 생각했다. 어쭙잖은 질투일지도 모르겠다.

심기가 뒤틀린 달튼은, 아윈의 심장을 뺏을 날을 점쳤다. 아라벨에게 심장을 주어야 한다. 이포와 아윈 사이에 풍기는 사랑스러운 분위기를 더는 견디지 못하겠다.

그가 점친 날은 그리 멀지 않은 미래였다.

아라벨이 좋아했던 벚꽃. 우리의 만남과 이별을 상징했던 그 벚꽃. 달튼은 벚꽃이 흩날리는 광경 속에서 아윈의 두 번째 심장을 빼앗았다.

그의 심장을 뺏는 건 어려운 일이 아니었다. 달튼은 인간의 생사에 관련된 일 빼곤, 뭐든지 할 수 있는 마법사였으니까.

노룡의 심장, 즉 두 번째 심장을 빼앗긴 아윈이 죽을 일은 없을 것이다. 그것은 본래 아윈의 것이 아니었고, 그가 죽지 않게 마법으로 잘 빼내었기 때문이다.

그것은 달튼의 마지막 배려였다.

달튼은 아윈의 두 번째 심장을 쥔 채로 이포를 응시했다. 몸을 움직이지 못하게 하는 포박 마법을 걸어 놓은 그녀의 얼굴엔 절규만이 가득 차 있었다.

미안해, 이포 벨.

달튼은 차마 내뱉을 수 없는 마지막 인사를 속으로 되뇌며 제 몸을 감추었다. 목적지는 아라벨의 관을 숨겨 놓은 협곡이었다.

협곡으로 향하는 내내, 달튼은 제가 한 짓을 생각했다.

아윈의 정원을 가로지르던 이포의 날카로운 비명, 기운 없이 무너져 내리던 아윈의 신형. 그런 것들이 눈앞에서 도무지 사라지지 않았다.

그들에게 해서는 안 되는 짓을 한 걸지도 모르겠다. 그간 그들과 얼마나 잘 지냈던가. 하지만 시간을 되돌린다고 해도, 달튼은 제 선택을 물리지 않을 것이다.

그들과 얼마나 잘 지냈든 간에, 지금에서야 드는 뒤늦은 후회가 얼마나 크든 간에, 자신의 행동을 번복하지 않을 것이다.

달튼은 오랫동안 아라벨의 삶을 위해서 살아왔다. 그녀를 살릴 수 있는 살아 있는 심장을 얻는 것만이 제 삶의 이유였다.

그런 그가 이제 와 아윈의 심장을 포기한다는 건, 지금까지 살아왔던 자신을 부정하는 꼴이었다. 달튼은 그러고 싶지 않았다.

보란 듯이 아라벨을 살려 내서, 그녀와 함께 미래를 꿈꾸고 싶었다. 아라벨을 제외한 모두에게 비난받는다고 해도.

그녀만 살아난다면, 살아서 제게 사랑을 속삭여 준다면, 그렇게만 된다면 다른 부수적인 것들은 괘념치 않을 것이라고 생각했다.

그런데 왜 이렇게 가슴이 아픈 걸까.

달튼은 눈물을 쏟아 내고 싶었다. 눈물을 떠올리기 무섭게 잘 울던 이포도 떠올랐다.

너는 그 정원에서 아직도 울고 있을까?

단숨에 협곡까지 온 달튼은, 아라벨의 관이 있는 노룡의 동굴로 들어갔다. 그녀의 관은 동굴 깊숙한 곳에 자리하고 있었다.

달튼은 관 근처로 다가가, 관 속에 누인 아라벨을 내려다보았다. 그녀는 여전히 잠든 것처럼 죽어 있었다. 하나 그 모습이 평소와는 다르게 느껴졌다.

그녀의 아름다움이 퇴보한 것만 같다.

달튼은 부패를 막는 제 마법이 조금이라도 풀렸나 싶었지만, 마법은 그대로였다. 그녀에겐 작은 부패의 흔적도 없었지만, 그녀가 예전처럼 아름다워 보이지 않았다.

그녀가 몹시 초라해 보였다. 마치 감정이 닳아 버린 제 모습처럼.

"아라벨. 네 심장을 가져왔어."

돌아오는 대답은 없었다.

"아라벨. 나…… 후회하지 않을 선택을 한 걸까?"

역시나 돌아오는 대답은 없었다.

달튼은 여전히 후회 없는 삶을 살고 싶었고, 그래서 제가 행한 일을 후회하고 싶지 않았다. 그렇지만 후회라는 감정이 그의 마음을 한없이 두드리고 있었다.

"아라벨. 너를 살리는 일을, 내가 주저하고 있다는 걸 네가 알게 된다면, 넌 어떤 표정을 지을까?"

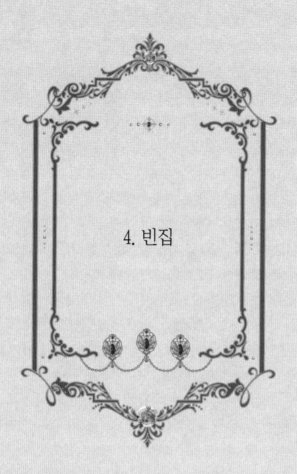

4. 빈집

4. 빈집

긴 꿈을 꾸고 있다고 생각했다.

사실 아원에게 고백을 받은 것 자체가 이미 지나치게 현실감 없는 일이었다. 내 세계에 발을 디뎠다던 아원, 그리고 나를 쳐다보던 그의 다정한 눈동자.

아원이 나를 사랑하게 되는 일은, 정말로 이뤄질 수 없는 일이라서 바라는 것조차도 쉽지 않았다.

그런 일이 실제로 일어났을 리가 없잖아. 그래. 이건 긴 꿈임이 분명해. 협곡을 다녀오고 난 뒤, 피곤했던 내가 꾸고 있는 지독하게 긴 꿈이라고.

벚꽃이 흩날리던 정원에서 심장을 빼앗기던 아원의 모습 또한 꿈일 것이다. 꿈에서 깨 눈을 뜬다면, 모든 것이 원래대로 돌아와 있을 것이다.

아원은 언제나처럼 세상을 무심하게 바라보고 있을 것이며, 나는 낡은 빗자루를 손에 쥐고 있을 것이다.

그러곤 얼마 남지 않은 생을 어떻게 보내야 좋을지 고민을 하는 거다. 뭐, 고민의 결과는 보나 마나 아원과 관련된 것이겠지만.

나는 천천히 눈을 떴다. 반쯤 뜬 눈으로 주위를 둘러보자, 무채색의 벽지 그리고 몇 없는 가구가 눈에 띄었다. 익숙한 전경이었다. 내가 눈 뜬 곳은 내 방이었다.

날은 아직 밝지 않은 것인지 주위는 어두웠다. 언제 잠들었던 걸까.

정신을 잃기 전 마지막 기억을 상기하려고 노력했지만, 기억나는 것이라곤 꿈이라 치부하고 싶은 참혹한 장면뿐이었다.

달튼에게 심장을 빼앗긴 아원. 소리 없이 무너지던 그의 신형. 왠지 울 것 같은 표정을 짓고 있던 달튼.

나는 어쩐지 입안이 심하게 말라 와 마른침을 삼켰다. 그럼에도 갈증은 전혀 가시지 않았다.

심장은 별안간 큰 소리를 내며 뛰고 있었다. 심장의 통증이 재발한 것도 아니었건만, 숨을 쉴 수 없을 것 같은 기분이 들었다.

나는 목 끝까지 올라와 있던 홑이불을 내리며, 상체를 일으켰다. 그러자 무지의 손수건 하나가 내 이마 위에서 툭 떨어졌다. 나는 그것을 집어 들었다.

"……아원의 손수건."

나는 손수건의 주인을 단번에 알아차릴 수 있었다. 그에게서 무려 세 개나 받았던 손수건이었다. 단번에 알아차리지 못하는 것이 더 이상한 일이었을지도 몰랐다.

이것도 아원이 올려다 놓은 손수건인 걸까?

역시나 심장을 빼앗기던 그의 모습은 악몽에 가까운 꿈이었던 걸까?

나는 침대에서 완전히 내려와 방을 나섰다. 불이 모두 꺼진 복도는 어둡기만 했다. 하나 그 어둠이 내 걸음을 막을 수는 없었다.

내 걸음에는 고민이 없었다. 걸음의 종착지가 명확했기 때문이다.

나는 아윈의 방으로 가야 했다. 그에게 아무 일도 일어나지 않았다는 걸, 내 눈으로 확인해야 했다. 그것은 사명에 가까운 일. 걸음의 속도가 빨라졌다.

노크도 없이, 그의 방의 문고리를 잡아 돌렸다. 잠기지 않은 문이 매끄럽게 열렸다. 방으로 들어서자마자 보인 것은 아윈이었다.

그는 잠에서 깬 것인지, 아님 애당초 잠들지 않았던 것인지, 침대의 등받이에 상체를 기대고선 가만히 앉아 있었다.

아윈의 신형은 노랗게 물들어 있었다. 침대 위, 커튼이 처져 있지 않은 창문을 통해 들어온 달빛 때문이었다. 그 모습은 지난날 보았던 그의 모습과 동일했다.

우린 그때 달에 대해서 논했었다.

'저건 네 세계의 달일까.'

'……'

'널 닮았어.'

그때 나누었던 대화는 꿈이라고 치부하기엔 꽤나 선명했다. 그가 지었던 기막힌 미소. 우리 곁을 맴돌았던 공기의 입자까지도. 너무나도 뚜렷하다.

나는 거의 달려가듯이 아윈에게 다가갔다. 그러곤 침대 위로 올라가, 그의 품에 파고들었다.

따뜻했다. 나는 그가 살아 있음을, 그에게 아무 일도 일어나지 않았음을 확인하고자 그의 등을 가볍게 쓰다듬었다.

달튼의 손이 파고들었던 그의 등에는 그 어떤 상흔도 느껴지지 않았다. 얇은 옷 위로 느껴진 그의 체온은 따스할 뿐이었다.

나는 그의 가슴팍에 기대었던 얼굴을 들어 올려, 아윈의 얼굴을 올려다보았다.

아윈은 갑작스러운 내 행동에 전혀 놀라지 않은 얼굴이었다. 이상할 정도로 침착한 얼굴이다. 마치 이런 순간이 오리란 것을 예상한 것처럼.

나는 손을 뻗어 그의 뺨을 쓰다듬었다. 아무래도 달튼이 행했던 끔찍한 일은 정말로 꿈이었나 보다. 다행이었다.

하나 묘하게도 내 심장은 여전히 매섭게 뛰고 있었다. 사랑하는 이를 향한 두근거림이라기보다는 불길함이 가득 서린 심장 박동이었다.

가만히 있던 아윈이 움직인 것은 그때였다.

그는 손을 들어 제 뺨에 올려진 내 손을 물렸다. 그러고선 내 손끝을 가만히 부여잡았다. 어딘지 모르게 망설임이 가득 밴 손길이었다.

나는 그의 이름을 힘주어 불렀다.

"아윈."

노랗게 물든 아윈의 입술이 작게 벙긋거렸다. 그의 입술에서 새어 나온 소리는 밤의 부드러움과 닮아 있었다.

"……깼어?"

"네."

나는 그의 가슴팍에 다시금 얼굴을 기대었다.

"아윈. 긴 악몽을 꿨어요."

내 귓가론 그의 심장 소리가 들려왔다. 그 소리는 이전보다도 희미해진 것 같았다.

아윈은 차분한 목소리로 띄엄띄엄 말을 건네었다.

"나도 마찬가지야."

"당신은 어떤 악몽을 꿨어요?"

"달튼이 내 심장을 뺏어서 도주하는 꿈."

우린 같은 꿈을 꾸었던 걸까?

"사실 악몽이었으면 좋겠어."

"……아윈?"

나는 고개를 똑바로 하여, 그와 시선을 교차시켰다.

"나는 두 번째 심장을 잃었어. 그날 너는 쓰러졌고, 나는 그런 너를 저택으로 데려왔지. 너는 며칠 동안 일어나지 못했어."

말도 안 돼. 그건 우리가 꾼 같은 꿈의 내용일 뿐이잖아. 실제가 아니잖아.

"네가 깨어나서 다행이라고 생각해."

아윈은 느릿하게 눈을 깜빡였다. 자세히 들여다본 그의 눈동자가 공허한 것처럼 보였다.

소중한 무엇인가를 잃은 듯한 눈동자.

나는 그 눈동자를 알고 있었다. 달튼에게 심장을 빼앗기던 순간 아윈이 띠고 있었던 눈동자였기 때문이다.

"아윈?"

나는 그의 이름을 거듭 불렀다. 그러자 아윈은 잡고 있던 내 손을 놓으며 말했다.

"나는…… 네 이름을 계속해서 기억할 수 있을까?"

이내 느릿하게 깜빡이던 그의 눈이 완전히 감기었다. 꼿꼿하게 앉아 있던 그의 몸이 무너진 것은 일순간에 벌어진 일이었다.

나는 기울어지는 아원의 신형을 급하게 받쳐 들었다.

"아원!"

나는 그의 이름을 계속해서 불렀지만, 이미 정신을 잃은 듯한 아원은 침묵했다. 나는 그의 몸을 침대에 눕혀 준 뒤, 그에게 말했다.

"아원. 제 이름을 계속해서 기억해 준다고 약속했잖아요."

이포 벨. 나지막한 목소리로 내 이름을 부르던 아원의 입술이 굳게 닫혀 있었다. 그 입술은 내 이름을 곧 잃을 것처럼 보였다.

간절한 목소리로 그의 이름을 몇 번이고 더 불렀다. 하지만 그는 영원히 깨어날 수 없는 잠에 빠진 것처럼 눈을 뜨지 못했다.

나는 비로소 진실을 깨닫고야 만다.

벚꽃이 날리던 정원에서 벌어진 그 참혹한 일은, 꿈이 아니었던 거야.

✦

지난밤, 내 품에서 쓰러졌던 아원은 고열에 시달렸다.

아침 일찍 의원이 다녀갔고 해열에 좋은 약재를 처방받았지만, 차도는 없었다. 그는 뜨거운 숨을 뿜어냈고, 며칠이 지나도 침대에서 일어나지 못했다.

나는 깨어나지 않는 그를 보며 며칠을 울었다.

'나는…… 네 이름을 계속해서 기억할 수 있을까?'

아원이 남긴 마지막 말이 매일매일 귓가에 맴돌았다. 유언 같은 그 말에, 울지 않고선 배길 수 없었다.

그가 깨어나 내 이름을 다시 불러 주었으면 하는 바람이 간절했다. 태어나서 무언가를 이토록 간절하게 바란 것은 처음이었다. 나는 나의 연명보다도 그의 무사를 바라고 있었다.

나는 아윈에게 묻고 싶은 것들이 많았다. 두 번째 심장이 없어도 당신은 살아갈 수 있는 것인지, 당신의 감정은 그대로인 건지, 그리고 나를 사랑하고 있는지.

아윈이 그렇게 된 것이 모두 내 탓인 것 같았다. 그가 나로 인해 제 감정을 일깨우지 못했다면, 달튼이 그 심장을 노리지 않았을 것이기 때문이다.

나는 아윈의 마음에 욕심을 부려선 안 됐다. 그저 그를 가만히 지켜봐야 했음이 옳았다. 아윈이 내 영역으로 들어오지 못하게 선을 확실히 그었어야 했다.

이런 식으로 달튼의 미끼가 되었다는 사실이 진심으로 슬펐다. 우리에게 참혹한 짓을 해 버린 달튼은 어디에 있는 것이며, 그를 어떻게 해야 좋을까.

달튼을 원망하고 또 원망했다.

내 사랑을 응원해 준다고 했던 주제에 보기 좋게 나를 배신한 달튼. 간혹 그에게서 위험한 빛을 읽긴 했지만, 나는 은연중에 그를 약간은 믿고 있었나 보다.

그를 믿었기에, 그에게 느끼는 배신감이 컸다.

달튼과 함께 보낸 시간은 결코 적지 않았다. 그 시간들 속에서 나름대로의 신의를 쌓았다고 생각했고, 그가 대놓고 아윈의 심장을 빼앗으리라고는 생각하지 못했다.

그것은 달튼에 대한 지나친 관용이었다. 달튼이, 지난 몇 년간 오로지 아라벨의 삶을 위해서만 살아왔다는 사실을 간과한 나의 관용.

나는 미동 없이 누워 있는 아윈의 얼굴을 빤히 응시했다. 그를 볼 수 있는 건, 그의 병구완을 맡은 시녀가 나였기에 가능한 일이었다.

나는 어제보다도 메마른 아윈의 뺨을 부드럽게 쓰다듬으며 결심했다.

"제가 당신의 두 번째 심장을 찾아올게요."

무엇 때문에 아윈이 긴 꿈을 꾸게 된 것인지 정확하게 알지 못했다. 나는 고작 시한부인 시녀였으니까. 하지만 그것이 그의 두 번째 심장과 관련된 일일 것임을, 나는 확신했다.

시녀 일을 언제 그만두어야 할지 매일같이 고민했었는데, 지금이 그때다. 나는 직감했다.

시녀 일을 그만두는 건 어려운 일이 아니었다.

그만두겠다는 내 말에 시녀장은 이유도 묻지 않고선 고개를 끄덕였다. 두 남자와 얽힌 이래로 나는 엄청 불성실한 시녀가 되었기 때문이다.

일을 빼먹었던 날의 기억들이 파도처럼 밀려왔다. 아윈과 달튼. 그들과 함께했던 행복한 날들이었다.

대개 사람 좋은 미소를 지었던 시녀장의 얼굴에는 그늘이 가득했다. 그것은 아윈의 부재가 가져온 그늘이었다.

아윈이 정말 좋은 주인이라고는 장담하지는 못한다. 하나 아윈은 결코 아랫사람들을 함부로 대하는 주인은 아니었다.

그는 모두를 같은 수평선상에 놓고 대했기에, 그의 처분과 결정은 늘 공정했다. 그렇기에 후작저에 있는 사람들 거의 모두가 아원을 좋아했다.

　그를 미칠 만큼 좋아했던 것은 아니었지만, 적어도 군말 없이 그를 따를 정도로 그에 대한 믿음이 존재했다는 거다. 그것은 아원과 사용인들 사이의 신의였다.

　그런 신의를 주었던 주인이 며칠째 일어나지 못하고 있다. 그 사실 하나만으로 후작저엔 우중충한 기운이 그득했다. 그것은 내게도 다름없는 사실이었다.

　나는 별스럽지 않은 물건을 챙긴 작은 가방을 어깨에 메었다. 그러자 나를 가만히 지켜보던 케이티가 말을 걸었다.

　"벨······. 정말 그만두는 거야?"

　"응. 그동안 함께 지내서 즐거웠어, 케이티."

　후작저에서 유일한 친구인 케이티. 나는 그녀의 얼굴을 오랫동안 꼼꼼히 응시했다. 그녀의 얼굴을 보는 것이 오늘이 마지막일지도 몰랐다.

　"그만두지 않았으면 좋겠어. 네가 없으면 너무 허전할 것 같아······."

　케이티의 목소리가 울먹였다. 나는 케이티를 가볍게 안아 그녀의 등을 토닥여 주었다.

　"케이티. 나도 이렇게 갑자기 그만두고 싶지 않았어. 하지만 꼭 그래야 하는 이유가 생긴걸."

　"우리 나중에 다시 볼 수 있는 거지?"

　나중에. 그 말이 사무칠 정도로 애달프게 다가왔다. 고작 살날이 한 달 남짓밖에 남지 않은 내게, 나중이라는 게 존재할까?

나는 케이티를 조금 더 꽉 껴안았다. 그녀가 기억할 내 모습은 따뜻한 모습이었으면 좋겠다.

"아무렴."

나는 다시 만날 것을 아무렇지 않게 약속했다. 하얀 거짓말이었다.

케이티는 내가 저택을 떠날 때까지 다시 만나자는 말을 몇 번이고 내뱉었다. 이 귀여운 아가씨가 나를 무척이나 마음에 들어 했던 것임이 틀림없었다.

나는 케이티에게 후작님을 잘 부탁한다는 마지막 말과 함께 저택을 완전히 나섰다. 작별인사로 시간을 더는 지체할 수 없었다.

내게는 주어진 시간이 지극히 짧았다. 한 달. 그 안에 달튼에게 빼앗긴 아원의 두 번째 심장을 찾아와야 했다.

과연, 나는 원하는 목표를 달성할 수 있을 것인가. 나는 고개를 내저으며 의구심이 들었던 마음을 몰아내었다.

나를 의심하지 말자. 그건 이미 내가 하고자 결심한 일이고, 꼭 할 수 있는 일일 것이다.

설령 내가 그의 심장을 되찾아 온 직후에 장렬하게 죽게 되더라도. 아님 끝끝내 그의 심장을 되찾지 못한다 하더라도. 나는 남은 생을 아원을 위해서 모조리 쏟아붓고 싶었다.

아원만 다시 깨어날 수 있다면, 그에게 조금이라도 도움이 될 수 있다면, 그것으로 충분하다고 생각했다.

내가 죽은 뒤, 잠에서 깨어난 아원은 나를 금세 잊을지도 몰랐다. 그러곤 나보다도 훨씬 더 잘나고 아름다운 신부를 맞이할지도 몰랐다.

타인의 마음을 송두리째 흔드는 근사한 미소를 가진 아원이었다.

그런 그가 나보다 괜찮은 여자를 만나 행복해지리라는 것은 당연한 일이었다.

하지만 당연함을 인정하는 것과는 별개로 내 입가에는 씁쓸한 미소가 번져 갔다. 다른 건 몰라도, 그가 내 이름을 계속해서 기억해 주었으면 하는 욕심이 들었다.

적어도 우리가 달을 논했던 그날 밤은 이따금 기억해 주기를.

나는 가벼운 기합과 함께 목적지를 향해 첫발을 떼어 냈다. 걸어가며, 그리 멀지 않은 곳에 위치한 목적지를 응시했다. 시야엔 가파른 두 절벽이 들어왔다. 노룽의 협곡이었다.

지난 며칠간 달튼이 어디로 사라졌는지에 관해서 생각해 보았다. 내가 달튼에 대해 아는 것은 지극히 한정적인 부분이었고, 솔직히 그를 지금도 잘 모르겠다.

그렇지만 그가 협곡에 있을 거라는 확신이 강하게 들었다. 좀 더 정확하게 말하자면, 달튼이 마법으로 나를 이동시켰던 노룽의 동굴. 그곳에 그와 아라벨의 관이 있을 것 같았다. 사실 다른 장소는 더 떠올릴 수 없었다.

나는 협곡으로 가기 위해서 꼭 통과해야 하는 숲에 첫걸음을 내디뎠다. 숲길을 통과하는 건 어렵지 않았다. 하나 숲이 끝나는 지점부터가 문제였다.

그곳부터 협곡까지 가는 길이 매우 험준했다. 그곳의 험한 지형 때문에 아윈도 그곳을 횡단하는 걸 어려워했지 않았던가.

그때야 달튼의 유익한 마법으로 힘들지 않게 갔지만, 지금은 사정이 달랐다. 지금의 나는 오로지 내 힘으로 협곡까지 가야 했다.

하지만 뭐 어떻겠냐는 생각이 들었다. 나는 이미 혈혈단신으로 협곡까지 갈 것을 결심했고, 그 결심에는 작은 망설임도 없었다.

단호한 내 마음은 절벽이라도, 아니 심지어 불구덩이라도 헤쳐나갈 수 있는 강인한 것이었다. 나를 막을 수 있는 것은 아무것도 없었다.

숲길은 꽤나 고요했다. 이름 모를 새가 짖는 소리를 제외하고선 그 어떤 소리도 들리지 않았으니. 한 번씩 스산함이 느껴졌을 정도였다.

후작저 뒤에 위치한 이 숲은 원래부터 사람이 잘 다니지 않던 숲이었고, 그나마 나다니는 사람은 후작가와 관련된 이들이 다였다. 소유주가 아윈이니, 그것은 당연한 일일지도 몰랐다.

나는 날이 완전히 저물 때까지 걷고 또 걸었다. 중간에 배가 고프면 그 자리에 주저앉아, 배낭에 챙겨 온 육포 같은 것을 씹어 먹었다.

어두운 밤이 찾아오면, 야생 동물의 먹잇감이 되지 않게 마음을 졸여야 했다. 나는 기척을 최대한 숨긴 채로 잠도 제대로 자지 못했다.

그렇게 이틀을 쉬지 않고 걸으니 협곡에 한층 가까워졌다. 하루만 더 걷는다면, 숲길을 벗어나 협곡과 연결된 험준한 지형에 도착할 성싶었다. 생각보다 순조로운 행보였다.

나는 길을 걸으면서도, 아윈을 끊임없이 생각했다. 그의 열은 내렸을까. 그가 정신을 차리지는 않았을까. 설마 열이 더 오른 것은 아니겠지.

물론 달튼에 대해서도 간간이 생각했다.

그가 아원의 두 번째 심장을 아라벨에게 성공적으로 이식했다면. 그래서 아라벨이 다시 살아났고, 그녀와 달튼이 다른 곳으로 도망을 갔다면. 그땐 어떻게 해야 하는 거지? 애당초 달튼이 협곡에 숨어든 것이 아니라면?

생각은 하면 할수록 부정적인 결론에 치달았다. 나는 달튼에 대해 생각하던 것을 멈추고, 걸음에 박차를 가했다.

뭐가 어떻게 되었든 중요한 것은 지금 내가 할 수 있는 일을 하는 것이다. 그 일은 협곡에 가는 일밖에 없었다. 다른 것은 생각하지 말자. 나는 스스로에게 되뇌었다.

얼마나 더 걸었을까. 며칠간 잠잠했던 심장의 통증이 갑작스럽게 온몸을 조여 오기 시작했다.

심장은 곧 멈출 듯이 울부짖었고, 나는 걷던 걸음을 멈추었다. 심장의 울부짖음이 커질수록 내게 전달되는 고통이 커져 갔다.

나는 견딜 수 없는 아픔에 가슴께를 움켜쥐고선 길 위에 엎어졌다. 몇 번이나 겪었던 통증임에도 불구하고 전혀 적응이 되지 않았다.

제발. 협곡을 다녀올 때까지만 버텨 줘.

나는 일그러질 대로 일그러진 얼굴을 펴지 못하며 바닥에 뒹굴었다. 평소엔 금세 가라앉았던 고통은, 이번엔 쉬이 물러갈 생각이 없다는 듯 오래도록 나를 옭아맸다.

이윽고 나는 정신까지 잃고 말았다. 정신을 잃은 일이 죽음을 뜻하는 바가 아니기를 간절하게 바랐다.

의식이 돌아왔을 때, 처음 느낀 것은 누군가의 따뜻한 온기였다. 내 등 뒤로 낯선 이의 손길이 느껴지기도 했다.

죽지 않은 건가?

정신을 잃기 전까지 느꼈었던 심장의 통증도 말끔히 사라져 있었다. 다행이라는 생각이 들었다.

그런데 나, 지금 누구에게 안겨 있는 거지.

나는 불현듯이 아윈을 떠올렸다. 그가 쓰러져 있던 나를 안은 것은 아닐까, 하는 허튼 기대를 잠깐 했다.

"……아윈?"

나는 잘 떨어지지 않는 입술을 움직여 그의 이름을 불렀다. 하나 돌아온 대답 속의 목소리는 아윈의 목소리와는 판이했다.

"이봐, 인간. 여기서 자다간 얼어 죽는다고."

나는 눈꺼풀을 힘겹게 들어 올렸다. 그러자 나를 내려다보고 있는 남자와 눈이 마주쳤다.

그 남자는 청록빛에 가까운 푸른 눈동자를 가지고 있었다. 보고만 있어도 왠지 모를 청량함이 느껴지는, 무척이나 아름다운 눈동자. 그 눈동자는 아윈의 것이 아니었다.

나는 남자의 얼굴을 조금 더 관찰했다. 남자는 달튼보다도 미색이 훌륭한 자였다.

순백색에 가까운 기다란 은발이 그의 어깨 밑까지 보기 좋게 내려와 있었고, 기다란 그의 앞머리 사이로 드러난 얼굴은 가히 하앴다.

이토록 잘생긴 남자를 본 적이 있었던가?

나는 고개를 내저었다. 그와는 분명 초면이었다.

남자는 인상을 찌푸린 것도, 그렇다고 웃는 것도 아닌 묘한 얼굴을 하고 있었다. 그리고 흙바닥에 정좌한 채로 앉아 있던 그는, 무슨 영문인지 나를 안고 있었다. 그것도 꽤나 꽉.

남자의 품은 또 어찌나 컸던지 내 몸은 그에게 완전히 폭삭 안긴 채였다. 남자가 제 얼굴을 내 얼굴 근처로 대뜸 수그린 것은 그 순간이었다.

엄청 당황했지만, 몸을 뒤로 내뺄 수는 없었다. 내 등을 껴안고 있던 그의 악력이 강했기 때문이다.

가까워진 그의 얼굴은 내 목덜미에 내려앉았다. 이윽고 그가 한 일은 내 목덜미에 코를 박고 냄새를 맡는 일이었다.

"네게서 노만의 냄새가 나."

기시감이 느껴지는 말이었다. 나는 머지않아 그 기시감의 정체를 떠올렸다.

'네게서 내가 찾던 것의 냄새가 나는 것 같아.'

그것은 몇 달 전, 달튼이 내게 했던 말이었다.

당시엔 그가 무엇을 찾고 있는 것인지 짐작조차 하지 못했지만, 지금의 나는 달튼이 무엇을 찾고 있었던 것인지 알고 있었다.

달튼이 찾던 것은 아윈의 두 번째 심장, 즉 노룡의 심장이었다. 이름 모를 미남자도 내게 물든 아윈의 체취에 서린 노룡의 기운을 읽은 걸까?

하지만 미남자의 말에서는 왠지 모를 깊이감이 느껴졌다. 그러니까 그의 말은, 내게서 노만이라는 자의 기운이 읽힌다는 일차원적인 사실을 일컫는 게 아닌 것 같았다.

그 속엔 조금 더 깊은 울림이 깃들어 있었다. 물론 내 착각일지도 모르겠다.

그사이 그는 내 목덜미에 박고 있던 제 얼굴을 들어 올렸다. 그는 얼굴을 숙임에 자연스럽게 흘러내린 기다란 백발을 한쪽 손으로 부드럽게 쓸어 넘겼다. 그의 나머지 한쪽 손은 여전히 내 등 뒤에 머문 채였다.

"너는 노만과 인연이 있는 인간인가?"

"노만? 그 이름은 협곡에 사는 용의 이름인가요?"

"어. 그 이름은 내 오랜 친구이자, 이 협곡의 주인이었던 용의 이름이야."

노만. 역시나 그 이름은 내가 동굴에서 보았던 그 용의 이름이었다. 마모된 곳 없이 매끄러운 형태로 남아 있던 뼈의 주인.

나는 그때 보았던 노만의 마지막 모습을 떠올리며, 남자의 푸른 눈동자를 계속해서 응시했다. 그는 오랫동안 내게서 시선을 돌리지 않았다.

"인간 여자. 네게서 나는 냄새는 너무도 그리운 것이었어."

침묵을 깬 것은 남자였다. 나는 그에게 꼼짝없이 안긴 채로 대답했다.

"그건 역시나 노만의 냄새를 말하는 건가요?"

"그래."

남자의 말은 이어졌다.

"용은 신이 아니야. 인간보다는 수명이 길겠지만 언젠가 죽기 마련이지. 노만은 제게 주어진 생을 모두 끝냈고, 자연의 섭리대로 소멸했어. 남아 있는 그의 흔적이라곤 뼈뿐이지. 뼈에선 그의 냄새가 나지 않아."

노만의 냄새라. 내겐 도대체 어떤 냄새가 나는 걸까.

그런 의문이 듦과 동시에 내 냄새가 좋다고 했던 아원의 말이 잠깐 떠올랐다. 어쩜, 나는 왜 아원이 했던 작은 말조차도 이토록 세세히 기억하고 있는 건지.

"너를 조금 더 안고 있어도 될까?"

남자는 물었다.

"그리운 냄새를 더 깊게 들이마시고 싶어."

나는 아무 말도 할 수 없었다. 차가운 인상을 가지고 있는 주제에 남자의 목소리가 퍽 간절했기 때문이다.

그의 목소리 속에서 진득하게 묻어 나온 것은 그리움이었다. 그리고 나는 또다시 아원을 떠올렸다. 보고 싶은 아원. 그리운 아원.

이 남자에게서 느낀 그리움은, 내가 아원을 그리워하는 마음과 닮아 있었다. 공감, 그리고 동정.

나는 대답 대신 그의 목을 끌어안았다. 가깝게 닿은 그의 몸에선 아무런 냄새도 나지 않았다.

"당신의 이름은 뭐예요?"

나는 그의 목덜미에 얼굴을 묻은 채로 물었다. 남자는 내 등을 가만히 쓰다듬으며 대답했다.

"하워드 쇼어."

청량감이 가득해 보이던 그의 푸른 눈동자와 어울리는 이름이었다.

하워드는 노만을 오래된 친우라고 했다. 그렇다면 그 또한 용인 걸까? 솔직히 지나치게 비현실적인 그의 미색은 인간계에선 볼 수 없는 것이기는 했다.

"하워드. 당신도 용인 거예요?"

"······뭐, 따지고 보면."

그는 대수롭지 않게 수긍했다. 구태여 제 정체를 숨길 필요가 없다는 태도였다. 묘한 것은 그의 정체를 알았음에도, 그가 무섭게 느껴지지 않았다는 거다.

그가 나를 다정하게 안고 있어서 그런 것인지, 아니면 그도 나처럼 그리움이라는 감정을 내비치고 있기에 그런 것인지는 잘 모르겠다.

나는 뒤늦은 물음을 건네었다. 그가 왜 정신을 잃은 나를 끌어안고 있었는지에 대해서.

"저를 발견한 경위에 대해서 말씀해 주실 수 있나요?"

하워드는 혀 차는 소리와 함께 대답했다.

"너는 궁금한 게 많은 인간이로군."

"말하고 싶지 않으시다면, 말하지 않으셔도 돼요."

"말하지 않겠다고는 하지 않았어."

하워드는 몇 초 동안 침묵했다. 무슨 말부터 꺼내야 할지 가늠하고 있는 것 같았다. 나는 잠자코 기다렸고, 머지않아 그의 입술이 열렸다.

"나는 오랫동안 노만이 잠든 동굴을 찾지 않았어. 누군가가 함부로 들어갈 수 없게 결계를 쳐놓기도 했고, 그의 뼈에도 마모가 되지 않는 마법을 걸어 두었으니까."

나는 동굴에서 보았던 그의 뼈를 떠올렸다. 누군가의 꾸준한 관리가 느껴졌던 노만의 뼈.

나는 이제야 그 뼈가 어째서 그토록 매끄러웠던 것인지 이해가 되었다. 그것은 달튼이 아닌 하워드의 마법으로 인해 비롯된 일이었다.

노만은 좋은 친구를 두고서 생을 마감한 것이 아닐까, 하는 생각이 들었다. 하워드의 말은 이어졌다.

"그런데 최근 들어서 동굴에 쳐 놓은 결계를 누군가가 건드리고 있다는 느낌을 받았어. 내가 쳐 둔 결계를 건들 수 있는 종족은 그리 많지 않을 텐데."

용이 쳐 둔 결계를 건들 수 있는 그리 많지 않은 종족. 나는 자연스럽게 달튼을 떠올렸다.

"여하튼 결계를 건든 이를 확인하고자 동굴로 가던 길이었어. 그러다 인간 너를 발견했지."

결계를 건드린 누군가. 그다. 달튼 그임이 틀림없다.

내겐 희한한 확신이 들었다. 내가 예상했던 대로 달튼이 노룡의 동굴로 숨어든 것이 확실하다고 생각했다.

나는 작게 안도했다. 내 예상이 틀리지 않았음에 든 안도였다.

"너는 길바닥에 엎어진 채로 숨을 헐떡이고 있더군. 솔직히 네가 그 자리에서 죽든 죽지 않든 나와는 상관없는 일이었어. 그래서 그냥 지나치려고 했는데."

하워드는 말을 잠깐 멈추며 호흡을 길게 내뱉었다. 그에게선 무언가가 석연치 않다는 빛이 완연했다. 나는 그 틈을 타 장난스러운 물음을 건네었다.

"하워드. 당신은 꽤나 각박한 사람이었군요?"

"아니, 이봐. 인간. 내 말을 끝까지 들어 봐. 그냥 지나치려고 했는데, 어딘가에서 노만의 냄새가 나는 거야. 아주 오래전에 죽었던 그 용의 냄새가 나다니. 그리운 감정이 들었어. 한동안 잊고 있었던 냄새였으니까. 나는 냄새의 근원지를 찾아보았지. 그게 바로 너였어. 인간 여자."

"……."

"네 몸에서 노만의 냄새가 나더군. 그래서 네 몸을 살짝 건드렸는데 너무 차가운 거야. 그건 살아 있는 인간의 체온이 아니었어. 그래서 내가 너를 조금 안고 있었어. 네 체온이 돌아올 수 있도록."

나는 그의 말을 한 줄로 정리해서 다시금 읊어 주었다. 불만이 있어서 그랬다기보다는 그저 듣기 좋게 정리하고자 했던 것뿐이었다.

"그러니까, 제게 노만의 냄새가 나지 않았다면 저를 그냥 버리고 가실 생각이었다는 거군요."

"……나 원. 어찌 되었건 너를 구해 주었다는 사실은 변함이 없는 거잖아."

"잠깐 기절해 있던 제가 자연스럽게 깨어난 게 아닐까요? 그건 구해 줬다는 개념과는 거리가 있어 보이는데."

역시나 절대로 불만이 있어서 한 말이 아니었고, 그저 제대로 짚어 주고자 하는 마음에서 한 말이었다.

하나 받아들이는 입장에서는 내 의도가 잘 전달되지 않았나 보다. 하워드는 안고 있던 나를 놓으며, 나를 밀쳐 냈다. 그 덕에 나는 흙바닥에 엉덩이를 찧었다.

엄청 아프지는 않았지만, 엉덩이에 닿은 흙바닥이 차가웠다. 나는 그 차가움에 어깨를 작게 움츠렸다. 하워드의 품이 따뜻했음을 뒤늦게 인지한 순간이었다.

"갑자기 그렇게 내팽개치시면……. 아프잖아요."

나는 미간을 옅게 찌푸렸다. 이내 엎어졌던 몸을 일으키며 앞을 응시하자, 안겨 있을 때는 잘 보이지 않았던 하워드의 모습이 자세히 보였다.

그는 굉장히 특이한 차림새였는데, 마치 서역의 상인들이나 입을 법한 순백색의 기다란 옷을 입고 있었다. 얼핏 보면 폭이 좁은 긴 치마처럼 보이기도 했다.

허리춤을 느슨하게 조인 허리끈은 위태로워 보였고, 브이 자로 깊게 파인 옷깃 사이로 보이는 그의 쇄골은 위험해 보였다.

이를테면 그것은 어떤 성적인 위험함이었다. 색기가 지나치게 넘쳤다.

그런 그는 나보다도 미간을 더욱 찌푸리고 있었다. 햇살에 반사된 일그러진 그의 눈동자가 오묘한 청록빛을 띠고 있었다.

자세히 보니, 그의 동공 중앙엔 감색에 가까운 세로줄이 길게 새겨져 있기도 했다. 파충류의 눈동자를 연상케 하는 눈동자였다.

이상한 것은 그러한 면모조차도 퍽 관능적이라는 것이었다. 역시나 지나칠 정도로 미색이 훌륭한 남자다.

"인간. 착각하지 마. 내가 널 구해 줬다고 해서, 네게 계속해서 호의를 베풀겠다는 건 아니니까."

그는 기분이 나쁘다는 듯이 말했다. 용의 심기를 거스를 필요는 없었으므로, 나는 그에게 곧바로 사과했다.

"기분 나쁘셨다면 죄송합니다."

그런데 웬걸. 내 사과에 하워드의 표정이 더욱 매섭게 일그러지는 게 아닌가. 핏기가 옅은 그의 하얀 얼굴에는 짜증스럽다는 기운이 넘쳐났다.

방금 전, 친우의 냄새가 그립다며 애달픈 목소리를 내었던 자와 같은 자라고는 믿지 않을 정도의 극심한 표정 변화였다.

"넌 내가 무섭지 않은 건가? 지금은 비록 인간에 가까운 모습을 하고 있지만, 나는 노만과 같은 용이야. 인간쯤은 단번에 부서뜨릴 수 있다고."

그는 제 말이 허언이 아니라는 듯이 나를 향해 위압적인 기운을 풍겼다.

그것은 태어나서 처음으로 겪는 강한 기운이었다. 어깨 위를 무겁게 짓누르는 중압감. 마치 세상의 모든 중력을 나 홀로 짊어지고 있는 듯한 느낌이었다.

수려한 외모 속에 감춰진 위험한 기운. 그것은 달튼에게서도 종종 느꼈던 것이었다. 나는 왜 이런 자들과 자꾸 엮이는 걸까.

나는 끙끙거리며 말했다.

"하지만 지금은 사람의 모습이잖아요. 용의 모습이었다면, 당신을 두려워했을지도 모르겠어요."

"……."

"그리고 저는 당신이 어떤 용인지 전혀 모르는걸요. 제가 당신을 두려워했으면 좋겠어요?"

"……."

순수한 의도로 물은 말이었다. 그가 저를 두려워하기를 바란다면, 그의 바람대로 그를 두려워해 줄 참이었다.

소모적인 언쟁이 길어지는 것을 바라지 않았다. 내게 있어 시간은 그 어떤 것보다도 값진 것이었다.

하워드는 흉포하게 개방했던 제 기운을 갈무리하며, 메마른 소리를 내었다.

"……아니. 그러기를 바라지 않아."

"그럼 계속해서 무서워하지 않을게요."

그게 당신이 원하는 거라면. 나는 움츠렸던 어깨를 다시 폈다. 나를 부서뜨릴 듯 위협했던 그의 흉포한 기운은 어디론가 말끔히 사라진 후였다.

하워드는 질렸다는 듯이 고개를 좌우로 내저었다. 가벼운 한숨은 덤이었다.

"넌⋯⋯. 이상한 인간이야."

"감사합니다."

내 감사 인사에 하워드는 거듭 고개를 내저었다.

하워드와의 언쟁을 나름대로 잘 끝냈으니, 나는 이제 다시 협곡을 향해 나아가야 했다. 내 머릿속에 기발한 생각이 스쳐 지나간 것은 그때였다.

하워드는 저도 노룡의 동굴에 가고 있다고 했었다. 그리고 그는 뼈의 풍화를 막고, 결계도 치는 마법사였다.

마법사에 대해서는 잘 모르지만, 하워드는 달튼보다도 더 대단한 마법사가 아닐까 싶었다. 적어도 그는 인간이 아니라 용이었으니까.

고로 그라면 손쉽게 협곡까지 갈 수 있지 않을까?

내가 그의 행보에 편승할 수 있다면, 나도 손쉽게 협곡에 갈 수 있지 않을까?

나는 최대한 상냥한 목소리를 내었다.

"하워드. 실례가 되지 않는다면 협곡까지 저도 데려가 주실 수 있나요? 용이라면 어렵지 않게 그곳으로 갈 수 있을 것 같은데."

하워드는 단호하게 대답했다.

"엄청 실례야."

"아⋯⋯."

"그리고 내가 너를 왜 도와줘야 하는 거지?"

"음. 제게서 노만의 냄새가 나서?"

"……."

그는 당당한 내 대답에 어이가 없다는 듯이 헛웃음을 흘렸다. 나는 어쭙잖게 대답했던 것을 그만두고선, 진지한 눈으로 하워드를 바라보았다.

아원을 살리고자 하는 내 진심을 전하자. 진심보다도 더 큰 무기는 없었다.

내 눈빛이 변한 걸 그도 느꼈는지, 그는 삐뚤게 기울이고 있었던 제 고개를 똑바로 했다.

"하워드. 진심으로 부탁할게요. 원하시는 게 있다면 모두 드릴게요. 다만, 저는 가진 게 많지 않아요."

"무슨 그런 말이 다 있어? 가진 것도 없는 주제에 모두 주겠다니."

하워드가 불만스럽게 대꾸했지만, 나는 내 말을 이어서 했다.

"그래도……. 그래도 제발 저를 그곳으로 데려가 주세요. 당신도 그곳으로 가던 참이었잖아요. 그렇죠?"

그는 고개를 끄덕였다.

"제게는 남은 시간이 얼마 없고, 그곳에서 꼭 해야 할 일이 있어요."

나는 그에게 간절하게 부탁했다. 말 한 마디, 한 마디에 넘칠 만큼의 진심을 담았다. 하워드가 내 진심과 간절함을 충분히 느낄 수 있도록.

고민 없이 곧장 대답했던 하워드는, 이번에는 잠깐 동안 침묵했다. 그의 얼굴에는 고민스러운 빛이 띠어져 있었다. 나는 그 점이 다행이라고 생각했다.

그가 조금 전처럼 곧바로 대답하지 않아서. 내 말을 수용해 줄 것인지, 그러지 않을 것인지에 대해 고민이라는 것을 해 주어서 다행이라고.

이내 하워드에게서 떨어진 대답은 내 부탁과는 전혀 상관없는 말이었다.

"아윈."

"……!"

"그 이름과 관련된 일인 건가?"

나는 처음으로 크게 동요했다.

"그, 그걸 어떻게 아셨어요?"

하워드가 용이라는 제 정체를 밝혔을 때에도 놀라지 않았는데, 고작 아윈의 이름이 나왔음에 이토록 당황하는 꼴이라니.

"정신을 잃었던 네가 그 이름만을 계속해서 불렀어."

아윈. 나는 벌써부터 그리워진 그의 이름을 마음속으로 되뇌었다. 보고 싶다. 만지고 싶다. 그와 나누었던 밤들이 그립다.

나는 느릿하게 눈을 감았다 뜨며, 아윈의 얼굴을 떠올렸다. 그의 얼굴을 떠올리기 무섭게 눈가가 시큰해지는 기분이 들었다.

"그 정도의 간절함이라면 한 번쯤은 인간을 도와주고 싶기도 해."

"……."

"하지만 나는 일방적인 베풂은 좋아하지 않아서……. 좋아, 그럼 거래를 하자. 네 부탁을 들어주는 대신 너도 내 부탁을 들어주는 거야."

어렵지 않은 부탁이었으면 좋겠다고 생각했다. 아니, 애당초 용이 하등 인간에게 부탁할 용건이란 게 존재하기는 하는 걸까?

"제게 하고 싶은 부탁이 있나요?"

"일단은 나도 네 이름을 알았으면 하는데."

하워드는 다시금 고개를 삐딱하게 기울인 채로 나를 응시했다.

그 순간 어디선가 불어온 옅은 바람에 그의 결 좋은 하얀 머리칼이 부드럽게 나부꼈다. 나는 그의 기다란 머리카락이 정처 없이 흔들리는 모양새를 제법 빤히 바라봤다.

만지고 싶다는 생각이 들었다면, 그건 어쩔 수 없는 일일 것이다. 아름다운 것에 눈길이 머물며 닿고 싶다는 생각이 드는 것은 본능이었다.

"이포 벨."

"……."

"당신도 제 이름을 기억해 주실 건가요?"

나는 버릇처럼 그리 물었다.

내가 죽은 후에 당신도 내 이름을 기억해 줄까.

"너도 내 이름을 기억해. 그럼 나도 네 이름을 기억해 줄 테니까."

나는 고개를 끄덕였다.

아무도 기억해 주지 않을 거라고 생각했던 내 이름은, 오늘도 누군가에게 스며들고 있었다.

그 사실이 썩 나쁘지 않았다.

우리는 함께 길을 거닐기 시작했다.

날은 몹시 추웠다. 조만간 첫눈이 내릴 법한 추위였다. 하워드가 나를 안아 주지 않았더라면, 그대로 얼어 죽었을지도 모를 추위였다.

이유가 무엇이 되었든 간에, 그가 내 연명을 도와준 것은 틀림없는 사실이었다. 그러한 그에게 너무 무례하게 굴었던가.

나는 괜스레 겉옷을 여미며, 앞서가는 하워드의 뒷모습을 응시했다. 앉아 있을 때는 잘 몰랐는데, 일어선 그는 키도 상당히 큰 편이었다. 설핏 보이는 몸 선도 꽤나 곱다.

긴 머리에 고운 몸 선이 돋보이는 하워드의 뒷모습은, 이따금 남자의 마음도 흔드는 것이 아닐까, 하는 생각이 들었다.

남자에게 구애를 받아본 적이 있느냐고 묻고 싶지만…… 그런 물음을 건넸다간, 하워드가 나를 곧바로 버릴 것 같았다. 나는 불쑥 솟아오른 호기심을 짓눌렀다.

좋은 천으로 만든 듯한 긴 옷자락 하나가 하워드가 입은 것의 전부였지만, 그는 딱히 추위를 호소하지 않았다. 그건 용이라서 가능한 걸까.

나는 그의 그러한 점이 부러웠다. 내게도 추위에 초연할 수 있는, 더해 흉포한 기운을 내뿜을 수 있는 능력이 있다면 얼마나 좋을까.

능력이 있었다면, 달튼이 아윈의 심장을 빼앗았을 때 두 손 놓고 가만히 있지 않았을 텐데. 나는 달튼에게 위협적인 마법을 썼을지도 몰랐다.

벚꽃이 내리는 전경 속, 아윈을 사이에 둔 달튼과의 결투라. 나는 바람 빠진 미소를 지었다. 무슨 생각을 하든 그 귀결이 언제나 아윈이라는 것을 깨달았기 때문이다.

사랑의 중증이구나. 썩 나쁘지 않은 병이라고 생각했다. 적어도 심장이 죽어 가는 병보다는 훨씬 더 유익한 병이리라.

"하워드. 당신은 춥지 않아요?"

나는 앞서가는 하워드의 등에 대고 물었다. 하워드는 뒤돌아보지 않으며 대답했다.

"딱히. 추위를 느낄 나이는 이미 지났지."

"몇 살이신데요? 아……. 연세는 어떻게 되십니까? 하워드 님."

내가 극존칭으로 어색하게 묻자, 잘 걷던 하워드의 걸음이 멈추었다. 졸지에 나도 걷던 것을 멈추었다. 그는 그제야 고개를 비스듬히 뒤로 돌려, 나를 노려보았다.

"뭐야? 그 대단한 존칭은."

그의 청록빛 눈동자에는 탐탁지 않은 빛이 가득했다.

"엄청 오래 사셨을 것 같아서."

"그래, 네 말이 맞아. 나 엄청 오래 살았어. 얼마나 살았는지 기억도 나지 않을 정도로. 적어도 오백 년은 넘었을걸?"

오백 년이라. 생각보다도 훨씬 오래 산 그였다. 그의 생의 시간을 내게 몇 년만 떼어 준다면 얼마나 좋을까, 하는 객쩍은 바람이 들었다.

그런 생각과는 별개로, 오백 년이나 산 주제에 주름 하나 없는 아름다운 얼굴을 가지고 있다는 사실이 신기했다. 대단한 마법으로 일구어 낸 아름다움인 건지.

"그래도 액면가는 너와 비슷해. 할아버지 쳐다보듯이 보지 마. 기분 나쁘니까."

"티 났어요?"

"인간, 넌 매번 그런 식이야?"

나는 빙그레 웃으며 그에게 대답했다.

"이포 벨."

"……."

"저는 인간이 아니라, 이포 벨이에요. 제 이름을 기억해 주신다
고 했잖아요."

내 말에 한 마디도 지지 않던 하워드의 붉은 입술이 굳게 닫혔
다. 탐탁지 않은 빛만 띠고 있었던 그의 눈빛이 누그러졌다.

"그래서 내 이름이 뭔데."

그는 머쓱한 것처럼 제 머리를 작게 긁적였다. 나는 그의 이름을
똑똑히 뱉어 냈다. 어려운 일이 아니었다.

"하워드 쇼어. 저는 당신의 이름을 정확하게 기억한답니다."

누군가의 이름을 기억하는 건 이렇게나 쉬운 일인데, 그 쉬운 일
이 내게는 커다란 의미로 다가온다는 사실이 아이러니했다.

그 순간 하워드가 완전히 뒤돌아서며, 몇 발자국 떨어져 있던 내
게 가까이 다가왔다. 열없이 내 옆에 선 그는 기역 자로 구부린 제
팔을 내게 들이댔다. 팔짱이라도 끼라는 듯이 말이다.

"이포 벨. 내 팔에 네 손을 걸쳐."

어라, 정말로 팔짱을 끼라는 의미였네.

나는 의외라는 것처럼 그를 올려다봤다. 키가 얼마나 크던지, 한
참이나 올려다봐야 했다.

"갑자기요?"

"너, 내 뒤에서 곧 죽을 것처럼 벌벌 떨고 있었잖아. 내 몸에 닿
으면 따뜻할 거야. 용의 체온은 인간들의 체온보다 훨씬 높거든."

그는 딱히 감동받지 말라는 말을 덧대며, 제 시선을 다른 곳에

두었다. 그가 계속해서 머쓱해하고 있는 것처럼 느껴질 게 뭐람.

나는 그에게 팔짱을 꼈다. 그의 살갗이 조금 닿았을 뿐인데, 그의 말대로 혼자 있을 때보다도 훨씬 더 따뜻해진 기분이 들었다. 손끝에 닿은 하워드의 체온이 상당히 따스했기 때문이다.

뼈만 남은 노만도 생전엔 이토록 따스한 체온을 지니고 있었던 걸까? 문득 든 생각이었다.

매끄럽지만 차가웠던 그의 뼈에 스며 있었을 그 온기를 나는 마음속으로 그려 보았다.

우리는 걸음을 다시 떼어 내기 시작했다. 걸을 때마다 길게 풀어진 그의 백발이 내 뺨에 가끔 닿기도 했다. 기회가 된다면 예쁘게 묶어 주고 싶다고 생각한 무렵, 하워드의 목소리가 들렸다.

"이포 벨."

깊은 산중, 새소리도 사라져 버린 고요 속에서 내 이름은 유일한 소리가 되어 울리고 있었다. 나는 그 울림이 꽤나 멋지다고 생각했다.

"나는 셈이 정확해. 나도 네 이름을 정확하게 기억할게."

"감사해요."

"인간들에겐 이름을 기억하는 일이 중요한 일인 건가?"

그는 진심으로 궁금해했다.

"글쎄요. 그건 인간에 따라서 다르겠죠? 저는 최근에 들어서야 그 일을 꽤 중요한 일로 여기기 시작했어요. 누군가가 저를 기억해 준다는 건, 정말 멋진 일인 것 같아서."

"그건…… 네가 곧 죽기 때문에?"

"……."

나는 입술을 일자로 다문 채로 그를 올려다보았다. 때마침 하워드도 나를 내려다보고 있었던 참인지, 우리의 시선은 똑바로 부딪쳤다.

그의 청록빛 눈동자 속, 감색의 기다란 세로줄이 자못 가늘어져 있었다.

"네 몸에 있는 심지의 불이 거의 다 꺼져 가. 한 달 정도면 완전히 꺼지겠군."

하워드는 내게 남은 삶의 기간을 심드렁하게 읊조렸다. 그의 어투 속에는 일말의 동정도 없었다.

하워드도 내 곁을 맴도는 죽음의 기운을 읽은 것임이 분명했다. 그것은 어제보다도 짙어진 기운이었고, 내일은 더더욱 짙어질 기운이었다.

나는 그가 짚어 준 사실을 부정하지 않았다.

"점쟁이라도 돼 보시는 건 어때요? 너무 정확한데."

"이봐, 인간. 자꾸 그런 식으로 기어오르면 거래고 뭐고 여기에 널 버리고 먼저 가 버릴 거야."

"죄송합니다."

나는 재빠르게 사과했다. 그러자 하워드는 또다시 머쓱하다는 듯이 몇 번의 헛기침을 했다.

"사과는 빨라서 좋네."

"제가 절대적인 약자 위치라서요."

"흐음. 약자라. 그래, 맞아. 인간은 약해 빠졌어. 안 그래도 살날이 짧은데, 병에 걸리면 더 빨리 죽어 버리잖아."

"네. 그렇죠."

"너는 살아갈 날이 얼마 남지 않은 주제에 왜 험준한 협곡으로 가려고 하는 거야? 심지어 너와 관련된 이유가 아니라, 아윈이라는 인간과 관련된 일 때문이라며. 살아갈 날이 얼마 남지 않았다면, 남은 날들은 온전히 너 자신을 위해서 써야 하는 거 아니야?"

"아윈을 위한 게 저를 위한 거거든요. 저는 그를 사랑해요. 남은 제 삶의 시간들을 그에게 모두 쏟아붓고 싶을 정도로."

너무나도 명쾌한 내 대답에 되레 할 말이 없어진 쪽은 하워드였다. 실은 나도 이렇게까지 망설임 없이 대답했다는 사실이 제법 놀라웠다.

"……당최 이해할 수가 없어."

"하워드, 당신은 사랑을 해 본 적이 있어요?"

그럼 내 마음을 이해할 텐데.

하워드는 고개를 갸웃거렸다.

"글쎄. 종족 번식은 몇 차례 해 본 적이 있다만. 사랑이라는 걸 해 본 적은 없어."

"가엾어라. 오백 년을 살았는데도, 사랑 한번 해 보지 못했다니."

그 황홀한 감정을 모른다, 라.

나는 진심으로 그가 가엾다고 생각했다. 사랑 없이 오백 년을 사는 것보다, 아윈을 사랑한 내 짧은 삶이 차라리 낫다고 생각할 정도로.

"그걸 겪어 보지 못한 게 가여운 일이야? 나를 가엾게 여긴 건…… 네가 처음이야."

그는 답지 않게 풀이 죽은 목소리를 내었다.

"사랑. 사랑이라."

그러곤 실없이 아름다운 그 단어를 되뇌었다.

"그건 좋은 거야? 어떤 기분인데?"

"거래를 해요. 제게 무언가가 돌아온다면, 저도 말씀해 드릴게요. 그냥 알려드릴 수는 없어요. 저도 셈이 정확한 편이라서."

나는 하워드가 했던 말을 그대로 되돌려 주었다. 그러자 하워드는 볼멘소리를 내었다.

"인간은 약해 빠진 게 아니라, 약아빠진 거구나."

"그래서 뭘 주실 거예요?"

"이미 주고 있잖아. 내 체온. 내 덕에 넌 따뜻해졌잖아."

맙소사. 이런 대답이라니. 하워드는 의외로 똑똑한 용이었구나. 맞닿은 체온이 너무도 따뜻했기에 그의 말을 부정할 수 없었다.

내가 침묵하자, 하워드는 작게 키득거렸다. 언쟁에서 이겼음을 퍽 즐거워하는 모양새였다.

나는 어쩔 수 없이 사랑에 대한 것을 털어놓기 시작했다. 거래는 거래였고, 나는 응당 그에게 대답해 주어야 했다.

"좋아요. 사랑은 오로지 '좋다'라고는 단언할 수 없는 감정이에요. 좋을 때도 있고, 때론 나쁠 때도 있어요. 말로는 잘 표현할 수 없는 오묘한 감정이죠. 직접 겪어 보지 않는 한 영원히 알 수 없어요."

하워드는 코웃음을 쳤다. 나는 괘념치 않으며 내 말을 이어서 했다.

"당신도 아시다시피 저는 살날이 얼마 남지 않았어요. 그럼에도 불구하고, 누군가를 맹목적으로 좋아할 수 있다는 건 꽤나 가슴이 두근거리는 일이랍니다. 그 사실 하나만으로 제 죽음을 잠깐 잊을 수 있으니까요. 물론…… 진짜로 죽는 순간에도 마냥 '좋았다'고 단언할 수 있을지는 미지수이지만."

"사랑은 어떻게 하는 건데?"

"정해진 형식은 없어요. 그저 어느 순간에 갑작스럽게 스며들어와, 제 크기를 더해 가죠. 종래엔 걷잡을 수 없이 커져서, 자신의 마음을 부정할 수 없게 돼요."

"하, 네 말이 무슨 말인지 전혀 모르겠다. 노만은 박애주의라서, 모든 것들을 사랑한다고 했었는데."

"하워드. 당신도 그 감정을 느끼게 되면, 제 말이 무슨 말인지 이해되실 거예요."

하워드는 여전히 아무것도 모르겠다는 듯이 긴 신음을 흘렸다.

"……그런데 저희. 이렇게 계속 걸어가는 거예요? 날아가는 마법 같은 건 쓰지 않아요?"

"어. 나는 약아빠진 용이라서, 걷는 게 더 좋아. 어차피 너는 절벽을 오르지 못해서 내게 도움을 청한 거 아냐. 숲길이 끝날 때까진 걸어서 갈 거야."

거기까지 말한 그는 어째 사악해 보이는 미소를 지었다. 나중에 마법을 쓸 거라면, 그냥 여기서부터 마법을 써도 상관없지 않을까.

나는 그에게 따져 보고 싶었지만, 이내 입술을 꾹 다물었다. 그렇게 따졌다간 까칠한 용 님께서 진심으로 화를 낼지도 몰랐기 때문이다.

그래도 은연중에 그가 마법을 쓰기를 바랐지만, 하워드는 정말로 숲길이 끝날 때까지 마법의 '마'자도 쓰지 않았다. 나 원 참.

날이 저물어 석양이 지고 나서야, 숲의 막바지에 이르게 되었다. 춥고, 배고프고, 다리 아프고…… 정말 힘든 여정이었다.

나는 잠깐 걸음을 멈추어 지친 숨을 토해 냈다.

"어이, 약해 빠진 인간. 아니, 이포 벨. 벌써 지쳐 버린 건가?"

"네. 약아빠진 용 님. 인간은 약해 빠져서 금방 지쳐요. 더군다나 저는 살날이 얼마 남지 않은 시한부라고요."

"퍽도 자랑이다."

하워드는 꼴좋다는 듯이 이죽거렸다. 좀 얄미웠다.

하나 내가 연신 마른 숨을 토하듯 뱉어 내자, 그의 얼굴에 띠어져 있던 얄미운 미소가 금세 걷혔다.

내가 걱정이라도 되는 것처럼, 그의 얼굴이 점차 굳어 갔다. 그는 내 머리 위를 두어 번 두드려 주기도 했다.

"이대로 죽지 마."

그러고선 내 머리를 어색하게 쓰다듬는 그였다. 그 손길이 싫지 않았다. 뜻밖에 다정하기도 했고.

하워드가 나를 진심으로 걱정하는 걸까. 나는 이 용에게 처음으로 작은 감동을 느꼈으나, 그 감동은 곧바로 깨어지고야 말았다.

"그럼 내가 곤란해지잖아. 네 시체는 누가 처리해?"

걱정은 개뿔. 그는 그저 뒤처리가 부담스러웠던 것이었다.

"노만의 뼈를 관리하는 것도 벅차다고."

"……."

그래서 제가 당신에게 제 뼈를 관리해 달라고 했습니까. 나는 차마 그렇게 말하지는 못하고, 헛웃음만 지었다.

내 머리를 쓰다듬던 하워드의 손길이 멈추었다. 그의 손은 매끄럽게 내려와 내 뺨을 톡톡 두드렸다.

"아 참. 그보다 너."

내 뺨에 닿은 그의 손끝이 뜨거웠다. 그 손끝이 다다른 자리에만 화상을 입은 듯한 착각이 들 정도였다.

"너는 노만의 동굴에 침입한 자가 누군지 알고 있지?"

그의 물음에는 조금의 의아함도 없었다. 물음의 형식을 띠고 있었지만, 그 답을 이미 알고 있다는 어투였다. 그렇기에 나는 거짓말을 할 수 없었다.

그리고 내가 어쭙잖게 숨긴다고 해서, 하워드가 그의 정체를 알아차리지 못할 것 같지도 않았다.

"안다면요?"

달튼 레이서스. 나는 그 이름을 상기하며, 가까워질 대로 가까워진 협곡을 바라보았다.

방랑자 달튼, 당신은 지금쯤 무엇을 하고 있을까.

"그럼 그런 거겠지. 딱히 취조할 생각으로 물은 건 아니야."

하워드는 무심하게 대꾸하며 내 뺨에 머물렀던 손을 갈무리했다. 달튼에게 관심이 없다는 듯한 태도였지만, 나는 하워드가 달튼을 어떻게 처리할지 궁금해졌다.

"그자를 어떻게 하실 생각이세요?"

"감히 내 허락도 없이 내 친구가 잠든 동굴에 들어오다니. 찢어죽일까. 삶아 먹을까."

그는 사악한 미소를 지으며, 제 손을 몇 번 쥐었다 펴기를 반복했다. 그의 표정만 보자면 당장이라도 달튼을 죽여 버릴 기세였다. 이를테면 아주 처참하게 말이다.

나는 심각해진 얼굴로 그를 응시했다. 그러자 하워드가 낮게 웃었다. 굳은 내 얼굴을 우스워하는 듯했다.

"농담."

그는 농담의 '농' 자도 찾을 수 없는 진지한 얼굴로 말했던 주제에, 농담이었다고 고백했다.

"오백 년 산 용의 농담은 그렇게 진지한 얼굴로 하는 건가요?"

"……."

"저도 농담."

그래서 나도 농담의 '농' 자도 찾을 수 없는 진지한 얼굴을 한 채로 농담이었다고 고백했다.

하워드의 얼굴은 처참히 일그러졌다. 그는 내 대답을 조금도 예상하지 못했다는 얼굴이었다.

"……넌 도대체 뭐 하는 인간이야?"

"저도 그게 궁금하답니다."

나는 구겨질 대로 구겨진 하워드의 얼굴이 우스워 작게 키득거렸다. 아윈이 쓰러진 이래, 오랜만에 지은 미소였다.

"하워드. 그래서 그자를 진짜로 어떻게 하실 거냐니까요."

"그건 가 봐야 알 것 같아. 만에 하나 노만의 뼈에 작은 흠이라도 냈다면, 정말로 가만두지 않을 거야. 죽여 버릴지도 모르겠어. 하지만 아무것도 건드리지 않았다면 그냥 보내 주지, 뭐. 과도한 살상은 해로워."

하워드는 툴툴거리긴 했지만, 제 생각을 솔직하게 얘기해 주었다. 묘한 기분이 들 정도로 친절한 대답이었다.

묘한 기분의 정체가 무엇이냐고 묻는다면, 그 해답은 그러했다. 불만을 표하기는 하지만, 하워드는 결국 내가 원하는 대로 다 해주는 것 같다고 해야 하나.

내게서 그리웠던 친구의 냄새가 나기에 그런 것일까? 달튼에게 아무 짓도 하지 말아 달라고 부탁한다면, 그 말도 들어줄까?

물론 달튼이 노만의 뼈에 흠을 냈을 거라고는 생각되지 않았다. 달튼이 원하는 것은 심장이었지, 노만의 뼈가 아니었으니까.

달튼이 구태여 왜 노룡의 동굴까지 간 것인지는 모르겠으나, 그는 제게 해가 될 법한 일을 하는 자가 아니었다. 오랜 시간 동안 나를 미끼로 이용할 만큼 철저한 자일 뿐이다.

하지만 그럼에도 나는 달튼이 걱정이 되었다. 혹여나 하워드의 노기를 사, 그가 처참한 꼴이 되는 것은 아닐지, 하는 걱정.

달튼은 절벽에서 나를 밀었고, 나를 미끼로 사용하기도 했고, 심지어 아원의 두 번째 심장을 뺏어 갔지만, 나는 그를 완전히 미워할 수 없었다.

빌어먹을 정이라는 게 이미 마음속 깊숙이 자리 잡아서. 달튼이 어떤 마음으로 그런 짓을 한 것인지 조금은 이해가 가서. 그가 끔찍한 짓을 한 이유가 사랑 때문임을 알아서.

내가 내 목숨보다도 아원을 더 생각하듯이 달튼도 제 목숨보다도 아라벨을 소중히 여기고 있을 테다. 그런 마음이 그에게 끔찍한 짓을 하도록 유도했을 것이었다.

이런 생각, 정말 옳지 않지만…… 나는 달튼이 안타까웠다. 그동안 그를 원망했던 나를 부정할 수 있을 정도의 안타까움이었다.

"이포 벨. 넌 지금 그자를 걱정해?"

"조금은요."

"흐음."

하워드는 잠깐 무언가를 곰곰이 생각하더니, 이내 그 자리에 그대로 주저앉았다.

"일단 오늘은 여기서 묵고, 내일 일찍 협곡의 동굴로 가 보자. 벌써 해가 다 졌어."

"좋아요."

그는 숲길에서의 노숙이 익숙하다는 듯이 그 자리에 그대로 몸을 뉘었다. 나도 굉장히 지쳤기 때문에 그의 옆에 누워 버렸다.

누운 자리는 생각보다 차갑지 않았다. 잔디와 엇비슷한 풀들이 바닥에 깔려 있었기 때문이다.

하워드는 몸을 내 쪽으로 비틀어 내 얼굴을 빤히 들여다보았다. 뺨에 느껴지는 그의 시선이 따가웠다. 나로선 그 의미를 잘 알 수 없는 시선이었다.

그러다 그는 불쑥 퉁명스럽게 말했다.

"안길래?"

퍽 직접적인 말이었다.

"그건 오백 년 산 용의 작업 수법인가요?"

나는 시선을 돌려 하워드의 얼굴을 흘긋 바라보았다.

"나 원. 작업이라니. 너 또 추워서 벌벌 떨 거잖아. 내 품은 굉장히 따뜻하니까, 그래서 한 말이었어. 싫다면 됐고."

"싫다고는 하지 않았어요."

나는 스멀스멀 그에게 다가가 그의 품속에 안겼다. 흑심이 있어서 안긴 것은 아니었고, 길고 긴 겨울밤은 정말 추웠으니까.

몸을 웅크린 채로 그의 가슴팍에 얼굴을 기대자, 하워드는 내 등을 부드럽게 감싸 안았다. 다시 안긴 그의 품은 그전처럼 매우 따뜻했다.

그의 품은 내가 안긴 그 어떤 이의 품보다도 따스했지만, 나는 그 따스함에 어쩐지 구슬퍼졌다. 아원이 또다시 떠올라서였다.

지난날, 나의 황량한 밤을 채워 주었던 건 아원의 체온이었다. 잊으려야 잊을 수 없는 그의 따스한 체온. 나는 견딜 수 없을 정도로 아원이 보고 싶어졌다.

"너, 지금 그 인간의 품을 생각했지."

하워드는 독심술을 쓴 것처럼 굴었다. 얼굴도 보지 않았는데, 내 생각을 어떻게 알아차렸는지 신기했다.

나는 그의 가슴에 묻었던 얼굴을 뒤로 젖히며, 그의 얼굴을 올려다보았다. 하워드의 얼굴에는 표정이라고 할 만한 게 전혀 띠어져 있지 않았다.

"네. 아원을 생각하고 있었어요. 기분 나쁘셨어요?"

"아원이라는 인간의 품이 내 품보다 따뜻해?"

"아니요."

내 대답은 지극히 객관적인 사실에 기반한 대답이었다. 용의 체온은 인간보다 훨씬 높았다. 하워드의 품이 더 따뜻한 건 당연한 일이었다.

"그럼 됐어."

하워드는 만족스러운 미소를 지었다. 고작 제 품이 더 따뜻하다는 사실에 만족을 해 버린 건지, 뭔지.

하워드는 크게 하품을 하며 "잠이 안 와."라고 불평했다. 그와 어울리지 않는 잠투정이었다.

"인간 이포 벨. 너에 대해서 얘기해 줘. 네가 딱히 궁금해서 물어보는 건 아니지만, 그냥 잠도 안 오고 심심해서."

"네. 좋아요."

"……너, 너무 순종적으로 대답하는 거 아니야?"

"저도 딱히 가르쳐 드리지 않을 이유가 없잖아요. 그리고 당신이 저에 대해서 조금 더 자세히 알게 된다면, 저를 더욱 오랫동안 기억하실지도 모르고."

"내가 널 계속해서 기억하기를 바라?"

"네."

"넌 정말로 이상해."

그러게요. 나는 작은 목소리로 대답하며, 나에 대해서 생각했다. 나는 누구이고, 어떤 삶을 살았던가.

그러자 지금까지 살아왔던 삶의 기억들이 내 눈앞에 스치고 지나갔다. 어떤 부분은 굉장히 선명했고, 어떤 부분은 굉장히 흐릿했다. 그 와중에 분명한 사실이 하나 있다면, 아윈과 관련된 내 기억은 지나칠 정도로 선명하다는 것이었다.

"저는 이포 벨, 열여덟이에요. 출생은 여기서 조금 먼 지방이죠. 태어날 때 세 개의 혈맥 중 하나가 없이 태어났어요. 그리고 제 혈맥 속에는 혈맥을 갉아먹는 벌레가 살고 있죠. 그 벌레는 혈맥을 갉아먹고 있고, 조만간 모두 갉아먹을 예정이에요. 혈맥이 모두 갉아 먹히면, 저는 꼼짝없이 죽겠죠."

"혈맥을 갉아먹는 벌레라. 키스 벌레인 건가."

그는 내가 가진 치명적인 결함을 알고 있는 것 같았다. 오백 년 동안 산 용다운 앎이라고 생각했다.

"맞아요. 지독할 정도로 로맨틱한 이름을 가진 벌레죠. 그리고 아시다시피, 저는 지금 아윈이라는 남자를 사랑하고 있어요. 이 년 동안 짝사랑했는데, 어쩌다 보니 그도 저를 좋아하게 됐어요. 그가 저를 좋아하는 건 있을 수 없는 일이라고 생각했는데……. 있죠, 하워드. 그거 알아요?"

"뭐?"

"서로의 마음이 맞고, 사랑에 빠지는 일은 기적 같은 일이라는 거."

"몰라. 그게 내 알 바인가."

과연, 사랑을 눈곱만치도 모르는 용다운 대답이었다. 나는 거기까지 말하고선 입을 다물었다. 아윈의 품을 생각하며 들었던 구슬픔이 더욱 짙어진 기분이었다.

"그런데 너……. 왜 울어? 기적이라고 했잖아."

나는 버릇처럼 눈가를 쓸었다. 손끝엔 시리고 차가운 것이 느껴졌다. 눈물이었다.

그 구슬픔은 기분으로만 그치지 않고선, 눈물까지 자아냈나 보다. 나는 대수롭지 않게 눈가를 비비적거렸다. 다행스럽게도 눈물은 딱 한 방울만 흘렸을 뿐이었다.

"아윈이 쓰러져서 깨어나지 못하고 있거든요. 협곡의 동굴에 있는 작자가 아윈의 소중한 것을 훔쳐 갔어요. 저는 그것을 되찾기 위해서 동굴로 가는 것이랍니다."

"그걸 되찾으면 아윈이라는 남자가 다시 깨어나는 거야?"

"그렇게 되리라고 믿고 있어요."

"확실하지 않다는 거구나."

확실하지 않지만, 나는 내 예감을 믿고 있었다. 두 번째 심장이 쓰러진 아윈을 깨울 열쇠라는 걸 믿어 의심치 않았다.

하워드는 붉은 입술을 최소한으로 벌려 짧은 말을 뱉어 냈다.

"심장."

그러나 그 짧은 말이 가져온 여파는 그 어떤 말보다도 컸다. 나는 또다시 크게 동요했다.

"아윈이라는 인간의 소중한 것이라는 건, 노만의 심장을 말하는 건가?"

"……."

나는 입을 조금 벌린 채로 대답을 하지 못했다.

하워드가 그 사실을 어떻게 알아차린 건지 가늠할 수 없을뿐더러, 그에게 어떤 대답을 해야 할지도 당최 모르겠다.

수긍을 한다면 하워드가 노할까 봐 염려되었고,(그것은 제 친구의 심장이었으니까) 거짓말을 한다면 그가 내 거짓말을 단번에 눈치챌 것 같았다.

"이봐, 인간 여자 이포 벨. 놀란 표정이 봐 줄 만하군. 내가 어떻게 알았는지 궁금한 거지? 그리고 네가 '그렇다'라고 대답했을 때, 혹여나 내가 아윈이라는 인간에게 위해를 가하는 게 아닐지 걱정하고 있을 테고."

할 말을 잃을 정도의 완벽한 간파였다. 입안은 절로 말라 갔고, 나는 마른침을 꼴깍 삼켰다. 노곤하기만 했던 몸이 단단히 얼어붙은 것 같았다.

"노만의 심장을 가진 인간을 어떻게 하고 싶은 건 아니야."

"……."

하워드는 내 이마 위를 검지로 꾹꾹 밀며 이어 말했다.

"위해를 가하지 않는다고."

알아들어? 하워드는 나를 비웃듯이 픽 웃었다. 나는 그제야 안심이 되었다.

"노만은 이미 죽은 용이야. 순리대로라면 그가 죽었을 때에 그의 심장도 사멸했어야 함이 옳았지. 하지만 그의 심장이 지금까지 살아 있다는 건, 그건 노만의 의지로 인해 비롯된 일이라는 거야. 용은 제 심장을 타인에게 넘겨줄 수 있는 마법을 쓸 수 있거든."

처음 알게 된 사실이었다. 지금까지 생각하지 못했던 일이기도 했고.

이제 와 생각해 보니, 죽은 용의 심장이 지금까지 살아 있다는 건 꽤나 의미 있는 일이었다. 허투루 일어난 일이 아니라는 거다.

주체는 실체를 잃었는데, 객체만이 홀로 살아 있다. 실로 기묘한 일이었다. 묘한 일이 일어났을 때엔, 그에 부합되는 합당한 이유가 있으리라.

하워드는 제 설명을 이어 갔다.

"노만의 심장은 아무나 가질 수 없는 것이고, 그것을 아원이라는 인간이 가지고 있었다는 건……. 노만의 뜻이었을 거야. 즉, 노만의 선택이고 결정일 테지. 그렇기 때문에 노만의 심장과 관련된 일을 내가 왈가왈부할 자격은 없어."

"……."

"그러니까 표정 좀 풀지 그래?"

나는 어렵사리 대답했다.

"그럼 아원이 노만의 심장을 계속 가지고 있어도, 당신은 신경 쓰지 않는다는 거죠? 막 심장을 다시 뺏거나……. 그런 일은 하지 않을 거죠?"

"넌 도대체 나를 얼마나 난폭한 용으로 생각하는 거야? 노만의 뜻을 구태여 거스를 생각은 없어. 그건 지나친 오지랖이니까."

"휴, 다행이다."

나는 어깨가 내려앉을 정도로 숨을 길게 내뱉으며, 하워드가 했던 말을 천천히 되뇌었다. 그러다 한 부분, 이해되지 않는 곳이 존재했다.

'노만의 심장은 아무나 가질 수 없는 것이고, 그것을 아윈이라는 인간이 가지고 있었다는 건……. 노만의 뜻이었을 거야.'

노만의 심장은 아무나 가질 수 없는 것이다― 그것은 마치 선택받은 누군가만이 그의 심장을 가질 수 있다는 말처럼 느껴졌다.

"하워드. 아까, 노만의 심장은 아무나 가질 수 없다고 했죠?"

"어. 노만은 몇 백 년을 산 용이라고. 제 심장을 함부로 굴리지 않아."

"그럼 그건 누가 가질 수 있는 거죠?"

"노만에게 허락된 자만이 가질 수 있어."

허락. 나는 그 허락이 무엇인지 구체적으로 알 수 없었다. 하지만 두 가지 정도의 사실은 꽤 정확하게 짐작할 수 있었다.

첫 번째, 아윈은 노만에게 '허락'이라는 것을 받았을 것이다.

물론 언제 어떻게 받았는지는 모르겠으나, 그가 허락을 받았다는 사실만은 확실했다. 그렇기에 아윈은 노만의 심장을 제 가슴 속에 품을 수 있었던 거라고.

그리고 두 번째, 달튼은 아윈의 두 번째 심장을 빼앗아 갔지만, 제 연인에 그 심장을 이식하지 못할 것이다.

달튼의 죽은 연인이 노만의 허락을 받았을 리가 만무했다. 달튼도 그렇지 않을까?

만에 하나 달튼과 노만 사이에 어떠한 접점이 있었다 할지라도,

허락을 받아야 할 당사자는 달튼의 죽은 연인, 즉 아라벨이어야만 했다. 그녀가 노만의 허락을 받았으리라고는 여겨지지 않았다.

그 순간 마음속엔 한 가지 감정만이 끓어올랐다. 그것의 이름은 희망이었다. 긴 잠에 빠진 아윈을 다시 깨울 수 있을 거라는 희망, 그리고 확신.

"이제야 안심한 건가. 표정이 풀어졌군. ……잠깐. 착각은 금물이야. 내가 네 표정이 풀어지기를 바랐다는 그런 착각."

하워드는 에둘러 말하며 제 진심을 숨겼다. 내 귀엔 그의 말이 '네 표정이 풀어지기를 바랐어.'쯤으로 들렸다.

"고마워요."

"나는 네가 고마워해야 할 일은 하지 않았는데?"

"그럼 제 감사 인사가 헛되지 않게 한 가지만 더 물어봐도 될까요? 대답해 주신다면 고마운 마음이 들 것 같아서요."

하워드는 어렵지 않다는 듯이 눈썹을 몇 번 들척거렸다. 어디 한 번 물어볼 테면 물어보라는 태도였다.

"노만의 뼈는 왜 마모되지 않게 유지하고 있는 거예요? 역시나 친구라서?"

"그건……. 흔적을 남기는 거야."

"흔적이요?"

"어."

하워드는 눈을 게슴츠레하게 뜨며, 무언가를 곰곰이 생각했다.

"내게 있어 노만은 뜻깊은 친우였어. 그래서 나는 그의 마지막 흔적을 지키고 있는 거야. 변함없는 노만의 뼈를 보며, 나는 그를 잊지 않고 기억해. 네가 누군가에게 네 이름이 기억되기를 바라는 것처럼."

그의 말이 이해가 가서, 나는 고개를 옅게 끄덕였다.

이미 죽어 뼈만 남은 노만은, 제가 하워드에게 기억되고 있다는 사실을 알고 있을까. 하워드를 기억해 줄 다른 용도 존재하는 걸까.

나는 하워드가 살아온 삶이 궁금해졌다. 그는 어떻게 그 긴 세월을 사랑 없이 살아왔으며, 그와 노만은 어떤 우정을 나누었으며, 노만이 죽던 순간 하워드가 무슨 생각을 했을지.

"이제 하워드 당신에 대해서도 말씀해 주세요. 당신은 왜 오백 년 동안 사랑을 하지 못한 건지. 그동안 무엇을 하고 살았던 건지."

"내가 왜?"

"싫어요?"

"그렇다면?"

"좋아요. 그러면 묻지 않을게요."

"……."

나는 쿨하게 듣는 것을 포기한다고 말했다. 사실을 털어놓자면, 포기한 것이 아니라 포기한 척을 한 것이었다.

지금까지 파악한 그의 성정을 고려해 보았을 때, 하워드는 제 진심을 반대로 혹은 에둘러 말할 때가 많았다. 지금도 마찬가지가 아닐까.

하워드는 제 사연을 털어놓기 싫다고 했지만, 그 말은 진심이 아닐 가능성이 다분하다고 여겨졌다.

쿨한 내 포기에 전전긍긍하게 될 쪽은 하워드일 것이다. 왜냐면 그는 사실 자신의 사연을 내게 털어놓고 싶을 테니까. 물론 내 추측이었다.

바라본 하워드의 표정이 이상해져 있었다. 표정 없던 그의 얼굴이 미세하게 구겨지고 있었던 것이다.

그는 심통이 난 얼굴로 나를 뚫어져라 바라보았다. 마치 다시 한 번만 더 물어봐 달라는 듯한 얼굴이었다.

나는 작게 실소를 터뜨렸다. 내 예상이 제대로 맞아떨어졌잖아. 나는 모르는 척, 그에게 재차 물음을 건네었다.

"아, 안 되겠어요. 포기하려고 했는데 엄청 궁금한 거 있죠. 말씀해 주지 않으실래요? 부탁드려요."

나는 안절부절못하며 말했다. 궁금해 죽겠다는 듯이. 그러자 찌푸려졌던 하워드의 얼굴이 눈에 띄게 밝아지고 있었다.

웬걸. 진짜로 내가 다시 물어봐 주기를 바랐네.

나는 연신 키득거렸다. 오백 년이나 산 주제에 표정 관리는 왜 그리 못하는 건지.

"네가 그렇게까지 원한다면야 한 번 얘기해 주지, 뭐."

그는 거만한 얼굴을 한 채로 제가 살아온 삶에 대해서 얘기하기 시작했다.

긴 이야기였다. 노만과 저 사이에 있었던 이야기. 어느 왕국의 왕이 되었던 이야기. 사는 게 지겨워 오랫동안 잠을 잔 이야기.

지루하지 않은 이야기였지만, 나는 나도 모르게 잠이 들었다. 아무래도 낮 동안에 계속해서 걸은 것이 꽤 무리였나 보다.

하워드의 목소리는 훌륭한 자장가가 되어 내 귓가에 오랫동안 맴돌았다. 잠에 완전히 빠져들기 전, 하워드의 뜨거운 손끝이 내 뺨에 머무는 게 느껴졌다.

그 손길이 대단히 부드러워, 근사한 꿈을 꿀 것 같은 기분이 들었다.

예감은 예감으로만 그치지 않았다. 정말로 꿈을 꾸었기 때문이다. 그 꿈은 잊힌 기억과 관련된 꿈이었다.

꿈속에선 누군가가 나를 감싸 안고 있었다. 몸집이 아주 크고 매끄러운 표면을 가진 누군가.

꿈이었음에도 불구하고 누군가의 체온이 선연히 느껴졌다. 맹렬한 체온이었다.

살아 있는 무언가. 체온이 높은 무언가.

'나는 곧 죽을 거야.'

그는 내게 메시지를 남겼다.

'그럼 내 심장을 네게 줄게.'

나는 그것이 약속이라고 생각했다. 의미가 있는 말은 소리가 되는 것만으로도 약속이 된다.

당신은 누구예요? 나는 그렇게 묻고 싶었지만, 꿈속 광경은 서서히 조각나고 있었다. 이내 꿈의 형상이 모두 조각나 작은 파편이 되었을 때, 나는 꿈에서 깨어났다.

꿈에서 깨자마자 처음 느낀 것은 코에서 흐르는 액체였다.

"……너, 콧물."

하워드는 내 콧물이 끔찍하다는 것처럼 안고 있던 나를 내팽개쳤다. 이로써 그에게 두 번째로 내팽개쳐진 셈이었다. 나는 그 사실을 대수로워하지 않으며 기지개를 길게 켰다.

주위는 밝아져 있었고, 하워드의 온기가 사라진 내 몸뚱이는 추왔다. 나는 제멋대로 흐르는 콧물을 닦으면서 아침 인사를 했다.

"하워드. 좋은 아침이에요."

지난밤, 하워드의 따뜻한 품에 안겨 잠들었음에도 불구하고 감기에 걸리다니. 죽을 날이 얼마 남지 않으니 이젠 면역력도 약해졌나 보다. 슬픈 사실이었다.

나는 계속 흘러내리는 콧물을 느끼며, 여전히 나를 끔찍하게 바라보고 있는 하워드에게 말했다.

"이건⋯⋯."

"이건?"

"코에서 흐르는 눈물이에요."

"⋯⋯."

하워드는 황당하다는 눈으로 나를 응시했다. 나는 어깨를 한번 들썩이며, 소매로 다시 콧물을 닦아 냈다. 콧물은 왜 닦아도 닦아도 또다시 흐르는 걸까.

"코에서 눈물이 흐르는 인간을 본 적이 있나요?"

"너⋯⋯. 도대체 뭐 하는 인간이야?"

하워드는 이전보다 더욱 커진 황당함을 여과 없이 드러내고 있었다. 그의 물음은 꽤 익숙한 물음이기도 했다. 어제도 똑같은 말을 들었던 것 같은데 말이지.

"아윈이 그렇게 말했거든요. 제 코에서 눈물이 흐른다고."

나는 누워 있던 몸을 일으켜, 흙이 묻은 드레스 자락을 손으로 대충 털어 냈다.

콧물이 조금 흐르기는 했지만, 몸은 어제보다도 훨씬 가벼워져 있었다. 이 정도의 몸 상태라면 절벽을 홀로 기어오를 수도 있을 것 같았다. 물론 절벽을 오르는 내내 콧물이 눈물처럼 흐르겠지만.

"감기를 낫게 하는 마법은 없나요?"

하워드는 툴툴거렸다.

"그딴 거 몰라. 인간의 질병 따위를 내가 알 게 뭐야."

하워드는 콧물 얘기는 그만하자는 듯이 앞서 걷기 시작했다. 나는 그의 뒤를 조용히 따랐다.

전방을 바라보자, 아침 햇살이 선명하게 비추는 협곡의 절벽이 보였다. 협곡과 연결된 가파른 지형만 하워드의 마법으로 지나친다면, 우리는 협곡에 도착할 것이었다.

협곡까지 간다면야, 동굴을 찾아가는 건 어렵지 않은 일이었다. 그 좁다란 길로 내려가면 금방이겠지.

어찌 된 영문인지 하워드가 노룡의 동굴까지 친히 데려다줄 것만 같은 기분이 들기도 했다. 내가 거기까지 생각했을 때, 앞서가던 하워드의 짜증스러운 목소리가 들렸다.

"인간. 콩콩거리지 마. 시끄러워 죽겠어."

그게 저도 그러고 싶은 게 아니라서. 나는 머쓱하게 웃으며 콩 하는 소리와 함께 콧물을 삼켜 냈다. 반항은 아니었다.

내 콧물 소리는 하워드의 기폭제가 되었다. 잘 걷던 그가 뒤돌아서서 내 앞까지 다가왔기 때문이다. 그는 내 콧잔등 위를 무심하게 툭 건드렸다. 그러자 줄줄 흐르던 콧물이 단번에 멎었다. 놀라운 일이었다.

"눈물이든 콧물이든 얼굴에서 흐르는 건 질색이야."

하워드가 내게 어떤 마법을 쓴 것 같았다. 이를테면 얼굴에 흐르는 무언가를 저지시키는 마법쯤이 되려나.

"당신은 어쩌면 상냥한 용일지도 모르겠어요."

"상냥? 퍽도. 대가 없는 베풂은 없어. 이로써 너는 내게 두 개의 빚을 지게 된 거야."

"그 빚, 다 갚고 죽어야 할 텐데."

두 가지 빚 중 하나는 협곡까지 마법으로 데려다주는 거겠고, 나머지 하나는 콧물을 멎게 해 주는 거였다.

한 달 안에 그 빚을 다 갚을 수 있을까. 어쩌면 내게 남은 날이 한 달보다 더 적어졌을지도 몰랐다.

"너— 절대 못 죽어. 내 빚, 다 갚기 전까지."

"……."

"내가 안 죽여."

나를 내려다보는 하워드의 푸른 눈동자가 무섭도록 진지했다. 내가 그 빚을 다 갚지 못하고 죽는다면, 죽은 나를 다시 살릴 법한 진지함이었다.

그런 식으로 삶을 연명하는 거……. 꽤 나쁘지 않은 것 같기도 하고. 심히 열없는 생각이었다.

"고마워요."

하워드는 침묵했다. 그는 그저 흘러내린 기다란 백발을 손으로 몇 차례 쓸어 넘겼을 뿐이었다.

"빚. 다 갚고 죽을게요."

내가 희미하게 미소를 짓자, 그는 헛기침을 하며 내게 제 팔을 내밀었다.

"기껏 콧물을 멎게 해 줬는데. 추워서 또 흘리게 되면 곤란하잖아."

그러니까, 어제처럼 팔짱을 끼자는 거지?

나는 키득거리며 그에게 팔짱을 꼈다. 하워드는 내가 팔짱을 끼기 무섭게 발을 놀렸다. 맞닿은 그의 체온은 어제처럼 뜨겁기만 했다.

그렇게 몇 걸음 걷지 않았을 무렵, 하워드가 작은 목소리로 나를 불렀다.

"이봐, 인간 이포 벨. 빚 하나는 탕감해 줄게."

그는 나를 쳐다보지도 않으며 말했다.

"왜요?"

"어젯밤에 노만 꿈을 꿨거든. 비록 꿈이었지만, 오랜만에 노만을 봐서 좋았어. 그건 네게서 나는 노만의 냄새 덕이었다고 생각해."

노만의 꿈이라. 어젯밤에 나도 꿈을 꾸었는데. 나는 꿈속에서 들었던 말을 상기했다.

'내 심장을 네게 줄게.'

내게 심장을 주겠다고 약속한 이는 누구였을까?

나는 하워드의 옆얼굴을 올려다보았다. 그는 여전히 앞만 본 채였지만, 나는 그의 옆얼굴에 걸린 미소를 볼 수 있었다. 그 미소는 아무런 상념이 없어 보이는 편안한 미소였다.

나는 그의 미소를 가만히 들여다보았다. 짜증을 내며 미간을 구긴 얼굴보다, 그는 웃는 얼굴이 훨씬 더 매력적인 남자, 아니, 용이었다.

제 친우가 죽은 뒤 홀로 남겨졌을 하워드. 나는 그를 보며, 내가 죽은 후에도 아윈이 나를 떠올리며 편안한 미소를 지을 수 있을까, 하는 생각이 들었다.

하워드는 숲길이 끝나는 지점에서 나를 가볍게 안아 들었다. 나를 안은 그의 손길은 의외로 부드러웠고, 나는 그의 목에 팔을 둘렀다. 이내 하워드는 하늘 위를 날기 시작했다.

우리는 험준한 지형을 순식간에 지나쳤고, 협곡의 초입도 지나쳤다. 그리고 다리가 떨릴 만큼 아찔했던 협곡의 좁은 길도 지나쳤다. 그 좁은 길에서 내가 떨어졌었다지, 아마.

나는 그때의 기억을 설핏 떠올리며, 몸을 잘게 떨었다. 용에게 안겨 안전하게 지나칠 수 있어서 다행이었다.

우리는 곧 협곡의 밑바닥까지 내려왔다. 그리 멀지 않은 곳에서 작은 물줄기 소리가 들리기도 했다.

하워드는 그제야 안고 있던 나를 내려 주었고, 나는 눈앞에 있는 것을 바라보았다. 일전에도 본 익숙한 것이었다.

깎아진 듯 날카로운 절벽 밑, 동그랗게 뚫린 커다란 공간 하나. 왠지 모를 음침한 기운마저도 느껴지는 어두운 입구.

노룡의 동굴. 드디어 이곳에 온 것이었다.

동굴의 외형은 예전에 본 그대로였다. 하긴, 고작 며칠 사이에 외형이 달라질 리는 없었다. 다시는 오고 싶지 않다고 생각했는데, 이렇게 와 버릴 줄이야. 나는 숨을 짧게 고르며 마음을 다잡았다.

제발 바라옵건대 아윈의 두 번째 심장이 무사하기를. 나는 어딘가에 있을 절대적인 존재에게 그렇게 빌며, 동굴 안으로 발을 내디뎠다.

동굴의 입구와는 상반되게 그 안은 저번처럼 어둡지 않았다. 왜냐면 제법 든든한 용이 내 뒤를 따랐기 때문이다.

하워드는 동굴에 들어서자마자 제 엄지와 중지를 가볍게 튕겨 냈다. 그러자 빛이 나는 동그란 공 같은 것들이 동굴의 벽면에 일자로 생겨났다.

그것들은 우리의 앞길을 충분히 밝혀 주었고,

　"이포 벨. 네가 넘어질까 봐, 불을 켜 준 건 아니고. 난 그저……
혹여나 네가 넘어져서 어딘가 부러지기라도 한다면, 그 뒤처리는
온전히 내 몫이니까."

　"……."

　"귀찮아서."

　하워드는 어쭙잖은 핑계를 대었을 따름이었다.

　나는 이런 쪽으로 눈치가 빨라서, 하워드의 심중을 냉큼 이해했다.

　'네가 넘어질까 봐 걱정돼서 불을 켜 줬어.'

　그 말이 그렇게 하기 힘들었던 걸까. 그가 좀 귀엽게 느껴졌다.
어쩌면 솔직하지 못한 그의 성격 탓에 무려 오백 년 동안이나 사랑
을 하지 못했던 것일지도 모르겠다.

　"너. 왜 나를 그런 눈으로 쳐다보는 거지?"

　"가엾은 하워드."

　"……."

　"언젠가 당신에게도 봄날이 올 거예요."

　하워드는 말을 말자는 말과 함께 고개를 내저었다.

　동굴 안은 매우 조용했다. 우리의 발소리를 제외한 다른 소리는
전혀 들리지 않았다. 너무 조용한 탓에 달튼이 벌써 다른 곳으로
이동을 한 것이 아닐까, 하는 생각이 들 정도였다.

　그러나 그 생각은 내 기우였다. 동굴의 깊은 곳까지 걸어가자,
누군가의 신형이 보였기 때문이다.

　동굴 바닥에 무릎을 꿇고 앉아 있는 어느 남자의 뒷모습이 낯설
지가 않다. 남자의 어깨 위로 나부끼는 금발까지 확인하자, 내 심

장이 조금씩 빨리 뛰기 시작했다.

나는 걸음에 속도를 가하여 남자와의 거리를 좁혔다. 그도 내 발소리를 들었음이 분명했지만, 그에게선 눈에 띄는 움직임은 없었다. 마치 굳어 버린 듯한 모습이었다.

나는 자세를 낮춘 다음, 축 처져 있던 그의 어깨에 손을 얹었다. 내 손끝이 닿은 그의 어깨에선 사람의 체온이 느껴지지 않았다.

차갑다. 하워드라는 용의 높은 체온에 익숙해졌기에 인간의 체온이 낮게 느껴지는 것인지, 실제로 그의 몸이 차가워진 것인지, 나는 혼란스러웠다.

나는 그의 이름을 나지막이 불렀다.

"달튼."

그는 대답하지도, 뒤를 돌아보지도 않았다. 나는 또다시 그를 불렀다. 목소리가 희미하게 떨리고 있었다.

"달튼. 제가 진심으로 화내기 전에 대답하는 게 좋을 거예요."

내 협박에 달튼의 얼굴이 그제야 조금씩 돌아가기 시작했다. 이윽고 그의 얼굴이 반쯤 뒤로 돌려졌다.

나는 그의 옆얼굴을 바라보았다. 눈썹 위를 웃도는 금빛 머리칼은 잔뜩 헝클어져 있었고, 나와 시선을 맞추지 못하는 그의 눈은 바닥만을 응시하고 있었다. 내리깔린 그의 긴 속눈썹이 옅게 떨렸다. 방탕자 달튼답지 않은, 흐트러진 모습이었다.

조금 벌어진 그의 입술 사이에선 작은 신음 소리가 새어 나왔다.

"당신…… 울어요?"

그것은 필시 우는 얼굴이었다. 매일같이 울었던 나였다. 우는 얼굴을 알아보는 건 타의 추종을 불허했다.

내 예상이 정확하게 맞아떨어졌는지, 달튼의 눈동자에서 눈물 한 줄기가 흘러내렸다. 억수 같은 눈물이 쏟아진 것은 아니었고, 그저 딱 한 줄기의 눈물이었다.

나는 그의 눈물의 이유를 대번에 헤아릴 수 없었다. 하나 몇 초가 지난 후에야 그 이유를 얼추 짐작할 수 있었다.

'그건 노만에게 허락된 자만이 가질 수 있어.'

노만의 허락이 있어야만 가질 수 있는 노만의 심장.

짐작했던 대로, 달튼은 제 연인에게 심장을 이식하는 일을 실패한 것이 아닐까.

울음을 토해 내던 달튼의 입술이 일그러진 것은 그때였다. 그의 입술은 작게 일그러지며, 울음기가 밴 목소리를 뱉어 냈다.

"……후회해."

후회해. 달튼은 무엇을 후회한다는 걸까.

나를 오랫동안 미끼로 삼은 것? 아윈의 두 번째 심장을 뺏은 것? 그것도 아니라면, 그가 행했던 모든 일들?

나는 달튼의 의중을 알 수 없었으나, 내 짐작은 더욱더 확실해지고 있었다. 그가 바랐던 일이 제대로 성사되지 않은 게 틀림없다고.

제 바람대로 일이 실현되었다면, 달튼이 처음 꺼낼 말은 적어도 '후회해.'는 아니었을 것이다. 그의 목소리에 담겨 있던 것은 짙은 회한뿐이었다.

바닥만을 올곧이 응시하던 달튼의 시선이 들리기 시작했다. 그는 제 몸을 완전히 비틀어 나와 마주하기도 했다. 큰 죄라도 지은 양 꿇어앉은 무릎은 여전했다.

달튼의 시선의 종착지는 내 눈동자였다. 달튼은 내 눈을 처음 본 것처럼 나를 생소하게 응시했다. 우리는 꽤 오랜만에 서로의 눈동자를 빤히 들여다보았다.

그의 오드아이는 초점이 흐려져 있었다. 항상 밝게 빛났던 눈동자였건만. 지금 그의 눈빛은 지독한 상념에서 벗어나지 못한 것처럼 보였다.

"달튼. 당신은 지금 무엇을 후회하고 있나요?"

나는 침착하게 물었다. 며칠 동안 이를 갈았던 상대에게 이토록 친절한 물음을 건넬 수 있을지 몰랐다. 그래서인지 맥이 빠졌다. 막상 마주한 달튼에게 화가 나지 않아서였다.

결국 원망이라는 건, 시간이 지나면 자연스럽게 희석되는 것이었다.

"……."

침묵으로 일관하던 달튼이 내 쪽으로 손을 뻗었다. 그는 내 어깨를 감싸 쥐며, 나를 끌어당겼다.

이내 가깝게 밀착된 그의 몸. 맞닿은 그의 몸도 차가웠다. 그것은 죽은 이의 체온을 떠올리게 하는 차가움이었다.

나는 오래전, 이제는 이름밖에 남지 않은 누군가의 장례식을 떠올렸다. 성당에서의 추모, 그리고 관에 누인 누군가의 뺨에 맞춘 마지막 인사. 그때 닿았던 죽은 이의 차가운 체온.

"이포 벨. 네가 나를 찾기 위해 이곳으로 올 줄 알았어."

그는 내 어깨에 제 얼굴을 완전히 묻은 채로 속삭였다. 내 목덜미에 닿은 그의 코끝 또한 차가웠다.

"나는 아무것도 할 수 없었어."

달튼은 고해하듯이 말했다.

"달튼 레이서스. 입은 삐뚤어졌어도 말은 똑바로 하라고 했어요.

당신은 당신이 하려고 했던 걸 모두 했잖아요."

물론 그 심장으로 아라벨을 살리지 못했을지도 모르지만. 나는 거기까지 말하지 않으며 입술을 다물었다. 그러곤 달튼을 밀어냈다. 그는 쉬이 떨어져 나갔다.

달튼은 고개를 조금 숙이며 기다란 한숨을 내쉬었다. 그것은 내가 본 그의 한숨 중에서 가장 시름이 깊어 보이는 것이었다.

달튼의 얼굴은 지독하게 건조해 보였다. 그간 제대로 잠을 자지도, 먹지도 못한 것인지 그의 얼굴에 윤기라고는 보이지 않았다.

아무것도 모르는 이가 본다면 그를 안쓰럽게 생각할지도 모르겠다. 하나 나는 아무것도 모르는 이가 아니었다. 화가 나지 않았다고 해서, 달튼을 위로해 주고 싶었던 것은 아니었다.

그를 달래 줄 생각은 일절 들지 않더라. 나는 그를 냉정한 시선으로 바라보았다.

"이포 벨. 내 뺨을 때리고, 내게 심한 말을 해 줘. 나는 욕을 들어도 마땅한 짓을 했으니까."

"그 말에 전적으로 동의해요. 하지만 그 전에 먼저 묻고 싶은 게 있어요."

"……."

"아원의 두 번째 심장은 어디에 있나요?"

달튼은 내 얼굴을 똑바로 쳐다보며 희미한 미소를 지었다. 그러고선 제가 한 말을 반복해서 말했다.

"나는 아무것도 할 수 없었어."

나는 얼굴을 고약하게 찌푸렸다. 달튼이 계속 이렇게 나온다면, 나는 결국 그의 뺨을 내리치고, 그에게 심한 말을 할지도 몰랐다.

달튼이 원한 대로.

"달튼."

나는 마지막 경고를 하듯이 그의 이름을 불렀다. 무겁게 가라앉은 내 목소리가 작게 메아리쳤다.

"이포. 나는 아라벨에게……."

달튼은 뒷말을 늘어뜨리며, 길게 심호흡을 했다. 그는 망설이는 빛을 띠었다. 제 솔직한 마음을 내게 털어놓을지, 그러지 않을지를 고민하는 듯했다.

그러다 고민이 끝난 듯, 마침내 제 말을 끝마쳤다.

"심장을 줄 수 없었어."

내 예상은 틀리지 않았다. 아윈의 두 번째 심장은 아직까지 무사한 거야. 나는 이제 당신을 긴 잠에서 깨울 수 있는 걸까.

나는 안도가 밴 숨을 자연스럽게 뱉어 냈다. 얼마 못 가 달튼의 입술이 다시금 열리며, 그는 자신의 진심을 토로하기 시작했다.

"몇 년 동안 매일 같이 생각했어. 아윈의 심장을 뺏고, 그걸로 아라벨을 살리자고. 살아난 아라벨은 예전처럼 나를 보며 웃어 주겠지. 그러곤 우리는 이전엔 논하지 못했던 미래에 대해 얘기하는 거야. 결혼은 언제 할까? 아이는 몇 명이나 낳을까?"

"……."

"그런데 막상 아윈의 심장을 뺏어서 노룡의 동굴로 오는 내내 나는……."

달튼의 오드아이가 간절한 빛을 띠며 나를 직시했다.

"나는 네 생각밖에 하지 않았어. 이포 벨."

그가 내 이름을 부름과 동시에 초점이 흐렸던 그의 오드아이가 선명해지기 시작했다. 그간 그를 뒤덮고 있었던 지독한 상념에서 벗어난 것처럼.

총기가 돌아와 반짝이는 그의 눈동자는 뭇 여자들을 설레게 만들었던 방탕자 달튼 레이서스의 눈동자였다.

"너는 잘 지낼까. 많이 놀랐겠지? 내게 실망을 한 건 아닐까? 이젠 나 같은 건 상대해주지 않을지도 몰라."

달튼은 내게 손을 뻗었다. 이내 그의 손끝이 내 뺨에 조금 닿았다.

"네 온기가 그리웠어. 너를 안고 싶다고 생각했어. 살아 있는 네 얼굴을 보고, 너와 얘기를 나누고 싶었어."

"……달튼."

"그런 생각도 들더라. 아윈의 두 번째 심장은 아라벨뿐만이 아니라, 너를 살릴 수도 있을 거라고. 그렇게 생각하니까 도무지 아라벨에게 그 심장을 줄 수가 없는 거야. 너를 살리고 싶었으니까. 그건 내 진심이었고……."

아니, 잠깐. 노만의 허락이 없었기 때문에 아라벨에게 심장을 줄 수 없었던 게 아니란 말이야?

나는 달튼이 주절거리는 말을 좀처럼 이해할 수 없었다. 그는 도대체 무슨 말이 하고 싶은 걸까.

거기까지 말한 달튼은 제 몸을 가늘게 떨었다. 그것은 눈물의 시작을 알리는 징조에 가까워 보였으나, 그의 눈동자는 건조했다. 그는 내게서 시선을 떼지 않으며 내 뺨을 완전히 그러잡았다.

"진심의 또 다른 이름이 사랑이라는 걸, 나는 뒤늦게 깨달아 버린 거야."

"……."

"너를 좋아해."

갑작스러운 달튼의 고백에 나는 할 말을 잃었다. 어떤 대답을 해 줘야 할지 정말 모르겠다.

방탕자로서 내뱉는 흔해 빠진 사랑 고백이 아닐까 싶었지만, '좋아해.'라는 말 속에 담긴 울림은 진심처럼 느껴졌다.

진심의 깊이가 깊었다. 내가 모진 말을 할 수 없을 정도로.

"이포 벨."

내 뺨에 머물던 그의 손이 미끄러지듯이 내려와 내 드레스 자락을 꽉 붙잡았다.

"너를 좋아해."

그는 앵무새처럼 같은 말을 반복했다. 터지듯이 흘러나온 진심을 부여잡을 여력이 없다는 듯이. 그렇게.

"하루 종일 네 생각만 나. 이런 나를 나조차도 통제할 수 없어. 넌 왜 아윈을 좋아해? 왜 그런 무심한 놈을 좋아하느냔 말이야. 넌 어째서 다른 여자들처럼 나를 좋아하지 않아? 그리고 넌……."

"……."

"넌 왜…… 죽어?"

달튼은 잡고 있던 내 드레스 자락을 놓아주고선, 피가 통하지 않을 정도로 주먹을 꽉 쥐었다. 그때 떠오른 것은 달튼이 꿈속에서 했던 말이었다.

'이걸 네게 주면, 그땐 내게 올래?'

아윈의 심장을 손에 쥔 달튼이 내게 했던 말. 나는 그 말이 곧 달튼의 입술 사이에서 흘러나올 것이라 직감했다.

"그 심장을 네게 주면, 그땐 내게 올래?"

똑같다. 꿈속에서 보았던 것과 한 치의 오차도 없다. 의미 없는 꿈은 없었다. 그 꿈은 내게 암묵적인 메시지를 남겼던 것이다.

다만, 꿈과 다른 점을 한 가지 꼽자면, 지금 그의 손바닥 위에는 아원의 심장이 없다는 점일 테다. 나는 그의 고백이 있은 뒤 처음으로 대답다운 대답을 해 주었다.

"달튼. 당신이 심장을 준다고 해도, 저는 당신에게 가지 않아요."

이전과 같은, 명백한 거절이었다.

대꾸는 달튼이 아닌 다른 이에게서 흘러나왔다. 다른 이의 정체는 우리의 재회를 잠자코 지켜보던 하워드였다.

"지루하기 짝이 없는 신파적인 고백이로군."

나는 고개를 돌려 우리의 뒤쪽에 서 있던 하워드를 응시했다. 파충류의 것을 연상하게 하는 그의 눈동자에는 그 어떤 감정도 띠어져 있지 않았다.

달튼이 내게 고백을 하든 눈물을 흘리든 심지어 그가 노만의 심장을 가지고 갔든, 그 모든 사실에 별다른 흥미가 없는 듯한 눈빛이었다.

심드렁해 보이는 하워드가 궁금해하는 것은 딱 하나였다. 그는 제 입술을 일그러뜨렸다.

"내가 묻고 싶은 것은 하나야. 인간 마법사야, 너는 노만의 마지막 흔적에 손을 대었나?"

고조 없는 단조로운 목소리였지만, 하워드의 목소리는 제법 위협적이게 들렸다. 사랑이라는 감정이 무엇이냐고 묻던, 솔직하지 못하게 내 걱정을 했던 그의 목소리와는 상반된 목소리였다.

'노만의 마지막 흔적, 즉 그의 뼈를 손상시켰다면 너를 가만두지

않아.'

내 귓가엔 하워드의 말이 그렇게 들렸다. 하워드는 달튼을 위협하고 있었다.

달튼은 시선을 내리깐 채로 고개를 좌우로 내저었다. 눈동자 위, 차양처럼 처진 그의 금빛 속눈썹은 여전히 가느다랗게 떨리고 있었다.

"그의 흔적에는 손대지 않았어요. 제게 필요한 것은 그것이 아니었으니까요."

달튼은 대수롭지 않게 대꾸했다. 나를 따라온 이가 누구인지 궁금하지 않다는 태도였다. 나를 좋아한다고 했던 주제에 나와 함께 온 남자에게는 심드렁하다, 라.

달튼이 하워드에게 무신경했던 이유는 하워드의 정체를 이미 눈치챘기 때문이 아닐까 싶었다. 하워드는 용이었고, 인간 남자가 아니었기에 제 연적이 될 수 없다고 인지했을지도.

달튼은 범인인 나와는 다른 대마법사였다. 그가 알려고 한다면 무엇이든 알아낼 수 있으리라.

나는 달튼이 했던 말을 곱씹었다.

'제게 필요한 것은 그것이 아니었으니까요.'

나는 그 말속에서 이상한 중의성을 느꼈다. 노만의 뼈가 제게 필요한 것이었다면, 그것에 손을 댔으리라고 말하는 것 같았다. 당장 필요하지 않았기 때문에 그대로 둔 것이라고.

그것은 아무나 느낄 수 있는 중의성이 아니었다. 달튼을 잘 아는 나만이 알아차릴 수 있는 특별한 감상이었다.

조금 들린 달튼의 시선 속, 그의 오드아이가 냉소적인 빛을 띠는 듯했다. 제가 원하는 것에 대해서는 냉혹한 마법사. 나는 그의 본성을 되뇌었다. 그러곤 하워드의 안색을 살폈다.

하워드의 얼굴에는 표정다운 표정은 없었다. 그는 종종 그랬듯 한쪽 눈썹을 추켜들었을 뿐이었다. 그가 달튼에게 진노하지 않아서 다행이었다.

아윈의 심장을 빼앗은 달튼이 뭐라고, 나는 왜 그를 걱정한 걸까. 사람은 죽을 때가 되면 마음이 약해진다던데, 나는 이런 식으로 내 죽음이 경각에 달했음을 새삼 통감했다.

하워드가 차가운 목소리로 한마디를 툭 내뱉은 것은 그때였다.

"내 눈으로 확인하기 전까지 아무것도 안 믿어."

그는 나와 눈을 한 번 맞춘 뒤, 제 모습을 흐릿하게 만들었고 이내 완전히 사라졌다. 아마도 마법을 이용해 노만의 마지막 자취가 있는 곳으로 이동한 것 같았다.

하워드가 사라진 동굴 안, 덩그러니 남겨진 달튼과 나 사이엔 짧은 침묵이 맴돌았다. 침묵을 깬 이는 달튼이었다.

"이포. 너는 오만한 용을 데려왔구나."

그는 여태 꿇어앉고 있던 무릎을 펴 자리에서 완전히 일어섰다. 달라진 시선의 높이에 따라 나는 그를 올려다보았다.

"달튼. 아윈의 심장은 어디에 있나요?"

내가 오만한 용을 데려왔든 그렇지 않든, 달튼에게 묻고 싶은 것은 여전했다.

아윈의 두 번째 심장. 곤히 잠든 그를 깨울 열쇠. 그리고 그것의 행방.

달튼은 엷은 미소를 지으며 물음을 건네었다.

"오는 길은 힘들지 않았어?"

"달튼 레이서스."

"……알겠어. 네 물음에 대한 답을 해 줄게."

"……."

"그의 심장은 아직까지 건재해."

아직까지. 나는 그 말이 자못 사무쳤다. '지금은 건재하나 추후엔 어떻게 될지도 모르겠다.'라는 의미가 담겨 있는 것 같아서.

"어디에 있어요?"

"여기로 오는 동안 무슨 생각을 했어?"

달튼은 다소 느린 동작으로 내 뺨에 손을 얹으려 했다. 나는 그의 손이 내게 닿기 전에 매섭게 쳐 냈다.

달튼은 아야야 하는 앓는 소리를 냈고, 나는 그를 노려보았다. 그가 고백한 여파로 마음이 잠깐 물렁해지기도 했지만, 그의 페이스에 계속 말려들 수는 없었다.

"이것만 대답해 주면 네가 궁금해하는 걸 알려 줄게."

"……."

"등가교환."

달튼은 사악해 보이는 미소를 지었다. 그 모습은 마치 간계를 꾸미는 악마의 모습과 하등 다를 게 없어 보였다.

나는 체념했다. 내가 제 물음에 대답해 주지 않는 한, 달튼은 내가 궁금해하는 것을 알려 주지 않을 것 같았다. 심지어 그의 뺨을 마구잡이로 때리더라도, 그는 내가 원하는 답을 내어 주지 않으리라.

"아원 생각을 했어요. 그의 심장을 찾을 수 없을까 봐 걱정했어요."

"내 생각은?"

나는 짜증이 섞인 투로 대답했다.

"전혀 하지 않았어요."

"아쉽다. 나는 네 생각만 했는데."

"저를 진심으로 좋아해요?"

"너를 진심으로 대하지 않은 적은 없었어."

너를 좋아하니까. 달튼은 성마른 숨을 토해 내며 제 마음을 토로했다. 웃지도, 그렇다고 해서 울지도 못하는 엉망진창인 얼굴로.

'좋아해.'

진심만이 느껴졌던 달튼의 고백은 이상하리만큼 달갑지 않았다.

생에 한 번 보기도 힘든 대단한 미남에게, 심지어 능력도 엄청 출중한 대마법사에게 고백을 받았는데, 이토록 아무렇지 않다니.

나와 달튼 사이를 오해하고 있던 케이티에게 이 기괴한 사실을 논하고 싶다는 실없는 생각이 언뜻 들었다.

그 순간 나는 떠나온 후작저가 조금 그리웠다.

"저는 아윈을 진심으로 좋아해요. 그 말고 다른 사람을 좋아할 수는 없어요."

그리고 아윈이 제일 그리웠다.

"……알고 있어."

달튼은 시무룩하게 대답했지만, 나는 그를 달래 주고 싶지 않았다.

"그래서 대답은요?"

"잘 숨겨 놨어. 오만한 용조차도 찾을 수 없는 곳에."

오만한 용에게 도움을 청할 생각은 일찌감치 버려둬. 내게 향한 달튼의 오드아이엔 그런 메시지가 서려 있었다. 달튼의 말은 이어졌다.

"내가 너희에게 실수를 했다고 생각해?"

나는 거침없이 대답했다.

"네."

달튼의 행동은 명명백백한 실수였다. 과거의 좋았던 관계로는 다시 돌아갈 수 없는 치명적인 실수.

"사람은 누구나 실수를 범해. 내가 제일 크게 실수를 한 일은 너를 향한 내 마음을 곧바로 인정하지 않은 일이야. 죽은 아라벨이 아닌 다른 여자를 좋아하는 일은 있어선 안 된다고 생각했어. 그게 사랑하는 아라벨을 위하는 일이라고 여겼으니까."

달튼의 말은 단호했다. 그 무엇도 거스를 수 없는 흐름을 가진 단호함. 그 단호함은 아윈을 향한 내 마음과 닮아 있었다.

반면 그의 눈빛은 단호하지 못했다. 그 눈빛엔 나를 사랑하게 된 사실을 진즉 받아들이지 못한 자신에 대한 회한이 담겨 있었다.

"하지만 지금은 그게 얼마나 미련스러웠던 일인지를 깨달았어. 아라벨을 내 마음대로 살려도 되는 건지도 잘 모르겠어. 그녀가 다시 살아나기를 바라지 않는다면? 그녀는 나 같은 건 진즉 잊고서, 그저 조용히 죽길 바랐다면? 그리고 제일 중요한 문제는……."

달튼은 잠깐 틈을 두었다가 덧대어 말했다.

"설령 아라벨이 다시 살아난다고 해도 그녀를 예전처럼 사랑할 자신이 없어, 내가."

"……."

"이포 벨. 나는 너를 사랑하게 되었으니까."

사랑을 논하는 달튼의 목소리는 세상에서 제일 달콤한 것이었다. 그러나 내게는 까닭 모를 소름이 오소소 돋았다. 냉기를 머금은 오싹한 소름이었다.

"그리고 이포. 너도 지금 실수를 한 거야."

너도 지금 실수를 한 거야. 달튼의 말은 메아리가 되어 짧게 울렸다.

실수? 내가 어떤 실수를 했다는 걸까.

나는 영문도 모른 채 긴장이 되었다. 무슨 일이 벌어질 것 같은 예감이 들었지만, 어떤 일이 벌어질지는 예측할 수 없었다.

내가 인지할 수 있는 사실은 딱 하나밖에 없었다. 내 주변에 지극히 해로운 기류가 감돌고 있다는 것.

"나는 네가 나를 찾기 위해 이곳으로 올 거라고 생각했어. 그리고 너는 내 생각대로 결국 이곳에 왔지. 그것도 엄청 무방비하게."

"……."

"넌……. 내가 어떤 사람인지 잊어버린 거야."

아니, 나는 달튼이 어떤 사람인지 누구보다도 잘 알고 있었다.

그는 자신의 목적을 달성하기 위해 나와 아원의 눈을 철저히 속인 자였다. 그는 속임수에 능통했고, 그 속내를 잘 알 수 없는 자이기도 했다.

그것은 지금도 다름이 없었다. 나는 달튼의 의중을 헤아릴 수 없었다. 아주 조금도.

달튼의 몸에서 뿜어져 나오는 아우라가 심상치 않았다. 그는 몹시도 흉흉한 기운을 풍기며, 내 본능에게 경고를 하고 있었다.

본능은 내게 속삭였다. 위험한 일이 일어날 거라고.

"네게 또다시 용서받지 못할 짓을 하게 될지도 몰라."

도망가야 해.

머릿속에선 경고를 뜻하는 말들이 공명했다.

"심장을 숨긴 곳으로 가자."

"……달튼."

"나는 더 이상 후회하고 싶지 않아."

예감은 곧 현실이 되었다.

달튼은 제 말을 끝냄과 동시에 내 이마 위로 손가락을 가볍게 튕겼다. 그의 손이 스쳐 지나가기 무섭게 온몸에 힘이 풀리는 듯한 기분이 들었다.

내 몸은 힘없이 휘청거렸고, 그와 동시에 정신이 흐릿해지기 시작했다. 정신을 잃어 가는 것을 막을 도리가 없었다. 달튼의 마법 때문임이 틀림없었다.

눈꺼풀이 완전히 덮이던 순간, 내가 마지막으로 본 것은 달튼의 미소였다. 섬세하게 빚어진 그의 입술은 부드러운 곡선을 그리고 있었다.

달튼 레이서스. 당신은 무엇을 기뻐하는 거야?

이윽고 완벽한 어둠이 찾아왔다.

정신을 잃은 나는 기묘한 꿈을 꾸게 되었다.

나는 꿈속의 전경을 확인했다.

이전에 꾸었던 꿈처럼 달튼과 아윈의 모습이 보일까 싶었지만, 내 시야에 맺힌 것은 녹음이 완연한 정원뿐이었다.

개미 새끼 하나 보이지 않는 적막한 정원. 줄기를 기다랗게 늘어뜨린 버드나무가 일직선으로 심어져 있는 정원. 지극히 생소하고 낯선 곳이었다.

정원을 살피던 내 시야에 '그것'이 보인 것은 그 순간이었다. 같은 날 심어진 듯, 키가 엇비슷한 버드나무들 사이로 모습이 다른 하나가 존재했다.

그것은 무슨 종인지 아직까지 확실히 알 수 없는 어린나무였다.

녀석은 다른 버드나무보다 크기가 작은 것은 물론이거니와 그 몸통이 뭇 나무들과는 다르게 묘한 흰빛을 띠고 있었다. 마치 대단한 불협화음처럼 보이기도 했다.

나는 그 묘목에게 다가가, 녀석의 몸통 쪽으로 손을 뻗었다. 손끝엔 어린나무의 까칠한 표면이 닿았다.

맞닿은 손끝 사이로 작은 진동이 전해져 왔다. 나는 그 진동의 정체가 무엇인지 단번에 알 수 있었다.

심장이 공명하는 소리다.

놀라운 일이 벌어진 것은 그때였다. 표면에 머물던 내 손이 나무의 몸통 속으로 빨려 들어가기 시작한 것이다.

몸통 속으로 들어간 내 손엔 여전히 누군가의 심장 울림이 전율했다. 꿈임에도 불구하고 그 진동이 선연하게만 느껴졌다.

거센 진동 속, 불현듯이 내 손에 무언가가 잡혔다. 무언가는 부드러운 질감을 가지고 있었고, 무엇보다도 따뜻했다.

나는 그것을 깨지기 쉬운 물건을 다루듯이 조심스럽게 쥐어 잡아 밖으로 빼내었다.

내 손은 나무의 몸통 속으로 빨려 들어갔을 때처럼 자연스럽게 밖으로 빠져나왔다. 이내 내 시야에 무언가의 정체가 보였다.

무언가는 붉은빛의 궤적을 가진 누군가의 심장이었다.

내 두 손바닥 위에 올려진 심장은 제 몸을 가느다랗게 떨며, 제가 건재함을 보여 주고 있었다.

너는 누구의 심장이니?

잠에서 깼을 땐 귓가에 가벼운 이명이 맴돌았다.

미간을 절로 찌푸리게 만드는 이명 사이로 내 손바닥엔 선명한 울림이 느껴졌다. 그 울림은 내가 꿈속에서 느꼈던 심장의 울림과 같은 것이었다.

나는 꿈에서 본 심장이 아원의 심장이라고 생각했다. 그 심장은 내게 어떤 신호를 보낸 것이다.

저를 찾아 달라고.

꿈에서 깨 정신은 차렸지만, 호흡은 온전치 못했다. 나는 공기를 들이쉬고 내쉬는 것을 잊은 듯이 가쁜 숨을 토해 냈다.

심장의 통증이 도진 것도 아니었건만, 숨을 제대로 쉴 수 없었다.

이마엔 언제 맺혔는지 모를 식은땀 한 줄기가 흘러내렸다. 나는 그것을 훔칠 생각도 하지 못한 채로 몸을 동그랗게 구부렸다.

주변을 살필 겨를은 없었으나, 침대에 누워 있다는 사실 정도는 헤아릴 수 있었다.

"……포. 이포 벨!"

어딘가에서 익숙한 목소리가 들려왔다. 이명의 여파로 그의 목소리가 내 귓전에 고스란히 전달되지 않았다. 하지만 나는 목소리의 주인이 누군지 알고 있었다.

"괜찮아?"

그는 다급한 걸음으로 침대 위까지 올라와, 내 상체를 조금 들어올렸다. 그러곤 망설임 없이 나를 제 품에 가두었다. 내 등을 헤매는 그의 손과 나를 향한 그의 목소리가 절박했다.

"숨이 잘 쉬어지지 않는 거야?"

나는 고개를 작게 끄덕였다. 안긴 그에게선 익숙하고 향기로운 냄새가 났다. 달튼의 천연 오가닉 비누 냄새.

"내가……. 내가 어떻게 해 줘야 할까?"

달튼은 호들갑스럽게 반응했다. 내가 가져야 할 죽음에 대한 불안함을 제가 다 짊어진 것처럼.

나는 띄엄띄엄 대답했다.

"이 정도로는…… 죽지 않아요."

아원을 다시 보기 전까지는 죽지 않을 거야. 나는 길게 심호흡을 했다.

"……."

달튼은 침묵하며 나를 더욱 꽉 끌어안았다. 상황을 이 지경으로 만든 달튼의 품에 안겨 있다는 사실이 정말로 마음에 들지 않았다.

하지만 감정적인 것과는 별개로 내게 닿은 달튼의 다정한 손길이 싫지 않았다. 가깝게 닿은 그의 몸은 뜨거웠고, 그 온기는 내 호흡을 안정시켜 주고 있었다.

인정하기 싫지만, 인정할 수밖에 없는 사실이었다. 내겐 누군가의 온기가 필요했던 거라고.

머지않아 호흡이 차분해졌고, 나는 어깨가 들썩거릴 정도로 호흡을 길게 내뱉었다.

"하."

"이제 괜찮아진 거야?"

"신경 쓰지 마세요."

나는 달튼을 밀어냈다. 그는 의외로 손쉽게 떨어져 나갔다. 그와 마주 앉게 된 침대 위, 달튼은 내게 손을 뻗었지만 내가 쳐내기도 전에 제 손을 갈무리했다.

달튼은 제 손을 허벅지 위에 올려 두고선 두 손을 꽉 말아 쥐었다. 그의 손등은 곧 하얗게 질렸다. 왠지 모를 망설임이 가득했던 그의 손짓은 방탕자답지 않은 것이었다.

"네 일인데 내가 어떻게 신경 쓰지 않을 수가 있어."

달튼은 고해하듯이 말했다.

"그럼 신경 쓰지 않도록 노력하세요."

"싫어."

그는 볼멘소리를 내었다. 사실 물음을 건넸을 때부터 그가 '알겠어.'라고 대답할 확률은 제로에 가깝다고 생각했다.

나를 신경 쓰지 않는 게, 그에게 쉬운 일이었다면 납치하듯이 나를 데려오지 않았을 테니까.

나는 그제야 내가 있는 곳을 살폈다. 가구가 몇 없는 큰 방이었는데, 처음 보는 방이었다.

방 안엔 내가 누워 있던 사이즈가 큰 침대, 갈색빛의 소파, 두꺼운 책들이 공격적으로 꽂힌 책장, 그리고 바닥에 깔린 보랏빛 카펫이 다였다.

적어도 이곳은 내가 정신을 잃기 전까지 있었던 동굴이 아니었다. 동굴을 떠올리자 그곳에 두고 온 하워드가 생각났다.

하워드는 갑자기 사라진 우리를 어떻게 생각했을까?

노만의 뼈에 흠집이 나지 않았음을 확인한 그는, 나 같은 건 곧바로 잊은 게 아닐까?

나는 바람 빠진 미소를 지었다. 그와의 인연이 너무도 가볍게 느껴졌기 때문이다. 하워드 쇼어, 내 이름을 기억해 준다고 했던 주제에.

"달튼. 여기는 어디예요?"

쩍쩍 갈라져서 흘러나온 목소리가 낯설었다. 분명 내 입술에서 새어 나왔지만, 내 목소리가 아닌 것 같은 기분.

"내 아지트. 마음에 들어?"

"아니요."

"세상에서 제일 맛있는 차를 마실래?"

마시고 싶기는 했지만, 나는 고개를 내저었다.

"아니요."

마시겠다고 했다간 달튼의 페이스에 또다시 말려들 것 같아서.

나는 뒤늦게 달튼의 얼굴을 제대로 바라보았다. 아름다웠던 그의 얼굴은 꽤나 상해 있었다.

수많은 여자들과 입 맞추었을 그의 붉은 입술은 보기 흉하게 갈라져 있었고, 윤기 나던 그의 하얀 피부는 푸석해 보였다. 처음으로 본 그의 초췌한 모습이었다. 힘들었던 걸까.

"네가 좋아하는 천연 오가닉 비누도 엄청 사 놨어."

그때 문득 그런 생각이 들었다.

나, 후작저에 내 관과 비누를 두고 왔지.

"네가 원한다면 더 좋은 것도 사 줄게."

"달튼."

나는 그의 이름을 조용히 불렀다. 쉴 새 없이 조잘거리던 달튼의 입술이 다물어졌다.

그의 눈꼬리가 가련하게 처지기 시작했다. 그는 내가 무슨 말을 내뱉을지 예상한 듯했다.

"도대체 제게 왜 이러는 거예요?"

"그건 내가 묻고 싶은 말이야."

"……."

"넌 왜 나를 이렇게 만든 거니?"

나를 왜 이렇게까지 못난 사람으로 만든 거니? 왜 내가 아라벨에게 심장을 주지 못하게 만든 거니? 그건 내 평생의 염원이었는데.

내게 오롯이 향한 달튼의 오드아이가 그렇게 묻고 있었다. 나는 아무런 말도 할 수 없었다.

달튼은 소리 없이 방을 나갔다. 방문이 닫히던 메마른 소리가 오랫동안 귓가에 맴돌았다.

방을 나간 달튼은 한참이 지나서도 돌아오지 않았다. 그래서 나는 방을 나가려고 했다. 하지만 문고리를 잡고 돌렸을 때, 문이 열리지 않았다.

문을 잠가 놨거나, 내 의지로는 나가지 못하게 마법을 걸어 놓은 것 같았다. 작은 스툴로 방문을 내리치기도 했는데, 방문은 꼼짝도 하지 않았다. 심지어 작은 스크래치도 나지 않았다.

나는 문을 여는 것을 쿨하게 포기했다. 마법으로 이루어진 일을 내가 어찌할 수 없었으니까. 그때 내 눈에 보인 것은 침대 위에 있던 큰 창문이었다.

유리로 된 커다란 창문엔 열 수 있는 계제가 있어 보였지만, 내 손으로는 절대 열지 못할 것이란 예감이 들었다. 하지만 밑져야 본 전이라는 생각으로 나는 침대 위로 기어 올라가 창문을 밀었다.

예감은 예감으로만 그치지 않았다. 창문은 조금도 열리지 않았다. 어쩔 수 없이 창밖의 전경만 바라보던 순간, 나는 화들짝 놀라고야 말았다.

"......!"

창밖 전경은 놀랍게도 내가 꿈에서 보았던 것과 똑같았다.

정원엔 일직선으로 나란하게 심어진 커다란 버드나무들이 존재했다. 겨울이라는 계절감을 잊은 것인지 그들의 잎은 죄다 푸르기만 했다.

그리고 녹음이 짙은 버드나무 사이로 유독 눈에 띄는 불협화음 같은 존재도 보였다.

몸통이 희게 질린 어린나무가 그 장본인이었다. 내 시선은 그 묘목에 고정되었다.

'심장을 숨긴 곳으로 가자.'

달튼의 말은 거짓이 아니었다. 그는 저 어린나무의 몸통 속에 심장을 숨겨 놓은 것이다. 틀림없다.

의미 없는 꿈은 없었다. 내 꿈속에 어린나무가 나왔고 그것이 현실에도 존재한다면, 그 꿈은 어떤 메시지를 포함하고 있는 것이리라.

아마도 매우 중요한 그런 메시지를. 절대 잊어선 안 될 그런 메시지를.

나는 달튼을 기다렸다. 이 방을 나가기 위해선 그가 꼭 필요하다고 여겼기 때문이다.

오늘 안에 달튼이 돌아오지 않을까 염려했지만, 걱정이 무색하게 그는 다시 돌아왔다. 방으로 들어온 그의 손엔 웬 쟁반이 들려 있었다.

"세상에서 제일 맛있는 차와 세상에서 제일 맛있는 수프야."

"……."

"요즘 제대로 못 먹었지? 너 완전 해쓱해."

달튼은 다정함이라는 무기를 장착한 채로 침대에 걸터앉았다. 나는 침대 헤드에 등을 기대고 앉아, 그를 물끄러미 들여다보았다.

"이포 벨?"

달튼은 대꾸하지 않는 내게서 어떤 불안함을 느낀 듯했다. 나는 그를 계속해서 응시만 했다. 그리고 생각했다. 이 상황을 어떻게 타개해야 좋을까, 라고.

나는 살날이 얼마 남지 않은 시한부였고, 잠든 아원은 추후에 어떻게 될지 몰랐다.

그러니까 내 말은 그런 거다. 지금의 아원은 그저 잠든 것처럼 보이기는 하나 훗날엔 그의 상태가 악화될 수도 있다는 거다.

열 살배기 아이처럼 행동하는 달튼을 짧은 시간 내에 어떻게 잘 구워삶아야 우리 모두가 긍정적인 결론에 도달할 수 있는 걸까.

달튼을 원망하는 마음은 변하지 않았다. 하지만 내게는 그를 제대로 원망할 시간조차 주어지지 않았음을 알고 있었다.

나는 달튼이 내민 수프를 먹기 시작했다. 실제로 배가 고프기도 했고, 구태여 세상에서 제일 맛있는 수프를 거절할 이유도 없었다.

일단은 달튼이 원하는 대로 해 주며 그를 구슬려 보자.

접시의 밑바닥은 금세 드러났다. 나는 입가심으로 세상에서 제일 맛있는 차까지 마신 뒤에 달튼을 바라보았다. 그는 내가 먹는 모습을 하나도 빠뜨리지 않고 지켜보고 있었다.

"이포 벨. 나는 네 마음을 갖고 싶어."

그리고 또다시 고백했다. 그전의 고백보다도 더욱 절실해진 고백이었다.

"살아 있는 사람을 목숨 바쳐 사랑할 수 있는 네 진심이, 시한부임에도 사랑을 꿈꿀 수 있는 네 마음이, 나는 너무 갖고 싶어. 너를 만나기 전의 나는…… 과거에만 머물며 지나간 기억만을 붙들고 살았으니까."

"……."

"미련스러운 행보였지."

달튼은 자조하듯이 픽 웃었다.

나는 오래전 달튼이 내게 했던 말을 떠올렸다.

'내가 사랑하는 사람을 잊지 못하는 것은 그녀를 여전히 사랑하기 때문일까. 아니면 내 미련 때문일까.'

그때의 그는 확답을 내리지 못했었다. 하나 지금의 그는 그 질문에 대한 확답을 내린 듯했다.

달튼은, 지나간 기억들을 붙들고 있었던 자기 자신이 미련스러웠다고 일컫고 있었다.

"달튼. 저는 한 달……. 아니, 이제 한 달도 남지 않은 시간 뒤에 죽을 거예요. 제가 죽는다면, 당신은 또다시 과거에만 머물게 될 거라고요. 과거에 머무는 일이 얼마나 미련스러운 일인지 깨달았 잖아요."

"그래."

"또 그런 일을 되풀이할 거예요? 지금이라도 늦지 않았으니 저를 보내 주세요. 그리고 잠든 아윈을 깨워 주세요."

나는 이로써 그의 고백을 또다시 거절한 셈이었다. 그것도 매번 같은 단어들의 조합으로서 말이다.

"왜 네 생이 한 달도 남지 않았다는 거야? 내겐 살아 있는 심장이 있어."

"그건 아윈의 심장이잖아요. 저는 그걸 가질 수 없어요. 설령 제 가 죽게 되더라도 그 심장은 제 주인을 찾아가야 한다는 말이에요. 그리고."

그리고 노만의 심장은 노만에게 허락된 자만이 지닐 수 있었다. 하워드가 그랬지 않던가.

나는 그 사실을 달튼에게 곧이곧대로 털어놔도 되는지 아닌지를 잠깐 고민했다.

"그리고?"

짧은 고민 뒤에 내린 결론은 털어놓자였다. 이제 와 숨길 이유는 없었다.

"그 심장은 노만에게 허락된 자만이 취할 수 있는 심장이라고 해 요. 저는 노만과의 접점이 없어요. 즉 저는 그 심장을 절대로 가질 수 없다는 거죠."

나는 달튼이 충격을 받을 거라고 생각했다. 동굴에서 들었던 달튼의 말을 떠올려 보았을 때, 그는 나를 좋아하게 되어서 노만의 심장을 차마 아라벨에게 줄 수 없었다고 했었다.

그 심장은 죽은 아라벨뿐만이 아니라, 곧 사멸할 내 심장을 대신해 줄 수 있는 것이기도 했으니까.

그렇기에 달튼은 아라벨에게 심장을 이식할 시도조차 하지 않았을 것이다. 아라벨에게 심장을 이식하려는 시도를 했었다면 모를까. 아무것도 시도해 보지 않은 그가, 노만의 심장에 서린 비밀을 알 리가 만무했다.

"이포 벨."

이어진 달튼의 대답은 내 예상을 뒤집는 것이었다.

"내가 그 사실을 몰랐을 거라고 생각해?"

"알고…… 계셨어요?"

결론적으로 충격을 받은 쪽은 나였다. 머릿속엔 오류라는 단어가 연신 떠다녔다.

가정이 잘못되었다. 달튼은 노만의 심장에 얽힌 비밀을 이미 알고 있었다. 그는 그 비밀을 알고도 뻔뻔스럽게 내게 그 심장을 취하라고 말하고 있었다. 마치 나에게도 노만의 심장을 받을 자격이 있다는 것처럼.

그 말은 새로운 가정을 불러일으켰다. 내게는 노만과의 접점이 있었고, 나는 그에게서 그의 심장을 허락받았다고.

"말도 안 돼요."

"왜 말이 안 된다는 건데?"

"말이 안 되는 말을 하셨으니까, 말도 안 된다는 거예요."

"이포. 네가 말도 안 된다고 생각한 사실이 정확하게 뭔데?"

나는 침묵했다. 그러자 달튼의 손이 슬금슬금 내게로 뻗어졌다. 그는 제 손을 내 손등 부근까지 가져다 대었다. 여전히 망설임이 가득한 손짓이었다.

"첫 번째, 내가 노만의 심장에 서린 비밀을 일찌감치 알고 있었다는 사실."

그는 차마 내 손을 완전히 부여잡지 못하고, 내 손등 위를 손끝으로 몇 번 두드렸다. 어떤 암호라도 보내듯이.

"그리고 두 번째, 내가 그 비밀을 앎에도 불구하고 네게 그 심장을 주려고 한다는 사실."

달튼의 오드아이는 거의 깜빡이지도 않으며 나를 올곧게 응시했다.

두 가지 가설을 내놓으며 의문을 표했지만, 그는 이미 그 답이 무엇인지 알고 있는 듯한 눈빛이었다. 내가 왜 말도 안 된다고 했는지에 대해서.

"궁금해?"

달튼은 붉은 혀를 끄집어내어 입술 위를 핥았다. 유혹의 기운이 다분한 동작이었다. 조금 벌어진 그의 입술은 내게 속삭이고 있었다.

'어서 궁금하다고 말해.'

어쩐지 머리가 지끈거리는 기분이 들었다. 버릇처럼 한숨을 내쉬던 도중 그런 생각이 들었다. 달튼은 언제부터 나를 좋아하게 된 걸까?

나는, 서로에게 특별한 감정이 없었던 그 시절을 잠깐 떠올렸다. 그리 멀지 않은 과거였다. 나를 향한 그의 감정이 발현하게 된 시발점은 무엇이었을까?

나로선 답을 내릴 수 없는 의문들이 내 머릿속을 지배했다. 여러 의문들 중, 나는 지금 당장 답을 알 수 있는 의문을 해결하고자 마음먹었다.

"궁금해요."

당신이 알고 있는 사실이 궁금해.

"제가 노만의 심장을 가질 자격이 있다는 말씀이세요?"

달튼은 빙그레 미소 지었다.

"그냥 알려 주면 너무 재미없는데. 그치."

"당신은 원래부터 재미가 없었어요. 고루할 정도로 구식인 방법으로 저를 납치한 것부터가 완전 재미없다고요."

농담이 아니라 진심이었다. 좋아하는 상대가 고백을 받아 주지 않자 기절시킨 채로 납치를 하다니.

"심지어 감금까지 하고 있잖아요."

나는 내 의지로는 열리지 않았던 방문을 흘긋거렸다. 그러자 달튼이 작게 키득거렸다. 오랜만에 듣는 그의 웃음소리였다.

"내가 심했다고 생각해?"

"아니라고 한다면 거짓말이겠죠."

"그럼 내가 더 심한 짓을 하면, 앞서 했던 심한 짓은 상쇄가 되는 걸까?"

"또 무슨 일을 벌일 생……."

또 무슨 일을 벌일 생각이냐고 묻고 싶었다. 하지만 내 말은 구두점을 찍지 못했다. 달튼이 내게 달려들어 입을 맞추었기 때문이다.

나는 급하게 고개를 비틀었지만, 달튼은 그것이 마음에 들지 않다는 듯이 내 양 뺨을 제 손으로 움켜잡았다.

그는 초조하고 조급하게 내 입술을 더듬었고, 그의 키스는 거칠기만 했다. 늘 부드럽고 다정하게 입을 맞춰 오던 달튼이었건만.

달튼은 이내 내 위로 완전히 올라와 나를 밀어붙였다. 침대 헤드에 등을 기대고 있던 터라, 내가 물러설 곳은 어디에도 없었다.

나를 제 품 안에 완전히 가두고 나서야, 달튼이 내 뺨을 놓아 주었다. 아마 그도 내게 도망칠 구석이 없다는 걸 눈치챈 듯했다.

그리고 그 순간 알겠더라. 달튼은 제가 알고 있는 사실을 내게 쉬이 털어놓지 않으리라는 것을. 이를테면 노만과 나 사이의 접점이라든지, 내가 모르는 노만의 심장과 관련된 사실이라든지.

솔직히 매우 궁금하기는 했지만 그런 사실들을 알아내지 못해도 괜찮았다.

노만과 내가 접점이 있든 그래서 내가 그의 심장을 가질 수 있든, 심지어 내가 무병장수하며 살 수 있든, 그런 것들은 아무래도 상관이 없었다.

내게 있어 가장 중요한 것은 아윈이 긴 잠에서 깨어나는 것이기 때문이다.

그래도 딱 하나만 욕심을 부리자면, 내 이름을 부르는 아윈의 황홀한 목소리가 듣고 싶었다.

'이포 벨.'

내가 죽기 전에, 나는 그 목소리를 다시금 현실감 있게 듣고 싶었을 따름이었다. 설령 그 목소리에 청승맞은 눈물이 흐를지라도. 그렇더라도 나는 살아 있는 그의 목소리가 그리웠다.

거기까지 생각하자, 나는 이제부터 내가 어떻게 행동해야 할지

감을 잡을 수 있었다.

나는 어떤 확신이 생기자마자 달튼의 입술을 깨물었다. 달튼은 앓는 소리와 함께 내게서 떨어져 나갔다.

가깝게 마주한 달튼의 얼굴 속, 흉하게 갈라져 있던 그의 입술엔 붉은 피가 조금 맺혀 있었다. 꽤 세게 물었는가 싶다. 하지만 사과하고 싶은 생각은 들지 않았다.

나는 숨을 몰아쉬며, 그의 오드아이를 바라보았다. 우리는 아무 말 없이 서로의 눈을 가만히 응시했다.

달튼의 눈동자는 미세하게 떨리고 있었다. 떨리는 그의 동공이 의미하는 바는 한 가지였다. 후회.

"……미안해. 그러려고 그런 건 아니었어."

달튼은 내 위에 올라타 있던 몸을 뒤로 물리며 말했다. 미안함이 그득한 목소리였다. 나는 내 입술에 남은 달튼의 타액을 소매로 닦아 내며 대답했다.

"달튼. 방금 건…… 당신답지 않은 키스였어요. 마지막으로 한 번만 더 물을게요. 당신은 왜 이렇게까지 하는 거예요?"

그렇게 묻기는 했지만, 돌아올 대답을 예상할 수 있었다. 나를 좋아하기 때문이라고 대답하겠지.

"너를 사랑하니까."

과연. 그의 대답은 내 예상대로였다. 그러나 달튼의 고백에 배인 간절함의 농도는 시간이 지날수록 짙어지고 있었다. 외면하려야 외면할 수 없을 정도로.

달튼은 고개를 떨구었다. 강압적인 키스를 한 주제에 그는 무언가를 두려워하고 있었다.

나는 달튼의 얼굴을 보고 싶었으나, 길어 버린 그의 앞머리에 가려 그의 얼굴이 잘 보이지 않았다. 내게 보이는 거라곤 작게 떨리는 그의 어깨밖에 없었다.

그는 내가 제 사랑을 받아 주지 않을 거라는 사실을 두려워하는 걸까. 그게 아니라면, 사랑하는 이를 또다시 일찍 보내야 할 현실을 두려워하는 걸까.

나는 그가 진정 두려워하는 것이 무엇인지 궁금했다.

"방탕자 달튼 레이서스."

나는 달튼의 풀 네임을 부르며, 애처롭게 떨리고 있는 그의 어깨에 손을 뻗었다. 내 손이 닿자마자 그의 떨림이 사그라지기 시작했다.

나는 그를 내 쪽으로 끌어당겼다. 그는 일말의 저항도 없이 내게 안겼다. 품에 안긴 달튼은 내 행동이 굉장히 의문스러웠던지 몇 차례 작게 움찔거렸다.

하긴, 계속해서 짜증을 내며 그의 고백을 받아 주지 않았던 나였으니까. 그의 움찔거림이 당연한 것이라 여겨졌다.

당연히 이유 없는 포옹이 아니었다. 나는 그의 등을 부드럽게 어루만지며 물었다.

"저를 원해요?"

"응."

내 가슴께엔 달튼이 내쉬는 뜨거운 숨결이 느껴졌다.

"제가 당신을 사랑하게 된다면, 아윈에게 심장을 돌려줄 거예요?"

"아니. 그러면 네가…… 죽잖아."

"달튼. 당신이 제 사랑을 바란다면 아윈에게 그 심장을 돌려주세요. 그렇게 해 주신다면, 살아 있는 동안 당신을 사랑하려고 노력할게요."

달튼은 무슨 말을 하느냐는 듯이 되물었다.

"……뭐?"

"진심으로. 온 마음을 담아서 사랑할게요."

"……."

"등가교환."

나는 동굴에서 달튼이 했던 말을 따라 했다. 등가교환.

아윈의 심장을 받아 내려면 이 방법밖에 없다고 생각했다. 달튼에게는 그가 원하는 내 사랑을 주고, 등가교환의 법칙에 따라 나는 내가 원하는 아윈의 심장을 돌려받는다.

노력은 하겠지만, 솔직히 내가 달튼을 사랑할 수 있을지는 미지수였다. 하지만 다른 방법은 떠올릴 수 없었다. 채 한 달도 남지 않은 짧은 시간 안에 달튼의 마음을 회유시킬 방법이랄 게…….

달튼은 대꾸하지 않았다. 그는 침묵으로 일관하며 내 가슴에 제 얼굴을 더욱 깊숙이 파묻었을 뿐이다.

나는 그의 머리카락을 부드럽게 쓰다듬었다. 그러곤 그에게 닥칠 현실을 가감 없이 알려 주었다.

"그리고 제가 죽으면 당신은 또다시 과거에만 머물며, 지나간 기억만을 붙들고 사는 거예요. 당신이 다른 사람을 사랑하게 될 때까지."

그것은 지난 몇 년간 죽은 아라벨을 미련스럽게 붙잡고 있었던 달튼에게 있어 저주에 가까운 말이었다.

나는 달튼에게 진심으로 묻고 싶었다. 당신은 똑같은 일을 되풀이할 수 있느냐고. 혼자 남겨진 시간 속에서 고독과 함께 발맞추며 거닐 수 있겠느냐고.

침묵은 길어졌다. 그는 내가 제안한 등가교환을 받아들일지, 아닐지 신중하게 고민하는 듯했다. 나는 그가 먼저 말을 꺼낼 때까지 참을성 있게 기다려 주었다.

이윽고 고민이 끝난 달튼이 무겁게 입술을 떼어 냈다.

"생각해 볼게."

그것은 긍정도 부정도 아닌 애매한 말이었다.

"얼마나요?"

"그렇게 오래 걸리지 않을 거야."

"좋아요. 그리고 이 방에서도 나가고 싶어요. 도망치지 않을게요."

이 방을 나갈 수 있게 된다면 도망치고 싶은 마음이 굴뚝같아지겠지만, 나는 그보다도 몸통이 흰 묘목과 마주해 보고 싶었다.

정원에 실제로 존재하던 그 묘목. 꿈이 아닌 현실 속에서도 그 몸통 속에 노만의 심장이 들어있는지. 달튼의 말처럼 그 심장이 아직까지는 건재한 건지. 일련의 사항들을 내 눈으로, 내 손으로 직접 확인하고 싶었다.

물론 내 진짜 의도를 달튼에게 말해 줄 의사는 전혀 없었다. 달튼은 또다시 한동안 고민했다. 그는 나와 관련된 일들을 조심스럽게 대하고 있었다.

"안 돼. 그래선 안 된다는 예감이 들어. 대마법사로서의 내 감은 꽤 정확한 편이라서."

그는 거절의 의사를 명확히 밝혔다. 나는 조금 비아냥거렸다.

"애석하네요. 이번엔 그 감이 틀릴 예정이라서."

"상관없어. 그래도 안 되는 건 안 되는 거야."

비아냥거림도 안 먹히네.

나는 미간을 찌푸리기에 이른다. 도대체가 마음대로 되는 일이 하나도 없었다.

"미안해. 내게 시간을 조금만 더 줘. 너에게 남은 시간이 얼마 없다는 걸 알아. 정말 오래 걸리지 않을 거야. 약속해."

제가 당신을 어떻게 믿을 수 있나요? 저를 속인 게 한두 번이 아닌데. 그렇게 대꾸하고 싶은 걸 간신히 참아 냈다. 소모적인 말다툼은 더 이상 하고 싶지 않았다.

"……네. 알겠어요."

어쩌면 지쳤는지도 모르겠다. 여러 일들이 내가 수용할 수 있는 여유를 주지 않으며 연거푸 일어나고 있었다. 지치지 않는 것이 더 이상한 일이었다.

달튼은 내 가슴에 기대고 있던 고개를 들어 올려, 내 안색을 꼼꼼히 살폈다. 그의 손은 더듬더듬 다가와 내 손을 가볍게 부여잡았다.

"이포. 이 사실 하나만은 확실히 알아줘."

"뭐요?"

"너를 이런 식으로 가두고 있는 건 나에게도 고통스러운 일이야."

"당신은 왜 스스로를 고통스럽게 만들고 있나요?"

나는 이 납치극의 말로를 어림짐작할 수 있었다.

'우리 모두가 파국을 맞게 될 거야. 당신도 나도.'

무수히 부딪히는 시선 속, 나는 그에게 묻고 싶었다.

'달튼, 당신은 정말로 그렇게 되기를 원하는 거야?'

그는 대답하는 것처럼 내 입술에 제 입술을 맞대었다.

'이제 와 돌이킬 수는 없어.'

달튼은 조금 전에 했던 강압적인 키스와는 상반된 부드러운 키스를 했다. 그는 의도적으로 내 아랫입술을 지분거리며 꾹 닫힌 내 입술을 열리게 만들었다.

이내 내가 입술을 조금 열어 버리자, 열린 틈 사이로 그의 매끈한 혀가 들어왔다. 달튼의 혀는 제 성이 풀릴 때까지 내 입안을 멋대로 휘저었다.

키스는 달튼이 물러남으로써 끝이 났다. 그는 입술을 천천히 떼어 내며 침대에서 조용히 내려갔다. 그러곤 뒤 한번 돌아보지 않고선 방을 나섰다.

달튼으로 인해 방문이 열리고 복도가 조금 보이던 순간, 나는 그를 밀치고 이 방을 탈출할까 싶기도 했다.

하나 이곳을 나간다고 해서, 이 저택까지도 벗어날 수 있으리라 여겨지지 않았다. 머리 세 개 달린 개가 현관 앞을 지키고 있을지도 모를 일이었다.

내가 이 저택을 나가기 위해선, 달튼의 허락이 있어야 함이 분명했다.

누군가를 좋아하는 마음은 어디에서 비롯되는 걸까.

나는 죽음을 목전에 두었음에도 불구하고 아원을 살릴 궁리만 하고 있었고, 달튼은 죽은 제 연인을 살리는 것을 포기하고선 나를 살리겠다고 했다.

우리는 누군가를 사랑했기 때문에 다른 하나의 희생을 감내한 것이다. 그런 면에서 나와 달튼은 참으로 닮아 있었다.

반면 달튼이 나를 사랑하지 않았다면 지금쯤 어떻게 되었을까 싶기도 했다.

　나만 아는 비밀이라고 생각했던 노만의 심장에 서린 비밀(노만의 허락을 받은 자만이 그의 심장을 취할 수 있다는 사실)을 달튼은 진즉 알고 있었다.

　그럼에도 불구하고 달튼이 노만의 심장을 빼앗아 갔다는 건, 죽은 용에게서 허락을 받을 수 있는 방법이나, 허락 없이도 그 심장을 취할 수 있는 방법을 알고 있었음이 분명했다.

　만약 그가 나를 사랑하지 않았다면, 달튼은 아라벨에게 노만의 심장을 이식하고, 그녀를 살렸을지도 몰랐다. 내가 협곡으로 오기 전에.

　거기까지 생각하자 간담이 서늘해졌다. 달튼이 나를 사랑하게 되었기에, 내게 잠든 아윈을 깨울 기회가 생긴 거니까.

　달튼이 나를 사랑하지 않았다면, 아윈은 영원히 깨어나지 못했을 수도 있었다. 아이러니한 사실이었다.

　주위는 돌이킬 수 없을 정도로 어두워졌다. 그가 예고 없이 방으로 들어선 것은 그때였다.

　조용한 사위 속에서 문이 열리는 소리가 작게 울렸다. 나는 침대에 누워 있던 몸을 일으키지 않은 채로 눈동자만 굴렸다.

　"결정했어."

　이 방엔 시계가 없어서 시간이 얼마나 흘렀는지는 잘 모르겠다.

하지만 낮과 밤의 경계인 시간쯤에 그가 나갔었고, 그는 깊은 밤이
되어서야 돌아왔다.

이만하면 빠른 결정이 아닌가 싶었다. 결정을 지체시키지 않겠다
고 제가 약속한 대로.

달튼은 비척비척 걸어와 침대로 자연스럽게 올라왔다. 그는 내가
덮고 있던 이불을 들어 올려 그 속으로 들어왔다. 그러곤 제 몸을
가깝게 밀착시켜 내 허리에 팔을 둘렀다.

나는 그가 무슨 결정을 했는지 알 수 있을 것 같았다. 그는 또다
시 미련스러운 짓을 하기를 결심한 것이리라.

나는 달튼의 미련스러움에 박수라도 쳐 주고 싶은 심정이었다.

"나를 사랑해 줘."

그의 목소리에 밴 간절함이 더욱 짙어져, 그 소리가 이제는 애원
하는 소리처럼 들렸다. 굳게 닫힌 달튼의 입술에선 소리 없는 메시
지가 흘러나오고 있었다.

'나를 제발 사랑해 줘. 내 곁에 있어 줘. 나를 떠나지 마.'

애달픈 마음이 약간은 들었지만, 나는 매정하게 대꾸했다.

"아윈의 심장은 언제 돌려줄 거예요?"

"조금 이따가."

"조금 이따가 언제요?"

"……일주일 뒤에."

그는 영 자신 없는 투로 말했다. 믿음이라고는 눈곱만치도 느껴
지지 않는 대답이었다.

"계약서를 적어요. 전 이제 당신을 믿지 않아요."

"내일 적자. 날이 벌써 저물었는걸."

그는 매정한 내 대답에도 아랑곳하지 않으며, 내게 더욱 가까이 파고들었다. 어미의 품을 찾는 새끼 짐승처럼. 누군가의 보호와 관심이 필요한 새끼 짐승…….

"개새끼."

욕을 하려던 건 결단코 아니었지만, 왠지 모르게 속이 후련해지는 기분이었다.

"……뭐라고?"

달튼은 제가 들은 폭력적인 말에 혼란스러워하는 듯했다. 나는 아무것도 아니라는 말과 함께 시치미를 뗐다.

그는 의심의 기운이 가득 서린 신음을 몇 차례 흘렸지만, 재차 묻지는 않았다. 그도 진실을 모르는 편이 차라리 나은 것이리라 여겼을지도 몰랐다.

코를 몇 차례 쿵쿵거리던 달튼이, 다른 화제를 꺼내 놓았다.

"이포. 씻을래? 사실 너한테서 아까부터 고약한 냄새가 났어."

"누구를 찾느라고 몇 날 며칠을 노숙했으니까 그렇죠. 당신은 고약한 냄새가 나는 사람과 잘도 키스를 했네요."

달튼은 아이처럼 푸스스 웃으며 싱겁게 대답했다.

"그건 다른 누구의 냄새가 아니라 네 냄새니까."

나 원. 비아냥거린 게 무안해지는 대답이었다.

"욕실로 가자. 내가 씻겨 줄게."

달튼은 누워 있던 몸을 일으키며 나를 내려다보았다.

"제게 선택권이 있는 물음이었어요?"

내가 그리 묻자 빙그레 미소 지은 달튼이 고개를 좌우로 내저었다.

"아니."

달튼은 누워 있던 나를 가볍게 안아 들었다. 그의 한쪽 손은 내 허벅지 사이로, 나머지 손은 내 허리 사이로 깊숙이 둘러졌다.

그는 나를 안은 채로 방을 나갔다. 내가 건드렸을 땐 절대로 열리지 않았던 그 문이, 달튼의 작은 손짓 하나에 쉬이 열렸다. 나는 그 사실에 허탈함을 잠깐 느꼈다.

⟡

옷은 입고 욕조에 들어가겠다는 내 말마따나 나는 옷을 입은 채로 욕조 안에 들어갔다.

욕조에는 달튼이 언제 채워 놨을지 모를 데운 물이 가득했다. 입욕제까지도 뿌려 놓은 것인지 코끝에 스미는 냄새가 매우 좋았다.

그 냄새는 어디선가 맡아 본 향이자 지나간 추억을 떠올리게 하는 향이었다.

"라벤더?"

달튼은 대답했다.

"응. 기억하는구나."

그는 욕조 밖에 앉아, 욕조의 귀퉁이에 팔을 올려 턱을 괴고 있었다.

"기억하고 싶은 향이었으니까요."

"그럼 나는 기억하고 싶은 사람이야?"

"글쎄요."

애매하게 대답했지만, 나는 이미 달튼이라는 남자와 너무도 많이 얽히고설킨 게 아닌가 싶었다. 내가 그를 기억하지 않는 게 더 이상할 정도로.

물론 긍정적이게 기억하겠다는 의미는 아니다.

나는 욕조의 귀퉁이에 머리를 젖히고선 눈을 감았다. 달튼에게 반강제로 끌려오기는 했지만, 씻는 일은 그다지 나쁘지 않았다. 그간 긴장했던 몸이 녹진해지는 기분이었다. 마음도 어쩐지 흐물흐물해지는 것 같고.

달튼은 푹 젖어 버린 내 이마에 쪽 소리 나게 입을 맞추었다.

"사랑한다고 말해 줘."

나는 감은 눈을 뜨지 않고 그에게 대답했다. 몸은 점점 더 노곤해져만 갔다.

"아직은 무리예요."

"말만이라도."

달튼은 어리광을 부리듯이 나를 채근했다. 나는 그제야 감고 있던 눈을 슬그머니 떠 그의 눈동자를 바라보았다.

나를 내려다보는 그의 눈동자엔 물기가 축축했다. 습기 때문에 그렇게 보이는 것인지, 실제로 그의 눈에 물기가 서린 것인지는 가늠할 수 없었다.

"사랑해요."

내 목소리는 한없이 건조하기만 했다. 그 말에 서린 의미와 전혀 어울리지 않는 건조함이었다.

달튼의 얼굴 위로 실망이 번져 갔다.

"정성 들여서 얘기해 줄 수는 없는 거야?"

"사랑……. 하는 걸까요?"

"……."

성의 없는 내 대답에 달튼은 침묵했다. 그의 눈동자는 눈물을 곧 쏟아 낼 것처럼 더욱 축축해져 있었다.

도대체 내게 뭘 바라는 거야.

등가교환의 법칙대로 그를 사랑하리라 노력하겠다고 한 지 반나 절도 지나지 않았다. 벌써부터 내 진심을 바라는 건 성급한 일이었 다. 더군다나 그는 요 근래에 내게 미운털이 단단히 박힌 터였다.

나는 그의 눈동자를 빤히 응시하다, 이윽고 자연스럽게 한 마디 를 뱉어 냈다.

"당신은 눈동자가 참 예뻐요."

그 말은 사랑한다는 말보다도 훨씬 더 진정성이 있는 말이었다. 그리고 진심이었다. 그에게 가지는 감정과는 별개로 지극히 객관 적인 사실이었으니까.

늘 아름답게 빛나던 달튼의 눈동자가 조금 커졌다. 그 또한 내 진정성을 느낀 듯했다.

얼마 못 가 그의 흰 뺨이 붉어지는 게 보였다. 나는 손을 뻗어 붉 어진 그의 뺨을 두드렸다.

"좋았어요?"

"……응."

"얼마나요?"

"그, 그걸 내가 어떻게 알아."

달튼은 말을 더듬거리며 제 머리칼을 거칠게 쓸어 넘겼다.

"바보."

나는 그를 비웃었다.

"치사해."

"뭐가요?"

"네 손에 놀아나는 기분이야."

"이런 걸 바라던 게 아니었어요?"

"이포 벨."

나는 대답 대신 그와 맞추고 있던 눈을 느릿하게 깜빡였다. 달튼은 제 뺨에 머물던 내 손을 그러잡아 내 손끝마다 입을 맞추었다. 경건하고 조심스럽게.

"네게 사랑받고 싶어."

손끝에 한 입맞춤이라고 여겨지지 않을 정도로 온몸에 소름이 돋았다. 자극적이다. 그는 괜히 방탕자가 아니었다.

나는 달튼이라는 남자를 조금 더 자세히 알고 싶다고 생각했다. 그가 어떤 삶을 살았는지, 대마법사에 방탕자인 주제에 어째서 시한부 시녀인 내게 목을 매고 있는 것인지.

그에 대해서 더 알게 된다면, 이 저택에서 빠져나갈 수 있을지도 모르겠다는 생각마저도 들었다.

목욕이 끝난 후 달튼은 내게 갈아입을 옷을 주고선 먼저 욕실을 나갔다.

달튼이 준비해 준 드레스는 촉감이 매우 훌륭한 예쁜 드레스였다. 드레스를 입는 내내 내가 맡은 것은 달튼의 냄새였다. 드레스에 밴 달튼의 자취.

욕실을 나오자 나를 기다리고 있던 달튼이 보였다. 그는 고개를 숙인 채로 아랫입술을 깨물고 있었다. 복잡해 보이는 얼굴이었다.

"달튼?"

그의 이름을 부르자 달튼은 그제야 내가 욕실에서 나왔음을 인지한 듯했다. 그는 몇 걸음 걸어와 내 손을 잡았다.

"피곤하지?"

"무척이요."

"오늘은 이만 잘까?"

"네."

우리는 별다른 대화 없이 내가 깨어났던 방으로 돌아왔다. 달튼은 나를 침대 위에 누여 주고, 이불도 목 끝까지 덮어 주었다.

"복잡한 건 내일 다시 얘기하자."

그는 작별을 고하는 짧은 입맞춤과 함께 방을 나섰다. 놀라울 정도로 깔끔한 퇴장이었다. 사랑해 달라고 애걸복걸하던 그의 모습은 어디론가 사라진 뒤였다.

나는 눈을 감았다. 무언가를 더 생각하기엔 심신이 너무도 지쳐 있었다. 목욕을 했더니 나른하기도 했고.

지친 와중에도 눈을 감자마자 떠오르는 건 아윈의 얼굴이었다. 나는 수마에 사로잡히기 전, 아윈에게 짧은 메시지를 남겼다. 물론 마음속으로 읊조린 메시지였다.

있죠, 아윈. 저는 이제 당신의 심장을 되찾을 수 있게 된 것 같아요.

이건 비밀인데, 사실 후작저를 나설 때 조금 걱정했어요. 당신의 심장을 온전히 찾아올 수 있을까 싶어서.

하지만 제겐 선택의 기회가 없었어요. 저는 협곡으로 가야 했고, 달튼을 찾았어야 했죠.

당신을 긴 잠에서 깨울 수 있다는 게 제법 확실시 되자, 이제야 마음이 놓여요. 납치당한 주제에 안도하고 있다는 게 좀 우습죠?

일주일. 일주일 뒤에 당신은 잠시 동안 잃어버렸던 그 심장을 되찾게 될 거예요. 긴 잠에서 깨어난 당신이 처음으로 할 생각은 무엇일까요?

저는 그 생각이 제 생각이기를 진심으로 바라요.

의식이 돌아온 당신이 제일 먼저 제 행방을 궁금해하고, 오랫동안 닫혀 있었던 당신의 입술이 처음 뱉어 낸 소리가 제 이름이기를.

아윈 아스타. 우리는 다시 만날 수 있을까요?

다음 날 잠에서 깨어났을 때, 내 시야에 가득 들어온 것은 달튼의 금발이었다.

그는 침대 옆, 작은 스툴에 앉은 채로 내가 깨어나기를 기다린 듯했다. 침대에 몰래 기어들어 왔을 법도 했지만, 그는 그러지 않은 것 같았다. 심히 그답지 않은 행동이었다.

내가 깨어난 기척을 내자, 달튼이 상냥한 아침 인사를 건네었다.

"좋은 아침. 잘 잤어?"

나는 생각보다 매우 잘 잤기 때문에 고개를 옅게 끄덕였다. 꿈도 꾸지 않았고, 중간에 깨지도 않았다. 오랜만에 취한 숙면이었다.

달튼은 제 손을 허공에 가로질렀다. 그 동작은 그가 마법을 구현할 때 내비치던 동작이었다.

역시나 마법을 썼던 것인지, 달튼의 손 위엔 웬 쟁반 하나가 생겨났다. 쟁반 위에는 김이 나는 빵과 수프가 담긴 접시가 놓여 있었다.

"아침은 간단한 게 좋겠지?"

나는 상체를 일으키며 또다시 고개를 끄덕거렸다. 달튼은 내 앞에 쟁반을 내려놓았다.

"당신은요?"

"나는 네가 먹고 있는 것만 봐도 배가 부를 것 같아."

"……."

나는 어이가 없다는 눈으로 그를 응시했다. 달튼은 '네 그런 눈빛은 이미 예상한 바다.'라는 듯이 어깨를 작게 들썩였을 뿐이다.

나는 군말 없이 식사를 시작했다. 어제처럼 접시의 밑바닥까지 수프를 비워 냈고, 빵도 모두 먹었다. 더할 나위 없이 만족스러운 식사였다.

달튼은 내가 식사하는 모양새를 빠짐없이 지켜보았다. 행복해 보이는 얼굴이었다. 그가 바보 같다는 생각이 머릿속에서 떠나지 않았다.

나는 쥐고 있던 스푼을 내려놓으며 달튼에게 물었다. 달튼이 원하는 대로 식사해 주었으니, 나도 내가 궁금한 걸 물어봐도 되겠지.

"달튼. 여기는 도대체 어디예요?"

달튼은 빈 식기를 마법으로 없애고선 내게 대꾸했다.

"아지……."

"아지트라는 건 저도 이미 알고 있는 사실이에요."

"……."

"제가 묻고 싶은 건, 이곳의 진짜 정체예요."

"여긴⋯⋯. 내가 예전에 살았던 집이야."

"당신의 집이요?"

달튼이 살았던 집이라. 이상한 말이지만, 달튼이 한 곳에 뿌리를 내리고 살아가는 모습이 좀처럼 상상되지 않았다.

"응. 나는 방랑자처럼 이곳저곳을 다니며 방탕하게 지냈지만 그렇다고 해서 집이 없는 건 아니거든. 누구에게나 돌아갈 수 있는 집은 있어야 하는 거잖아."

"⋯⋯."

"설령 그 집이 빈집이라고 해도."

빈집. 나는 그 말이 자못 마음에 걸렸다. 어쩌면 빈집이라는 말을 뱉던 달튼의 목소리 속에서 씁쓸함을 느껴 버렸기에 그런 것일지도 몰랐다.

"손잡아도 될까?"

달튼은 침대 위로 올라와 제 몸을 바투 붙였다. 맞닿은 살갗 사이로 전해져 오는 그의 체온이 따스했다.

"갑자기 웬 동의예요."

여직 터져 있는 달튼의 입술이 내게 속삭였다.

"허락해 줘."

그는 느른한 미소를 지으며 내 손끝에 제 손끝을 맞대었다. 나는 그의 손등 위에 내 손을 겹쳤다. 손을 잡는 일은 어려운 일이 아니었다. 조금도.

"고마워."

달튼의 시선이 맞잡은 우리의 손을 좇다 이내 내 눈동자로 옮겨 왔다.

"나는 이 빈집이 무언가로 채워지기를 바랐지만, 무엇으로 채워야 할지를 몰랐어. 그리고 채워지지 않는 공허함에 늘 시달렸지."

마주한 그의 오드아이 속에는 여러 감정들이 맴돌고 있었다. 불안, 초조, 두려움…… 하나같이 부정적인 감정들이었다.

달튼은 눈을 천천히 감았다 떴다. 그러자 그의 눈동자에 서렸던 부정적인 감정들이 사라지며,

"하지만 이젠 무엇으로 채워야 할지 알 것 같아."

그곳엔 새로운 감정이 감돌고 있었다.

"이포 벨. 네가 내 빈집을 채워 줘."

굳은 신념, 그리고 확신.

달튼은 제 빈집을 채워 줄 사람이 나라고 확신하는 것 같았다.

"이건 사랑해 달라는 말보다도 더 어려운 부탁인 건가."

달튼은 입술을 뭉그적거렸다. 빈집을 채워 달라는 말은, 달튼의 말처럼 사랑해 달라는 그의 부탁보다도 어렵게 느껴졌다.

나는 화제를 옮겼다. 내겐 그의 빈집을 채워 줄 자신이 없었다.

"밖은 왜 겨울이 아니에요?"

버드나무의 녹음으로 가득하던 저택의 정원. 그 속에서 단연 눈에 띄었던 하얀 묘목을 나는 자연스럽게 떠올렸다.

달튼은 의도적으로 말을 돌린 나를 타박하지 않으며, 그 이유를 순순히 읊조려 주었다.

"내가 누군지 잊었어? 나, 대마법사 달튼 레이서스야. 겨울임에도 나무의 잎들이 모두 푸르른 건 역시나 마법 덕분이지."

"정원을 직접 보고 싶어요."

나는 창밖으로 시선을 옮겼다. 내게는 꿈에서 본 것들을 실제로

직면해볼 필요성이 있었다. 달튼은 의심 없이 의연하게 대꾸했다.

"언제가 좋을까?"

"오늘요."

"오늘은 싫은데."

"도대체 싫지 않은 건 뭐예요?"

"너."

달튼은 잡고 있던 손을 놓아 내 머리칼을 제멋대로 흐트러뜨렸다.

"네가 이렇게나 좋은데. 나는 네 죽음을 어떻게 견딜 수 있을까. ⋯⋯너무 어렵다."

저도 당신이 너무 어려워요.

어제오늘 그가 했던 행동들은 내가 존경했던 방탕자 달튼 레이서스의 면모가 아니었다. 사랑이라는 것이 그를 변하게 만든 걸까.

모든 것을 내걸듯 내게 온 마음을 다 바치는 그는, 적어도 인연을 가볍게 여겼던 과거의 그가 아니었다.

나를 향한 달튼의 마음이 죄다 싫다고는 단언하지 못하겠다. 내가 아윈을 사랑하지 않았다면, 내가 아윈과 많은 밤을 함께 보내지 않았다면, 내가 아윈에게 새로운 세계를 일깨워 주지 않았다면, 그랬다면 달튼의 마음을 받아 줬을지도 모르겠다. 아니, 받아 줬을 것이다.

하지만 내겐 이미 아윈과 보낸 수많은 역사가 있었다. 그런 역사들을 뒤로한 채로 달튼의 마음을 받아 줄 수 없었다. 애석했지만 그것이 내 진심이었다.

물론 달튼이 독하게 마음먹는다면 그는 노만의 심장을 강제로 내게 이식시키고, 나를 평생 감금하며, 내게 사랑을 구걸할 수도 있었다. 달튼도 거기까지 생각해 봤으리라 여겨졌다.

그럼에도 달튼이 그러하지 않은 것은 그에게도 최소한의 도덕심 혹은 양심이 있다는 방증이 아닌가 싶었다.

달튼의 양심이 모두 닳아 버리기 전에, 나에 대한 달튼의 사랑이 커지기 전에, 나는 아윈에게 심장을 돌려주고 싶었다.

돌이킬 수 없을 정도로 상황이 악화되기 전에, 나는 이 일을 마무리 지어야만 했다.

"어려운 길을 자초한 건 당신이에요."

달튼은 침묵했다. 침묵의 의미는 긍정이었다. 일순간 침묵했던 달튼은 앉아 있던 몸을 일으키며 어렵사리 한 마디를 꺼냈다.

"……잠깐 나갔다 올게. 계약서는 내가 다시 돌아와서 적자. 오래 걸리지 않을 거야."

"네, 좋아요."

달튼은 허리를 굽혀 내 이마에 짧게 입술을 맞추었다.

"오늘은 저택 안을 마음껏 돌아다녀도 좋아. 방문에 마법을 걸어 두지 않을게."

"웬 선심이람."

"다만 이 층 복도 오른쪽 끝 방엔 절대로 들어가지 마."

"왜요?"

달튼은 눈을 게슴츠레하게 떴다.

"그곳엔 아주 무시무시한 게 있거든."

"설마 머리가 세 개 달린 개?"

나는 어제 상상했던 그 개를 떠올렸다. 지옥에서 왔다고 해도 믿을 법한 얼굴이 세 개 달린 그 개.

그 개의 송곳니는 칼날처럼 뾰족할 테고, 조금 벌어진 아귀 사이에선 끈적거리는 침이 질질 흐를 테지.

"차라리 그런 게 있었으면 좋겠다."

달튼은 내 말이 우스웠던지 엷은 미소를 짓더니 이내 방을 나섰다. 또다시 말끔한 퇴장이었다.

그의 말끔한 퇴장은 되레 내 기분을 이상하게 만들었다. 나는 은연중에 그가 내게 가학적인 짓을 하지는 않을까 걱정했던 것이다. 물론 그런 짓을 실제로 당하고 싶은 것은 아니었다.

설핏 선잠이 들었다. 내 잠을 깨운 것은 바람 소리였다. 굳게 닫힌 창문 위를 두드리는 겨울바람이 예사롭지 않았다.

곧 어떤 일이 일어날 것임을 알리는, 무언가의 전조를 뜻하는 소리 같았다.

시간은 많이 흐르지 않은 것인지 주위는 여전히 밝았다. 잠은 전혀 오지 않았기에 나는 침대에 누워 있던 몸을 일으켰다.

방을 나가서 저택을 둘러보자.

어제, 무슨 짓을 해도 꼼짝하지 않았던 방문은 문고리를 살짝 비틀자마자 매끄럽게 열렸다. 괜스레 심술이 나서 방문을 몇 차례 걷어찼다.

빈집이라 일컬어지는 이 저택은 생각보다 엄청 넓었다. 천장의 높이는 아윈의 후작저 못지않게 높았고, 주인을 알 수 없는 다른 방들도 꽤 많았다.

내가 감금되어 있었던 그 방은 이 층. 나는 이 층 복도 난간에 몸을 기댄 채로 현관 쪽을 응시했다.

당연한 일이겠지만, 현관을 지키는 머리 세 개 달린 개는 없었다. 그러자 조금 아쉬운 마음이 들었다. 왜 그런 마음이 들었는지는 알 수 없었다.

나는 현관을 바라보던 시선을 옮겨 와, 기다란 복도를 따라 일렬종대로 존재하는 닫힌 방문들을 보았다. 그러다 문득 달튼이 했던 말을 떠올렸다.

'다만 이 층 복도 오른쪽 끝 방엔 절대로 들어가지 마.'

"이 층 복도 오른쪽 끝 방이라."

내 걸음은 자연스레 복도의 끝 방으로 향하고 있었다.

정면을 보고 오른쪽인지 반대로 했을 때 오른쪽인지는 잘 모르겠다. 하지만 한쪽 복도의 끝에 다다르기가 무섭게 나는 그 금단의 방을 발견할 수 있었다.

그 방만 방문의 색이 달랐기 때문이다.

갈색빛을 띤 여러 방문들 사이에서 유일하게 크림빛을 가진 그 방의 문. 나는 숨을 죽이며 그 방문을 뚫어져라 응시했다.

저 방이 달튼이 말한 '절대로 들어가서는 안 되는 방'임이 틀림없었다.

열어 보고 싶으냐고 묻는다면, 그러했다. 원래 하지 말라고 하면 더 하고 싶어지는 법이 아니던가.

나는 자력에 이끌리듯이 방문 앞까지 다가갔다. 거스를 수 없는 숙명적인 발걸음이었다.

자, 이제 문고리 위에 손을 올려.

내 머릿속엔 출처를 알 수 없는 명령조의 말이 맴돌았다. 나는 그 말에 따라 문고리 위에 손을 얹었다.

문고리를 잡으니 문을 열고 싶은 바람이 드는 건 당연한 일이었다. 나는 하고 싶은 것을 유야무야 미루지 않던 시한부였고, 지금도 그러했다.

나는 문고리를 가볍게 비틀었다. 혹 문이 잠겨 있다면, 방문을 여는 일을 쿨하게 포기할 참이었다.

딸깍.

"⋯⋯."

그러나 문고리는 매끄럽게 돌아가며 이내 문이 열리기 시작했다. 열린 문틈 사이로 밝은 빛 한 줄기가 쏟아져 나왔다.

들어가고 싶다. 방 안에 무엇이 있는지 보고 싶다.

문고리를 쥐고 있던 손은 땀으로 축축해져 있었다. 체온이 급격하게 떨어지는 기분이 들었다.

기이한 기시감이 관통한 것은 그 순간이었다. 나는 이런 일을 겪었던 적이 있었다. 분명히. 틀림없이.

기억회로가 쉼 없이 돌아갔다. 머지않아 기시감의 정체를 떠올릴 수 있었다. 아윈의 후작저에서도 조금 열린 닫힌 방의 방문 사이를 몰래 들여다봤었고, 그때 내가 봤던 것은⋯⋯.

관이었다.

누군가의 꾸준한 관리를 받아 광이 나던 갈색빛의 목관. 나는 아라벨의 관을 목도 했던 것이다.

나는 방문을 완전히 열어젖혔다. 문은 귀에 거슬리는 소리 없이 부드럽게 열렸다. 방 안은 아주 조용했다. 깊고 무거운 침묵만이 도사릴 뿐이었다.

창가로 들어온 햇살 때문에 방 안은 밝았지만, 왠지 모를 스산함이 느껴졌다. 나는 괜히 팔뚝 위를 몇 차례 문지르며 안으로 완전히 발을 내디뎠다.

열었던 문을 닫고 전방을 바라봤을 때, 내 시야에 맺힌 물건이 하나 있었다. 그것을 발견한 것은 우연처럼 벌어진 일이었다.

창가 밑, 볕이 좋은 자리에 자리한 그것의 정체는 '관'이었다.

내 심장은 별안간 큰 소리를 내며 빠르게 뛰기 시작했다. 나는 걷잡을 수 없을 정도로 축축해진 손을 몇 번 쥐었다 펴며, 관 쪽으로 가까이 다가갔다.

자세를 굽혀 관을 조금 더 자세히 관찰했다. 관은 후작저에서 봤던 아라벨의 관과 똑 닮아 있었다. 색감, 향기, 나무의 결 모양까지도, 너무 비슷했다.

나는 이 관이 아라벨의 관이라고 확신했다. 달튼의 집에 다른 관이 있을 리는 없다고 생각했다. 그렇다면 이 속엔 죽은 아라벨이 존재하는 걸까?

심장은 진즉 죽었지만, 썩지 않게 잘 보관되어 있었던 아라벨. 나는 죽음과 무관하게 아름다웠던 그녀의 얼굴이 보고 싶었다.

더불어 달튼이 왜 이곳에 오지 말라고 한 것인지, 왜 아라벨의 관을 보지 못하게 한 것인지 궁금했다. 아니, 달튼은 내가 아라벨의 관을 발견하지 않기를 바랐던 게 맞을까?

사실 그는 '이 층 복도 오른쪽 끝 방'이라는 친절한 메시지를 남기며, 내가 이곳으로 가기를 유도했던 게 아닐까? 언제고 그가 던졌던 구미가 당기는 미끼처럼.

나는 관 뚜껑을 밀기 시작했다. 달튼의 의도가 무엇이 되었든 간에, 관 속에 잠든 아라벨의 신형을 확인하고 싶었다. 돌이키기엔 늦은 일이었다.

그렇게 관 뚜껑이 조금 열리던 때였다.

똑똑.

메마른 정적 사이로 노크 소리가 울렸다. 그 소리에 나는 잔뜩 얼어붙어 버린다. 관 뚜껑을 밀던 내 손이 차갑게 굳어 버렸다.

똑똑.

노크 소리는 환청이 아니라는 듯이 다시금 고요히 울렸다. 대답을 해야 하는 것인가. 모른 척을 해야 하는 것인가. 고민은 길어졌고 이마께엔 후덥지근한 땀이 맺혔다.

나는 소리의 근원지로 고개를 비틀었다. 그러자 굳게 닫혀 있던 문이 스르륵 열리는 게 보이기 시작했다.

문은 이윽고 반쯤 열리며, 그 사이로 노크를 한 장본인이 보였다. 눈이 아릴 정도로 빛나는 잘생긴 남자. 그 남자는 나를 정면으로 바라보고 있었다.

"갑자기 여기로 오고 싶더라."

남자는 나른한 미소를 지으며 자신의 방문을 고했다. 내 입술은 희미하게 떨리며 남자의 이름을 뱉어 냈다.

"……달튼."

나쁜 짓을 하다가 걸린 기분이라는 건, 딱 지금의 내 기분이 아닐까 싶었다.

나는 쪼그리고 앉은 몸을 일으키지도, 관에 얹은 손을 떼지도 못한 채로 몇 초간 굳어 있었다. 어쩐지 목이 타는 기분마저도 들었다. 기분 나쁜 갈증이었다.

"들어가 보지 말라고 하니까, 궁금했어?"

달튼의 목소리는 평소보다 낮게 가라앉아 있었다. 그와 비견되는, 깊게 가라앉은 그의 눈동자가 내게서 떨어지지 않았다.

그러나 달튼이 화가 났다는 느낌은 들지 않았다. 묘한 일이었다.

문지방에 우두커니 서 있던 달튼이 내 쪽으로 걸어오기 시작했다. 그는 금세 내 앞까지 다가와, 나와 시선을 맞추기 위해 제 허리를 굽혔다. 그러곤 흰 손을 뻗어 내 턱 끝을 조악하게 움켜잡았다.

"궁금했냐고 물었잖아."

"네……."

나는 입술을 작게 벌려 대답했다. 달튼이 쥐고 있던 턱이 얼얼했다.

"관 안에 머리 세 개 달린 개가 있으면 어쩌려고."

"설마요."

마주 보고 있던 달튼의 눈동자엔 금기를 어긴 나를 책망하는 빛은 없었다. 그의 눈동자 속에서 서린 기운은 왜인지 모를 만족스러운 기류뿐이었다.

달튼은 거칠게 잡았던 내 턱을 놓아주며, 내 뺨을 부드럽게 쓰다듬었다. 마치 조금 전 저의 과했던 손길을 사죄하듯이.

"내가 너무 세게 잡았지."

"네. 아팠어요."

나는 코끝을 작게 찡긋거렸다. 들어가지 말라는 곳에 들어오기는 했으나, 그가 내 턱을 세게 잡은 건 사실이었으니까.

"너 너무 솔직한 거 아니야?"

"그래서 화났어요?"

"아니, 그다지."

"그럼 솔직한 질문 하나만 해도 돼요?"

"아무렴."

"당신은 사실 제가 여기로 오기를 바랐던 거죠?"

그리고 무언가를 봐 주길 바랐던 거죠? 이를테면 아라벨의 관이라든지. 그 안에 있어야 할 아라벨이라든지.

달튼은 잠깐 곤란한 빛을 보이더니 늦지 않게 수긍했다.

"……티 났어?"

"완전."

"보여 주고 싶었어."

"뭘요?"

달튼은 손을 뻗어 내가 열다 만 관 뚜껑을 완전히 열기 시작했다. 이내 관 뚜껑은 완전히 열렸다.

안은 공동이었다. 언제고 곧 일어날 사람처럼 잠들어 있던 아라벨의 시체가 없었던 것이다.

나는 황량하게 비어 버린 관 내부를 눈으로 샅샅이 훑으며 그에게 물었다.

"아라벨은요?"

"보내 줬어."

달튼은 우수에 젖은 눈빛으로 관을 지그시 응시하며 대답했다.

"미련이라고 했잖아. 심장을 가지고 돌아와서 막상 아라벨을 보니까, 그녀가 예전처럼 아름다워 보이지 않더라. 그녀의 얼굴은 분명 그대로일 텐데……. 아라벨에 대한 내 마음이 변해서 그렇게 보인 거겠지."

"······."

"그녀를 오랫동안 붙들고 있어서 미안했어. 아라벨이 이런 나를 본다면, 분명히 못난 놈이라고 욕을 했을 거야."

관을 보던 달튼의 시선이 내게로 옮겨졌다.

"나는 과거를 놓아 버리고, 현실의 너를 온전히 사랑하기로 마음 먹었어. 아라벨이 좀 서운해할지도 모르겠다. 하지만 어쩌겠어."

그는 관 어귀에 엉거주춤 올린 내 오른손을 슬그머니 잡아, 제 입술까지 가져다 대었다. 그는 부담스럽지 않게, 그리고 담백하게 내 손등에 입술을 지분거렸다.

"나는 이미 너를 사랑하게 된 걸."

달튼은 부드러운 미소를 지으며 잡고 있던 내 손을 제 가슴 위에 올려 두었다.

"너만 보면 심장이 뛰어."

달튼의 가슴 위로 빠르게 뛰는 심장 고동이 확실하게 느껴졌다.

"느껴져?"

"······뭐, 조금은."

"막 감동받은 기분은 들지 않아?"

"글쎄요."

"그래도 사랑해."

할 말을 잃게 만드는 화법이었다. 나는 애꿎은 입술을 짓이겼다.

"이포, 난······."

달튼의 말은 끝을 맺지 못했다. 저택이 미세하게 흔들렸기 때문이다. 짧고, 낮은 강도의 흔들림이었으나 전조 없는 떨림은 나를 놀라게 만들기에 충분했다. 지진인 걸까.

달튼은 잡고 있던 내 손을 더욱 꽉 그러쥐고선 자신의 얼굴을 와락 구겼다.

"······다시 나가 봐야겠어. 갔다 와서 더 얘기하자."

내 대답을 바라고 한 말은 아니었다는 듯, 달튼은 내 손을 미련 없이 놓았다. 그는 심각한 표정을 유지한 채로 내 시야에서 곧 사라졌다.

방을 나가던 달튼의 발걸음이 조급해 보이기만 했다. 무슨 일이 벌어지고 있는 걸까.

나는 시선을 돌려 다시금 아라벨의 빈 관을 바라보았다. 당연히 보이리라 예상되었던 아라벨이 보이지 않자 기분이 조금 이상했다. 허전하다랄까.

"빈 관. 빈집······."

나는 연관이 있는 듯 없어 보이는 단어들을 읊조렸다. 물론 누군가의 대답을 바라고 한 일은 아니었다.

달튼이 왜 의도적으로 내게 빈 관을 보여 준 것인지 추측해 보았다. 떠올려 보니 달튼과 처음 키스했을 때, 그는 나를 보며 아라벨을 추억했었다.

그는 저를 두고 먼저 떠나 버린 아라벨의 부재를 못 견뎌 했고, 그 부재를 같은 병을 가진 나로 충당하려고 했다. 그런 행위는 줄곧 몇 번이나 더 이어졌다.

한마디로 달튼은 내게서 아라벨의 환영을 자주 보았고, 찾았단 말이다. 그런 그가 아라벨을 놓아주었다고 한다. 그리고 그 사실을 내 앞에서 증명하려고 했다.

달튼은 내게서 아라벨의 환영을 찾는 게 아니라는 것을 보여 주기 위해서, 나를 이곳으로 유인한 것이 아닐까?

내가 아라벨과 같은 상황에 처해 있었기에 나를 좋아한 게 아니라, '이포 벨'이라는 여자 자체를 좋아하게 된 거라고.

끝까지 내뱉지 못했던 달튼의 마지막 말은 그런 말이 아니었을까.

나는 문득 달튼이 아라벨의 시신을 어떤 식으로 놓아주었는지 궁금해졌다. 가령 화장을 했는지, 묻어 주었는지, 아니면 내가 생각지도 못한 다른 방법일지.

달튼은 늦은 밤이 되어서야 돌아왔다.

돌아온 그는 초췌해진 몰골이었다. 달튼은 대개 잘 다려진 깨끗한 흰 셔츠 차림을 즐겼는데, 지금 그의 셔츠는 보기 좋게 구겨져 있었다.

마법의 기운이 담긴 손짓 하나로 구겨진 셔츠를 말끔히 펼 수 있을 것임이 분명했지만, 달튼은 손짓을 할 기운도 없어 보였다.

그는 매우 지친 걸음으로 터덜터덜 걸어와 침대로 기어들어 왔다. 침대에 누워 있던 나는, 눈만 움직여 그의 얼굴을 응시했다.

달튼은 눈을 느릿하게 깜빡이며 여느 때와 다름없이 내 몸에 제 몸을 바짝 붙였다. 가까이 닿은 달튼의 체온은 평소보다도 훨씬 높았다. 감기에 걸린 게 아닐까 싶을 정도였다.

"이포, 나 아파."

"어디가요?"

"오랜만에 마법을 너무 많이 썼더니 머리가 아파. 몸이 물에 젖은 솜 같아. 이대로 물속에 가라앉을 것 같은 기분이야."

도대체 이 작자는 밖에서 뭘 하고 온 걸까?

마법을 쓰고 왔다는 그의 말과 초췌해진 그의 얼굴, 구겨진 셔츠. 일말의 정황들로 유추해 보았을 때, 그는 꼭 누군가와 싸우고 온 것 같았다.

"어디 갔다 왔어요?"

"날파리 쫓으러."

"날파리요?"

"난공불락인 성 주변에 웬 날파리 하나가 꼬이길래. 여간 성가신 게 아니야."

"그래서 완벽하게 쫓아냈어요?"

마지막 물음에 대한 답은 없었다.

달튼은 대답을 미루며 내 목덜미에 제 얼굴을 묻었다. 목덜미 부근에 닿은 그의 금빛 머리칼이 성가실 정도로 나를 간지럽혔다.

몸은 만신창이가 되어서 돌아온 주제에 달튼의 머리카락에선 꽤 좋은 냄새가 났다.

"달튼. 그래서 계약서는 언제 적어요?"

달튼은 또다시 침묵했다. 대신 내 말은 정확하게 들었는지 제 어깨를 작게 움찔거렸을 뿐이다.

"계약서를 쓰려고 하루 종일 당신을 기다렸어요. 얼마나 지겨웠던지. 저택을 모조리 돌아다녀도 봤는데, 볼 건 하나도 없더라고요. 당신의 말대로 정말 빈집 같았어요."

저택 내의 수많은 방을 돌아다녀 보았지만 다른 사람은 한 사람도 만나지 못했다. 더해, 누군가가 살았다는 흔적조차 없더라.

저택은 마치 사람의 자취가 결여된 곳 같았다. 생활감이라고는 조금도 없는 집.

아, 밖에 나갈 시도도 했었다. 그러나 현관문이 열리지 않았고, 다른 방에 있던 창문들도 모두 열리지 않았다. 달튼의 말대로 '방문'에만 마법이 걸려 있지 않았던 것이다.

나는 미운 오리 새끼 같은 달튼의 정수리에 짧게 입을 맞추었다. 요컨대 그것은 채찍질을 하기 전에 먼저 주는 당근 같은 것이었다.

"계약서를 얼른 써야지, 당신을 완전히 사랑해 줄 텐데."

달튼은 그제야 대답했다. 기어들어 가는 목소리였다.

"……계약서. 써야지. 계약을 어길 시에 어떤 조건을 달면 좋을지 생각하고 있었어."

"어떤 조건이 좋을까요?"

상호가 원하는 조건을 제시한 계약서를 쓴다. 그리고 그 조건을 어길 시에 페널티를 받는다. 사실 내게는 가릴 만한 조건이 없었다.

나는 죽음이 임박한 시한부다. 제일 심한 벌칙이라고 생각되는 목숨이라는 페널티가 전혀 무섭지 않다는 거다. 어차피 죽을 거, 조금 일찍 죽는다고 달라질 게 뭐 있을까.

그리고 구태여 조건을 어기고 싶지도 않았다. 물론 사랑하는 아원이 그립고, 보고 싶고, 가끔 눈물도 나겠지만, 나는 달튼을 사랑하려고 노력할 것이다.

아원을 깨울 수 있는 일이라면 무엇인들 못할까. 지옥에 있는 불구덩이라도 뛰어들 자신이 있었다.

"그렇게나 아원을 깨우고 싶은 거야? 그가 당장 죽을 것도 아닐 텐데. 곧 죽는 건 너잖아."

달튼은 내 목덜미에 파묻었던 고개를 들어 올려 나와 눈을 맞추었다.

"하지만 언제 깨어날지 모르잖아요."

"두 번째 심장이 없더라도, 아윈은 언젠간 깨어날 거야."

"기약 없는 기다림은 싫어요."

"네가 죽으면, 나도 너를 기약 없이 그리워해야 하는데?"

"또다시 미련스러운 길을 걷겠다고 선택한 건 달튼 당신이에요. 저는 강요한 적이 없어요."

나는 매정하게 대답했다. 어쩌면 매정한 내 말이 그에게 상처가 되었을지도 모르겠다.

나는 그의 얼굴을 살폈다. 상처 받은 빛을 띠기는 무슨, 그는 외려 희미한 미소를 지었다. 그러다 건네는 말이라곤 뜬금없는 말이었다.

"그렇게까지 빠질 줄은 몰랐어."

"네?"

달튼은 나를 더 궁금하게 하려는 참인지 한참 동안 입술을 떼지 않았다. 내가 꾹 닫힌 그의 입술만을 쏘아보자 달튼은 픽 웃었다. 제 입술을 향한 내 관심이 마음에 들었나 보다.

"넌 내게 익숙하고도 왠지 모를 아련한 느낌을 줬어. 그냥 한 번만 말을 걸어 봐야지. 그냥 하룻밤만 같이 자야지. 가볍게 생각했는데, 정신을 차려 보니까 흠뻑 빠져 있더라, 네게."

"……."

"너를 사랑하지 않으려고 노력했는데……."

달튼은 연약해진 시선으로 나를 올곧게 응시했다.

"계약서에 적을 조건 말인데. 어길 시엔 서로의 목숨을 내어놓는 게 어떨까."

그는 내 코끝에 짧게 입을 맞추었다.

"물론 어기지 않더라도, 네가 죽으면 나도 죽고 싶은 마음이 들 거야. 내 마음은 이미 돌이킬 수 없을 정도로 네게 함락되었으니까. 네가 죽고 난 뒤에 기약 없이 너를 추억할 자신이 없어."

달튼은 무섭도록 부드러운 손길로 내 얼굴을 쓰다듬었다.

"두 번 버림받는 걸……. 견뎌 낼 자신이 없어."

나는 아무런 대답도 할 수 없었다. 매정한 말도 할 수 없었다. 그의 깊은 슬픔이 내게 전가된 기분이었다.

당신은 어째서 그런 사랑만을 고집하는 걸까.

가엾은 달튼 레이서스.

"그냥 같이 죽을까."

그는 물음표 없는 물음을 건네었다. 그의 오드아이엔 싸늘한 기류가 감돌았다. 연약했던 시선은 온데간데없이 자취를 감춘 다음이었다.

'그냥 같이 죽을까.'

그 말은 시시껄렁한 농담이 아니었다. 내가 '네.'라고 대답한다면, 그는 당장이라도 목숨을 버릴 기세였다. 나는 중지와 엄지로 달튼의 입술 위를 세게 튕겼다.

"바보 같은 소리 하지 마세요."

"……."

"당신은 끝까지 살아서 저를 추억해야 한다고요. 그건 당신이 저와 아윈에게 한 짓에 비하면 아무것도 아니에요."

달튼은 나의 가장 행복한 순간을 제일 끔찍한 순간으로 만들었다.

나와 아원은 우연처럼 혹 기적처럼 맞닿은 서로의 마음을 확인했다. 내게 주어진 시간이 얼마 없었지만, 나는 그 시간들을 온전히 아원과 보내려 했다.

달튼은 그런 내 바람을 깨어 버린 장본인이었다.

거기까지 생각하니 왠지 노기가 끓어올라 나는 그의 입술 위에 다시금 딱밤을 놓았다. 달튼은 칭얼거렸다.

"아파."

"아프라고 때린 거니까 당연히 아파야죠."

모가 난 대답에 달튼은 미소로 회답했다.

"이포. 나는 내가 죽는 것도 마음대로 결정하지 못하는 거야?"

"당신이 사랑하는 제가 부탁할게요. 나를 따라 죽는다는 그런 감정적인 발상은 제발 삼가 줬으면 좋겠어요. 아니, 삼가 주세요."

달튼이 밉다. 그가 밉고 못마땅하고…… 여전히 그렇다. 하나 그가 죽길 바라진 않는다.

그는 네 행복을 깨뜨린 장본인인데 어째서 그가 죽길 바라지 않는 거야? 누군가가 그렇게 묻는다면 나는 확실한 대답을 해 줄 수 없었다.

모르겠다.

지난날 나를 위로하고 달래 주며 즐겁게 해 주었던 달튼과, 오늘날 나를 불행하게 만든 달튼에게서 느꼈던 감정들을 정확하게 분리하지 못하겠다.

애증이라는 단어로 뭉쳐진 감정들은 나를 더욱 복잡하게 만들었다.

"그럼 도대체 나보고 어떻게 하란 말이야."

달튼은 시름이 깊어진 한숨을 내쉬었다.

"당신이 죽는다면 남겨진 가족들이 슬퍼할 거예요."

"나 고아야."

그는 제가 고아인 사실을 초연하게 고백했다.

누군가를 사랑하는 데에 거리낌이 없고 사랑에 맹목적이라서, 나는 그가 가족들의 사랑을 듬뿍 받고 자랐을 것이라 여겼다. 그래서인지 달튼이 고아인 사실은 제법 의외였다.

"가엾어라."

"내가 고아인 게 왜 가여워?"

"누군가의 보살핌이 필요한 시기에 혼자였다는 건 안타까운 일이니까요."

"너도 고아야?"

"아니요. 평범한 부모님이 계세요."

"보고 싶지는 않아? 네가 죽는다는 것도 아셔?"

"그렇게 살가운 사이는 아니라서 보고 싶지는 않고, 제가 죽는다는 건 아세요."

심장에 치명적인 결함이 있고, 이른 죽음을 맞이할 것임은 부모님도 이미 아시던 바였다. 하나 내가 당장에 곧 죽는다는 사실은 모를 것이다. 알려야 하는가.

열넷, 조금 이른 나이에 수도로 상경한 이래 부모님과 연락한 적은 손에 꼽을 정도였다. 물론 그럼에도 내가 번 돈은 그들에게 꾸준히 보냈었다.

줄줄이 소시지처럼 내게 달린 동생들, 그리고 삶에 무기력했던 부모님을 위해서. 장녀의 희한한 책임감이었다.

남겨진 가족들이 내 죽음을 진정 슬퍼해 줄 거라고는 생각되지 않았다. 도리어 달튼이 내 죽음을 더 슬퍼해 줄 것 같았다.

"그래도 보고 싶어지면 말해. 데려가 줄게."

달튼은 나를 감금하고 있는 주제에 나를 어디로든 데려가 주겠노라는 분위기를 풀풀 풍기고 있었다.

나는 그 간극이 우스워 헛웃음 소리를 흘렸다. 그러자 달튼도 나를 따라 소리 내어 웃었다. 조소에 가까웠던 내 웃음이 그에게는 미소쯤으로 보였나 보다.

달튼은 손을 뻗어 내 어깨를 조용히 끌어당겼다. 나는 순순히 그의 품에 안기며, 일전에 들었던 궁금증을 그에게 털어놓았다.

그가 걸어온 길에 대한 궁금증. 그는 과연 어떤 사람이었는가.

"달튼. 당신과 처음 잤던 여자는 누구였어요?"

"글쎄. 기억이 잘 안 나는데……. 스승님의 제자 중 하나였나."

"그럼 제일 오랫동안 기억했던 여자는 누구였어요?"

"네가 지금 생각하고 있는 그 여자."

아라벨. 나는 그 이름을 입 안에서 몇 번 굴렸다.

"아라벨에 대해 조금 더 자세히 말해 달라고 부탁한다면, 들어주실 거예요?"

"물론. 듣고 나서 네가 질투해 준다면 더 좋고."

"질투할지, 안 할지는 듣고 난 뒤에 결정할게요."

"좋아."

달튼은 여상스럽게 과거의 일을 토로하기 시작했다.

"우리는 벚꽃이 흐드러지게 피던 날에 만났고, 헤어졌어."

나는 그들의 만남을 상상했다. 흐드러지게 핀 벚꽃, 출처를 알 수 없는 바람에 흩날리는 벚꽃, 그리고 벚나무 밑에 자리한 달튼과 아라벨.

"나는 우리가 영원히 함께하기를 바랐는데, 그녀는 갑자기 헤어지자고 하더라. 보기 좋게 차인 거지. 그녀가 곧 죽기 때문에 내게 이별을 고했다는 건, 그녀가 죽고 나서 알았어. 아무도 알려 주지 않았거든. 그리고 나도 알아보려 하지 않았고. 난 그저 나를 버린 그녀를 원망만 했었어."

"……"

"말하다 보니까 생각났다. 아라벨이 살아난다면, 나는 그녀에게 묻고 싶은 게 있었어."

"뭔데요?"

"왜 곧 죽을 걸 말하지 않고선 나를 차 버렸냐고. 나는 그녀에게 따지고 싶었어."

"응."

"그런데 지금은 아라벨이 왜 그런 선택을 했는지 알 것 같아."

달튼은 내가 그러했듯이 제 품에 안긴 내 정수리에 짧게 입을 맞춘 후 이어서 말했다.

"그녀는 내가 고통스러워하기를 바라지 않았던 거야. 죽어 가는 저를 보고선 따라 죽는다니 뭐니 하는 말을 내뱉길 원하지 않았던 거지."

"제가 한 말처럼요?"

"그래."

달튼은 숨을 골라내었다.

"그렇게 함으로써 아라벨은 편안하게 죽었는지도 모르겠어. 하지만 그녀는 내가 그 사실을 평생 모를 거라고 생각한 걸까? 후에 그녀가 죽은 사실을 알게 된 내가……. 내 기분이 어떨지. 그녀는 그런 걸 전혀 생각하지 않은 걸까?"

그의 목소리가 잔뜩 일그러져 있었다. 그는 그 시절 제가 느꼈던 감정을 떠올린 듯이 고통스러워했다.

"이포 벨. 그래서인지 네가 아윈에게 네 죽음을 끝끝내 알리지 않은 일이 어느 정도 이해는 가."

나는 아윈에게 내 죽음을 알려 주었어야 했는가.

이제 와 고민한들 소용없는 일이었다. 우린 이제 다신 만나지 못할지도 몰랐다.

"그리고 참 우스운 사실이 뭔 줄 알아? 내가 진심으로 좋아하게 된 여자가 또다시 곧 죽게 될 거란 사실이야."

달튼은 나지막이 한숨을 쉬었다. 제 기구한 사랑에 대한 한탄이 가득 밴 한숨이었다. 나는 달튼의 등을 몇 번 토닥여 주었다.

"이포 벨. 너는? 너는 그 전에 누굴 만났었어?"

나는 달튼에게 내 과거지사를 털어놓았다. 아윈의 저택에 오기 전, 스치듯이 만났던 남자들에 대해서. 몇 안 되는 내 연애사는 금세 바닥이 났다.

"이포는 생각보다 가벼운 연애를 즐겼구나."

"어디 방탕자만 하겠어요. 저는 당신의 발끝도 따라가지 못할 거예요."

"칭찬 고마워."

달튼은 웃는 소리를 작게 내다가, 또 다른 질문을 건네었다.

"요즘은……. 심장이 아프지 않아? 저번에 숨을 잘 못 쉬었잖아."

"괜찮아요. 제가 앓고 있는 병은, 증상이 가시적으로 엄청 드러나는 병이 아니라서."

가시적으로 아픈 것이 없다는 게 내 병의 큰 장점이자 단점이었다.

뭐 가끔 심장이 아프긴 하지만, 그건 이따금씩 겪는 현상에 불과했고 내 삶은 대개 평온했다. 시한부라 믿기지 않을 정도로.

그런 주제에 왜 단점도 되냐고 묻는다면, 어느 날 갑자기 죽을 수도 있기 때문이었다. 예고도 없이, 아주 허무하게.

키스 벌레가 남은 내 혈맥을 모두 갉아먹는 순간, 심장은 그대로 제 뜀박질을 멈출 것이다. 그 일이 뜻하는 바는 사멸, 즉 죽음이었다.

죽은 심장은 누군가의 심폐소생술로도 마법으로도 다시 살릴 수 없었다.

이제 다시는 못 볼 거야. 그동안 열심히 뛰어 줘서 고마웠어. 네가 성의껏 펌프질을 했던 것을 잊지 않을게. 그런 말을 해 줄 틈도 없이 죽어 버리는 거다.

말 그대로 영영 안녕.

"네가…… 죽지 않았으면 좋겠다."

달튼은 몹시도 간절한 목소리로 말했다. 과거, 내가 왜 죽는지 내 사정에 일말의 관심도 없었던 달튼이라고는 믿기지 않을 정도였다.

제자리걸음뿐이었던 우리의 관계가 언제 이렇게까지 변해 버린 걸까.

"저도 그랬으면 좋겠어요."

우리의 대화는 그것으로 끝이었다. 달튼은 다른 물음을 건네지 않으며, 내 등 어귀를 오랫동안 매만졌다.

그러다 그는 너무도 천연덕스럽게 내 드레스를 풀어 젖혔다. 어깨춤은 허전해졌고, 나는 반쯤 벗겨진 드레스를 내려다보았다.

달튼이 키스 이상의 것을 원한다면 나는 그를 밀어낼 생각이었다. 완전한 등가교환은 아직까지 성사되지 않았고, 나는 달튼과 체온을 나누고 싶지 않았다. 달튼과 함께 밤을 보내리라 결심했던 지난날의 나와는 상반된 생각이었다.

나는 달튼을 어떻게 생각하고 있는 걸까. 원망도 미움도 질투도 모든 것이 희석된 기분이었다.

어쩌면 나는 빗자루를 떨어뜨리며 눈물을 흘렸던 그 시절보다도 무심한 사람이 되어 버린 걸지도 모르겠다. 달튼에게 꼼짝없이 구속당하고 있지만, 눈물 한 번 흘리지 않았으니까.

웃는 것을 잊은 것인지 잃어버린 것인지 알 수 없었던 아윈. 나는 그의 심정을 조금 이해할 수 있을 것도 같았다.

달튼의 손은 여전히 내 등의 맨살에 머물러 있었다. 이상하게도 그의 손이 다른 곳으로 뻗어지는 일은 없었다. 그는 어제보다도 앙상해진 내 등을 제 손끝으로 가만히 짚어 갔을 뿐이었다.

내게 닿아 있는 것은 분명 달튼의 손이었지만, 나는 거기서 아윈의 자취를 떠올렸다.

아윈과 함께 보냈던 밤들, 그리고 아윈이 주었던 달뜬 느낌들을. 마치 과거, 달튼이 내게서 아라벨의 환영을 찾았듯이.

곧이어 졸음이 몰려왔다. 나는 다른 짓은 하지 않는 달튼을 그대로 놔두고선 눈을 감았다. 달튼이 잠든 내게 이상한 짓을 하리라곤 생각되지 않았다.

나는 잠들기 전, 달튼과 나누었던 대화들을 하나하나 되뇌어 보았다. 그중 가장 기억에 남는 말은 '우리는 벚꽃이 흐드러지게 피던 날에 만났고, 헤어졌어.'였다.

종을 알 수 없었던 그 어린나무는 벚나무가 아닐까.

그것이 그날 밤 마지막으로 한 생각이었다.

지면이 또다시 흔들리고 있었다.

몸이 흔들리는 기분이 듦과 동시에 나는 잠에서 깨어났다. 눈을 뜨자, 침대며 소파며 천장에 달린 등조차도 정처 없이 흔들리는 게 보였다.

나는 내 옆에 누워 있어야 할 달튼을 찾았다. 그러나 그는 보이지 않았다. 대신 방금 전까지 누군가가 누워 있었음을 보여 주듯이 시트가 흐트러져 있을 뿐이었다.

지면은 그사이에도 끊임없이 흔들리고 있었다. 아무래도 무슨 일이 일어나고 있는 듯했다. 달튼이 다급하게 방으로 들어온 것은 그때였다.

"이포. 다른 곳으로 가자."

그의 입술은 아무 일도 없다는 것처럼 부드러운 곡선을 그리고 있었지만, 그의 눈은 전혀 웃지 않고 있었다.

나는 침대에서 내려와 달튼에게 걸어갔다.

"갑자기 왜요? 어디로요?"

"어디든. 아무도 우릴 못 찾을 곳으로."

그 순간 단말마의 비명 같은 굉음이 들렸다. 인상이 찌푸려지게 만드는 소리였다.

　나와 달튼은 약속한 것처럼 동시에 침대 위에 있던 커다란 창문으로 시선을 옮겼다. 놀랍게도 창밖의 전경이 일그러지기 시작하고 있었다.

　비약적으로 청량했던 하늘이 두 동강이 났고, 그 사이로 흐린 하늘빛이 보였다. 얼마간 잊고 지냈던 겨울의 하늘빛이었다.

　이윽고 계절감을 잊은 듯 푸르렀던 버드나무들이 일제히 시들며 마른 가지를 드러냈다. 그것이 그들의 본래 모습임을 어렵지 않게 짐작할 수 있었다.

　모두들 본연의 모습으로 돌아갔지만, 딱 하나 변하지 않은 게 있었다. 벚나무로 추정되는 몸통이 흰 어린나무. 그 나무만은 그대로였다. 아니, 애당초 그 나무만이 본연의 모습이었던 게 아니었을까.

　흐린 하늘 속, 허공 위에는 어느 남자 하나가 둥둥 떠 있었다. 지면에 발을 디딘 듯이 고고히 허공에 군림한 그의 은발이 물결처럼 나부끼고 있었다.

　나는 그의 이름을 나지막이 읊조렸다.

　"하워드……."

　달튼은 순식간에 변해 버린 전경과 그 속에 존재하는 하워드를 불안한 시선으로 응시하고 있었다.

　"달튼. 혹시 그 날파리라는 게 하워드를 말한 거였어요?"

　"망할."

　달튼은 낮게 욕을 읊조렸다. 위기감을 느낀 그는 내 손목을 잡아채려고 했다. 하지만 나도 일전에 당했던 게 있었던 터라 재빠르게 몸을 뒤로 뺐다.

"이포!"

그는 내 이름을 불렀고, 동시에 마법으로 굳게 닫혀 있던 커다란 창문이 처음으로 활짝 열렸다.

열린 창 사이에선 차가운 겨울 공기가 들어왔다. 나는 어깨를 움츠리며, 눈 깜짝할 사이에 창가까지 날아온 하워드를 응시했다.

파충류의 눈과 닮은 하워드의 청록빛 눈동자가 내게 닿았다.

"빚을 받으러 왔어."

그는 꼭 내가 어마어마한 돈을 빌린 사람인 것처럼 말했다. 그 정도로 빚진 건 아닌 것 같은데…….

아무튼 나는 며칠 만에 보는 하워드가 꽤 반가웠다. 그리고 그가 나를 저버리지 않았음에 더욱 반가운 기분이 들었다.

달튼은 또다시 내게 손을 뻗으려고 했다. 손을 뻗는 그의 얼굴이 절박하게 보였다.

그 손길이 제법 익숙했다. 저 손에 닿으면, 나는 아마 기절할 것이다. 꼭 기절이 아니더라도 마법이 걸릴 게 분명할 테지.

이번엔 몸을 뒤로 빼는 것에 그치지 않고, 내게 뻗어진 그의 손목 위를 세게 내려쳤다. 달튼은 윽, 하는 소리와 함께 제 손목을 나머지 손으로 감싸 쥐었다. 대마법사도 물리적인 폭력에는 어쩔 수 없나 보다.

나는 하워드에게로 뛰어갔다. 그는 창틀에서 내려와 방으로 완전히 들어온 터였다.

"이포 벨, 멈춰! 지금 그 용에게 간다면 심장을 숨겨 놓은 곳을 영원히 가르쳐 주지 않을 거야."

달튼은 협박일지 애원일지 모를 말을 했다. 내 귀엔 협박보다는 애원으로 들렸다. 나는 단호하게 대답했다.

"그럴 필요 없어요."

그 심장이 어디에 숨겨져 있을지 알 것 같으니까.

나는 어린 벗나무를 떠올렸다. 그리고 그 안에서 뛰고 있을 심장을 생각했다. 의미 없는 꿈은 없었다. 나는 그 묘목 안에 아원의 심장이 있을 거라고 확신했다.

단호한 내 대답에 달튼은 제 인상을 더욱 일그러뜨렸다. 나는 하워드의 옆에 서서 그를 바라보았다.

"하워드 쇼어. 저를 구하러 온 거예요? 새삼스럽게 감동받을 것 같아요."

"구, 구하기는 무슨. 나는 그저 네가 진 빚 때문에 너를 찾아온 거야. 그 빚을 다 갚기 전까지 넌 내 시야에서 못 벗어나."

이유가 무엇이 되었든 간에 결론적으로 나를 구하러 왔다는 게 아닌가.

"고마워요."

"……허."

"일단은 달튼이 허튼짓을 못 하게 막아 줄래요? 그럼 당신에게 새삼스럽게 두 번 감동할 것 같아."

하워드는 콧방귀를 뀌며 어깨를 으쓱였다. 그것이 수락을 의미하는 것임은 믿어 의심치 않았다.

하워드는 달튼을 향해서 손짓했다. 그러자 달튼은 포박을 당한 듯 그 자리에서 한 발자국도 움직이지 못했다.

달튼은 일그러질 대로 일그러진 얼굴로 아랫입술을 연신 짓이겼다. 지금까지 본 그의 얼굴 중에 제일 초조해 보이는 얼굴이었다.

"오만한 용 같으니라고. 어서 내게 건 마법을 풀어!"

"이봐, 인간 마법사야. 그렇게 화가 나면 직접 풀지 그래? 어젠 좀 봐줬는데, 오늘은 못 봐주겠다."

역시나 달튼이 날파리라고 일컫은 대상은 하워드였다.

하워드는 나를 구하기 위해, 아니, 내가 저에게 진 빚을 받아 내기 위해 나를 찾아냈고, 달튼은 그를 막아섰겠지.

그들은 내 시야가 닿지 않는 어딘가에서 싸움을 벌였을 것이다. 마법이 오고 가고, 서로를 향해 으르렁거리고. 그리하여 어젯밤 달튼의 행색이 초췌했던 것이리라.

가만히 서 있던 하워드가 발걸음을 뗀 것은 그 순간이었다. 그는 우두커니 서 있던 달튼에게 가까이 다가갔다.

"너는 노만의 마지막 흔적을 건드리지 않았다고 단언했지만, 그건 거짓말이었어."

"그, 그게 무슨!"

"무슨 짓을 하려고 했지? 이미 오래전에 윤회의 길로 들어선 노만에게 너는 뭔가를 하려고 했어. 이를테면 노만의 심장을 받아 낼 수 있는 허락이라든가. 용의 영은 사멸하지 않으니까."

"……!"

하워드의 말에 화들짝 놀란 듯한 달튼의 눈동자가 조금 커졌다. 달튼은 죽은 그에게서 허락을 받아 내는 방법도 알고 있었던 것 같았다.

"하지만 실제로 하지는 않았더구나. 그건 역시나 인간 여자…… 아니, 이포 벨 때문인 건가?"

하워드는 거기까지 말하고선, 달튼의 귓가에 대고 뭐라 작게 귓속말을 했다. 내겐 전혀 들리지 않는 소리였다.

하워드의 말이 이어질수록 달튼의 흰 얼굴이 파리하게 질려 갔다. 아무래도 대단히 폭력적인 말을 하고 있는 것 같은데.

하워드는 제 말을 끝내고선 다시금 내 옆으로 돌아왔다. 파리하게 질린 얼굴을 한 달튼이 제 눈을 천천히 깜빡였다.

"이포 벨."

"네."

"돌아오지 않을 거지?"

그는 마지막으로 확인하듯이 물었다.

'너는 내게 정말로 돌아오지 않을 거지?'

'이대로 우린 끝인 거지?'

달튼에겐 미안한 일이지만, 나는 확실히 대답할 필요성이 있었다. 그것이 우리에게 옳은 일임을 나는 알고 있었다.

"……네."

그는 자조가 섞인 말을 읊조렸다.

"더는…… 감당할 수 없어."

빈집. 빈 관. 비어 버린 마음.

달튼이 처한 상황들 속에는 어떤 연관성이 있는 것 같았다. 하나 내게는 그 연관성에 대해 오랫동안 생각할 겨를이 없었다. 정원, 어린나무 안에 있을 아원의 심장을 찾아와야 했기 때문이다.

"하워드. 저를 정원에 데려다주세요."

"내가 왜?"

"왜냐면 당신은 굳이 저를 구하러 오셨고, 저는 아직까지 당신의 이름을 똑똑히 기억하고 있으니까요."

하워드는 백발에 가까운 제 은발을 뒤로 쓸어 넘긴 다음, 내 허리에 손을 둘렀다.

"잘 몰랐는데 네가 내 이름을 불렀을 때, 기분이 좋았어."

"……."

"누군가가 내 이름을 기억해 준다는 건 그런 기분이었던 거군."

그는 저와는 어울리지 않는 부드러운 미소를 지었다. 일순간 시선을 빼앗길 정도로, 내게 시간이 없음을 잠깐 잊을 정도로 아름다운 미소였다.

하지만 그 미소는 그의 입가에 오래 머물지 않았다. 그는 금세 미소를 지워 내고선, 내 몸을 들어 올렸다.

하워드는 고민 없이 활짝 열린 창문에서 뛰어내렸다. 우리의 몸은 부유하듯 천천히 밑으로 내려가며, 곧 지면에 닿았다.

나는 지면에 발을 디디며 주위를 둘러보았다. 방에 갇힌 채 창문으로만 보았던 그 정원. 녹음이 무너져 내린 달튼의 정원은 황량하기만 했다. 그곳에 그 어떤 생명의 기운도 느껴지지 않았다.

그때 살을 에는 겨울바람이 어디선가 불어와 나는 어깨를 약간 움츠렸다. 하워드는 떨고 있던 내 어깨를 자연스럽게 감싸 안았다. 인간보다도 체온이 높은 그의 손이 닿은 곳이 따스했다.

"하워드, 괜찮아요."

"진짜?"

"응. 제겐 지금 당장 확인해야 할 것이 있어요."

나는 하워드의 손을 천천히 떼어 내며 그것을 찾았다.

푸르름을 유지해 주던 마법이 풀려 버린 달튼의 황량한 정원 속, 유일하게 본연의 모습을 유지한 그것. 흰 몸통을 가진 어린나무.

묘목은 나와 그리 멀지 않은 곳에 자리하고 있었다. 나는 잰걸음으로 어린나무에게 걸어갔다. 손에 닿을 거리까지 가까이 다가간 나는, 흙바닥에 무릎을 꿇어 묘목의 몸통 위에 손을 대었다.

"……."

그러자 다섯 손가락 마디마디 사이로 작은 진동이 전해졌다. 그것은 분명 심장이 공명하는 소리였다.

꿈속에서 나를 불렀던 그 심장의 떨림.

나는 어린나무의 몸통 속으로 손을 들이밀었다. 나무의 표면은 그 어떤 것의 침입도 허락지 않겠다는 듯 딱딱했지만, 막상 내가 손을 들이밀자 내 손은 거리낌 없이 몸통 속으로 빨려 들어갔다.

나무의 몸통을 관통하는 기분은 기묘했다. 물렁거리면서도 왠지 따스한, 이상한 느낌. 몸통 안을 휘젓던 내 손에 무언가가 잡힌 것은 그 순간이었다.

나는 그것을 깨지기 쉬운 물건을 다루듯 조심스럽게 두 손으로 감싸 안아 밖으로 빼내었다. 내 손은 들어갔을 때처럼 나무의 몸통 속에서 자유로이 빠져나왔다.

두 손으로 꼭 감싸 쥔 그것을 확인하기 위해, 나는 손바닥을 폈다. 내 시야엔 그것의 붉은 궤적이 오롯이 맺혔다.

"심장……."

따뜻한, 살아 있는, 뛰고 있는, 빛이 나는 심장.

그것을 심장이라고 인식하기 무섭게 내가 잊고 있었던 기억이 완전히 떠올랐다. 의식은 삽시간 몽롱해지며, 뇌수가 뭉근해지는 기분이 들었다.

눈을 감자 잊고 있었던 과거의 기억이 눈앞에 펼쳐졌다. 어렸을 적 치료해 주었던 황금빛 새, 불의의 사고, 누군가의 메시지.

'내 심장을 네게 줄게.'

나는 이 심장을 알아. 그리고 이 심장의 주인을 알아.

네가 나를 불렀던 거구나. 인도한 거구나. 내가 꾼 의미가 부여된 꿈들은 모두 네가 보여 준 거구나.

노만. 나는 그 심장의 본래 주인의 이름을 마음속으로 되뇌었다. 내겐 노만과의 접점이 분명 존재했다. 나는 그 사실을 이제야 깨닫게 되었다.

그 기억들은 그간 잊고 있었던 게 무색할 정도로 손에 닿을 듯이 선명하게만 느껴졌다.

감고 있던 눈을 뜨자 울음이 터졌다. 한동안 까맣게 잊고 있던 눈물이었다.

눈물은 그동안 흘리지 않은 것을 보상이라도 하듯이 걷잡을 수 없이 흘러내렸다. 종내에는 시야가 흐려져 앞이 잘 보이지 않을 정도였다.

지금 흘리고 있는 눈물의 의미는 무엇일까.

잊힌 기억을 다시 떠올려서? 긴 잠에 빠진 아윈을 깨울 수 있게 되어서? 그것도 아니라면, 달튼의 말대로 나도 노만의 심장을 취할 수 있다는 걸 알게 되어서?

"돌아가자."

언제 내 뒤에 다가왔을지 모를 하워드가 내 어깨를 몇 번 두드렸다. 나는 흐르는 눈물을 그대로 놓아둔 채로 그에게 물었다.

"어디로요?"

하워드는 대답 대신 또다시 부드럽게 미소를 지어 보였다. 그는 손을 뻗어 내 눈에 맺힌 눈물을 제 검지로 쓸었다. 그러곤 붉은 혀를 끄집어내어, 제 검지를 핥았다. 그 모습이 퍽 관능적이었다.

"네가 원래 있어야 할 곳."

대답은 뒤늦게 흘러나왔다.

"당신은 그곳이 어딘지 알고 계세요?"

"아윈. 너는 항상 그 남자를 그리워했지."

울음을 가까스로 그친 나는, 고개를 옅게 끄덕거렸다. 하워드는 내가 돌아가야 할 곳을 정확하게 알고 있었다.

아윈. 나는 그가 있는 곳으로 돌아가야만 했다.

2권에서 계속

시녀의 유혹 1

초판 인쇄 2021년 3월 5일
초판 발행 2021년 3월 18일

지은이 배희진
펴낸이 신현호
편집부장 예숙영
편집 박상희
편집디자인 한방울
영업·관리 김민원 조인희
물류 이순우 박찬수

펴낸곳 ㈜디앤씨미디어
출판등록 2002년 5월 1일 제117-90-51792호
주소 서울시 구로구 디지털로 26길 111 JnK디지털타워 503호
대표전화 (02)333-2513 팩스 (02)333-2514
전자우편 dncbooks@dncmedia.co.kr
디앤씨북스 블로그 http://blog.naver.com/dncbooks

ISBN 979-11-264-5529-4 (04810)
ISBN 979-11-264-5528-7 (세트)